ULLSTEIN

DAS BUCH:

In einer der renommiertesten Universitätskliniken der amerikanischen Ostküste wachen alarmierend viele junge Patienten nach Routine-Operationen nicht mehr aus der Narkose auf und sterben nach oft wochenlangem Koma. Handelt es sich um tragische Kunstfehler der Ärzte, um eine bisher unbekannte Krankheit oder um Sabotage?
Susan Wheeler, eine junge, hübsche Medizinstudentin, ist als einzige nicht bereit, diese Todesfälle für »statistisch normal« zu halten. Gegen den Widerstand der Ärzte versucht sie, hinter das Geheimnis der Koma-Fälle zu kommen – und begibt sich dabei selbst in äußerste Lebensgefahr. Mit Engagement, Mut und detektivischem Spürsinn gelingt es ihr, einem teuflischen Verbrechen auf die Spur zu kommen: mit den Organen junger, gesunder Spender wird ein blühender Schwarzhandel getrieben.
Koma, der große internationale Bestseller, wurde unter der Regie von Michael Crichton mit Michael Douglas, Richard Widmark und Geneviève Bujold auch als Film ein Welterfolg.

DER AUTOR:

Robin Cook, Augenchirurg und Harvard-Dozent, wurde 1940 in New York geboren. Während seiner Tätigkeit als Assistenzarzt und leitender Arzt fand er noch die Zeit, zu schreiben und zu malen und sich mit Kunstgeschichte zu befassen. 1975 eröffnete er in Boston eine eigene Arztpraxis, ohne deshalb seine Absicht aufzugeben, einen Bestseller zu schreiben. Mit *Koma* gelang ihm die Verwirklichung dieses Traumes.

ROBIN COOK

Koma

Aus dem Amerikanischen
von Martin Lewitt

ULLSTEIN GELBE REIHE

Ullstein Buchverlage GmbH & Co. KG, Berlin
Taschenbuchnummer 22965
Titel der amerikanischen Originalausgabe: Coma

Ungekürzte Ausgabe

Gestaltung: Vera Bauer
Foto: Stiftung Deutsche Kinemathek

Printed in Germany 1998
Druck und Verarbeitung:
Presse-Druck Augsburg
ISBN 3 548 22965 4

6. Auflage Januar 1998

Gedruckt auf alterungsbeständigem
Papier mit chlorfrei
gebleichtem Zellstoff

Die Deutsche Bibliothek
CIP-Einheitsaufnahme

Cook, Robin:
Koma : Roman/Robin Cook. [Aus dem Amerikan. von Martin Lewitt]. –
Ungekürzte Ausg., 6. Aufl. –
Berlin : Ullstein, 1998
(Ullstein-Buch ; Nr. 22965)
ISBN 3-548-22965-4
NE: GT

In Erinnerung an meinen Vater, in Verbundenheit mit meiner Mutter, in Dankbarkeit für Sharron.

Prolog

14. Februar 1976

Nancy Greenly lag auf dem Operationstisch und starrte in die riesigen Paukenleuchten über ihr. Operationssaal 8. Nancy Greenly versuchte, ruhig zu sein, ganz ruhig. Man hatte ihr präoperative Injektionen verabreicht und ihr gesagt, gleich würde sie sich schläfrig und unbeschwert fühlen. Nancy Greenly spürte nichts von alledem. Sie war nervöser und ängstlicher als vor den Spritzen. Am schlimmsten war, daß sie sich absolut und hundertprozentig hilflos vorkam. In den dreiundzwanzig Jahren ihres Lebens hatte sie nie zuvor dieses Gefühl von Scham, Angst und Wehrlosigkeit erlebt. Sie lag unter einem weißen Bettuch, das ausgefranst und an einer Ecke ein wenig eingerissen war. Der Riß beunruhigte sie, warum, wußte sie nicht. Sie trug eines dieser Krankenhausnachthemden, die am Rücken offen sind und nur bis halb über den Oberschenkel reichen. Laken und Hemd, das war alles, bis auf die Hygiene-Binde, die, sie fühlte es, schon mit Blut vollgesogen war: mit ihrem Blut. In diesem Augenblick haßte sie das Krankenhaus. Sie hatte Angst und wollte schreien, wollte aufstehen, aus dem Raum rennen, hinaus auf den Korridor. Aber sie blieb liegen. Denn mehr als vor allem anderen graute ihr vor den Blutungen, mehr jedenfalls als vor der unpersönlichen Umgebung des Krankenhauses. Beides zusammen ließ ihr die eigene Sterblichkeit bewußt werden, ein abscheulicher Gedanke.

An diesem 14. Februar 1976 um 7 Uhr 11 morgens zeigte der Himmel über Boston von Osten her ein kalkiges Grau. Die Autos, die sich Stoßstange an Stoßstange in die City quälten, hatten die Scheinwerfer an. Die Temperatur bewegte sich um drei Grad über dem Gefrierpunkt, und die Leute auf den Straßen strebten eilends ihren Zielen zu. Man hörte keine Stimmen, nur die Motoren und den Wind.

Im Boston Memorial Hospital war es dagegen wie in einer anderen Welt. Die fluoreszierenden Deckenlampen im Operationstrakt leuchteten jeden Quadratzentimeter Boden gleichmäßig aus. Emsige Aktivitäten und aufgeregte Stimmen unterwarfen sich der eisernen Regel: Punkt 7 Uhr 30 begannen die Operationen, das heißt, waren die Skalpelle an der Reihe. Alles andere, das Herbeibringen der Patienten, die Vorbereitungen, das Waschen, die Einleitung der Narkose, mußte bis dahin erledigt sein.

Folglich lief um 7 Uhr 11 im Operationstrakt alles bereits auf Hochtouren. Operationssaal 8 bildete dabei keine Ausnahme. Es gab ohnehin nichts Besonderes an Operationssaal 8 – ein typischer OP, wie alle anderen im Memorial. Die Wände bestanden aus neutral gefärbten Kacheln, der Boden war mit gesprenkelten Kunststoffplatten ausgelegt. Um 7 Uhr 30 war an diesem 14. Februar in Saal 8 ein gynäkologischer Eingriff angesetzt, Erweiterung des Gebärmuttermundes und Ausschabung, eine Routineangelegenheit. Die Patientin war Nancy Greenly, der Anästhesist Dr. Robert Billing, Assistenzarzt im zweiten Jahr. Als Operationsschwester war Ruth Jenkins vorgesehen, als Hilfsschwester Gloria D'Mateo. Ausführender Chirurg war George Major, ein relativ neues, junges Mitglied der eingesessenen Gynäkologen-Hierarchie. Er hielt sich noch im Ankleideraum auf und legte den Operationskittel an, während die anderen im Saal mit den Vorbereitungen beschäftigt waren.

Nancy Greenly hatte die Blutungen elf Tage lang gehabt. Zuerst hatte sie das Ganze als normale Periode abtun wollen, obwohl sie der Umstand, daß sie viel zu früh einsetzte, stutzig machen mußte. Die Blutungen hatten sich durch nichts vorher angekündigt, mit Ausnahme vielleicht eines leichten Krampfgefühls am Morgen des ersten Auftretens. Auch danach litt sie keine Schmerzen, die Blutungen waren mal stärker, mal schwächer. Jeden Abend hoffte Nancy, daß nun Schluß wäre. Jeden Morgen wachte sie auf, und der Tampon war mit Blut durchtränkt. Ihre telefonischen Konsultationen, zuerst mit Dr. Majors Sprechstundenhilfe, dann mit dem Doktor selbst, beruhigten sie zwar immer wieder, jedoch von Mal zu Mal für kürzere Zeit. Das Ganze war ohnehin ein Riesenreinfall, wie immer kamen solche Sachen zur denkbar ungelegensten Zeit. Kim Devereau hatte während der Ferien die juristischen Lehrbücher in den Schrank stellen und zu ihr nach Boston kommen wollen, und ihre Stubengenossin war zartfühlend genug gewesen, für die fragliche Woche einen Ski-Urlaub in Killington zu buchen. Alles fügte sich aufs beste – bis auf die verdammten Blutungen. Nancy war ein zartes, fast aristokratisch anmutendes Geschöpf. Mit ihrem Körper nahm sie es sehr genau. Bei der kleinsten Unsauberkeit fühlte sie sich unwohl. Und nun die Blutungen, die kein Ende nehmen wollten! Nancy kam sich schmierig und abstoßend vor. Und dann bekam sie es mit der Angst zu tun.

Den Tag würde sie so schnell nicht vergessen. Sie lag im Wohnzimmer auf der Couch, die Füße auf der Lehne, und las den Leitartikel im *Globe*, während Kim in der Küche Drinks bereitete. Plötzlich hatte sie ein seltsames Gefühl in der Vagina, so als würde sie von einer warmen, weichen Masse eingehüllt. Dabei fühlte sie nicht den geringsten Schmerz. Zuerst hatte sie keine Ahnung, was los war, doch dann merkte sie, wie etwas an der Innenseite der Oberschenkel herunterfloß: Sie hatte Blutungen, und zwar äußerst starke. Sie drehte den Kopf in Richtung Küche und rief: »Kim, würdest du bitte einen Krankenwagen rufen?«

»Was ist passiert?« Kim kam herbeigerannt.

»Nichts weiter, ich hab' nur starke Blutungen. Wahrscheinlich eine besonders intensive Periode, kein Grund zur Aufregung. Aber ich sollte lieber gleich ins Krankenhaus fahren. Ruf also bitte den Krankenwagen.«

Die Fahrt verlief ereignislos, kein Blaulicht, keine Sirene. In der Notstation hatte sie länger warten müssen, als es ihr gerechtfertigt erschien. Dann war Dr. Major aufgetaucht, und zum erstenmal hatte sie sich über seinen Anblick gefreut. Die Vagina-Untersuchungen, denen sie sich routinemäßig unterzogen hatte, waren ihr immer widerlich vorgekommen, und im Lauf der Zeit hatte sie Dr. Major mit diesen unerfreulichen Erlebnissen identifiziert. Doch als er sich nun in der Notstation über sie beugte, hätte sie vor Freude fast geweint.

Trotzdem war die dann folgende Untersuchung von allen die schlimmste gewesen. Als einzige Barriere zwischen dem Trubel in der Notaufnahme und Nancys stark angeschlagenem Selbstrespekt gab es eine dünne Gardine, die noch dazu fortwährend auf- und zugerissen wurde. Alle paar Minuten maß man ihren Blutdruck, Nancy mußte sich ihrer Kleider entledigen und das Krankenhaushemd anlegen, und immer wieder flog die Gardine zur Seite, und sie sah sich mit einer Reihe von Gesichtern konfrontiert, Gesichtern über weißen Kitteln, Kindern mit Schnittwunden, alten, müden und phlegmatischen Leuten. Und vorn, gleich beim Vorhang, stand die Bettpfanne, für jedermann sichtbar. Sie enthielt einen großen unförmigen Klumpen dunkelroten Blutes. Währenddessen hantierte Dr. Major zwischen ihren Schenkeln herum und unterhielt sich mit der Schwester über irgendeinen anderen Fall. Nancy schloß die Augen ganz fest und weinte still in sich hinein.

Aber das würde nun alles bald vorbei sein, hatte Dr. Major versprochen. Er hatte Nancy sehr ausführlich mit dem Erscheinungsbild ihrer Gebärmutter vertraut gemacht, ihr erklärt, wie sich die Uterus-Wände beim normalen Zyklus verändern und was geschieht, wenn diese Veränderungen ausbleiben. Irgend etwas mit den Blutgefäßen und daß der Eierstock ein Ei abstoßen müßte. Aufweitung und Ausschabung hieß die Lösung, hatte Dr. Major gesagt: ganz einfach, keinerlei Risiko, und sie wäre die Sache ein für allemal los. Nancy hatte sofort zugestimmt, nicht weiter gefragt und nur darum gebeten, ihre Eltern nicht zu verständigen. Das konnte sie selbst hinterher immer noch besorgen. Ganz bestimmt würde ihre Mutter glauben, es handele sich um eine Abtreibung.

Jetzt lag Nancy also da und starrte in die grelle OP-Lampe. Sie klammerte sich an den Gedanken, daß der ganze Alptraum in einer Stunde vorbei sein und ihr Leben wieder normal werden würde. Was um sie herum vorging, war ihr so fremd, daß sie nichts und niemanden sehen wollte.

»Liegen Sie bequem?«

Nancy erlaubte sich einen Seitenblick nach rechts. Aus dem Sehschlitz im synthetischen Gewebe der OP-Maske sahen sie tiefbraune Augen an. Gloria D'Mateo schlang den Gurt um Nancys rechten Arm und fesselte sie an den Operationstisch.

»Ja.« Nancy log aus purem Fatalismus. In Wahrheit lag sie so unbequem, wie man es sich nur vorstellen konnte. Die Unterlage war so hart wie ihr billiger Kunststoff-Küchentisch. Aber das Phenergan und Demerol taten langsam ihre Wirkung. Nancy war hellwach, viel zu wach für ihren Geschmack, trotzdem fühlte sie sich irgendwie von ihrer Umgebung losgelöst. Auch das Atropin, mit dem man sie vollgepumpt hatte, machte sich bemerkbar. Kehle und Mund waren trocken, die Zunge klebte am Gaumen.

Dr. Robert Billing hatte nur Augen für seine Apparatur, ein Gewirr aus rostfreiem Stahl, Manometern und verschiedenfarbenen Zylindern mit Druckluft. Oben auf dem Apparat stand eine braune Flasche Halothan, die Formel auf dem Aufkleber: $C_2HBr\ ClF_3$, nach Auffassung von Dr. Billing ein fast perfektes Anästhetikum. Die Einschränkung bezog sich darauf, daß es zuweilen die Leber des Patienten anzugreifen schien. Doch das geschah äußerst selten, und die positiven Eigenschaften des Halothan überwogen bei weitem. Dr. Billing malte sich oft aus, daß er es entwickelt hätte und es der staunenden Fachwelt in einem Leitartikel des *New England Journal of Medicine* zur Kenntnis brachte und dann in seinem alten Smoking, der seit der Hochzeit im Schrank hing, die Stufen zum Podest hinaufschritt, um den Nobelpreis in Empfang zu nehmen.

Dr. Billing war ein ausgezeichneter Anästhesist, eine Tatsache, die ihm selbst nicht verborgen geblieben war. Und, wie er glaubte, den anderen auch nicht. Seiner Überzeugung nach kannte er sich in seinem Fachgebiet mindestens ebenso gut aus wie die meisten seiner Kollegen im Krankenhaus und bestimmt besser als manche. Seit er im Memorial arbeitete, war ihm nie eine ernsthafte Komplikation unterlaufen.

Wie der Pilot einer Boeing 747 hatte sich Dr. Billing eine Checkliste für seine Narkosen gemacht, und daran hielt er sich wie an das Evangelium. Das Original hatte er tausendmal fotokopiert, und zu jeder Operation brachte er, zusammen mit der übrigen Ausrüstung, ein Exemplar mit. Um 7 Uhr 15 war der Narkosearzt bei Punkt 12 der Liste angelangt, befand sich also genau im Zeitplan. Punkt 12 bedeutete Anschluß der Gummischläuche an den Apparat. Das eine Ende des Schlauchsystems führte in den Blasebalg mit einer Kapazität von etwa fünf Litern, mit dessen Hilfe er die Lungen des Patienten während der Operation künstlich beatmen konnte. Das andere Ende war mit dem Natrium-Kalk-Behälter verbunden, der das ausgeatmete Kohlendioxyd absorbierte. Zur weiteren Prozedur gehörte der Anschluß des Narkoseapparats an die zentralen Zufuhren für Lachgas, Druckluft und Sauerstoff, deren Ventile sich an der Wand des Operationssaales befanden. Für Notfälle war der Narkoseapparat mit zwei eigenen Sauerstoffflaschen ausgerüstet. Dr. Billing überprüfte den Druck. Beide Zylinder waren gefüllt. Hier konnte nichts schiefgehen.

»Ich werde jetzt ein paar Elektroden an Ihrer Brust befestigen, damit wir den Herzschlag aufzeichnen können.« Gloria D'Mateo zog das Laken herunter und das Hemd herauf, so daß es gerade noch Nancys Brustwarzen bedeckte. »Das fühlt sich für einen Moment kalt an«, sagte Gloria D'Mateo und drückte aus einer Tube eine farblose Paste auf drei Punkte an Nancys unterer Brusthälfte.

Nancy wollte antworten, war aber zu sehr mit ihren widerstreitenden Gefühlen beschäftigt. Sie war dankbar, weil diese dumme Angelegenheit jetzt endlich, wie man ihr versichert hatte, aus der Welt geschafft wurde, gleichzeitig fühlte sie sich jedoch völlig wehr- und hilflos in einer Maschinerie gefangen, auf die sie keinerlei Einfluß hatte.

»Gleich piekst es ein bißchen«, sagte Dr. Billing und schlug auf ihren Handrücken, um die Venen besser hervortreten zu lassen. Er hatte ein Schlauchende fest um ihr Handgelenk gebunden, und sie fühlte ihr Herz in den Fingerspitzen klopfen. Nancy versuchte gar nicht mehr, den Ereignissen zu folgen.

»Einen wunderschönen guten Morgen, Miss Greenly.« Dr. Majors betont herzliche Stimme drang an ihr Ohr. Der Gynäkologe, auf einer ersten eiligen Inspektionstour, beugte sich über sie. »Ich hoffe, Sie hatten eine gute Nacht. Die Kleinigkeit hier haben wir in ein paar Minuten erledigt, und dann liegen Sie wieder im Bett und können in aller Ruhe ausschlafen.«

Bevor Nancy antworten konnte, spürte sie den scharfen Schmerz des Nadelstichs an ihrem Handrücken. Die Aderpresse verschwand, und sie fühlte den Blutstrom in ihrer Vene. Sie hätte vor Hilflosigkeit heulen können.

»Infusion angeschlossen«, stellte Dr. Billing fest und hakte Position 16 auf seiner Liste ab.

»Gleich werden Sie schön schlafen, Nancy«, sagte Dr. Major. »Nicht wahr, Dr. Billing? Sie sind ein Glückspilz, Mädel. Bei Dr. Billing sind Sie in den besten Händen.« Dr. Major nannte alle seine Patientinnen Mädel, egal, wie alt sie waren, das gehörte zu seinen Berufs-Manierismen.

»Stimmt«, sagte Dr. Billing und befestigte die Gesichtsmaske am Narkoseschlauch. »Schlauch Nummer acht, bitte, Gloria. Und Sie, Dr. Major, können sich waschen geh'n. Punkt halb acht sind wir soweit.«

»Okay.« Dr. Major wandte sich zur Tür. Im Gehen sagte er zu Schwester Ruth Jenkins, die gerade die Instrumente anordnete: »Und ich will diesmal mein eigenes Besteck, nicht die mittelalterliche Ausrüstung des Hauses, die Sie mir letztes Mal angedreht haben.« Ehe sie antworten konnte, war er verschwunden.

Von irgendwo hinter ihr hörte Nancy das Piepen des Monitors. Was da durch den Saal klang, war das Schlagen ihres eigenen Herzens!

»Okay, Nancy«, sagte Gloria. »Und jetzt rutschen Sie mal

etwas runter und legen die Beine hier rauf.« Gloria drückte Nancys Beine auf die Stahlhalter. Der Unterteil des Operationstisches klappte weg, und das Laken zwischen Nancys Beinen rutschte auf den Boden. Sie schloß fest die Augen und versuchte, nicht daran zu denken, welchen Anblick sie jetzt bieten mußte, breitbeinig, wehrlos. Gloria hob das Tuch auf und legte es Nancy so auf den Unterleib, daß es den blutigen und frisch rasierten Damm bedeckte.

Ganz ruhig bleiben, sagte sich Nancy immer und immer wieder, aber die Angst schnürte ihr die Kehle zu. Sie wollte ja dankbar dafür sein, daß man ihr half, doch statt dessen fühlte sie Zorn in sich aufsteigen.

»Ich glaube, ich möchte lieber nicht weitermachen«, hörte sie sich sagen.

Dr. Billing beugte sich über sie. »Aber alles läuft doch ausgezeichnet. Sie brauchen sich wirklich nicht zu sorgen.« Er überprüfte Punkt 18 auf seiner Liste. »Gleich werden Sie eingeschlafen sein.« Er hielt eine Spritze hoch und ließ durch leichten Druck die Blasen entweichen. »Ich gebe Ihnen jetzt etwas Pentothal. Fühlen Sie sich denn noch nicht schläfrig?«

»Nicht die Spur«, antwortete Nancy.

»Das hätten Sie mir aber sagen müssen.«

»Woher soll ich wissen, wie ich mich fühlen soll?«

»Na schön, macht ja nichts.« Mit der Geschicklichkeit des Routiniers führte Dr. Billing die Spritze in den Infusionsschlauch ein. »Jetzt möchte ich, daß Sie schön langsam bis fünfzig zählen.« Nancy würde nie im Leben weiter als bis fünfzehn kommen, dachte Dr. Billing. Es befriedigte ihn jedesmal außerordentlich, wenn seine Patienten schnell und problemlos einschlummerten. Außerdem gab es ihm ein gewisses Machtgefühl – als hätte er das Kommando über das Gehirn des Patienten übernommen. Aber Nancy hatte einen ausgeprägt starken Willen. Obwohl sie durchaus einschlafen wollte, kämpfte ihr Hirn unwillkürlich gegen die Wirkung der Droge. Sie zählte immer noch laut vor sich hin, als Dr. Billing ihr eine zweite Dosis Pentothal gab. Nancy war bei siebenundzwanzig, als die zwei Gramm endlich Wirkung zeigten. Und um 7 Uhr 24 am 14. Februar 1976 schlief Nancy Greenly ein: zum letzten Mal.

Dr. Billing aber hatte keine Ahnung, daß diese gesunde junge Frau ihm die erste gravierende Komplikation bereiten würde. Er war sicher, alles unter Kontrolle zu haben. Die Checkliste war nahezu vollständig abgehakt. Er achtete auf die richtige Mischung in Nancys Atemmaske und injizierte dann zwei Kubikzentimeter 0,2prozentige Succinylcholin-Chlorid-Lösung in die Infusion, um eine Lähmung sämtlicher Skelettmuskeln zu bewirken. Das würde die Einführung des Luftröhrenschlauchs vereinfachen und gleichzeitig Dr. Major die Untersuchung der Eierstöcke erleichtern.

Die Wirkung setzte umgehend ein. Innerhalb kürzester Zeit waren die Skelettmuskeln vollständig gelähmt, während die anderen, zum Beispiel das Herz, unbeeinträchtigt blieben. Das gleichmäßige Piepen des Monitors änderte sich nicht.

Nancys Zunge, ebenfalls gelähmt, blockierte die Atemwege. Doch das machte nichts aus. Brust- und Unterleibsmuskulaturen waren genauso gelähmt, und es gab überhaupt keine Atmungsbewegung mehr. Obgleich in der chemischen Zusammensetzung völlig verschieden vom berüchtigten Pfeilgift der Amazonas-Indianer, hatte die Droge doch die gleiche Wirkung wie Curare, und Nancy wäre innerhalb von fünf Minuten gestorben, wenn Dr. Billing den Vorgang nicht unter Kontrolle gehabt hätte. Aber alles lief nach Plan. Äußerlich ganz ruhig, innerlich jedoch voller Anspannung, nahm der Narkotiseur die Atemmaske ab und griff zum Kehlkopfspiegel: Position 22 auf seiner Liste. Er zog die Zunge nach vorn und schob das Instrument am Kehldeckel vorbei. Die Stimmbänder waren gleichfalls gelähmt und lagen weit auseinander.

Schnell sprühte Dr. Billing ein örtliches Betäubungsmittel in den Luftröhreneingang und führte den Schlauch ein. Das andere Ende befestigte er an der Apparatur, und als er den Blasebalg betätigte, hob sich Nancys Brustkasten wie erwartet. Dr. Billing horchte mit dem Stethoskop und war zufrieden:

alles in Ordnung. Er regelte die künstliche Beatmungsmenge, kontrollierte das Gemisch und befestigte den Luftröhrenschlauch mit mehreren Pflasterstreifen. Dann adjustierte er den Tropf. Allmählich schlug sein eigenes Herz wieder normal. Nach außen hin ließ er sich nie etwas anmerken, aber die Einführung des Schlauches nahm ihn immer stark mit. Waren die Muskeln des Patienten erst einmal gelähmt, mußte man äußerst schnell und präzise zu Werk gehen.

Dr. Billings Kopfnicken zeigte Gloria D'Mateo, daß sie mit den Operationsvorbereitungen beginnen konnte. Dr. Billing selbst durfte es jetzt ruhig angehen lassen. Ihm oblag lediglich die genaue Beobachtung von Herzschlag, Blutdruck und Temperatur. Solange der Patient sich im Zustand der Lähmung befand, mußte er zur Beatmung den Blasebalg betätigen. In acht bis zehn Minuten würde die Droge ihre Wirkung verlieren, dann konnte der Patient wieder selbst atmen, und der Narkotiseur hatte es noch leichter. Nancys Blutdruck lag konstant bei 105 : 70, und ihr Puls hatte sich nach der Aufregung vor der Narkose auf 72 Schläge pro Minute normalisiert. Dr. Billing war rundum zufrieden und freute sich auf seine Kaffeepause in etwa vierzig Minuten.

Der Eingriff ließ sich glatt an. Dr. Major begann mit der beidhändigen Untersuchung, doch die Muskulatur war ihm noch etwas zu verkrampft. Nancys Blut hatte die Droge bereits weitgehend entgiftet. Dr. Billing gab sofort noch zwei Kubikzentimeter von der Lösung ein und verzeichnete die Dosis gewissenhaft im Narkosebericht. Dr. Major bedankte sich und tat dem Operationsteam kund, daß Nancys Eierstöcke sich wie reife Pflaumen anfühlten. Das war seine Standardbemerkung, wenn alles in Ordnung war. Die Erweiterung des Gebärmutterhalses verlief unproblematisch. Etliche Blutklumpen wurden abgesaugt. Dr. Major begann vorsichtig mit der Ausschabung. Nach einiger Zeit bemerkte Dr. Billing eine leichte Rhythmusveränderung auf dem Monitor. Er beobachtete das elektronische Zukken auf dem Bildschirm. Der Puls fiel ab. Instinktiv pumpte Billing die Blutdruckmanschette auf – 90 : 60. Das war keineswegs außergewöhnlich niedrig, trotzdem störte es Billings analytisches Hirn. Ob der Eingriff Nancys Blutkonsistenz beeinflußte? Eigentlich kaum möglich. Dennoch nahm Dr. Billing das Stethoskop von den Ohren.

»Dr. Major, könnten Sie eine Minute unterbrechen? Der Blutdruck ist etwas gefallen. Wie hoch ist der Blutverlust?«

»Kaum mehr als fünfhundert Kubikzentimeter.« Dr. Majors Kopf kam zwischen Nancys Beinen zum Vorschein.

»Komisch«, stellte Dr. Billing fest. Er legte das Stethoskop wieder an und maß abermals den Blutdruck – 90 : 58. Er sah auf den Monitor: Pulsschlag 60.

»Wie sind die Werte?« fragte Dr. Major.

»Neunzig zu sechzig, Puls sechzig.« Dr. Billing überprüfte die Einspeisungsventile am Narkoseapparat.

»Was, zum Teufel, soll daran denn so schlimm sein?« fauchte Dr. Major, der sich in seinem Rhythmus gestört fühlte.

»Nichts«, gab Dr. Billing zu. »Trotzdem ist eine Veränderung festzustellen. Vorher war alles geradezu ideal.«

»Na, jedenfalls sieht sie phantastisch aus«, meinte Dr. Major. »Hier unten ist sie rot wie eine Kirsche.« Er war der einzige, der über seinen Witz lachte.

Dr. Billing sah auf die Uhr: 7 Uhr 48. »Okay, machen Sie weiter. Ich melde mich, wenn sich neue Veränderungen zeigen.« Er drückte den Blasebalg mit ganzer Kraft, um Nancys Lungen soviel Luft wie nur möglich zuzuführen. Irgend etwas störte Dr. Billing, sein sechster Sinn schlug Alarm. Er betätigte den Blasebalg und beobachtete Nancys Reaktionen. Sie war äußerst leicht zu beatmen. Dann hielt er probeweise inne. Der Beutel bewegte sich überhaupt nicht. Nancys eigene Atemreflexe waren gleich Null, obwohl auch die zweite Dosis Succinylcholin inzwischen vom Stoffwechsel weitgehend hätte absorbiert sein müssen.

Der Blutdruck erhöhte sich leicht, sank dann wieder auf 80 : 58. Das Piepen im Monitor setzte einmal aus. Als Dr. Billings Blick zum Bildschirm flog, war der Rhythmus wieder normal.

»Ich bin hier in fünf Minuten fertig«, kam Dr. Majors Stimme von unten. Erleichtert drosselte Dr. Billing die Zufuhr von Lachgas und Halothan und drehte den Sauerstoffhahn auf, um Nancys Narkosegrad zu verringern. Der Blutdruck erhöhte sich auf 90 : 60, und Dr. Billing atmete auf. Er gestattete sich sogar den Luxus, mit dem Handrücken die Schweißperlen von der Stirn zu wischen. Er sah auf den Natrium-Kalk-Behälter. Die Absorption des Kohlendioxyds schien normal zu verlaufen. Es war 7 Uhr 56. Mit der rechten Hand schob Dr. Billing Nancys Augenlider nach oben. Sie bewegten sich widerstandslos. Beide Pupillen waren extrem erweitert. Dr. Billing merkte, wie Angst über ihm zusammenschlug. Irgend etwas war geschehen. Etwas sehr Schlimmes.

Montag
23. Februar
7 Uhr 15

Kleine Wolken von Schneeflocken tanzten in der Morgendämmerung des 23. Februar 1976 über die Longwood Avenue. Das Thermometer stand unter Null, und die luftigen Kristallgebilde überlebten sogar den Kontakt mit dem Straßenpflaster. Eine graue niedrige Wolkendecke verhüllte die Sonne und tauchte die erwachende City in ein dumpfes Licht. Und der Seewind trieb immer mehr Wolken herein; die Spitzen der Hochhäuser von Boston entzogen sich im Nebel dem Blick. Obwohl die Sonne höherstieg, wurde es in der Stadt von Minute zu Minute düsterer. Der Schnee stand nicht auf dem Programm, und es waren eigentlich auch nur ein paar Flockenwirbel, die von Cohasset in die City hineingeblasen wurden, über die Longwood Avenue und die Avenue Louis Pasteur, bis ein Windstoß die letzten Überlebenden der kleinen weißen Armee gegen ein Fenster im dritten Stock des Studentenwohnheims der Medizinischen Fakultät trieb. An den glatten Scheiben konnten sie sich nur dank der dicken Schicht typischen Bostoner Drecks halten, wenigstens so lange, bis die Wärme von drinnen ihrem flüchtigen Dasein ein wäßriges Ende setzte.

In ihrem Zimmer war Susan Wheeler in völliger Unkenntnis des Dramas an der Fensterscheibe. Sie hatte ohnehin anderes im Kopf. Im Moment suchte sie sich den Klauen eines schrecklich wirren Traumes zu entziehen, der ihre lange, unruhige und weitgehend schlaflose Nacht beendet hatte. Für sie würde dieser 23. Februar bestenfalls ein schwieriger Tag werden, wenn nicht gar eine Katastrophe. Das Medizinstudium besteht aus tausend kleinen Krisen, hier und da unterbrochen von wahren Weltuntergängen. Für Susan Wheeler stand so gut wie fest, daß der 23. Februar in die letzte Kategorie gehörte. Fünf Tage zuvor hatte sie ihre ersten beiden Studienjahre beendet, die medizinische Grundausbildung in den Hörsälen und wissenschaftlichen Labors, zwischen Büchern und anderen leblosen Gegenständen. Susan Wheeler war erfolgreich, daran gab es keinen Zweifel, in Seminaren, Labors und bei ihren Referaten war sie kaum zu schlagen gewesen. Ihre Aufzeichnungen waren weithin berühmt, die Kommilitonen rissen sich darum. Zuerst hatte Susan Wheeler sie freigebig ausgeliehen. Später, als sie sich auch hier dem Wettbewerbsdruck ausgesetzt fühlte, den sie mit Absolvierung der High-School hinter sich geglaubt hatte, hielt sie sich zurück, und nur noch die kleine Gruppe ihrer Freunde kam in den Genuß der begehrten Unterlagen oder aber solche Studiengenossen, die ihr selbst mit Niederschriften aushelfen konnten, wenn sie einmal eine Vorlesung versäumte. Doch das kam selten vor.

Manche Kommilitonen zogen Susan mit ihrem Vorlesungsrekord auf, aber sie erwiderte meist, sie sei nicht begabt genug, um sich Ausfälle leisten zu können. Natürlich war das nicht der wahre Grund. In einem Beruf, in dem die Männer dominierten und ausnahmslos alle Professoren und Tutoren männlichen Geschlechts waren, konnte Susan Wheeler kein Seminar, keinen Kurs und kaum eine Vorlesung auslassen, ohne daß ihr Fehlen auffiel. Zwar betrachtete Susan ihre Lehrer überhaupt nicht unter dem geschlechtlichen Aspekt und sah sie eher als

Neutren an, eben als Ausbilder und berufliche Vorgesetzte, doch in deren Augen stellte es sich anders dar. Das lag daran, daß Susan Wheeler ein äußerst attraktives dreiundzwanzig Jahre altes weibliches Wesen war.

Sie hatte seidenweiches blondes langes Haar, das ihr bis auf die Schultern fiel. Das Gesicht war breit, mit hohen Backenknochen; die Augen lagen tief und zeigten je nach Lichteinwirkung eine reizvolle Mischung aus Blau und Grün mit braunen Punkten. Dazu kamen gerade, blendend weiße Zähne, die unter der Anleitung ihres heimischen Zahnarztes sorgfältig gepflegt worden waren.

Alles in allem war Susan Wheeler eine Erscheinung, von der Pepsi-Cola-Werbeleute träumten. Mit ihren dreiundzwanzig Jahren war sie jung, gesund und sexy und obendrein (manche würden sagen: trotz alledem) außergewöhnlich intelligent. Susan Wheelers Intelligenzquotient hatte zum Stolz ihrer Eltern schon in der Volksschule bei 140 gelegen. Die Reihe der Einser in ihren Zeugnissen nahm sich geradezu monoton aus. Susan liebte die Schule, das Lernen, und es machte ihr Spaß, ihren Verstand einzusetzen. Radcliffe High School war ihr wie auf den Leib geschneidert gewesen. Sie erntete Lorbeeren und hatte sie sich verdient. Neben ihren naturwissenschaftlichen Hauptfächern war sie stets um eine gute Allgemeinbildung bemüht gewesen. Sie hatte keinerlei Pobleme gehabt, zum Medizinstudium zugelassen zu werden.

Doch wenn ein Mädchen so hübsch war wie Susan, mußte es auch Nachteile in Kauf nehmen. Da war zum Beispiel die Schwierigkeit, einen Kurs zu schwänzen, ohne daß es auffiel. Und immer, wenn die Herren Lehrmeister Wissen abfragten, gehörte Susan zu den Unglücksraben, die dazu herhalten mußten, die Dummheit der Studenten und die Brillanz der Professoren unter Beweis zu stellen. Ein weiterer Nachteil: Die Leute neigten dazu, sich vorschnell ein Urteil über Susan zu bilden. Sie sah den Mädchen auf den Reklameplakaten so ähnlich, daß die gängige Proportionsrechnung zwischen Körperformen und Kopfinhalt sich aufdrängte.

Erst nach und nach wurde sich Susan bewußt, daß ihr Erscheinungsbild auch Vorteile mit sich brachte. Wer hübsch und gescheit war, brauchte bei einem schwierigen Thema nur zu fragen, und Professoren wie Tutoren überschlugen sich geradezu, Susan die Feinheiten gewisser Drüsenfunktionen oder pathologischer Befunde zu erklären.

In puncto Privatleben verhielt sich Susan zurückhaltender, als man es einem Mädchen ihres Aussehens zutrauen mochte. Dafür gab es im wesentlichen zwei Gründe: Erstens saß Susan lieber in ihrem Zimmer und las, anstatt sich mit einem langweiligen Jüngling abzugeben, und bei ihrer Intelligenz erschienen ihr erschreckend viele Jünglinge langweilig; und zweitens brachten nur wenige Männer den Mut auf, sich an sie heranzumachen. Die Kombination von Sex und Köpfchen hatte eine einschüchternde Wirkung. So verbrachte Susan die meisten Samstagabende lesend in ihrem Zimmer.

Am Morgen dieses 23. Februar sah Susan ihre heimelige Studentenwelt bedroht. Susan Wheeler und mit ihr hunderteinundzwanzig Kommilitonen wurden rüde aus den sicheren Bahnen des theoretischen Lernens herausgerissen und in die garstige Praxis gewirbelt: Die klinischen Studienjahre begannen. Was zählten schon alle Bücher- und Laborweisheiten, wenn man sie an lebenden Patienten erproben mußte?

Susan Wheeler machte sich keinerlei Illusionen. Was es hieß, Arzt zu sein, Menschen zu heilen, davon hatte sie so gut wie kaum eine Ahnung. Und sie bezweifelte, daß sich das je ändern würde. Sie wußte, man konnte sich das nicht anlesen oder methodisch anlernen, und das alte Sprichwort vom Sprung ins kalte Wasser lag ihrer Mentalität fern. Trotzdem: Noch an diesem 23. Februar würde sie auf die eine oder andere Weise mit Patienten konfrontiert werden. Susan durchlebte eine Krise ihres Selbstvertrauens, und das war auch der Grund für ihre unruhige Nacht und die bizarren Träume, in denen sie mutterseelenallein durch Irrgärten getaumelt war. Susan Wheeler hatte keine Ahnung, wie sehr diese Träume sich in den folgenden Tagen bewahrheiten würden.

Um 7 Uhr 15 riß der Radiowecker sie aus ihren Halbträumen, zwang sie, sich auf die Realitäten des Tages einzustellen. Sie drehte das Radio ab, bevor die Automatik das kleine Zimmer mit Schlagermusik überfluten konnte. Sonst brauchte sie das, um wach zu werden, aber an diesem Morgen hatte sie keinen Bedarf. Ein solcher Tag kam von selbst.

Sie setzte sich auf die Bettkante. Der Boden unter ihren Füßen war kalt und wenig einladend. Mürrisch musterte sie ihre Umwelt. Viel gab es da nicht zu sehen: das Zimmer, vier mal fünf Meter, zwei Fenster an der Schmalseite, jedes in viele kleine Scheiben unterteilt, mit Blick auf das nächste Backsteingebäude und einen Parkplatz – eine Aussicht, der sich Susan nur selten bediente. Die Wände hatte Susan zwei Jahre zuvor selbst gestrichen: ein angenehm warmes Pastellgelb, abgestimmt auf die Batikgardinen mit grün-blauem Muster. An den Wänden hingen gerahmte Poster.

Die Möbel gehörten dem Studentenheim, und das sah man ihnen auch an. Das altmodische Einzelbett war viel zu weich und als Sitzgelegenheit nicht geeignet. Den abgewetzten Lehnstuhl benutzte Susan nur als Ablage für schmutzige Wäsche. Sie las lieber auf dem Bett liegend und arbeitete am Schreibtisch, dessen Platte eine generationenalte Sammlung eingeschnitzter Initialen und alles andere als stubenreiner Kürzel aufwies. Auf dem Tisch lag ein aufgeschlagenes Diagnose-Handbuch. Susan hatte es während der vergangenen drei Tage noch einmal vollständig gelesen und fühlte sich so unwissend wie zuvor.

»Scheiße«, sagte sie laut, aber ohne besondere Betonung. Der Fluch richtete sich gegen nichts und niemanden, entsprang nur dem Bewußtsein, daß der ominöse 23. Februar gekommen war. Susan fluchte gern und oft, aber meist ohne Zeugen und Zielperson.

Nachdem sie sich energisch der Bettdecken entledigt hatte, stellte sie fest, daß sie eine Viertelstunde zu früh aufgestanden war. So lange brauchte sie sonst, um sich mit Hilfe des Radios an den neuen Tag zu gewöhnen, ehe sie ins Bad ging. Jetzt blieb sie einfach sitzen und starrte vor sich hin. Und wünschte sich sehnlichst, daß sie Jura oder Literatur studiert hätte oder... alles auf der Welt, warum nur ausgerechnet Medizin?

Die Kälte des Linoleumfußbodens kroch von den Füßen ihren Körper hinauf. Die Warzen ihrer wohlgeformten Brüste richteten sich auf, Gänsehaut wuchs an den Schenkeln. Sie trug nur ein dünnes, ausgewaschenes Flanellnachthemd aus ihren letzten Schultagen, ein Weihnachtsgeschenk. Immer noch zog sie es fast jede Nacht an, wenn sie allein schlief. An diesem alten Nachthemd hing sie. Es verkörperte die Beständigkeit in ihrem sich schnell wandelnden Leben. Und außerdem hatte ihr Vater sie am liebsten in diesem Nachthemd gesehen.

Susan hatte sich schon sehr früh bemüht, ihrem Vater zu gefallen. Ihre erste Erinnerung an ihn war sein Geruch, eine Mischung von frischer Luft und Seife, überlagert von etwas, das sie viel später als typisch männlichen Duft zu identifizieren gelernt hatte. Ihr Vater hatte sie immer besonders nett behandelt, und sie wußte bald, daß sie sein Liebling war. Sie hatte das Geheimnis gehütet, insbesondere vor den beiden jüngeren Brüdern, aber es war in allen Krisen der Kindheit und Pubertät eine Quelle der Kraft und des Vertrauens für sie gewesen.

Susans Vater war eine dominierende Persönlichkeit, aber von sanftem und großzügigem Wesen. In der Familie wie im Beruf spielte er die Rolle eines aufgeklärten Despoten. Sein Wort galt in allen Lebenslagen. Nicht, daß Susans Mutter einen schwachen Willen besessen hätte, sie war ihrem Mann nur einfach nicht gewachsen. Lange hatte Susan diese Konstellation als die Norm akzeptiert. Erst später machte sie die Erfahrung, daß die Welt auch anders sein konnte. Susan selbst ähnelte nämlich ihrem Vater sehr, der ihre Entwicklung in dieser Richtung auch nach Kräften förderte. Doch eines Tages ging ihr auf, daß sie trotzdem nicht wie ihr Vater sein konnte. Danach versuchte sie verzweifelt, ihrer Mutter ähnlich zu werden, aber auch das brachte sie nicht weiter. Ihre Persönlichkeit war nun einmal nach ihrem Vater geformt, und wenn sie auch nicht, wie dieser, ein Heim gründen und eine Familie in die Welt setzen konnte, schien es ihr in anderen Lebensbereichen geradezu vorherbestimmt, das Heft in die Hand zu nehmen. In der Abschlußklasse der High-School wurde sie mit überwältigender Mehrheit zur Klassensprecherin gewählt, obwohl sie gerade damals eine weniger exponierte Rolle bevorzugt hätte.

Bei alledem hatte ihr Vater ihr nie Unmögliches abgefordert. Er war durch seine bloße Gegenwart eine Quelle der Zuversicht und des Selbstvertrauens und, vor allem, ein Vorbild für Susan, ihr Leben so zu leben, wie sie wollte, ohne Rücksicht auf ihr Geschlecht. Erst während ihres Medizinstudiums merkte Susan, daß sie kein Einzelfall war und viele ihrer Kommilitoninnen aus dem gleichen oder einem ähnlichen Milieu kamen: einer vom Vater geprägten Vergangenheit. Und als sie die Eltern ihrer Freundinnen kennenlernte, kamen ihr die Väter fast ausnahmslos vertraut vor.

Vom Heizkörper unter dem Fenster war ein Puckern zu hören, Vorbote einer behaglicheren Temperatur. Susan kehrte in die Gegenwart zurück, stand steif auf, reckte sich und schloß das Fenster, das einen Spaltbreit offengestanden hatte. Sie zog sich das Nachthemd über den Kopf und betrachtete ihren nackten Körper im Spiegel an der Badezimmertür. Spiegel hatten sie immer fasziniert, und sie konnte an keinem dieser Zaubergläser vorübergehen, ohne ihre Erscheinung wenigstens flüchtig zu überprüfen.

»Hättest Tänzerin werden sollen, Susan Wheeler«, sagte sie zu ihrem Spiegelbild und reckte sich auf die Zehenspitzen. »Warum unbedingt eine Scheiß-Ärztin?« Theatralisch ließ sie sich vornübersinken, Sinnbild der Demut, und sah sich immer noch zu. »Das wäre wirklich besser gewesen.« Susan war stolz auf ihren weichen und schmiegsamen, dennoch stark und kräftig gebauten Körper. Ja, sie hätte Tänzerin werden können, besaß sie doch Balance und Sinn für Grazie und Rhythmus. Sie beneidete ihre Schulfreundin Carla Curtis, die Ballett studiert hatte und jetzt irgendwo über die New Yorker Bühnenwelt schwebte. Dabei wußte Susan genau, daß die Tanzerei sie nicht befriedigt hätte. Sie brauchte einen Beruf mit Berufung, ein

Leben, das ihren Denkapparat ständig anregte. Susan streckte dem Mädchen im Spiegel die Zunge heraus, und das Mädchen tat dasselbe. Dann ging sie ins Bad.

Es dauerte vier Minuten, bis das Wasser warm war. Derweil besah Susan ihr Gesicht im Spiegel über dem Waschtisch. Mit einer etwas hübscheren Nase, dachte sie, hätte vielleicht eine Schönheit aus ihr werden können. So aber begann sie auch diesen schicksalsschweren Tag, indem sie eine Dufttablette ins Badewasser warf. Man mußte das Leben von der praktischen Seite betrachten.

Montag
23. Februar
7 Uhr 30

Das Boston Memorial Hospital ist wahrhaftig keine architektonische Augenweide, trotz der überproportionalen Anzahl von Architekten, die in dieser Gegend ansässig sind. Der Zentralbau kann als gelungen und interessant gelten. Er wurde vor mehr als einem Jahrhundert aus großen Sandsteinblöcken mit Gefühl für Proportionen und handwerklicher Gediegenheit errichtet. Doch das Gebäude ist viel zu klein und nur zwei Stockwerke hoch. Außerdem wurde es nach dem inzwischen überholten Prinzip der Krankenpflege erbaut, das riesige Bettensäle vorsah. Infolgedessen hat das ehrwürdige Gebäude heutzutage kaum noch praktischen Nutzen, und nur die Ehrfurcht vor dem Hauch medizinischer Geschichte, der durch seine Hallen weht, bewahrt es vor dem Abbruch.

Die zahlreichen größeren Gebäude des Memorialkomplexes sind Musterbeispiele amerikanischer Gotik: in unmöglichen Winkeln verschränkte und verschachtelte Mauern aus Millionen und aber Millionen rotbrauner Ziegelsteine, hohe, immer schmutzige Fenster und flache Dächer in eintönigem Nebeneinander. Diese Häuser wurden angefügt, wie es gerade kam, entsprechend dem jeweiligen Bedarf an Betten und den gerade zur Verfügung stehenden finanziellen Mitteln. Alles in allem und mit Ausnahme einiger kleinerer Forschungsbauten bietet sich dem Blick ein häßliches Steingewirr dar.

Aber kaum jemand stößt sich an dem äußeren Anblick der Bauten: Das Ganze ist größer als die Summe seiner Teile, und die nüchterne Wahrnehmung wird überlagert von der Bedeutung des Namens und der Tradition, für die er steht. Die Gebäude sind keine Gebäude an und für sich, sondern bilden und beherbergen das weltbekannte Boston Memorial Hospital, den Tempel der Geheimnisse und der Magie moderner medizinischer Künste. Den Laien, der sich ihm nähert, beherrschen Angst und Aufregung, und für den Fachmann ist es schlicht das Mekka seiner Zunft.

Zur rein ästhetischen Schönheit trägt die unmittelbare Umgebung wenig bei. Auf der einen Seite führt ein Labyrinth von Schienensträngen zum Nordbahnhof, und moderne Stahlhochstraßen überziehen wie rostige Bestandteile einer abstrakten Skulptur die Gegend. Am anderen Ende grenzt das Memorial an ein modernes Siedlungsprojekt für Familien mit geringem Einkommen. Doch wie so oft ging das Ziel auch hier in der Korrumpiertheit der öffentlichen Kommunalverwaltung verloren. Äußerlich wirken die Häuser zwar wie neumodische Slums für Unterprivilegierte, die Miete aber können sich nur wohlhabende Kinder des großstädtischen Glücks leisten. Vor dem Hospital liegt eine tote Ecke des Bostoner Hafens, Wasser wie schwarzer Kaffee, von schmutzigem Schaum überzogen. Den Platz zwischen Hafen und Krankenhausfront nimmt ein großes asphaltiertes Spielgelände ein, auf dem der Wind Zeitungen vor sich hertreibt.

An diesem Morgen um 7 Uhr 30 barst der Operationstrakt fast vor Aktivität, aber das gehörte zur täglichen Routine. Fünf Minuten später waren in einundzwanzig Sälen einundzwanzig Skalpelle in Aktion getreten. Die planmäßig angesetzten Operationen waren im vollen Gang, und das Schicksal einer ansehnlichen Zahl von Menschen hing davon ab, was in den folgenden Viertelstunden getan oder unterlassen, gefunden oder nicht gefunden wurde. In den einundzwanzig gekachelten Sälen vollzog sich das Geschehen in genau einstudiertem Tempo, das erst gegen zwei oder drei Uhr nachmittags nachlassen würde. Und abends um acht oder um neun wurde dann nur noch in zwei Sälen operiert, dort aber häufig bis zum nächsten Morgen, wenn der große Trubel abermals begann.

Im krassen Gegensatz zur fieberhaften Tätigkeit in den OPs herrschte im Erfrischungsraum der Chirurgischen Abteilung wohltuende Ruhe. Kaffeepause war erst gegen neun, so daß sich dort zur Zeit nur zwei Personen aufhielten. An der großen Spüle stand ein kränklich wirkender Mann, der viel älter als zweiundsechzig aussah. Im Augenblick war er damit beschäftigt, das Becken zu säubern, ohne die mehr als zwanzig Kaffeetassen zu verrücken, die dort von ihren Benutzern abgestellt worden waren, viele noch halb voll mit bräunlicher Brühe. Der Mann war als Walters bekannt, und nur wenige wußten, ob es sich dabei um seinen Vor- oder Nachnamen handelte. Genauere Auskunft konnten seine Personalpapiere geben: Chester P. Walters. Wofür das P. stand, wußte allerdings niemand, nicht einmal Walters selbst. Seit seinem sechzehnten Lebensjahr war er in der Chirurgischen Abteilung im Memorial beschäftigt, und niemand hatte den Mut, ihn zu entlassen, obwohl er so gut wie überhaupt nichts tat. Er fühle sich nicht wohl, lautete seine Standardentschuldigung, und in der Tat sah er auch alles andere als wohl aus. Er war blaß und hager, und alle paar Minuten schüttelte ihn rasselnder Husten, aber der Mann schien sich nie die Mühe zu machen, den seit Jahren angesammelten Schleim auszuhusten. Er war wohl zufrieden, wenn die Luftröhre gerade eben noch funktionierte und beim Husten die Zigarette nicht ins Wackeln kam, die in seinem rechten Mundwinkel klebte. Walters hielt ständig den Kopf nach links gebeugt, damit ihm der Qualm nicht in die Augen stieg.

Der zweite Anwesende war einer der chirurgischen Assistenzärzte, Mark H. Bellows. Ihm war die Herkunft seines mittleren Initials bekannt: Es stand für Halpern, den Geburtsnamen seiner Mutter. Mark Bellows war mit Eintragungen auf einem großen gelben Block beschäftigt. Walters' Husten wirkte auf ihn ebenso störend wie dessen Zigarette, und jedesmal, wenn es den Alten wieder schüttelte, sah Bellows gereizt auf. Es war ihm unverständlich, wie sich jemand so intensiven körperlichen Schaden zufügen konnte. Bellows rauchte nicht. Er hatte nie geraucht. Ebenso unverständlich war es ihm, daß ein Mann wie Walters im geheiligten Operationstrakt existieren durfte, so wie der aussah, sich benahm und angesichts der Tatsache, daß er nichts leistete, rein gar nichts. Die Chirurgie im Memorial war für Bellows der Gipfel medizinischer Zunft, und hier zum Personal zu gehören erschien ihm das erstrebenswerteste Ziel. Bellows hatte lange und hart darum gekämpft, im Memorial eine feste Anstellung zu bekommen. Und mitten im Paradies vegetierte dieses Ungeheuer, wie Bellows sich gegenüber seinen Kollegen zu beklagen pflegte: Es war geradezu lachhaft!

Unter normalen Umständen wäre Bellows zu dieser Zeit in einem der einundzwanzig Operationssäle gewesen, hätte dort seinen Teil zum allgemeinen Tohuwabohu beigetragen. Doch an diesem 23. Februar oblag ihm anderes: Er hatte die Betreuung von fünf Medizinstudenten in seinen ohnehin überfüllten Dienstplan einzufügen. Bellows war zur Zeit Beard 5 zugeordnet, das hieß: dem fünften Stock im Beard-Block, benannt nach einem der Mäzene, die Bau und Einrichtung des Memorial ermöglicht hatten. Beard 5 war eine exzellente chirurgische Station, vielleicht die beste im ganzen Haus. Als stellvertretender Stationsarzt hatte Bellows zugleich die Aufsicht über die chirurgische Intensivstation, die sich an den Operationsflügel anschloß.

Ohne von seiner Arbeit aufzusehen, nahm Bellows die Kaffeetasse und schlürfte das heiße Gebräu. Dann stellte er die Tasse klirrend wieder auf den Tisch. Soeben war ihm ein weiteres Mitglied des Kollegiums eingefallen, dessen Erfahrungen den Studenten von Nutzen sein konnten, und er trug den Namen in den Lehrplan ein. Vor ihm auf dem Tisch lag ein Bogen mit dem offiziellen Briefkopf der Chirurgie. Er nahm das Blatt und las noch einmal die fünf Namen seiner neuen Studenten: George Niles, Harvey Goldberg, Susan Wheeler, Geoffrey Fairweather III., Paul Carpin. Nur zwei Namen beeindruckten ihn. Bei Fairweather mußte er grinsen, vor seinem inneren Auge erschien das Bild eines dünnen, hochnäsig-verzogenen Burschen mit großer Brille und ellenlangem neuenglischen Stammbaum, gekleidet, verstand sich, in die besten Hemden von Brooks Brothers. Der Name Susan Wheeler fiel ihm nur deshalb auf, weil Frauen ihm immer auffielen. Und er selbst übte, da war er sicher, die gleiche Wirkung auf das andere Geschlecht aus. Schließlich war er ein athletischer Mann und Arzt obendrein. Bellows' soziale Vorstellungen waren insgesamt eher naiv, wie die der meisten seiner Standeskollegen. Der Name Susan Wheeler signalisierte ihm vor allem die Hoffnung, daß der nächste Monat einen erfreulichen Aspekt bringen könnte. Er machte sich nicht die Mühe, dem Namen in seiner Vorstellung eine Gestalt beizugeben.

Mark Bellows arbeitete bereits zweieinhalb Jahre im Memorial. Seine medizinische Laufbahn hatte vielversprechend begonnen, und er war ziemlich sicher, auch künftig keinen Schiffbruch zu erleiden. Wenn er ehrlich war, sah es sogar so aus, als hätte er eine handfeste Chance auf den Posten des Stationsarztes, sofern alles glattging. Als Assistenzarzt dazu auserkoren zu sein, eine Gruppe von Medizinstudenten unter seine Fittiche zu nehmen, war schon eine Art Auszeichnung, wenngleich mit mancherlei Mühsal verbunden. Die Aufgabe war ihm völlig unerwartet übertragen worden, sozusagen als unmittelbare Nebenwirkung der Hepatitis, von der Hugh Casey befallen worden war. Casey, ein ranghöherer Kollege, bekam jedes Jahr zwei Studentengruppen zugewiesen. Gleich nach Caseys Erkrankung hatte Bellows die Nachricht erhalten, er möge sich im Büro von Dr. Howard Stark melden. Damals hatte Bellows beileibe nicht an Studenten oder die Hepatitis seines Kollegen gedacht, sondern in aller Eile seine jüngsten Fehltritte Revue passieren lassen, wie immer, wenn man in das Allerheiligste befohlen wurde. Aber ganz anders als sonst war ihm Stark mit ausgesuchter Liebenswürdigkeit begegnet und hatte ihm sogar zu einem seiner letzten Operationserfolge gratuliert. Danach war Stark mit dem eigentlichen Anlaß der Audienz herausgerückt, hatte ihn gefragt, ob er nicht Lust hätte, Caseys Studenten zu übernehmen. Um der Wahrheit die Ehre zu geben: Bellows hätte lieber darauf verzichtet, solange er in der Mühle von Beard 5 steckte. Doch es empfahl sich nicht, Stark eine Absage zu erteilen, selbst wenn der seinen Wunsch in die Form eines freundlichen Angebots kleidete. Für Bellows wäre dies einem beruflichen Selbstmord gleichgekommen. Er kannte das Ausmaß an Rachegelüsten, zu denen eine brüskierte Chef-Chirurgen-Seele fähig war, und hatte sich beeilt, die Offerte mit allen Anzeichen von Dankbarkeit anzunehmen.

Bellows entwarf auf seinem Block einen Plan für die kommenden etwa dreißig Tage, die den Medizinstudenten unter seiner Tutorenschaft bevorstanden. Jeden Morgen würde er selbst eine Vorlesung halten, am Nachmittag mußte einer der Kollegen dran glauben. Er wollte vor allem die Themen genau festlegen, um Überschneidungen zu vermeiden.

Bellows hatte in der vergangenen Woche seinen 29. Geburtstag gefeiert. Sein Alter war nicht leicht zu schätzen. Er hatte eine für einen Mann ungewöhnlich glatte Haut und befand sich in hervorragender körperlicher Verfassung. Daß er auf die Dreißig zuging, ließ allenfalls sein etwas gelichtetes Haar ahnen. Er hatte blaue Augen, ein freundliches, offenes Gesicht und die Fähigkeit, die meisten Leute für sich einzunehmen. Mark Bellows war bei fast allen beliebt.

In Beard 5 arbeiteten auch zwei Praktikanten. Nach dem neuen Sprachgebrauch hatten sie Anrecht auf die Bezeichnung »Assistenzärzte im ersten Dienstjahr«, doch Bellows und die meisten anderen seiner Kollegen nannten sie weiter Praktikanten. Es handelte sich um Daniel Cartwright und Robert Reid. Sie waren seit Juli vergangenen Jahres auf der Station und hatten große Fortschritte gemacht, aber jetzt, im Februar, unterlagen beide dem bekannten Praktikanten-Syndrom, einer Art seelischem Tief, das immer dann auftrat, wenn der Ansturm des Neuen zur Routine geworden, der Streß der Verantwortung und nicht zuletzt der ständigen Nachtdienste aber innerlich noch nicht verarbeitet war. Aus diesem Grund mußte sich Bellows den beiden zur Zeit etwas ausgiebiger widmen. Cartwright arbeitete in der Intensivstation, Reid in Beard 5. Bellows beschloß, sie in die Studentenbetreuung einzubeziehen. Dabei versprach er sich mehr von Cartwright, während Reid, ein Schwarzer, gegenwärtig genug mit sich selbst zu tun hatte. Er schrieb den Umstand, daß ihm, wie er meinte, die mühseligsten und unangenehmsten Arbeiten aufgebürdet wurden, seiner Rasse und nicht seinem niederen Praktikantenrang zu. Auch das gehörte zu den Symptomen des Februar-Tiefs, dachte Bellows, und würde sich geben. Aber für die Studenten war Cartwright wohl eher geeignet.

»Miserables Wetter«, sagte Walters vom Spülbecken her. Das war nichts Neues, Walters sagte das immer, für ihn war jedes Wetter miserabel. Ihm wären 23 Grad im Schatten und eine Luftfeuchtigkeit von allenfalls 30 Prozent lieber gewesen. Vielleicht machten ihm seine Bronchien dann weniger zu schaffen. Doch da Boston derartiges kaum zu bieten hatte, war das Wetter für Walters stets miserabel.

»Stimmt«, antwortete Bellows, weil die Höflichkeit es erforderte. Immerhin ließ er den Blick nach draußen schweifen. Die meisten Leute hätten Walters recht gegeben. Über den grauen Himmel zogen dunkelgraue Haufenwolken. Bellows dachte an seine fünf Studenten und sah der zusätzlichen Bürde plötzlich ganz freudig entgegen. Auf jeden Fall würden sie seine Position im Krankenhaus stärken und damit auch seine Zukunftsaussichten. Und das war den Mehraufwand allemal wert. Bellows hatte zu seinem Beruf eine machiavellistische Einstellung. Sonst hätte er bei der Konkurrenz wohl auch kaum eine Stellung im Memorial bekommen.

»Wissen Sie, Walters, in Wirklichkeit ist das genau mein Lieblingswetter.« Bellows stand auf, schob den Stuhl zurück und sah den verdutzten Walters trotzig an. Ihm war selbst, als hätte er ein Sakrileg begangen und ein, zugegeben ausnehmend häßliches, Denkmal geschändet. Und ehe der hustende Walters mit der zuckenden Zigarette im Mundwinkel recht begriffen hatte, wie ihm geschah, enteilte Bellows durch die Tür. Die Zeit war gekommen, seine fünf Studenten in Empfang zu nehmen. Jawohl, Bellows war überzeugt: Die Mühe würde sich für ihn lohnen.

Montag
23. Februar
9 Uhr

Susan Wheeler fuhr mit Geoffrey Fairweather in dessen Jaguar vom Studentenheim ins Krankenhaus. Der X 150, fast schon ein Oldtimer, konnte mit Mühe drei Personen aufnehmen. Paul Carpin, mit Fairweather befreundet, war der Dritte im Bunde, während George Niles und Harvey Goldberg mit dem Gedränge in der U-Bahn fertig werden mußten. Das Treffen mit Mark Bellows im Memorial war für neun Uhr anberaumt.

Als der Jaguar mit seinen typisch englischen Mucken erst einmal angesprungen war, schaffte er die gut sechs Kilometer in anerkennenswerter Zeit. Susan Wheeler, Fairweather und Carpin betraten um 8 Uhr 45 das Hauptportal des Memorial. Zehn Minuten später kamen die beiden anderen, die auf das Wunder einer nur halbstündigen Fahrtdauer gehofft und genau doppelt solange gebraucht hatten. Das Treffen mit Bellows sollte im Klubraum von Beard 5 stattfinden. Keiner der fünf hatte die geringste Ahnung, wo der lag. Alle vertrauten auf die Macht des Schicksals, die sie richtig leiten würde, sobald sie erst einmal das geheiligte Memorial betreten hatten. Medizinstudenten neigen zur Passivität, insbesondere nach ihren ersten beiden Studienjahren mit der täglichen Hörsaalroutine von neun bis siebzehn Uhr. Mehr aus Zufall denn als Ergebnis ihrer Orientierungskünste trafen sich beide Gruppen an den Aufzügen. Die drei Jaguar-Privilegierten hatten ihren Vorsprung damit vertan, daß sie zunächst den Aufzug zum Thompson-

Gebäude am anderen Ende der Eingangshalle genommen hatten.

»Glaub' kaum, daß mir dieser Kasten hier zusagt«, meinte George Niles bedrückt zu Susan Wheeler, als alle fünf sich in den überfüllten Lift quetschten. Susan verstand genau, was ihr Kommilitone ausdrücken wollte. Wenn man bereits Angst vor einem Ziel hat und es dann noch nicht einmal findet, verstärkt sich das Unbehagen. Alle fünf durchlebten im Augenblick ohnehin eine akute Krise ihres Selbstbewußtseins. Das Memorial bedeutete auch für sie das Mekka medizinischer Ausbildung, und sie hätten das Angebot, dort zu arbeiten, um nichts in der Welt ausgeschlagen. Gleichzeitig aber sahen sie in ihrer gegenwärtigen Gemütsverfassung nicht die geringste Chance, sich jemals zu verantwortlich handelnden Ärzten zu entwikkeln. Sie trugen weiße Kittel und damit das äußere Kennzeichen der Mediziner-Innung. Aber was ein Patient war, wußten sie kaum, und die Stethoskope, die aus den Taschen baumelten, hatten allenfalls mit ein paar ausgesuchten Studienobjekten Berührung bekommen. Sie kannten komplizierte biochemische Vorgänge, doch was bedeutete das schon für die Praxis?

Immerhin kamen sie von einer der berühmtesten Medizinischen Fakultäten des Landes: Zählte das nichts? An diese Illusion klammerten sich alle fünf, während der Lift sie Stockwerk um Stockwerk hinauftrug. In Beard 2 stieg ein Arzt im Operationskittel zu, und durch die Tür erhaschten die fünf einen Eindruck vom Getriebe im Operationstrakt.

Im fünften Stock angekommen, hatten die Studenten keine Ahnung, wie es weiterging. Susan setzte sich an die Spitze und lief den Flur entlang zur Schwesternstation. Auch hier ging es zu wie in einem Bienenstock. Der Stationsassistent war verzweifelt bemüht, telefonisch die Blutwerte aus den Frühuntersuchungen zu erfragen. Terry Lindquist, die Oberschwester, überprüfte den Operationsplan, um sicherzugehen, daß die Patienten, die innerhalb der kommenden Stunde an der Reihe waren, die nötige Vorbehandlung erhalten hatten. Die übrigen sechs Schwestern und drei Lernschwestern waren damit beschäftigt, Patienten zu den Operationsräumen zu dirigieren oder Frischoperierte wieder auf die Station zurückzubringen.

Susan Wheeler nahm all ihren Mut zusammen. Der Assistent schien ihr die geeignetste Kontaktperson.

»Verzeihung, könnten Sie mir ....«

Der Assistent wehrte mit einer Handbewegung ab. »Noch mal das Zentrifugenergebnis!« rief er in den Apparat. »Hier ist der Teufel los, ich versteh' kein Wort.« Er kritzelte auf einen Block. »Und der Patient war auch mit Blutzucker dran.« Er sah zu Susan auf und schüttelte den Kopf, offenbar ein stummer Kommentar über die Begriffsstutzigkeit der Laborangestellten. Ehe Susan ein Wort hervorbringen konnte, rief er: »Aber klar brauchen wir den Blutzucker.« Er wühlte sich durch einen Stapel Papier, dann: »Hier hab' ich's. Von mir selbst ausgefüllt. Hören Sie, Dr. Needem geht an die Decke, wenn .... was? Verdammt noch mal, wenn Sie das Blut nicht mehr haben, dann bemühen Sie sich gefälligst hier herauf und holen Sie sich welches. Jawohl, der Patient ist um elf dran. Und was ist mit Berman? Haben Sie seine Werte? Klar brauche ich die, was glauben Sie wohl?«

Der Assistent klemmte den Hörer zwischen Ohr und Schulter und sah abermals zu Susan auf. »Was kann ich für Sie tun?«

»Wir sind neu hier, Medizinstudenten, und wir müssen ...«

»Fragen Sie am besten Miss Lindquist.« Der Assistent kritzelte wieder emsig, nahm sich aber zwischendurch die Zeit, mit dem Bleistift auf die Oberschwester zu deuten.

Susan musterte Terry Lindquist. Sie mochte vier oder fünf Jahre älter sein als sie selbst, sah recht gut aus, war für Susans Geschmack aber ein wenig zu dick. Offensichtlich war die Oberschwester genauso beschäftigt wie der Assistent, doch Susan hatte keine Wahl. Ein kurzer Seitenblick auf ihre Kommilitonen zeigte ihr, daß sie sich ihrer Anführerschaft nur allzu willig unterordneten. Also ging Susan zu Miss Lindquist.

»Entschuldigen Sie«, sagte Susan höflich, »aber wir sind Studenten und neu hier und sollen zu ...«

»O nein, bitte nicht!« unterbrach die Oberschwester sie und

preßte die Hand an die Stirn, als hätte sie einen Anfall von Migräne. »Das hat mir gerade noch gefehlt! Einer der schlimmsten Tage im ganzen Jahr, und ich bekomme einen Haufen Studenten an den Hals!« Sie warf Susan einen gequälten Blick zu. »Bitte, alles, was Sie wollen, nur nicht gerade jetzt!«

»Von Ihnen will ich ja gar nichts«, meinte Susan trotzig. »Wollte nur fragen, ob Sie mir sagen können, wo der Klubraum von Beard fünf ist.«

Terry Lindquist, etwas milder gestimmt, ließ sich zur Auskunft herbei. »Da drüben, hinter dem Hauptpult, die Tür da.«

Als Susan sich umdrehte und zu ihren wartenden Kommilitonen zurückging, hörte sie die Schwester zu einer ihrer Kolleginnen sagen: »Du wirst es nicht glauben, Nance, aber heute kommt alles zusammen. Was meinst du, was hier gerade eingetroffen ist? Ein Haufen frisch gewickelter Studenten, na, Mahlzeit.«

Susan hörte hinter sich deutliches Stöhnen, als das Team von Beard 5 die Neuigkeit zur Kenntnis nahm.

Sie ging am Pult des Assistenten vorbei, der immer noch in das Telefon schimpfte und auf seinen Block kritzelte, und führte ihre Kommilitonen zur Doppeltür am anderen Ende des Raumes.

»Toller Empfang«, meinte Carpin.

»Ja, mit rotem Teppich und allem Drum und Dran«, pflichtete Fairweather ihm bei. Trotz äußerer wie innerer Orientierungsschwierigkeiten kamen sich die Studenten, wie es ihrem Status entsprach, außerordentlich wichtig vor.

»Ach, wart nur, in ein paar Tagen fressen dir die Schwestern aus der Hand«, meinte Goldberg blasiert. Susan warf ihm einen verächtlichen Seitenblick zu, der an dem wenig sensiblen jungen Mann jedoch völlig verschwendet war.

Susan stieß die Schwingtüren auf. Der Raum dahinter sah auf den ersten Blick wie eine Rumpelkammer aus: alte Bücher, zum Teil überholte medizinische Nachschlagewerke, Aktenstapel, schmutzige Kaffeetassen, Spritzen und Infusionsschläuche. An der linken Wand zog sich eine Art Tresen entlang, auf dem eine große Kaffeemaschine stand. Durch das vorhanglose Fenster an der Schmalseite des Raums drang das trübe Bostoner Morgenlicht herein. Mit den Leuchtröhren an der Decke konnte es nicht konkurrieren. An der Wand rechts hing ein Mitteilungsbrett mit zahlreichen Nachrichten, Zetteln und Bekanntmachungen. Die Wandtafel daneben war von Kreidestaub überzogen. Mitten im Raum standen Hörsaalstühle mit Schreibplatten an den rechten Armlehnen. Davor, mit dem Rücken zur Wandtafel, saß Bellows, den großen gelben Block in der Hand. Als die Studenten im Gänsemarsch eintraten, blickte er ostentativ auf die Uhr. Die Neulinge erkannten die Bedeutung dieser Geste sofort, vor allem Goldberg, der immer dann reagierte, wenn es um das eigene Fortkommen ging.

Mehrere Minuten herrschte Schweigen. Bellows schwieg der Wirkung wegen. Er hatte keinerlei Erfahrungen mit Medizinstudenten, aber aus der eigenen Erinnerung fühlte er sich bemüßigt, Autorität hervorzukehren. Die Studenten schwiegen, weil ihnen unbehaglich war.

»Es ist jetzt zwanzig nach neun«, sagte Bellows schließlich. »Diese Sitzung sollte um neun Uhr beginnen, nicht um zwanzig nach neun.« Keiner aus dem kleinen Auditorium verzog eine Miene: nur nicht gleich auffallen. »Ich halte es für geboten, von vornherein Klarheit zu schaffen.« Bellows stand gewichtig auf und nahm ein Stück Kreide in die Hand. »Wenn es in der Chirurgie eine Grundregel gibt, dann ist es Pünktlichkeit. Und ganz besonders hier im Memorial. Ich rate Ihnen, sich das zu merken, sonst wird Ihr Aufenthalt hier ...« Er geriet ins Stocken, als er nach dem passenden Ausdruck suchte. Er tippte mit der Kreide an die Tafel und sah Susan Wheeler an, was zu seiner momentanen Konfusion beitrug. Schnell lenkte er seinen Blick auf das Fenster und den trüben Bostoner Himmel. »Sonst wird Ihr Aufenthalt hier einem langen, kalten Winter gleichen«, beendete er im zweiten Anlauf seine Philippika.

Danach blickte er die Studenten ernst an und begann seine flüchtig vorbereitete Einführungsrede. Beim Sprechen musterte er die Gesichter. Fairweather erkannte er sofort: Die bernsteinfarbene Hornbrille paßte in sein vorgefaßtes Bild. Und Goldberg? Das mußte der dort drüben sein. Die beiden anderen männlichen Wesen lösten keine Assoziationen aus. Bellows wagte noch einen Blick auf Susan und fühlte sich sofort wieder verunsichert. Er hatte nicht damit gerechnet, daß sie so hübsch war. Ihre dunkelblauen Hosen schmiegten sich beängstigend eng an die Schenkel. Die hellblaue Bluse wurde von einem blau-roten Halstuch effektvoll zur Geltung gebracht. Der weiße Kittel stand vorn offen, und ihre ausgeprägten Brüste erfüllten alle Qualitäten von Geschlechtsmerkmalen, ein Umstand, der überhaupt nicht in Bellows' Lehrer-Schüler-Konzept passen wollte. Am besten mied er bis auf weiteres ihren Anblick, aber es kostete ihn Mühe.

»In Beard fünf werden Sie nur einen Monat Ihrer insgesamt dreimonatigen chirurgischen Ausbildung im Memorial verbringen«, sagte Bellows und legte die Monotonie in seine Stimme, die ihm als wesentlicher Bestandteil medizinischer Pädagogik erschien. »Das hat Vorteile, aber auch Nachteile, wie so vieles im Leben.«

Carpin hielt ein leises Kichern für angebracht, verstummte aber sofort, als er merkte, daß niemand mitlachte.

Bellows fixierte ihn und fuhr fort: »Zu Beard fünf gehört auch die chirurgische Intensivstation. Die Arbeit dort wird von großem Nutzen für Sie sein. Von Nachteil ist allerdings, daß Sie mit diesem Teil Ihrer klinischen Ausbildung beginnen. Sie haben doch bisher keinerlei klinische Erfahrung, oder?«

Carpin sah nach links und rechts, um sicherzugehen, daß die Frage ihm gegolten hatte. »Wir ...« Er mußte sich räuspern. »Ja, das stimmt«, brachte er heraus.

»Die Intensivstation ist die für Sie alle möglicherweise ergiebigste Erfahrungsquelle«, sagte Bellows. »Andererseits handelt es sich hier aber auch um den schwierigsten Teil der Patientenversorgung. Alle Anweisungen, die Sie bezüglich irgendeines Patienten geben, müssen von mir selbst oder von den beiden Praktikanten, die ich Ihnen nachher vorstellen werde, gegengezeichnet sein. Wenn es sich um Patienten der Intensivstation handelt, bedürfen Ihre Anweisungen in jedem Einzelfall gleich an Ort und Stelle der Gegenzeichnung. Alle übrigen von Ihnen in der Allgemeinstation angeordneten Maßnahmen können pauschal zu verschiedenen Tageszeiten genehmigt werden. Ist das klar?«

Bellows sah jeden einzelnen seiner Studenten an, diesmal auch Susan, die seinen Blick ungerührt erwiderte. Susans erster Eindruck von Bellows war nicht ausgesprochen günstig. Seine Art kam ihr gekünstelt vor und die Begrüßungsstandpauke ganz und gar überflüssig. Bellows' Gehabe bestätigte Susans vorgefaßte Meinung über die chirurgische Persönlichkeit: innerlich unstabil, egoistisch, gegen Kritik empfindlich und vor allem träge. Daß Bellows ein Mann war, spielte in Susans Resümee keine Rolle. Sie registrierte es nicht einmal.

»Und jetzt«, fuhr Bellows fort, »habe ich fotokopierte Lehr- und Arbeitspläne für Sie, die Ihnen einen Überblick über Ihre zukünftigen Aufgaben vermitteln sollen. Die Patienten im allgemeinen Pflegetrakt und in der Intensivstation werden unter Sie aufgeteilt, und Sie arbeiten jeweils direkt mit dem für die Betreuung zuständigen Praktikanten zusammen. Neuzugänge teilen Sie bitte selbst unter sich auf. Bei jedem Neuzugang übernimmt einer von Ihnen die Anamnese. Dann der nächtliche Bereitschaftsdienst: Ich möchte, daß mindestens einer von Ihnen hier bleibt. Das bedeutet für jeden von Ihnen alle fünf Nächte einmal Dienst, was wohl kaum zuviel verlangt ist. Nachtdienste sind sonst häufiger. Wenn noch andere von Ihnen abends länger bleiben wollen, meinetwegen, aber mindestens einer bleibt die ganze Nacht. Setzen Sie sich heute irgendwann zusammen, und machen Sie mir einen Plan.

Die Visiten beginnen morgens um halb sieben in der Intensivstation. Vorher müssen Sie Ihre Patienten besucht und alle notwendigen Informationen für die Visite beisammen haben. Soweit klar?«

Fairweather warf Carpin einen verzweifelten Blick zu, lehnte sich hinüber und flüsterte: »Mann, da muß ich ja früher aufstehen, als ich ins Bett komme.«

»Haben Sie eine Frage, Mr. Fairweather?« erkundigte sich Bellows.

»Nein«, antwortete Fairweather prompt, eingeschüchtert durch den Umstand, daß der Arzt seinen Namen kannte.

Bellows sah auf die Uhr. »Für den Rest des Vormittags werde ich Sie in die Station führen und Sie mit dem Personal bekannt machen, das Sie zweifellos mit großer Freude erwartet.« Bellows erlaubte sich ein leicht ironisches Lächeln.

»Deren freudige Erwartung haben wir schon zu spüren bekommen«, machte sich Susan zum erstenmal bemerkbar. Bellows sah zu ihr hinüber, und wider Willen blieb sein Blick an ihr hängen. »Wir haben ja keine Blaskapelle erwartet, aber so was von kalter Schulter ...«

Susans Erscheinung hatte Bellows bereits nervös gemacht, und jetzt noch ihre Stimme! Bellows' Puls ging schneller.

»Miss Wheeler, Sie werden noch lernen müssen, daß die Schwestern hier vorrangig an *einer* Sache interessiert sind.« Niles zwinkerte Goldberg zu, der die Anspielung nicht verstand.

»Und das ist die Sorge für die Patienten. Hier steht einzig die Pflege im Vordergrund, und zwar eine verdammt gute Pflege. Das Personal hat an schmerzlichen Beispielen erfahren müssen, daß Anfänger gefährlicher sein können als die tückischste Infektion. Bilden Sie sich also nicht ein, daß Sie hier als große Leuchten gelten werden, am allerwenigsten bei den Schwestern.«

Bellows schwieg herausfordernd, aber Susan antwortete nicht. Sie vervollständigte innerlich ihr Bild von Bellows. Wenigstens schien er ein Realist zu sein, wenn auch kaum jemand, den man sich merken mußte.

»Also gut. Nach dem Besuch der Station gehen wir in den Operationstrakt. Um halb elf ist eine Gallenblase fällig. Da können Sie wenigstens mal einen Operationskittel anziehen und einen OP von innen sehen.«

»Und eine Bauchzange anfassen«, entfuhr es Fairweather. Alle lachten, und die Atmosphäre entspannte sich.

Unten im Reich der Skalpelle führte Dr. David Cowley einen Heidentanz auf. Niemand blieb verschont. Die OP-Schwester war in Tränen ausgebrochen, bevor die Operation halb vorbei war, und hatte ersetzt werden müssen. Der Narkotiseur hatte einem der schlimmsten Stürme zu trotzen, die je über den Anästhesieschirm zu ihm gedrungen waren. Es hagelte Schimpfworte und persönliche Aufforderungen, denen nachzukommen niemand geneigt sein konnte. Der zunächst assistierende Nachwuchschirurg hatte aufgeben müssen, nachdem ihn Dr. Cowleys Skalpell fast der rechten Zeigefingerkuppe beraubt hatte.

Cowley war einer der alteingesessenen, erfolgreichen Allgemein-Chirurgen des Memorial mit einem geräumigen eigenen Büro in Beard 10. Er stammte sozusagen aus dem Mutterboden des Memorial, war dort gepflanzt und aufgezogen worden. Jetzt nährte ihn das Memorial, und zwar nicht schlecht. Gewöhnlich war er ein allseits beliebter Kollege, stets zu Scherzen aufgelegt, steckte voller nicht eben stubenreiner Witze und Geschichten, lieh gern seinen Rat, wettete ebenso gern auf alles und jedes und lachte, wann immer es ihm angebracht erschien. Liefen die Dinge aber nicht nach seinem Wunsch, dann explodierte er wie ein Vulkan.

An diesem Tag stand nur eine Operation auf seinem Plan, aber die hatte es in sich. Es begann damit, daß die Hilfsschwester ihm statt der eigenen Instrumente einen Metallsalat vorsetzte, mit dem sonst nur niedere Assistenten auf die Gallenblasen ihrer Opfer losgelassen wurden. Dr. Cowley hatte so reagiert, wie man es von einem Mann seines Ranges erwarten durfte, und das Tablett kurzerhand auf den Boden geworfen. Dann besaß der Patient die Unverschämtheit, trotz Narkose beim ersten Einschnitt leicht zusammenzuzucken. Mit schier übermenschlicher Kraft hatte Cowley davon abgesehen, das Skalpell dem Anästhesisten an den Kopf zu werfen. Dann war die Röntgenaufnahme nicht zur Hand, als er nach ihr rief. Der Techniker bekam sein Teil ab und war daraufhin so nervös, daß alle anderen Aufnahmen kohlschwarz wurden.

Bei so viel Unverschämtheit kam Cowley gar nicht mehr dazu, sich den Kopf darüber zu zerbrechen, was mit der Operation nun wirklich schiefgegangen war. Es handelte sich auch nur darum, daß er aus Versehen die Abbindung der Arterie gelockert hatte und die Wunde sich innerhalb von Sekunden mit Blut füllte. Es hatte ganz schön viel Mühe gekostet, die Arterie wieder abzubinden, ohne das Gewebe zu verletzen. Selbst nachdem die Blutung gestoppt war, befand sich Cowley im unklaren darüber, ob durch die Manipulation möglicherweise die Leber in Mitleidenschaft gezogen worden war.

Wie dem auch sei: Als Cowley in den Umkleideraum kam, barst er vor Wut. Schmähungen ausstoßend, ging er durch die Spindreihen zu seinem Schrank. Kappe und Maske flogen auf den Boden. Dann trat er gegen die Spindtür.

»Verdammte Idioten, Schwachköpfe, Nichtskönner! Der ganze Bau geht vor die Hunde!«

Der Fußtritt, gefolgt von einem gezielten Fausthieb gegen die Tür, hatte mehrere Auswirkungen. Erstens wurde eine Staubwolke aufgewirbelt, die fünf Jahre lang ungestört auf dem Spinddach gelegen hatte. Zweitens fiel ein einzelner Operationsschuh herab und verfehlte Cowleys Kopf nur um Zentimeter. Drittens sprang die benachbarte Spindtür auf, und ein Teil des Inhalts fiel heraus.

Cowley räumte zuerst den Schuh aus dem Weg, indem er ihn gegen die Wand schleuderte. Dann trat er die Tür des Nachbarschranks vollends auf, um die herausgefallenen Gegenstände leichter wieder hineinpacken zu können. Ein Blick auf den Spindinhalt ließ ihn jedoch in seinem konstruktiven Werk verharren.

Er sah genauer hin. Zu seinem grenzenlosen Erstaunen barg der Spind eine kaum übersehbare Kollektion der verschiedensten Medikamente. Manche Behälter waren angebrochen, viele aber noch verpackt. Da stapelten sich Ampullen, Flaschen, Röhrchen, Tabletten, Pillen, Dragees in bunter Reihe. Unter den Drogen, die herausgefallen waren, erkannte Cowley Demerol, Succinylcholin, Innovar und Curare. Im Schrank lagen noch verschiedene andere Medikamente, darunter ein unberührter Karton mit Morphiumampullen, ferner Spritzen und Plastikschläuche.

Cowley räumte alles wieder ein und verschloß den Schrank. Dann notierte er in seinem Notizbuch die Nummer: 338. Er war entschlossen, der Sache nachzugehen und herauszufinden, wem der Spind gehörte. Trotz seiner Wut hatte er sofort begriffen, was sein Fund bedeutete und welch gravierende Folgen dieses offensichtlich heimlich angelegte Drogenversteck für das Memorial haben konnte.

Montag
23. Februar
10 Uhr 15

Susan Wheeler konnte sich nicht im Ärzteraum umziehen, weil der als Männer-Umkleidezimmer diente. Sie mußte die Operationskleidung deshalb in der Schwesternkabine anlegen, die generell auch die Damenkabine war. Fortschritt der Gesellschaft! dachte Susan sauer. Hier zeigte sich in ihren Augen der männliche Chauvinismus in reinster Blüte. Die Damenkabine war verwaist, und Susan fand gleich einen leeren Spind. Sie hängte ihren weißen Kittel hinein. Neben der Tür zur Dusche hingen die Operationsgarnituren. Es waren einteilige sackartige Kleider aus grober blauer Baumwolle, die Montur für Operationsschwestern. Susan hielt sich ein Kleid vor, besah sich im Spiegel und wurde trotz der einschüchternden fremden Umgebung wütend.

»Scheißkleid«, sagte sie zum Spiegel, und das Corpus delicti flog im hohen Bogen in den Wäschebehälter, während Susan ihre Schritte resolut zurück in die Halle lenkte. Vor dem Ärzteraum blieb sie einen Moment stehen, wollte fast schon umkehren. Aber dann gab sie sich einen Ruck und stieß die Tür auf.

Gleich hinter der Tür stand Bellows, der sich gerade aus einem der Schränke einen OP-Anzug holte. Er trug einen seiner James-Bond-Slips (wie er selbst sie zu nennen pflegte) und schwarze Socken und sah aus wie der Hauptdarsteller im Vorspann eines Pornofilms. Beim Anblick von Susan breitete sich Entsetzen über sein Gesicht, und wie der Blitz floh er in das Innere des Raumes, zwischen die sicheren Spinde. Susan, immer noch auf den Flügeln ihrer Rebellion und ungeachtet des überraschenden Anblicks, schritt tapfer zum Schrank und suchte sich Hosen und Oberteil in etwa passender Größe heraus. Dann verließ sie rasch den Ärzteraum. Aus dem Inneren drangen ihr aufgeregte Stimmen nach.

Zurück im Schwesterngehege, zog sie sich schnell um. Das blaßgrüne Hemd war doch zu groß, ebenso die Hose, die noch dazu für eine doppelt so breite Taille gemacht schien. Während sie den Stoffgürtel so eng wie möglich band, malte sie sich die Standpauke aus, mit der Bellows, der großmächtige Chirurgen-Frischling, sie gleich empfangen würde. Während der kurzen Vorstellungsrunde in der Station war Susan die herablassende Art aufgefallen, mit der er die Schwestern behandelte. Angesichts der Tatsache, daß er kurz vorher deren Diensteinsatz noch in den höchsten Tönen gelobt hatte, erschien Susan dies durchaus paradox. Für sie stand fest: Bellows war, abgesehen von anderen negativen Eigenschaften, ein typischer Vertreter des Machismo. Sie beschloß, ihm auf diesem Gebiet Widerstand zu leisten. Vielleicht machte das die drohende Tretmühle in Beard 5 etwas erträglicher.

Natürlich war es purer Zufall gewesen, daß sie Bellows in Socken und Unterhose überrascht hatte, doch die symbolischen Aspekte dieser Begegnung gefielen ihr. Susan mußte lachen, bevor sie die Tür zum Operationstrakt öffnete.

»Miss Wheeler, wie ich annehme«, empfing sie Bellows' Stimme. Er lehnte lässig an der Wand links von der Tür und hatte offensichtlich auf sie gewartet. Susan fuhr zusammen.

»Ich muß zugeben, daß Sie mich im wahrsten Sinn des Wortes ohne Hosen erwischt haben.« Auf Bellows' Gesicht lag ein breites Grinsen, das ihn in Susans Augen fast menschlich machte. »Das war eine der komischsten Situationen, die ich hier seit langem erlebt habe.«

Susan lächelte ebenfalls, aber es gelang ihr nicht so recht. Gleich würde die Standpauke kommen.

»Als ich mich von meinem Schreck erholt hatte und mir klar wurde, was Sie dort wollten, fand ich mein Verhalten ziemlich lächerlich«, sagte Bellows. »Einfach zu türmen, meine ich. Ich hätte klaren Kopf behalten und Ihnen gegenübertreten sollen, trotz meines Aufzugs. Jedenfalls ging mir auf, daß ich heute morgen möglicherweise etwas zuviel Betonung auf Äußerlichkeiten gelegt habe, ich meine überhaupt, mein ganzes Auftreten. Ich bin Assistenzarzt mit zweijähriger Berufserfahrung, und damit hat sich's auch schon. Sie und Ihre Freunde sind meine erste Studentengruppe. In Wirklichkeit will ich nur, daß Ihre Zeit hier so nutzbringend wie möglich wird, für Sie und natürlich im Endeffekt auch für mich.«

Mit einem erneuten Lächeln und leichtem Kopfnicken ließ er die verdutzte Susan stehen. Jetzt war Susan verunsichert. Bellows' plötzliche Selbsterkenntnis hatte ihr ihren Rebellionswillen genommen, und sie kam sich jetzt fast lächerlich vor. Der Umstand, daß Susans unerwartetes Auftauchen im Ärzteraum diese Selbsterkenntnis erst zustande gebracht hatte, sprach auch nicht zu ihren Gunsten, denn es war nichts als Zufall gewesen. Mußte sie ihr Urteil über Mark Bellows revidieren? Sie sah ihm nach, wie er zum Pult der OP-Aufsicht ging. Er jedenfalls fühlte sich in der fremden Umgebung offensichtlich zu Hause. Zum erstenmal war Susan ein klein wenig beeindruckt. Und außerdem fand sie, daß er gar nicht so furchtbar schlecht aussah.

Die anderen waren schon fertig und warteten. George Niles zeigte Susan, wie sie die Papierpantoffeln mit den Kontaktstreifen anziehen mußte. Dann setzte sie die Kappe auf, zuletzt die Gesichtsmaske. Derart ausgerüstet gingen die fünf am Aufsichtspult vorbei und betraten das sterile Innere des Operationsflügels.

Susan war nie zuvor in einem Operationssaal gewesen. Ein paarmal hatte sie chirurgische Eingriffe von der Studentengalerie aus beobachtet, aber allein die Glasscheibe zwischen ihr und dem Geschehen verfremdete das Ganze wie auf einem Fernsehschirm. Man gehörte eben nicht dazu. Während sie den langen Korridor entlanggingen, mischten sich in Susans Gefühlen Aufregung mit der Angst vor dem Tod, die sie in diesen Augenblicken den Patienten nachempfinden konnte. Sie durchquerten Saal um Saal, und jedesmal sahen sie, wie sich Menschengruppen über weiß eingehüllte Bündel beugten, die in Wirklichkeit schlafende Patienten waren. Sie kamen an einer fahrbaren Trage vorbei, die von einer Schwester gezogen und von einem Narkosearzt geschoben wurde. Susan sah, daß der Anästhesist mit der einen Hand das Kinn des erbärmlich würgenden Patienten nach hinten drückte, während er sich mit der Schwester unterhielt. »Hab' gelesen, daß in Waterville achtzig Zentimeter Neuschnee liegen.« Die Schwester nickte. »Ich fahr' Freitag gleich nach Dienstschluß hin.« Schwester, Arzt und röchelnder Patient verschwanden in Richtung Wiederbelebungssaal. Das Bild der Pein auf dem Gesicht eines Menschen, der frisch aus dem Operationssaal kam, grub sich tief in Susans Bewußtsein. Ihr schauderte unwillkürlich.

Vor Saal 18 blieb die Gruppe stehen.

»Reden Sie so wenig wie möglich«, sagte Bellows und sah durch die Scheibe in der Tür. »Schade, der Patient schläft schon. Hatte Ihnen die Einleitung der Narkose zeigen wollen, na ja, nächstes Mal. Während der Abdeckungsprozedur ist viel Bewegung im Saal, also stellen Sie sich möglichst an die Wand. Nach den Vorbereitungen, wenn die eigentliche Operation beginnt, treten Sie an den Tisch heran, damit Sie etwas sehen können. Sollten Sie Fragen haben, heben Sie sich die für später auf. Okay?« Bellows sah jeden seiner Schützlinge an. Er lächelte wieder, als er Susans Blick begegnete. Dann stieß er die OP-Tür auf.

»Ach, siehe da, unser Professor Bellows. Willkommen!« Die dröhnende Stimme kam von einer hochgewachsenen sterilen

Gestalt in Weiß, die vor mehreren Röntgenaufnahmen stand. »Und Professor Bellows hat seine Studentenbrut mitgebracht, um ihnen die flinksten Hände von Ostamerika vorzuführen.« Er hielt in Hollywood-Pose die Arme hoch, die Hände nach vorn gespreizt. »Ich hoffe, Sie haben die vielversprechenden Zöglinge gebührend auf den einmaligen Anblick vorbereitet.«

»Das Gespenst da«, sagte Bellows zu den Studenten, aber laut genug, daß alle im Saal es hören konnten, »ist das lebende Beispiel dafür, was aus einem wird, der nicht rechtzeitig abtreten kann. Mit anderen Worten: Stuart Johnston, einer unserer drei ehrwürdigen Oberärzte in der Chirurgie. Wir brauchen ihn nur noch vier Monate zu ertragen, und die werden auch vergehen. Heute früh hat er mir versprochen, sich Ihnen gegenüber anständig zu benehmen, aber bei ihm kann man nie wissen.«

»Sie sind doch nur pikiert, Bellows, weil ich Ihnen den Fall hier geklaut habe.« Johnston lachte immer noch. Doch als er sich an seine beiden Assistenten wandte, war nichts Lustiges mehr in seiner Miene. »Machen Sie doch endlich den Patienten fertig, wie lange soll das noch dauern?«

Die Vorbereitungen gingen schnell vonstatten. Ein kleiner Metallschirm, mit Röhren durchsetzt, hing über dem Kopf des Patienten und trennte den Arbeitsbereich des Narkotiseurs von dem eigentlichen Operationsbereich. Als der Patient eingehüllt war, lag nur eine kleine Stelle seines rechten oberen Unterleibs bloß. Johnston trat rechts neben den Tisch, einer der Assistenten baute sich links auf. Die Schwester zog das Tuch vom Instrumentenwagen. Das Skalpell hatte eine neue, haarscharfe Klinge eingesetzt bekommen.

»Messer«, ordnete Johnston an. Das Skalpell klatschte in seine behandschuhte Rechte, mit der Linken spannte er die Haut des Patienten. Die Medizinstudenten drängten nach vorn und verrenkten sich die Hälse, verspürten geradezu morbide Neugier. Es war wie bei einer öffentlichen Hinrichtung. Die Hirne versuchten, sich auf das vorzubereiten, was sich ihnen Sekunden später einprägen würde.

Johnston hielt das Skalpell etwa fünf Zentimeter über der bleichen Haut in Bereitschaft und sah über den Metallschirm hinweg den Narkotiseur fragend an. Der ließ die Luft langsam aus der Blutdruckmanschette und beobachtete die Skala – 120:80. Er nickte Johnston zu und löste damit die Guillotine aus. Das Skalpell tauchte tief in das Gewebe, bewegte sich dann weich und lautlos im Winkel von etwa 45 Grad körperabwärts. Die Wundränder fielen auseinander, kleine Fontänen von Arterienblut sprühten in die Luft und versiegten.

Das Blut versiegte auch im Hirn von George Niles. Er verlor das Bewußtsein und fiel kerzengerade hintenüber. Dröhnend schlug sein Kopf auf den Vinylboden.

Johnston wirbelte herum. Seine Überraschung verwandelte sich in die typische Gereiztheit des Chirurgen, dem etwas gegen den Plan läuft.

»Verdammt noch mal, Bellows, schaffen Sie mir die Babys vom Hals. Die können ja nicht mal den Anblick von ein paar roten Blutkörperchen ertragen.« Wütend wandte er sich wieder seiner Arbeit zu und brachte Arterienklemmen in der Wunde an.

Die Hilfsschwester zerbrach eine Ammoniakampulle unter George Niles' Nase, und der Gestank brachte ihn ins Leben zurück. Bellows beugte sich hinab und befühlte Hinterkopf und Genick. Sobald George das Bewußtsein wiedererlangt hatte, setzte er sich auf, im unklaren darüber, wo er sich befand. Als es ihm wieder einfiel, stieg ihm Schamröte ins blasse Gesicht.

Und Johnston dachte nicht daran, die Sache auf sich beruhen zu lassen.

»Verdammte Scheiße, Bellows, warum haben Sie mir nicht gesagt, daß diese Studenten hier absolute Greenhörner sind? Was wäre passiert, wenn der Knabe hier in die Wunde geplumpst wäre?«

Bellows erwiderte nichts. Er half George wieder auf die Beine. Als er sich endgültig davon überzeugt hatte, daß dem Studenten nichts passiert war, forderte er mit einer Handbewegung seine Gruppe zum Gehen auf. Sie verließen den OP.

Ehe die Türen sich schlossen, hörten sie Johnstons übelgelaunte Stimme. Er raunzte einen seiner Assistenten an: »Sind Sie zu meiner Unterstützung hier, oder wollen Sie meine Arbeit sabotieren?«

Montag
23. Februar
11 Uhr 15

George Niles' Stolz hatte mehr abbekommen als irgendeines seiner Körperteile. Am Hinterkopf wuchs ihm zwar ein Taubenei, doch die Haut war nicht geplatzt. Die Größe seiner Pupillen blieb auf beiden Augen gleich, und er zeigte keine Gedächtnisausfälle. Nach der überwiegenden Meinung der Gruppe würde er es überleben. Doch der Zwischenfall dämpfte ihre Stimmung. Bellows hatte Angst, man könnte ihm ankreiden, daß es ihm an Urteilsfähigkeit mangelte, weil er die Studenten gleich am ersten Tag in den OP geschleppt hatte. George Niles hatte Angst, daß ihm in Zukunft bei jeder Operation das gleiche passieren könnte. Die anderen vier waren mehr oder weniger einfach deshalb beunruhigt, weil in einer Gruppe das Tun eines einzelnen immer auch die übrigen in Mitleidenschaft zieht, zumindest im Urteil der Außenstehenden. Der letzte Aspekt störte Susan allerdings weniger. Ihr gab vor allem die plötzliche Verwandlung zu denken, die sie bei Johnston beobachtet hatte und in gewissem Maße auch bei Bellows. Die beiden hatten einander zunächst freundlich und jovial behandelt, waren aber beim geringsten unvorhergesehenen Zwischenfall wütend, fast haßerfüllt übereinander hergefallen. Zu ihrem eigenen Unbehagen fühlte sich Susan in ihrer vorgefaßten Meinung über die Seelenlandschaft der Chirurgen mehr und mehr bestätigt. Am Ende waren ihre Verallgemeinerungen gar nicht so abwegig.

Nachdem sie sich wieder umgezogen hatten, gingen sie auf einen Kaffee in den Erfrischungsraum der Chirurgischen Abteilung. Das Gebräu war überraschend stark und gut, fand Susan, allerdings störte sie der intensive Zigarettenqualm, der wie der Smog von Los Angeles unter der Decke hing. Die anderen Leute im Raum interessierten sie nicht, doch nach einiger Zeit spürte sie, wie jemand sie intensiv anstarrte. Es war ein Mann mit auffallend bleicher Gesichtsfarbe, der in einer Ecke am Spülbecken herumlungerte: Walters. Susan sah weg und etwas später wieder hin. Die Augen des Mannes waren immer noch bohrend auf sie gerichtet. Der unvermeidliche Glimmstengel hing ihm aus dem rechten Mundwinkel. Irgendwie erinnerte er Susan an den Glöckner von Notre-Dame, nur der Buckel fehlte: ein Ausgestoßener, der im Memorial ein Schattendasein führte und in die Leuchtröhrenwelt nicht zu passen schien. Susan versuchte immer wieder, ihre Augen abzuwenden, aber der Blick des seltsamen Mannes hielt sie magisch fest. Sie war froh, als Bellows das Zeichen zum Aufbruch gab. Die Tür war in der Nähe des Spülbeckens, und als sie gingen, hatte Susan das Gefühl, daß sie Walters direkt in die Augen lief. Walters hustete, und ein Rasseln kam aus der Tiefe seiner Brust. »Schreckliches Wetter heute, Miss«, sagte er zu Susan.

Sie gab keine Antwort und war erleichtert, dem starrenden Blick zu entkommen. Das Gebaren des Mannes trug auf seltsame Weise zu ihrer steigenden Aversion gegenüber dem chirurgischen Betrieb im Memorial bei.

Als nächstes stand ein Besuch der Intensivstation auf dem Programm. Als sich die übergroßen Türen hinter der Gruppe schlossen, fühlten sich die Studenten von der normalen Welt abgeschnitten. Sobald sich ihre Augen an die gedämpfte Beleuchtung gewöhnt hatten, sahen sie sich mit einer fremdartigen, fast surrealistischen Umwelt konfrontiert. Die üblichen Geräusche wie Stimmen und Schritte wurden von der schalldämmenden Decke weitgehend absorbiert. Dafür beherrschten mechanische und elektronische Laute die akustische Szene, über allem das rhythmische Piepen der Herzmonitoren und das Zischen der Respiratoren. Die Patienten befanden sich in abgetrennten Alkoven, lagen in hohen Betten mit aufgestelltem Seitengitter. Über ihnen wuchsen abstrakte Bäume mit Infusionsflaschen und einem Gewirr herabhängender Schläuche, durch Nadeln mit den Venen verbunden. Mehrere Patienten waren wie Mumien in dicke Bandagen gewickelt. Einige lagen wach. Ihre unsteten Blicke verrieten Angst, Angst um das nackte Leben, und die nahe Grenze zum Wahnsinn unter dieser psychischen Belastung.

Susan machte den Versuch, sich trotz der verwirrenden Eindrücke optisch zu orientieren. Ihr Blick fiel auf die fluoreszierenden Punkte, die über die Monitoren rasten. Ihr ging auf, wie wenig sie mit all dem anfangen konnte: Im gegenwärtigen Zustand ihrer Unkenntnis bedeutete die Vielzahl der Instrumente ein undurchdringliches Labyrinth. Und dann die Infusionsflaschen mit ihren komplizierten Etiketten, aus denen die Zusammensetzung der lebenserhaltenden Flüssigkeiten abzulesen sein sollte. Das Gefühl der Unzulänglichkeit überfiel Susan und die anderen Studenten fast wie Übelkeit. Es kam ihnen vor, als wären die beiden ersten Jahre ihres Medizinstudiums umsonst gewesen.

Unwillkürlich rückten die fünf jungen Leute näher zusammen, als könnte ihnen dieses Zusammensein wenigstens eine Spur von Halt geben. Wie junge Hunde folgten sie Bellows zu einem der Kontrollpulte.

»Mark«, sprach eine der Schwestern den jungen Arzt an. Sie hieß June Shergood. Unter der üppigen Pracht dichten blonden Haars blickten gewitzte Augen durch dicke Brillengläser. Sie war attraktiv, das konnte ihr niemand absprechen, und Susans innere Antenne registrierte sofort einen gewissen Unterschied in Mark Bellows' Auftreten.

»Wilsons Herz hat ein paar Extratouren gemacht, und ich hab' Daniel gesagt, wir sollten ihn an einen Lidocain-Tropf hängen.« Sie ging zum Pult. »Aber unser guter Daniel konnte sich wieder mal nicht entschließen, oder... Ich weiß auch nicht.« Sie hielt Bellows das EKG-Blatt hin. »Sehen Sie sich das mal an.«

Bellows gehorchte. »Nein, da nicht, Sie zerstreuter Professor«, reagierte Miss Shergood. »Das da sind seine üblichen Werte. Hier... hier steckt der Teufel drin.« Sie zeigte auf die betreffenden Stellen der gezackten Linie und sah erwartungsvoll zu Bellows auf.

»Das schreit wohl wirklich nach dem Tropf«, pflichtete er ihr mit einem Grinsen bei.

»Darauf können Sie wetten«, meinte die Schwester. »Ich hab' ihn schon zurechtgemixt, und zwar so, daß ich zwei Milligramm pro Minute mit der entsprechenden Lösung geben kann. Die Pulle hängt bereits, und ich kann sie gleich anschließen. Und wenn Sie die Order ausschreiben, können Sie gleich mit aufnehmen, daß ich ihm eine Dosis von fünfzig Milligramm verpaßt hab', als ich merkte, was los war. Außerdem sollten Sie mal ein Wort mit Cartwright reden. Wissen Sie, das ist jetzt das vierte Mal bei ihm. Ich meine, daß er sich zu den notwendigen Anweisungen nicht entschließen kann. Wir können hier keine überflüssigen Stolpersteine gebrauchen.«

Mit energischen Schritten begab sich Miss Shergood zu einem der Patienten, noch bevor Mark Bellows ihre Bemerkungen kommentieren konnte. Geschickt und voller Selbstsicherheit sortierte sie die verwickelten Schläuche, prüfte, welche Zuleitung zu welcher Flasche gehörte. Sie setzte den Lidocain-Tropf in Gang, stellte sorgfältig die Frequenz der Tropfen ein, die aus dem großen Behälter in die kleine Plastikkammer am Kopf des Schlauches fielen. Das fachliche Gespräch zwischen Schwester und Arzt war nicht eben geeignet, das Selbstbewußtsein der Studenten zu heben. Die Versiertheit der Pflegekraft, die nie einen Hörsaal von innen gesehen hatte, ließ ihnen die eigene Unwissenheit nur um so deutlicher erscheinen. Außerdem verwirrte sie das Intermezzo. Der forsche, fast aggressive Umgangston der Schwester paßte ganz und gar nicht in das traditionsgeprägte Bewußtsein der jungen Leute von der Art und Weise, wie Arzt und Krankenschwester dienstlich miteinander zu verkehren hatten.

Bellows zog ein Krankenblatt aus einem Ständer und legte es

auf das Pult. Dann setzte er sich. Susan erspähte den Namen auf dem Blatt: N. Greenly. Die Studenten drängten sich um Bellows.

Er schlug die gefaltete Karte auf und begann: »Einer der wichtigsten Aspekte klinischer Betreuung, ja der ärztlichen Versorgung überhaupt, ist die Kontrolle des Flüssigkeitshaushalts.« Er deutete auf das Blatt. »Und das hier ist ein gutes Beispiel dafür.«

Die Tür zur Intensivstation ging auf, und für einen Moment drangen das helle Licht und die üblichen Krankenhausgeräusche in diese Zone äußerster Ruhe. Daniel Cartwright erschien, einer der Junior-Assistenten von Beard 5. Er war ziemlich klein, unter ein Meter siebzig. Sein weißer Kittel war voller Blutspritzer. Die Oberlippe zierte ein einigermaßen kümmerlicher Schnurrbart; jedes Haar war einzeln zu erkennen. Nicht viel anders sah es auf seinem Schädel aus, wo sich die Glatze deutlich ankündigte. Cartwright, ein offener und freundlicher Typ, ging direkt auf die Gruppe zu.

»Hallo, Mark.« Er grüßte lässig mit der linken Hand. »Die Magenresektion war schneller fertig. Würde mich gern bei euch anhängen, wenn ich darf.«

Bellows stellte ihn der Gruppe vor und bat ihn dann, den Studenten einen knappen Abriß über den Fall Nancy Greenly zu geben.

Man merkte Cartwright an, daß er die Krankengeschichte auswendig kannte. »Nancy Greenly, dreiundzwanzig Jahre alt, Aufnahme vor ungefähr einer Woche: Erweiterung des Muttermundes und Ausschabung. Medizinische Vorgeschichte problemlos und völlig unauffällig. Normale präoperative Untersuchungsbefunde, Schwangerschaftstest negativ. Während der Operation trat eine anästhetische Komplikation auf. Und seitdem ist ihr Zustand komatös und völlig unweckbar. Letztes EEG vor zwei Tagen: So gut wie keine Reaktion. Der gegenwärtige physische Zustand ist stabil: Konstantes Körpergewicht, gute Urinausscheidung, desgleichen Blutdruck, Puls und so weiter, alles okay. Gestern nachmittag bemerkten wir einen leichten Temperaturanstieg, aber der Atem hört sich normal an. Alles in allem scheint sie sich zu halten.«

»Wozu wir wesentlich beitragen«, korrigierte ihn Bellows.

»Dreiundzwanzig?« hörte Susan sich fragen, während ihr Blick suchend zu den Alkoven ging. Ihr ängstlicher Gesichtsausdruck blieb aufgrund des gedämpften Lichts der Intensivstation den anderen verborgen. Susan Wheeler war dreiundzwanzig Jahre alt.

»Dreiundzwanzig oder vierundzwanzig, das macht keinen großen Unterschied«, antwortete Bellows etwas abwesend; denn er war dabei zu überlegen, wie er am einleuchtendsten die Problematik des Flüssigkeitshaushalts darstellen könnte.

Für Susan machte es einen Unterschied.

»Wo liegt sie?« fragte sie und merkte im selben Moment, daß sie es eigentlich gar nicht wissen wollte.

»Links, in der Ecke.« Bellows war ganz bei seinem Spezialthema. »Wir müssen die Menge der ausgeschiedenen Flüssigkeit sehr genau registrieren und sie mit der eingenommenen vergleichen. Natürlich sind das statische Werte, und wichtiger ist der dynamische Zustand. Aber der Vergleich gibt uns gute Anhaltspunkte. Also, dann wollen wir mal sehen. Ausgeschieden hat sie 1650 Kubikzentimeter Urin, während...«

Susan hörte schon nicht mehr zu. Ihr Blick kämpfte mit dem Halblicht in dem Bestreben, die regungslose Gestalt in dem Eckbett auszumachen. Von ihrem Standort aus war nichts weiter zu erkennen als ein dunkler Haarschopf über einem bleichen Gesicht und eine Röhre, die aus der Gegend des Mundes herausragte. Die Röhre war mit einem großen kastenförmigen Apparat neben dem Bett verbunden, aus dem ein rhythmisches Zischen kam. Die Maschine atmete für die Patientin. Ihr Körper war mit einem weißen Laken bedeckt, die Arme lagen bloß, beide im Winkel von 45 Grad zum Rumpf. In den linken Arm führte ein Infusionsschlauch, ein weiterer in die rechte Halsseite. Ein schmaler Lichtkegel, der von der Decke über dem Bett auf den Kopf und die obere Brusthälfte der Patientin fiel, erhöhte nur noch den düster-gespenstischen

Eindruck. Sonst lag die ganze Ecke im Halbdunkel, Mensch und Apparate verloren sich im Schatten. Nichts deutete auf Leben, auf Bewegung hin. Es gab nur das regelmäßige Geräusch des Atemgeräts. Unter der Patientin kam ein dünner Plastikschlauch hervor, der in einen mit Markierungen versehenen Urinbehälter an der Bettkante führte.

»Außerdem müssen wir jeden Tag das Gewicht kontrollieren«, fuhr Bellows fort.

Susan nahm seine Worte kaum wahr. »Eine dreiundzwanzig Jahre alte Frau…« Das waren die Worte, die ihr wie ein endloses Echo immer wieder in den Sinn kamen. Für sie war die menschliche Tragödie wichtiger als alles andere. Alter und Geschlecht der Patientin taten ein übriges. Sie fühlte sich unmittelbar betroffen. In der naiven Verarbeitung ihres Bücherwissens hatte sie derartige medizinische Ernstfälle stets mit alten Leuten verbunden, die ihr Leben bereits hinter sich hatten.

»Wie lange liegt sie in diesem Zustand?« fragte Susan mitten in Bellows' Lektion hinein. Sie konnte ihre Augen nicht von der Gestalt in der Ecke abwenden.

Bellows sah zu Susan auf, hatte keine Ahnung, was in ihr vorging. »Seit acht Tagen«, antwortete er, leicht gereizt durch die Störung seiner Ausführungen. »Aber das hat mit dem augenblicklichen Thema wenig zu tun, Miss Wheeler. Könnten Sie sich freundlicherweise darauf konzentrieren?«

Bellows wandte sich an die anderen: »Bis Ende der Woche erwarte ich von Ihnen allen, daß Sie die schriftlichen Flüssigkeitskontrollen führen. Also, verdammt noch mal, wo war ich stehengeblieben?« Er kehrte zu seinen Vergleichstabellen zurück, und alle außer Susan beugten sich über das Pult.

Susan aber hielt die Augen starr auf die regungslose Gestalt in der Ecke gerichtet. Im Geist ging sie die Liste ihrer Freundinnen durch, die ähnliche Eingriffe über sich hatten ergehen lassen müssen. Worin lag der Unterschied zwischen ihrem und Nancy Greenlys Schicksal? Minutenlang grübelte sie darüber nach und biß sich, eine Angewohnheit von ihr, auf die Unterlippe.

Dann platzte sie wieder in Bellows' Theorien: »Wie konnte das passieren?«

Bellows fuhr hoch, diesmal wie von der Tarantel gestochen. Sein Blick flog durch den Raum, als drohte dort irgendwo eine Katastrophe. »Wie konnte was passieren?« fragte er hastig, obwohl er nirgends Anzeichen ungewöhnlichen Geschehens fand.

»Wie konnte es passieren, daß diese Patientin ins Koma verfiel?«

Bellows richtete sich auf, schloß die Augen und legte den Bleistift hin. Es sah aus, als zähle er bis zehn, bevor er sprach.

»Miss Wheeler, so geht das aber nicht weiter«, sagte er dann, um das richtige Quantum von Ruhe und überlegener Herablassung bemüht. »Sie müssen sich auf das konzentrieren, was ich Ihnen beizubringen versuche. Was die Patientin dort betrifft, nun ja, das war eins von diesen unerklärlichen Dingen, einfach Schicksal, muß man da wohl sagen. Verstehen Sie? Tadellose Gesundheit... Routineeingriff... Anästhesie ohne jeden Zwischenfall. Nur eben... Sie ist nicht wieder aufgewacht. Sauerstoffmangel im Hirn. Das Gehirn bekam nicht die nötige Sauerstoffzufuhr. Kapiert? Und nun lassen Sie uns weitermachen. Wir sitzen sonst den ganzen Tag an der Sache, und um zwölf ist große Visite.«

Aber Susan war nicht zu bremsen. »Treten derartige Komplikationen häufig auf?«

»Nein. Ganz im Gegenteil. Vielleicht einmal in tausend Fällen.«

»Für die Betroffene ist es aber der einzige Fall.« Susans Stimme hatte einen gefährlichen Unterton.

Bellows sah zu ihr auf, ohne zu wissen, worauf sie hinauswollte. Nancy Greenly war für ihn ein Fall, eine medizinische Aufgabe. Die menschliche Seite fiel nicht in seine Kompetenz. Bellows' Bemühen galt dem rein physischen Ziel: Die Ionen im Flüssigkeitshaushalt mußten auf dem richtigen Stand gehalten werden, der Urin mußte abfließen, Bakterien bedeuteten eine Gefahr. Nancy Greenly sollte nicht sterben, das wollte er nicht, schon gar nicht, während sie seiner Obhut unterlag. Denn ihr Tod hätte seinen ärztlichen Fähigkeiten nicht eben ein gutes Zeugnis ausgestellt, und Stark würde in diesem Fall einiges anzumerken haben. Bellows erinnerte sich nur zu gut an Starks Kommentare, als dem unglückseligen Johnston ein ähnlicher Fall unter den Händen weggestorben war.

Nicht, daß menschliches Empfinden Bellows fremd gewesen wäre, er hatte nur einfach keine Zeit dafür. Allein die Vielzahl der Fälle dämpfte sein Mitgefühl: Ständige Wiederkehr macht stumpf. Wie sollte Bellows auch auf die Idee kommen, Vergleiche zwischen dem Alter von Nancy Greenly und Susan Wheeler anzustellen? Und der Schock, den erste Klinikerlebnisse auf das Seelenleben junger Studenten ausüben konnten, war eine Sache, die Bellows längst vergessen hatte.

»Und jetzt können wir hoffentlich ungestört weitermachen, wird, verdammt noch mal, Zeit.« Bellows zog seinen Stuhl dichter an das Pult, fuhr sich nervös durch das Haar und sah auf die Uhr. »Okay. Also bei einem Viertel Kochsalzlösung, wie hoch ist dann...«

Susan bekam kein Wort mit, sie war wie in Trance. Ein innerer Drang trieb sie vom Pult weg und hinüber zu Nancy Greenly. Sie bewegte sich langsam und vorsichtig, als näherte sie sich einem gefährlichen Gegenstand, nahm jedes Detail in sich auf. Nancy Greenlys Augen waren nur halb geschlossen. Das Gesicht unter dem dunkelbraunen Haar war marmorweiß. Der Mund mit den vor Trockenheit an mehreren Stellen aufgeplatzten Lippen wurde von einem Plastikmundstück offengehalten, damit sie nicht auf die Atemröhre biß. Auf den Vorderzähnen sah man bräunliche Rückstände von getrocknetem Blut.

Susan, die leichte Übelkeit aufsteigen fühlte, wandte den Blick ab, mußte aber gleich wieder hinsehen. Der Anblick dieses Individuums, das vor kurzem noch eine normale junge Frau gewesen war, wühlte sie innerlich auf. Es war nicht einfach Trauer oder Mitgefühl; der fast körperliche Schmerz entsprang der Erkenntnis von der Bedeutungslosigkeit eines menschlichen Lebens, das so leicht seiner Wurzeln beraubt werden konnte. Susan fühlte sich hilflos und ohne Hoffnung. Die Gedanken hetzten durch ihr Hirn, trieben ihr den Schweiß auf die Handflächen.

Vorsichtig griff Susan nach einer Hand von Nancy Greenly, hob sie hoch. Sie war unerwartet kalt und völlig schlaff. Lebte sie, oder war sie vielleicht schon tot? schoß es Susan durch den Kopf. Doch vom Kopfende her war das elektronische Piepen des Herzmonitors zu hören, auf dem Schirm zog der Funken aufgeregt seine Zickzackbahn.

»Ich muß wohl annehmen, daß Sie mit dem Flüssigkeitshaushalt auf du und du stehen, Miss Wheeler.« Die Stimme von Dr. Bellows direkt neben ihr weckte sie aus ihrer Hypnose. Vorsichtig legte sie Nancy Greenlys Hand zurück auf das Bettuch. Zu ihrem Erstaunen bemerkte Susan, daß sich die Gruppe inzwischen am Bett der komatösen Patientin versammelt hatte.

»Also«, sagte Bellows, »bitte alle mal hersehen. Das hier ist der Zugang zum zentralen Venendruck.« Er hob den Schlauch an, dessen Ende in Nancy Greenlys Hals verschwand. »Wir halten ihn zur Zeit nur offen. Die Infusion läuft hier drüben ein. Dort hängen wir den Tropf mit der von uns eben ausgerechneten Zusammensetzung an.«

Bellows machte eine Pause und starrte nachdenklich die leblose Nancy Greenly an. »Cartwright«, sagte er dann, »auf jeden Fall heute Urinuntersuchung anordnen. Außerdem sorgen Sie bitte dafür, daß die täglichen Bluttests beibehalten werden. Ach ja, und bitte nehmen Sie den Magnesiumspiegel dazu.«

Cartwright kritzelte fieberhaft auf der Karteikarte, die er für die Patientin Greenly angelegt hatte. Fast geistesabwesend nahm Bellows seinen Reflexhammer und testete den Reflex an Nancy Greenlys Beinen, ohne Ergebnis.

»Warum haben Sie keine Luftröhrenfistel angelegt?« erkundigte sich Fairweather.

Bellows sah zu ihm auf, überlegte, meinte dann: »Eine sehr

gute Frage, Mr. Fairweather.« Er wandte sich an Cartwright. »Wieso haben wir keine Tracheotomie durchgeführt, Daniel?«

Cartwright blickte erst auf die Patientin, dann auf Bellows, schließlich auf seine Karteikarte, wohl wissend, daß die Antwort dort auch nicht stand.

Bellows sah wieder Fairweather an. »Wirklich eine gute Frage, Mr. Fairweather. Und wenn ich mich recht erinnere, hab' ich in der Tat unseren Dr. Cartwright hier gebeten, die Hals-Nasen-Ohren-Jungs für eine Tracheotomie ranzuholen. Hab' ich recht, Dr. Cartwright?«

»Ja, Sie haben recht«, antwortete der kleinlaut. »Hab' auch da angerufen, aber die haben sich nie wieder gemeldet.«

»Und Sie haben sich nicht mehr drum gekümmert«, ergänzte Bellows.

»Nein, ich ...«

»Genug jetzt, Dr. Cartwright«, fiel Bellows ihm ins Wort. »Sehen Sie zu, daß die HNO-Leute so schnell wie möglich anrücken. Sieht nicht so aus, als ob die hier wieder aufwachen würde, und für langfristige künstliche Beatmung brauchen wir die Tracheotomie. Völlig richtig, Mr. Fairweather, die Manschette des Sauerstoffschlauchs würde auf die Dauer das Luftröhrengewebe zerstören. Gut überlegt.«

Harvey Goldberg war unruhig und litt sichtlich darunter, diese Frage nicht selbst gestellt zu haben.

Das Frage-und-Antwort-Spiel hatte Susan aus ihrem Tagtraum geweckt. Sie fragte: »Hat denn niemand auch nur eine Ahnung, warum diese schreckliche Sache passiert ist?«

»Was für eine schreckliche Sache?« fragte Bellows mit nervösem Klang in der Stimme, während er Infusion, Beatmung und Monitor kontrollierte. »Ach so, Sie meinen den Umstand, daß sie nicht wieder aufgewacht ist. Ja, sehen Sie ...« Bellows hielt inne. »Übrigens, das bringt mich auf etwas, Cartwright. Versuchen Sie's doch noch mal bei den Neurologen. Wenn die ihre Ärsche mal hier rauf bemühen und ein neues EEG bei der Patientin machen könnten. Sollte das immer noch gleich Null sein, können wir vielleicht die Nieren gebrauchen.«

»Die Nieren?« fragte Susan Wheeler schaudernd. Sie versuchte, den Gedanken zu verdrängen, was das für Nancy Greenly bedeuten würde.

»Nun denken Sie mal vernünftig«, meinte Bellows. »Wenn der Grips weg ist, ich meine, das Gehirn nicht mehr arbeitet, dann können wir doch die Nieren genausogut für jemand anderen nutzen, vorausgesetzt natürlich, wir bringen die Familie zur Einwilligung.«

»Aber sie könnte doch noch aufwachen!« protestierte Susan. Das Blut war ihr in die Wangen gestiegen, ihre Augen funkelten.

»Na ja, manche wachen wieder auf«, meinte Bellows schulterzuckend. »Aber kaum jemand mit einem Null-EEG. Wir wollen mal den Tatsachen ins Auge sehen. Das heißt doch: Das Gehirn ist tot, und Gehirne kann man nicht wieder lebendig machen oder ersetzen. Gehirntransplantationen gibt es noch nicht, obwohl ich Fälle zu kennen glaube, wo das ganz nützlich wäre.« Bellows sah Cartwright an, und der lachte pflichtschuldigst.

»Weiß denn niemand, warum das Gehirn dieser Patientin während der Operation nicht den nötigen Sauerstoff bekam?« bohrte Susan nach. Die Frage war mehr ein verzweifelter Versuch, den Gedanken an Nancy Greenlys Nieren und deren Bestimmung zu verdrängen.

»Nein«, erwiderte Bellows bestimmt. »Die Sache war fehlerlos. Die haben die Anästhesie-Prozedur Millimeter für Millimeter abgeklopft. Zufällig war einer der besten Narkotiseure des Memorial derjenige, welcher, und der hat sich nichts geschenkt. Ich meine, er hat gnadenlos sein eigenes Vorgehen analysiert, aber keine Erklärung gefunden. Vielleicht war es eine Art Schlaganfall. Möglich, daß ihr körperlicher Zustand sie irgendwie für Schlaganfälle prädestinierte, ich habe keine Ahnung. Jedenfalls blieb ihrem Gehirn offenbar so lange Sauerstoff vorenthalten, daß zu viele Hirnzellen abstarben. Es ist nun mal so, daß die Zellen des Hirns gegenüber Sauerstoffmangel äußerst anfällig sind. Wenn also der Oxygenpegel unter eine bestimmte Marke absinkt, sterben die Zellen ab, und das Ergebnis sehen wir hier.« Bellows machte eine Handbewegung zu Nancy Greenly hin. »Ein dahinvegetierendes Etwas. Das Herz schlägt, weil es vom Gehirn unabhängig ist. Aber alles andere muß für die Patientin verrichtet werden. Wir beatmen sie mit dem Atemgerät dort.« Bellows deutete auf den zischenden Apparat. »Wir müssen den Flüssigkeitshaushalt regulieren, sie füttern, die Temperatur stabilisieren ...« Bei den letzten Worten unterbrach sich Bellows. Ihm war etwas eingefallen. »Cartwright, lassen Sie heute noch ein transportables Röntgengerät ranschaffen. Hätte die erhöhte Temperatur fast vergessen, die Sie vorhin erwähnten.« Er sah Susan an. »Auf diese Art nehmen die meisten Patienten mit abgestorbenen Hirnfunktionen endgültig Abschied vom Leben: Lungenentzündung, ihre Erlösung. Manchmal frage ich mich selbst, warum, zum Teufel, ich so ein Geschöpf dann noch behandele. Aber in der Medizin sind solche Fragen fehl am Platz. Wir behandeln Lungenentzündungen, weil wir die entsprechenden Antibiotika haben.«

Im selben Moment machte sich die Ausrufanlage wieder bemerkbar, wie sie es die ganze Zeit über in unregelmäßigen Abständen getan hatte. Diesmal sagte die Stimme: »Dr. Wheeler, Dr. Susan Wheeler, bitte 938.« Paul Carpin stieß Susan an, die offenbar nichts gehört hatte, und wiederholte die Botschaft. Susan blickte erstaunt auf Bellows.

»War das für mich? Die sagten ›Dr. Wheeler‹.«

»Ich hab' den Schwestern auf der Station eine Liste mit Ihren Namen gegeben, damit sie die Patienten unter Ihnen aufteilen. Zum Venenanzapfen und ähnlich faszinierenden Sachen werden Sie von jetzt an ausgerufen.«

»Ich muß mich erst daran gewöhnen, daß man hier Doktor genannt wird.« Susan sah sich nach dem nächsten Telefon um.

»Dann beeilen Sie sich damit; denn Sie werden immer mit Titel ausgerufen. Wir tun das nicht, um Ihnen zu schmeicheln, sondern der Patienten wegen. Sie sollten nicht vertuschen, daß Sie Studenten sind, aber es auch nicht an die große Glocke hängen. Es gibt Patienten, die würden Sie sonst nie an sich ranlassen, die würden die Bude zusammenbrüllen, von wegen Versuchskaninchen und so. Also, antworten Sie auf den Aufruf, Dr. Wheeler, und dann kommen Sie nach. Wenn wir hier fertig sind, gehen wir in den Konferenzraum im zehnten Stock.«

Susan ging zum Zentralpult und wählte die Nummer 938. Bellows sah ihr nach und nahm gegen seinen Willen wahr, daß unter dem weißen Kittel eine aufreizende Figur verborgen war. Er fühlte, wie Susan Wheeler ihn mehr und mehr zu beschäftigen begann.

Montag
23. Februar
11 Uhr 40

Susan durchlebte eine Phase der Unwirklichkeit, als sie den Aufruf für »Dr. Wheeler« beantwortete. Sie kam sich wie eine Schauspielerin in der Rolle einer Ärztin vor. Sie trug einen weißen Kittel, und auch die Kulissen stimmten. Aber sie konnte sich mit ihrem Part nicht identifizieren und meinte, jeden Moment müßte jemand auftauchen und sie entlarven.

Die Stimme der Schwester am anderen Ende der Leitung klang knapp und sachlich.

»Wir brauchen eine Infusion. Ein Patient, dessen Operation sich verzögert. Und die Anästhesie sagt, er benötigt Flüssigkeit.«

»Wann soll ich sie anlegen?« fragte Susan und spielte mit der Telefonschnur.

»Jetzt!« rief die Schwester, bevor sie auflegte.

Susans Gruppe hatte sich inzwischen einem neuen Patienten zugewandt. Wieder beugten sich alle über ein Krankenblatt, das Bellows aus dem Ständer gezogen hatte. Keiner sah auf, als Susan durch das Halblicht der Intensivstation ging. Sie kam zur Tür, und ihre Hand berührte die Klinke aus rostfreiem

Stahl. Langsam drehte sie den Kopf nach rechts und wagte noch einen Blick auf die regungslos daliegende Nancy Greenly. Die Patientin erschien ihr wie eine Puppe aus Fleisch und Blut, ohne jeden Hauch von Leben. Und wieder fühlte sich Susan auf seltsame Weise dem hilflosen Wesen verwandt. Es bereitete ihr Schwierigkeiten, sich von dem Anblick loszureißen, aber als sie draußen war, spürte sie große Erleichterung.

Doch die währte nicht lange. Als sie sich an den vielen Menschen vorbei einen Weg durch den Flur bahnte, nahm sie innerlich Anlauf für die nächste Hürde. Susan hatte noch nie in ihrem Leben eine Infusion angelegt. Sie hatte mehreren Patienten und ihrer Studienkollegin im Labor Blut abgezapft, aber das war etwas anderes als eine Infusion. In der Theorie kannte sie sich aus, wußte, was verlangt war. Schließlich brauchte man nur eine rasiermesserscharfe Nadel, um die Vene zu treffen, ohne das Blutgefäß gleich ganz zu durchbohren; das hörte sich leicht an. Die Schwierigkeit bestand nur darin, daß die Venen häufig dünn wie Spaghetti waren. Und manchmal konnte man sie von außen nicht einmal sehen, mußte sich auf sein Gefühl verlassen.

Angesichts dieser potentiellen Schwierigkeiten wurde Susan klar, daß in ihrem neuen Leben sogar ein derart profaner Akt wie das Anlegen einer Infusion eine intellektuelle Herausforderung bedeutete. Wenn ihre Unerfahrenheit nur nicht zu offensichtlich hervortrat! Am Ende würde der Patient rebellieren und nach einem richtigen Arzt verlangen. Außerdem war sie keineswegs in der Gemütsverfassung, sich dem Spott der routinierten Schwestern auszusetzen.

Als Susan in Beard 5 ankam, war die Szenerie unverändert. Immer noch herrschte hektische Betriebsamkeit. Terry Lindquist warf Susan einen flüchtigen Blick zu, ehe sie im Behandlungszimmer verschwand. Eine andere Schwester, deren Kappe mit einem leuchtend orangen Band verziert war, drückte Susan das Infusionstablett und die mit Flüssigkeit gefüllte Flasche in die Hand. Auf dem Namensschildchen las Susan: Sarah Sterns.

»Der Patient heißt Berman«, sagte Sarah Sterns. »Er liegt in 503. Um die Tropfgeschwindigkeit brauchen Sie sich nicht zu kümmern. Ich komme gleich und reguliere das.«

Susan nickte und machte sich auf den Weg zum Zimmer 503. Auf dem Korridor besah sie sich die Bescherung auf dem Tablett: alle Arten von Nadeln, große, kleine, dicke, dünne, Venenröhren, Spritzen, dicke Gummischläuche zum Abbinden der Adern, Mullpäckchen, natürlich auch eine Taschenlampe. Susan versuchte sich auszumalen, wie oft sie wohl auf einsamen Nachtdienstwegen im kleinen Lichtkegel Infusionen würde anlegen müssen.

Die Zimmernummern zählten rückwärts: 507, 505. Als 503 drohend vor ihr aufragte, blieb Susan stehen und wühlte in dem Nadelhaufen auf dem Tablett, bis sie eine .21er in hellgelber Hülle fand. Vom Zusehen wußte sie, daß diese Nadeln bei Infusionen verwendet wurden. Zwar erschienen ihr auch die langen Ungeheuer verlockend, aber bei ihrer ersten Infusion wollte sie das Experimentieren doch lieber auf ein Minimum beschränken.

Es half nichts – auf der Tür vor ihr stand deutlich 503. Die Tür war einen Spalt geöffnet. Susan wußte nicht, ob sie anklopfen sollte. Sie blickte verlegen über die Schulter, um zu sehen, ob sie jemand beobachtete, und klopfte.

»Herein«, hörte sie eine Stimme von drinnen.

Mit dem Fuß stieß Susan die Tür auf, das Tablett in der linken, die Flasche in der rechten Hand. Sie trat ein und war auf den Anblick eines älteren, von Krankheit ausgezehrten Menschen gefaßt. Sie stand in einem der typischen Privatzimmer des Memorial: es war klein, alt und schäbig. Der Fußboden war mit quadratischen Vinylplatten ausgelegt, das Fenster verschmutzt und gardinenlos. In der Ecke stand ein Heizkörper, der augenscheinlich nur von seinen vielen Lackschichten zusammengehalten wurde.

Entgegen ihren Erwartungen war der Patient weder alt noch von Krankheit gezeichnet. In dem Bett mit hochgestellter Rükkenstütze lag ein jüngerer Mann, offensichtlich bei guter Gesundheit. Susan schätzte ihn auf etwa dreißig. Der Mann trug das übliche Krankenhaushemd, das Laken reichte ihm bis zur Hüfte. Sein dunkles, außergewöhnlich dichtes Haar war zurückgebürstet und bedeckte die Ohrenspitzen. Er hatte ein schmales, intelligentes Gesicht und war trotz der winterlichen Jahreszeit braungebrannt. Eine große spitze Nase mit stark erweiterten Nasenflügeln vermittelte den Eindruck, als söge er ständig die Luft ein. Er sah athletisch aus, muskulöse Arme umschlangen die hochgezogenen Knie. Er rieb sich ununterbrochen die Hände, als wäre ihm kalt. Susan ahnte, daß der Mann hinter einem künstlichen Schild äußerlicher Ruhe seine Angst zu verbergen suchte.

»Nur nicht schüchtern, immer hereinspaziert! Hier geht es sowieso zu wie im Hauptbahnhof.« Berman grinste sie an, es war ein unstetes Grinsen. Ihr wurde klar, daß dem Mann, der auf seine Operation wartete, jede Unterbrechung nur allzulieb war.

Susan erwiderte das Lächeln, erlaubte sich aber nur einen kurzen Blick auf den Patienten. Sie schob die Tür bis auf den ursprünglichen Spalt zu, stellte das Tablett auf das Fußende des Bettes und befestigte die Flasche am Ständer über dem Kopfteil. Bewußt mied sie Bermans Blick. Warum, zum Teufel, dachte sie, mußte ihr erster Krankenhauspatient so jung, äußerlich gesund und offensichtlich hellwach sein? Sie hätte einen bewußtlosen Hundertjährigen bei weitem vorgezogen.

»Doch nicht noch 'ne Nadel!« rief Berman mit nur teilweise gespieltem Entsetzen.

»Ich fürchte, doch«, sagte Susan und packte einen Infusionsschlauch aus, den sie an die Flasche anschloß. Sie ließ etwas von der Flüssigkeit in den Schlauch laufen, bevor sie den Stöpsel befestigte. Nachdem sie diesen Teil der Arbeit verrichtet hatte, sah sie Berman an und merkte, wie er sie neugierig anstarrte.

»Sind Sie Ärztin?« fragte er ungläubig.

Susan ließ sich mit der Antwort Zeit und sah dem Patienten direkt in die dunkelbraunen Augen. Was sollte sie sagen? Sie war keine Ärztin, natürlich nicht. Und was wollte sie sagen? Natürlich, daß sie eine wäre. Aber Susan hatte eine realistische Ader und bezweifelte, ob sie sich jemals Ärztin nennen und es auch selbst noch glauben könnte.

»Nein«, sagte sie schließlich und wandte den Blick der .21er Nadel zu. Jetzt war sie von ihrem Eingeständnis fast selbst enttäuscht, und sicherlich würde ihre Antwort Bermans Ängste nur noch vergrößern. »Ich bin nur Medizinstudentin«, fügte sie hinzu.

Bermans Hände hielten jetzt still. »Sie brauchen deswegen nicht gleich in die Defensive zu gehen«, meinte er ernsthaft. »Sie sehen einfach nicht wie eine angehende Ärztin aus.«

Seine unschuldige Bemerkung traf eine wunde Stelle in Susans Innerstem. Ihr bis dato unterentwickelter Berufsstolz machte sie übermißtrauisch gegen Äußerungen wie diese, die von Berman als verdecktes Kompliment gemeint war.

»Wie heißen Sie?« forschte der Ahnungslose weiter. Er schützte mit der Hand die Augen vor dem grellen Deckenlicht und bedeutete Susan, sie solle sich ein Stück nach links drehen, damit er ihr Namensschild lesen könne. »Susan Wheeler... Dr. Susan Wheeler. Hört sich echt an.«

Susan stellte fest, daß Berman keineswegs darauf aus war, ihre ärztliche Berufung anzuzweifeln. Aber sie antwortete ihm nicht. Irgend etwas an ihm kam ihr, wenn auch vage, so doch auf angenehme Weise vertraut vor. Vergeblich versuchte sie, das Gefühl zu lokalisieren. Bestimmt hatte es mit seiner charmant autoritären Art zu tun.

Um sich zu konzentrieren, aber auch aus dem Gefühl heraus, wieder Oberhand gewinnen zu müssen, stürzte sich Susan in die Riten der Infusionsvorbereitung. So professionell wie möglich legte sie Berman die Aderpresse um das linke Handgelenk und zog den Schlauch fest. Sie riß Verpackungen auf und beförderte die Hohlnadel sowie den Alkoholtupfer ans Tageslicht. Aufmerksam verfolgte Berman diese Verrichtungen.

»Ich sag' Ihnen gleich, daß ich Nadeln nicht besonders liebe.« Er versuchte, seine Stimme unbekümmert erscheinen zu lassen. Sein Blick wanderte zwischen der eigenen Hand und Susan hin und her.

Sie spürte seine wachsenden Bedenken und überlegte, was er wohl sagen würde, wenn er wüßte, daß er das Opfer ihrer ersten Infusion sein sollte. Durchdrehen würde er, keine Frage. Susan wußte: Im umgekehrten Fall hätte sie selbst bestimmt so reagiert.

Der Schlauch um Bermans Handgelenk hatte inzwischen seine Wirkung getan, und die Venen standen heraus wie Gartenschläuche. Susan atmete tief ein und hielt die Luft an. Berman tat das gleiche. Susan betupfte die Stelle mit Alkohol und versuchte, die Nadel in Bermans Handrücken zu stechen. Aber der Versuch mißglückte.

»Aua!« rief Berman und krallte die freie Hand in das Bettlaken. Seine übertriebene Reaktion entsprang dem Selbsterhaltungstrieb. Susan aber sah sich um den letzten Nerv gebracht. Sie widerstand der Absicht, die Nadel im zweiten Anlauf einfach in die Hand zu rammen.

»Jedenfalls machen Sie's genau wie ein Arzt, wenn Ihnen das ein Trost ist«, sagte Berman und sah auf seinen Handrücken, der unter dem Druck des Gummischlauchs allmählich blau anlief.

»Mr. Berman, Sie müssen schon etwas kooperativer sein«, sagte Susan, die ihre Kräfte für den nächsten Anlauf sammelte und für den Fall des Fehlschlags die Verantwortung aufteilen wollte.

»Kooperativ soll ich sein, sagt sie«, stöhnte Berman und verdrehte die Augen zur Decke. »Dabei liege ich hier still und brav wie ein Opferlamm.«

Susan legte seine linke Hand flach auf die Bettdecke. Mit der eigenen Linken schob sie die Haut der Nadel entgegen. Und diesmal drang die Spitze zwar ein, blieb aber gleich darauf stecken.

»Ich gebe auf!« Berman warf die letzte Humorreserve in die Schlacht.

Susan konzentrierte sich jetzt ganz auf die Nadelspitze. Zuerst schob die Spitze die Vene vor sich her. Susan drückte von der anderen Seite, und nun schob die Vene die Nadel vor sich her. Schließlich schob und stach sie gleichzeitig, und zwar mit energischem Druck. Sie fühlte den kleinen Ruck, als die Nadel in die Vene eindrang. Sofort floß Blut zurück und in die Plastikröhre. Schnell schloß Susan den Infusionsschlauch an. Sie öffnete den Stöpsel und nahm das Gummiarmband ab. Die Infusion tropfte gleichmäßig. Beide Parteien waren höchst erleichtert.

Susan konnte sich sogar einer euphorischen Anwandlung nicht ganz erwehren. Zum erstenmal hatte sie eine medizinische Dienstleistung verrichtet. Ein kleiner Dienst, zugegeben, nichts Bedeutenderes als eine simple Infusion, aber immerhin zum Nutzen eines Patienten. Vielleicht lag ihre Zukunft doch bei der Medizin. Jedenfalls weckte die Euphorie ein Gefühl der Großmut in Susan, und der abschreckenden Hospitalarbeit zum Trotz gestattete sie sich, ihren Patienten Berman auf eine leicht herablassende Weise als menschliches Wesen zu behandeln.

»Vorhin meinten Sie, ich sähe nicht wie eine Ärztin aus«, sagte Susan, als sie den Infusionsschlauch mit Pflasterstreifen an Bermans Handrücken befestigte. »Was meinen Sie mit: wie eine Ärztin aussehen?« Ihr scherzhafter Ton sollte suggerieren, daß es ihr mehr um leichte Arzt-Patienten-Konversation zu tun war als darum, wirklich Bermans Ansichten zu erfahren.

»Kann sein, daß es eine blödsinnige Bemerkung war«, lautete die Antwort. Berman beobachtete Susans Verrichtungen genau. »Aber ein paar Klassenkameradinnen aus dem College entschieden sich für Medizin. Einige waren ganz okay, und alle hatten was im Kopf, den Grips konnte ihnen niemand absprechen. Nur beim Fraulichen haperte es.«

»Wahrscheinlich erschienen sie Ihnen nicht fraulich, eben weil sie Medizin studieren wollten, nicht umgekehrt.« Susan reduzierte die Tropfenfrequenz.

»Möglich... ja, möglich«, meinte Berman nachdenklich.

Susans Einwurf hatte ihm einen neuen Aspekt eröffnet. »Aber nein, ich glaube nicht. Zwei von ihnen kenne ich ziemlich gut, war mit ihnen die ganze Collegezeit zusammen. Die haben sich erst im letzten Jahr für das Medizinstudium entschieden. Und davor waren sie genausowenig feminin. Während Sie, die zukünftige Dr. Wheeler, die Weiblichkeit in Person sind.«

Susan, eben noch begierig darauf, Berman wegen seines Urteils über die Schulkameradinnen zu verdammen, sah sich plötzlich entwaffnet. Sie wußte nicht, ob er sich über sie lustig machte oder ihr ein Kompliment zollte, aber Bermans nächste Worte entschieden die Angelegenheit.

»Wenn ich Ihnen einen Beruf aussuchen sollte«, meinte er, »dann würde ich Sie zur Tänzerin machen.«

Damit hatte Berman unbewußt ins Schwarze getroffen und sozusagen Susans zweites Ich bloßgelegt. Wie eine Tänzerin zu wirken war für sie zweifellos ein Kompliment, und deshalb konnte sie auch seine Bemerkung über ihre Fraulichkeit als ein solches durchgehen lassen.

»Ich danke Ihnen, Mr. Berman«, sagte sie ernsthaft.

»Ach, bitte, nennen Sie mich doch Sean.«

»Also, danke schön, Sean.« Susan hörte auf, die Überreste ihrer ersten medizinischen Verrichtung einzusammeln, und sah aus dem schmutzigen Fenster. Doch sie bemerkte weder den Dreck noch die dunklen Wolken, Backsteinmauern und leblosen Bäume. Nach einer Weile sah sie Berman wieder an. »Wissen Sie, ich kann Ihnen gar nicht sagen, wie dankbar ich für Ihr Kompliment bin. Vielleicht kommt es Ihnen komisch vor, aber wenn ich ehrlich bin, habe ich mich schon seit einem Jahr nicht mehr weiblich gefühlt. Darum macht mir Ihr Zuspruch solchen Mut. Nicht, daß ich mir graue Haare hätte darüber wachsen lassen, aber ich hab' mich selbst immer mehr als ...« Susan suchte nach dem richtigen Wort. »Na ja, als eine Art neutrales Wesen, ein Neutrum gesehen. Ja, Neutrum, das ist der richtige Ausdruck dafür. Das kam so nach und nach, und eigentlich fällt es mir erst richtig auf, wenn ich meinen früheren Mitschülerinnen begegne, vor allem meiner Zimmergenossin.«

Susan stoppte ihren Redefluß und richtete sich auf. Ihre Offenheit diesem Mann gegenüber machte sie verlegen und überraschte sie. »Was schwatze ich da eigentlich? Manchmal komme ich mir selbst unglaubwürdig vor.« Sie lachte. »Ich kann mich nicht mal wie eine Ärztin benehmen, geschweige denn wie eine aussehen. Und Sie haben bestimmt ganz anderes im Kopf als Interesse für meine beruflichen Anpassungsschwierigkeiten.«

Aber Berman, der sie breit angrinste, genoß offensichtlich das Zwischenspiel.

»Und außerdem«, fuhr Susan fort, »soll der Patient reden, nicht der Doktor. Warum erzählen Sie mir nicht etwas über sich und stopfen mir den Mund?«

»Ich bin Architekt«, berichtete Berman. »Einer von einer Million, die Cambridge und Umgebung unsicher machen. Aber das ist eine andere Geschichte. Ich würde lieber noch etwas von Ihnen hören. Sie können sich gar nicht vorstellen, wie beruhigend das ist, wenn sich hier jemand wie ein menschliches Wesen aufführt.« Bermans Augen streiften durch das Zimmer. »Hab' ja gar nichts einzuwenden gegen eine kleine Operation, aber diese Warterei ist zum Wahnsinnigwerden. Und jeder hier ist so verdammt unpersönlich.« Er sah Susan wieder an. »Erzählen Sie mir doch, was Sie über Ihre frühere Zimmergenossin sagen wollten. Es würde mich interessieren.«

»Nehmen Sie mich auf den Arm?«

»Keineswegs, wirklich nicht!«

»Ach, wissen Sie, das ist gar nicht so wichtig. Sie war eben einfach toll. Studierte Jura. Damit hat sie sich ihre intellektuelle Bestätigung geholt, ohne daß sie ihre Weiblichkeit aufgeben mußte.«

»Ich hab' keine Ahnung, wie es um Ihren Intellekt bestellt ist, aber daß Sie eine Frau sind, daran kann ja nun wirklich niemand zweifeln. Sie sind die wandelnde Antithese zum Begriff Neutrum.«

Susan fühlte sich zu einem Disput darüber angereizt, daß Berman Weiblichkeit mit äußerer Erscheinung gleichsetzte.

War das nicht nur ein Teil, ein kleiner Teil des Ganzen? Aber Susan hielt sich zurück. Schließlich war Berman auf dem Weg in den OP und sollte wohl besser von Streitgesprächen verschont bleiben.

»Ich kann ja nichts für meine Gefühle«, sagte sie statt dessen. »Neutrum ist dafür nun mal die beste Beschreibung. Ursprünglich erschien mir die Medizin aus mehreren Gründen ideal, unter anderem auch in der Erwartung, daß sie mir die gewünschte gesellschaftliche Position verschaffen würde. Ich wollte nicht unter Heiratsdruck geraten. Na ja.« Susan seufzte. »Meine Position scheine ich zu haben, und noch ein gutes Stück dazu. Genaugenommen fühle ich mich fast von der normalen Gesellschaft verstoßen.«

»Das sollte man schleunigst kurieren, und *die* Infusion würde ich Ihnen gern anlegen«, sagte Berman und freute sich über seinen Vergleich. »Vorausgesetzt natürlich, daß Sie Architekten als Mitglieder der normalen Gesellschaft ansehen. Manche würden Ihnen da entschieden widersprechen, kann ich Ihnen sagen. Aber wissen Sie...« Berman kratzte sich den Schädel und legte sich seine Verbalstrategie zurecht. »In diesem lächerlichen Nachthemd kann man sich sowieso nicht vernünftig unterhalten, und dann das unpersönliche Milieu. Ich würde unser interessantes Gespräch gern fortsetzen. Mir ist klar, daß Sie dauernd derart unsittliche Anträge bekommen, und es tut mir schrecklich leid, Ihre privaten Lasten noch zu vergrößern, aber könnten wir nicht zusammen Kaffee trinken oder sonst was? Ich meine, sobald das verdammte Knie hier verarztet ist?« Berman hielt das rechte Bein hoch. »Hab' das blöde Ding schon vor Jahren verkorkst, beim Football, natürlich. Seitdem war das Knie meine Achillesferse, sozusagen.«

»Und deswegen die Operation heute?« erkundigte sich Susan, während sie überlegte, wie sie auf das Angebot reagieren sollte. Sie wußte, derlei entsprach unter keinen Umständen der Berufsetikette. Auf der anderen Seite übte Berman eine gewisse Anziehung auf sie aus.

»Genau. Meniskusresektion, oder so was«, sagte er.

Es klopfte an der Tür, und bevor Susan antworten konnte, war Sarah Sterns im Zimmer. Susan zuckte schuldbewußt zusammen und machte sich am Infusionsstöpsel zu schaffen. Zugleich wurde ihr das Lächerliche ihrer Reaktion bewußt, und sie ärgerte sich, daß sie sich vom System so unterdrücken ließ.

»Doch nicht noch 'ne Nadel!« rief Berman.

»Doch, noch 'ne Nadel. Operationsvorbereitung. Marsch, auf die Seite, mein Lieber«, sagte Miss Sterns. Susan wurde in die Ecke gedrängt, als die Schwester das Tablett auf den Nachttisch stellte.

Berman blickte Susan verlegen an und ließ sich auf die rechte Seite rollen. Miss Sterns entblößte seine linke Gesäßhälfte und packte ins Fleisch. Schon saß die Nadel im Muskelgewebe, und die Sache war ausgestanden.

»Lassen Sie's nur gut sein mit dem Tropf«, sagte Miss Sterns im Hinausgehen. »Ich stell' ihn dann gleich ein.« Schon war sie aus der Tür.

»Also, ich muß auch gehen«, sagte Susan schnell.

»Bleibt's bei unserem Rendezvous?« Berman bemühte sich, seine linke Seite nicht zu belasten.

»Ich weiß nicht recht, Sean. Muß ich nicht auch an den professionellen Aspekt denken?«

»Professionellen Aspekt?« Berman war ehrlich überrascht. »Was ist denn mit Ihnen los? Stehen Sie hier unter Gehirnwäsche?«

»Schon möglich«, meinte Susan. Sie sah auf die Uhr, dann auf ihren Patienten, faßte schließlich den Entschluß. »Also gut, abgemacht. Aber erstmal müssen Sie wieder hüpfen können. Gegen die Anklage unprofessionellen Verhaltens kann ich mich innerlich wappnen. Aber nicht gegen das Gefühl, einen armen Krüppel auszunutzen. Bevor Sie entlassen werden, komme ich wieder her. Wissen Sie, wie lange Sie im Memorial bleiben?«

»Mein Arzt sagte was von drei Tagen.«

»Also, ich komme, ehe Sie verschwinden.« Susan war auf dem Weg zur Tür.

Doch bevor sie auf den Flur treten konnte, mußte sie einem Pfleger Platz machen, der gekommen war, um Berman zu seiner Operation zu fahren. Auf dem Laufzettel stand: Meniskusentfernung, Operationstrakt, Saal 8. Susan sah sich noch einmal nach Berman um und hielt den Daumen hoch. Er erwiderte die Geste grinsend. Auf dem Weg zum Stationszimmer versuchte Susan, ihre Gefühle zu ordnen. Sie kam sich innerlich erwärmt vor, nachdem sie in dieser Umgebung jemanden getroffen hatte, der sie interessierte. Aber was war mit der Berufsetikette? Susan mußte der Realität ins Auge sehen. Der Weg zur Ärztin war für sie mit Stolpersteinen gepflastert.

Montag
23. Februar
12 Uhr 10

Wie eine Slalomläuferin wedelte sich Susan ihren Weg über den Krankenhausflur zwischen Essenwagen hindurch, auf denen sich farblose Gerichte türmten. Die Essendüfte erinnerten Susan daran, daß sie den ganzen Tag noch nichts Nennenswertes zu sich genommen hatte, den hastig heruntergeschlungenen Morgentoast nicht gerechnet.

Die Ankunft der Essenwagen hatte das Chaos im Bereich des Schwesternzimmers auf Beard 5 nur noch vergrößert. Es erschien Susan wie ein Wunder, daß die jeweils richtigen Patienten die jeweils richtige Medizin bekamen, das für sie bestimmte Essen und die zu ihrer Erkrankung passende Therapie. Susan war angenehm überrascht, als Sarah Sterns ihre Ankunft mit einem Lächeln und einem hastigen Dankeschön quittierte, während sie ihr zeigte, wo sie das Infusionstablett abstellen sollte. Sonst kümmerte sich niemand um Susan, und sie machte, daß sie weiterkam. Nach drei Sekunden in der wartenden Menge vor der Fahrstuhltür entschied sie sich für die Treppe. Schließlich waren es nur drei Stockwerke abwärts bis zur Intensivstation.

Die Treppenstufen waren aus gehämmertem Metall und ursprünglich orange gestrichen. Mittlerweile zeigten sie jedoch ein dreckiges Braun, und nur in der Stufenmitte glänzte es, wo unzählige Fußtritte Farbe wie Schmutz abgewetzt hatten. Die Treppenhauswände waren aus Holz, dunkelgrau getüncht, aber auch hier siegte das Alter über die abblätternde Farbe. Irgendein Rohrbruch aus vergangenen Zeiten hatte seine Spuren hinterlassen: zu Flecken erstarrte Rinnsale an der rechten Wand, die sich von Stockwerk zu Stockwerk wiederholten und Susan jedesmal begrüßten, wenn sie um die Ecke bog, um die nächste Treppe in Angriff zu nehmen. Das einzige Licht im Treppenhaus kam von einer nackten Birne über jedem Absatz. Im vierten Stock war sie durchgebrannt, und Susan mußte sich im Halbdunkel vorantasten und die erste Stufe nach Gefühl erkunden. Ihr kamen die Entfernungen zwischen den einzelnen Stockwerken bemerkenswert groß vor.

Als sie sich über das Metallgeländer lehnte, konnte sie bis hinunter in den Keller sehen, wo die quadratische Spirale der Stufen endete. Das Treppenhaus bedrückte Susan irgendwie, die modrig-dunklen Wände schienen sich immer enger um sie zu legen, eine Art atavistischer Angst stieg in ihr auf. Im Unterbewußtsein fühlte sie sich an einen Kindheitstraum erinnert, der ihr, obwohl viele Jahre nicht mehr geträumt, immer gegenwärtig war. Der Traum hatte nichts mit einem Treppenhaus zu tun, nur der Effekt war der gleiche: Susan suchte den Weg durch einen Tunnel mit ständig sich verändernden Umrissen und kam nicht voran. Im Traum hatte sie nie das Tunnelende erreicht, obwohl es der einzige Ausweg zu sein schien.

Trotz der beunruhigenden Atmosphäre des Treppenhauses stieg Susan Stufe für Stufe weiter hinab. Ihre Tritte gaben ein metallisches, hohles Echo. Sie war mutterseelenallein, zum erstenmal seit dem Morgen konnte sie ein paar Minuten ungestört ihre Gedanken sammeln, und für kurze Zeit trat die Präsenz des Krankenhausbetriebs ein wenig in den Hintergrund.

In ihrer Erinnerung komplizierte sich das Zwischenspiel mit Berman, doch genaugenommen war er gar nicht ihr Patient.

Sie war nur zu einem Hilfsdienst hinzugezogen worden. Bermans Eigenschaft als Patient war nur insofern relevant, als dadurch überhaupt erst ihr Zusammentreffen möglich wurde. Aber Susan war nicht sicher, ob sie jetzt Haarspalterei betrieb. Auf dem Absatz des dritten Stocks hielt sie an.

Es war ganz einfach: Sie hatte auf Berman als Frau reagiert. In gewisser Weise empfand sie das als beruhigend. Susan wußte: In den ersten beiden Jahren ihres Studiums hatte sie sich immer mehr als sexloses Wesen empfunden. Offensichtlich war sie zwar weiblichen Geschlechts, das zeigte schon ihre Periode, aber war sie auch eine Frau?

Susan starrte die nächste Treppe hinab. Die Ereignisse dieses Tages hatten sie zum erstenmal zur rationalen Auseinandersetzung mit einer Entwicklung gezwungen, die sie seit Jahren unbestimmt spürte. Wenn man nun statt ihrer Carpin für die Infusion gerufen und es sich anstelle von Berman um eine junge, attraktive Patientin gehandelt hätte, wie würde er dann reagiert haben? Genauso, nämlich als Mann? Doch der Gedanke erschien ihr zu hypothetisch. Und wahrscheinlich hätte er wirklich ebenso reagiert.

Susan nahm die nächsten Stufen in Angriff, aber sie ging jetzt sehr langsam. Und wenn es nun stimmte, daß ein Mann ähnlich reagiert hätte, warum machte sie von dem eigenen Verhalten dann soviel Aufhebens?

Susan spürte: Die Frage ging weit über das Thema Berufsethos hinaus. Berman hatte Susan ihr Frau-Sein bewußt gemacht. Und ihr ging auf, was des Pudels Kern war: Der größte Unterschied zwischen Carpin und ihr bestand darin, daß sie ein zusätzliches Hindernis überwinden mußte. Sie beide, das wußte sie, wollten Ärzte werden, wie Ärzte handeln, wie Ärzte denken und als Ärzte akzeptiert werden. Doch für Susan gab es noch eine Stufe mehr. Sie wollte Ärztin werden, aber auch eine Frau sein, als Frau fühlen, als Frau akzeptiert und respektiert werden. Schon bei der Aufnahme ihres Medizinstudiums war ihr bewußt gewesen, daß sie eine Laufbahn gewählt hatte, in der Männer dominierten. Sie hatte das sogar als besondere

Herausforderung empfunden. Woran sie nicht gedacht hatte, das waren die menschlichen Probleme, die Schwierigkeit, im medizinischen Beruf auch als Frau Erfüllung zu finden. Akademisch konnte sie mithalten, da hegte sie kaum Zweifel. Doch der nächste Schritt würde schwieriger werden – sie wäre wie ein Schiff in unmarkierten Gewässern. Und Carpin? Für ihn bedeutete die gesellschaftliche Frage keinerlei Problem. Er war ein Mann in einer als männlich anerkannten Rolle. Der medizinische Beruf förderte sein Image als Mann. Carpin brauchte sich nur davon zu überzeugen, daß er als Arzt etwas taugte. Susan mußte sich davon überzeugen, daß sie den Anforderungen als Ärztin standhielt *und* eine Frau sein konnte.

Auf der Plattform des zweiten Stockwerks erblickte Susan ein Schild: »OP-Bereich. Unbefugten Zutritt verboten.« Es hätte der Warnung gar nicht bedurft. Die Tür vom Treppenhaus ins Krankenhausinnere war abgeschlossen. Für einen Augenblick kam sich Susan wie eine Gefangene vor, als hätte man alle Treppenhaustüren hinter ihr verriegelt. Dann nahm sie sich zusammen und sagte halblaut: »Miss Wheeler, jetzt hört der Unsinn auf!« Schnell lief sie eine Treppe weiter hinunter zum ersten Stock. Die Tür öffnete sich mühelos, und Susan fand sich im wirren Getriebe der Vorhalle.

Sie nahm den Lift und ging zur Intensivstation zurück. Es kostete sie Überwindung und auch körperliche Kraft, die Tür zu öffnen. Sie war massiv und schwer.

Wieder sah sich Susan in der unwirklichen Welt der Apparate und des gedämpften Lichts. Eine Schwester blickte kurz vom Pult auf, wandte sich aber gleich wieder ihrem EKG-Blatt zu. Als Susan mit den Augen den Raum absuchte, kam ihr von neuem die rein mechanische Beschaffenheit des »Lebens« hier zum Bewußtsein, das Fehlen menschlicher Stimmen, ja von Bewegungen, mit Ausnahme der elektronischen Piep-Funken auf den Monitoren. Und da lag Nancy Greenly, leblos wie eine Statue – medizinischer Unfall, Opfer der Technologie. Ihr Leben, ihre Lieben, alles vorbei, alles wegen einer simplen menstrualen Unregelmäßigkeit, eines kinderleichten Eingriffs.

Susan mußte sich zwingen, ihren Blick von Nancy Greenly abzuwenden. Sie stellte fest, daß die Gruppe die Intensivstation inzwischen verlassen hatte. Wahrscheinlich war sie bei der großen Visite. Susan merkte, wie unbehaglich sie sich in der Intensivstation fühlte. Alle Euphorie von vorhin, der Auftrieb wegen der gelungenen Infusion, war verflogen. Fast körperlich lasteten die psychologischen und technischen Absonderlichkeiten des Raumes auf ihr. Und dann kam ihr der Gedanke: Was nun, wenn bei einem der Patienten dort plötzlich in ihrer Anwesenheit etwas schiefging? Wenn sie, kraft ihres weißen Kittels und des nutzlosen Stethoskops in der Tasche, gezwungen war, eine Entscheidung auf Leben oder Tod zu treffen?

Bevor die selbst eingeredete Panik über ihr zusammenschlagen konnte, floh Susan in den Korridor. Auf dem Weg zum Lift grübelte sie über Anspruch und Wirklichkeit im Leben eines Mediziners, oder besser, zwischen Wahrheit und Mythos, nämlich dem, was ein Medizinstudent wirklich war, und dem Bild, das sich die Welt von ihm machte.

Ihr fiel ein, daß Bellows etwas vom zehnten Stock gesagt hatte. Sie drückte im Fahrstuhl auf die Zehn, ließ sich von der Menge ganz nach hinten schieben. Es war eine trostlose Fahrt. Die Leute im Lift boten ein anschauliches Bild aller erdenklichen Gebrechen. Der Aufzug hielt in jedem Stockwerk. Die Luft war heiß und stickig. Ein rücksichtsloser Mensch rauchte, trotz des deutlich angeschlagenen Verbots. Keiner sah den anderen an, alle starrten nur auf die leuchtende Anzeigetafel. Susan verfluchte die Türen, die so langsam auf- und zugingen.

Schon im neunten Stock schob sie sich ungeduldig nach vorn. Die Ankunft im zehnten kam ihr vor wie das Erwachen aus einem Alptraum.

Hier herrschte eine ganz andere Atmosphäre. Im zehnten Stock war der Boden mit Teppichen belegt, und die Wände leuchteten in frischem, mattglänzendem Lack. Goldene Rahmen zierten die Porträts früherer Memorial-Helden. Zwischen bequemen Sesseln standen Chippendale-Tische und zierliche Lampen. In geordneten Stapeln lagen Zeitschriften aus.

Ein Schild gegenüber dem Lift zeigte Susan den Weg zum Konferenzraum. Als sie den Korridor durchquerte, konnte sie in die Zimmer sehen: Privatsprechzimmer und Büros für die Creme der Ärzteschaft im Memorial. Auf dem Flur saßen ein paar Patienten, lasen und warteten. Alle sahen auf, als Susan vorbeiging, die Gesichter von uniformierter Ausdruckslosigkeit.

Weiter hinten lag das Büro des Chirurgischen Chefarztes, Dr. H. Stark. Die Tür stand halb offen, und Susan sah zwei Sekretärinnen, die eifrig tippten. Schräg gegenüber lag ein zweites Treppenhaus, und ganz am Ende des Flurs leuchtete über einer Doppelschwingtür aus Mahagoni ein Schild: Konferenz – bitte Ruhe.

Susan betrat den Konferenzraum und schloß hinter sich leise die Tür. Sie brauchte eine Weile, um sich an die Dunkelheit zu gewöhnen. Es gab nur einen leuchtenden Fleck: ein am Kopfende des Raums groß projiziertes Dia eines Lungenschnitts. Susan erkannte die Umrisse eines Mannes, der mit einem Zeigestock die Details erläuterte.

In der Düsternis unmittelbar vor ihr unterschied Susan nach einiger Zeit Sitzreihen und Zuhörer. Der Raum war etwa zehn Meter breit und siebzehn Meter lang und senkte sich in Richtung auf das Podium wie ein Theater- oder Hörsaal. Zum Rednerpult führten zwei Stufen hinauf. Der Projektionsapparat war in der Wand verborgen, sein Strahl aber bahnte sich den Weg durch die ganze Länge des Saals, durch den Qualm von Zigaretten und Pfeifen. Sogar in der Dunkelheit wurde Susan schnell klar, daß sie sich in einem luxuriös ausgestatteten Raum befand.

Das nächste Farb-Dia war ein Mikroskop-Ausschnitt, und der Raum wurde etwas heller. Susan erkannte Niles' Hinterkopf mit der dicken Beule. Er saß am Mittelgang. Sie ging hin und tippte ihn auf die Schulter. Ihre Kommilitonen hatten einen Platz für sie freigehalten, aber sie mußte sich an Niles und Fairweather vorbeidrücken, bevor sie saß, und zwar neben Bellows.

»Haben Sie wirklich nur eine Infusion angelegt, oder handelte es sich um einen Bauchschnitt?« Bellows lehnte sich leicht zu ihr herüber. »Sie waren über eine halbe Stunde weg.«

»Der Patient war interessant«, antwortete sie und machte sich auf eine weitere Lektion über Pünktlichkeit im Krankenhausbetrieb gefaßt.

»Fällt Ihnen keine bessere Ausrede ein?«

»Na schön, um die Wahrheit zu sagen: Ich mußte John Wayne eine Revolverkugel aus der Schulter holen.« Susan tat, als beanspruchte das Dia ihr ganzes Interesse. Dann warf sie Bellows einen verstohlenen Seitenblick zu. Er kicherte verhalten.

»Wirklich, Sie sind das allerletzte, ich . . .«

Plötzlich wurde er gewahr, daß der Mann am Pult eine Frage an ihn gerichtet hatte. Er hörte nur noch: »... können Sie uns ja wohl aufklären, Dr. Bellows?«

»Tut mir leid, Dr. Stark, aber ich habe die Frage nicht mitbekommen.« Bellows steckte in Nöten.

»Gibt es irgendwelche Anzeichen für Pneumonie?« wiederholte Stark. Das Röntgenbild einer Lunge mit einer Verschattung rechts lag hinter Starks dünner Silhouette. Die Gesichtszüge des Chirurgen waren nicht zu erkennen.

Hinter Bellows lehnte sich ein Kollege vor und flüsterte: »Der spricht über die Greenly, du Arschloch!«

»Also«, hüstelte Bellows, während er aufstand. »Gestern hatte sie leicht erhöhte Temperatur. Aber beim Abhorchen nichts Auffälliges in der Brust. Die Röntgenaufnahmen vor zwei Tagen zeigten auch nichts. Aber wir machen heute neue. In ihrem Urin waren Bakterien, und wir glauben, der Temperaturanstieg wurde durch einen Blasenkatarrh und nicht durch Lungenentzündung hervorgerufen.«

»Haben Sie sich nicht im Pronomen geirrt, Dr. Bellows?« Stark ging von der Leinwand wieder zum Pult. Susan gab sich Mühe, ihn besser zu sehen. Immerhin handelte es sich um den berühmten und gefürchteten Chef der Chirurgie.

»Pronomen, Sir?« Bellows Stimme klang eingeschüchtert.

»Pronomen, jawohl. Sie wissen doch wohl noch, was ein Pronomen ist, Dr. Bellows?«

Aus dem Dunkel kam Gekicher.

»Ja, das weiß ich.«

»Na, sehen Sie. Hört sich schon besser an.«

»Was hört sich besser an?« Jetzt wollte Bellows es genau wissen, aber im selben Augenblick verfluchte er seine Dummheit. Das Gelächter im Saal nahm zu.

»Die Wahl Ihrer Pronomen hört sich jetzt besser an, Dr. Bellows. Das ›wir‹ mißbehagt mir aus dem Mund eines behandelnden Klinikarztes. Ihre Ausbildung lehrt Sie, aufgrund Ihrer Beobachtungen und Diagnosen eine Entscheidung zu treffen. Und wenn ich einen von Ihnen nach einem Fall frage, will ich Ihre Meinung hören, nicht die eines Teams. Zur Grundlage der Entscheidung tragen stets mehrere bei, aber wenn sie gefallen ist, müssen Sie diese Entscheidung vertreten, und zwar per ›ich‹ und nicht per ›wir‹.«

Stark ging wieder die paar Schritte zur Leinwand und lehnte sich auf den Zeigestock. »Also, zurück zur Behandlung komatöser Patienten. Ich möchte noch einmal betonen, daß Sie hier immer auf der Hut sein müssen, Gentlemen, rund um die Uhr. Das kann bei diesen Patienten eine äußerst frustrierende Angelegenheit sein, da die Behandlung bei extrem ungünstiger Prognose gleichzeitig extrem intensiv ist. Aber die Ergebnisse rechtfertigen die Mittel. Denken Sie nur daran, was für ein hervorragender Anschauungsunterricht das ist. Wenn das Gehirn ausfällt, ist die Homöostase . . .«

An einer Seitenwand flackerte plötzlich rotes Licht; es blinkte wie besessen. Alle Köpfe drehten sich in diese Richtung. Auf dem Fernsehschirm unter der Signallampe leuchteten Buchstaben auf, Worte: Herzstillstand – Intensivstation, Beard 2.

»Scheiße«, fluchte Bellows leise, als er aufsprang. Cartwright und Reid folgten ihm auf den Fersen. Susan und die vier anderen Studenten zögerten, sahen einander an. Dann standen sie ebenfalls auf.

»Wie ich sagte, ist die Homöostase schwierig, wenn das Gehirn irreparabel zerstört ist. Nächstes Dia, bitte.« Stark sah auf seine Notizen auf dem Pult. Der Exodus schien ihn nicht zu interessieren.

Montag
23. Februar
12 Uhr 16

Zweifellos hatte Sean Berman Angst vor seiner Operation. In der Medizin kannte er sich wenig aus. Auch wenn er sich nun tiefere Einsichten wünschte, hatte er sich doch nie die Mühe gemacht, Genaueres über sein spezifisches Problem und die Modalitäten der Heilung in Erfahrung zu bringen. Medizinisches – Krankheiten überhaupt – verursachten ihm eine Gänsehaut. Daß er selbst sich einer Operation unterziehen sollte, empfand er deshalb als Attentat auf seine Sensibilität, und die Vorstellung, daß jemand seiner Haut mit einem Messer zu Leibe rücken würde, entzog sich für ihn rationaler Kalkulation. Allein der Gedanke daran ließ seinen Magen in die Kniekehlen sinken und trieb ihm den Schweiß auf die Stirn. Also versuchte er, nicht daran zu denken. Im Fachjargon der Psychiatrie wäre das als Verweigerung registriert worden. Und Sean Berman hatte einigermaßen erfolgreich Verweigerung betrieben, jedenfalls so lange, bis er am Nachmittag vor dem Operationstermin ins Krankenhaus kam.

»Mein Name ist Berman. Sean Berman.« Die Aufnahmeprozedur war ihm nur allzugut in Erinnerung. Gleich zu Beginn hatte er sich hoffnungslos in der Bürokratie des großen Hospitals verfilzt.

»Berman? Sind Sie sicher, daß Sie heute hier im Memorial aufgenommen werden sollen?« Das Fräulein vom Empfang war zuvorkommend, trug zuviel Make-up und hatte die Nägel schwarz lackiert.

»Klar bin ich sicher.« Berman konnte den Blick nicht von

dem schwarzen Nagellack lösen. Darin zeigte sich für ihn, daß Krankenhäuser Monopolbetriebe waren. In einem Wettbewerbsunternehmen, überlegte er, wäre irgend jemand so vernünftig gewesen, die Empfangsdame auf gebräuchlichere Farbtöne hinzuweisen.

»Also, tut mir leid«, meinte das Mädchen, »aber ich habe Sie nicht in den Unterlagen. Da müssen Sie schon warten, bis ich die anderen Patienten erledigt habe. Dann ruf' ich die Aufnahme an, und wir werden sehen. Nehmen Sie doch bitte Platz.«

Und damit begann für Sean Berman das Durcheinander. Er nahm Platz und wartete. Der große Zeiger der Wanduhr machte eine volle Umdrehung, bis er aufgenommen war.

»Kann ich bitte Ihre Röntgenanweisung haben?« bat die junge spindeldürre Röntgenassistentin. Berman hatte mehr als vierzig Minuten im Wartezimmer gesessen, bevor er aufgerufen worden war.

»Ich habe keine Röntgenanweisung«, sagte er und durchwühlte den Papierstapel, den man ihm mit auf den Weg gegeben hatte.

»Sie müssen aber eine haben. Alle Neuaufnahmen haben welche.«

»Ich nicht.«

»Ist unmöglich.«

»Ich sag's Ihnen doch.«

Einen Vorteil hatte die lächerliche und nervenaufreibende Aufnahmeprozedur dennoch: Sie nahm Bermans Bewußtsein völlig in Anspruch. Er kam gar nicht dazu, an seine Operation zu denken. Doch als er erst in seinem Zimmer lag und durch die halboffenen Nachbartüren undeutliches Stöhnen vernahm, änderte sich das schlagartig. Sean Berman wurde mit seinem Schicksal konfrontiert. Der Anblick seiner Mitpatienten mit dicken Bandagen und Schläuchen, die aus allen möglichen und unmöglichen Stellen hervorkamen, tat ein übriges. Sobald ihn die Krankenhauswelt im Griff hatte, half alle Verweigerung nichts mehr.

Fortan war Berman bemüht, durch intensives Nachdenken über das, was ihn erwartete, der Sache den Stachel zu nehmen. Zur philosophischen Einstellung gehörte es, sich über alles lustig zu machen. Man mußte die heiteren Seiten sehen.

»Ich bin Diätassistentin und möchte den Speiseplan mit Ihnen besprechen«, sagte ein korpulentes Frauenzimmer, das nach kurzem Anklopfen mit einem großen Block in sein Zimmer trat. »Sie warten hier auf Ihre Operation, nehme ich an?«

»Operation?« Berman grinste. »Ja, das mache ich einmal pro Jahr, ist mein Hobby.«

Ebenso wie die Diätassistentin mußten auch das Mädchen vom Labor und die Schwestern mit anhören, wie Berman den Zweck seines Krankenhausaufenthalts zum Jahrhundertulk zu machen versuchte.

Das half ihm einigermaßen, aber nur bis zum Morgen der Operation. Irgendein Klappern im Flur hatte ihn um halb sieben geweckt, und kein Trick brachte ihn wieder zum Schlafen. Lesen? Unmöglich. Die Zeit schleppte sich quälend dahin. Unendlich langsam, doch gnadenlos rückte die Uhr auf elf, den Zeitpunkt des Eingriffs. Sein leerer Magen knurrte und knurrte.

Um fünf nach elf flog die Tür auf. Bermans Puls machte einen Sprung. Sein Blick fiel auf eine abgehetzte Schwester.

»Mr. Berman, das wird noch etwas dauern.«

»Dauern? Wie lange?« Berman zwang sich, höflich zu bleiben.

»Keine Ahnung. Halbe Stunde, eine Stunde.« Die Schwester zuckte die Schultern.

»Aber warum, zum Teufel? Ich bin am Verhungern.« Das stimmte gar nicht. Um Hunger zu haben, war Berman viel zu nervös.

»Im OP hat's einen Stau gegeben. Ich komme später wieder und gebe Ihnen die Vorbereitungsinjektion. Ruhen Sie sich solange aus.« Und die Schwester war verschwunden. Berman lag da, mit offenem Mund, einem Mund, in dem hundert Fragen steckten. Ausruhen? Lachhaft. Ganz im Gegenteil! Bis Susan Wheeler auftauchte, hatte Berman den ganzen Morgen in kaltem Angstschweiß gelegen, hatte jede Minute gezählt, wollte die Zeit festhalten und war gleichzeitig voller Ungeduld, daß die Uhr endlich weiterging. Zeitweise hatte er sich seiner Angst auch geschämt und sich gefragt, ob ihr Ausmaß nicht in einem geradezu lächerlichen Verhältnis zu dem bevorstehenden Eingriff stand. War seine Operation nicht in Wahrheit eine Bagatelle? Wenn das stimmte, würde er nie die Kraft aufbringen, sich in einer wirklich ernsten Sache unter das Messer zu begeben. Berman fürchtete Schmerzen, fürchtete, daß sein Bein entgegen den ärztlichen Versicherungen nicht um achtundneunzig Prozent besser werden würde, machte sich Sorgen über den Gips, den er noch mehrere Wochen tragen müßte. Vor der Narkose hatte er keine Angst. Wenn er überhaupt in diesem Zusammenhang Befürchtungen hegte, dann die, daß er möglicherweise wach bleiben könnte. Nein, Berman wollte keine lokale Betäubung. Er wollte weg sein, hundertprozentig weg.

Über mögliche Komplikationen machte er sich keine Gedanken, und Grübeln über die menschliche Sterblichkeit war ihm fremd. Dafür fühlte er sich zu jung und gesund. Andernfalls hätte er nicht so leicht in die Operation eingewilligt. Zu Bermans Kardinalfehlern gehörte die Neigung, den Wald vor Bäumen nicht zu sehen. Einmal hatte er für seinen Entwurf eines öffentlichen Gebäudes einen Architekturpreis gewonnen, doch der betreffende Stadtrat lehnte das Projekt prompt ab, weil es nicht in die Gegend paßte. Glücklicherweise wußte Berman nichts von Nancy Greenly in der Intensivstation.

Susan Wheeler war ihm wie ein Stern in finsterer Nacht erschienen. Für sein aufgewühltes Gemüt war sie wie ein Beruhigungsmittel, außerdem ein Zeitvertreib. Ein guter Geist aus der Retorte. Zum erstenmal an diesem Morgen hatte Berman ein paar Minuten lang etwas anderes im Sinn gehabt als das Knie und das Skalpell. Er konzentrierte sich ganz auf Susans Kommentare und ihre viel zu flüchtige Selbstenthüllung. Ob es Susans Attraktivität war, ihre Intelligenz oder seine eigene

Seelenlage, wußte er nicht. Jedenfalls war er völlig umgekrempelt und fühlte sich fast wie ein neuer Mensch, als er auf dem Transportwagen lag und im Fahrstuhl zum OP gebracht wurde. Die Spritze, die Miss Sterns ihm verpaßt hatte, mochte ein übriges getan haben. Es war ihm seltsam leicht zumute, und die Bilder vor seinen Augen verschwammen bereits.

»Schätze, Sie erleben 'ne Menge Leute auf dem Weg zum Blutbad«, redete er den Pfleger an, der uninteressiert seine Nägel säuberte.

»Ja«, war die erhellende Antwort.

»Sind Sie schon mal selbst hier operiert worden?« Berman lag auf dem Rücken, die Hände unter dem Kopf verschränkt. Er fühlte erfreut, wie sich in ihm eine himmlische Ruhe ausbreitete. Jetzt stand er über den Dingen.

»Nee. Noch nie.« Der Pfleger sah auf die Anzeigetafel, als der Lift im zweiten Stock hielt.

»Warum nicht?« erkundigte sich Berman.

»Hab' zuviel gesehen, das wird's wohl sein.« Der Pfleger schob Berman in die Halle.

Als er auf seinem Wagen im Warteraum lag, ging ihn die Welt so gut wie nichts mehr an. Er meinte, von einem fröhlichen Schwips befallen zu sein. Auf Anordnung von Dr. Norman Goodman, dem Anästhesisten, war ihm ein Kubikzentimeter Innovar gespritzt worden, eine relativ neue, äußerst wirksame Kombination. Berman versuchte, mit der Frau neben ihm ins Gespräch zu kommen, aber seine Zunge machte nicht mit. Er mußte über sein Ungeschick lachen. Als eine Schwester vorbeiging, wollte er nach ihr greifen. Er griff daneben und lachte. Das Warten störte ihn nicht mehr, nichts störte ihn mehr. Sein Hirn hörte auf, die Ereignisse zu registrieren.

Im Operationssaal lief alles routinemäßig ab. Schwester Penny O'Rilley war fertig umgezogen und hatte das Tablett mit den dampfenden Instrumenten hereingebracht. Die Assistenzschwester, Mary Abruzzi, war mit einer der pneumatischen Aderpressen aufgetaucht.

»Noch ein Fall, Dr. Goodman, dann hat sich's«, sagte Mary.

Mit dem Fußpedal hebelte sie den Operationstisch auf die Höhe des Transportwagens.

»Ausgezeichnet.« Dr. Goodman war bester Laune. Durch den Schlauch ließ er etwas Infusionsflüssigkeit auf den Boden laufen, um die Luftblasen zu entfernen. »Das wird ein Schnellschuß. Dr. Spallek ist einer der Fixesten, und der Patient scheint ein junger, gesunder Kerl zu sein.«

Dr. Norman Goodman gehörte seit acht Jahren zur Ärzteschaft des Memorial und hatte gleichzeitig einen Lehr- und Forschungsauftrag an der Fakultät. Im vierten Stock des Hilman-Gebäudes unterhielt er ein Labor mit einer ansehnlichen Affenkolonie. Zu seinen Spezialinteressen gehörte die Entwicklung neuer Anästhesiemethoden mittels selektiver Beeinflussung verschiedener Hirnregionen. Erst wenige Wochen zuvor waren er und sein Assistent, Dr. Clark Nelson, auf das Derivat einer Droge gestoßen, das beim Versuch an einem Affen die gewünschte Wirkung erzielt hatte. Mit großer Selbstdisziplin hatte er in diesem Frühstadium sich jeglichen Jubel versagt. Aber die Ergebnisse wiederholten sich bei anderen Tieren. Bis zu diesem Tag hatte er sein Mittel an acht Affen ausprobiert, und alle hatten in gleicher Weise reagiert.

Goodman hätte gern alles andere an den Nagel gehängt und sich täglich vierundzwanzig Stunden seiner Entdeckung gewidmet. Er war versessen darauf, seine Droge in entscheidenderen Versuchen zu testen, schließlich auch am Menschen. Nelson war noch besessener, und Goodman hatte ihn nur mit Mühe vom Selbstversuch abhalten können. Er wußte, daß man in der Wissenschaft langsam und methodisch vorgehen mußte und nicht den Blick für die objektiven Gegebenheiten verlieren durfte. Voreilige Versuche, Behauptungen oder Enthüllungen konnten sich für alle Beteiligten als katastrophal erweisen. Goodman blieb also einstweilen nichts anderes übrig, als seinen normalen Arbeitsrhythmus beizubehalten, so lange, bis er seine Entdeckung preisgeben konnte. So kam es, daß er an jenem Montagmorgen seine Zeit mit ganz gewöhnlicher Klinik-Anästhesie zubringen mußte.

»Verdammt!« Dr. Goodman richtete sich auf. »Mary, ich habe keinen Luftröhrenschlauch dabei. Könnten Sie ins Anästhesie-Zimmer laufen und einen holen? Nummer acht, bitte.«

»Wird gemacht.« Mary Abruzzi verschwand aus dem OP. Dr. Goodman sortierte die Gasanschlüsse und verband sie mit den Lachgas- und Sauerstoffventilen an der Wand.

Sean Berman war Goodmans vierter und letzter Fall an diesem 23. Februar 1976. An jenem Vormittag hatte er bereits drei Patienten sanft zum Einschlafen gebracht. Dabei stellte ihn nur eine aufgeblähte, zweihundertneunzig Pfund schwere Frau vor potentielle Probleme. Goodman befürchtete, die Berge von Fettgewebe würden solche Mengen an Anästhesie-Wirkstoffen absorbieren, daß die fristgerechte Beendigung der Narkose erschwert werden könnte. Aber es ging viel besser als erwartet. Obwohl die Operation länger dauerte, war die Patientin praktisch schon wach, als die letzte Naht genäht wurde.

Bei den anderen beiden Fällen hatte es sich um reine Routine gehandelt: einmal Krampfadern, einmal Hämorrhoiden. Goodmans letzter Fall, ein Patient namens Berman, bedeutete Meniskusentfernung im rechten Knie, und der Anästhesist hoffte, spätestens um Viertel nach eins in seinem Labor zu sein. Jeden Montagmorgen dankte Goodman seinem Glücksstern, daß er die Weitsicht gehabt hatte, sich die Forschungsmöglichkeiten offenzuhalten. Klinische Anästhesie empfand er als langweilig, sie bot kaum Schwierigkeiten, beinhaltete zuviel Routine und war endlos eintönig.

Seinem Nachbarn pflegte er die schrecklichen Montage in den grauesten Farben zu schildern. Um nicht zu verzweifeln, gebe es nur ein Mittel, nämlich zu variieren, verschiedene Narkosetechniken anzuwenden, um dem Kopf etwas zu tun zu geben und nicht einfach nur neben dem schlafenden Patienten zu sitzen und in den Tag zu träumen. Gab es keine Kontraindikationen, so bevorzugte Dr. Goodman eine ausbalancierte Mehrfach-Anästhesie. In der Praxis hieß das, er brauchte dem Patienten nicht eine gigantische Dosis irgendeines Mittels zu verpassen, sondern konnte entsprechend den Notwendigkeiten mehrere Wirkstoffe aufeinander abstimmen.

Mary Abruzzi kam mit dem Luftröhrenschlauch.

»Mary, Sie sind ein Engel«, sagte Dr. Goodman und überprüfte noch einmal seine Vorbereitungen. »Ich glaube, wir sind jetzt soweit. Wollen wir den Patienten reinholen?«

»Nichts lieber als das. Ich krieg' meinen Lunch erst, wenn der Fall vorbei ist.« Mary Abruzzi verließ zum zweitenmal den Raum.

Da bei Berman keinerlei Kontraindikation zu beobachten war, entschied sich Dr. Goodman für Neurolept-Anästhesie. Er wußte, Spallek hätte nichts dagegen einzuwenden; die wenigsten Orthopäden kümmerten sich um dergleichen. Wenn man sie fragte, welche Narkose sie haben wollten, hieß die Antwort meistens: »Sorgen Sie nur dafür, daß er stillhält, alles andere ist mir egal.«

Die von Dr. Goodman bevorzugte Neurolept-Anästhesie war in Wirklichkeit eine Kombination. Der Patient bekam ein starkes Beruhigungsmittel und ein ebenso wirksames Analgetikum, einen Schmerztöter. Beide Wirkstoffe hatten den Nebeneffekt, daß der Patient leicht wieder aufwachte. Dr. Goodman bevorzugte von den gängigen Mitteln Droperidol und Fentanyl. Danach wurde der Patient mit Pentothal eingeschläfert und mittels Lachgas im Schlaf gehalten. Curare wurde benutzt, um die Skelettmuskeln zu lähmen für die Beatmung und den chirurgischen Eingriff. Während der Operation gab man nach Bedarf weitere Dosen der beruhigenden und schmerzstillenden Wirkstoffe zur Aufrechterhaltung des nötigen Narkosegrades. Während der ganzen Zeit mußte der Patient unter genauester Beobachtung gehalten werden. Dr. Goodman war das gerade recht: So verging die Zeit schneller.

Die OP-Tür wurde geöffnet. Einer der Pfleger half, und Mary Abruzzi schob den Wagen mit Berman herein.

»Hier ist Ihr Baby, Dr. Goodman«, sagte Mary. »Schläft tief und fest.«

Sie nahmen die Gitter ab.

»Okay, Mr. Berman«, sagte Mary. »Sie müssen jetzt auf den Tisch.« Die Schwester schüttelte ihn leicht an der Schulter. Der Patient öffnete die Augen halb. »Dabei müssen Sie uns schon helfen, Mr. Berman.«

Mit einiger Mühe bekamen sie Berman auf den Tisch. Er schnalzte mit der Zunge, drehte sich behaglich auf die Seite und zog das Laken unter das Kinn. Offensichtlich glaubte er, zu Hause in seinem Bett zu sein.

»Jetzt reicht's, Sie Ungeheuer«, sprach Mary auf ihn ein. »Los, auf den Rücken.« Als sie ihn soweit hatte, fesselte sie seine Arme an den Operationstisch. Berman schlief so fest, daß er nichts mitbekam. Die Manschette der pneumatischen Aderpresse wurde ihm um den rechten Oberschenkel gelegt, dann kam der Fuß in eine Schlinge, und das ganze rechte Bein wurde hochgezogen. Ted Colbert, der assistierende Arzt, desinfizierte das Knie.

Dr. Goodman konnte anfangen: Es war 12 Uhr 20. Blutdruck 110:75, Puls 72, regelmäßig. Goodman legte die Infusion an und hantierte wie ein Magier mit der großkalibrigen Hohlnadel. Die ganze Prozedur dauerte nicht länger als eine Minute. Mary Abruzzi schloß den Herzmonitor an, und das stete Piepen erfüllte den Raum.

Der Narkoseapparat war bereit. Dr. Goodman ging mit einer Spritze an den Infusionsschlauch.

»Okay, Mr. Berman«, sagte er. »Sie müssen sich jetzt ganz entspannen.«

»Wenn der sich noch mehr entspannt, fließt er uns vom Tisch«, meinte Mary.

Dr. Goodman machte die Injektionen, testete dann den Lidreflex und stellte fest, daß Berman bereits tief schlummerte. Daraufhin verzichtete Goodman auf das Pentothal. Statt dessen hielt er die schwarze Gummimaske über Bermans Gesicht und fing an, die Mischung von Lachgas und Sauerstoff zuzuführen. Blutdruck 105:75, Puls 62, regelmäßig. Nun injizierte Dr. Goodman 0,40 Milligramm D-Tubocurarin, jene Droge, welche die moderne Wissenschaft den Indianern des Amazonas zu verdanken hat. Bermans Muskeln zuckten ein paarmal, dann folgte völlige Entspannung, die Atmung hörte auf. Die Intubation ging schnell vonstatten, und Dr. Goodman pumpte Bermans Lungen mit dem Blasebalg auf, während er beide Brustseiten mit dem Stethoskop abhorchte. Die Atmung klang voll und gleichmäßig.

Als die pneumatische Aderpresse arbeitete, betrat Dr. Spallek den OP, und der Eingriff begann. Alles ging sehr schnell. Mit theatralischem Schwung ließ Spallek das Skalpell in das Kniegelenk gleiten.

Nach dem ersten Schnitt hielt er es hoch. »Voilà.« Er bewunderte sein Werk. »Und jetzt die Feinheiten à la Michelangelo.«

Penny O'Rilley ließ in gespieltem Entsetzen die Augen rollen. Sie kannte Dr. Spalleks Theatralik nur zu gut. Grinsend gab sie ihm das Meniskusmesser.

»Oh, netzet mir die Klinge«, sagte Dr. Spallek und hielt seinem Assistenten das Messer hin. Der spritzte Flüssigkeit auf die Schneide.

Das Vorderteil des Messers verschwand im Kniegelenk, und ein paar Augenblicke lang arbeitete Spallek blind in der Wundhöhle, nur auf seinen Tastsinn angewiesen. Das Gesicht kehrte er demonstrativ zur Decke. Ein leichtes Knirschen war zu vernehmen, dann ein Schnappen.

»Okay«, triumphierte Spallek. »Hier haben wir den Sünder.«

Der beschädigte Knorpel kam zum Vorschein. »Alle mal hersehen«, sagte Dr. Spallek. »Bitte, hier, der kleine Riß auf der Innenseite. Der hat dem Burschen den ganzen Ärger gemacht.«

Dr. Colbert sah Penny O'Rilley an. Beide nickten anerkennend, und beiden schoß der gleiche Gedanke durch den Kopf: Ob die Verletzung in Wahrheit nicht von Spalleks Meniskusmesser stammte?

Der Orthopäde trat zurück, mit seiner Arbeit zufrieden. Er streifte sich die Handschuhe ab. »Dr. Colbert, Sie können ihn ruhig zumachen.« Er nannte dem Assistenten die gewünschten Fadenarten für die verschiedenen Schichten. »Ich warte im Ruheraum.« Damit entschwand Dr. Spallek.

Dr. Colbert tupfte in der Wunde herum, zunächst ohne großen Erfolg.

»Wie lange noch?« erkundigte sich Dr. Goodman.

Dr. Colbert sah hoch. »Fünfzehn bis zwanzig Minuten, schätze ich.« Er nahm die Zange und den ersten Faden von Penny in Empfang und begann mit dem Zunähen. Berman bewegte sich. Gleichzeitig fühlte Dr. Goodman einen Widerstand beim Drücken des Blasebalgs. Anscheinend versuchte Berman, selbst zu atmen. Entsprechend stieg der Blutdruck auf 110:80.

»Der scheint aufstehen zu wollen«, meinte Colbert, der gerade die verschiedenen Gewebeschichten in der Wunde ordnete.

»Ich geb' ihm noch was von dem Liebestrank hier«, erwiderte Dr. Goodman. Mit der Innovarspritze, die noch am Infusionsschlauch hing, gab er einen vollen Kubikzentimeter des Mittels nach. Später gestand er ein, daß dies möglicherweise ein Fehler gewesen sein könnte. Er hätte nur das Analgetikum, Fentanyl, nehmen sollen. Der Blutdruck reagierte jedoch prompt und fiel auf 90:60, als die Narkose wieder tiefer wurde. Der Puls stieg auf 80 Schläge pro Minute an, stabilisierte sich dann bei 72.

»Jetzt ist er okay«, meinte Dr. Goodman.

»Na prima. Penny, geben Sie mir die anderen Fäden.«

Der Arzt machte gute Fortschritte, schloß die Gelenkkapsel, dann die unteren Gewebeschichten. Gesprochen wurde nicht mehr. Mary Abruzzi setzte sich in eine Ecke und stellte ein kleines Transistorradio an. Leise klang Rockmusik durch den OP. Dr. Goodman begann mit den Schlußeintragungen in seinem Narkoselogbuch.

»Jetzt die Hautnaht«, sagte Dr. Colbert schließlich und richtete sich auf.

Mit der gewohnten Handbewegung wurde ihm der Nadelhalter in die Handfläche geklatscht. Mary Abruzzi lüftete die

Gesichtsmaske und tauschte ihren Kaugummi gegen einen neuen aus.

Es fing mit einem vorzeitigen Herzschlag an, dem eine kleine Pause folgte. Dr. Goodman sah auf den Monitor. Der Chirurg verlangte nach mehr Faden. Dr. Goodman vergrößerte die Sauerstoffzufuhr, um das Lachgas auszuspülen. Als nächstes kamen gleich zwei arhythmische Herztöne, und die Schlagfrequenz erhöhte sich auf 90 pro Minute. Sogar die Assistenzschwester hörte die Veränderung und sah den Narkotiseur an. Als sie merkte, daß Dr. Goodman das Problem erkannt hatte, fuhr sie in den gewohnten Handreichungen fort.

Jetzt stoppte Dr. Goodman die Sauerstoffzufuhr. Möglicherweise, dachte er, war der Herzmuskel gegen den hohen Oxygengehalt im Blut anfällig. Später mußte er zugeben, daß dies ein weiterer Fehler gewesen sein konnte. Er begann, Bermans Lungen mit Druckluft zu beatmen. Der Patient atmete immer noch nicht aus eigener Kraft.

Die seltsamen Herztöne, vorzeitige, arhythmische Schläge, kamen jetzt in immer schnellerer Folge. Dr. Goodmans eigenes Herz machte wilde Sprünge. Er wußte nur zu gut, daß derlei Erscheinungen oft unmittelbare Vorboten des Herzstillstands waren. Dem Narkotiseur zitterten sichtbar die Hände, als er das Blutdruckmeßgerät aufpumpte – 80:55. Also war der Blutdruck ohne ersichtlichen Grund gesunken. Als die vorzeitigen Herzschläge immer häufiger wurden, beobachtete Dr. Goodman den Monitor. Das Piepen war schneller und schneller geworden, schrie geradezu seine Alarmsignale in Dr. Goodmans Hirn. Sein Blick hastete suchend umher: Kohlendioxydkanister, Anästhesieapparatur. Wo lag der Fehler? Seine Gedanken hetzten im Kreis. Seine Eingeweide schienen sich selbständig zu machen, und er mußte den Schließmuskel zusammenkrampfen; Entsetzen durchflutete ihn. Irgend etwas war falsch gelaufen, stimmte ganz und gar nicht. Die vorzeitigen Herztöne kamen jetzt so schnell, daß die normalen Schläge auf dem Monitor gar nicht mehr zu erkennen waren, als der elektronische Leuchtpunkt sinnlose Haken schlug.

»Was ist los, zum Teufel?« rief Dr. Colbert, der von seiner Naht aufsah.

Dr. Goodman blieb die Antwort schuldig. Seine zitternden Hände suchten nach einer Spritze. »Lidocain!« schrie er der Assistenzschwester zu. Die Plastikkapsel wollte nicht von der Nadelspitze kommen. »Verdammt!« rief Goodman und schleuderte die Spritze quer durch den OP. Sie knallte an die Wand, fiel dann auf den Fliesenboden. Er riß die Zellophanhülle von einer zweiten Spritze und bekam die Kapsel diesmal ab. Mary Abruzzi wollte ihm die Lidocainflasche halten, aber die Hände des Arztes zitterten zu stark. Er entriß ihr die Flasche und führte die Nadel ein.

»Verdammte Scheiße, dem bleibt die Pumpe stehen«, äußerte Dr. Colbert konsterniert. Er starrte auf den Monitor, hielt den Nadelhalter immer noch in der Rechten, die Zange in der Linken.

Dr. Goodman füllte die Spritze mühsam mit Lidocain, dann fiel ihm die Flasche aus der Hand und schlug auf den Boden, zerschellte in tausend Splitter. Er versuchte, das Zittern zu beherrschen und die Nadel in den Infusionsschlauch zu bekommen. Statt dessen stach er sich selbst in den Zeigefinger. Ein Blutstropfen quoll hervor. Aus dem Hintergrund tönte immer noch leise Rockmusik.

Bevor Dr. Goodman das Lidocain in den Infusionsschlauch gebracht hatte, kam vom Monitor plötzlich wieder der gleichmäßige, normale Herzrhythmus. In grenzenlosem Erstaunen sah Dr. Goodman auf den Schirm, folgte mit den Augen der völlig normalen Bahn des Leuchtpunktes. Dann langte er nach dem Blasebalg und blies Bermans Lungen auf. Blutdruck 100:60. Der Pulsschlag sank auf 70 und pendelte sich in dem Bereich ein. Dem Anästhesisten tropfte der Schweiß von der Stirn. Sein eigenes Herz schlug mehr als hundertmal in der Minute. In diesen Augenblicken wurde Dr. Goodman bewußt: Klinische Anästhesie mußte keineswegs immer eintönig sein.

»In Gottes Namen, was war denn los?« fragte Dr. Colbert.

»Hab' nicht die geringste Ahnung«, sagte Dr. Goodman.

»Aber beeilen Sie sich. Ich will den Burschen wach haben.«

»Vielleicht stimmt was nicht mit dem Monitor.« Schwester Mary Abruzzi war stets optimistisch.

Der Assistenzarzt hatte die Nähte beendet. Als die Luft aus der Aderpresse gelassen wurde, stieg der Herzschlag leicht an, normalisierte sich aber gleich darauf wieder.

Jetzt kam der Gips. Während Dr. Colbert wickelte, beatmete Dr. Goodman den Patienten weiter künstlich, ein Auge immer auf dem Monitor. Der Rhythmus blieb normal. Der Narkotiseur versuchte, die Geschehnisse der vergangenen Minuten in sein Logbuch einzutragen. Zwischendurch drückte er regelmäßig den Blasebalg. Als der Gipsverband fertig war, hielt Dr. Goodman inne. Er wollte sehen, ob Berman jetzt aus eigener Kraft atmete. Der machte nicht die geringsten Anstalten dazu, und Goodman übernahm wieder mit dem Blasebalg. Er sah auf die Uhr. Es war Viertel vor eins. Ob er ein Gegenmittel zum Fentanyl geben sollte? Womöglich konnte er damit dessen offenbar atmungsunterdrückende Wirkung aufheben. Auf der anderen Seite wollte er die Anzahl der Medikamente auf ein Minimum begrenzen. Die eigene feuchte Haut erinnerte ihn daran, daß Berman weiß Gott kein Routinefall war.

Dr. Goodman überlegte, ob Berman aus der Narkose aufwachen würde, obwohl er nicht atmete. Er entschied sich für den Lidtest: Nicht die geringste Reaktion. Anstatt das Lid glattzustreichen, hob Dr. Goodman es an und entdeckte etwas außerordentlich Merkwürdiges. Gewöhnlich bewirkte Fentanyl, wie alle starken Narkotika, eine Verengung der Pupillen. Bermans Pupillen aber waren extrem groß. Dr. Goodman langte nach der Taschenlampe und richtete den schmalen, starken Strahl auf Bermans Auge. Das Licht reflektierte rubinrot. Aber die Pupille veränderte sich um keinen Deut, reagierte überhaupt nicht.

Dr. Goodman, der seinen Augen nicht trauen mochte, versuchte es wieder und immer wieder. Schließlich richtete er den Blick nach oben, starrte ins Leere. »Großer Gott!« entfuhr es ihm.

Montag
23. Februar
12 Uhr 34

Der Dauerlauf zum Fahrstuhl: Für Susan Wheeler und die anderen vier Studenten war es genau das, was sie sich unter klinischer Medizin vorgestellt hatten. Eine grimmige Dramatik begleitete sie. Aufgeschreckte Patienten, die gelangweilt in den Illustrierten geblättert hatten, während sie auf ihre Ärzte warteten, zogen eilig die Beine an und starrten den Hastenden entgegen, die Kugelschreiber, Taschenlampen, Stethoskope und andere Utensilien in den Händen hielten, damit sie ihnen nicht aus den weiten Kitteltaschen flogen.

Die Patienten wandten die Köpfe, als die Gruppe an ihnen vorbeilief, und folgten ihr mit den Augen zum Lift. Jeder nahm an, ein Ärzteteam sei zu einem Notfall gerufen worden. Da konnte man sehen, wie ernst die Mediziner hier ihre Aufgabe nahmen: Das Memorial war eben ein hervorragendes Krankenhaus.

Am Fahrstuhl gab es eine Stockung. Bellows drückte mit dem Zeigefinger immer wieder auf den »Abwärts«-Knopf, als könnte die Mißhandlung des Plastikstücks die Kabine schneller nach oben bringen. Die Anzeigetafel über jeder Fahrstuhltür ließ erkennen, wie wenig die mechanischen Beförderungsinstrumente aus ihrem normalen Rhythmus zu bringen waren. Allerdings gab es für solche Notfälle ein Telefon an der Wand. Bellows riß den Hörer ans Ohr und wählte den Fahrstuhl-Dienstleiter. Doch der meldete sich, wie üblich, nicht. Im Memorial dauerte es meistens mehr als fünf Minuten, bis man diese Leute an den Apparat bekam.

»Scheißfahrstühle!« rief Bellows und schlug noch einmal auf den Knopf. Seine Augen flogen von der Anzeigetafel auf das Schild über dem Ausgang zum Treppenhaus. »Los, über die Treppen«, entschied er sich.

Im Gänsemarsch strebte die Gruppe ins Treppenhaus und begann den mühsamen Abstieg vom zehnten in den zweiten

Stock. Die Reise wirkte unendlich lang. Immer zwei oder drei Stufen auf einmal, ständige Linksdrehungen; wie beim Langstreckenlauf zog sich das Feld auseinander. Sechster Stock, fünfter Stock. Im vierten legten alle den Schongang ein, wegen der kaputten Birne. Dann weiter im alten Tempo.

Fairweather fiel zurück, und Susan überholte ihn auf der Innenseite.

»Weiß der Teufel, warum wir hier alle runterrasen«, keuchte er.

»Solange Bellows und die anderen vorn liegen«, keuchte sie zurück, »renne ich mit. Will schon sehen, was da los ist. Nur möchte ich um Himmels willen nicht als erste ankommen.«

Fairweather schlug eine wesentlich ruhigere Gangart ein und lag bald weit zurück. Susan hatte gerade den dritten Stock erreicht, als sie Bellows im zweiten gegen die abgeschlossene Tür hämmern hörte. Er schrie mit seiner ganzen Stimmkraft, jemand solle aufmachen; das Echo rollte hohl durch das enge Treppenhaus. Susan kam im zweiten Stock an, und im selben Moment wurde geöffnet. Niles hielt ihr die Tür auf, und sie waren in der Vorhalle. Der ständige Linksdreh hatte Susan schwindlig gemacht, aber sie nahm sich zusammen und lief den anderen nach, direkt in die Intensivstation.

In scharfem Kontrast zum vorherigen Dämmerlicht war der Raum jetzt hell erleuchtet; das fluoreszierende Licht verlieh allen Gegenständen einen leichten Schimmer. Dieser Effekt wurde von dem weißen Kunststoffboden noch verstärkt. In der Ecke mühten sich drei Schwestern mit der Brustmassage für Nancy Greenly ab. Bellows, Cartwright, Reid und die Studenten drängten sich um das Bett.

»Halt mal!« sagte Bellows und sah auf den Herzmonitor. Die Schwester, die Nancy Greenly zuletzt massiert hatte, richtete sich auf. Sie kniete neben dem Bett, rechts von der Patientin. Das Leuchtmuster auf dem Monitor spielte verrückt.

»Als das Herzflimmern vor vier Minuten anfing, haben wir innerhalb von zehn Sekunden mit der Massage angefangen.« Auch Miss Shergood starrte auf den elektronischen Schirm.

Bellows, den Blick weiter auf dem Monitor, schlug mit der Faust auf Nancy Greenlys Brustbein. Der dumpfe Klang des Schlages ließ Susan zusammenzucken. Das Muster auf dem Schirm zeigte keinerlei Veränderung. Jetzt begann Bellows selbst mit der Brustmassage.

»Cartwright, suchen Sie den Pulsschlag in der Leistengegend«, sagte er, ohne den Blick vom Anzeiger zu nehmen. »Laden Sie die Schockmaschine auf vierhundert Joule auf.« Die letzte Anweisung war an niemanden direkt gerichtet. Eine der Schwestern kam ihr nach.

Susan und die anderen Studenten drückten sich an die Wand. Ihnen war klar, daß sie in dieser Krise nichts als Zuschauer waren. Sie hätten beim besten Willen nicht helfen, das hektische Geschehen irgendwie beeinflussen können.

»Der Pulsschlag ist jetzt nicht schlecht«, sagte Cartwright, die Hand in Nancy Greenlys Leistengegend gepreßt.

»Kam das aus heiterem Himmel, oder gab es eine Vorwarnung?« Bellows, der immer noch nach Kräften massierte, hatte Schwierigkeiten beim Reden. Mit dem Kopf deutete er zum Monitor.

»Kaum Vorzeichen«, antwortete Miss Shergood. »Es fing mit einer Rhythmusstörung an, dann traten Unregelmäßigkeiten auf, die wir aufgezeichnet haben.« Sie hielt Bellows einen EKG-Streifen vor die Augen. »Danach kamen plötzlich 'ne Menge Extrasystolen, und dann nur noch Flimmern.«

»Was hat sie schon bekommen?«

»Nichts.«

»Okay«, sagte Bellows. »Eine Ampulle Bikarbonat, dann zehn Kubikzentimeter Adrenalin, eins zu tausend, Spritze mit Herznadel.«

Eine Schwester injizierte das Bikarbonat, eine andere bereitete die Adrenalinspritze vor.

»Bitte jemand Blut abnehmen, für Elektrolyte und Kalzium«, sagte Bellows und ließ Reid weitermassieren. Er fühlte den Puls unter Cartwrights Hand und war für den Moment zufrieden.

»Wenn ich daran denke, was Billings neulich in der Konferenz über den Greenly-Fall gesagt hat, dann passiert hier dasselbe wie damals im OP, als alles anfing.« Bellows dachte angestrengt nach. Er nahm der Schwester die Zehn-Kubikzentimeter-Spritze aus der Hand, hielt sie hoch und ließ die restliche Luft heraus.

»Etwas anders war's wohl doch«, sagte Reid beim Massieren. »Im OP hatte sie nie einen Herzstillstand.«

»Das nicht, aber die Extrasystolen. Offensichtlich war das Herz damals genauso unstabil wie jetzt. All right jetzt: Stillhalten!« Reid richtete sich auf, und Bellows trat an die linke Seite der Patientin. Vom Brustbein aus tastete er sich an den Zwischenraum über der vierten Rippe, in der anderen Hand hielt er die Spritze mit der Herznadel.

Die Nadel war ungefähr acht Zentimeter lang. Energisch stieß Bellows sie bis zum Schaft in die Brust des Mädchens. Als er den Kolben zurückzog, drang dunkelrotes Blut in die klare Adrenalinlösung.

»Also los«, sagte Bellows und spritzte das Adrenalin direkt ins Herz.

Susan bekam eine Gänsehaut, als sie sich vorstellte, wie die lange Nadel sich den Weg durch das Gewebe in Nancy Greenlys Brust bahnte und wie ein Pfeil in die Herzmuskulatur eindrang. Es war ihr, als fühlte sie den kalten Stahl im eigenen Herzen.

»Weitermachen, jetzt sind Sie wieder dran«, sagte Bellows zu Reid, der sofort die Herzmassage aufnahm. Cartwrights Nicken sollte anzeigen, daß er einen stabilen Puls fühlte. »Wenn Stark von der Sache hört, geht er die Wände hoch«, stöhnte Bellows mit Blick auf den Monitor. »Und das nach seinem Sermon über ständige Wachsamkeit in dieser Art von Fällen. Scheiße, womit hab' ich das verdient? Wenn die hier abkratzt, geht's mir dreckig.«

Susan glaubte, nicht richtig gehört zu haben. Doch sie konnte sich der Erkenntnis nicht verschließen, daß Bellows und wahrscheinlich alle im Team Nancy Greenly überhaupt nicht mehr als Person sahen. Die Patientin schien statt dessen Teil eines komplizierten Spiels zu sein, so etwa wie ein Ball, der nur als Objekt zur Positionsveränderung diente, als Mittel, sich einen Vorteil zu verschaffen. Nancy Greenly war zu einer technischen Herausforderung geworden, ein Spiel, das gespielt werden mußte. Dabei waren die endgültigen Resultate weniger wichtig als die täglichen Spielzüge.

Susan merkte, wie gespalten ihre Einstellung zur klinischen Medizin war. Im stillen sehnte sie sich nach dem alten vertrauten Hörsaal und seiner abstrakten Welt. Die Wirklichkeit war viel bitterer, kälter, ja, und im Grunde auch unpersönlicher.

Trotzdem war es faszinierend zu sehen, wie die elementaren Kenntnisse, die ihr theoretisch beigebracht worden waren, hier in der Praxis am Menschen angewandt wurden; irgendwie bereitete es ihr eine Art akademischer Genugtuung. Susan hatte all das gelesen und auch im physiologischen Tierversuch entdeckt: Sie kannte das Drama des Herzflimmerns, wie es bei Nancy Greenly aufgetreten war.

Sie verrenkte sich fast den Hals, um jede Einzelheit mitzubekommen, als Bellows jetzt die Pole des elektrischen Schockapparates auf Nancy Greenlys nackter Brust in Position brachte. Ein Pol saß direkt über dem Brustbein, der andere seitlich links am Thorax.

»Achtung, alle weg vom Bett«, ordnete Bellows an. Mit dem rechten Daumen schaltete er den Kontakt ein, und der starke elektrische Schock fuhr durch Nancy Greenlys Brust, schlug blitzartig den Bogen von einem Pol zum anderen. Ihr Körper bäumte sich auf, die Arme wurden mit nach innen verdrehten Händen hochgerissen. Am elektronischen Bildschirm verschwand der Leuchtpunkt, um gleich darauf wiederzukehren, diesmal mit einem relativ normalen Laufmuster.

»Der Puls ist weiter gut«, sagte Cartwright.

Reid hatte die Massage beendet. Der Rhythmus blieb minutenlang normal. Dann kam eine Extrasystole, danach wieder der richtige Rhythmus, plötzlich drei Extrasystolen nacheinander.

»Verdammt«, sagte Miss Shergood. »Das Herz ist immer noch völlig unstabil. Irgendwas muß da ganz und gar nicht in Ordnung sein.«

»So? Dann sagen Sie uns doch, was«, meinte Bellows. »Inzwischen geben wir mal eine Portion Lidocain. Fünfzig ins Töpfchen.«

Eine der Schwestern füllte das Mittel ab und gab die Spritze Bellows, der in den Infusionsschlauch injizierte. Susan stellte sich so, daß sie den Monitor besser sehen konnte.

Trotz des Mittels wurde der Herzschlag immer unregelmäßiger, bald war wieder nur noch ein Flimmern zu beobachten. Bellows fluchte, Reid fing zu massieren an, und die Schwester lud den Apparat erneut auf.

»Was, zum Teufel, geht hier nur vor?« rief Bellows, der auf seine rein rhetorische Frage keine Antwort erwartete. Er gestikulierte, daß die Patientin noch eine Ladung Bikarbonat bekommen sollte.

Nach einer weiteren Adrenalininjektion und der zweiten Schockbehandlung wurde der Rhythmus wieder annähernd normal, aber nur für kurze Zeit, dann kehrten die gefürchteten Extrasystolen trotz zusätzlichen Lidocains wieder.

»Das muß dieselbe Sache sein wie im OP.« Bellows beobachtete auf dem Schirm das schnell einsetzende Flimmern. »Reid, Mann, jetzt sind Sie wieder an der Reihe. Auf geht's, los!«

Um Viertel nach eins hatte Nancy Greenly einundzwanzig Schockbehandlungen hinter sich. Jedesmal folgte für kurze Zeit ein ziemlich normaler Herzrhythmus, und jedesmal fing gleich darauf das Elend mit den Extrasystolen wieder an. Um ein Uhr sechzehn klingelte in der Intensivstation das Telefon. Das Labor meldete sich mit den Elektrolytewerten. Alles normal, bis auf den Kaliumspiegel. Der war extrem niedrig, nur 2,8 Milli-Äquivalent je Liter.

Eine der Schwestern legte Bellows die Werte vor.

»Großer Gott: zwei-Komma-acht! Verdammt noch mal, wie konnte das passieren? Jetzt haben wir wenigstens eine Antwort.

Na schön, geben wir ihr Kalium. Tut achtzig mÄ in den Tropf und erhöht bis auf zweihundert Kubik pro Stunde.«

Als wollte Nancy Greenly auf diese Anordnung antworten, kündigte sich der zweiundzwanzigste Herzstillstand an. Reid massierte sofort, Bellows brachte die Pole in Stellung. Das Kalium kam in die Infusion.

Susan war von der Wiederbelebungstechnik so gefangen, daß sie kaum etwas anderes wahrnahm. So hätte sie fast ihren Namen in der Hausansage überhört. Der Lautsprecher am Zentralpult gab fortwährend Mitteilungen und Aufrufe durch. Für Susan gehörte das schon zum allgemeinen Hintergrundgeräusch. Erst ihr Name ließ sie aufhorchen. Ihr Name und der Hausanschluß 381.

Widerwillig verließ sie ihren Beobachtungsposten und ging zum Telefon.

Anschluß 381 war das Telefon des »Aufwachsaals« für frisch operierte Patienten. Susan überraschte es, daß jemand von dort nach ihr verlangte. Sie meldete sich mit Susan Wheeler, nicht Dr. Wheeler. Sie wäre ausgerufen worden. Der Pfleger bat sie, einen Moment am Apparat zu bleiben. Kurz darauf meldete er sich wieder.

»Hier wird eine arterielle Blutentnahme gebraucht. Für die Gaswerte.«

»Gaswerte?«

»Genau. Sauerstoff, Kohlendioxyd, außerdem Säurespiegel.«

»Woher haben Sie meinen Namen?« Susan malträtierte die Telefonschnur und hoffte, daß es sich um einen Irrtum handelte.

»Ich tu' nur, was mir aufgetragen wird. Ihr Name steht auf der Liste.« Am anderen Ende wurde aufgelegt. Doch Susan hätte auch gar nichts mehr zu sagen gehabt. Sie ging zurück zu Nancy Greenlys Bett. Bellows legte schon wieder die Pole an, und der Schock fuhr abermals durch den Körper der Patientin, hilflos schlugen die Arme wie zuckende Flügel. Der Vorgang wirkte gleichzeitig dramatisch und im höchsten Grad mitleid-

erregend. Wieder zeigte der Monitor ein relativ normales Bild.
»Puls gut«, meldete Cartwright.
»Ich glaube, das Kalium wirkt schon. Sie hält sich jetzt etwas besser.« Bellows' Blick klebte am Bildschirm.
Alle sahen wie gebannt hin. In das Schweigen hinein sagte Susan: »Dr. Bellows, ich soll im Aufwachsaal einem Patienten arteriell Blut abnehmen.«
»Viel Spaß.« Bellows hörte gar nicht richtig zu. Er wandte sich an Miss Shergood. »Wo, verdammt noch mal, stecken die Laborassistenten? Wenn man sie braucht, sind sie weg. Aber wehe, man will operieren. Dann stoßen sie wie die Geier auf einen runter, kommen mit irgendeinem komischen Wert, und der Patient bleibt in seinem Bettchen.«
Cartwright und Reid hielten ein kurzes Lachen für geboten.
Susan versuchte es noch einmal. »Dr. Bellows, Sie verstehen nicht, was ich sagen will. Ich hab' noch nie arteriell Blut abgenommen. Und hab' es noch nie machen sehen.«
Bellows zwang seinen Blick vom Monitor und sah Susan an. »Lieber Himmel, als ob ich nicht schon genug am Hals hätte! Das ist wie mit venösem Blut, nur eben aus der Arterie. Was haben Sie eigentlich in den zwei Jahren Uni gelernt?«
Susan fühlte, daß sie rot wurde. Sie öffnete den Mund zur Verteidigung.
»Schon gut, schon gut«, sagte Bellows schnell. »Cartwright, gehen Sie mit Susan rüber.«
»Ich hab' doch die Kropfoperation, bei der ich assistieren soll. Die fängt in fünf Minuten an.« Cartwright sah auf die Uhr.
»Scheiße!« kommentierte Bellows. »Okay, Dr. Wheeler. Ich geh' mit Ihnen rüber und zeig' Ihnen das. Aber erst, wenn sich hier alles beruhigt hat. Sieht etwas besser aus, die Sache, muß man schon zugeben.« Bellows wandte sich an Reid. »Schicken Sie noch mal Blut ins Labor. Sollen den neuen Kaliumwert messen. Mal sehn, wie wir dran sind. Vielleicht sind wir übern Berg.«
Beim Warten ließ sich Susan Bellows letzte Worte durch den Kopf gehen. Für ihn hieß es »wir« statt: »Nancy Greenly ist

über den Berg.« Das paßte, dachte sie. Und Susan mußte an Dr. Stark denken. Dem gefielen Bellows' Pronomen offenbar ebenso wenig.

Montag
23. Februar
13 Uhr 35

»Manche Tage sind nun mal so.« Bellows hielt Susan die Tür von der Intensivstation auf. »Essen ist Luxus. Nicht mal in Ruhe ...« Bellows unterbrach sich. Sie gingen durch den Flur, und beide sahen auf den Boden. Bellows suchte offenbar nach einem Wort, formulierte seinen Satz dann noch einmal. »Manchmal kann man nicht mal in Ruhe seine Notdurft verrichten.«

»In Ruhe scheißen gehn, wollten Sie doch sagen, nicht wahr?«

Bellows sah zu Susan hinüber, die ihn von unten her anlächelte. »Sie brauchen sich nicht anders zu benehmen, nur weil ich dabei bin.«

Bellows musterte immer noch aufmerksam ihr Gesicht, dem Susan ein möglichst neutrales Aussehen zu geben versuchte. Schweigend gingen sie am Warteraum für die OP-Patienten vorbei.

»Also, wie ich schon sagte, arteriell nimmt man Blut eigentlich genauso ab wie venöses Blut«, meldete sich Bellows schließlich wieder. Der Themawechsel schien ihm angebracht. Susan setzte ihm zu, das spürte er ganz deutlich, und er wich auf Gebiete aus, wo er wieder Oberwasser bekommen konnte. »Sie lokalisieren und isolieren die Arterie, am Arm, Puls oder Oberschenkel, das ist eigentlich egal. Dazu nehmen Sie Mittel- und Zeigefinger, so ...« Bellows hielt die linke Hand hoch, mit ausgestrecktem Mittel- und Zeigefinger, als fischte er eine unsichtbare Arterie aus der Luft. »Wenn Sie die Arterie zwischen den Fingern haben, spüren Sie den Puls. Dann führen

Sie die Nadel ein, einfach nach Gefühl. Am besten lassen Sie die Spritze durch den Arteriendruck voll Blut laufen, so vermeiden Sie Luftblasen. Die würden die Werte verzerren.«

Bellows schob mit der Schulter die Tür zum Aufwachsaal auf, trat rückwärts ein und erläuterte weiter: »Zwei Dinge sind noch wichtig. Sie müssen eine Heparinspritze benutzen, damit das Blut nicht gerinnt, und außerdem müssen Sie die Einstichstelle fünf Minuten lang unter Druck halten. Wenn man das vergißt, kann der Patient ein fürchterliches Hämatom bekommen.«

Auf den ersten Blick erinnerte der Saal Susan an die Intensivstation. Nur war er heller, lauter, und es herrschte größere Betriebsamkeit. Es gab fünfzehn bis zwanzig Bettplätze, jeder mit vollständigen Versorgungseinrichtungen an der Wand, wie Monitor, Sauerstoffanschlüssen, Druckluftventilen. Die meisten Plätze waren besetzt: In hohen Betten mit aufgestellten Seitengittern lagen die Patienten, jeder mit dicken Bandagen an irgendeinem Körperteil. Wie häßliche, dicke Früchte an laublosen Bäumen hingen die Infusions- und Blutplasmaflaschen von ihren Gestellen.

Jeden Augenblick kamen neue Patienten an, andere wurden weggebracht; die rollenden Betten führten zu regelrechten Verkehrsstauungen. Das Pflegepersonal unterhielt sich laut und ohne Scheu, hier und da klang sogar Lachen auf. Aber Susan hörte auch Stöhnen, und neben der Schwesternstation schrie ein Baby in seiner Wiege. Um einige Betten waren Ärzte und Schwestern gruppiert, damit beschäftigt, Dutzende von Schläuchen und Röhren zu adjustieren. Da gab es Ärzte, deren Operationskittel Spuren jeder Art menschlicher Ausscheidung, vor allem aber Blutflecken trugen, und andere in makellosen, gebügelten und gestärkten weißen Gewändern. Der Aufwachsaal war ein Mittelpunkt klinischer Emsigkeit, ein Kreuzweg für Patienten, Ärzte, Ergebnisse, Befunde und Fachgespräche.

Bellows wollte offensichtlich die Sache schnell hinter sich bringen. Er ging sofort an das Zentralpult und bekam auf seine Anfrage ein Tablett mit einer Heparinspritze ausgehändigt.

Man zeigte ihm ein Bett linker Hand, gegenüber dem Eingang, durch den sie gekommen waren.

»Passen Sie auf«, sagte er zu Susan. »Diesmal mach' ich's einfach selbst, Sie sehen genau zu, und nächstes Mal sind Sie dann dran.« Susan nickte. Sie näherten sich dem Bett. Den Patienten oder die Patientin konnten sie nicht sehen, mehrere Leute verstellten den Blick. Am Fußende standen zwei Ärzte im Operationsdreß, links zwei Schwestern und auf der anderen Seite ein hochgewachsener Schwarzer, ein Arzt in einem langen weißen Mantel. Letzterer hatte offenbar gerade gesprochen, die anderen sahen ihn aufmerksam an, er selbst regulierte jetzt den Druck des Beatmungsgeräts. Susan spürte sofort, daß die Atmosphäre emotionsgeladen war. Beide Ärzte in den Operationskitteln waren anscheinend tief betroffen, der kleinere, Dr. Goodman, zitterte. Der andere, Dr. Spallek, biß wütend die Zähne zusammen, atmete hörbar durch die Nase und sah aus wie jemand, der dem nächsten, der ihm in die Quere kommt, an die Kehle will.

»Es muß dafür doch irgendeine Erklärung geben!« raunzte der ergrimmte Spallek. Er riß sich die Gesichtsmaske, die ihm noch um den Hals hing, ab und warf sie auf den Boden. »Das ist doch wohl nicht zuviel verlangt«, zischte er. Dann drehte er sich abrupt um und ging. Dabei kollidierte er mit Bellows, der den Zusammenstoß mit Mühe so ausbalancieren konnte, daß die Spritze und das weitere Zubehör auf dem Tablett blieben. Ohne ein Wort der Entschuldigung stürmte Spallek durch den Saal und trat die Flügeltür auf.

Bellows ging geradewegs an die linke Bettkante und stellte das Tablett ab. Susan folgte möglichst unauffällig und musterte die Gesichter der Umstehenden. Der farbige Arzt richtete sich auf und blickte dem davoneilenden Spallek nach. Die Erscheinung des Negers beeindruckte Susan. Auf dem Schild am Rockaufschlag stand: Dr. Robert Harris. Er war groß, weit über einen Meter achtzig, trug das dunkle Haar in dezentem Afro-Look. Die makellos glatte, gelbbraune Haut glänzte, der Gesichtsausdruck verriet eine seltsame Mischung von kulturellem Schliff und mühsam bezähmtem vulkanischen Temperament. Seine Bewegungen waren im Gegensatz dazu ruhig, beherrscht, geradezu gewollt langsam. Bevor er die Aufmerksamkeit wieder auf das Atemgerät richtete, streifte sein Blick Susan. Nichts verriet, daß er ihre Erscheinung wahrgenommen hatte.

»Was haben Sie zur OP-Vorbereitung genommen, Norman?« fragte Dr. Harris. Er sprach jedes Wort mit großer Sorgfalt aus.

»Innovar.« Goodmans Stimme war unnatürlich hoch und brüchig.

Susan ging ans Fußende, wo Spallek gestanden hatte. Sie betrachtete Goodman, der aussah, als käme er aus der Heißmangel. Das Gesicht war bleich, sein Haar klebte von Schweiß. Im Profil sah Susan die ausgeprägte Nase. Die tiefliegenden Augen starrten gebannt auf den Patienten. Nicht einmal die Lider bewegten sich.

Susan folgte seinem Blick. Sie sah das Handgelenk, an dem sich Bellows in Vorbereitung der Blutentnahme zu schaffen machte. Dann signalisierte irgend etwas in ihrem Gehirn ein Wiedererkennen, ihre Augen suchten hastig das Gesicht: Der Patient war Berman!

Sie sah die gesunde Bräune noch vor sich, wie er da in Zimmer 503 gelegen und sie ihn kennengelernt hatte, vor kaum anderthalb Stunden. Jetzt war Bermans Gesicht von einem staubigen Grau überzogen. Über seinen Backenknochen spannte sich die Haut. Aus dem linken Mundwinkel hing eine Atemröhre, verkrustetes Blut klebte an der Unterlippe. Seine Augen waren fast geschlossen, das rechte Bein war von einem riesigen Gipsverband umhüllt.

»Ihm ist doch nichts passiert?« brach es aus Susan hervor. Sie sah Harris an, dann Goodman. »Was ist los?« Susan sprach, ohne nachzudenken. Sie spürte, irgend etwas stimmte nicht. Bellows, überrascht von ihrem Ausbruch, sah von seiner Arbeit hoch. Harris richtete sich langsam auf und blickte Susan an. Goodman bewegte sich nicht.

»Sein Zustand ist geradezu perfekt«, sagte Harris. Seine Aussprache verriet, daß er irgendwann einmal in Oxford studiert haben mußte. »Blutdruck, Puls, Temperatur: alles ganz normal. Nur leider gefiel ihm der Narkoseschlaf offenbar so gut, daß er sich entschloß, nicht wieder aufzuwachen.«

»Nein, nicht noch so ein Fall!« entfuhr es Bellows, offenbar in großer Sorge, ein weiteres Problem à la Greenly aufgebürdet zu bekommen. »Wie sieht das EEG aus?«

»Wir werden Ihnen den Befund als erstem präsentieren.« In Harris' Stimme lag eine Spur von Sarkasmus. »Es ist in Auftrag gegeben.«

Susan verstand zuerst nicht; das Entsetzen lähmte ihre Denkfähigkeit. Doch allmählich ging ihr auf, wovon die Rede war. »Soll das heißen, mit dem EEG, meine ich, daß es mit ihm so steht wie mit der Patientin unten in der Intensivstation?« Ihr Blick flog von Berman zu Harris, dann zu Bellows.

»Um welche Patientin handelt es sich da?« fragte Harris und nahm die Anästhesie-Aufzeichnungen vor.

»Sie wissen doch«, sagte Bellows, »vor acht Tagen, die Dreiundzwanzigjährige. Komplikation bei der Ausschabung.«

»Ach so. Na, hoffentlich nicht«, meinte Harris. »Aber es fängt an, sehr danach auszusehen.«

»Welche Narkose wurde angewandt?« Bellows hob Bermans rechtes Augenlid an und sah auf die stark erweiterte Pupille.

»Neurolept-Anästhesie, in Kombination mil Lachgas«, gab Harris Auskunft. »Bei dem Mädchen wurde Halothan verwandt. Wenn wir es mit dem gleichen klinischen Befund zu tun haben, dann war nicht der Narkosewirkstoff die Ursache.« Harris sah von den Aufzeichnungen zu Goodman. »Warum haben Sie die Extradosis Innovar verabreicht, Norman, gegen Ende des Eingriffs?«

Dr. Goodman antwortete nicht. Harris mußte ihn noch einmal ansprechen.

Dann erwachte Goodman aus seiner Trance. »Der Patient schien vorzeitig wach zu werden.«

»Aber warum so spät noch Innovar? Wäre Fentanyl, für sich allein, nicht besser gewesen?«

»Kann sein. Ich hätte nur Fentanyl nehmen sollen. Aber das Innovar schien mir genau richtig, und ich wollte sowieso nur noch einen Kubikzentimeter geben.«

»Kann man denn gar nichts tun?« In Susans Stimme klang Verzweiflung mit. Vor ihrem inneren Auge wechselten sich Bilder von Nancy Greenly und Berman in rasender Folge ab. Er hatte so voller Vitalität gesteckt, und nun die leblose, wächserne Gestalt vor ihr!

»Es ist bereits alles getan worden«, sagte Dr. Harris. »Jetzt kann man nur abwarten, in welchem Umfang die Hirntätigkeit wiederauflebt, sofern überhaupt. Die Pupillen sind enorm erweitert und zeigen keinerlei Reflexe. Nicht gerade ein ermutigendes Zeichen. Wahrscheinlich bedeutet es extensive Zellzerstörungen im Gehirn.«

Susan fühlte Übelkeit aufsteigen. Dann schauderte ihr, und sie spürte eine seltsame Leere im Kopf. Vor allem aber war sie von Hoffnungslosigkeit und Verzweiflung erfüllt. Sie konnte nicht an sich halten.

»Das ist einfach zuviel!« rief sie, und ihre Stimme zitterte. »Ein normaler, gesunder Mann kommt zu einem leichten Eingriff. Und dann endet er auf diese Weise ... Du lieber Gott, das kann doch nicht so weitergehen! Zwei junge Menschen in weniger als zwei Wochen. Das ist doch ein untragbares Risiko. Warum schließt der Chef der Anästhesie nicht die Abteilung? Hier ist doch irgendwas ganz und gar nicht in Ordnung! Ich meine, es ist doch absurd, so ...«

Robert Harris, dessen Augen sich gefährlich verengt hatten, unterbrach den Wortschwall. Bellows war die Kinnlade herabgesunken, er sah aus, als würde er sich am liebsten unsichtbar machen.

»Der Chef der Anästhesie bin zufällig ich, mein Fräulein. Und, wenn die Frage erlaubt ist, wer sind Sie?«

Susan wollte antworten, aber Bellows kam ihr zuvor: »Das ist Susan Wheeler, Dr. Harris, Medizinstudentin im dritten

Jahr, die hier in der Chirurgie praktiziert, und, ja ... wir wollten hier nur schnell arteriell Blut abnehmen, dann verschwinden wir wieder.« Eifrig, aber mit leichtem Zittern nahm Bellows die Vorbereitungen an Bermans Handgelenk wieder auf.

»Miss Wheeler«, begann Dr. Harris in herablassendem Tonfall, »Ihr Gefühlsausbruch ist unangebracht und bringt uns überhaupt nicht weiter. In einem solchen Fall gilt es, den Kausalfaktor herauszufinden. Wie ich Dr. Bellows gegenüber soeben erwähnte, war die Anästhesie in beiden Fällen unterschiedlicher Natur. Und die Narkoseversorgung war beide Male einwandfrei, bis auf ein paar unwichtige Details, über die man vielleicht streiten könnte. Kurz gesagt: In beiden Fällen handelte es sich offensichtlich um unabwendbare idiosynkratische Reaktionen auf die Kombination von Narkose und Eingriff. Man muß versuchen, anhand dieser Fälle aufzudecken, ob es Mittel zur Verhinderung solcher verhängnisvollen Erscheinungen gibt, oder wenigstens Prognosemöglichkeiten. Gleich die ganze Anästhesie in Bausch und Bogen zu verdammen und der Bevölkerung notwendige Operationen zu verweigern, wäre viel schlimmer, als ein gewisses minimales Narkoserisiko in Kauf zu nehmen. Was wir ...«

»Aber zwei Fälle in acht Tagen! Das kann man doch kein minimales Risiko nennen«, unterbrach ihn Susan.

Bellows versuchte, ihr zu signalisieren, sie solle sich um Himmels willen nicht weiter mit Dr. Harris anlegen. Aber Susan beachtete ihn nicht, sondern blickte den Chef-Anästhesisten unverwandt an. Ihre Verzweiflung war in Trotz umgeschlagen. »Wie viele solcher Fälle sind im letzten Jahr aufgetreten?« wollte sie wissen.

Harris nahm sich Zeit. Mehrere Sekunden lang sah er Susan forschend an. Dann sagte er: »Mir scheint, die Unterhaltung nimmt die Form eines Kreuzverhörs an. Insofern ist sie ebenso unerträglich wie überflüssig.« Ohne auf Antwort zu warten, strebte Harris an Susan vorbei dem Ausgang zu.

Susan drehte sich nach ihm um. Bellows ergriff ihren Arm,

machte einen verzweifelten Versuch, Weiteres zu verhindern. Aber Susan wehrte ihn ab und rief Harris nach: »Ohne unverschämt sein zu wollen, scheint es mir doch an der Zeit, daß irgend jemand hier mal Fragen stellt und vor allem etwas unternimmt.«

Harris, etwa drei Meter von Susan entfernt, blieb abrupt stehen und drehte sich betont langsam um. Bellows schloß die Augen, wie in Erwartung eines Blitzschlags.

»Und mir scheint es an der Zeit, daß sich gewisse Personen auf ihre Rolle als Medizinstudenten besinnen. Nur zu Ihrer Information, für den Fall, daß Sie hier den sokratischen Quälgeist zu spielen gedenken: Es waren sechs Fälle in den letzten paar Jahren, abgesehen von dem gegenwärtigen Problem. Jetzt würde ich mich, mit Ihrer Erlaubnis, gern wieder meiner Arbeit zuwenden.«

Zum zweitenmal drehte sich Harris um und steuerte auf die Tür zu.

»Glauben Sie etwa, daß Ihre herablassende Voreingenommenheit der Sache mehr dient als mein sogenannter Gefühlsausbruch?« rief Susan ihm nach. Bellows brauchte eine Stütze und lehnte sich an das Bett. Harris blieb wieder stehen, aber diesmal drehte er sich nicht um. Nach einer kurzen Pause setzte er seinen Weg fort, und auch er trat die Flügeltür auf.

Bellows fuhr sich mit der freien Hand an die Stirn. »Verdammte Scheiße, Susan, was geht nur in Ihrem Kopf vor? Sind Sie auf einen Selbstmord erster Klasse aus?« Er drehte die Studentin zu sich herum. »Das eben war Robert Harris, der Chef der Anästhesie! Ach, du grüne Neune!«

Mit nervösen Händen bereitete er die Blutabnahme weiter vor. »Was glauben Sie – nur die Tatsache, daß ich dabei bin, wenn Sie sich so aufführen, wirft ein verdammt schlechtes Licht auf mich. Susan, zum Teufel, warum mußten Sie ihn unbedingt angreifen?« Bellows isolierte die Schlagader und stieß die Nadel in Bermans Handgelenk. »Ich muß mit Stark über die Sache reden, bevor er aus der Gerüchteküche informiert wird. Susan, hören Sie mir doch zu, was nützt es denn, den gegen sich aufzubringen? Offensichtlich haben Sie keinen blassen Schimmer, was für Rücksichten man in einem Krankenhaus wie diesem nehmen muß.«

Susan beobachtete Bellows bei der Blutabnahme. Sie vermied es krampfhaft, Bermans bleiches Gesicht anzusehen. Die Spritze füllte sich umgehend, das Blut war auffallend hellrot.

»Er wurde wütend, weil er wütend werden wollte«, sagte sie schließlich. »Ich glaube nicht, daß ich die Grenze überschritten habe, vielleicht mit Ausnahme meiner letzten Bemerkung, und die hatte er verdient.«

Bellows antwortete nicht.

»Eigentlich wollte ich ihn gar nicht so reizen ... Na ja, vielleicht ein bißchen.« Susan grübelte einen Moment. »Verstehen Sie, erst vor einer Stunde habe ich mit dem Patienten hier geredet. Seinetwegen wurde ich aus der Intensivstation gerufen. So was gibt es doch gar nicht: Vorhin, da war er noch ein ganz normaler Mensch. Und ich ... wir kamen ins Gespräch, und ich hatte das Gefühl, als würde ich ihn schon kennen. Ich ... ich fand ihn eben auch sympathisch. Das alles macht mich so wütend. Oder verzweifelt. Oder beides, wahrscheinlich. Und das Gehabe von Harris hat die Sache nur noch verschlimmert.«

Bellows suchte auf dem Tablett nach der Spritzenkappe. »Erzählen Sie mir nicht mehr davon«, sagte er schließlich. »Ich will nichts darüber hören. Hier, halten Sie das mal.« Er gab ihr die Spritze, während er aufräumte. »Susan, ich fürchte, Sie sind mein Ruin. Haben Sie überhaupt eine Ahnung, wie ein Mann wie Harris mir das Leben schwermachen kann? Geben Sie Druck auf die Einstichstelle.«

»Mark?« Susan preßte Bermans Handgelenk, sah aber Bellows an. »Ich darf Sie doch Mark nennen, oder?«

Bellows legte die Spritze in das Eisbad. »Um ehrlich zu sein, bin ich mir da nicht so sicher.«

»Also gut, Mark, jedenfalls müssen Sie doch zugeben, daß sechs, möglicherweise sieben Fälle, sofern bei Berman dieselben Befunde auftreten wie bei Nancy Greenly ..., daß die eine ganz schöne Häufung von Gehirntoden darstellen.«

»Aber Susan, überlegen Sie doch mal, wie viele Operationen wir hier haben, oft mehr als hundert am Tag, um die fünfundzwanzigtausend im Jahr. Die sechs machen da nur etwa zwei Hundertstel von einem Prozent aus. Das liegt doch innerhalb des allgemeinen Risikos in der Anästhesie.«

»Gut, schon möglich, aber diese sechs Fälle stellen doch nur einen bestimmten Typ möglicher Komplikationen dar und verkörpern ganz und gar nicht das Narkoserisiko schlechthin. Mark, das kann so nicht stimmen, das muß über dem Durchschnitt liegen. Heute früh in der Intensivstation haben Sie doch selbst gesagt, so was wie bei Nancy Greenly käme nur einmal in hunderttausend Fällen vor. Und jetzt reden Sie von sechs in fünfundzwanzigtausend Fällen und nennen das normal! Die Rate liegt einfach zu hoch, auch wenn Sie oder Harris oder wer immer das nicht wahrhaben wollen. Das bedeutet doch, daß bei den geringfügigsten Eingriffen so ein Risiko in Kauf genommen werden muß. Wissen Sie, je mehr ich darüber nachdenke, um so mehr macht mir diese ganze Geschichte zu schaffen.«

»Na, dann denken Sie eben nicht darüber nach. Kommen Sie, wir müssen weiter.«

»Augenblick. Wissen Sie, was ich tun werde?«

»Nein, und ich will's auch nicht wissen.«

»Ich werde mich diesem speziellen Problem widmen. Sechs Fälle, das dürfte für ein paar vertretbare Anhaltspunkte genügen. Ich muß sowieso eine Semesterarbeit machen. Schätze, das ist das mindeste, was ich Sean hier schuldig bin.«

»Um Himmels willen, Susan, seien Sie doch nicht so melodramatisch.«

»Bin ich überhaupt nicht. Ich reagiere nur auf eine Herausforderung. Eigentlich war es sogar Sean, der mich herausgefordert hat. Mich als Ärztin. Und ich hab' da versagt, hab' weder professionell reagiert noch sonstwie gezeigt, daß ich über den Dingen stehe. Man kann sogar sagen, ich hätte mich wie ein Schulmädchen aufgeführt. Das hier ist die zweite Herausforderung, diesmal aber eine intellektuelle, ein sehr ernstes, schwieriges Problem. Vielleicht kann ich mich hier besser bewähren. Könnte es denn nicht sein, daß diese Fälle ganz neue Erkenntnisse bringen? Am Ende haben wir es hier mit einem neuen Anästhesie-Problem zu tun, das mit irgendwelchen gesundheitlichen Einwirkungen im früheren Leben der Patienten zusammenhängt.«

»Na, viel Spaß.« Bellows sammelte die Utensilien zusammen. »Aber, ehrlich, Susan, ich glaub' kaum, daß Sie auf diese Weise Ihre persönlichen Probleme bewältigen können. Dafür ist die Sache viel zu schwierig. Meiner Ansicht nach verschwenden Sie nur Ihre Zeit. Ich hab' Ihnen doch gesagt, Dr. Billing, der Anästhesist im Fall Greenly, hat die ganze Sache geradezu mit dem Mikroskop untersucht. Und Sie können mir glauben, der hat was auf dem Kasten. Seiner Auskunft nach gibt es nichts, nicht den geringsten Anhaltspunkt dafür, wie das passiert sein könnte.«

»Ich nehme Ihre Unterstützung gern an, Mark. Und ich werde mit Ihrer Patientin in der Intensivstation beginnen.«

»Augenblick, meine Liebe. Eins will ich mal ganz klar machen.« Bellows hob den Zeigefinger. »Jetzt, wo Harris verrückt spielt, will ich mit der Sache nichts zu tun haben, nicht die Spur, kapiert? Wenn Sie blöd genug sind, sich da einzumischen, ist das von A bis Z allein Ihre Angelegenheit.«

»Mark, Sie kommen mir vor wie ein Wurm.«

»Aber ein Wurm, der weiß, wie die Wirklichkeit im Krankenhaus aussieht, und der Chirurg werden will.«

Susan sah ihm in die Augen. »Wissen Sie, Mark, deutlicher hätten Sie es gar nicht sagen können.«

Montag
23. Februar
13 Uhr 53

Die Cafeteria hatte nichts besonders Typisches aufzuweisen; sie hätte in tausend Krankenhäusern liegen können. Die Wände waren aus dumpfem Gelb, das vertrocknetem Senf ähnelte, die Decke bestand aus schalldämpfenden Platten. Am Anfang des langen, l-förmigen Serviertresens stapelten sich die Tabletts.

Der ausgezeichnete Ruf des Memorial machte vor seiner Kantine halt. Arme, hungrige Individuen, die hier Sättigung suchten, bekamen gleich beim Eintreten einen Schock, wenn ihr Blick auf die übereinandergestapelten Salatschüsseln fiel. Die grünen Blätter waren so knackig wie alte Papiertaschentücher.

Die Abteilung für warmes Essen lüftete nur selten ihre Geheimnisse. Fast jedes Gericht schmeckte gleich, kaum eines war äußerlich vom anderen zu unterscheiden. Nur die Teller mit Möhren und Maisgemüse bildeten eine Ausnahme: Die Karotten schmeckten auf unverwechselbare Weise widerlich und die Maiskörner nach gar nichts.

Am frühen Nachmittag gegen Viertel vor zwei war die Kantine fast leer. Die paar Leute, die herumsaßen, waren meist Küchenangestellte, die sich nach dem großen Andrang ausruhten. Trotz des schlechten Essens war die Cafeteria mittags voll; denn nur wenige konnten sich mehr als eine halbe Stunde Pause gestatten. Deshalb nahm man aus Zeitmangel das Kantinenmartyrium auf sich.

Susan hatte Salat nehmen wollen, stellte aber nach einem prüfenden Blick den Napf wieder hin. Bellows, durch Erfahrung klug geworden, steuerte direkt auf die Sandwichabteilung zu und traf seine Auswahl. »Da können Sie nicht viel falsch machen«, rief er Susan zu.

Die beäugte mißtrauisch die warmen Gerichte und ging weiter. Schließlich folgte sie Bellows' Beispiel und wagte sich an ein Thunfisch-Sandwich heran.

Die Kasse war unbesetzt, die Kassiererin weit und breit nicht zu sehen. »Kommen Sie«, drängte Bellows, »so viel Zeit haben wir nicht.«

Obwohl sie sich wie eine Ladendiebin vorkam, folgte Susan ihm zu einem Tisch und nahm Platz. Das Sandwich hielt, was die Kantine versprach. Auf mysteriöse Weise war zuviel Wasser in den Thunfisch gekommen, Belag und Brot waren durchgeweicht. Doch die ausgehungerte Susan nahm auch damit vorlieb.

»Um zwei ist Vorlesung.« Bellows, der gerade einen großen Bissen genommen hatte, sprach mit vollem Mund. »Also, beeilen Sie sich!«

»Mark?«

»Ja?« Bellows trank mit einem Schluck seine Milch halb aus. Offensichtlich war er ein Schnellesser.

»Mark, wären Sie sehr beleidigt, wenn ich meine erste Chirurgie-Vorlesung schwänze?« fragte Susan vorsichtig.

Bellows gab der zweiten Hälfte seines belegten Brotes eine Galgenfrist. Flirtete die etwa mit ihm? Er verwarf den Gedanken.

»Beleidigt? Nee, warum? Wieso fragen Sie?« Bellows hatte den Eindruck, daß er manipuliert wurde und sich nicht recht dagegen wehren konnte.

»Ja, wissen Sie, ich fühle mich einer Vorlesung im Moment eigentlich nicht gewachsen.« Susan öffnete ihren Milch-Pappbehälter. »Die Sache mit Berman hat mir doch ziemlich zugesetzt. Ich bin nervös und könnte nicht stillsitzen. Ich muß irgend etwas tun, dann wird mir bestimmt besser. Dachte, ich geh' mal in die Bibliothek und informiere mich über Anästhesie-Komplikationen. Damit kann ich meine Analyse anfangen. Außerdem hab' ich dann gleich Gelegenheit, über die Dinge von heute morgen nachzudenken und sie innerlich ein wenig zu verarbeiten.«

»Das macht Ihnen noch sehr zu schaffen, nicht wahr? Würden Sie gern darüber reden?«

»Danke, nein, ich werd' mich schon wieder fangen.« Susan war über den unvermuteten Beweis menschlichen Mitgefühls fast gerührt.

»Die Vorlesung ist nicht so furchtbar wichtig. So 'ne Art allgemeine Einführung von einem der emeritierten Professoren. Hinterher wollte ich allerdings mit Ihnen allen in die Station, damit Sie Ihre Patienten kennenlernen.«

»Mark?«

»Ja?«

»Vielen Dank.«

Susan stand auf, lächelte ihn an und ging. Bellows schlang die zweite Hälfte seines Thunfisch-Sandwichs herunter. Er war nicht einmal sicher, wofür Susan ihm gedankt hatte. Als sie die Cafeteria durchquerte, blickte er ihr nach. Sie stellte ihr Tablett ab, nahm aber die Milch und das halb gegessene Sandwich mit. An der Tür drehte sie sich um und winkte ihm zu. Bellows wollte die Geste erwidern, aber bevor er noch die Hand ganz gehoben hatte, war Susan verschwunden.

Etwas verlegen sah sich Bellows um: Ob jemand ihn dabei beobachtet hatte? Er nahm schnell wieder eine unauffällige Haltung ein und dachte über Susan nach. Zugegeben, er fühlte sich von ihr angezogen, und zwar auf eine erfrischend natürliche Weise, die ihn an frühere Zeiten erinnerte. Er spürte sogar fast so etwas wie Aufregung. Sie brachte seine mühsam erworbene Selbstdisziplin ins Wanken, und seine Phantasie zauberte ihm romantische Bilder vor, bei denen Susan im Mittelpunkt stand. Im nächsten Moment schalt er sich für diese nachpubertären Anwandlungen.

Auf dem Weg zum Tablettständer trank er mit einem Schluck seine Milch aus. Dabei überlegte er, ob er es wagen konnte, Susan um ein Rendezvous zu bitten. Es gab dabei zwei Probleme. Eins war zweifellos Stark, mit anderen Worten, die eigene Karriere. Wie würde der Chef reagieren, wenn seine Stationsärzte anfingen, die ihnen zugeteilten Studentinnen auch außerdienstlich unter ihre Obhut zu nehmen? Bellows wußte nicht einmal, ob überhaupt Grund zur Befürchtung bestand. Immerhin: Stark schien verheiratete Stationsärzte zu bevorzugen. Er fand sie zuverlässiger; für Bellows war das purer Unsinn. Irgendeine Art privater Beziehung zu einer Studentin geheimzuhalten, schien kaum möglich. Stark würde es herausbekommen, und das könnte böse Folgen haben. Das zweite Problem war Susan selbst. Sie war zweifellos attraktiv und hatte vor allem Köpfchen. Aber war sie auch anschmiegsam?

Bellows wagte keine Prognose. Vielleicht war sie im Augenblick nur zu beschäftigt, vielleicht auch zu ehrgeizig oder einfach zu intellektuell. Bellows wollte seine kostbare Freizeit jedenfalls nicht an eine kühle Puppe verschwenden.

Und wie stand es mit ihm? Konnte er es sich zutrauen, mit einer weiblichen Intelligenzbestie fertig zu werden, selbst wenn es sich um ein liebevolles, sanftes Wesen handelte? Er hatte ein paar Affären mit Schwestern hinter sich, aber das konnte man wohl nicht vergleichen. Die Schwestern waren mit den Ärzten verbündet, gleichzeitig aber durch einen sozialen Graben von ihnen getrennt. Mit einer Ärztin hatte sich Bellows nie eingelassen, ebensowenig mit einer Ärztin in spe. Der Gedanke beunruhigte ihn irgendwie.

Als Susan aus der Cafeteria kam, spürte sie zum erstenmal an diesem Tag, daß sie wieder ein Ziel hatte. Obwohl sie noch nicht wußte, wie sie das Problem des anhaltenden postnarkotischen Komas wirklich anpacken sollte, sah sie sich endlich vor eine Art intellektueller Herausforderung gestellt, der sie mit wissenschaftlichen Methoden und rationaler Denkweise begegnen konnte. Mit anderen Worten: Zum erstenmal an diesem verwirrenden und aufregenden Tag hatte sie das Gefühl, daß die beiden Studienjahre doch einen Sinn gehabt hatten. Sie benötigte zunächst medizinische Literatur aus der Bibliothek und Krankenblätter, insbesondere die Unterlagen von Nancy Greenly und Berman.

Ganz in der Nähe der Cafeteria lag der Geschenkladen des Memorial, ein gemütlicher, gutbesuchter Ort, der von einer Gruppe charmanter älterer Damen in schmucken rosa Kitteln geleitet wurde, ein wahrhaft idyllischer Platz inmitten des geschäftigen Krankenhausgetriebes. Susan fand dort schnell, was sie brauchte: ein kleines schwarzes Ringheft. Sie steckte es in ihre Kitteltasche und machte sich auf den Weg in die Intensivstation. Ausgangspunkt ihrer Arbeit war der Fall Nancy Greenly.

In der Intensivstation war alles beim alten. Nach der Aufregung herrschte wieder die gedämpfte Atmosphäre, und auch das Licht war in den früheren Dämmerzustand versetzt worden. In dem Augenblick, als sich die Tür hinter Susan schloß, spürte sie erneut Angst aufsteigen, wurde sie sich ihrer Unerfahrenheit und Hilflosigkeit bewußt. Wieder empfand sie den Drang, das Weite zu suchen, bevor irgend etwas passieren und ihr eine Frage gestellt werden konnte, auf die sie keine Antwort zu geben wußte. Aber sie blieb. Jetzt hatte sie wenigstens ein Ziel, das ihr etwas Selbstvertrauen gab, und außerdem brauchte sie das Krankenblatt von Nancy Greenly.

Mit einem raschen Blick stellte sie fest, daß niemand an Nancy Greenlys Bett stand. Offensichtlich hatte sich der Kaliumspiegel stabilisiert, und das Herz schlug wieder normal. Die Krise war überstanden, und Nancy Greenly durfte in ihre dumpfe Ewigkeit zurückkehren.

Wie unter einem Zwang trat Susan an ihr Bett. Sie hatte Mühe, ihre Gefühle im Zaum zu halten, um sich nicht wieder mit dem unglücklichen Geschöpf zu identifizieren. Als sie auf die Patientin hinuntersah, konnte sie kaum begreifen, daß es sich hier nicht nur um einen schlafenden Menschen handelte. Am liebsten hätte sie Nancy leicht an der Schulter geschüttelt, damit sie endlich aufwachte und sie mit ihr reden konnte.

Statt dessen ergriff Susan vorsichtig ihr Handgelenk. Sie bemerkte die porzellanartige Blässe der leblos herabhängenden Hand. Susan überlegte. Paralyse durch Zellzerstörung im Gehirn? Da mußten doch eigentlich die peripheren Reflexe noch intakt sein, jedenfalls bis zu einem gewissen Grad.

Sie nahm, wie zur Begrüßung, Nancys Hand, beugte und streckte das Handgelenk. Dabei spürte sie keinerlei Widerstand. Jetzt beugte Susan das Gelenk mit mehr Kraft, bis Nancys Finger fast den Oberarm berührten. Kein Zweifel: Hier war ein Widerstand zu spüren, nur kurz, aber nichtsdestoweniger deutlich. Susan versuchte es mit dem anderen Handgelenk: dasselbe Ergebnis. Also war Nancy Greenly nicht hundertprozentig leblos. Susan konnte eine Art akademischen Triumphs nicht ganz unterdrücken.

Sie suchte und fand einen Hammer zur Prüfung der Sehnenreflexe. Er bestand aus Hartgummi mit einem Griff aus rostfreiem Stahl. Abgesehen von ein paar Übungen mit ihren Kommilitoninnen hatte sie das Instrument bisher noch nie an einem Patienten erprobt. Etwas unbeholfen versuchte sie, durch Klopfen auf Nancy Greenlys rechtes Handgelenk einen Reflex zu erzeugen. Nichts. Sie beugte das Knie der Patientin, nachdem sie das Laken hochgezogen hatte, und versuchte es dort. Ebenfalls nichts. Sie war nicht einmal sicher, wo sie überhaupt klopfen mußte. Aus der Neuro-Anatomie erinnerte sie sich dunkel, daß der von ihr gesuchte Reflex aus einer plötzlichen Spannung der Sehne resultierte. Also streckte sie Nancy Greenlys Knie und klopfte unterhalb der Kniescheibe. Fast unmerklich zog sich der Oberschenkelmuskel zusammen. Susan versuchte es noch einmal. Der auf diese Weise erzeugte Reflex war kaum mehr als eine ganz leichte Muskelveränderung. Als nächstes nahm sich Susan das linke Bein vor – mit demselben Resultat. Nun stand für sie fest: Nancy Greenly hatte Reflexe, schwach, aber deutlich, und zwar symmetrische.

In ihrem Gedächtnis suchte Susan nach weiteren Ansatzpunkten neurologischer Untersuchungen. Ihr fiel die Bewußtseinsprobe ein. Aber in Nancy Greenlys Fall konnte wohl nur der Test des Schmerzempfindens Resultate bringen. Als sie die Patientin in die Achillessehne kniff, gab es keinerlei Reflex. Ob möglicherweise das Schmerzempfinden etwas näher am Hirn ausgeprägter war? Susan kniff die Patientin in den Oberschenkel und fuhr entsetzt zurück. Es kam ihr vor, als wollte Nancy Greenly aufstehen. Ihr Körper zuckte, versteifte sich, und die Arme streckten sich an den Seiten, verkrampften sich dann in einer halben Drehung. Der Unterkiefer bewegte sich, als wollte sie aufwachen. Doch das ging vorbei, und ebenso übergangslos verfiel Nancy Greenly wieder in den leblosen Zustand. Mit schreckgeweiteten Augen war Susan zurückgewichen. Sie hatte keine Ahnung, was sie getan und wie sie es vollbracht hatte. Sie wußte nur, daß sie sich in medizinische Bereiche vorgewagt hatte, für die ihre Fähigkeiten und ihre Erfahrung nicht ausreichten. Nancy Greenly hatte auf ihren letzten Versuch stärker reagiert, als es Susan lieb sein konnte, es sah fast wie eine Art Schlaganfall aus. Susan dankte den Sternen, daß es so schnell vorüber war.

Schuldbewußt sah sie sich im Raum um, ob jemand etwas gemerkt hatte. Zu ihrer Erleichterung achtete niemand auf sie. Aufatmend stellte sie außerdem fest, daß der Herzmonitor über dem Bett keinerlei Veränderungen zeigte: Der Leuchtpunkt zog ungestört seine Bahn.

Trotzdem war ihr nicht wohl. Sie hatte das Gefühl, Unrecht zu tun, Eindringling zu sein in einem Gehege, in dem sie nichts zu suchen hatte. Jeden Augenblick mußte die verdiente Strafe folgen. Doch hoffentlich nicht dergestalt, daß Nancy Greenly wieder einen Herzstillstand erlitt! Spontan faßte Susan den Entschluß, das Experimentieren an Patienten so lange sein zu lassen, bis sie sich mehr Kenntnisse angeeignet hatte. Für die Arbeit, die sie sich vorgenommen hatte, schien ihr zunächst einmal ernsthafte Lektüre wichtig.

Als sie zum Zentralpult ging, gab sie sich alle Mühe, unauffällig zu wirken. Die Krankenblätter waren in einem drehbaren stählernen Registerfach auf dem Pult abgelegt. Es quietschte entnervend, als Susan es vorsichtig in Bewegung setzte.

»Kann ich Ihnen helfen?« erklang eine Stimme hinter ihr. Es war June Shergood. Susans Hand fuhr zurück, als wäre sie ein Kind, das man mit der Keksdose erwischt hatte.

»Ich hätte nur gern das Krankenblatt.« Susan erwartete halb und halb eine Strafpredigt.

»Von wem?« erkundigte sich June Shergood freundlich.

»Nancy Greenly. Ich möchte mich mit dem Fall vertraut machen, damit ich bei ihrer Versorgung helfen kann.«

Die Schwester wühlte in den Unterlagen und brachte Nancy Greenlys Vorgang zum Vorschein. Sie lächelte Susan an und zeigte auf eine Tür. »Da drinnen können Sie sich besser konzentrieren.«

Susan bedankte sich und war froh, sich zurückziehen zu können. Die Tür führte in einen kleinen Nebenraum, dessen Wände mit Medizinschränken vollgestellt waren. An drei

Seiten zog sich eine Art Theke in Sitzhöhe entlang. Rechts war eine Spüle, und in der Ecke stand die obligatorische Kaffeekanne.

Susan setzte sich. Obwohl Nancy Greenly noch keine zwei Wochen im Memorial lag, war ihr Krankenblatt sehr umfangreich, fast ein Aktendeckel voll Unterlagen. Das war bei Intensivfällen, die rund um die Uhr betreut werden mußten, nicht ungewöhnlich.

Susan holte die Reste ihres Lunchs, Sandwich und Milch, aus der Tasche und goß sich eine Tasse Kaffee ein. Dann entnahm sie dem soeben erworbenen Ringheft einige Blätter und fing mit der Arbeit an. Sie brauchte zunächst einige Zeit, um hinter das System der Krankenblätter zu kommen. Obenauf lagen die Verordnungsbogen, darunter die Kurven, die den Zustand des Patienten anzeigten. Dann kam die Krankengeschichte, zusammen mit den Untersuchungsergebnissen vom Tag der Aufnahme. Den Rest machten die Behandlungsunterlagen aus: Operation, Anästhesie, Aufzeichnungen der Schwestern, zahllose Laborangaben, Röntgenberichte und dergleichen mehr.

Da Susan nicht wußte, was für ihre Untersuchung wichtig sein würde, machte sie von vornherein ausführliche Notizen. Sie vermerkte Namen, Alter, Geschlecht usw. Es folgten die wenigen medizinischen Fakten aus dem Vorleben, die alle darauf hindeuteten, daß Nancy Greenly kerngesund gewesen war. Es fand sich auch der Hinweis auf eine Großmutter, die einen Schlaganfall erlitten hatte. Nancy selbst war mit achtzehn an Mumps erkrankt, mit offenbar komplikationsfreiem Verlauf. Herz und Lunge waren in Ordnung. Susan notierte die Laborwerte der präoperativen Untersuchung: Blut und Urin normal. Schwangerschaftstest: negativ. Dann verschiedene Blutgerinnungstests, Blutgruppen- und Gewebetypusbestimmung, Thorax-Durchleuchtung, EKG. Außerdem lag das chemische Profil mit einer langen Reihe von Testergebnissen vor. Alle Werte bewegten sich innerhalb der Norm.

Nachdem Susan den letzten Sandwichbissen mit dem Rest

Milch heruntergespült hatte, nahm sie sich die Operationsunterlagen vor, insbesondere den Anästhesie-Bericht. Die präoperativen Medikationen waren: Demerol und Phenergan um 6 Uhr 45, verabreicht durch eine der Schwestern von Beard 5. Atemschlauch vom Typ Nummer 8. Um 7 Uhr 24 zwei Gramm Pentothal in die Infusion. Halothan, Lachgas, Sauerstoff ab 7 Uhr 25. Halothan-Konzentration anfänglich zwei Prozent, innerhalb weniger Minuten auf ein Prozent reduziert. Lachgas und Sauerstoff: drei bzw. zwei Liter pro Minute. Zur Muskelentspannung Dosen von jeweils zwei Kubikzentimetern 0,2prozentigem Succinylcholin um 7 Uhr 26 und 7 Uhr 40.

Susan erfuhr, daß der Blutdruck um 7 Uhr 48 rapide abgefallen war, nachdem er sich zuvor auf 105:75 gehalten hatte. Zu diesem Zeitpunkt wurde die Halothan-Eingabe auf ein halbes Prozent reduziert, die Zufuhr von Lachgas und Sauerstoff auf zwei und drei Liter verändert. Der Blutdruck erhöhte sich auf 100:60. Susan kopierte die Anästhesie-Kurve.

Die schriftlichen Narkoseaufzeichnungen wurden immer undeutlicher. Soviel Susan herausbekam, blieb der Blutdruck bei etwa 100:60 und der Puls bei siebzig Schlägen je Minute. Obwohl der Herzschlag stabil war, gab es Veränderungen im Rhythmus, die Dr. Billing jedoch nicht näher beschrieben hatte.

Susan entnahm den Unterlagen, daß Nancy Greenly um 8 Uhr 51 in den Aufwachsaal gebracht worden war, wo ein Nervenstimulator angeschlossen wurde, um die periphere Nerventätigkeit zu testen. Ursprünglich hatte man angenommen, daß sie die zusätzliche Dosis Succinylcholin nicht umsetzen konnte. Doch beide Ellenbogennerven hatten reagiert, und damit schien klar, daß die Komplikation eine zentrale Ursache hatte, also aus dem Gehirn kam.

Während der folgenden Stunde war verschiedenes versucht worden. So hatte Nancy Greenly vier Milligramm Narcan bekommen, um einer etwaigen idiosynkratischen Überempfindlichkeit auf die präoperative Medikation entgegenzuwirken. Ohne Ergebnis. Um 9 Uhr 15 wurde ihr eine Dosis von 2,5

Milligramm Neostigmin verabreicht, für den Fall, daß die Nervenblockade und damit die Paralyse auf Curare-Symptome zurückzuführen waren. Außerdem war Nancy Greenly frisch gefrorenes Blutplasma zugeführt worden, weil man auf diese Weise mögliche Succinylcholin-Rückstände entfernen wollte. Beide Maßnahmen hatten leichte Muskelzuckungen zur Folge, mehr nicht.

Die Anästhesie-Aufzeichnungen endeten mit einer lakonischen Feststellung in Dr. Billings Handschrift: »Verzögerte Wiedererlangung des Bewußtseins in der Postanästhesie-Phase, Ursache unbekannt.«

Susan nahm sich als nächstes den Operationsbericht vor, der von Dr. Major diktiert worden war.

Datum: 14. Februar 1976
Präoper. Diagnose: Dysfunktionelle Uterusblutungen
Postop. Diagnose: dito
Chirurg: Dr. Major
Anästhesie: Endotracheal – Halothan
Blutverlust (geschätzt): 500 ccm
Komplikationen: Verzögerte Bewußtseinserlangung nach Beendigung der Anästhesie.
Vorgang: Nach angemessener präoperativer Medikation (Demerol und Phenergan) wurde die Patientin in den OP gebracht und an den Herzmonitor angeschlossen. Die Narkoseeinleitung und die Einführung des Luftröhrenschlauchs verliefen reibungslos. Der Damm wurde in üblicher Weise für den Eingriff vorbereitet; darauf beidhändige Untersuchung mit folgendem Ergebnis: Eierstöcke, Adnexe normal, vorgebogener Uterus. Ein Spiegel wurde in die Vagina eingeführt, Blutklumpen abgesaugt. Der Gebärmutterhals wurde inspiziert und für normal befunden, Gebärmutterhalserweiterung ohne Schwierigkeiten durchgeführt, sodann Ausschabung der Gebärmutterschleimhaut. Gewebeproben an Labor. Gegen Ende des Eingriffs minimale Blutung. Der Spiegel wurde entfernt. Zu diesem Zeitpunkt auffallend:

Patientin außergewöhnlich schwer aus der Narkose zu erwecken.

Susan machte eine Pause, um die rechte Hand auszuruhen, und ließ sie lose herabhängen. Beim Schreiben hatte sie die Angewohnheit, den Bleistift oder Kugelschreiber so fest zu halten, daß es Blutstaus gab. Es kribbelte, als das Blut jetzt in ihre Fingerspitzen zurückfloß. Ehe sie sich wieder an die Arbeit machte, nippte sie mehrmals an ihrem Kaffee.

Der pathologische Befund bezeichnete die Gewebeproben als wucherungsartig. Die endgültige Diagnose lautete dann: anovulare Uterusblutungen mit Wucherungen in der Gebärmutterschleimhaut. Hier, fand Susan, gab es keine Antwort auf ihre Frage.

Als nächstes kam die interessanteste Unterlage, die erste neurologische Untersuchung, unterschrieben von Dr. Carol Harvey. Obgleich Susan nicht alles verstand, machte sie sich Auszüge. Allerdings war die Handschrift teilweise kaum zu entziffern:

Anamnese: Bei der Patientin handelt es sich um eine dreiundzwanzigjährige weibliche Person weißer Hautfarbe, eingeliefert wegen (Fortsetzung unleserlich). Die medizinische Vorgeschichte der Patientin und ihrer Familie ergaben keinerlei Anhaltspunkte für neurologische Erkrankungen oder Auffälligkeiten. Die präoperativen Maßnahmen an der Patientin wurden (das Weitere unleserlich). Verlauf der Operation, den bloßen Eingriff betreffend, unauffällig. Ergebnis: Befund höchstwahrscheinlich geheilt. Während der Operation fielen jedoch kleinere Unregelmäßigkeiten betr. Puls/Blutdruck auf. Nach dem Eingriff verlängerte Bewußtlosigkeit und offenbar Paralyse. Überdosis Succinylcholin und/oder Halothan scheidet aus. (Folgt ein unleserlicher Satz.)
Untersuchung: Die Patientin liegt in tiefem Koma, reagiert weder auf Anruf noch auf Berührung oder starken Schmerz. Patientin offenbar paralysiert, allerdings schwache Reflexe

Bizeps, Quadrizeps, symmetrisch. Muskeltonus wesentlich verringert, aber nicht vollständig erschlafft. Keine Zuckungen. Hirnnerv: (unleserlich) ... Pupillen erweitert, ohne Reflexe. EEG: keine Aktivität.

Allgemeiner Eindruck: (beginnt unleserlich) ... Koma resultierend aus diffusem Großhirnödem als Primärdiagnose. Möglichkeit einer Großhirngefäßeinwirkung oder eines Schlaganfalls nicht auszuschließen. Idiosynkratische Reaktionen auf Anästhesie-Wirkstoffe weiterhin als Möglichkeiten, jedoch ... (unleserlich). Es handelt sich zweifellos um einen sehr schwierigen Fall. Der EEG-Befund mit dem Fehlen jeglicher Aktivität legt nahe: ausgebreiteter Hirntod oder -schädigung. Die gleichen Symptome sind beobachtet worden bei gleichzeitigem Mißbrauch von Alkohol und Beruhigungsmitteln, Auftreten jedoch äußerst selten. In der Literatur gibt es nur drei Beispiele. Wo immer die Ursache liegt: Akute Einwirkung auf das Gehirn der Patientin steht außer Zweifel.

Verbindlichen Dank für die Möglichkeit der Untersuchung dieses außerordentlich interessanten Falles.

Dr. Carol Harvey, Neurologie B.M.H.

Susan verfluchte die Handschrift der Neurologin. Sie trank noch einmal etwas Kaffee und schlug die nächste Seite auf. Hier fand sie eine weitere Mitteilung von Dr. Harvey:

15. Februar 1976. Neurologische Folgeuntersuchung

Zustand der Patientin unverändert. Neuerliches EEG: weiterhin keinerlei Aktivität.

Allgemeiner Eindruck: Ich habe diesen Fall mit meinen Assistenten sowie anderen neurologischen Fachärzten der Klinik eingehend diskutiert. Die übereinstimmende Diagnose heißt: akute Einwirkung auf das Gehirn, Folge: Gehirntod. Ferner lautet die allgemeine Auffassung hier, daß als unmittelbare Ursache der Komplikation ein akuter Sauerstoffmangel anzusehen ist. Ursache des Sauerstoff-

mangels: wahrscheinlich irgendeine Form der Einwirkung auf Großhirngefäße, möglicherweise infolge Embolie bei der Gebärmutterschleimhaut-Ausschabung. Irgendeine Art akuter idiopathischer Polyneuritis oder Gefäßentzündung könnte eine Rolle spielen.
Interessante Literaturhinweise: »Acute Idiopathic Polyneuritis; a Report of Three Cases«, *Australian Journal of Neurology*, Band 13, September 1973, S. 98–101.
»Prolonged Coma and Brain Death Following Ingestion of Sleeping Pills by Eighteen Year Old Female«, *New England Journal of Neurology*, Band 73, Juli 1974, S. 301–302.
Mit verbindlichem Dank,

Dr. Carol Harvey

Nachdem Susan sich die ausführlichen Bemerkungen der Neurologin notiert hatte, mußte sie ihre Hand wieder ausruhen. Dann ging sie die Unterlagen weiter durch. Die Schwesterneintragungen ließ sie beiseite, aber die Laborergebnisse interessierten sie. Zunächst kamen Röntgenberichte, darunter die von Schädeldarstellungen, danach die chemischen und hämatologischen Befunde: alles im wesentlichen normal. Susan konzentrierte sich deshalb auf die Frage, ob die Werte aus der Zeit vor und nach der Operation voneinander abwichen. Dabei wurde sie nur einmal fündig: Nach dem Eingriff waren bei Nancy Greenly höhere Blutzuckerwerte festgestellt worden, so als hätte sie eine diabetische Tendenz entwickelt. Die EKG-Serien gaben so gut wie nichts her.

Schließlich klappte Susan den Aktendeckel des Krankenblattes zu und lehnte sich zurück. Sie reckte sich, streckte die Hände zur Decke, atmete tief durch. Dann überflog sie noch einmal ihre Notizen, die acht Blätter füllten. Sie hatte den Eindruck, mit der Untersuchung nicht viel weiter gekommen zu sein, aber das hatte sie auch gar nicht erwartet. Vieles von dem, was sie aufgeschrieben hatte, blieb ihr unklar.

Susan glaubte fest an wissenschaftliche Methodik und an die Macht der Bücher und des Wissens. Obwohl sie über keinerlei klinische Erfahrung verfügte, war sie ziemlich sicher, daß die Verbindung von Methodik mit erlerntem Wissen es ihr ermöglichen würde, die Aufgabe, die sie sich vorgenommen hatte, zu lösen, nämlich die Antwort auf die Frage zu finden: Warum war Nancy Greenly in Koma verfallen? Zunächst mußte sie so viele Untersuchungsergebnisse wie möglich zusammentragen. Dann galt es, diese Daten auch zu begreifen, und da konnte ihr nur die Fachliteratur helfen. Von der Analyse zur Synthese, das war die Zauberformel. Sicherlich steckten in dem Irrgarten Hinweise und Spuren, die schließlich zur Lösung führen würden. Aber um die Spuren lesen zu können, mußte sie noch viel lernen.

Die Memorial-Bibliothek lag im zweiten Stock des Harding-Gebäudes. Nach einigem Herumirren fand Susan schließlich die Treppe zum Personalbüro, und dahinter lag die Bibliothek.

Im vollen Wortlaut hieß sie: Nancy-Darling-Gedächtnis-Bibliothek, und als Susan eintrat, kam sie an einem kleinen Lichtbild aus der Frühzeit der Fotografie vorbei, das eine matronenhafte, in Schwarz gekleidete Frau zeigte. Auf einem Schildchen darunter stand: »In liebevoller Erinnerung an Nancy Darling«. Der Name mit seinen romantischen Assoziationen paßte kaum zu der etwas grimmigen Gestalt auf dem Bild, dachte Susan.

Sie hatte den Eindruck, als strömten die Bücher eine fast körperliche Wärme aus, und sie fühlte sich in der Bibliothek sofort zu Hause. Der Kontrast zur Intensivstation, ja zum gesamten Krankenhausbetrieb hätte nicht größer sein können. Sie legte ihr Notizbuch auf einen Tisch und sah sich um. An drei Seiten des hohen Saals lief eine Galerie entlang, die ebenfalls mit Regalen ausgestattet war. In der Mitte des Raums standen große Eichentische. An einer der beiden Schmalseiten reichte ein gigantisches Fenster bis zur Decke und lenkte Susans Blick auf einen kleinen Innenhof mit einer dürftigen Grasnarbe, einem einzelnen, unbelaubten Baum und einem Tennisplatz, auf dem das Netz im Winterschlaf müde herabhing.

Die Bücherregale zu beiden Seiten der Tische standen im rechten Winkel zur Längsachse des Raumes. Eine gußeiserne Wendeltreppe führte auf die Galerie. Oben waren die Regale rechter Hand mit Büchern gefüllt, links stapelten sich gebundene Zeitschriften. An der Wand gegenüber dem Fenster befanden sich die Kataloge.

Susan informierte sich über die Anästhesie-Literatur und sah sich Titel für Titel an. Ihre Kenntnisse über Anästhesie waren praktisch gleich Null, und sie brauchte vor allem eine gute Einführung. Ganz besonders interessierte sie die Fachliteratur über Narkose-Komplikationen. Sie suchte sich zunächst fünf Werke heraus, von denen ihr der Titel »Anästhesie-Komplikationen: Erkennung und Behandlung« am vielversprechendsten erschien.

Als sie die Bücher zum Tisch trug, wurde ihr Name ausgerufen. Der Ton des Lautsprechers war zwar gedämpft, aber Susan verstand dennoch, daß sie Apparat 482 anrufen sollte.

Sie ließ die Bücher auf den Tisch gleiten und zögerte, die Hände auf die Rückenlehne eines Stuhls gestützt. Sie fühlte sich hin und her gerissen zwischen der ihr auferlegten Pflicht, die ihr befahl, umgehend die angegebene Nummer anzurufen, und der Herausforderung, das Rätsel um die Koma-Fälle zu lösen. Die Wahl war nicht einfach. In der Vergangenheit hatte Susan sich stets und erfolgreich an die Regeln gehalten. Sie wußte: Sonst wäre sie jetzt nicht im Memorial. Und ihre gegenwärtige Position war wichtig für sie, nicht zuletzt, weil sie eine Frau war. Alle Frauen im medizinischen Beruf neigten zu Konservativismus, weil sie eine Minorität darstellten und sich ständig wie auf dem Prüfstand fühlten.

Doch dann fiel ihr Nancy Greenly ein, die hilflos auf der Intensivstation lag. Und sie mußte an Berman denken, an die leblose Gestalt im Aufwachsaal. Für sie waren das nicht nur Patienten, sondern Menschen mit Schicksalen, mit ihren eigenen Tragödien. Und sie wußte, was sie zu tun hatte. Die Medizin hatte ihr schon viel zu viele Kompromisse abverlangt. Diesmal würde sie sich so verhalten, wie es ihr richtig erschien.

»Laßt mich in Frieden mit eurem Apparat 482«, sagte Susan halblaut und vertiefte sich in das Werk über anästhetische Komplikationen.

Montag
23. Februar
14 Uhr 45

Bellows klopfte ungeduldig auf das Telefon, Hausapparat 482. Jede Sekunde erwartete er das Klingeln. Und er wollte den Hörer sofort abnehmen, damit das Läuten die anderen nicht störte. Im Hintergrund war die leiernde Stimme des emeritierten Medizinprofessors Dr. Allen Druery zu hören, der im Memorial die Einführungsvorlesungen für Chirurgiepraktikanten hielt. Die vier Studenten verloren sich fast in der Leere des großen Konferenzsaals. Er war einfach zu groß und zu kalt für die wenigen Zuhörer, und der Vortragende nahm sich am Pult vor den vielen leeren Sitzreihen ein wenig lächerlich aus.

Von seinem Platz sah Bellows nur die Rücken seiner Schutzbefohlenen. Goldberg schrieb verbissen mit, als wollte er jedes Wort festhalten. Druerys Vorlesung war ganz interessant, aber bestimmt nicht zum Mitschreiben geeignet. Doch Bellows kannte das Syndrom, hatte es tausendmal beobachtet und bis zu einem gewissen Grad auch an sich selbst erlebt. Sobald das Licht gedämpft wurde und jemand zu sprechen anfing, reagierten viele Studenten ganz automatisch, griffen zum Stift und brachten zu Papier, soviel sie nur konnten, ohne sich über den Inhalt Gedanken zu machen.

Bellows tat es jetzt leid, daß er Susan erlaubt hatte, der Vorlesung fernzubleiben. In einer so kleinen Gruppe fiel es immer auf, wenn eine Person fehlte, und noch dazu das einzige weibliche Wesen. Bellows befürchtete außerdem, daß Stark hereinschneien könnte, um die Gruppe zu begrüßen. Natürlich würde er sich fragen, wo die fünfte Person, die junge Dame, steckte, und was sollte er dann sagen? Daß Susan bei einer Operation assistierte? Aber das würde gleich am ersten Tag unglaubwürdig klingen.

Der Gedanke an Stark hatte ihn schließlich ans Telefon getrieben, um Susan ausrufen zu lassen. Es durfte keinen Präzedenzfall geben. Am besten, dachte er, sagte er einfach, sie würde sehr vermißt und sollte sich umgehend in den zehnten Stock begeben. Jawohl, er würde den Ausdruck »sehr vermißt« gebrauchen, das konnte sie dann auslegen, wie sie wollte.

Bellows hatte sich nämlich entschlossen, mit Susan anzubändeln. Es war ein Wagnis, gewiß, aber es schien das Risiko wert. Susan war intelligent und steckte voller Temperament, und Bellows mochte wetten, daß sie eine phantastische Figur hatte. Die Frage ihrer Anschmiegsamkeit oder dessen, was Bellows darunter verstand, mußte einstweilen offenbleiben. Bellows' Vorstellungen von Weiblichkeit stammten aus einer früheren Generation. Er verlangte von seinen Freundinnen nicht zuletzt, daß sie sich seinem strengen Zeitplan unterordneten. Was Susan betraf, war es möglicherweise ganz günstig, daß ihre beiden Terminpläne in den kommenden Monaten ziemlich übereinstimmten. Und wenn alles andere schiefging: Susan Wheeler war mit Sicherheit ein interessanter Fall fürs Bett.

Nur, leider, meldete sie sich nicht. Ungeduldig wählte Bellows noch einmal die Nummer der Zentrale und bat, den Aufruf für Dr. Wheeler zu wiederholen. Die Minuten verstrichen. Womöglich, dachte Bellows, ging mit Susan doch nicht alles so glatt. Am Ende würde sie gar nicht mit ihm ausgehen wollen. Vielleicht war sie schon in festen Händen. Leise verfluchte er die gesamte Weiblichkeit. Am besten hielt er sich da raus. Aber schließlich wäre es doch gelacht, wenn er die Konkurrenz nicht ausstechen könnte! Ihm stand ein Bild vor Augen: Susans Hinterteil, das sich unter dem weißen Kittel wölbte. Er beschloß, sie ein drittes Mal ausrufen zu lassen.

Gerald Kelley war so irisch, wie ein Ire nur sein konnte, sofern er in Boston lebte statt in Dublin. Das Haar war rötlich blond und krauste sich in dichten Locken über seinem Schädel, obwohl er schon vierundfünfzig Jahre alt war. Sein Gesicht war so rot, daß es wie geschminkt aussah. Doch Kelleys im wahrsten Sinn hervorstechendstes Merkmal war sein enormer Bauch. Drei Flaschen Dunkelbier pro Abend sorgten für Kontinuität.

Seit er fünfzehn war, hatte Gerald Kelley im Memorial gearbeitet. Von Anfang an war er in der Wartungsabteilung beschäftigt gewesen, genauer gesagt, im Boilerraum, und jetzt war er dort der Chef. Aufgrund jahrzehntelanger Erfahrung und dank seiner technischen Begabung kannte er die elektrischen Anlagen, das hospitaleigene Kraftwerk und die Heizungsversorgung in- und auswendig, wußte im Schlaf, wo jeder Schalter, Hebel und jede Röhre lag. Im großen Komplex des Memorial gab es kaum ein mechanisches Detail, über das er nicht Bescheid wußte. Aus diesem Grund war er auch der Boß und verdiente 13700 Dollar im Jahr, und die Krankenhausverwaltung wußte sehr wohl, daß er unersetzlich war.

Gerald Kelley saß an seinem Pult im Keller mitten im Maschinenwald und sah die Arbeitsaufträge für den Tag durch. Er hatte acht Leute unter sich und verteilte die Arbeit je nach Befähigung. Die Maschinenzentrale allerdings war für ihn selbst reserviert. Bei den vor ihm liegenden Aufträgen handelte es sich ausnahmslos um Routinearbeiten. Das galt auch für den Abfluß im Schwesternzimmer im vierzehnten Stock. Der war regelmäßig einmal die Woche verstopft. Kelley sortierte die Arbeitszettel nach ihrer Dringlichkeit und trug ein, wen er mit den jeweiligen Verrichtungen betrauen wollte.

Im Maschinenraum herrschte ein relativ hoher Geräuschpegel, vor allem für jemanden, der sich nicht ständig dort aufhielt. Kelleys Ohren jedoch nahmen jede Nuance wahr, jeder Piepser außer der Reihe fiel ihm auf. Deshalb drehte er sofort den Kopf, als aus der Richtung des Hauptschaltpults ein Ton zu hören war, als schlüge Metall auf Metall. Die wenigsten hätten es in der Kakophonie überhaupt registriert. Als der Klang sich nicht wiederholte und Kelley auch nichts Außergewöhnliches sah, widmete er sich wieder seiner Arbeit. Den damit verbundenen Papierkrieg liebte er am wenigsten. Den

Abfluß im Vierzehnten hätte er lieber selbst repariert, anstatt ein Arbeitsformular auszufüllen. Aber er wußte: Organisation mußte sein, wenn alles funktionieren sollte. Und er konnte sich nicht um jede Kleinigkeit selbst kümmern.

Plötzlich erklang der Ton wieder, diesmal sogar lauter. Kelley drehte sich abermals um und sah forschend in die Gegend am Schaltpult und hinter den Hauptboilern. Es fiel ihm nichts auf, doch als er sich wieder seinen Papieren zuwandte, schweiften seine Gedanken ab. Was konnte dieses eigenartige Geräusch nur verursacht haben? Einen so kurzen, harten metallischen Laut gab es hier unten normalerweise nicht. Schließlich siegte die Neugier. Kelley stand auf und umrundete den Hauptboiler, um an das Schaltpult zu kommen, das neben dem Hauptschacht lag; der beherbergte alle Röhren, die in das Gebäude hinaufführten. Kelley hatte den Weg rechts um den Boiler herum gewählt, weil er auf diese Weise gleich die Manometer kontrollieren konnte. Das war zwar nicht mehr nötig, da die Anlage seit kurzem vollautomatisiert war, aber Kelley lag der Kontrollgang noch aus jenen Tagen im Blut, als die Anlage fast ununterbrochen überwacht werden mußte. Er hatte deshalb den Blick auf den Skalen, während er gleichzeitig Vergleiche zwischen dieser Wunderanlage und den Maschinen seiner frühen Tage anstellte. Als er zum elektrischen Schaltpult hinübersah, blieb er wie angewurzelt stehen und hob den rechten Arm in einer Geste der Selbstverteidigung.

»Verdammt, Sie haben mir aber 'nen Schreck eingejagt«, stieß er hervor und ließ den Arm sinken.

»Sie mir auch«, antwortete ein schlanker Mann in einer Khaki-Uniform. Das Hemd stand oben offen, darunter trug der Mann ein weißes T-Shirt, das Kelley an seine Zeit in der Kriegsmarine erinnerte. Die linke Brusttasche des Fremden war mit Schraubenziehern, Kugelschreibern und einem Lineal zum Platzen gefüllt und mit dem Hinweis »Sauerstoff AG« bestickt.

»Hatte keine Ahnung, daß hier jemand ist«, grunzte Kelley.

»Ich auch nicht«, sagte der Mann in Khaki.

Die beiden musterten einander einen Augenblick. Der Khaki-Mann trug einen kleinen grünen Zylinder für komprimiertes Gas mit einem Manometer am Stutzen. »Sauerstoff« stand in großen Buchstaben auf der Metallflasche.

»Ich heiße Darell«, sagte der Mann. »John Darell. Tut mir leid, daß ich Sie erschreckt habe. Hab' die Sauerstoffleitungen zum zentralen Vorratstank überprüft. Scheint alles in Ordnung zu sein, bin gerade fertig und auf dem Weg nach draußen. Können Sie mir sagen, wo's langgeht?«

»Klar. Durch die Tür da, die Treppe rauf in die Haupthalle. Dann können Sie sich's aussuchen. Rechts ist die Nashua Street, links die Causeway Street.«

»Tausend Dank auch.« Darell ging zur Tür. Kelley sah ihm nach. Dann blickte er ungläubig in die Runde. Er konnte sich einfach nicht vorstellen, wie Darell unbeobachtet in den Raum gekommen war. Hörte und sah er wirklich nichts, wenn er mit dem verdammten Papierkram beschäftigt war?

Nachdenklich ging er zu seinem Pult zurück. Ein paar Minuten arbeitete er, dann fiel ihm etwas ein. Im ganzen Boilerraum gab es keine Sauerstoffleitungen. Kelley nahm sich vor, Peter Barker, den Stellvertreter des Hausverwalters, zu fragen, was es mit den Kontrollen der Sauerstoffröhren auf sich hatte. Leider aber besaß Kelley außer für seine technischen Hobbys gar kein Gedächtnis.

Montag
23. Februar
15 Uhr 36

Die dichte Wolkendecke hatte es in Boston an diesem Tag kaum richtig hell werden lassen, und gegen halb vier setzte die Abenddämmerung endgültig ein. Man mußte schon seine Phantasie sehr anstrengen, um sich vorzustellen, daß irgendwo da oben jenes Gestirn am Himmel stand, dessen Strahlen im Sommer den Asphalt auf der Boylston Street zum Kochen brachten. Das Thermometer war beträchtlich unter Null gesunken. Wieder trieb der Wind die kleinen kristallenen Flocken durch die Straßen der Stadt. An den Krankenhausgebäuden brannte seit einer guten halben Stunde das Außenlicht.

Wer im Lampenschein der Bibliothek saß, mußte meinen, draußen herrsche schon finsterste Nacht. Das hohe Fenster hielt der zunehmenden Kälte nicht stand, und die Zugluft bahnte sich unter Tischen und Stühlen ihren Weg durch den Raum. Erst als sie kalte Füße bekam, ließ Susans bis dahin phänomenale Konzentration etwas nach.

Ihr war es ergangen wie so oft, wenn sie sich in ein wissenschaftliches Thema vergrub. Je mehr sie über den Begriff Koma las, desto deutlicher spürte sie ihre Unwissenheit. Zunächst einmal war sie überrascht, wie viele medizinische Spezialgebiete dabei berührt wurden. Ihre Frustration erreichte den Höhepunkt, als sie feststellte, daß der Begriff »Bewußtsein« überhaupt nicht zu definieren war, es sei denn, man sagte, wenn jemand bei Bewußtsein war, dann war er eben nicht bewußtlos. Die Definition des einen bedeutete das Gegenteil des anderen. Dies erschien Susan höchst unlogisch, bis ihr klar wurde, daß die medizinische Wissenschaft einfach noch nicht so weit fortgeschritten war, um Bewußtsein im physischen Sinn präzis definieren zu können. Sich bei vollem Bewußtsein zu befinden oder aber in vollständiger Bewußtlosigkeit (im Koma) zu sein, das erschien ihr wie die beiden Endpunkte einer Zustandskurve, auf der es Zwischenstationen gab, zum Beispiel Verwirrungszustände oder Stupor. Und ihr ging auf, daß die ungenauen Definitionen mehr ein Eingeständnis der Unwissenheit als Schlamperei waren.

Dennoch fand Susan genug Einzelheiten und Charakteristika über den Zustand des Koma. Unter der selbstgewählten Überschrift »Akutes Koma« füllte sie Seite um Seite in ihrem Notizheft.

Ihr besonderes Interesse galt der Entstehung und den Ursachen. Da wissenschaftlich nicht entschieden schien, welche spezifische Gehirnfunktion aussetzte, mußte sie sich auf die Ursachen konzentrieren. Für ihr Thema war lediglich die schlagartig einsetzende Bewußtlosigkeit von Bedeutung, und damit reduzierte sich die Auswahl. Trotzdem blieb mehr als genug übrig. Susan überflog noch einmal ihre Liste möglicher Ursachen:

Trauma: Gehirnerschütterung, Gehirnquetschung, Schlaganfall.

Sauerstoffmangel: 1. mechanische Entstehung – Strangulierung, blockierte Luftröhre, mangelnde Zufuhr, 2. Lungenanomalie – z. B. Bläschenbildung, 3. Gefäßblockierung – gestoppte Blutzufuhr zum Hirn, 4. zellulare Blockade der Sauerstoffverarbeitung.

Ferner: Kohlensäure erhöht (Kohlendioxyd), Hyper-/Hypoglykämie – Blutzucker zu hoch oder zu niedrig, Azidose – übermäßiger Säuregehalt im Blut, Urämie – Nierenversagen, infolgedessen zuviel Urinsäure im Blut, Hyper–/Hyponaträmie, Leberversagen – vermehrte Giftstoffe, die normalerweise von der Leber entgiftet werden, Chemikalien und Drogen ...

Für die letzte Kategorie stellte Susan eine spezielle Liste zusammen und ließ hinter jeder Eintragung Platz für mögliche Schlußfolgerungen. Die Liste wurde länger und länger: Alkohol, Amphetamine, Antihistamine, Arsenik, Barbiturate, Bisulfide, Bromide, Cannabis, Chloralhydrat, quecksilberhaltige Diuretika, Insulin, Jod, Kohlenmonoxyd, Kohlentetrachlorid, Kohlenwasserstoffarten, Krampfmittel, Methylbromid, Methylchlorid, Naphtalin, Narkotika, Opiumderivat, Phenol, Salizylat, Sulfide, Sulfonamid, Vitamin D, hypnotische Wirkstoffe ...

Susan wußte, daß ihre Aufstellung alles andere als komplett war, aber wenigstens hatte sie nun einen Rahmen für die nötigen Nachforschungen und für die Zuordnung von Symptomen, der sich jederzeit erweitern ließ.

Als nächstes nahm sie sich die ihr informativ erscheinende Allgemeinliteratur vor, schlug den dicken Band »Grundsätze der inneren Medizin« auf und las alles, was sich mit Koma beschäftigte. Ein zweiter, ähnlicher Wälzer bestätigte ihre Erkenntnisse. Sie verfügte jetzt über einen einigermaßen gründlichen Überblick, allerdings tappte sie in bezug auf die Nutzanwendung noch ganz im dunkeln. Getreulich notierte sie auch die zahlreichen Literaturhinweise und stellte fest, daß sie wahre Berge von Papier würde konsumieren müssen.

Erst einmal stand sie auf, reckte sich und gähnte. Ihre kalten Füße versuchte sie durch ausgiebiges Zehenwackeln wiederzubeleben. Da sie nun schon einmal stand, wagte sie sich an das umfangreiche Register für medizinische Fachzeitschriften heran, das alle Artikel einzeln aufführte.

Sie fing mit den neuesten Bänden an. Jeden Beitrag über akutes Koma notierte sie, ebenso alle Artikel, die unter folgende Rubriken fielen: anästhetische Komplikationen, verzögerte Wiedererlangung des Bewußtseins. Als sie beim Jahresband 1972 angekommen war, hatte Susan eine Liste von 37 Zeitschriftenbeiträgen beisammen, die ihr lesenswert erschienen.

Vor allem ein Titel weckte ihr Interesse: »Akute Koma-Fälle im Boston City Hospital«. Er stand im *Journal of the American Association of Emergency Room Physicians,* Band 21, August 1974, S. 401–403. Sie suchte den entsprechenden Zeitschriftenband heraus und war gleich darauf in den Beitrag vertieft. Beim Lesen machte sie sich eifrig Notizen.

Erst als Bellows sie ansprach, wurde sie seiner gewahr. Er war in die Bibliothek gekommen, hatte sie entdeckt und sich ihr direkt gegenübergesetzt. Sie hatte nicht einmal aufgeblickt. Bellows hatte es mit anhaltendem Räuspern versucht, aber ohne Erfolg. Susan schien wie in Trance.

»Habe ich die Ehre mit Dr. Susan Wheeler?« Als Bellows sich über den Tisch beugte, fiel sein Schatten auf Susans Lektüre.

Endlich reagierte sie. »Aha, und Sie scheinen Dr. Bellows zu sein.« Susan lächelte.

»Gott sei Dank. Dachte schon, Sie säßen im Koma.« Bellows nickte langsam, als bestätigte er eine Diagnose.

Erneut breitete sich Schweigen aus. Bellows hatte sich eine

Art Standpauke zurechtgelegt, die vor allem dazu dienen sollte, Susan klarzumachen, daß sie nicht beliebig Vorlesungen schwänzen konnte. Aber als er ihr jetzt gegenübersaß, kam er sich vor wie ein Segelboot in plötzlicher Flaute. Und Susan schwieg, weil sie abwarten wollte, was er auf dem Herzen hatte. Die Stille wurde langsam peinlich.

Schließlich erbarmte sich Susan.

»Mark, ich bin hier auf interessante Dinge gestoßen. Sehen Sie sich mal diese Aufstellung an.«

Sie stand auf, beugte sich über den Tisch und hielt den Band so, daß Bellows Einblick nehmen konnte. Bellows bekam unerwarteterweise eine ganz andere Art von Einblick. Er ertappte sich, wie er statt auf die wissenschaftliche Expertise in Susans Ausschnitt starrte. Der dünne, fast durchsichtige Büstenhalter verstärkte noch den atemberaubenden Eindruck. Susans Haut war glatt und würde sich, darauf mochte Bellows wetten, wie Samt anfühlen. Nachdem er eine Zeitlang vergebens versucht hatte, sich von Susans handfesten Beweisstücken ab- und ihren medizinischen Funden zuzuwenden, sah er in peinlicher Verlegenheit auf und blickte um sich. Ihm war, als hätte jeder in der Bibliothek seine optische Abschweifung bemerkt.

Susan allerdings hatte keine Ahnung, was in ihrem Gegenüber vorging.

»Sehen Sie mal, diese Aufstellung hier. Sie registriert verschiedene Arten von tödlichem Koma, alle Fälle, die in der Notstation vom Boston City Hospital aufgetreten sind.« Mit dem Finger fuhr Susan die Zeilen entlang. »Am erstaunlichsten finde ich, daß nur die Hälfte aller Fälle diagnostiziert wurde. Kommt Ihnen das nicht auch eigenartig vor? Das heißt doch: In fünfzig Prozent der Fälle blieb die Ursache unbekannt. Die Leute kommen einfach in die Notstation und sterben. Fertig, aus.«

»Ja, wirklich ganz erstaunlich.« Bellows fuhr sich mit der Hand an die Stirn.

»Und hier, Mark, sehen Sie, das sind die diagnostizierten Fälle: sechzig Prozent Alkoholeinwirkung, dreizehn Prozent

Trauma, zehn Prozent Schlaganfälle, drei Prozent Drogen oder Gift; der Rest verteilt sich auf Epilepsie, Diabetes, Gehirnhautentzündung, Pneumonie. Offensichtlich also ...« Susan setzte sich wieder und befreite Bellows von seinem spezifischen Streß.

Er sah sich noch einmal um, weil er sichergehen wollte, daß niemand das Zwischenspiel bemerkt hatte.

»... können wir Alkohol und Trauma ausschließen, sofern es sich um Koma-Fälle im OP handelt. Bleiben also ... Schlaganfall, Drogen, Gifte ... Die anderen Ursachen spielen wohl kaum eine Rolle.«

»Moment mal, Susan.« Bellows hatte sich gefangen. Jetzt setzte er energisch die Ellenbogen auf den Tisch und sah Susan an. »Das ist ja alles ganz interessant, wenn auch etwas weit hergeholt, wie mir scheint.«

»Weit hergeholt?«

»Allerdings. Man kann doch nicht Statistiken aus der Notstation einfach so auf Vorkommnisse im OP übertragen. Aber wie dem auch sei, ich bin nicht hergekommen, um mit Ihnen darüber zu diskutieren, sondern aus dem einfachen Grund, weil Sie Ihre Aufrufe nicht beantworten. Ich weiß, daß es so ist, denn ich selbst habe Sie ausrufen lassen. Jetzt passen Sie mal auf: Ich werd' Ärger bekommen, wenn Sie nicht zu den Vorlesungen und Besprechungen aufkreuzen. Sie handeln sich damit Probleme ein, und solange Sie zu meiner Crew gehören, sind Ihre Probleme auch meine Probleme. Ich kann nicht dauernd Ausreden für Sie erfinden, wie zum Beispiel, daß Sie gerade Blut abzapfen oder im OP assistieren. Stark wird sofort seine Nase da reinstecken. Der ist ein Phänomen. Weiß alles, was sich hier tut. Außerdem werden Sie bei Ihren eigenen Kommilitonen bald nur noch als Phantom gelten. Mit anderen Worten, meine verehrte Susan, ich fürchte, Sie müssen Ihren wissenschaftlichen Forschungsdrang von jetzt an auf Ihre Freizeit beschränken.«

»Sind Sie fertig?« erkundigte sich Susan.

»Allerdings.«

»Na schön, dann beantworten Sie mir doch bitte eine Frage. Sind Berman oder Nancy Greenly aufgewacht?«

»Nein, natürlich nicht...«

»Dann erscheint mir, ehrlich gesagt, mein sogenannter Forschungsdrang im Moment wichtiger als ein paar Besprechungen oder Vorträge, bei denen man doch nur einschläft, statt etwas zu lernen.«

»Gütige Großmutter! Susan, nehmen Sie doch Vernunft an. Oder wollen Sie in Ihrer ersten Woche auf der Chirurgischen die Welt retten? In Wirklichkeit muß ich für Sie den Buckel hinhalten, und zwar schon jetzt.«

»Das find' ich auch riesig nett von Ihnen, Mark, ganz ehrlich. Aber hören Sie mir doch mal zu. In den paar Stunden hier in der Bibliothek hab' ich schon interessante Details ausgegraben. Und außerdem ziemlich brisante, finde ich. Auf das letzte Jahr umgerechnet, treten Komplikationen durch verlängertes Koma nach der Narkose hier im Memorial hundertmal so häufig auf wie sonst durchschnittlich im ganzen Land. Stellen Sie sich das doch mal vor, Mark! Ich glaub', ich bin da wirklich einer Sache auf der Spur. Als ich anfing, war das mehr so 'ne Art emotionales Ventil, und ich dachte, ein oder zwei Tage hier zwischen den Wälzern würden mir helfen. Aber jetzt das! Hundertmal soviel! Großer Gott, Mark, vielleicht bin ich auf was ganz Brisantes gestoßen, irgendeine neue Krankheit oder eine tödliche Kombination von Drogen, die einzeln ganz harmlos sind. Oder, was würden Sie sagen, wenn es sich um eine Gehirnentzündung durch Viren handelte oder um die Nachwirkung einer früheren Infektion. Könnte doch sein, daß die das Gehirn anfällig macht gegen bestimmte Drogen oder leichte Formen von Sauerstoffmangel.«

Das Ergebnis, dachte Susan, könnte sehr gut als das Wheeler-Syndrom in die Medizin eingehen, und sie brauchte sich um ihre berufliche Zukunft nicht mehr zu sorgen. Ihr war klar, daß der Entdecker einer Krankheit in der Regel viel berühmter wurde als derjenige, der die Heilung ermöglichte. »Am Ende können Sie später noch stolz darauf sein, mit mir zusammengearbeitet zu haben.« Susan versuchte, die eigene Euphorie durch einen Scherz zu relativieren.

»Großer Gott!« Bellows vergrub den Kopf in den Händen. »Was für eine Phantasie! Na schön – Narrenfreiheit für Naivlinge. Aber Susan, im Ernst, Sie sind hier nicht im medizinischen Himmel, sondern haben sehr weltliche Aufgaben und Verantwortungen. Schließlich sind Sie nichts als eine Studentin, ganz unten auf der Leiter. Und wenn Sie sich nicht in Bewegung setzen und sich um die Station kümmern, glauben Sie mir, dann fallen Sie auch da noch runter! Also gut, ich geb' Ihnen noch einen Tag für Ihr Projekt, unter der Bedingung, daß Sie morgen früh bei der Visite anwesend sind. Danach müssen Sie sich auf den Feierabend beschränken. Wenn ich Sie inzwischen brauche, werd' ich Sie ausrufen lassen, und Sie melden sich gefälligst, kapiert?«

»Kapiert.« Susan sah ihm in die Augen. »Aber eine Hand wäscht die andere.«

»Was?«

»Suchen Sie diese Artikel hier für mich raus und lassen Sie sie fotokopieren. Ich geb' Ihnen das Geld später zurück.« Susan schob ihm die Liste über den Tisch, sprang auf und war verschwunden, bevor Bellows protestieren konnte. Er sah auf den Zettel und zählte: 37 medizinisch-wissenschaftliche Artikel. Doch da er die Bibliothek in- und auswendig kannte, fand er die fraglichen Bände schnell und markierte die Artikel mit Lesezeichen. Dann schleppte er die erste Ladung zum Pult und bat die Bibliothekarin um die benötigten Fotokopien. Die Kosten würde er übernehmen.

Bellows wußte: Er war wieder manipuliert worden, aber da es nur zehn Minuten gedauert hatte, machte es ihm nicht viel aus. Und die würde er sich zurückholen, mit Zins und Zinseszins.

Und außerdem hatte er recht gehabt. Susans Figur war wirklich phantastisch.

Montag
23. Februar
17 Uhr 5

Als sie Bellows erzählt hatte, daß die Anzahl der postanästhetischen Koma-Fälle im Memorial hundertfach über dem Landesdurchschnitt lag, war Susan sich bewußt gewesen: Diese Kalkulation basierte allein auf der Zahl sechs, die Harris in seinem Wutausbruch genannt hatte. Sie mußte die Zahl überprüfen. Lag sie in Wirklichkeit höher, gab es einen noch zwingenderen Grund, sich diesem Thema zu widmen, und wer wollte sie dann bremsen? Vor allem brauchte Susan die Namen der Patienten, um sich die entsprechenden Unterlagen besorgen zu können. Denn in ihren Recherchen war nun der Punkt erreicht, wo sie auf Fakten angewiesen war.

Zu diesem Zweck, das war ihr klar, mußte sie sich Zugang zum Zentralcomputer verschaffen. Harris würde die Namen der Patienten bestimmt nicht freiwillig preisgeben. Und Bellows schien nicht genügend motiviert, um ihr zu helfen. Der beste Weg war, selbst auf Informationsjagd zu gehen. Und sie dankte den Göttern wieder einmal, daß sie seinerzeit im College den Einführungskurs für Computer-Programmierung belegt hatte. Was sie dort gelernt hatte, kam ihr in ihrer Studienzeit nicht zum erstenmal zustatten.

Die Computerzentrale des Krankenhauses nahm im Hardy-Trakt das gesamte Obergeschoß ein. Der symbolische Aspekt, daß der Genosse Computer hoch über allen anderen thronte, gab im Memorial Anlaß zu mancherlei Anspielungen, und die gängige Formel »mit etwas Hilfe von oben« hatte hier ihren besonderen Sinn.

Als sie im 18. Stock ankam und aus dem Fahrstuhl ins Foyer trat, wußte Susan, daß nur kühne Improvisation ihr weiterhelfen konnte. Durch die Glastrennwände blickte sie in den Vorraum der Datenzentrale. Dort sah es aus wie in einer Bank. Nur bestand die Währung hier nicht aus Geld, sondern aus Informationseinheiten.

Susan wagte sich in den Vorraum und marschierte direkt auf eine Art Tresen zu, der sich an der ganzen rechten Wand entlangzog. Im Raum befanden sich acht Leute. Die meisten saßen auf bequem aussehenden, mit blauem Cord bezogenen Stühlen; ein paar standen, über Computerformulare gebeugt, am Tresen. Als Susan erschien, blickten alle kurz auf, um sich sofort wieder ihren dringenden Arbeiten zuzuwenden. Susan, darauf bedacht, ihre Unerfahrenheit nicht deutlich werden zu lassen, nahm sich ohne Zögern eines der Formulare vor. Während sie vorgab, sich ganz auf das Blatt zu konzentrieren, machte sie sich in Wirklichkeit intensiv mit ihrer Umgebung vertraut.

Im Hintergrund, etwa vier Meter von Susan entfernt, stand ein großer Arbeitstisch aus Kunststoff, darüber hing ein Schild: Auskunft. Susan mußte lächeln: Die Aufschrift paßte hundertprozentig zu ihrem Vorhaben. Hinter dem Tisch saß ein Mann, bewegungslos, mit selbstzufriedener, göttergleicher Miene. Er war um die Sechzig, etwas dicklich, aber tadellos gekleidet. Hinter ihm ragte eine weitere Trennwand auf, und durch das Glas schimmerten die metallenen Garnierungen der elektronischen Apparatur. Während Susan scheinbar mit ihrem Formular beschäftigt war, nahm der Mann am Tisch mehrere ausgefüllte Fragebogen entgegen. Er überprüfte jedesmal die Angaben und übertrug das Auskunftsersuchen in die Computersprache. Für diese Eintragungen benutzte er den unteren Teil des Fragebogens. Außerdem überprüfte er die Berechtigung jeder Anfrage. Sofern er die jeweiligen Kunden nicht persönlich kannte, fragte er telefonisch in der betreffenden Abteilung nach. Dann erst legte er den Fragebogen – oder mehrere aneinandergeheftet – in den Eingangskorb an der Schreibtischecke. Der Fragesteller wurde darüber informiert, wann er die gesuchte Auskunft erwarten könnte. Das hing im allgemeinen vom Dringlichkeitsvermerk auf dem Formular ab.

Nachdem sich Susan mit der Prozedur vertraut gemacht hatte, widmete sie sich voll und ganz ihrem Fragebogen. Auf den ersten Blick gab es da kaum Schwierigkeiten. In das dafür reservierte Karo trug sie das Datum ein. Das Kästchen, in dem die Auskunft suchende Stelle oder Abteilung spezifiziert werden sollte, ließ sie einstweilen frei und überging zunächst auch, wer die Genehmigung zur Datenanfrage erteilt hatte und zu wessen Lasten die Kosten verbucht werden sollten. Sie konzentrierte sich nur auf die Information, die sie benötigte. Aus mehreren Gründen war Susan nicht ganz sicher, wie sie ihre Anfrage formulieren sollte. Einmal hielt sie es für möglich, daß die Krankenhausverwaltung bei Koma-Fällen in Verbindung mit Anästhesie nicht so ohne weiteres Auskünfte erteilte. Vielleicht war der Computer für diese spezielle Anfrage sogar blockiert oder so programmiert, daß er sich bei einem derart heiklen Thema durch ein Signal bemerkbar machte. Außerdem, dachte Susan, konnte es durchaus sein, daß eine Krankheit oder ein bestimmter Krankheitsverlauf mehrfach spezifiziert war. Koma im Anschluß an Narkoseverabreichung war am Ende nur eines von einer Reihe von Symptomen. Susan aber brauchte möglichst viele Informationen, um dann selbst herausfinden zu können, was für ihre Nachforschungen von Bedeutung war.

Fragte sie den Computer aber nach allen Koma-Fällen aus dem vergangenen Jahr, war die Antwortliste möglicherweise viel zu umfangreich. Da Koma eben nur ein Symptom, nicht aber eine Krankheit an sich charakterisierte, würde man ihr womöglich alle Fälle von Herzattacken, Schlaganfällen, sogar von Krebs im letzten Stadium nachweisen. Susan beschloß, ihre Anfrage auf Koma-Fälle einzugrenzen, in denen die Patienten an keinerlei chronischen oder sonstigen Krankheiten gelitten hatten, die ihre Konstitution schwächen konnten. Aber sofort ging ihr auf, daß sie hier von einer keineswegs bestätigten Annahme ausging. Wenn sie auf der Spur einer neuen Form von Erkrankung war, gab es nicht den geringsten Grund, warum davon nicht auch Leute mit anderen Krankheiten befallen werden konnten. Ganz im Gegenteil: Sofern diese geheimnisvolle Krankheit infektiös war, konnte sie durch verminderte Widerstandskräfte des Patienten nur begünstigt werden.

Also bezog Susan ihre Anfrage schließlich auf all jene Fälle von Koma, die in keiner Relation zu den bis dahin bekannten Krankheiten oder Krankheitsverläufen der betreffenden Patienten standen. Das Ergebnis dieser Anfrage setzte sie in einem zweiten Computerauftrag mit Operationsfällen in Verbindung: Welche dieser Koma-Fälle hatten sich in unmittelbarem Zusammenhang mit einem chirurgischen Eingriff im Memorial ereignet? Die Übersetzung dieser Anfragen in die Computersprache machte Susan doch einige Mühe, aber aus gutem Grund konnte sie sich hierbei nicht auf fremde Hilfe verlassen. Sie trug den Code in den dafür reservierten Platz auf dem Fragebogen ein: unter einer roten Doppellinie mit dem Vermerk »Nicht ausfüllen«.

Dann wartete sie, bis der Mann am Tisch den nächsten Auftrag erhielt. Zum Glück dauerte es nicht lange. Etwa vier Minuten später kam der Aufzug. Durch die Glaswand sah sie, wie ein Mann sich ungeduldig den Weg nach draußen bahnte, noch bevor die Tür ganz aufgegangen war, ein schmächtiger Vierziger mit schütterem blonden Haar, der nervös mit einem Bündel Computerformulare wedelte.

»George«, sagte er, als er am Tisch angekommen war, »Sie müssen mir helfen.«

»Aha, wenn das nicht mein alter Freund Henry Schwartz ist«, meinte der Dicke. »Na ja, für die Buchhaltung sind wir immer da. Schließlich füllt ihr unsere Gehaltsanweisungen aus. Was darf's denn sein?«

Susan trug auf ihrem Fragebogen »Henry Schwartz« als Fragesteller ein. In das Kästchen für die verantwortliche Abteilung schrieb sie »Buchhaltung«.

»Da sind 'ne ganze Menge Anfragen, aber vorrangig brauche ich eine Liste von allen Rot-Kreuz-Blutspendern, die hier letztes Jahr operiert wurden.« Henry schleuderte seine Worte wie ein Maschinengewehr heraus. »Fragen Sie mich nicht, wozu, Sie würden umfallen vor Lachen, das können Sie mir glauben. Aber trotzdem brauch' ich's, und zwar möglichst gestern. Die Tagschicht hätte das schon besorgen müssen.«

»Wir können's in etwa einer Stunde schaffen. Sagen wir, bis sieben.« George heftete die Fragebogen mit dem Klammerapparat zusammen und legte sie in den Eingangskorb.

»George, Sie retten mir wieder mal das Leben!« Schwartz fuhr sich mit der Hand durch das stark gelichtete blonde Haar. Schon auf dem Weg zurück zum Fahrstuhl rief er: »Punkt sieben bin ich wieder hier.«

Susan sah, wie Schwartz den Abwärts-Knopf am Lift malträtierte und dann nervös vor der Tür auf und ab lief. Offensichtlich hielt er empörte Selbstgespräche. Als ihn der Fahrstuhl endlich geschluckt hatte, blickte Susan gespannt auf die Anzeigetafel. Der Lift hielt erst im sechsten Stock, danach im dritten und schließlich im ersten. Sie würde nachsehen müssen, in welcher Etage die Buchhaltung lag.

Als nächstes nahm sie ein leeres Formular, legte es sorgfältig über ihr ausgefülltes und ging die paar Schritte zum Tisch.

»Ach, entschuldigen Sie bitte ...« Susan zauberte ein Lächeln auf ihr Gesicht, von dem sie nur hoffen konnte, daß es seine Wirkung nicht verfehlte. George sah auf; seine Augen blickten über den schwarzen Rand der dicken Brille, die auf halber Nasenhöhe hing. »Ich bin Medizinstudentin«, fuhr Susan fort und legte soviel Süße in die Stimme wie möglich, »und interessiere mich sehr für den Computer hier im Krankenhaus.« Sie hielt die Fragebogen hoch.

»Ach, Studentin, was?« George lehnte sich jovial lächelnd zurück.

»Ja.« Susan nickte. »Ich bin der Ansicht, daß der Computer in der Medizin eine immense Rolle spielt. Da sind die Möglichkeiten bestimmt noch längst nicht ausgeschöpft. Und, wissen Sie, weil die Datenverarbeitung nicht zu unserem Ausbildungsprogramm gehört, dachte ich, vielleicht könnte ich mal hier raufkommen und mir das auf eigene Faust anschauen.«

George sah Susan an, blickte dann über die Schulter durch die Glaswand auf die schimmernde Maschinerie. Voller Stolz wandte er sich wieder Susan zu.

»Ja, das ist wirklich eine enorme Einrichtung, Miss ...«

»Susan Wheeler.«

»Ja, eine großartige Geschichte, Miss Wheeler.« George lehnte sich vor und dämpfte die Stimme, als enthülle er das Geheimnis aller Geheimnisse. »Wissen Sie, Miss Wheeler, ohne den Apparat da wäre das ganze Krankenhaus aufgeschmissen.«

»Das glaub' ich Ihnen gern. Und weil ich mal sehen wollte, wie er arbeitet, hab' ich hier den Fragebogen studiert.« Susan hielt ihm die Blätter so hin, daß er nur den leeren Bogen sehen konnte, aber George hatte sich schon wieder zu seinem elektronischen Liebling umgedreht.

»Ich würde gern erfahren, wie man ihn ausfüllt«, sagte Susan. Sie griff in den Eingangskorb und nahm den zusammengeklammerten obersten Stapel heraus. »Mich interessiert nämlich, wie die Anfragen in den Computer gefüttert werden. Darf ich mir mal einen hiervon ansehen?« Sie legte die von Schwartz eingereichten Formulare über ihre eigenen.

»Klar.« George hatte sich wieder zu ihr umgedreht. Er stand auf und lehnte sich zu Susan herüber, die linke Hand auf den Tisch gestützt. Mit der anderen deutete er auf die Eintragungen in Klarschrift. »Hier schreiben die Fragesteller auf, was sie wissen wollen.« Georges Zeigefinger bewegte sich unter die rote Doppellinie. »Und da steht das dann in die Sprache übersetzt, die der Computer kapiert.«

Susan zog ihren leeren Fragebogen unter dem Stapel hervor und tat, als vergliche sie ihn mit den von Schwartz eingereichten. Ihren eigenen ausgefüllten ließ sie unter Schwartz' Formularen.

»Wenn jemand nun mehrere unterschiedliche Anfragen hat, muß er dann verschiedene Fragebogen ausfüllen?«

»Genau. Und wenn ...«

Susan blätterte in dem Stapel und riß dabei, wie aus Versehen, das oberste Blatt von der Klammer ab.

»Oh, das tut mir aber leid«, sagte sie kleinlaut und legte die Blätter wieder zusammen. »Sehen Sie mal, was ich angerichtet habe. Ich hefte sie Ihnen wieder zusammen.«

»Ach, macht doch nichts.« George langte nach der Heftmaschine. »Ein Klämmerchen bringt das wieder in Ordnung.« Susan hielt ihm die Blätter hin, ihr eigenes zuunterst, und er klammerte alles zusammen.

»Ich leg' sie schnell zurück, ehe ich noch alles durcheinanderbringe«, sagte sie und beförderte den Stapel zurück in den Eingangskorb.

»Ist ja nichts passiert«, meinte George beruhigend.

»Und wenn nun die Anfragen eingereicht sind, was geschieht dann?« Susan sah demonstrativ in den Computerraum, um Georges Aufmerksamkeit von dem Eingangskorb abzulenken.

»Na ja, ganz einfach, dann bring' ich sie rein zum Programmierer, und der macht die Lochkarten fertig. Und dann...«

Susan hörte nicht mehr hin. Sie überlegte, wie sie ihren Aufenthalt im Computerzentrum unauffällig beenden konnte. Fünf Minuten später war sie unten. Im Krankenhaus-Handbuch schlug sie nach, wo Henry Schwartz aus der Buchhaltung seinen Arbeitsplatz hatte.

Ihr blieben noch anderthalb Stunden. Sie verließ das Memorial und machte sich auf den Weg in ihre Unterkunft. Was sie als nächstes brauchte, war ein handfestes Abendessen.

Montag
23. Februar
18 Uhr 55

Kurz vor sieben Uhr stieg Susan an der North Station aus der Schnellbahn der Massachusetts Bay Transit Authority. Beim Überqueren der Fußgängerbrücke traf sie der auf dem Treibeis des Hafenbeckens tiefgekühlte Wind mit voller Wucht. Sie stemmte sich dagegen, hielt mit der linken Hand die Schafspelzmütze fest und mit der rechten die Aufschläge ihrer Pelzjacke zusammen. Das Kinn vergrub sie so tief wie möglich im Kragen.

Als sie um die Ecke bog, nahm der Wind an Stärke noch zu.

Eine leere Bierdose kam ihr entgegengepoltert. Die vereisten Fenster der in einer endlosen Schlange vorbeiziehenden Autos spiegelten die Welt mit silbrigem Schein wie die stumpfen Pupillen blinder Menschen.

Susan setzte sich in Trab und schwankte dabei wie ein alter Seebär, da sie beide Arme an den Körper gepreßt hielt. Endlich sah sie das riesige Hauptportal des Krankenhauses vor sich. Erleichtert stieß sie die Tür auf.

Sie stopfte die Kappe in den rechten Ärmel und hängte die Jacke in die Garderobe hinter dem Informationsstand. Dann schlug sie im hausinternen Telefonverzeichnis nach und rief im Computerzentrum an.

»Hallo? Hier ist die Buchhaltung.« Susan, noch außer Atem, war bemüht, ihrer Stimme einen möglichst normalen Klang zu geben. »Hat Mr. Schwartz seine Unterlagen schon abgeholt?«

Ja, erfuhr sie, er wäre gerade vor fünf Minuten oben gewesen. Susan hatte den Zeitpunkt offenbar richtig abgepaßt. Sie ging zum Lift für den Hardy-Trakt und fuhr in den dritten Stock hinauf.

Die Abendschicht in der Buchhaltung bestand aus nur drei Personen, die sich am äußersten Ende des großen Raumes aufhielten. Die beiden Männer und eine Frau sahen auf, als Susan eintrat.

»Entschuldigen Sie, bitte«, sagte Susan und ging auf die Gruppe zu. »Können Sie mir sagen, wo ich Mr. Schwartz finde?«

»Schwartz? Klar. Im Büro da in der Ecke.« Einer der Männer zeigte auf die andere Seite des Saals.

Susan bedankte sich und bog in die angegebene Richtung ein.

Henry Schwartz war in die Computerergebnisse vertieft. Das kleine Büro war auffallend ordentlich. Auf dem Regal standen die Bücher nach Größen geordnet, wie die Orgelpfeifen, genau zwei Zentimeter von der Kante entfernt, nicht mehr und nicht weniger.

»Mr. Schwartz?« Susan ging lächelnd auf ihn zu.

»Ja?« Schwartz sah auf, nahm aber den Finger nicht von der Stelle im Computerbogen, die er zuletzt studiert hatte.

»Sieht so aus, als wäre mein Datenbogen zwischen Ihre gelangt«, sagte Susan. »Jedenfalls waren sie oben der Meinung. Wollte Sie fragen, ob Sie Material entdeckt haben, das nicht in Ihre Abteilung gehört.«

»Nein, aber ich hab' auch noch nicht alles durchgesehen. Was vermissen Sie denn?«

»Ach, es handelt sich um ein paar Angaben über Koma. Wir brauchen die für eine Zusammenstellung. Haben Sie was dagegen, wenn ich mal nachsehe?«

»Nicht im geringsten.« Schwartz hob einen Teil der ausgedruckten Computerbogen hoch.

»Wenn es dabei ist, müßte es sich um den untersten Stoß handeln«, sagte Susan. »Die meinten oben, das wäre gleich nach Ihren Sachen durchgelaufen.«

Schwartz nahm die übrigen Bogen hoch. Unten blieb Susans Material liegen mit dem darübergehefteten, von ihr ausgefüllten Anfrageformular.

»Da haben wir's ja«, sagte sie schnell.

»Aber da steht, ich hätte das angefordert«, wandte Schwartz ein, während er das Formular musterte.

»Kein Wunder, daß so 'n Wirrwarr passieren konnte.« Susan streckte die Hand nach den Blättern aus. »Aber ich schwöre Ihnen, mit den Dingern könnten Sie nichts anfangen. Und außerdem ist es nicht Ihre Schuld, ganz bestimmt nicht.«

»Ja, schon, aber ich muß wohl mit George darüber reden...«

»Nicht nötig«, meinte Susan, der das Herz im Halse schlug. »Wir haben das da oben schon lang und breit durchgesprochen. Und, jedenfalls, tausend Dank!«

»Keine Ursache«, sagte Schwartz, aber Susan war schon auf und davon.

»Sie sind wirklich unmöglich, Susan, das muß man schon sagen!« Bellows sprach zwischen Löffeln voll Pudding. Er hatte sich vom Essenwagen eines Patienten bedient, der nichts zu sich nehmen wollte. »Da schwänzen Sie die Vorlesung, dann die Nachmittagsvisite, machen einen Riesenbogen um Ihre Patienten, und jetzt stößt man hier noch abends um acht auf Sie. Das einzig Beständige an Ihnen ist die Gewißheit, daß man nie weiß, woran man bei Ihnen ist.« Bellows lachte über sein eigenes Aperçu, während er den Puddingteller auskratzte.

Sie saßen im Klubraum von Beard 5, dort, wo auch der erste Tag im Krankenhaus für Susan begonnen hatte. Sie saß sogar auf demselben Stuhl wie am Morgen. Der IBM-Ausdruck, den sie sich bei Schwartz besorgt hatte, hing von ihrem Schoß auf den Boden hinab. Sie ging die Namenlisten durch und hakte die Angaben mit einem gelben Filzstift ab.

Bellows trank Kaffee.

»Also, da haben wir den Beweis.« Susan steckte die Kappe auf den Stift.

»Was? Welchen Beweis?«

»Daß es sich hier im Memorial nicht um sechs unerklärliche Koma-Fälle im letzten Jahr handelte, Berman ausgeschlossen.«

»Bravo!« Bellows prostete ihr mit der Kaffeetasse zu. »Dann kann ich mir ja endlich die Hämorrhoiden rausschneiden lassen und brauche keine Angst mehr vor der Narkose zu haben.«

»An Ihrer Stelle würde ich's lieber weiter mit Zäpfchen versuchen.« Susan zählte die angestrichenen Namen. »Es handelte sich nicht um sechs Fälle, sondern um elf. Und wenn Berman so weitermacht, ist er der zwölfte.«

»Sind Sie da ganz sicher?« Bellows' Stimme hatte plötzlich einen anderen Klang, und er zeigte zum erstenmal Interesse an dem Computerbogen.

»Ja, jedenfalls nach dieser Liste. Ich könnte mir vorstellen, daß es noch ein paar mehr gibt und ich das Material nur nicht richtig abgerufen habe.«

»Glauben Sie wirklich? Du lieber Gott, elf Fälle!« Bellows lehnte sich zu Susan hinüber, den Löffel noch im Mund. »Wie sind Sie eigentlich an das Datenmaterial gekommen?«

»Henry Schwartz war so freundlich, mir hilfreich unter die

Arme zu greifen.« Susan war die Nonchalance in Person.

»Und wer, zum Teufel, ist Henry Schwartz?« knurrte Bellows.

»Hab' keine Ahnung.«

»Ach, du meine Güte, verschonen Sie mich!« Bellows schlug die Hände vor das Gesicht. »Bin zu müde für Ratespiele dieses Kalibers.«

»Chronische Krankheit oder nur ein Anfall?«

»Hören Sie auf mit dem Blödsinn! Wie sind Sie an das Zeug gekommen? Jemand von der Leitung muß seinen Segen dazu geben.«

»Ach, wirklich? Ich bin heute nachmittag raufgewandert, hab' einen Fragebogen Marke M 804 ausgefüllt, ihn dem netten Mann am Pult gegeben, und heute abend konnte ich die Ergebnisse abholen.«

»Ich könnte mir in den Hintern beißen, daß ich überhaupt danach gefragt habe.« Bellows stand auf und distanzierte sich von der ganzen Angelegenheit mit einem beredten Löffelschwenk. »Aber, elf Fälle! Sind die alle bei Operationen eingetreten?«

»Nein.« Susan sah wieder auf den langen Bogen. »Harris hat nicht gelogen, als er von sechsen sprach. Die anderen fünf waren Patienten der medizinischen Abteilungen. Die Diagnosen lauteten: idiosynkratische Reaktion. Kommt Ihnen das nicht verdammt komisch vor?«

»Nein.«

»Ach, reden Sie nicht so neunmalklug«, antwortete Susan ungeduldig. »Der Begriff idiosynkratisch hört sich gewaltig an, aber das heißt doch nichts anderes, als daß die Leute keine Ahnung hatten, was passiert war.«

»Kann schon sein, meine liebe Susan, aber zufällig befinden wir uns hier in einem großen und renommierten Krankenhaus und nicht in einem Jazzkeller. Das Memorial ist beispielhaft für ganz Neu-England. Wissen Sie eigentlich, wie viele Todesfälle wir hier im Durchschnitt jeden Tag haben?«

»Aber Todesfälle lassen sich auf bestimmte Ursachen zurückführen. Und diese Koma-Fälle nicht... Bis jetzt nicht, jedenfalls.«

»Auch die Ursachen für Exitus-Fälle sind nicht immer gleich auf den ersten Blick erkennbar. Dafür ist die Autopsie da.«

»Und damit haben Sie den Nagel auf den Kopf getroffen«, gab Susan zurück. »Wenn jemand stirbt, laßt ihr eine Autopsie machen und analysiert die Todesursache, und dann wißt ihr Bescheid. Aber wie ist das mit den Koma-Fällen? Da gibt es keine Autopsie; denn diese Leute krebsen irgendwo zwischen Leben und Tod herum. Um so wichtiger ist es, hier der Sache nachzugehen. Man nimmt alle Symptome unter die Lupe, krempelt die Patienten geradezu von innen nach außen. Ist denn die Diagnose hier nicht mindestens ebenso wichtig, wenn nicht viel wichtiger als die Resultate einer Autopsie? Wenn wir nämlich rausbekommen, was mit diesen Patienten passiert ist, können wir sie am Ende aus ihrem Koma befreien. Oder, noch besser, solche Fälle in Zukunft von vornherein verhindern.«

»Aber sogar eine Autopsie bringt lange nicht immer die gewünschten Resultate«, wandte Bellows ein. »In vielen Fällen wird die Todesursache nie bekannt, ob mit oder ohne Autopsie. Zufällig weiß ich, daß heute zwei Patienten gestorben sind, und ich bin sehr skeptisch, ob dabei eine Diagnose rauskommt.«

»Und warum sind Sie da so skeptisch?« fragte Susan.

»Weil bei beiden Patienten die Atemtätigkeit aussetzte. Die hörten offenbar einfach auf, Luft zu holen, ganz ruhig und ohne jede Vorwarnung. Man fand sie tot auf. Und in solchen Fällen läßt sich keineswegs immer die Ursache klären.«

Bellows hatte sich Susans Interesse gesichert. Sie starrte ihn an, unverwandt und ohne zu blinzeln.

»He, was ist los? Sind Sie okay?« Bellows fuhr mit der Hand vor ihren Augen auf und ab. Schließlich sah sie wieder auf den Computerbogen.

»Was, zum Teufel, haben Sie?« fragte Bellows. »Psychomotorische Epilepsie oder so was Ähnliches?«

»Quatsch. Sie sagten, diese Patienten heute sind an Atemstillstand gestorben?«

»Offensichtlich. Ich meine, sie hörten einfach zu atmen auf. Meldeten sich ganz leise ab.«

»Weswegen waren sie im Krankenhaus?«

»Weiß nicht genau. Der eine hatte was am Bein. Vielleicht Venenentzündung. Kann sein, daß sie auf eine Lungenembolie stoßen. Der andere hatte Gesichtslähmung.«

»Bekamen sie Infusionen?«

»Weiß ich nicht mehr, kann gut sein. Warum fragen Sie?«

Aber Susan biß sich nur auf die Unterlippe und grübelte über das nach, was ihr Bellows mitgeteilt hatte.

»Mark«, sagte sie schließlich, »wissen Sie, was? Diese von Ihnen erwähnten Todesfälle könnten mit unseren Koma-Opfern verwandt sein.« Susan klopfte mit dem Handrücken auf den Computerausdruck. »Vielleicht sind Sie da auf einer heißen Spur. Wie hießen die Leute, wissen Sie das noch?«

»Um Himmels willen, Susan, die Sache hat sich Ihnen aufs Hirn geschlagen. Sie arbeiten zu lange, und jetzt haben Sie Halluzinationen.« Er setzte die bewährte Arzt-Patienten-Miene auf. »Machen Sie sich nichts draus, das passiert den Besten von uns, wenn wir zwei oder drei Nächte nicht ins Bett gekommen sind.«

»Mark, lassen Sie den Blödsinn. Mir ist es Ernst.«

»Weiß ich. Das ist es ja gerade, was mir Sorgen macht. Warum legen Sie nicht mal eine Pause ein und fangen in zwei, drei Tagen wieder an? Dann gehen Sie vielleicht objektiver an die Sache ran. Ich mach' Ihnen einen Vorschlag. Morgen abend hab' ich frei, und mit etwas Glück komme ich um sieben hier raus. Wie wär's dann mit 'nem Abendessen? Sie sind zwar erst einen Tag hier, aber Sie müssen auch mal raus, genau wie ich.«

Bellows hatte eigentlich gar nicht vorgehabt, Susan so schnell und auf diese Art einzuladen. Aber er war mit sich zufrieden: Das Ganze hatte sich schön spontan angehört, und wenn sie jetzt ablehnte, vergab er sich nichts. Alles klang mehr nach ärztlichem Ratschlag als nach einem Rendezvous.

»Abendessen? Ja, prima. So 'ne Einladung auszuschlagen, kann ich mir gar nicht leisten, nicht einmal gegenüber einem

Wurm. Aber, Mark, jetzt mal zur Sache, wie hießen die beiden Patienten, die heute starben?«

»Crawford und Ferrer. Lagen auf Beard sechs.«

Susan biß sich wieder auf die Unterlippe, als sie die Namen in ihr Notizbuch schrieb. »Um die werd' ich mich morgen früh mal kümmern müssen, oder...« Sie sah auf die Uhr. »Vielleicht geht das schon heute abend? Wenn Autopsien angeordnet wurden, wann werden sie dann ausgeführt?«

»Wahrscheinlich heute abend oder morgen früh als erstes.« Bellows zuckte mit den Schultern.

»Dann werd' ich heute abend mal nachforschen.« Susan faltete ihren Computerbogen zusammen. »Vielen Dank, Mark. Sie waren mir wieder eine große Hilfe.«

»Wieder?«

»Ja, und besten Dank für die Fotokopien von den Artikeln. Aus Ihnen wird noch 'ne erstklassige Sekretärin.«

»Sie können...«

»Na, na, wer wird denn... Also, bis morgen abend. Wie wär's mit dem Ritz? Hab' da schon seit ein paar Wochen nicht mehr gespeist.«

Susan war bereits auf dem Weg zur Tür.

»Halt, nicht so eilig, Susan. Morgen früh seh' ich Sie bei der Visite. Um Punkt halb sieben. Denken Sie an unsere Absprache. Ich decke Ihre Machenschaften unter der Voraussetzung, daß Sie sich bei den Visiten sehen lassen, und auch dann nur noch einen Tag.«

»Mark, wirklich, Sie sind so ein lieber Junge. Werden Sie doch nicht bockig, wollen wir uns denn schon zanken?« Mit koketter Geste schob sie sich eine goldene Haarsträhne in die Stirn. »Ich werd' mehr oder weniger die ganze Nacht brauchen, um das Zeug zu lesen, das Sie mir abgelichtet haben. Und ich benötige morgen den ganzen Tag. Morgen abend sprechen wir weiter.«

Und schon war sie weg. Als Bellows seinen Kaffee austrank, stellte er fest, daß er bei Susan offenbar ganz gut vorankam. Dann stand er auf. Ein Haufen Arbeit wartete noch auf ihn.

Montag
23. Februar
20 Uhr 32

Die Pathologie war im Keller des Hauptgebäudes untergebracht. Susan stieg die Stufen hinab und fand sich mitten in einem Kellerflur wieder, der nach rechts in der Dunkelheit verschwand und sich links hinter Ecken verflüchtigte. Alle sieben bis zehn Meter leuchteten nackte Glühbirnen von der Decke; ihr Schein hüllte den Gang in ein ungemütliches Halblicht und malte ein seltsames Schattenmuster hinter den Wirrwarr der Röhren an der Decke. Irgend jemand hatte sich der vergeblichen Mühe unterzogen, etwas Farbe in die trübe Unterwelt zu bringen, und die Wände mit gezackten grell-orangen Farbstreifen verziert.

Direkt gegenüber sah Susan einen Pfeil, der nach links zeigte, und darüber den Hinweis: Pathologie. Susan folgte dem Wegweiser. Ihre Schuhe klapperten hohl auf dem Betonfußboden, als wollten sie dem Zischen aus den Dampfleitungen Konkurrenz machen. Die Atmosphäre war bedrückend, und daß ihr Ziel hier unten, mitten in den Eingeweiden des Riesenhospitals lag, empfand Susan als unheilschwanger. Ihrem Besuch im pathologischen Labor sah sie keineswegs mit kühnem Blick entgegen. Für Susan war die Pathologie sozusagen die dunkle Seite der Medizin, ein Zweig der Wissenschaft, der sich mit dem Ergebnis medizinischen Versagens beschäftigte: mit dem Tod. Es konnte noch soviel die Rede davon sein, daß die von den Pathologen untersuchten Gewebeproben wichtige Erkenntnisse brachten, die den Lebenden das Leben verlängern halfen – für Susan zählte das alles nicht. Während ihrer pathologischen Ausbildung hatte sie nur einer Autopsie beigewohnt, und für ihren Geschmack war das schon eine zuviel gewesen. Nie war ihr das Leben so verletzbar vorgekommen und der Tod so endgültig wie damals, als die beiden übergewichtigen Pathologie-Heroen sich vor ihren Augen mit einem frisch verstorbenen Patienten beschäftigten.

Die Erinnerung an jene Szenen war wie Blei an Susans Füßen, bewegte sie aber nicht zur Umkehr. Nichts konnte sie aufhalten. Nach einer Strecke, die ihr entsetzlich lang vorkam, bog der Korridor erst nach links, dann wieder nach rechts ab. Nervös warf sie einen Blick über die Schulter zurück und fragte sich, ob sie die Tür übersehen haben könnte. Mit steigendem Unbehagen ging sie weiter. Immer wieder waren Glühbirnen durchgebrannt, und jedesmal wurde ihr Schatten vor ihr lang und länger.

Nach einer halben Ewigkeit kam sie bei einer Doppelschwingtür an. Beide Hälften hatten im oberen Drittel Milchglasscheiben, jede mit der Aufschrift in schwarzen Lettern: Unbefugten Zutritt verboten. Darunter in abblätternder Goldfarbe der Name des Allerheiligsten: Pathologisches Laboratorium. Vor der Tür zögerte Susan, versuchte, ihren ganzen Mut zusammenzunehmen, und wappnete sich innerlich für das, was sie erwarten mochte. Sie schob die Türflügel einen Spalt weit auseinander und erhaschte einen Blick auf das Dahinterliegende. Den Raum beherrschte ein langer schwarzer Steintisch, der von Kästen mit Objektträgern, Chemikalien, Bunsenbrennern und Büchern übersät war. Susan gab sich einen Ruck, stieß die Tür auf und trat ein. Sofort umfing sie der säuerliche Geruch von Formaldehyd, der wie eine Wolke über dem Raum lag.

Zur Rechten war die Wand von der Decke bis zum Boden mit Regalen überzogen. Die Borde waren mit Töpfen, Krügen, Glasflaschen und ähnlichen Behältern in den verschiedensten Größen gefüllt. Als Susan genauer hinsah, erkannte sie, was sich in dem großen Glasbehälter vor ihr befand: ein menschlicher Kopf, im Profil, säuberlich halbiert. Gleich hinter dem Zungenquerschnitt in der Halswand fiel ihr eine granulierte, dunkle Masse auf. Das Schild auf dem Behälter stellte nüchtern fest: Rachenkarzinom 304–A6–1932. Susan versuchte krampfhaft, den Blick von weiteren Ausstellungsstücken abzuwenden.

Am anderen Ende des Raumes sah sie eine zweite Schwingtür, die jener glich, durch die sie gerade eingetreten war. Aus dem dahinterliegenden Raum klangen ihr Stimmen und metallische Geräusche entgegen. So leise wie möglich ging sie auf die Tür zu. Sie kam sich wie ein Eindringling in fremder, womöglich feindlicher Umwelt vor.

Ohne großen Erfolg versuchte Susan, durch den Türspalt zu spähen. Immerhin wußte sie sofort: Vor ihr lag der Autopsie-Raum. Ganz langsam schob sie die linke Tür ein Stück auf.

Ein schrilles Klingeln ließ sie erst zusammen- und dann herumfahren, die Tür hinter ihr schwang wieder zu. Zuerst wähnte sie, ihr Eindringen hätte irgendeinen Alarm ausgelöst, und sie verspürte den Drang zur Flucht. Doch ehe sie sich rühren konnte, kam aus einer Seitentür ein Pathologie-Assistenzarzt zum Vorschein.

»He, guten Abend!« rief der Mann Susan zu, als er zum Spülstein ging und einen Behälter für destilliertes Wasser aufnahm. Während er Wasser über ein Tablett mit gläsernen Objektträgern sprühte, lächelte er Susan zu. Die Farbe der hauchdünnen Glasplättchen wechselte von einem tiefen Violett in ein klares Hellrot. »Willkommen in den Tiefen des pathologischen Labors. Sind Sie Medizinstudentin?«.

»Ja.« Susan rang sich ein Lächeln ab.

»Davon bekommen wir hier nicht viele zu sehen, jedenfalls nicht zu dieser Tages- ... oder vielmehr Nachtzeit«, verbesserte er sich. »Können wir was Bestimmtes für Sie tun?«

»Ach, ich weiß nicht, eigentlich nicht. Ich seh' mich nur um. Wissen Sie, ich bin hier ganz neu.« Susan vergrub die Hände in den Taschen ihres weißen Kittels. Das Herz klopfte ihr bis zum Hals.

»Machen Sie sich's bequem, und strecken Sie nur die Fühler aus. Im Büro da drüben gibt's Kaffee, wenn Sie möchten.«

»Nein, vielen Dank.« Susan ging zum Steintisch zurück, berührte geistesabwesend ein paar Bücher.

Der Arzt sprühte noch einmal über seine Objektträger, die sich umgehend dunkelgelb verfärbten. Dann stellte er die Weck-Uhr neu ein.

»Ich meine, na ja, vielleicht könnten Sie mir doch einen Gefallen tun«, sagte Susan und verschob ein paar Mikroskope.

»Heute sind mehrere Patienten auf Beard sechs gestorben. Mich interessiert, ob sie ... na ja ... hm ...« Susan suchte nach dem richtigen Wort.

»Wie hießen sie denn?« Der Arzt wischte sich die Hände ab. »Die machen da drinnen gerade eine Autopsie.«

»Ferrer und Crawford.«

Der Arzt ging zu einer Merktafel an der gegenüberliegenden Wand. »Hm, Crawford, ja ... Kommt mir irgendwie bekannt vor. Glaube, das war ein Fall für den Leichenbeschauer. Hier, da haben wir Ferrer. Der ist für den Leichenbeschauer. Und da ist Crawford, der auch, dachte mir's doch. Beides Fälle für die Behörde, aber, warten Sie mal 'nen Moment.«

Mit schnellen Schritten ging der Assistenzarzt zur Tür, die in den Autopsie-Raum führte. Mit der linken Hand stieß er den einen Flügel auf, mit der rechten hielt er den anderen zu. Er lehnte sich durch den Spalt, sein Kopf entschwand Susans Blick.

»Hallo, Hamburger, wen haste denn da gerade vor?«

Von drinnen war eine Stimme zu hören, aber Susan konnte die Worte nicht verstehen.

»Crawford! Dachte, der wäre für den Leichenbeschauer.« Abermals entstand eine Pause, dann kam der Assistenzarzt wieder ganz zum Vorschein. Im selben Augenblick schrillte der Wecker zum zweitenmal. Der Mann im Kittel sprühte noch mehr Wasser über die Glasplättchen.

»Wie üblich«, sagte er. »Der Leichenbeschauer hat die beiden Fälle unserer Abteilung überstellt, fauler Hund, der. Jedenfalls sind die gerade mit Crawford beschäftigt.«

»Danke«, sagte Susan. »Ob ich mal reingehen kann, nur auf einen Blick?«

»Immer zu, Sie sind uns jederzeit willkommen.« Der Assistenzarzt zuckte leicht die Schultern.

Vor der Tür blieb Susan einen Moment stehen, spürte aber den Blick des Mannes im Rücken. Sie stieß einen Türflügel auf und betrat den anderen Raum.

Der war wesentlich größer, quadratisch geschnitten, alt und

schmuddelig. Die Fliesen an den Wänden, vormals weiß, waren vielfach gesprungen, manche fehlten ganz. Der Boden war mit grauen Steinplatten belegt. Mitten im Raum standen drei Marmortische mit angeschrägten Platten, die ständig bewässert wurden. Das Wasser strömte glucksend durch einen Abfluß am Plattenende. Über den Tischen hingen jeweils eine Strahllampe, eine Waage und ein Mikrofon. Rechts und links von Susan standen, etwas erhöht, Bänke, offenbar Überbleibsel aus einer Zeit, als die Leichen hier vor Publikum aufgeschnitten wurden.

Eine der abgeschirmten Lampen brannte, und zwar über dem Tisch, der Susan am nächsten stand. Der ziemlich schmale Strahl fiel auf den darunterliegenden nackten Körper. Zu beiden Seiten des Tisches stand jeweils ein Pathologe. Die Männer trugen Schürzen aus Ölzeug und Gummihandschuhe. Der Lichtkegel bewirkte, daß der Rest des Raumes in gelblichen Halbschatten versank, wie auf einem Bild von Rembrandt. Auch der mittlere Tisch lag im Dunkeln. Trotzdem sah Susan darauf eine weitere, ebenfalls nackte Leiche. An der rechten großen Zehe hing ein Namensschild. Über Brust und Unterleib verlief ein großer y-förmiger Einschnitt, der wieder zugenäht worden war. Der dritte, von Susan am weitesten entfernte Tisch war kaum zu erkennen, doch er schien leer zu sein.

Susans Eintritt schien auch das letzte Leben im Raum zum Stillstand zu bringen. Beide Ärzte starrten ihr mit leicht gebeugten Köpfen entgegen, um dem blendenden Lichtstrahl zu entgehen. Einer der beiden, der einen Schnurrbart und lange Koteletten trug, war im Begriff, den y-förmigen Schnitt an der Leiche wieder zuzunähen. Susan sah, daß es sich um den Körper eines Mannes handelte. Der zweite Arzt, fast einen Kopf größer als sein Kollege, stand vor einem Bassin mit den herausgenommenen Organen.

Nachdem der Größere Susan gründlich gemustert hatte, fuhr er mit seiner Arbeit fort. Mit der Linken langte er in das Organgemenge und ergriff die Leber. Die Rechte packte ein langes, rasierklingenscharfes Fleischermesser. Ein paar kurze Schnitte genügten, und die Leber war von den übrigen Organen abgetrennt. Mit einem unangenehmen Laut fiel sie in die Waagschale. Mit dem Fuß betätigte der Pathologe ein Pedal am Boden und sprach in das Mikrofon: »Die Leber erscheint in einem rötlichen Braun mit leicht marmorierter Oberfläche. Absatz ... Ihr Gewicht beträgt ... zwei Komma vier Kilogramm. Punkt.« Er nahm die Leber aus der Schale und ließ sie wieder in das Bassin gleiten.

Susan ging auf die Gruppe zu. Ein leichter Fischgeruch hing in der Luft und legte sich mit öliger Penetranz auf die Lungen, wie in einer seit längerer Zeit nicht mehr gesäuberten Bahnhofstoilette.

»Leber fühlt sich etwas fester als gewöhnlich an, ist jedoch geschmeidig. Punkt.« Das Messer blitzte im Licht, und das Organ fiel auseinander. »Die Schnittfläche zeigt leicht vergrößerte lobäre Muster. Punkt.« Wieder fuhr das Messer an vier, fünf Stellen in die Leber. Dann hielt der Arzt ein Stück aus der Organmitte in der Hand. »Die Schnittprobe zeigt keinerlei Auffälligkeiten. Punkt.«

Susan wagte sich an das Fußende des Tisches vor. Genau vor ihr befand sich der glucksende Abfluß. Der größere Pathologe wollte nach einem neuen Organ greifen, hielt aber inne, als sein Kollege Susan ansprach.

»Hallo! Na, so was ...«

»Hallo«, erwiderte Susan. »Tut mir leid, wenn ich störe.«

»Keineswegs. Wir feiern einfach zu viert weiter. Nur ist die Party gleich zu Ende.«

»Danke. Ich sehe lieber zu. Wer ist das? Crawford?«

»Das hier ist Ferrer«, sagte der Schnurrbärtige. »Da drüben liegt Crawford.« Er zeigte auf den anderen Tisch.

»Was mich interessiert«, fuhr Susan tapfer fort, »haben Sie schon die Todesursache festgestellt?«

»Nein.« Diesmal antwortete der Größere. »Aber wir haben bei dem hier die Lungen noch nicht aufgeschnitten. Bei Crawford war nichts. Vielleicht fördern die Mikroskop-Proben was zutage.«

»Erwarten Sie denn irgendwelche Aufschlüsse aus den Lungen?« fragte Susan.

»Na ja, da der Exitus offenbar aufgrund von Atemstillstand eingetreten ist, dachten wir an Lungenembolie. Aber ich hab' so das Gefühl, wir finden trotzdem nichts. Vielleicht kommt was bei der Hirnsektion raus.«

»Warum glauben Sie nicht daran, daß Sie was finden?«

»Warum? Weil ich fünf Fälle wie diese hier unterm Messer gehabt hab', und dabei kam nie was raus. Vorgeschichte immer die gleiche. Ziemlich jung, und wenn jemand nach ihnen sieht, atmen sie einfach nicht mehr. Wiederbelebungsversuche ohne Erfolg. Und dann kriegen wir sie, spätestens wenn der Leichenbeschauer sie freigibt.«

»Wie viele solcher Fälle waren es schätzungsweise?«

»Kommt auf den Zeitraum an.«

»Sagen wir ... ein Jahr, zwei?«

»Vielleicht sechs oder sieben in den letzten zwei Jahren. Aber genau weiß ich's nicht.«

»Und Sie haben nicht die geringste Ahnung, was die Todesursachen waren?«

»Keinen Schimmer.«

»Das gibt's doch gar nicht«, meinte Susan konsterniert.

»Also schön, ich glaub', es ist irgendwas mit dem Gehirn. Irgendwas stellt denen einfach den Atem ab. Vielleicht so 'ne Art Schlaganfall. Aber bei zwei ganz ähnlichen Fällen hab' ich wie wild das Gehirn zerschnippelt.«

»Und?«

»Nichts. Normal wie eine Türklinke.«

Susan begann sich merkwürdig zu fühlen. Der Geruch, die optischen Eindrücke, die ganze Atmosphäre, auch die glucksenden, schleimigen Geräusche, das alles trieb ihr das Blut aus dem Kopf und den Mageninhalt unter den Kehlkopf. Sie schluckte krampfhaft.

»Sind die Krankenblätter von Ferrer und Crawford hier unten?« erkundigte sie sich etwas mühsam.

»Klar. Im Büro, wenn Sie durchs Labor gehen.«

»Ich würde sie mir gern mal ansehen. Wenn Sie hier was finden, rufen Sie mich doch bitte. Würde mich sehr interessieren.«

Der Größere legte das Herz in die Waagschale. »Waren das Ihre Patienten?«

»Nein, nicht direkt.« Susan war schon auf dem Weg zur Tür. »Aber sie könnten es noch werden.«

Der Größere warf seinem Kollegen einen vielsagenden Seitenblick zu, aber der starrte Susan nach und überlegte, wie er am elegantesten ihren Namen und ihre Telefonnummer in Erfahrung bringen könnte.

Das Büro hätte überall im Krankenhaus liegen können. Hauptmerkmal war die unvermeidliche Kaffeemaschine, diesmal ein Exemplar von ehrwürdigem Alter mit einem elektrischen Kabel, aus dem die blanken Drähte hervorsahen. Auch hier liefen an beiden Längswänden thekenartige Tische entlang, auf denen sich Papiere, Krankenunterlagen, Bücher, Kaffeetassen und unzählige Kugelschreiber stapelten.

»Das ging ja schnell«, sagte der Assistenzarzt, der die Plättchen besprüht hatte. Er saß an einem der Schreibtresen vor einer halbvollen Kaffeetasse und einem angebissenen Kuchenstück und unterschrieb Blatt für Blatt eines großen Stapels getippter Pathologie-Befunde.

»Autopsien schmeißen mich wohl doch um«, gab Susan zu.

»Nichts als Gewöhnung, reine Nervensache, wie alles auf der Welt.« Der Arzt stopfte sich Kuchen in den Mund.

»Möglich. Wo finde ich denn die Krankenblätter von den Patienten, die sie da drinnen gerade vorhaben?«

Der Arzt spülte mit Kaffee nach; das Schlucken schien ihm schwerzufallen. »In dem Fach, wo ›Autopsien‹ dransteht. Wenn Sie mit den Dingern fertig sind, legen Sie sie bitte in das Fach mit dem Schild ›Archiv‹. Wir sind dann durch damit.«

Susan machte sich am Tresen einen Platz frei, indem sie alles andere einfach zur Seite schob, setzte sich und holte ihr Notizbuch aus der Tasche. Auf eine Seite schrieb sie: Crawford. Auf die nächste: Ferrer. Dann fing sie an, sich Auszüge aus den

Krankenblättern zu machen, methodisch und ausführlich, genau wie zuvor bei den Daten von Nancy Greenly.

Dienstag
24. Februar
8 Uhr 5

Als der Radiowecker summte, schien es Susan, als wäre ihr die Trennung vom warmen Bett noch nie so schwer gefallen. Trost und Ermunterung kamen einzig von der Musik. Die Linda-Ronstadt-Klänge vermittelten erfreuliche Assoziationen, und anstatt das Radio abzustellen, lag sie ganz still da und lauschte der Melodie. Als das Lied zu Ende ging, war Susan vollends wach, und die Ereignisse des vergangenen Tages kehrten in ihr Bewußtsein zurück. Bis drei Uhr nachts hatte sie konzentriert über dem ansehnlichen Stapel medizinischer Zeitschriftenartikel gebrütet, über den anästhetischen Fachwerken, ihrem eigenen Lehrbuch der inneren Medizin und einem Werk über klinische Neurologie. Ihr Notizenberg war enorm gewachsen, und die Literaturhinweise erstreckten sich inzwischen auf mehr als hundert weitere Artikel, die sie noch aus den Bänden in der Bibliothek heraussuchen mußte. Das ganze Projekt war zunehmend komplexer geworden; Susan sah sich vor eine kaum mehr überschaubare Herausforderung gestellt. Doch ihre Aufgabe faszinierte sie, und um nichts in der Welt hätte sie wieder davon ablassen mögen. Um so mehr war ihr bewußt, daß sie an diesem Tag einen weiten Weg zurücklegen mußte.

Duschen, Anziehen und Frühstück wurden deshalb in Rekordzeit absolviert. Beim Kaffee rekapitulierte sie ihr Material und merkte an Hand ihrer Aufzeichnungen, daß von den letzten Artikeln ihrer Nachtlektüre nicht viel hängengeblieben war. Sie würde sie noch einmal lesen müssen.

Auf dem Weg zur Haltestelle an der Huntington Avenue wurde sie mit der Tatsache konfrontiert, daß sich das Wetter über Nacht nicht zum Besseren gewandelt hatte. Nicht zum erstenmal verfluchte Susan Bostons Nordlage. In dem klapprigen Straßenbahnwagen fand sie mit Glück einen Sitzplatz und konnte einen Teil des Computerbogens vor sich auf dem Schoß ausbreiten. Sie wollte noch einmal genau die Zahl der Fälle prüfen, die sich auf ihr Vorhaben bezogen.

»Susan, sieh mal an, was für eine Überraschung! Erzähl mir bloß nicht, du kämst heute zur Vorlesung?«

Sie blickte auf und direkt in das grinsende Gesicht von George Niles, der sich an den Haltegriff über ihr klammerte.

»Ich würde doch nie eine Vorlesung schwänzen, George, das müßtest du wissen.«

»Sieht so aus, als hättest du sogar die Visite verpaßt. Es ist schon nach neun.«

»Dann gilt ja wohl dasselbe für dich.«

»Mir hat man einen ultimativen Marschbefehl zum Studentenarzt ausgestellt«, erwiderte Niles. »Der sollte feststellen, ob von der gestrigen Galavorstellung im OP ein komplizierter Schädelbasisbruch übriggeblieben ist.«

»Sag mal, mit dir ist doch alles okay?« fragte Susan, jetzt wirklich besorgt.

»Keine Bange, alles bestens. Muß nur mein zerstörtes Ego wieder zusammenleimen. Das ist das einzige, was bei der Angelegenheit etwas abbekommen hat. Aber der Arzt sagte, das könne nur die Zeit heilen.«

Susan gestattete sich ein Lachen, und Niles stimmte ein. Die Bahn hielt.

»Also, Miss Wheeler, ich muß schon sagen. Am ersten Tag in der Chirurgie sich die halbe Zeit unsichtbar machen und am nächsten Morgen die Visite schwänzen, das ist eine reife Leistung.« George hatte die Miene eines resignierten Chefarztes aufgesetzt. »Nicht mehr lange, und Sie können sich um den Titel ›Phantomstudent des Jahres‹ bewerben. Mit diesem Trainingspensum ist der Rekord von Phil Greer im zweiten Pathologiejahr bald eingestellt.«

Susan würdigte ihn keiner Antwort und wandte sich statt dessen ihrem IBM-Bogen zu.

»Was treibst du da eigentlich, wenn wir schon mal dabei sind?« hakte Niles nach. Er schraubte sich um die eigene Achse bei dem Versuch, einen Blick auf den Bogen zu werfen.

»Wenn du's genau wissen willst: Ich bereite meine Dankrede für den Nobelpreis vor. Weißt du, ich würde dir ja gern alles erzählen, aber du könntest die Vorlesung versäumen.«

Die Bahn polterte in den Tunnel hinab und begann die Unterquerung der City. Das Geratter machte jedes Gespräch unmöglich. Susan versank ganz in ihrer Computer-Nachlese. Sie mußte sich der Zahlen hundertprozentig sicher sein.

Die Privatbüros und Konsultationsräume der Ärzte auf Beard 8 ähnelten denen von Beard 10. Susan ging den Flur entlang und blieb vor Nummer 810 stehen. Die Tür war aus altem, aber glänzend poliertem Mahagoni und trug in schwarzen energischen Buchstaben die Aufschrift: Medizinische Abteilung – Professor J. P. Nelson.

Nelson war der Chef-Internist, sozusagen Starks professioneller Zwillingsbruder, doch sein Betätigungsfeld war die innere Medizin und deren zahlreiche Verästelungen. Außerdem war er eine der Säulen in der Hierarchie des Memorial. Auch wenn er nicht ganz so einflußreich wie Stark und auch weniger dynamisch war und als nimmermüder Subskriptionsbeschaffer dem Kollegen von der schneidenden Zunft nicht das Wasser reichen konnte, kostete es Susan doch einige Überwindung, dieser olympischen Gestalt so mir nichts, dir nichts unter die Augen zu treten. Recht zögernd schob sie die schwere Mahagonitür auf. Im Vorzimmer saß eine Sekretärin mit vertrauenerweckendem Lächeln.

»Mein Name ist Susan Wheeler. Ich hab' eben angerufen, wegen eines Termins mit Dr. Nelson.«

»Ja, natürlich. Sie sind eine von unseren Medizinstudenten, nicht wahr?«

»Ja«, sagte Susan und wußte nicht genau, was sie in diesem Zusammenhang unter dem Beiwort »unseren« zu verstehen hatte.

»Sie haben Glück, Miss Wheeler. Dr. Nelson ist gerade hier. Außerdem erinnert er sich an Sie. Aus einer Vorlesung oder so was Ähnlichem. Jedenfalls wird er Sie gleich empfangen.«

Susan bedankte sich und nahm auf einem der hochlehnigen Warteraumstühle Platz. Sie holte ihr Notizbuch hervor, um noch einmal die Aufzeichnungen durchzugehen. Doch ihre Blicke und ihre Gedanken schweiften ab. Sie betrachtete den Raum und die Sekretärin und meditierte über den beruflichen Status eines Chefarztes vom Range Dr. Nelsons. Ein solcher Posten bedeutete die Krönung jahrelanger Mühen und außerdem eine gute Portion Glück. Wenn die große Chance kam, und man konnte sie nutzen, öffneten sich die Türen wie von selbst – warum nicht eines Tages auch für sie?

Ihre Phantasien wurden jäh unterbrochen, als die Tür zum inneren Büro aufging. Zum Vorschein kamen zwei Ärzte, die ihre Unterhaltung noch im Hinausgehen fortsetzten. Susan schnappte einige Satzfetzen auf. Offenbar ging es um beträchtliche Mengen von Drogen, die im chirurgischen Umkleideraum in einem der Schränke aufgetaucht waren. Der Jüngere von beiden war sichtlich aufgeregt. Er sprach in einem seltsamen abgehackten Flüsterton. Der andere Mann hatte mit seinen sanften, wissenden Augen, dem gepflegten angegrauten Haar und dem gewinnenden Lächeln fast etwas Aristokratisches an sich. Das konnte nur Dr. Nelson sein. Er schien den jüngeren Kollegen zu trösten und verabschiedete ihn mit einem leichten Schulterklopfen. Als der andere Arzt den Raum verlassen hatte, drehte sich Dr. Nelson zu Susan um und bedeutete ihr, ihm in sein Allerheiligstes zu folgen.

Nelsons Büro war ein einziges Durcheinander von verstreuten Büchern, Zeitschriftenartikeln und Bergen von Briefen. Niemand schien sich die Mühe gemacht zu haben, auch nur eine gewisse Ordnung herzustellen. Die Einrichtung bestand aus einem großen Schreibtisch und einem alten Sessel mit aufgeplatztem Lederbezug, der knarrte, als sich Dr. Nelson darin niederließ. Auf der anderen Seite des Tisches standen zwei kleinere Lederstühle. Dr. Nelson deutete auf einen, während er sich eine Pfeife auswählte, die Tabaksdose öffnete und den Pfeifenkopf mehrmals auf die linke Handfläche schlug. Die Aschenreste wurden auf den Boden gewischt.

»Ach ja, Miss Wheeler«, sagte Dr. Nelson, nachdem er ein Notizkärtchen auf dem Tisch konsultiert hatte. »Ich erinnere mich an Sie aus der Diagnose-Übung. Sie kamen aus Wellesley, nicht wahr?«

»Radcliffe.«

»Radcliffe, selbstverständlich.« Dr. Nelson korrigierte seine Notiz entsprechend. »Was können wir für Sie tun?«

»Ich weiß nicht recht, wie ich anfangen soll. Ich bin auf das Problem des prolongierten Koma gestoßen und habe angefangen, mich damit zu beschäftigen.«

Dr. Nelson lehnte sich zurück und legte die Fingerkuppen beider Hände aneinander.

»Das ist sehr verdienstvoll, aber Koma ist ein weites Feld. Außerdem drückt es mehr ein Symptom aus als eine Krankheit. Es kommt also auf die Ursache an. Woraus resultiert denn der Fall, mit dem Sie sich beschäftigen?«

»Das weiß ich nicht, und darum interessiert mich das Problem ja gerade so. Mit anderen Worten: die Art von Koma, die einfach auftritt und für die es keine offensichtliche Erklärung gibt.«

»Bezieht sich Ihr Interesse auf die Notambulanz oder auf stationäre Fälle?« Dr. Nelsons Stimme hatte sich leicht verändert.

»Auf stationäre Fälle.«

»Damit meinen Sie womöglich die vereinzelten Fälle, die bei Operationen aufgetreten sind?«

»Sofern Sie sieben als vereinzelt bezeichnen.«

»So, sieben.« Dr. Nelson zog an seiner Pfeife. »Das halte ich für ziemlich hochgegriffen.«

»Nein, die Zahl entspricht den Tatsachen. In der Chirurgie traten bisher sechs Fälle auf, ein weiterer, gestern operiert, scheint in dieselbe Kategorie zu passen. Außerdem wurden mindestens fünf Fälle in der medizinischen Abteilung festgestellt, alles Patienten, die wegen anscheinend unbedeutender Befunde eingeliefert wurden.«

»Woher haben Sie diese Informationen, Miss Wheeler?« Dr. Nelsons Stimme hatte den anfänglichen väterlichen Ton verloren. Er starrte Susan ohne zu blinzeln an, doch sie hatte den Stimmungswandel überhaupt nicht bemerkt.

»Sie stehen in dem Computerausdruck, den ich hier bei mir habe.« Susan lehnte sich vor und reichte Dr. Nelson den Bogen über den Tisch. »Die von mir erwähnten Fälle sind gelb markiert. Sie werden sehen, daß ich recht habe. Außerdem handelt es sich hier nur um Koma-Fälle aus dem zurückliegenden Jahr. Ich weiß nicht, wie hoch die Zahl vorher war, und ich meine, es wäre unbedingt wichtig, für jedes einzelne Jahr die Angaben abzurufen. Dann kann man ablesen, ob die Frequenz gleichbleibend ist oder ob es sich hier um eine ansteigende Kurve handelt. Außerdem, und das halte ich für mindestens ebenso wichtig, habe ich das bestimmte Gefühl, daß eine Reihe plötzlicher Todesfälle hier im Memorial auf dieselbe unbekannte Ursache zurückzuführen ist. Der Computer könnte uns da bestimmt auch weiterhelfen. Jedenfalls ist dies der Anlaß meines Besuchs bei Ihnen. Ich wollte Sie bitten, mir bei meinen Recherchen zu helfen. Vor allem brauche ich freie Hand für die Computerinformationen und Zugang zu den Krankenblättern der betreffenden Patienten. Ich bin damit zu Ihnen gekommen, weil ich das sichere Gefühl habe, daß es sich hier um ein bisher unbekanntes medizinisches Problem handelt.«

In dem Bewußtsein, ihr Plädoyer nach bestem Können und mit guten Aussichten auf ein positives Ergebnis gehalten zu haben, lehnte sich Susan erleichtert zurück. Sie hatte Nelson ausführlich und vollständig informiert. Wenn ihn die Angelegenheit interessierte, verfügte er über genügend Anhaltspunkte, um sich zu entscheiden.

Dr. Nelson nahm sich mit seiner Antwort Zeit. Er sah Susan lange an, betrachtete dann den Computerbogen. In schneller Folge stiegen kleine Rauchwolken aus seiner Pfeife auf. Schließlich sprach er.

»Das ist alles höchst interessant, mein Fräulein. Natürlich bin ich mit der Angelegenheit vertraut. Aber diese Statistiken beinhalten auch noch ganz andere Aussagen. Und ich kann Ihnen versichern: Diese auf den ersten Blick hohe Rate sticht nur deshalb so ins Auge, weil... na ja, rundheraus gesagt..., weil wir in den vorhergehenden fünf oder sechs Jahren einfach Glück hatten. Mit Glück meine ich, daß solche Fälle überhaupt nicht auftraten. Aber Statistiken haben es nun mal an sich, daß sie einen über kurz oder lang immer wieder einholen, und das scheint im Moment der Fall zu sein. Was Ihre Bitte betrifft, so fürchte ich, daß ich nicht in der Lage bin, sie Ihnen zu gewähren. Sie werden unschwer verstehen, daß bei unserer zentralen Datenbank das A und O die absolute Vertraulichkeit der meisten Informationen ist. Dafür gibt es ein System von Sicherungen, und es ist mir nicht möglich, Ihnen diesbezüglich eine Blankovollmacht auszustellen. Und um ehrlich zu sein, diese Art von Nachforschungen liegt ... wie soll ich sagen ... hm ... na ja, Sie müssen doch selbst zugeben, daß solche Dinge über den Horizont einer Medizinstudentin hinausgehen. Meines Erachtens wäre allen, Sie selbst eingeschlossen, mehr damit gedient, wenn Sie Ihren Forschungsdrang den wissenschaftlichen Studiengebieten zuwenden würden. Ich bin sicher, ich kann Ihnen einen Arbeitsplatz in unserem Leber-Labor besorgen, wenn Sie Interesse daran haben.«

Aus ihrer kurzen Studienzeit war Susan so daran gewöhnt, von ihren akademischen Vätern mit Zuspruch bedacht zu werden, daß sie Dr. Nelsons negative Reaktion völlig unvorbereitet traf. Sie konnte es kaum fassen: Der Chefarzt war nicht nur nicht interessiert, sondern er versuchte ganz offensichtlich, ihr die Sache auszureden.

Sie zögerte, stand schließlich auf.

»Vielen Dank für das Angebot. Aber ich habe mich jetzt in diese Sache so vergraben, daß ich eigentlich noch eine Zeitlang weitermachen möchte.«

»Ganz wie Sie meinen, Miss Wheeler. Aber ich kann Ihnen dabei leider nicht helfen.«

»Vielen Dank, daß Sie mich angehört haben.« Susan griff nach ihrem Computerblatt.

»Tut mir leid, aber ich fürchte, diese Information kann Ihnen nicht länger zugänglich gemacht werden.« Dr. Nelson schob seine Rechte zwischen Susans Hand und das Datenblatt.

Susan hielt ihre Hand sekundenlang ausgestreckt. Wieder hatte sie die Reaktion Dr. Nelsons wie ein Blitz aus heiterem Himmel getroffen. Ihr schien es geradezu absurd, daß er Material konfiszieren wollte, nachdem es bereits in ihrem Besitz gewesen war.

Aber sie beherrschte sich und sagte kein weiteres Wort. Ohne Dr. Nelson anzusehen, suchte sie ihre Sachen zusammen und ging. Im selben Augenblick griff Dr. Nelson zum Telefonhörer.

Dienstag
24. Februar
10 Uhr 48

Im Büro von Dr. Harris füllte die neueste Literatur über Anästhesie einen ganzen Bücherschrank. Manche Werke bestanden aus gebündelten Fahnenabzügen: Vorausexemplare, die ihm zur Begutachtung zugeschickt worden waren. Susan empfand das als hochwillkommene zusätzliche Informationsquelle. Sie musterte die Titel, auf der Suche nach Büchern, die sich speziell mit Komplikationen befaßten. Sie fand eines und notierte sich Titel und Verlag. Dann hielt sie Ausschau nach allgemeinen Texten, die ihr in der Bibliothek möglicherweise entgangen waren. Und prompt wurde sie fündig. Das Buch hieß: »Coma: Pathophysiological Basis of Clinical States«. Sofort nahm sie den Band heraus, blätterte ihn durch und las die Kapitelüberschriften. Wenn sie doch nur früher auf das Buch gestoßen wäre, dachte sie, es hätte eine gute Grundlage für ihre Studien abgegeben.

Die Tür öffnete sich, und als Susan aufsah, stand sie Dr.

Harris zum zweitenmal Auge in Auge gegenüber. Sein starrer Blick schüchterte sie ein, aber irgendwie ärgerte es sie auch, daß er nicht die leiseste Geste des Wiedererkennens machte oder auch nur die Spur eines verbindlichen Lächelns für sie übrig hatte. Daß sie in seinem Büro auf ihn gewartet hatte, war nicht ein Beweis ihrer Dreistigkeit, sondern entsprach der Anordnung von Harris' Sekretärin, die den Termin vereinbart hatte. Trotzdem fühlte sich Susan jetzt als Eindringling in eine wohlgehütete Privatsphäre. Und daß er sie mit einem seiner Bücher in der Hand ertappt hatte, machte die Sache noch schlimmer.

»Vergessen Sie nicht, den Band wieder dahin zu stellen, wo Sie ihn hergenommen haben«, sagte Harris und schloß die Tür. Er sprach langsam und überdeutlich wie zu einem Kind. Mit gemessenen Bewegungen zog er den langen weißen Mantel aus und hängte ihn an einen Haken an der Tür. Ohne ein weiteres Wort nahm er hinter seinem Schreibtisch Platz, schlug einen Aktendeckel auf und fing an, Eintragungen zu machen. Er tat, als wäre Susan überhaupt nicht anwesend.

Sie schlug das Buch zu und stellte es in das Regal zurück. Dann ging sie wieder zu dem bequemen Direktorensessel am Schreibtisch, in dem sie sich vor einer halben Stunde niedergelassen hatte.

Dr. Harris saß direkt vor dem einzigen Fenster, und das einfallende Licht verlieh seiner Erscheinung einen seltsamen Schimmer. Susan war es, als müßte sie die Augen zusammenkneifen, um nicht geblendet zu werden.

Die braune Haut seiner Arme bildete einen perfekten Hintergrund für die goldene Digitaluhr am linken Handgelenk. Seine massiven Unterarme verjüngten sich zu überraschend schmalen Gelenken. Der Jahreszeit und der Temperatur zum Trotz trug er ein kurzärmeliges blaues Hemd. Es dauerte mehrere Minuten, bis er mit seiner Schreiberei fertig war. Als er den Aktendeckel geschlossen hatte, klingelte er nach seiner Sekretärin. Erst danach nahm er von Susan Notiz.

»Miss Wheeler, ich bin allerdings überrascht, Sie hier in

meinem Büro zu sehen.« Dr. Harris lehnte sich langsam in seinem Stuhl zurück. Er schien gewisse Schwierigkeiten zu haben, ihr direkt in die Augen zu sehen. Seine Stimme klang kalt wie Marmor. Es entstand ein Schweigen.

»Ich wollte mich entschuldigen«, sagte Susan schließlich. »Weil mein Benehmen gestern im Aufwachsaal respektlos und impertinent gewirkt haben muß. Aber Sie wissen wahrscheinlich, daß dies hier meine ersten klinischen Erfahrungen sind. Die Krankenhausumgebung ist für mich fremd, vor allem die Atmosphäre im Aufwachsaal. Und dann kam noch dieser seltsame Zufall dazu. Sie müssen wissen: Etwa zwei Stunden vor unserem Zusammenstoß hatte ich den Patienten kennengelernt, um den es ging. Ich hatte ihm die vorbereitende Infusion angelegt.«

Susan machte eine Pause und hoffte auf eine menschliche Reaktion, aber sie hoffte vergebens. Die Gestalt saß wie versteinert da. Mit einiger Überwindung fuhr Susan fort:

»Ich muß sogar zugeben, daß meine Unterhaltung mit dem Patienten nicht auf rein berufliche Angelegenheiten beschränkt war. Im Gegenteil: Wir hatten vereinbart, uns nach seiner Operation außerhalb des Krankenhauses zu treffen.«

Susan legte noch eine Pause ein und wartete wieder vergebens. Dr. Harris schwieg.

»Ich möchte damit nur mein Verhalten im Aufwachsaal erklären. Ich war völlig erledigt.«

»Und da zogen Sie sich auf die Bastionen Ihres Geschlechts zurück«, kommentierte Dr. Harris mit herablassender Arroganz.

»Wie bitte?« Susan hatte die Worte verstanden, weigerte sich aber, ihren Sinn zu akzeptieren.

»Ich sagte: Da zogen Sie sich auf die Bastionen Ihres Geschlechts zurück.«

Susan fühlte, wie ihr die Röte ins Gesicht stieg. »Ich weiß nicht, wie ich das verstehen soll.«

»Verstehen Sie's so, wie ich es gesagt habe.«

Diesmal war die Pause ungemütlich. Susan schluckte, dann

erklärte sie: »Wenn das Ihre Meinung von Frauen ist, möchte ich ein paar Worte dazu sagen. Daß in solchen Situationen Gefühle nicht ausgeschaltet werden können, ist nur menschlich, ganz unabhängig vom Geschlecht. Ich gebe allerdings zu, mich bei meinem ersten Zusammentreffen mit dem Patienten nicht unbedingt ganz vorschriftsmäßig verhalten zu haben, aber ich glaube, im umgekehrten Fall wäre es nicht anders abgelaufen, wenn ich nämlich die Patientin und er der Arzt gewesen wäre. Gegen menschliche Regungen nicht ganz und gar abgebrüht zu sein, ist doch wohl kein weibliches Geschlechtsmerkmal. Und was die sogenannten menschlichen Schwächen betrifft, na ja, da hab' ich sehr anschauliche Beispiele hier im Memorial. Da brauche ich mir doch nur anzusehen, wie meine männlichen Kollegen die Schwestern behandeln, ein Musterbeispiel eitler Überheblichkeit. Aber ich bin nicht zu Ihnen gekommen, um über diese Dinge zu reden. Ich wollte mich für mein Benehmen Ihnen gegenüber entschuldigen, sonst nichts. Daß ich eine Frau bin, bedarf ja wohl keiner Entschuldigung.«

Susan versuchte es ein weiteres Mal mit einer Pause, irgendeine Antwort mußte doch kommen. Schweigen. Susan fühlte Ärger in sich aufsteigen.

Jedes einzelne Wort betonend sagte sie: »Wenn es Sie stört, daß ich eine Frau bin, dann ist das Ihr Problem.«

»Und Sie sind schon wieder unverschämt, meine Liebe.«

Susan stand auf. Von oben betrachtete sie sein Gesicht: die schmalen Augen, die vollen Wangen, das breite Kinn. Das Licht spielte in seinen Haarspitzen und ließ sie wie Filigran aufschimmern.

»Ich sehe, das führt zu nichts. Tut mir leid, daß ich gekommen bin. Auf Wiedersehen, Dr. Harris.«

Susan drehte sich um und klinkte die Tür zum Korridor auf.

»Und warum sind Sie gekommen?« fragte Harris hinter ihr.

Mit der Hand an der Klinke blieb sie stehen, sah auf den Flur hinaus und wog Harris' Frage ab. Sollte sie gehen oder bleiben? Schließlich drehte sie sich wieder um und sah den Chef-Anästhesisten herausfordernd an.

»Ich dachte, wenn ich mich entschuldige, könnten wir das Kriegsbeil begraben. Und ich hatte die irrationale Hoffnung, Sie würden mir vielleicht helfen wollen.«

»In welcher Hinsicht?« Harris' Stimme klang jetzt eine Spur natürlicher.

Wieder zögerte Susan und wog das Für und Wider ab. Dann schloß sie die Tür und ging zum Stuhl zurück, setzte sich aber nicht. Sie musterte Harris und kam zu dem Schluß: Zu verlieren hatte sie ohnehin nichts mehr, unfreundlicher konnte er kaum noch werden. Also würde sie den eigentlichen Zweck ihres Besuchs weiterverfolgen.

»Gestern haben Sie gesagt, im zurückliegenden Jahr wären im Anschluß an Anästhesie sechs Fälle von verlängertem Koma aufgetreten, und da kam mir der Gedanke, dieses Phänomen zum Thema meiner Semesterarbeit zu machen. Also gut, ich habe Ihre Angaben voll und ganz bestätigt gefunden. Es hat sechs solcher Fälle gegeben. Aber das ist nicht alles. Im selben Zeitraum ist in den medizinischen Stationen bei fünf Patienten ebenfalls plötzlich und auf ungeklärte Weise Koma aufgetreten. Gestern starben zwei Patienten offensichtlich an Atemstillstand, einfach so. Bei diesen Patienten gab es keinerlei Hinweise auf eine derartige Entwicklung. Beide waren als leichte Fälle aufgenommen worden. Der eine hatte eine ungefährliche Fußoperation, die zu einer Venenentzündung führte, der andere litt an Gesichtslähmung. Beide waren sonst kerngesund, mit der Ausnahme, daß einer ein Glaukom hatte. Es gibt bei beiden keinerlei Erklärung für den Atemstillstand, und ich halte es durchaus für möglich, daß hier eine Verbindung zu den anderen Koma-Fällen besteht. Mit anderen Worten: Ich glaube, ich habe hier zwölf Fälle, die, möglicherweise mit graduellen Unterschieden, auf ein und dasselbe Problem hinauslaufen. Und wenn Bermans Zustand sich nicht ändert, sind es dreizehn. Dreizehn Menschen, die das Opfer eines unerklärlichen Phänomens wurden. Und wohl am gravierendsten ist, daß die Kurve offenbar ansteigt, vor allem der Fälle, die in Verbindung mit Narkose stehen. Das scheint sich in immer kürzeren Abständen zu ereignen. Jedenfalls bin ich entschlossen, der Sache so gut ich kann auf den Grund zu gehen. Aber um meine Untersuchungen fortsetzen zu können, brauche ich Hilfe, und zwar von jemandem wie Ihnen. Vor allem brauche ich Vollmacht, die Datenbank zu benutzen. Wir müssen wissen, wie viele weitere Fälle der Computer womöglich nennen kann, sofern er direkt gefragt wird. Außerdem brauche ich die Krankenblätter der zurückliegenden Fälle.«

Harris lehnte sich vor und legte die Arme auf den Tisch.

»Also haben die Internisten denselben Ärger«, murmelte er halblaut vor sich hin. »Davon hat Jerry Nelson nichts gesagt.«

Dann sah er Susan an und fuhr mit normal lauter Stimme fort: »Miss Wheeler, Sie bohren hier in offenen Wunden herum. Ich muß zugeben, es ist ganz wohltuend, wenn jemand, frisch aus dem Tempel der Theorie, sich um klinische Probleme kümmert. Aber das hier ist nicht der angemessene Forschungsgegenstand für Sie. Für diese Feststellung habe ich eine Menge Gründe. Erstens: Das Problem des Koma ist viel komplexer, als es Ihnen erscheinen mag. Koma ist sozusagen ein Wegwerf-Terminus, nur eine Beschreibung. Und es ist geradezu absurd, wenn jemand kommt und behauptet, alle Koma-Fälle hängen zusammen, nur weil der verursachende Faktor nicht genau bekannt ist. Miss Wheeler, ich rate Ihnen, sich für Ihre Semesterarbeit, wie Sie das nennen, ein spezifischeres Thema zu suchen und die Finger von derartigen Spekulationen zu lassen. Und was Ihr Hilfeersuchen betrifft, so muß ich zugeben, mir fehlt dafür einfach die Zeit. Und schließlich lassen Sie mich etwas gestehen, was Sie ohnehin schon bemerkt haben dürften: daß ich nicht gerade wild auf Frauen in der Medizin bin.«

Harris zeigte mit dem Finger auf Susan, als müsse er sie mit einer Pistole in Schach halten.

»Für Frauen ist die Medizin doch nur ein Spiel, eine Beschäftigung auf Zeit bestenfalls, was Schickes, und später? Na ja, mal sehn. Für sie ist es eine Laune. Und außerdem sind sie alle hoffnungslos emotional und ...«

»Dr. Harris, hören Sie doch mit dem Unsinn auf!« Susan

hob den Stuhl hoch und ließ ihn wieder fallen, so wütend war sie. »Ich bin nicht hergekommen, um mir einen derartigen Quatsch anzuhören, auch von Ihnen nicht. Schließlich sind es gerade Leute wie Sie, denen wir es verdanken, daß die Medizin in den alten, ausgefahrenen Gleisen bleibt und sich unfähig zeigt, auf moderne Herausforderungen zu reagieren.«

Harris schlug mit der Faust auf den Schreibtisch, daß die Papiere und Stifte tanzten. Mit einem Satz war er hinter dem Tisch hervor, so schnell, daß Susan erstarrte. Die unerwartete Explosion, die sie ausgelöst hatte, ließ sie schaudern. Harris stand direkt vor ihr.

»Miss Wheeler«, fauchte er, »Sie scheinen Ihre Position hier nicht begriffen zu haben.« Offenbar hielt er sich nur mit größter Mühe im Zaum. »Eines kann ich Ihnen aber sagen: Sie sind nicht der große Messias, der uns durch Handauflegen von einer Bürde befreit, mit der sich schon die fähigsten Köpfe dieses Hauses beschäftigt haben. Im Gegenteil, in meinen Augen sind Sie ein destruktives Element, dessen Einfluß man ausschalten muß. Ich verspreche Ihnen eins: Aus diesem Krankenhaus sind Sie in vierundzwanzig Stunden verschwunden, ein für allemal. Jetzt machen Sie, daß Sie aus meinem Büro kommen!«

Susan ging rückwärts zur Tür, hatte unwillkürlich Angst davor, diesem haßerfüllten Mann den Rücken zuzukehren. Sie riß die Tür auf und rannte auf den Flur. Angst und Wut trieben ihr die Tränen in die Augen.

Hinter ihr trat Harris die Tür zu. Dann riß er den Telefonhörer von der Gabel. Seiner Sekretärin befahl er, ihn umgehend mit dem Direktor der Klinik zu verbinden.

Dienstag
24. Februar
11 Uhr

Susan zwang sich zu einer normalen Gangart und mied die fragenden Blicke der Entgegenkommenden. Sie hatte Angst, daß man ihr ihre Gefühle vom Gesicht ablesen könnte. Immer wenn sie weinte oder im Begriff war zu weinen, färbten sich ihre Wangen und Augenlider rot. Zwar wußte sie, sie würde sich die Tränen verbeißen, aber die Vorboten ließen sich nicht beeinflussen. Und wenn jemand, der sie kannte, ihr jetzt über den Weg gelaufen wäre, hätte sie wahrscheinlich doch losgeheult wie ein Schloßhund. Also brauchte Susan nichts dringender als ein paar Minuten für sich allein. Genaugenommen war sie jetzt nur wütend und frustriert, nachdem die nackte Angst, die ihr der Zusammenstoß mit Harris eingejagt hatte, allmählich verebbt war. Und Angst in Verbindung mit einem Vorgesetzten erschien ihr so absurd, daß sie sich schon fragte, ob sie am Ende unter Halluzinationen litt. War ihre Rede Harris wirklich so unter die Haut gegangen, daß er sich nur mit Mühe einer Tätlichkeit enthalten konnte? Hatte er sie tatsächlich schlagen wollen, als er hinter dem Schreibtisch hervorstürmte? Der Gedanke kam ihr lächerlich vor. Und sie wußte, es würde ihr nie gelingen, die sie in jenen Augenblicken bewegenden Gefühle einem anderen klarzumachen. Das Ganze erinnerte sie an den Konflikt des Captain Queeg aus der »Meuterei auf der Caine«.

Die einzige Stätte der Zuflucht, die ihr im Augenblick einfiel, war das Treppenhaus. Sie stieß die schwere Metalltür auf, die hinter ihr sofort wieder ins Schloß fiel und sie von dem gleißenden Licht und dem Stimmengewirr des Krankenhauses abschnitt. Plötzlich kam ihr der Schein der nackten Glühbirne über ihr viel wärmer vor, und die Stille im Treppenhaus tat ihren Nerven wohl.

Als Susan merkte, daß sie ihr Notizbuch und den Kugelschreiber immer noch in der Hand hielt, knirschte sie mit den Zähnen und schleuderte beides fluchend auf den nächstunteren Treppenabsatz. Das Notizbuch prallte von einer Stufe ab und fiel mit den Blättern nach unten auf den Boden. Der Kugelschreiber sprang über die Treppe. Das sich schnell entfernende Klicken zeugte von seiner Reise in die Krankenhaus-Unterwelt.

Die Treppe sah als Ruheplatz nicht gerade einladend aus,

aber Susan setzte sich auf die oberste Stufe. Die Ellenbogen auf die Knie gestützt, schloß sie fest die Augen. Sie hatte das Gefühl, daß ihr ganzes Weltbild durcheinandergeraten war. Ihre früheren Lehrer und Professoren hatten auf Susans Persönlichkeit nach ihrem eigenen Empfinden stets unvorhersehbar reagiert. Das reichte von ausgesprochen warmherziger Freundlichkeit bis zu kaum verhüllter Feindschaft. Letztere aber drückte sich für gewöhnlich in einer Art passiver Aggressivität aus, ähnlich dem Verhalten von Dr. Nelson. Harris' Reaktion erschien ihr ganz und gar untypisch. Nelson war zunächst freundlich gewesen, hatte sich dann plötzlich ihren Plänen entgegengestellt. Wieder einmal überkam Susan das Gefühl, das ihr nur zu gut bekannt war, seit sie sich für die Medizin entschieden hatte: eine merkwürdige Art von Einsamkeit. Obwohl sie ständig von Menschen umgeben war, mit denen sie zu tun hatte und die auf sie reagierten, fühlte sie sich allein gelassen. Und wenn sie diese Erfahrung auf die jüngsten Geschehnisse übertrug, so waren ihre eineinhalb Tage im Memorial alles andere als ein vielversprechender Anfang ihrer klinischen Arbeitsjahre. Noch weit ausgeprägter als seinerzeit zu Beginn des Studiums stand sie unter dem Eindruck, daß sie den Versuch machte, einem rein männlichen Klub beizutreten, dessen Regeln von ihr Anpassung und Kompromisse verlangten.

Susan öffnete die Augen und sah auf ihr Notizbuch hinab, das wie ein Unfallopfer mit ausgebreiteten Armen dalag. Langsam gewann sie ihre Selbstbeherrschung zurück. Zugleich überraschte sie ihre eigene kindische Reaktion. Am Ende lagen Nelson und Harris mit ihren Analysen gar nicht so falsch. War eine Medizinstudentin in einem so frühen Stadium ihrer Ausbildung womöglich wirklich nicht die richtige Instanz für die Untersuchung und Aufklärung eines so kritischen klinischen Problems? Susan ging sogar einen Schritt weiter und fragte sich, ob ihre Emotionalität nicht vielleicht doch ein Handikap war. Hätte ein Mann sich Harris gegenüber genauso verhalten? War sie emotionaler veranlagt als ihre männlichen Konkurrenten? Susan mußte an Bellows denken und seine kühle Sachlichkeit, an die ganz und gar unpersönliche Art, wie er im Anblick der tiefsten menschlichen Tragödie über den Flüssigkeitshaushalt des Organismus dozieren konnte. Am Vortag hatte Susan das unmöglich gefunden, aber jetzt, in ihren Wachträumen auf der Hintertreppe, geriet ihr Urteil ins Wanken. Ob sie selbst, wenn die Lage es erforderte, zu ähnlicher Sachlichkeit fähig war?

Irgendwo über Susan ging eine Treppenhaustür auf. Das Geräusch brachte sie auf die Beine. Auf den Metallstufen erklangen eilige Fußtritte. Dann klappte eine zweite Tür, und es kehrte wieder Stille ein. Die rohen Zementwände des Treppenhauses mit den senkrechten rostfarbenen Wasserstreifen wirkten von Minute zu Minute deprimierender auf sie. Immer stärker empfand sie das Gefühl der Isoliertheit. Langsam, wie im Zeitlupentempo stieg sie einen Absatz tiefer und hob ihr Notizbuch auf. Durch Zufall war es an der Stelle aufgeklappt, wo sie Nancy Greenlys Krankenblatt kopiert hatte. Sie las in ihrer eigenen Handschrift: »Alter 23 Jahre, persönliche Krankengeschichte unauffällig, abgesehen von Mononukleose mit 18.« Gleich sah sie Nancy Greenlys wachsbleiches Gesicht wieder vor sich. »Alter dreiundzwanzig Jahre«, sagte Susan laut vor sich hin und wußte, sie würde das Koma-Phänomen weiter verfolgen, bis zur Grenze ihrer physischen und psychischen Kräfte; Harris und Nelson konnten sie nicht aufhalten. Plötzlich spürte sie, daß sie Bellows finden mußte. Sie fragte sich nicht, woher die plötzliche Sehnsucht nach ihm kam. Innerhalb eines Tages hatte sich ihre Einstellung ihm gegenüber völlig verändert.

»Um Gottes willen, Susan, haben Sie denn noch nicht genug?« Mit den Fingern massierte sich Bellows leicht die geschlossenen Augen. Zwischen den Fingern hindurch sah er Susan schließlich an, die ihm im Café des Krankenhauses gegenübersaß. Der Raum mit den unpersönlich modernen Möbeln wirkte relativ sauber und gepflegt. Das Café war vor allem für Besucher bestimmt, aber auch das Personal suchte dort von Zeit zu Zeit Zuflucht. Hier war es zwar teurer als in der Cafeteria, aber auch um vieles angenehmer. Um halb zwölf Uhr mittags herrschte großer Andrang, doch Susan hatte einen freien Ecktisch gefunden und Bellows ausrufen lassen. Daß er sofort erschienen war, nahm sie mit dankbarer Freude zur Kenntnis.

»Susan«, fuhr Bellows nach einer Pause fort, »Sie müssen diesen selbstzerstörerischen Kreuzzug aufgeben. Verstehen Sie doch, das ist sicherer Selbstmord. Susan, eines müssen Sie in der Medizin kapieren: Wer nicht mit dem Strom schwimmt, ertrinkt. Ich hab' das selbst mühsam gelernt. Himmel, was ist nur in Sie gefahren, einfach so zu Harris zu gehen, und das nach der Szene von gestern?«

Schweigend nippte Susan am heißen Kaffee, den Blick auf Bellows gerichtet. Er sollte ruhig weitersprechen, in ihren Ohren klang das gut, ihr Schicksal schien ihm nicht gleichgültig zu sein. Andererseits wollte sie aber auch, daß er sich für die Sache engagierte, sofern ihm das überhaupt möglich war. Bellows schüttelte den Kopf und widmete sich seinem Kaffee.

»Harris ist sehr einflußreich hier, aber nicht allmächtig«, sagte Bellows. »Stark kann jede seiner Entscheidungen rückgängig machen, wenn er einen Grund dafür sieht. Stark hat die meisten Gelder für die Bauten hier aufgetrieben, Millionen und aber Millionen. Also gilt sein Wort im Memorial. Warum geben Sie ihm nicht ein Motiv, sich für Sie einzusetzen? Warum benehmen Sie sich nicht wie eine normale Studentin, wenigstens ein paar Tage lang? Verdammt, das würde mir selbst ungeheuer guttun. Raten Sie mal, wer heute morgen bei der Visite erschien, um die neuen Studenten zu begrüßen? Stark natürlich. Und das erste, was er fragte, war, warum nur drei von fünf anwesend waren. Na schön, ich hab' ihm gesagt, blöderweise hätte ich euch alle gleich am ersten Tag zu einer Operation mitgenommen, und einer von euch wäre zusammengeklappt. Dreimal dürfen Sie raten, wie ich damit bei ihm ankam. Und dann fiel mir bei Ihnen absolut keine Ausrede ein. Also erklärte ich ihm, Sie hätten sich in der Fachliteratur vergraben und forschten über Koma im Zusammenhang mit Anästhesie. Ich dachte, wenn ich schon keine Lüge parat hätte, könnte ich gleich die

Wahrheit sagen. Natürlich war er sofort davon überzeugt, daß ich selbst Sie auf die Sache angesetzt hätte. Ich übertreibe also nicht, wenn ich sage, daß es für mich fast lebenswichtig ist, daß Sie sich jetzt wie eine normale Medizinstudentin aufführen. Ich hab' mich für Sie schon so weit aus dem Fenster gelehnt, daß ich herauszufallen drohe.«

Susan spürte den Wunsch, Bellows den Arm um die Schulter zu legen, nur so, als beruhigende Geste. Sie sah zu ihm auf.

»Es tut mir leid, Mark, wenn ich Ihnen Schwierigkeiten bereite, wirklich, das sag' ich nicht nur so. Und Sie glauben mir hoffentlich, daß ich es nicht mit Absicht getan habe. Ich geb' auch gern zu: Die ganze Angelegenheit wächst mir so sehr über den Kopf, daß es geradezu merkwürdig ist. Es fing alles mit einer Gefühlskrise an. Nancy Greenly ist genauso alt wie ich, und ich selbst hab' früher gelegentlich Unregelmäßigkeiten bei der Periode gehabt, bestimmt so ähnlich wie Nancy Greenly. Und ich kann nichts dagegen tun ... Ich fühle mich irgendwie mit ihr verbunden. Und dann die Sache mit Berman ... Was für ein verdammter Zufall! Übrigens, ist bei Berman ein EEG gemacht worden?«

»Ja. Das Gehirn ist hin.«

Susan suchte in Bellows' Zügen nach irgendeiner Regung, einer Spur von Betroffenheit. Bellows nippte an seinem Kaffee.

»Das Gehirn ist hin?«

»Ja, hin.«

Sie biß sich auf die Unterlippe und blickte in ihre eigene Tasse. Auf der braunen Oberfläche schwamm ein schimmernder Fettfleck. Obwohl sie diese Nachricht fast erwartet hatte, traf sie sie wie ein Schock, und nach der Schrecksekunde mußte sie ihre ganze Kraft aufwenden, um ihre Gefühle zu bezwingen.

»Alles in Ordnung?« Bellows hob ihr Kinn an.

»Sagen Sie mal 'nen Moment gar nichts.« Susan wagte nicht, ihn anzusehen. Sie wollte um Himmels willen nicht weinen, aber genau das würde geschehen, wenn Bellows weitersprach. Bellows spürte offenbar, was los war, und schwieg, beobachtete Susan allerdings genau.

Als sie nach ein paar Minuten aufsah, waren ihre Lider leicht gerötet. Sie vermied es immer noch, ihm in die Augen zu blicken. »Na ja«, sagte sie, »wie dem auch sei, die Sache fing mit einem rein gefühlsmäßigen Engagement an, aber sehr bald kam die intellektuelle Herausforderung dazu. Ich glaubte nämlich wirklich, auf etwas gestoßen zu sein ... auf eine neue Krankheit oder bisher unbekannte Narkosekomplikationen, ein neues Syndrom oder ähnliches. Und dann kam die zweite Überraschung. Die ganze Sache erschien plötzlich unendlich viel größer und drohender, als ich ursprünglich auch nur geahnt hatte. Nicht nur in der Chirurgie haben sich Koma-Fälle ereignet, sondern auch bei den Internisten. Und obendrein gab es diese Todesfälle, von denen Sie mir berichteten. Ich weiß, das mag in Ihren Ohren verrückt klingen, aber ich glaube bestimmt, daß da ein Zusammenhang besteht, und nicht nur das: Der Pathologe, mit dem ich sprach, deutete an, daß die beiden nicht die einzigen waren. Meine Intuition sagt mir, hinter all dem steckt irgend etwas ... Ich weiß nicht, wie ich es ausdrücken soll ... Für mich ist das irgendwie übernatürlich ... meinetwegen, sagen Sie dämonisch ...«

»Aha, Paranoia.«

»Ich kann doch nichts dafür, Mark. Denken Sie nur mal an die Reaktionen von Nelson und Harris, die waren doch ausgesprochen merkwürdig. Der Ausbruch von Harris stand in keinerlei Verhältnis zum Anlaß.«

Bellows schlug sich melodramatisch mit der Handfläche mehrmals gegen die Stirn. »Susan, jetzt wird mir alles klar. Sie sind nachts zu lange aufgeblieben und haben sich Horrorfilme angesehen. Geben Sie's zu, Susan, oder ich muß annehmen, daß ein Dachschaden vorliegt. Das alles ist doch völlig absurd! Was argwöhnen Sie eigentlich? Daß hier irgendwelche finsteren Einflüsse herrschen? Oder im Memorial ein übergeschnappter Killer umgeht, der Leute mit ungefährlichen Krankheiten haßt? Susan, wenn Sie schon solche extravaganten Hypothesen aufstellen, dann müssen Sie auch die Spur eines Motivs mitliefern. Ich meine, verrückte Killer sind für Hollywood sehr geeignet, aber in unserem Fall doch ein bißchen weit hergeholt. Ich gebe ja zu, daß Harris' Vorstellung merkwürdig anmutet. Trotzdem lassen sich bestimmt Gründe für sein Verhalten finden.«

»Versuchen Sie's doch.«

»Na schön. Wenn Sie mich fragen, Harris hat mit dieser Koma-Geschichte schon selbst genug Ärger. Schließlich handelt es sich da um seine Abteilung, und er trägt die Verantwortung. Und dann kommt da eine junge Medizinstudentin anspaziert und dreht das Messer noch in der Wunde um. Jemand, der unter derartigem Streß steht, kann schon mal aus der Haut fahren, meinen Sie nicht?«

»Bei Harris war das fast buchstäblich der Fall. Wie ein Verrückter kam er hinter seinem Tisch hervorgeschossen und wollte mich offensichtlich aus dem Raum prügeln.«

»Vielleicht haben Sie ihn scharfgemacht?«

»Wieso?«

»Kann doch sein, daß er auch sexuell auf Sie reagiert hat.«

»Nun hören Sie mal, Mark!«

»Das meine ich im Ernst.«

»Mark, der Mensch ist Arzt, Professor, Abteilungschef!«

»Muß er deshalb sexuell unempfindlich sein?«

»Jetzt kann ich Ihnen Absurdität vorwerfen.«

»Wieso? Eine Menge Ärzte stehen unter einem derartigen beruflichen Streß, daß sie nicht mehr in der Lage sind, auf normale menschliche und soziale Krisen angemessen zu reagieren. Unter psychologisch-sozialen Aspekten rangiert die Ärzteschaft nicht eben an der Spitze, um es gelinde auszudrücken.«

»Sprechen Sie da auch für sich selbst?«

»Schon möglich. Susan, Sie dürfen nicht vergessen, daß Sie eine ziemlich verführerische Person sind.«

»Sie können mich mal ...«

Bellows sah Susan völlig konsterniert an. Dann blickte er in die Runde, um zu prüfen, ob jemand zugehört hatte. Ihm war plötzlich nur allzudeutlich bewußt, daß sie im überfüllten Café saßen. Schnell hob er seine Kaffeetasse. Über den Rand hinweg starrte er Susan minutenlang an. Sie erwiderte seinen Blick.

»Warum haben Sie das gesagt?« Bellows wagte kaum mehr als ein Flüstern.

»Weil Sie's nicht anders verdient haben. Wenn Sie sagen, ich bin verführerisch, meinen Sie doch damit, ich versuchte mein Heil in der Verführung. Da irren Sie sich aber gewaltig.«

»Na gut, vielleicht war das Wort schlecht gewählt. Wollte damit ja nicht sagen, es wäre Ihre Schuld. Aber Sie sind nun mal eine attraktive Frau und ...«

»Okay, aber zwischen attraktiv und verführerisch ist ein Riesenunterschied.«

»Gut, gut. Ich meine ja attraktiv. Das schließt doch das Sexuelle ein. Und manchen Leuten machen Sie damit bestimmt zu schaffen. Aber ich wollte keinen Streit mit Ihnen anfangen, Susan. Außerdem muß ich los. Hab' in einer Viertelstunde 'ne Operation. Wenn Sie wollen, können wir heute abend beim Essen weiter darüber reden. Das heißt, sofern Sie noch Lust dazu haben.« Bellows nahm sein Tablett und machte Anstalten aufzustehen.

»Klar. Essen ist prima.«

»Und bis dahin könnten Sie doch mal versuchen, sich normal zu benehmen, oder?«

»Ich habe noch ein Eisen im Feuer.«

»Und das wäre?«

»Stark. Wenn der nicht mitmacht, muß ich aufgeben. Ohne Unterstützung bin ich aufgeschmissen, es sei denn, Sie würden mir die Daten vom Computer besorgen, Mark.«

Bellows ließ das Tablett wieder auf den Tisch sinken. »Susan, um Himmels willen, verlangen Sie so was nicht von mir! Ich kann das einfach nicht! Und was Stark betrifft: Susan, Sie sind wirklich verrückt. Der frißt Sie doch bei lebendigem Leibe. Im Vergleich zu Stark ist Harris noch ein sanftes Lamm.«

»Das Risiko muß ich eingehen. Und wahrscheinlich ist es kleiner als eine leichte Operation hier im Memorial.«

»Das ist unfair.«

»Warum haben Sie Berman nicht gefragt, ob er das fair findet?«

»Kann ich nicht mehr.«

»Können Sie nicht mehr?« Susan wartete ängstlich, daß Bellows seine Antwort näher erläuterte. Sie wollte nicht an die schlimmste Möglichkeit denken, aber sie stand ihr unwillkürlich vor Augen. Bellows verließ mit seinem Tablett den Tisch, ohne auf Susans Frage einzugehen.

»Er lebt doch noch, nicht wahr?« In Susans Stimme schwang Verzweiflung mit. Sie stand auf und lief hinter Bellows her.

»Sofern Sie das bloße Schlagen des Herzens Leben nennen wollen, jawohl, dann lebt er noch.«

»Liegt er im Aufwachsaal?«

»Nein.«

»Auf der Intensivstation?«

»Nein.«

»Okay, ich geb's auf. Also, wo liegt er?«

Bellows und Susan stellten ihre Tabletts ab und verließen gemeinsam das Café. Sofort wurden sie vom Getriebe in der großen Halle aufgesogen, und die Menge zwang sie, ihre Schritte zu beschleunigen.

»Er wurde in das Jefferson-Institut in Süd-Boston verlegt.«

»Was, zum Teufel, ist das Jefferson-Institut?«

»Eine Intensivpflege-Einrichtung. Sie ist Bestandteil des Gesundheits-Versorgungs-Programms. Dahinter steht der Gedanke, Kosten einzusparen, indem man die Intensivversorgung von Patienten rationalisiert, das heißt, diese Kranken in großen Pflegeeinheiten zusammenfaßt. Das Institut wird von privater Seite betrieben, wurde aber mit Regierungsgeldern gebaut. Konzeption und Einzelpläne stammen aus der Harvard-Untersuchung über die Erfordernisse der Intensivpflege.«

»Davon hab' ich noch nie gehört. Waren Sie schon mal da?«

»Nein, aber ich würde mir's schon gern ansehen. Von draußen hab' ich es mal gesehen. Ein sehr moderner, massiver Bau. Was mir besonders auffiel, der Himmel weiß, warum, war, daß es im ersten Stock keine Fenster gibt. Für medizinisches Personal werden jeden zweiten Dienstag im Monat Führungen durch das Institut veranstaltet. Diejenigen, die schon mal dagewesen sind, waren sehr beeindruckt. Die Geschichte scheint ein großer Erfolg zu sein. Dort können alle chronischen Pflegefälle aus den Intensivstationen aufgenommen werden, vorausgesetzt, sie sind komatös oder stehen kurz davor. Damit will man die Betten in den normalen Krankenhäusern für akute Fälle freihalten. Ich finde die Idee gut.«

»Aber Berman ist doch gerade erst komatös geworden. Weshalb haben sie ihn so schnell verlegt?«

»Auf den Zeitfaktor kommt es weniger an als auf die Stabilität des Zustands. Hier ist offensichtlich ein Langzeitpflegefall gegeben, und in seinem Zustand gab es, soviel ich weiß, keinerlei Schwankungen, ganz anders als bei unserer Freundin Greenly. Mein Gott, die macht uns vielleicht zu schaffen! Jede nur mögliche Komplikation tritt bei ihr auf.«

Susan war es völlig unverständlich, wie Bellows so emotionslos über Nancy Greenlys Tragödie reden konnte.

»Wenn sie stabiler wäre«, fuhr Bellows fort, »oder nur die Spur von Stabilität erkennen ließe, würde ich sie auf der Stelle ins Jefferson verlegen. Das ist doch ein typischer Fall von unangemessen großem Zeitaufwand mit außerordentlich geringen Resultaten. Von der Greenly profitiere ich überhaupt nicht. Wenn ich sie am Leben halten kann, bis sie verlegt wird, hab' ich wenigstens nicht den beruflichen Schaden davon. Das ist genau wie mit all den Präsidenten, die Vietnam keinesfalls aufgeben wollten. Gewinnen konnten sie nicht, aber verlieren wollten sie erst recht nicht, die hatten nichts zu gewinnen und eine Menge zu verlieren.«

Sie waren an den Fahrstühlen angekommen, und Bellows vergewisserte sich, daß einer aus der schweigenden Menge der Wartenden den Aufwärts-Knopf gedrückt hatte. »Wo war ich?« Er kratzte sich den Kopf, dachte offenbar schon an seine Operation.

»Bei Berman und seiner Intensivpflege.«

»Ach so, natürlich. Der war eben stabil genug.« Bellows sah auf die Uhr, warf dann den geschlossenen Fahrstuhltüren einen haßerfüllten Blick zu. »Verdammte Lifts. Also, Susan, ich halte mich für gewöhnlich mit Ratschlägen zurück. Aber in diesem Fall kann ich mir nicht helfen. Gehen Sie zu Stark, meinetwegen, wenn es Sie so drängt. Aber denken Sie daran: Ich bin für Sie schon sehr weit auf den Ast geklettert. Richten Sie Ihr Verhalten danach ein. Und wenn Sie bei Stark waren, dann geben Sie, verdammt noch mal, diesen Kreuzzug auf. Sie ruinieren Ihre Karriere, ehe sie überhaupt begonnen hat.«

»Macht Ihnen *meine* Karriere Sorgen oder *Ihre*?«

»Beide, glaube ich.« Bellows trat vor dem Strom der aus dem Lift Steigenden zur Seite.

»Wenigstens sind Sie ehrlich.«

Bellows quetschte sich in den Fahrstuhl und winkte Susan zu. Dabei sagte er etwas wie »halb acht«. Susan nahm an, daß ihre Essenverabredung gemeint war. Ihre Uhr zeigte in diesem Augenblick Viertel vor zwölf.

Dienstag
24. Februar
11 Uhr 45

Bellows sah auf die Stockwerkanzeige über der Tür. Er wußte, er war knapp dran für seinen Fall im OP: Hämorrhoiden-Operation an einem zweiundsechzigjährigen Mann. Das entsprach nicht eben Bellows' Vorstellungen von einer faszinierenden Aufgabe, doch er war Chirurg mit Leib und Seele. Wenn er erst einmal mitten drin war und die Verantwortung spürte, die das Messer verlieh, war es ihm ziemlich egal, was er unter den Händen hatte: Magen, Hand, Mund oder Hinterteil.

Doch jetzt, im Fahrstuhl, eilten seine Gedanken voraus, zum Rendezvous mit Susan. Vorfreude durchflutete ihn, er spürte, es würde eine erfrischend unbekümmerte Angelegenheit werden. Gesprächsstoff gab es genug, tausenderlei Themen. Und physisch? Bellows hatte keine Ahnung, was ihn auf diesem Gebiet erwartete. Noch war ihm nicht ganz klar, wie er über die Hürde der rein kollegialen Beziehungen hinwegkommen sollte, die zwischen ihm und Susan bereits gewachsen war. Was ihn selbst betraf, so waren seine Reaktionen auf Susan auch durchaus physischer Natur, und zwar so eindeutig, daß es ihm fast schon Sorgen bereitete. Denn Sex hieß für Bellows auch Freisetzung von Aggressivität, und gegenüber Susan hegte er keinerlei Aggressionen, bisher jedenfalls nicht.

Er mußte lächeln, als er sich vorstellte, wie er Susan küssen würde. Er erinnerte sich an ungemütliche Augenblicke in seiner frühen Jünglingszeit. Das Ritual am Ende eines Rendezvous war stets gleich: banale Unterhaltung bis zur Türschwelle, dann überfallartig die Küsserei. Bellows pflegte feste und feuchte Küsse auszuteilen. Dann trat er jedesmal einen Schritt zurück, um die Wirkung zu beobachten, zwischen der Hoffnung auf Gnade und der Angst vor Zurückweisung hin- und hergerissen. Und immer, wenn seine Annäherung akzeptiert wurde, überfiel ihn Verwunderung; meist hatte er auch selbst keine Ahnung, warum er das Mädchen überhaupt küssen wollte.

Was hatte die Aussicht auf einen privaten Abend mit Susan mit den Erinnerungen an seine frühen Abenteuer zu tun? fragte er sich. Die Antwort hieß: Er fühlte in sich wieder ganz stark den Drang zu physischem Kontakt mit dem anderen Geschlecht, wußte aber nicht, ob er seine Erwartungen so hoch schrauben konnte. Susan war in dieser Hinsicht begehrenswert, kein Zweifel, aber bei ihr handelte es sich um eine angehende Ärztin, und das brachte sie auf die gleiche Stufe. Sie würde wenig beeindruckt von der Trumpfkarte sein, die ihm sonst im Privatleben über manche Hürde hinweghalf: Wenn er nämlich enthüllte, daß er Arzt war, sogar Chirurg. Seiner Erfahrung nach machte das stets Eindruck, obwohl das Arzt-Sein, wie er wußte, entgegen der volkstümlichen Mythologie keinerlei besondere Attribute verlieh. Ganz im Gegenteil; wenn er an viele seiner Kollegen im Memorial dachte, mußte das Eingeständnis der medizinischen Weihen eigentlich eher ein Handikap bedeuten. Doch diese Gedanken spielten in bezug auf Susan eine untergeordnete Rolle. Was ihm in Wahrheit zu schaffen machte, war die Gewißheit, daß sie einen Penis kaum als Sensation empfinden würde, höchstwahrscheinlich hatte sie nicht nur einen seziert.

Zwar assoziierte Bellows seine sexuellen Bedürfnisse und Phantasien keineswegs mit anatomischen und physiologischen Realitäten, doch wie war das bei Susan? Mit ihrem natürlichen Lächeln, der samtweichen Haut und ihren phantastischen Brüsten sah sie völlig normal aus. Aber zu ihrer Ausbildung gehörte das Studium der parasympathischen Reflexe und inkretorischen Veränderungen, die Sex erst möglich machten, von der Lust ganz zu schweigen. Vielleicht hatte sie zuviel anatomische Kenntnisse. Vielleicht würde ihm auch, selbst wenn die Situation vielversprechend war, sein Penis selbst einen Streich spielen. Der Gedanke ließ ihn unsicher werden, ob es überhaupt ratsam war, sich mit Susan einzulassen. Schließlich suchte er die vollkommene Entspannung, wenn er dem Krankenhaus einmal den Rücken kehren konnte. Und Sex ohne Tiefgang war ein ausgezeichnetes Mittel dazu. Mit Susan aber würde es, wenn es überhaupt dazu kam, wohl kaum ohne Tiefgang bleiben. Und außerdem gab es immer noch die kitzlige Frage, ob er sich überhaupt privat und intim einer Studentin widmen durfte, die unter seiner Aufsicht die ersten Weihen der Chirurgie erhielt. Mit Sicherheit würde Bellows ein Urteil über ihre Qualifikation abgeben müssen. Steuerte er da nicht auf einen unangenehmen Konflikt zu?

Die Fahrstuhltüren öffneten sich zum Operationstrakt, und Bellows ging mit schnellen Schritten zum Hauptpult. Dort saß ein Mann im weißen Kittel, der den Chirurgieplan für den folgenden Tag vorbereitete.

»In welchem Saal bin ich dran?« fragte Bellows. »Ein Mr. Barron, Hämorrhoiden.«

Der Mann blickte auf die Tagesliste. »Sind Sie Dr. Bellows?«

»Genau.«

»Sie sind von dem Fall entbunden worden.«

»Entbunden? Von wem?« Bellows war perplex.

»Von Dr. Chandler. Und er hat hinterlassen, Sie möchten umgehend in sein Büro kommen.«

Von einem seiner eigenen Fälle entbunden zu werden, kam Bellows äußerst seltsam vor. Natürlich fiel es in die Kompetenz von Dr. Chandler, jemandem eine Operation wegzunehmen, dafür war er schließlich der dienstälteste Oberarzt. Aber Bellows empfand den Vorgang als höchst ungewöhnlich. Das eine oder andere Mal war er abberufen worden, wenn er assistieren sollte, und dann meist, um irgendwo anders einzuspringen. Aber daß man ihm einen seiner eigenen Fälle auf Beard 5 wegnahm, war eine ganz neue Erfahrung.

Bellows machte sich nicht die Mühe, seine Überraschung zu verbergen. Er dankte dem Mann und begab sich zu Chandlers Büro.

Der dienstälteste Oberarzt residierte in einem winzigen Gemach im zweiten Stock. Aus diesem fensterlosen Büroloch kam täglich die gesamte Operationsplanung. Chandler war verantwortlich für die Zeiteinteilung, Not- und Wochenenddienste eingeschlossen. Er regelte die Operationsfolge und die Assistenz, soweit benötigt.

Auf Bellows' Klopfen folgte ein gedämpftes »Herein«. Der Schreibtisch, hinter dem George Chandler saß, füllte fast den ganzen Raum aus. Chandler mußte sich an der Wand entlangdrücken, um an seinen Platz zu kommen. Vor dem Schreibtisch stand ein einzelner Holzstuhl. Der Raum war fast kahl, nur ein Mitteilungsbrett schmückte die Wand. Ausdruckslose Makellosigkeit war das Merkmal des Büros – und seines Insassen.

Der Erste unter den Oberärzten hatte sich seine Position von ganz unten, aus den Niederungen der Studenten und Assistenzärzte, mühsam erkämpft. Nun saß er an der Nahtstelle zwischen dem Olymp der erhabenen Chirurgen und Spezialisten und der Welt der Bedeutungslosen. Er gehörte keiner der beiden Kasten an, und das machte seine Stärke aus, hatte ihn zugleich aber in die Isolation gedrängt. Die Jahre des Kampfes und des Wettbewerbs hatten ihren Tribut gefordert. Dabei war Chandler eigentlich noch ein junger Mann, ganze dreiunddreißig Jahre alt. Nicht sehr groß von Gestalt, trug er das Haar zu einer Art Cäsarenfrisur nach vorn gekämmt. Das plumpe Gesicht täuschte über sein reizbares Temperament hinweg. In mancher Hinsicht ähnelte Chandler einem emporgekommenen Laufburschen, den man in seiner Lehrzeit zu oft unterdrückt hatte.

Bellows setzte sich ihm gegenüber auf den Holzstuhl. Zunächst sprach keiner. Chandler betrachtete den Bleistift in seiner Hand. Als Bellows eingetreten war, hatte er von seiner Arbeit aufgeblickt und sich mit seinem Stuhl gegen die Wand gelehnt.

»Tut mir leid, Mark, daß ich Sie vom Operationsplan nehmen mußte«, sagte Chandler schließlich, ohne sein Gegenüber anzusehen.

Bellows erwiderte betont neutral: »Auf ein paar Hämorrhoiden mehr oder weniger kommt's mir nicht an.«

Erneut entstand eine Pause. Chandler ließ seinen Stuhl wieder nach vorn kippen und sah Bellows an.

»Mark, ich vermute, Ihnen ist es mit der Chirurgie Ernst. Mit der Chirurgie hier im Memorial, um genau zu sein.«

»Davon können Sie ausgehen.«

»Und nicht zu Unrecht, Ihre Laufbahn kann sich sehen lassen. Wenn ich offen sein soll: Ich habe Ihren Namen sogar mehrfach gehört, wenn es um Oberarzt-Positionen ging. Und das ist einer der Gründe, weshalb ich mit Ihnen reden wollte. Vor gar nicht langer Zeit hat mich Harris angerufen; er war völlig außer sich. Erst wußte ich nicht mal, was er wollte. Anscheinend schnüffelt einer von Ihren Studenten wegen der Koma-Fälle rum, und Harris ist stinkwütend. Wohlgemerkt, ich hab' keine Ahnung, was wirklich los ist, aber er denkt offensichtlich, daß Sie dahinterstecken. Ich meine, daß Sie den Studenten darauf angesetzt haben und ihm helfen.«

»Es handelt sich um eine ›sie‹.«

»Er oder sie, ist mir scheißegal.«

»Na ja, so egal ist das in diesem Fall nicht. Die Dame ist hervorragend gebaut. Und was meine angebliche Rolle in der Angelegenheit betrifft, kann ich nur sagen: Fehlanzeige! Wenn ich überhaupt damit zu tun habe, dann nur, indem ich ihr die ganze Sache dauernd auszureden versuche.«

»Ich habe nicht vor, mit Ihnen zu streiten, Mark. Ich wollte Sie nur warnen. Mir täte es sehr leid, wenn Sie wegen irgendwelcher Studenten Ihre Oberarzt-Chancen aufs Spiel setzten.«

Mark sah Chandler an und überlegte, was er wohl sagen würde, wenn er wüßte, daß er für denselben Abend eine private Verabredung mit Susan hatte.

Chandler fuhr fort: »Ich hab' keine Ahnung, ob Harris wegen der Sache zu Stark gegangen ist. Ich tu's nicht, Mark, das verspreche ich Ihnen, jedenfalls so lange nicht, bis ich mich selbst absichern muß. Aber lassen Sie mich noch einmal ganz klipp und klar sagen: Harris war stinkwütend, und Sie sollten Ihre Studentin lieber an die Kandare nehmen und ihr sagen, sie solle sich gefälligst für was anderes interessieren. An dieser Sache arbeiten schließlich schon mindestens zehn Leute. Man kann fast sagen, daß Harris' Abteilung mit nichts anderem mehr beschäftigt ist, seitdem wir diese Pechsträhne mit den komatösen Narkosefällen haben.«

»Ich werd' versuchen, es ihr beizubringen, aber ich fürchte, das ist leichter gesagt als getan. Das Mädchen hat einen ausgesprochenen Dickschädel und dazu noch eine fruchtbare Phantasie.« Bellows überlegte, warum er dieses Attribut gebraucht hatte, um Susans Vorstellungskraft zu beschreiben. »Sie ist in die Sache reingeraten, weil ausgerechnet die beiden ersten Patienten, mit denen sie hier Kontakt hatte, zu den Koma-Opfern gehören.«

»Wie auch immer: Gehen wir mal einfach davon aus, daß Sie jetzt gewarnt sind. Was diese Studentin tut, fällt auf Sie zurück, vor allem dann, wenn Sie ihr auch nur die geringste Unterstützung zukommen lassen. Aber das war nur einer der Gründe für unsere Besprechung. Da ist noch ein Problem, und mit Sicherheit ein größeres. Sagen Sie mir doch bitte, Mark, welche Schranknummer haben Sie oben bei den OPs?«

»Acht.«

»Und was ist mit Nummer 338?«

»Die hatte ich vorübergehend. Etwa eine Woche lang, bis die acht frei wurde.«

»Warum haben Sie 338 nicht behalten?«

»Soviel ich weiß, gehörte der Schrank jemand anderem, und ich habe ihn nur benutzt, bis ich einen eigenen bekam.«

»Wissen Sie die Schloßkombination von 338 noch?«

»Wahrscheinlich, wenn ich mein Gedächtnis sehr anstrenge. Aber warum fragen Sie das alles eigentlich?«

»Weil Dr. Cowley eine merkwürdige Entdeckung gemacht hat. Er behauptet, 338 hätte sich wie von Zauberhand geöffnet, als er sich umzog, und der ganze verdammte Schrank hätte bis oben hin voll Drogen gesteckt. Wir haben das überprüft, und er hatte recht. Alle Arten von Drogen, die man sich nur vorstellen kann, inklusive Narkotika. Auf der Schrankliste, die ich hier habe, steht Ihr Name hinter 338 und nicht hinter acht.«

»Wer soll Nummer acht haben?«

»Dr. Eastman.«

»Aber der hat doch seit Jahren nicht mehr operiert.«

»Eben, eben. Sagen Sie mir, Mark, wer hat Ihnen die Nummer acht zugewiesen? Walters?«

»Stimmt. Walters sagte mir erst, ich soll 338 benutzen, und dann gab er mir die Nummer acht.«

»Na schön. Reden Sie mit niemandem darüber, vor allem nicht mit Walters. So ein Drogenversteck zu finden ist eine verdammt ernste Sache, schon wenn man an die Umstände denkt, die erforderlich sind, bis man normalerweise überhaupt an das Zeug herankommt. Weil Sie auf meiner Schrankliste unter 338 eingetragen sind, wird sich die Krankenhausverwaltung höchstwahrscheinlich mit Ihnen in Verbindung setzen. Aus ersichtlichen Gründen sind die nicht gerade wild darauf, daß die Sache publik wird, vor allem nicht wegen der neuen behördlichen Drogenzugangskontrollen. Also, behalten Sie's streng für sich. Und denken Sie um Himmels willen daran, Ihre Studentin von den Anästhesie-Komplikationen wegzubringen.«

Bellows verließ ziemlich bedrückt Chandlers Höhle. Daß er mit Susans Aktivitäten in Verbindung gebracht wurde, überraschte ihn keineswegs, das hatte er ohnehin befürchtet. Aber die Neuigkeit mit den Drogen, die ausgerechnet in einem

Schrank aufgetaucht waren, der unter seinem Namen lief: das war eine ganz andere, viel gravierendere Sache. Im Geist sah er Walters vor sich, wie er durch den Operationstrakt schlich. Warum wollte jemand in derartigem Umfang Drogen horten? Bellows merkte, daß er sich vor übereilten Schlußfolgerungen hüten mußte. Übernatürlich und dämonisch, das waren die Worte, die Susan gebraucht hatte. Sehr gern hätte Bellows gewußt, welche Mittel in Schrank 338 gefunden worden waren. Ob er Susan von dieser Entdeckung erzählen sollte?

Dienstag
24. Februar
14 Uhr 30

Susan ließ den Blick schweifen, als sie dem Chef der Chirurgie in seinem Büro gegenübersaß. Es war ein Raum wie aus dem Einrichtungskatalog für Direktionsetagen: großzügig und exquisit möbliert. Zwei Wände bestanden fast nur aus Fensterglas und lieferten ein Bilderbuchpanorama von Charlestown bis zum Bostoner Nordend. Die Brücke über den Mystic River war zum Teil von grauen Schneewolken verhüllt. Der Wind hatte landeinwärts gedreht und blies jetzt aus dem Norden arktische Kaltluft in die Stadt.

Starks Teakholzschreibtisch mit einer Platte aus weißem Marmor stand quer zur Nordwestecke des Büros. Die Wand rechts dahinter war vom Boden bis zur Decke mit Spiegelglas verkleidet. In die vierte Wand neben der Tür zum Vorzimmer war ein luxuriös gearbeitetes Bücherregal eingelassen. Ein Teil des Regals war zu einem Schrank umgewandelt, und durch einen Spalt in der Tür sah man blinkende Gläser, Flaschen und einen kleinen Kühlschrank.

In der Ecke gegenüber dem Schreibtisch stand ein niedriger Glastisch, umgeben von Fiberglasstühlen mit bunten Lederkissen in den Farben Orange und Grün.

Stark saß hinter dem schweren Schreibtisch. Die Gestalt des

Chefchirurgen wurde im getönten Fensterglas und im Spiegel hundertfach reflektiert. Er hatte die Füße auf eine Schreibtischecke gelegt und saß so, daß er beim Lesen das Tageslicht im Rücken hatte.

Sein beigefarbener maßgeschneiderter Anzug saß makellos auf der schlanken Figur, das orangefarbene seidene Tuch in der linken Brusttasche wirkte als Farbakzent etwas gewollt. Das ergrauende Haar trug er mäßig lang und zurückgekämmt, so daß es gerade eben die Ohrenspitzen bedeckte. Das Gesicht wirkte aristokratisch, mit scharfgeschnittenen Zügen und einer schmalen Nase. Er trug eine Brille mit Halbgläsern. Seine grünen Augen blickten aufmerksam auf das Papier in seiner Hand.

Die Kombination von überaus eindrucksvoller Kulisse und Starks Ruf als Genius der Chirurgie hätte Susan eingeschüchtert, wenn der Mann sie nicht mit einem so ungezwungenen freundlichen Lächeln begrüßt und dann diese legere Haltung eingenommen hätte. Die Füße auf der Tischplatte machten Susan Mut und schienen auszudrücken, daß der Mann den ganzen Firlefanz um die Machtbefugnisse im Memorial in Wahrheit gar nicht so ernst nahm. Und mit ihrer Einschätzung, daß Starks außergewöhnliches Können sowohl als Chirurg wie als medizinischer Administrator es ihm erlaubte, die Konventionen weitgehend zu ignorieren, traf sie genau ins Schwarze. Er hatte zu Ende gelesen und blickte Susan an.

»Verehrte junge Dame, das ist eine äußerst interessante Lektüre. Sicher ist Ihnen klar, daß ich mit den chirurgischen Fällen bestens vertraut bin, aber daß die Internisten ähnliche Probleme haben, davon hatte ich keine Ahnung. Ob beides wirklich zusammenhängt, ist sehr ungewiß, aber ich muß Ihnen das Verdienst einräumen, als erste auf diese Möglichkeit hingewiesen zu haben. Und diese zwei Fälle von Atemstillstand mit Exitus mit den anderen Problemen in Zusammenhang zu bringen, ich muß schon sagen ... Das ist einerseits sehr weit hergeholt, andererseits aber fast genial. Das gibt wirklich Stoff zum Nachdenken. Sie, mein Fräulein, stellen den Zusammenhang her, weil nach Ihrer Ansicht ungenügende Beatmung und damit

Sauerstoffmangel allen Fällen gemeinsam ist. Meine erste Reaktion darauf, aber, wohlgemerkt, nur die erste, wäre der Einwand, daß damit nicht die Anästhesie-Fälle erklärt werden können. Dort nämlich erfolgt die ganze Zeit über künstliche Beatmung. Ferner stellen Sie die Möglichkeit zur Diskussion, daß eine frühere Gehirnentzündung oder Hirninfektion die Patienten anfälliger gegen Narkosekomplikationen macht... Wir wollen mal überlegen.«

Er nahm schwungvoll die Füße vom Tisch und drehte sich mit dem Sessel zum Fenster. Geistesabwesend holte er die Brille von der Nase und kaute an einem Bügelende.

»Die Parallele zum Parkinsonismus drängt sich auf. Der wird neuerdings mit vorangegangenem unerkannten Virenbefall in Verbindung gebracht. Damit ist wohl auch Ihre Theorie nicht ganz abwegig. Aber wie könnte man das beweisen?« Stark drehte sich mit seinem Sessel halb herum und sah Susan an. »Und Sie können mir eines glauben: Die Anästhesie-Fälle haben wir bis zum Erbrechen untersucht. Alles, und ich meine buchstäblich alles, wurde mit größter Genauigkeit unter die Lupe genommen, von einer Menge von Leuten, Anästhesisten, Epidemiologen, Internisten, Chirurgen... Jeder, der uns nur irgendwie wichtig erschien, wurde zur Untersuchung herangezogen. Ausgenommen allerdings eine Medizinstudentin.«

Stark lächelte freundlich, und Susan fühlte sich der weithin gerühmten Ausstrahlung dieses Mannes ziemlich widerstandslos ausgeliefert. Auf jeden Fall aber wurde ihr Selbstbewußtsein enorm gestärkt.

»Meiner Ansicht nach«, fing sie an, »müßte man sich zuerst auf den Zentralcomputer konzentrieren. Die Daten, die ich mir beschaffen konnte, reichen nur ein Jahr zurück und wurden bei weitem nicht gezielt genug abgefragt. Es ist überhaupt nicht abzusehen, was der Computer alles ausspuckt, wenn sämtliche Möglichkeiten ausgeschöpft werden. Man sollte zum Beispiel für die letzten fünf Jahre alle Fälle abrufen, die unter den Stichworten Atemstillstand, Koma und Todesfälle mit unbekannter Ursache gespeichert sind.

Wenn man dann eine vollständige Liste aller möglicherweise zusammenhängenden Fälle hat, müßten die Krankenblätter durchgekämmt werden mit dem Ziel, einen gemeinsamen Nenner zu finden. Ferner wären die Familien der betroffenen Patienten zu befragen, um möglichst viele Anhaltspunkte über Erkrankungen in der Vergangenheit zu bekommen, zum Beispiel Virusinfektionen, Krankheitsverläufe. Gleichzeitig müßte man umgehend damit beginnen, mit Hilfe aller derzeitigen Opfer ein Serum zu entwickeln, um künftigen Wiederholungen vorzubeugen.«

Beim Sprechen beobachtete Susan Starks Gesicht genau, um gegen Ausbrüche ähnlich denen von Nelson und Harris gewappnet zu sein. Starks Miene zeigte jedoch nachdenklichen Gleichmut. Offensichtlich folgte er interessiert Susans Darlegungen. Hier, dachte sie, saß sie endlich einmal einem Arzt gegenüber, der sich ein neutrales Urteil bewahrt hatte und für Neues zugänglich war. Und als er schließlich sprach, waren seine Einwände rein sachlicher Natur.

»Schutzimpfungen nach dem Schrotkugel-Prinzip sind in solchen Fällen nie besonders effektiv. Dafür kosten sie viel Zeit und noch mehr Geld.«

»Es gibt aber neue Immunologie-Techniken, die diese Nachteile weitgehend wettgemacht haben.«

»Schon möglich. Trotzdem wäre der Einsatz bei einem so unsicheren Ergebnis zu groß. Ich müßte erst hieb- und stichfeste Beweise haben, bevor ich derartige Ausgaben rechtfertigen könnte. Aber Sie sollten das alles einmal Dr. Nelson vortragen, dessen Spezialgebiet Immunologie ist.«

»Ich glaube kaum, daß Dr. Nelson daran interessiert wäre«, sagte Susan.

»Wie kommen Sie darauf?«

»Um die Wahrheit zu sagen, ich habe schon mit Dr. Nelson gesprochen, und daher weiß ich, daß ihn die Sache nicht interessiert. Und er war nicht der einzige. Als ich die Angelegenheit einem anderen Abteilungschef vortrug, hätte ich ums Haar eine Tracht Prügel bezogen wie ein ungezogenes Kind, das in der

Speisekammer ertappt wird. Ich werde das Gefühl nicht los, daß hier noch etwas ganz anderes im Spiel ist.«

»Und was sollte das sein?« Stark studierte noch einmal Susans Notizen.

»Nun ja, ich weiß nicht recht, wie ich es nennen soll ... Sagen wir, unerlaubte Machenschaften ... finstere Umtriebe.«

Susan unterbrach sich, weniger weil ihr die Sprache ausgegangen wäre, als in Erwartung schallenden Gelächters oder eines gepfefferten Donnerwetters. Aber Stark drehte sich nur mit seinem Sessel und ließ den Blick wieder über die Stadt schweifen.

»Unerlaubte Machenschaften«, wiederholte er schließlich und ließ jede Silbe auf der Zunge zergehen. »Ich muß schon sagen, Dr. Wheeler, Sie haben eine ausgeprägte Phantasie.« Abrupt drehte er sich wieder herum, stand auf und kam hinter dem Schreibtisch hervor. »Unerlaubte Machenschaften ...« sagte er noch einmal vor sich hin. »Ich muß zugeben, daran habe ich überhaupt noch nicht gedacht, nicht mal im Traum.« Stark war erst am Morgen über Dr. Cowleys Drogenfund in Spind Nummer 338 informiert worden, und die Neuigkeit hatte ihn aufgeschreckt. Er lehnte sich gegen den Schreibtisch und blickte auf Susan hinunter.

»Wenn Sie so etwas wie unerlaubte Machenschaften im Sinn haben, stellt sich zunächst die Frage nach dem Motiv. Könnte es denn wirklich ein Motiv für diese Serie schrecklicher Vorkommnisse geben? Die Fälle sind doch viel zu unterschiedlich. Und Koma? Das hieße doch, daß da ein ausgesprochen befähigter Psychopath am Werk wäre, der ein völlig irrationales Spiel triebe. Aber das Entscheidende bei dieser Lesart wäre doch, daß Ihre sogenannten unerlaubten Machenschaften im OP gar nicht zu realisieren wären. An einer Operation sind viel zu viele Menschen beteiligt, die den Patienten viel zu genau beobachten. Ich gebe ja zu, die Untersuchungen müßten unvoreingenommen geführt werden, und man dürfte keine Möglichkeit von vornherein ausschließen, aber ich glaube kaum, daß diese Sache wirklich eine kriminelle Komponente haben könnte. Immerhin, ich muß gestehen, daß ich so etwas bisher überhaupt nicht in Betracht gezogen habe.«

»Und ich muß zugeben«, sagte Susan, »daß ich keineswegs vorhatte, den Gedanken Ihnen gegenüber zu erwähnen. Aber jetzt bin ich froh, daß ich es getan habe. Darf ich noch mal auf das eigentliche Problem zurückkommen? Daß eine weitgestreute Schutzimpfung zu teuer wäre, sehe ich ein. Aber das Argument gilt nicht für die Durchforstung der Krankenblätter und die Familienbefragungen, so was kostet kaum etwas. Das könnte ich auch selbst übernehmen, nur brauchte ich dann etwas Hilfe von Ihnen.«

»Was für Hilfe?«

»Erstmal müßte ich autorisiert werden, den Computer zu benutzen; das wäre die wichtigste Voraussetzung. Zweitens brauchte ich die Erlaubnis, die Krankenblätter einzusehen. Drittens schließlich hab' ich mir unten wohl was Schönes eingebrockt.«

»So? Was denn?«

»Bei Dr. Harris. Schätze, er ist entschlossen, mich auf dem schnellsten Wege aus dem Memorial zu befördern und die Hospitantenschaft in der Chirurgie abzubrechen. Wie es aussieht, hat er für Frauen in der Medizin sowieso nicht viel übrig, und ich hab' wohl nicht gerade dazu beigetragen, das Vorurteil abzubauen.«

»Mit Dr. Harris ist es manchmal etwas schwierig. Er ist sehr gefühlsbetont. Andererseits ist er wahrscheinlich der beste Anästhesist im ganzen Land. Für sein Urteil über Frauen in der Medizin hat er, glaube ich, besondere, private Gründe. Vielleicht ist das nicht gerade seine bewundernswerteste Seite, aber man könnte vermutlich Verständnis dafür aufbringen. Nun gut, ich werde sehen, was ich für Sie tun kann. Aber ich muß Ihnen auch sagen, daß Sie sich hier auf ein sehr heikles Gebiet gewagt haben. Bestimmt haben Sie sich schon Gedanken darüber gemacht, was es heißt, wenn hier wirklich unsaubere Machenschaften im Spiel sind oder nur laut über diese Möglichkeit nachgedacht wird. Solche Gerüchte würden dem Krankenhaus unabsehbaren

Schaden zufügen, wahrscheinlich sogar dem medizinischen Ruf von ganz Boston. Also, meine werte Dame, fassen Sie die Sache mit Samthandschuhen an, sofern Sie sie überhaupt anzufassen belieben. Mit Ihren Absichten schaffen Sie sich bestimmt keine Freunde, und mein ehrlicher Rat heißt: Lassen Sie die Angelegenheit auf sich beruhen. Wenn Sie aber trotzdem weitermachen wollen, nun gut, dann will ich versuchen, Ihnen zu helfen, aber garantieren kann ich nichts. Wenn Sie irgend etwas Neues herausfinden, will ich mir das gern anhören und mein Urteil dazu abgeben. Je mehr Informationen Sie vorzuweisen haben, um so leichter werde ich Ihnen zu dem verhelfen können, was Sie brauchen.«

Stark ging zur Tür und öffnete sie. »Rufen Sie mich heute nachmittag noch mal an, dann sage ich Ihnen, ob ich mit Ihren Wünschen weitergekommen bin.«

»Vielen Dank, Dr. Stark.« Susan zögerte auf der Schwelle, drehte sich noch einmal halb um. »Gott sei Dank sind Sie Ihrem Ruf nicht gerecht geworden. Man hat mich gewarnt, bei Ihnen müßte man darauf gefaßt sein, bei lebendigem Leib skalpiert zu werden.«

Stark lachte. »Warten Sie nur ab. Vielleicht stimmen Sie der öffentlichen Meinung zu, wenn Sie einmal Zeit finden, an der Visite teilzunehmen.«

Susan verabschiedete sich endgültig und ging. Stark setzte sich an seinen Schreibtisch und schaltete die Gegensprechanlage zu seiner Sekretärin ein.

»Rufen Sie Dr. Chandler an, und stellen Sie fest, ob er schon mit Dr. Bellows geredet hat. Und sagen Sie Chandler, ich will, daß die Sache mit den Drogen im Schrank so schnell wie möglich aufgeklärt wird.«

Er lehnte sich zurück und ließ den Blick aus dem Fenster schweifen: über den Wald von Bauten, die, alle zusammen, das Memorial ausmachten. Starks Leben war so eng mit dem Krankenhaus verwoben, daß sich beides zuweilen nicht mehr auseinanderhalten ließ. Wie Bellows Susan berichtet hatte, war es dem Chefchirurgen persönlich gelungen, den größten Teil des

Geldes zu beschaffen, mit dem das Memorial modernisiert und seine sieben neuen Bauten errichtet worden waren. Daß Stark überhaupt chirurgischer Chefarzt geworden war, lag zum Teil an seiner Meisterschaft im Auftreiben von Subskriptionen und Spenden.

Je länger er über den Drogenfund in Schrank Nummer 338 und dessen mögliche Konsequenzen nachdachte, um so wütender wurde er. Für ihn war das nur ein weiterer Beweis dafür, daß die meisten Leute über ihrer täglichen Geschäftigkeit das langfristige Ziel der Dinge aus den Augen verloren.

»Verdammt«, sagte er laut vor sich hin. Dummköpfe würden am Ende all seine Bemühungen zunichte machen, das Memorial als das führende Krankenhaus im ganzen Land zu etablieren. Dann waren Jahre der Arbeit umsonst gewesen. Es schien nur allzu wahr: Wenn er wollte, daß etwas richtig gemacht würde, mußte er sich selbst darum kümmern.

Dienstag 24. Februar 19 Uhr 20

Die Düsternis der Winternacht hatte sich längst über die Stadt gelegt, als Susan im oberirdischen Schnellbahn-Bahnhof Charles Street aus dem Zug stieg. Der Wind kam immer noch aus arktischen Breiten. Von der Flußseite her drang er in den Bahnhof ein und fegte in kurzen, heftigen Stößen die Bahnsteige entlang. Vornübergebeugt kämpfte sich Susan zur Treppe vor. Neben ihr setzte sich der Zug mit einem Ruck in Bewegung und verschwand mit kreischenden Rädern im Tunnel.

Susan nahm die Fußgängerbrücke über die Kreuzung Charles Street/Cambridge Street. Der abendliche Berufsverkehr war abgeflaut, aber der Geruch der Auspuffgase hing immer noch in der Luft. Susan kletterte zur Charles Street hinunter. Vor einem Drugstore, der die ganze Nacht offenblieb, lungerte die übliche Ansammlung von Stadtstreichern herum, betrunken oder mit Rauschgift angefüllt. Ein paar streckten Susan die Hände entgegen, mit der üblichen Bitte um Kleingeld. Sie ging schneller, bis sie mit einem bärtigen Individuum zusammenstieß, das sich ihr absichtlich in den Weg gestellt hatte.

»Das Neueste vom Neuen«, krächzte der Mann. »Was darf's denn sein, Gnädigste, 'ne richtige Zeitung oder was Scharfes zum Angucken?« Er hielt ein dünnes Bündel Zeitungen in der Hand. Susan konnte nur mit Mühe ihren Weg fortsetzen; das Gelächter und die anzüglichen Sprüche der Nachteulen verfolgten sie. Binnen kurzem änderte sich die Szenerie der Charles Street. Antiquitätenläden lockten mit prächtigen Auslagen, aber die Kälte trieb Susan weiter. An der Mount Vernon Street bog sie links ein und begann den Aufstieg nach Beacon Hill. Die Hausnummern sagten ihr, daß sie noch ein gutes Stück Weg vor sich hatte. Sie überquerte den Louisburg Square. Das orange Licht aus den vorhangverhüllten Fenstern warf einen warmen Schein in die Nacht. Die Häuser mit ihren soliden Backsteinfassaden strömten Ruhe und Sicherheit aus.

Bellows' Wohnung lag in einem Haus linker Hand, dort, wo die Gebäude hinter kleine Rasenflächen mit hohen Ulmen zurückgesetzt waren. Susan schob ein quietschendes Eisengatter auf und stieg die Steinstufen zur schweren Eichentür hinauf. Unter dem Vordach rieb sie ihre erstarrten Finger und trat auf der Stelle, um die Blutzirkulation in den Füßen zu beschleunigen. Kalte Hände und Füße waren für sie nichts Ungewohntes, die hatte sie von November bis März. Während sie rieb und stampfte, las sie die Namen neben den Klingelknöpfen. Als sie auf den Knopf Nummer fünf drückte, war sofort das heisere Brummen zu hören.

Wie in Panik griff Susan nach dem Türknauf, voller Angst, sie könnte den Zeitpunkt verpassen und in der Kälte ausgesperrt bleiben. Sie verletzte sich an dem scharfen Metalltürrahmen den Knöchel, als die Tür nachgab und sie in die Halle stolperte. Sie entdeckte einen Blutstropfen und führte die Hand an den Mund. Vor ihr lag die Treppe, die sich links herum nach oben schraubte. Unter der Decke hing wie ein schimmernder Adler ein ausladender Messingkronleuchter, und ein goldgerahmter Spiegel verlieh dem kleinen Vorraum mehr Weite. Automatisch prüfte Susan ihre Frisur, strich das Haar an den Schläfen glatt. Als sie die Treppe in Angriff nahm, sah sie an der Wand gerahmte Breughel-Drucke, und auf jedem Treppenabsatz grüßten weitere Bilder.

In übertriebener Erschöpfung kam Susan schließlich im obersten Stockwerk an und hielt sich aufatmend am Geländer fest. Tief unten sah sie den Fliesenboden der Halle. Bellows öffnete, bevor sie klopfen konnte.

»Ich hab' hier drin eine Sauerstoffflasche, Großmütterchen«, begrüßte er sie lächelnd.

»Verdammt dünn die Luft hier oben. Ich muß mich auf die Treppe setzen und Atemübungen machen.«

»Ein Glas Bordeaux dürfte Sie schneller wieder auf die Beine bringen. Geben Sie mir Ihre Hand.«

Susan gestattete Mark, sie in sein Apartment zu führen. Drinnen schälte sie sich aus dem Mantel und ließ die Augen durch den Raum wandern. Mark, der in der Küche verschwunden war, kehrte gleich darauf mit zwei Gläsern Rotwein zurück.

Susan warf den Mantel über einen hochlehnigen Stuhl an der Tür und zog die hohen Stiefel aus. Gedankenlos nahm sie ein Glas entgegen und trank. Ihre Aufmerksamkeit galt einzig und allein der Wohnung.

»Gar nicht so geschmacklos für einen Chirurgen«, stellte sie fest und trat in die Mitte des Raumes. Das Wohnzimmer war etwa zwölf Meter lang und sieben Meter breit. In den beiden Kaminen an den Schmalseiten brannten gemütliche Feuer. Auffallend war die Höhe der kathedralenartig gewölbten Balkendecke: wohl über sechs Meter am Scheitelpunkt und zu den Kaminen hin abfallend. Die gegenüberliegende Wand setzte sich aus einem komplizierten Muster geometrischer Figuren zusammen; die Rechtecke bargen Bücherregale, Objets d'art und eine große Stereokompaktanlage. Die zweite Längsseite bestand aus gemauertem Backstein und war mit Gemälden, Lithographien und mittelalterlichen Notenblättern in zierlichen Rahmen geschmückt. Rechts vom Kamin tickte eine alte Howard-Uhr, auf dem Sims links prangte ein Schiffsmodell. Durch die Fenster neben beiden Kaminen fiel der Blick auf dunkle Dächer und Schornsteinwälder vor dem Bostoner Nachthimmel.

In gewollter Bescheidenheit war die Wohnung nur minimal möbliert. Auf dem Boden lagen wie zufällig dicke Teppiche, mit einem blau-gelben Bukhara als Blickfang in der Mitte. Darauf stand ein niedriger Kaffeetisch mit einer Onyxplatte, umgeben von großen Kord-Sitzkissen in starken Farbkontrasten.

»Wirklich schön hier.« Susan drehte sich langsam um die eigene Achse und ließ sich dann auf ein Sitzkissen sinken. »Hätte ich nie erwartet.«

»Was hätten Sie denn erwartet?« Mark setzte sich an die andere Tischseite.

»Na ja, halt 'ne Bude. Tische, Stühle, eine Couch, so das Übliche.«

Mark lachte, Susan stimmte ein. Beide merkten, daß sie nicht viel voneinander wußten. Während sie tranken, unterhielten sie sich ungezwungen. Susan streckte die Füße zum Feuer, um ihre kalten Zehen zu wärmen.

»Noch Wein, Susan?«

»Aber gern. Er schmeckt wunderbar.«

Mark verschwand wieder in der Küche, holte die Flasche und füllte erneut die Gläser.

»Das war ein Tag heute«, stöhnte Susan. »Unglaublich, niemand würde das für möglich halten.« Sie bewunderte das tiefrote Funkeln des Weines in ihrem Glas.

»Sofern Sie immer noch auf Ihrem selbstmörderischen Kreuzzug sind, glaube ich Ihnen alles. Waren Sie wirklich bei Stark?«

»Darauf können Sie Gift nehmen. Und ganz im Gegensatz zu Ihren Befürchtungen reagierte er ausgesprochen sachlich... Was man von Harris ganz und gar nicht behaupten kann, und im Grunde auch nicht von Nelson.«

»Ich kann nur immer wieder warnen: Nehmen Sie sich in acht, vor allem auch vor Stark. Der ist, was seine Emotionen und Launen angeht, wie ein Chamäleon. Gewöhnlich komme ich ausgezeichnet mit ihm aus. Und nun, aus heiterem Himmel, ist er plötzlich hinter meinem Skalp her, und alles nur, weil irgendein Halbirrer sich einen Medizinvorrat in einem Umkleideschrank angelegt hat, den ich eine Zeitlang benutzte. Was macht Stark? Er kommt nicht etwa zu mir und fragt mich, wie das normale Menschen tun würden. Nein, er klemmt sich hinter den armen alten Chandler, unseren leitenden Oberarzt, und Chandler wiederum setzt mich einfach von einem meiner Operationsfälle ab, um mich zu verhören. Und später holt er mich dann aus der Visite raus, um mir mitzuteilen, Stark verlangte von mir eine sofortige Aufklärung der Angelegenheit. Als ob ich nicht noch mehr zu tun hätte!«

»Was soll das, mit den Drogen im Schrank?« Susan erinnerte sich an den aufgeregten Arzt, der mit Nelson gesprochen hatte.

»Ich weiß gar nicht, ob ich ganz im Bilde bin. Es geht da um irgendeinen überraschenden Fund. Einer der Chirurgen stolperte über einen Haufen Drogen, und das wohl in einem Umkleideschrank bei den OPs, den Walters in seinem Altersschwachsinn offenbar immer noch unter meinem Namen führt. Jemand hat da Narkotika gehortet, außerdem Curare, Antibiotika, kurz, eine ganze Apotheke.«

»Und die haben keine Ahnung, wer das war und was die ganze Sache bedeutet?«

»Meines Wissens nicht. Ich glaube, jemand hat das Zeug gesammelt, um es nach Biafra zu schicken oder nach Bangladesch. Aber warum sie als Depot ausgerechnet einen OP-Umkleideschrank nahmen, geht über meinen Horizont.«

»Mark, Curare ist doch ein Nervenblockierer, oder?«

»Ja, allerdings. Großartiges Zeug. Ach, übrigens, falls Sie es noch nicht gemerkt haben, wir essen heute abend hier. Ich hab' ein paar Steaks geholt, und der Grill brennt schon. Draußen vor dem Küchenfenster auf der Feuertreppe.«

»Sehr einverstanden, Mark. Bin nämlich völlig fertig und außerdem hungrig wie ein Wolf.«

»Dann werde ich die Steaks drauflegen.« Mark ging mit seinem Weinglas in die Küche.

»Lähmt Curare die Atemreflexe?« rief ihm Susan nach.

»Nein. Nur alle Muskeln. Man kann sagen, der Betreffende will atmen, aber es geht nicht. Also erstickt er.«

Susan starrte in den Kamin, das Glas an der Unterlippe. Von den tanzenden Flammen ging eine hypnotische Kraft aus. Sie dachte an Curare, an Berman und Nancy Greenly. Das Feuer knisterte plötzlich heftig, und ein glühender Aschenregen wirbelte auf. Ein brennendes Kohlestück flog auf den Teppich. Susan sprang auf und stieß es auf die Eisenplatte vor dem Kamin, wo es harmlos verglühte. Da sie schon einmal stand, ging sie zur Küchentür und sah Mark beim Würzen der Steaks zu.

»Stark zeigte sich sogar interessiert an dem, was ich ausgegraben habe. Und er hat schon versucht, mir zu helfen. Ich bat ihn, mir Zugang zu den Krankenblättern der Patienten auf meiner Liste zu verschaffen. Als ich ihn später am Nachmittag wieder anrief, sagte er, er hätte sich darum bemüht. Aber man hätte ihm gesagt, daß diese Unterlagen alle ausgeliehen wären, und zwar an einen der Neurologieprofessoren. Dr. Donald McLeary heißt er. Kennen Sie den?«

»Nein, aber das will nichts sagen. Ich kenne im wesentlichen nur die Chirurgen.«

»Also in meinen Augen wirkt dieser Dr. McLeary ziemlich verdächtig, wenn er die ganzen Unterlagen einfach abruft.«

»Ach, du lieber Himmel, da geht's schon wieder los! Hopplahopp, es galoppiert die Phantasie. Dr. Donald McLeary, der Mann, der auf mysteriöse Weise Patientenhirne vernichtet, und das gleich sechsmal.«

»Zwölfmal ...«

»Okay, dann eben zwölfmal, kommt schon nicht mehr drauf an. Und dann heimst er alle Unterlagen ein, um seine Spuren zu verwischen. Ich sehe schon richtig die Schlagzeilen im Bostoner ›Globe‹ vor mir.«

Laut lachend legte Mark die Steaks auf den glühenden Grill und schloß das Fenster wieder.

»Wenn Sie mit Lachen fertig sind, fällt Ihnen vielleicht eine ernsthafte Erklärung für das Verhalten von diesem McLeary ein. Wollen Sie nicht mal einen Moment überlegen? Bis jetzt hat jeder mit äußerster Überraschung auf den Hinweis reagiert, daß zwischen all diesen Fällen eine Verbindung bestehen könnte. Jeder, mit Ausnahme von Dr. McLeary. Der hat schon alle Krankenblätter. Ich glaube wirklich, man muß dem nachgehen. Vielleicht arbeitet er bereits an der Sache und ist auf derselben Spur, möglicherweise mir weit voraus. Das würde ich ja gerne glauben, und wenn es wirklich so ist, könnte ich ihm vielleicht helfen.«

Mark blieb die Antwort schuldig. Einerseits überlegte er angestrengt, wie er Susan die ganze Sache endlich ausreden konnte. Zum anderen mußte er sich auf die Salatsauce konzentrieren; denn das war seine kulinarische Spezialität. Als er das Fenster wieder aufschob, trieb der kalte Wind den Duft der bruzzelnden Steaks in die Küche. Susan lehnte am Türrahmen und sah ihm zu. Sie dachte daran, wie wunderbar es sein mußte, eine Ehefrau zu haben, ins traute Heim zurückzukehren und das fertige Essen vorgesetzt zu bekommen. War es nicht geradezu auf lächerliche Weise unfair, daß sie, Susan Wheeler, nie eine Ehefrau haben würde? Sollte sie jemals heiraten, würde im Gegenteil ihr diese Rolle zufallen.

»Übrigens habe ich heute das Jefferson-Institut angerufen«, sagte sie.

»Und? Wie haben sie reagiert?« Mark reichte Susan Teller, Silberbestecke und Servietten und deutete auf den Onyxtisch.

»Sie hatten recht, daß es schwierig sein würde, da reinzukommen.« Susan trug die Utensilien zum Tisch. »Ich fragte, ob ich einen Besuch machen könnte, weil ich einen Patienten sehen wollte. Da lachten sie und sagten, daß nur Verwandte die Patienten besuchen dürften, und zwar ganz kurz und nach vorheriger Vereinbarung. Als Grund gaben sie an, die Massenversorgung von Intensiv-Patienten wirke wie ein Schock auf Familienmitglieder, deshalb müßten für die Besuche Extravorbereitungen getroffen werden. Allerdings erwähnten sie auch die monatlichen Besichtigungstouren, von denen Sie sprachen. Als ich sagte, ich wäre Medizinstudentin, dachten sie nicht im Traum daran, eine Ausnahme zu machen, und ich kam mir vor wie eine falsche Münze im Zigarettenautomaten. Dabei interessiert mich diese Einrichtung sehr, vor allem, weil Sie sagten, das Konzept habe sich bewährt. Ich meine, daß man die chronischen Fälle en masse versorgt, um die Betten in den normalen Krankenhäusern freizubekommen.«

Susan war mit Tischdecken fertig und wandte ihr optisches Interesse wieder dem Kaminfeuer zu. »Wissen Sie, Mark, mein Hauptgrund ist, daß ich Berman noch einmal sehen möchte. Ich hab' einfach das Gefühl, danach könnte ich es leichter nehmen mit diesem ... wie sagten Sie doch? ... sogenannten Kreuzzug. Schließlich weiß ich auch, daß ich mich wieder an ein einigermaßen normales Leben gewöhnen muß.«

Beim letzten Satz hatte sich Mark spontan von seiner Küchenarbeit aufgerichtet: Er sah einen Hoffnungsschimmer. Erleichtert drehte er die Steaks noch einmal um und schloß das Fenster.

»Warum gehen Sie nicht einfach hin? Ich meine, wenn man sich das überlegt, kann der Betrieb dort doch auch nicht soviel anders sein als in einem normalen Krankenhaus. Da geht es bestimmt genauso chaotisch zu wie im Memorial. Tun Sie doch so, als gehörten Sie da hin, und wahrscheinlich wird niemand Sie auch nur fragen, was Sie wollen. Sie könnten sogar Schwesterntracht anziehen. Wenn jemand als Schwester oder Arzt verkleidet ins Memorial kommt, kann er hingehen, wo immer er will.«

Susan sah auf. Mark stand in der Küchentür. »Der Gedanke ist gar nicht schlecht ... Nein, nicht übel. Nur gibt es einen Haken.«

»Welchen?«

»Daß ich gar nicht wüßte, wohin ich mich wenden sollte, selbst wenn ich reinkäme. Das ist doch ein Riesenkomplex. Und wenn man jede Orientierung verloren hat, kann man schwer den Eindruck erwecken, als gehöre man dazu.«

»Das Problem läßt sich lösen. Sie brauchen doch nur zum Bauamt in der City Hall zu gehen und sich eine Kopie der Gebäudepläne zu besorgen. Dort liegen die Grundrisse aller öffentlichen Gebäude und können eingesehen werden. Dann hätten Sie sozusagen eine Landkarte.«

»Mark, Sie sind ein Genie!«

»Ein Praktiker, würde ich sagen.« Wie zum Beweis brachte er das fertige Essen ins Wohnzimmer. Er servierte die Steaks und große Portionen Salat. Außerdem gab es Spargel mit Sauce Hollandaise und eine zweite Flasche roten Bordeaux.

Das Essen erschien beiden perfekt. Der Wein tat ein übriges, und im Verlauf des folgenden ungezwungenen Gesprächs lernten sie einander kennen: Susan aus Maryland, Mark aus Kalifornien. Auf intellektuellem Gebiet hatten sie nicht allzuviel gemeinsam; Marks Bildungsweg war ziemlich streng auf die Denkweisen von Descartes und Newton ausgerichtet gewesen, während Susan mehr zu Voltaire und Chaucer tendierte. Aber es gab andere Berührungspunkte. Beide waren fanatische Skiläufer und liebten das Meer, meinten überhaupt, sich unter freiem Himmel erst richtig entfalten zu können. Und beide mochten Hemingway.

Nachdem sie den Tisch abgeräumt hatten, ließen sie sich am anderen Ende des Wohnzimmers auf weichen Kissen vor dem Kamin nieder. Bellows legte Eichenklötze nach; die Glut prasselte auf. Grand Marnier und Eiskrem sorgten für eine behagliche Gesprächspause, und beide genossen die friedliche Stille.

»Susan«, brach Mark schließlich das Schweigen, »jetzt, wo ich Sie immer besser kennenlerne, habe ich mehr und mehr den Wunsch, Ihnen diese Koma-Sache auszureden. Vor Ihnen liegt ein ungeheurer Berg von Wissen und Erfahrung, den Sie mühsam hinaufklettern müssen. Und, glauben Sie mir, kein Krankenhaus ist besser zum Lernen geeignet als das Memorial. Die Koma-Fälle werden uns bestimmt noch einige Zeit beschäftigen, und Sie können sich immer noch in aller Ruhe damit befassen, wenn Sie erst wirklich etwas von klinischer Medizin verstehen. Ich sage ja gar nicht, daß Sie nicht auch schon heute etwas dazu beitragen könnten. Aber die Chancen, auf etwas Neues zu stoßen, sind äußerst gering.«

Susan trank ihren Grand Marnier in kleinen Schlucken. Die aromatische Flüssigkeit glitt sanft durch ihre Kehle, und sie spürte die wohlige Wärme bis in die Beine. Sie atmete tief durch; der Kopf schien ihr angenehm leicht.

»Als Frau Medizin zu studieren muß schon schwierig genug sein«, fuhr Bellows fort, »auch wenn man nicht noch zusätzlich Hürden aufbaut.«

Susan hob den Kopf und sah ihn an. Er starrte ins Feuer. »Was genau, mein lieber Mark, wollen Sie mit dieser Feststellung ausdrücken?« fragte sie mit leichter Schärfe in der Stimme. Bellows hatte einen Nerv getroffen.

»Das, was ich sagte.« Bellows sah nicht auf; die tanzenden Flammen hielten seinen Blick gefangen. »Ich glaube einfach, daß eine Studentin es in der Medizin sehr schwer hat. Ich hab' darüber eigentlich zum erstenmal nachgedacht, als Sie mich vor die Notwendigkeit stellten, eine Erklärung für Harris' Benehmen zu finden. Aber je länger ich jetzt überlege, um so mehr glaube ich, da ins Schwarze getroffen zu haben, nicht zuletzt, weil ... Na ja, um die Wahrheit zu sagen, ich kann auch nicht gerade behaupten, ich hätte in Ihnen nichts als die Medizinstudentin gesehen. Als ich Ihnen das erste Mal begegnete, spürte ich bei mir sofort die Mann-Frau-Reaktion. Mit anderen Worten: Ich empfand Sie auf Anhieb als attraktiv – nicht verführerisch.« Die Nachbemerkung fiel Bellows gerade noch ein, und er drehte sich zu Susan um, weil er sehen wollte, welche Wirkung er mit dem Rückgriff auf ihre Unterhaltung im Café erzielt hatte.

Sie lächelte. Nach Bellows' Erläuterungen hatte sie ihre ursprüngliche Abwehrhaltung aufgegeben.

»Und darum habe ich mich auch so blöd benommen, als Sie in den Umkleideraum marschiert kamen und mich in Unterhosen erwischten. Wenn ich Sie als asexuales Wesen empfunden hätte, wäre ich nicht weggelaufen. Wie dem auch sei, ich bin der Ansicht, die meisten Ihrer Professoren und Lehrer werden Sie zuerst als Frau und erst in zweiter Linie als Medizinstudentin zur Kenntnis nehmen.«

Bellows sah wieder ins Feuer. Er hatte die Haltung eines Sünders nach der Beichte. Susan fühlte sich erneut von der menschlichen Wärme durchströmt, die sie seit kurzem für ihn empfand, und wie am Tag zuvor hatte sie das Verlangen, ihn zu berühren, ihn kameradschaftlich zu umarmen. Aber sie unterdrückte den Impuls und nippte weiter an ihrem Grand Marnier.

»Susan, Sie fallen in jeder Gruppe auf, und wenn Sie nicht bald in meinen Vorlesungen erscheinen, werde ich für Sie geradestehen müssen.«

»Ja, der Luxus der Anonymität ist mir nicht vergönnt, seit ich Medizin studiere. Ich versteh' Sie ja, Mark. Trotzdem weiß ich, daß ich noch einen Tag brauche. Einen Tag noch.« Sie hielt einen Finger hoch und legte den Kopf mit übertriebener Koketterie zur Seite. Dann lachte sie. »Wissen Sie, Mark, im Grunde bin ich ja froh, daß Sie mein Los als Medizinstudentin für schwierig halten; denn es stimmt wirklich. Ein paar von den Mädels in meinem Semester verneinen das, aber sie machen sich selbst was vor. Schließlich ist das eine der beliebtesten und ältesten Lösungsmechanismen: ein Problem zu umgehen, indem man es negiert. Aber es gibt das Problem. Ich erinnere mich an ein Zitat von Sir William Osler. Der sagte, es gebe drei Klassen menschlicher Wesen: Männer, Frauen und Ärztinnen. Als ich das damals zum erstenmal las, mußte ich lachen. Heute lache ich nicht mehr.

Trotz der Feministen-Bewegung herrscht das konventionelle Bild der großäugigen weiblichen Naiven immer noch vor. Sobald man sich als Frau auf ein Gebiet wagt, das auch nur eine Spur von Durchsetzungswillen und Konkurrenzkampf verlangt, stempeln einen die Männer als Ehrgeizling ab, der ihnen an die Männlichkeit will. Wenn man sich aber brav zurücklehnt und es mit passivem, einnehmendem Wesen und weiblichem Charme versucht, heißt es gleich, Frauen könnten eben im harten Wettbewerb nicht mithalten, es sei denn, mit den unfairen Mitteln des Sex. Da bleibt einem gar nichts anderes übrig, als irgendwo in der Mitte einen Kompromiß zu suchen, und das ist um so schwieriger, als man sich dauernd auf der Anklagebank fühlt. Nicht als Individuum, sondern als Repräsentantin der gesamten Weiblichkeit.«

Susan unterbrach sich, und beide hingen dem Sinn des Gesagten nach.

»Was mir am meisten zu schaffen macht«, fuhr sie fort, »ist die Vermutung, daß die Problematik immer größer wird, je weiter man in die Medizin eindringt. Ich kapiere überhaupt nicht, wie Frauen mit Familien das schaffen. Sie müssen sich entschuldigen, wenn sie den Arbeitsplatz früher verlassen, und zu Hause müssen sie Abbitte leisten, daß sie so spät kommen, ganz egal, wieviel Uhr es ist. Der Mann kann Überstunden machen, kein Problem. Im Gegenteil, man sagt dann mit Hochachtung: Er geht ganz in seinem Beruf auf. Aber eine Frau, eine Ärztin? Ihre gesellschaftliche Rolle ist völlig diffus ... Aber, wie haben Sie mich eigentlich auf dieses Thema gebracht, Mark?« Susan ging plötzlich auf, mit welcher Vehemenz sie sich in ihre Streitrede gestürzt hatte.

»Eigentlich fing es damit an, daß Sie mir zustimmten, wie schwer es eine Medizinstudentin hat. Wie wär's denn, wenn wir über die Schlußfolgerung, man sollte nicht noch zusätzliche Hindernisse aufbauen, ein Abkommen schlössen?«

»Du liebe Güte, Mark, drängen Sie mich doch nicht so, nicht gerade jetzt. Sie müssen doch merken: Ich hab' mich so sehr in die Sache verbohrt, daß ich einen Ausweg finden muß. Wie gern würd' ich diesem Harris zeigen, was eine Frau in der Medizin fertigbringt. Wenn ich Berman noch einmal sehen kann, möglich, daß ich dann einen Weg finde, die Sache an den Nagel zu hängen, ohne daß ich mein Gesicht verliere. Mark, hätten Sie was dagegen, wenn ich Sie umarme?«

»Ich? Was dagegen?« Mark setzte sich völlig verwirrt kerzengerade auf. »Aber nein, ganz und gar nicht.«

Susan beugte sich hinüber und drückte ihn mit einer Kraft an sich, die ihn überraschte. Instinktiv legte er die Arme um sie; er fühlte ihren schmalen, geschmeidigen Rücken. Vor lauter Verlegenheit klopfte er ihr unter die Schulterblätter, als wollte er sie beruhigen. Sie löste sich von ihm.

»Mark, hoffentlich erwartest du jetzt nicht, daß ich Bäuerchen mache.«

Ein paar Augenblicke lang musterten sie einander im Licht der Flammen. Dann suchten ihre Lippen sich, erst zögernd, zart, dann mit Feuer und Hingabe.

Mittwoch
25. Februar
5 Uhr 45

Als das schrille Läuten des Weckers die Stille zerriß, schien die Luft im Zimmer zu vibrieren. Aus tiefem Schlaf aufgescheucht, setzte sich Susan kerzengerade im Bett auf. Sie bekam einen zusätzlichen Schreck: Ihre Augen wollten nicht aufgehen. Dann merkte sie, daß ihre Augen schon offen waren. Nur konnten sie gegen die tiefe Schwärze im Raum nichts ausrichten. Sekundenlang hatte sie keine Ahnung, wo sie sich befand. Ihr einziger Gedanke galt dem Wecker – sie mußte seinem nervenzerfetzenden Treiben ein Ende bereiten.

Doch ebenso plötzlich, wie es begonnen hatte, hörte das schreckliche Geräusch nach einem metallischen Klicken wieder auf. Im selben Augenblick wurde sich Susan bewußt, daß sie nicht allein war. Die Erinnerung an den vergangenen Abend kehrte zurück und damit die Erkenntnis: Sie war immer noch in Marks Wohnung. Sogleich legte sie sich wieder flach auf den Rücken und zog das Laken hoch, um ihre Blöße zu bedecken.

»Was, zum Teufel, sollte dieser Krach bedeuten?« fragte sie in die Dunkelheit hinein.

»Dieser Krach war ein Wecker. Schätze, du hast noch nie einen gehört«, sagte eine Stimme neben ihr.

»Wecker? Mark, es ist mitten in der Nacht!«

»Von wegen, mitten in der Nacht. Dreiviertel sechs haben wir's. Zeit, aus den Federn zu kommen.« Mark warf die Decke zurück und setzte die Füße auf den Boden. Er knipste die Bettlampe an und rieb sich die Augen.

»Mark, hast du den Verstand verloren? Dreiviertel sechs! Du lieber Himmel!« Susans Stimme klang gedämpft; sie hatte den Kopf unter dem Kissen vergraben.

»Na und? Schließlich muß ich nach meinen Patienten sehen, mir was zwischen die Zähne schieben und um halb sieben für die Visite bereit sein. Die Operationen fangen Punkt halb acht an.« Mark stand auf und reckte sich. Ohne auf seine Nacktheit und die Kälte Rücksicht zu nehmen, ging er zum Bad.

»Ihr chirurgischen Masochisten spottet jeder Beschreibung«, stieß Susan hervor. »Warum fangt ihr nicht um neun oder zu irgendeiner anderen vernünftigen Zeit an? Warum ausgerechnet um halb acht?«

Mark blieb stehen. »Das ging immer schon um halb acht los.«

»Ein großartiger Grund. Wir fangen um halb acht an, weil wir immer um halb acht angefangen haben. Du lieber Himmel, eine Logik, die für die Medizin typisch ist. Dreiviertel sechs, am Morgen! Scheiße, Mark, warum hast du mir gestern abend nichts davon gesagt? Ich wäre dann lieber ins Studentenheim zurückgegangen.«

Bellows trat wieder ans Bett und sah auf den Lakenhügel hinunter, der Susans Körper darstellte. Ihr Kopf steckte noch unter dem Kissen. »Wenn du deine Hospitantenpflichten ernst nehmen würdest, brauchte man dir nicht erst mühsam den Fahrplan zu erklären. Also los, aufstehen, blondes Gift!«

Bellows packte Laken und Decke an einem Ende und zog mit aller Gewalt. Gleich darauf lag Susan hüllenlos da, ihm und den Elementen schutzlos ausgeliefert. Nur der Kopf blieb unter dem Kissen unsichtbar.

Sie sprang hoch und kreischte: »Das ist mir eine schöne Gastfreundschaft!« Dann langte sie nach einer Wolldecke, verwandelte sich im Nu in einen menschlichen Kokon und ließ sich wieder auf das Laken fallen.

»Kann schon sein, aber heute ist der erste Tag in deinem neuen Leben. Du weißt ja, jetzt bist du eine normale Medizinstudentin.« Mark nahm den Kampf mit Susans neuer Hülle auf.

»Ach, Mann, ich brauche noch einen Tag, nur noch einen. Nun komm schon, Mark, noch einen Tag. Du weißt doch, wie wichtig das für mich ist. Wenn ich heute die Krankenblätter nicht bekomme, und ich glaube ja selbst nicht dran, dann ist Feierabend. Und außerdem – Berman: Hab' ich den erst gesehen, gebe ich wahrscheinlich sowieso auf. Dann hast du deine normale Medizinstudentin.«

Bellows ließ die Wolldecke los, und Susan fiel zurück, eine Brust amazonenhaft entblößt.

»Schon gut, meinetwegen, noch einen Tag. Aber du kannst sicher sein, wenn Stark heute an der Visite teilnimmt, weiß der sofort, daß du Phantom spielst. Und ich kann dich mit keiner Ausrede mehr decken. Darüber mußt du dir klar sein.«

»Warten wir doch einfach mal ab, allmächtiger Chirurg. Dir wird schon was einfallen, da bin ich sicher.«

»Susan, im Ernst, ich muß dann sagen, ich hätte dich angewiesen, an der Visite teilzunehmen.«

»Meinetwegen, ganz wie du willst. Aber ich werde den Tag noch mit meinem Projekt zubringen, und zwar den ganzen Tag. Ich hab' schließlich schon einiges investiert.«

Susan kuschelte sich in das warme Bett. Als im Bad die Dusche aufgedreht wurde, hörte sie es kaum noch. Sie würde aufstehen, sobald Bellows fertig war.

Als Susan zum zweitenmal aufwachte, war es bereits hell. Vereinzelte Windstöße trieben Regenschauer gegen die Fensterscheiben; es klang, als würde jemand mit Reiskörnern werfen. Mit einer für das Bostoner Wetter typischen Unberechenbarkeit hatte der Wind über Nacht von Nordwest nach Ost gedreht. Dank dem Golfstrom war die Temperatur beträchtlich über Null gestiegen, und man mußte sich eher auf einen feuchten grauen als auf einen glatten weißen Tag gefaßt machen, zur Freude der Berufspendler und den Skiläufern zum Zorn.

Als Susans Blick auf den Wecker fiel, wollte sie ihren Augen kaum trauen: Es war beinahe neun Uhr. Bellows hatte sich fertiggemacht und die Wohnung verlassen, ohne sie noch einmal zu wecken. Dabei hatte Susan einen leichten Schlaf. Um sicherzugehen, sah sie im Bad und im Wohnzimmer nach. Sie war allein.

Sie suchte und fand ein sauberes Handtuch und duschte ausgiebig. Dabei kam ihr mit wohltuender innerer Wärme die Erinnerung an den Abschluß des vergangenen Abends. Bellows hatte sich als ein erfreulich guter Liebhaber erwiesen, war viel gefühlsbetonter und großzügiger, als Susan erwartet hatte. Sie war wirklich erfreut, obwohl sie ernste Zweifel hegte, daß die Affäre von Dauer sein würde. Bellows' Besessenheit von der Chirurgie schien bei ihm alles andere weitgehend zu verdrängen oder auf die Bedeutung eines Hobbys zu beschränken.

Im Kühlschrank fand Susan Käse und eine Apfelsine. Während sie Toast machte, blätterte sie das Branchenregister des Telefonbuchs durch. Nach dem Frühstück sah sie noch einmal nach, ob sie auch nichts vergessen hatte, dann verließ sie Bellows' Wohnung und zog die Tür fest ins Schloß. Sie wußte, ihr stand ein harter Tag bevor.

Als sie auf die Straße trat, hatte der Regen nachgelassen. Der Himmel hatte sich zwar nicht aufgeklärt, aber sie konnte ihren Fußmarsch jetzt unter angenehmeren Bedingungen antreten. Susan bog nach links ein und stieg den Mount Vernon hinauf. Nachdem sie über den Kamm hinweg war und den Park an der Nordecke durchquert hatte, kam sie in die Einkaufszone der City.

Wenig später rieb sich der Verkäufer im Zentrum für Berufskleidung die Augen. Von allen jungen Mädchen, die jemals bei ihm eine Schwesterntracht erstanden hatten, erwies sich Susan als die bei weitem angenehmste Kundin. Die besonderen Kennzeichen der verschiedenen Uniformen schienen sie überhaupt nicht zu interessieren. Sie verlangte einfach nach Größe zehn. Jawohl, jedes Stück dieser Größe wäre ihr recht.

Der Verkäufer kramte ein besonders exquisites Exemplar hervor. »Der Schnitt ist äußerst elegant, probieren Sie's doch mal an.«

Susan hielt sich den Kittel vor und sah kurz in den Spiegel.

»Dort hinten sind die Umkleidekabinen«, sagte der Mann.

»Schon gut, ich nehm' ihn.«

Der Verkäufer war sprachlos, aber hocherfreut. Seinetwegen konnte jeder Handel so glatt über die Bühne gehen.

Auf dem Weg zum Verwaltungszentrum wurde Susan schon auf der Washington Street wieder vom Regen überrascht. Zuerst war es nicht viel mehr als ein Tröpfeln, doch als sie kurz vor der modernen, ultrageometrischen City Hall war, brach es aus allen Himmelsporen. Der Wind hatte die Innenstadt in ein tiefgraues Wolkenmeer gehüllt. Susan stürzte in das Gebäude hinein.

Von dem Mädchen am Informationsschalter erfuhr sie, daß die Baubehörde im achten Stock lag. Soweit war alles gutgegangen, doch mit dem Augenblick, da sie dort ankam, setzten die Schwierigkeiten ein. Susan wartete fünfundzwanzig Minuten am Haupttresen, nur um dann zu erfahren, dies sei der falsche Ort. Das gleiche geschah ihr noch zweimal, bevor sie jemand in den hinteren Teil des riesigen Raumes schickte. Dort mußte sie wieder eine Viertelstunde warten, obwohl sie die einzige Kundin weit und breit war. Fünf Schreibtische standen hinter dem Tresen, von denen drei besetzt waren: mit zwei Männern und einer Frau. Die beiden Männer sahen sich eigentümlich ähnlich, beide hatten große rote Nasen, trugen schwarze Plastikbrillen und schreiend geschmacklose Schlipse. Sie waren in ein erbittertes Streitgespräch über Baseball vertieft. Die Frau trug eine ondulierte Frisur mit eingefärbten grauen Strähnen im Stil der frühen sechziger Jahre und einen schockroten Lippenstift, der sich keineswegs an die natürlichen Grenzlinien ihrer Lippen hielt. Sie war mit einem Taschenspiegel beschäftigt und betrachtete hingebungsvoll ihr Gesicht aus allen erdenklichen Winkeln.

Nach einer halben Ewigkeit warf der kleinere der beiden Männer Susan einen Seitenblick zu und kam offenbar zu der Erkenntnis, daß der Störenfried nicht verschwand, obwohl man ihn so perfekt ignoriert hatte. Langsam schlurfte er an den Tresen, das Gesicht stumpf vor Desinteresse. Als er angekommen war, nahm er die Zigarette aus dem Mund, Asche fiel auf den Schlips. Er drückte den Stummel in einen Metallaschenbecher, der bereits überquoll.

»Was kann ich für Sie tun?« Der Mann sah Susan kurz an, drehte sich aber wieder um, bevor sie antworten konnte. »He, Harry, da fällt mir ein, was willst du mit der GRI 5 machen? Du weißt doch, die Anfrage war dringend und liegt jetzt schon zwei Monate in deinem Kasten.« Dann wandte er sich erneut Susan zu. »Also, was gibt's, Schätzchen? Warten Sie mal, ich rate. Sie wollen sich über Ihren Hauswirt beschweren, was? Also, da sind Sie hier falsch.«

Wieder fiel ihm Wichtigeres ein. »Harry, wenn du Kaffee holst, bring mir zwei Kuchen mit, einmal Hausmacher, einmal Dänisch. Ich bezahl's später. Also, Schätzchen ...«

»Ich möchte mir einige Pläne ansehen, und zwar die Stockwerksgrundrisse vom Jefferson-Institut. Das ist ein ziemlich neues Krankenhaus in Süd-Boston.«

»Pläne, Pläne, was will jemand wie Sie mit Plänen? Wie alt sind Sie, Schätzchen, fünfzehn?«

»Ich bin Medizinstudentin und interessiere mich für Krankenhausplanung und die entsprechenden Bauskizzen.«

»Also, die Jugend von heute, sag' ich immer! So, wie Sie gebaut sind, brauchten Sie sich für überhaupt nichts zu interessieren.« Er lachte dröhnend.

Susan schloß die Augen und unterdrückte einen Kommentar.

Der Bedienstete bewegte sich im Zeitlupentempo auf einen Stoß überdimensionaler Bände zu, der sich auf dem Tresen stapelte. »In welchem Bezirk liegt das?« erkundigte er sich, schon ziemlich erschöpft.

»Hab' keine Ahnung.«

»Natürlich nicht.« Der Mann machte ein indigniertes Gesicht. »Also, wir müssen erst den Bezirk herausfinden, da hilft alles nichts.«

Ein kleineres Buch, das ebenfalls auf dem Tresen bereitlag, gab die notwendige Information.

»Bezirk siebzehn.« Der Mann fuhr sich über die Stirn. In

kalkuliertem Schneckentempo bewegte er sich wieder auf die großen Bände zu. Aus der Seitentasche kramte er ein zerknittertes Zigarettenpäckchen und steckte eine Zigarette in den Mund, zündete sie aber nicht an. Nach mehreren Versuchen fand er das Buch für den Bezirk 17 und zog es heraus. Die anderen Bände wurden beiseite gestoßen. Als er das Buch aufschlug, befeuchtete er seinen rechten Zeigefinger. Nach heftigem Blättern fand er schließlich die Eintragung und notierte die Angaben auf einem Fetzen Papier. Dann winkte er Susan, ihm zu folgen, und führte sie an eine Wand, an der metallene kleine Aktenschränke standen.

»Harry!« Unterwegs hielt er die Zeit für gekommen, den Gedankenaustausch mit dem Kollegen fortzusetzen. Die kalte Zigarette hüpfte in seinem Mundwinkel auf und ab. »Ehe du runtergehst, ruf doch Grosser an und frag nach, ob Lester heute kommt. Wenn nicht, muß sich irgend jemand der Sache auf seinem Tisch annehmen; die Akte liegt da noch länger als deine GRI-5-Anfrage.«

Die richtige Schublade wurde gefunden und ein großes Paket Pläne zum Vorschein gebracht. »Da, bitte schön, Goldlöckchen. Und im nächsten Abschnitt, hinter dem Tresen, ist eine Kopiermaschine, wenn Sie Bedarf haben. Sie brauchen Fünfer dafür.« Er deutete mit der immer noch kalten Zigarette auf die Nachbarabteilung.

»Könnten Sie mir freundlicherweise zeigen, welches die Stockwerksgrundrisse sind?« Susan hatte die Pläne aus dem Ordner gezogen.

»Was? Sie interessieren sich für Krankenhausbauten und wissen nicht mal, wie Stockwerkspläne aussehen? Du lieber Gott ... Hier, das sind sie: Keller, Erdgeschoß, erster Stock.« Endlich zog er ein Feuerzeug aus der Tasche und zündete die Zigarette an.

»Wie entziffert man diese Abkürzungen?«

»Ach, du meine Güte, was denn noch? Hier unten in der Ecke, da steht's doch. Sehen Sie nicht? OP heißt Operationssaal, S (Haupt) bedeutet Hauptstation, Comp.-Zent. steht für

Computerzentrale, und so weiter.« Der Mann schien mit seiner Geduld am Ende.

»Und der Kopierapparat?«

»Da drüben, sagte ich doch. An der Wand ist ein Münzwechsler. Wenn Sie fertig sind, legen Sie die Pläne nur in den Korb, da auf dem Tresen.«

Sorgfältig kopierte Susan die Grundrisse. Mit einem Filzstift trug sie auf ihren Kopien die Bedeutung der Räume ein. Dann machte sie sich auf den Weg zum Memorial.

Susan kam durch den Haupteingang herein. Trotz der frühen Vormittagsstunde war die Haupthalle bereits von der täglichen Menschenflut überschwemmt. Jeder Stuhl war besetzt, ebenso alles, was nur entfernt an einen Sitzplatz erinnern konnte. Alle Altersstufen waren vertreten. Es waren keine Kranken oder Verletzten, die in der Klinik oder der Notambulanz versorgt werden mußten. Es handelte sich um Angehörige, die darauf warteten, einen Patienten in Empfang zu nehmen und nach Hause zu bringen. Oder es waren selbst Patienten, die man entlassen oder nach ambulanter Behandlung weggeschickt hatte und die nun darauf warteten, daß jemand sie abholte. Es herrschte eine ausgesprochene Wartestimmung: kaum Unterhaltung, kein Lächeln weit und breit. Nichts verband diese Leute als ihre ängstliche Ehrfurcht vor dem Krankenhausbetrieb und seinen Geheimnissen.

Susan mußte sich mühsam einen Weg zur großen Anzeigetafel bahnen, um zu erfahren, daß die Neurologische Abteilung in Beard 11 lag. Sie schlängelte sich zu den Beard-Liften durch und gesellte sich zu den Wartenden. Die Person neben ihr drehte sich plötzlich um, und Susan fuhr zurück, konnte ihr Entsetzen kaum verbergen. Die Augen des Mannes – oder war es eine Frau? – lagen wie glitzernde Seen zwischen dunkel angeschwollenen Blutergüssen und weißem Mull. Die Nase war unnatürlich vergrößert, wirkte wie aufgeblasen; aus den Nasenlöchern ragten Drähte, die mit Heftpflaster an den Wangen befestigt waren – das Gesicht eines Monsters! Susan versuchte, den Blick auf der Stockwerkanzeige zu halten. Im Krankenhaus mußte man auch auf visuelle Überraschungen gefaßt sein.

Dr. Donald McLeary gehörte zum Stab der jüngeren Neurologen und hatte wegen des allgemeinen Raummangels kein Büro im elften Stock abbekommen. Susan mußte eine Treppe höher gehen, bis sie die Tür mit der Aufschrift »Dr. Donald M. McLeary« fand. Sie quetschte sich in das winzige Vorzimmer. Die Tür ging nicht ganz auf, weil ein Aktenschrank im Wege stand. Der Schreibtisch, nicht einmal außergewöhnlich groß, wirkte erdrückend. Eine alternde Sekretärin sah auf. Sie trug übertriebenes Make-up, Rouge und falsche Wimpern. Das gebleichte Haar war in kurze, dicke Locken gelegt. Ihr enger rosa Hosenanzug spannte sich über unnatürlichen Wölbungen.

»Entschuldigung, ist Dr. McLeary da?«

»Ja, aber er hat zu tun.« Die Sekretärin ärgerte sich über die Störung. »Haben Sie einen Termin?«

»Nein, ich hab' keinen, wollte ihn nur ganz schnell etwas fragen. Ich bin Medizinstudentin und hospitiere hier im Memorial.«

»Ich werde mal nachsehen, was der Doktor meint.«

Die Sekretärin stand auf und musterte Susan von Kopf bis Fuß. Die schlanke Figur der Besucherin verärgerte sie offensichtlich noch mehr, und sie verschwand ohne ein weiteres Wort durch eine Tür rechts von Susan, die ihre Abwesenheit benutzte, um sich schnell im Vorzimmer umzusehen, ob sie irgendwo eine Spur der Krankenblätter entdecken konnte.

Aber da erschien die Sekretärin bereits wieder. Sie setzte sich an ihren Schreibtisch, spannte einen Bogen in die Maschine und begann zu tippen. Nach einigen Zeilen sah sie hoch. »Sie können reingehen.«

Ehe Susan antworten konnte, tippte sie schon wieder. Susan belegte sie im stillen mit den erlesensten Bezeichnungen und öffnete die Tür zum Allerheiligsten.

Auf den ersten Blick schien McLearys Büro ebenso wüst wie das von Dr. Nelson. Zeitschriften und Papiere türmten sich in unzähligen Stapeln zu schwindelnder Höhe auf. Dr. McLeary, ein dünner Mann mit einer kräftigen Nase und eingekerbten Wangen, sah aus, als stünde er unter ständiger Hochspannung. Um seinen Mund zuckte es, als er die Besucherin über seine Brille hinweg anstarrte.

»Susan Wheeler, nehme ich an?« In McLearys Stimme lag keine Spur von Freundlichkeit.

»Ja.« Susan war verdutzt, daß er ihren Namen kannte, und wußte nicht, ob das ein gutes oder ein schlechtes Omen war.

»Und Sie sind wegen dieser zehn Krankenblätter gekommen.« McLeary drehte sich halb in seinem Stuhl um und zeigte auf mehrere dünne Aktenhefter in seinem Bücherschrank.

»Zehn? Mehr haben Sie nicht?«

»Genügen Ihnen zehn nicht?« McLearys Stimme klang sarkastisch.

»Doch, doch. Ich dachte nur, Sie hätten vielleicht mehr. Sind das die Unterlagen von den Koma-Opfern?«

»Möglich. Und wenn es so wäre, was dann?«

»Ich weiß nicht. Dr. Stark sagte mir, Sie hätten die Krankenblätter, und da dachte ich, ich könnte kurz mal reinschauen oder Ihnen vielleicht sogar bei der Auswertung helfen.«

»Verehrte Dame, ich bin Neurologe mit einer einigermaßen umfassenden Ausbildung. Neurologie ist mein Fachgebiet, und ich werte umfangreiches neurologisches Material aus, das unsere Stationsärzte von diesen Patienten zusammengetragen haben. Wenn ich es recht besehe, brauche ich keine Hilfe.«

»Das will ich ja auch gar nicht sagen. Und ich gebe gern zu, daß ich so gut wie überhaupt nichts von Neurologie verstehe. Aber bei diesen Patienten scheint mir irgendwas äußerst merkwürdig. Meines Erachtens müssen diese Fälle nicht als Einzelerscheinungen, sondern im Zusammenhang gesehen und untersucht werden.«

»Und selbstverständlich werden Sie das tun.«

»Na ja, irgend jemand muß sich der Sache ja annehmen.«

»So? Ich will Ihnen mal was sagen.« McLearys Stimme war lauter geworden. »Dieses medizinische Problem ist so komplex, daß es Ihre derzeitigen Fähigkeiten weit übersteigt. Und nicht nur das, Ihre mehr oder weniger fachmännischen Bemühungen haben in diesem Krankenhaus bereits für einen außergewöhnlichen Wirbel gesorgt. Statt eine Hilfe zu sein, entwickeln Sie sich immer mehr zu einer Plage. Was ich von Ihnen will, ist folgendes: Sie setzen sich jetzt da hin.« McLeary deutete auf einen von mehreren Stühlen vor seinem Schreibtisch.

»Wie bitte?« Susan hatte durchaus verstanden, doch der Ton verwirrte sie. Ihr schien, als hätte McLeary sie nicht gebeten, sondern ihr befohlen, Platz zu nehmen.

»Hinsetzen, sagte ich.« Der Befehlston war jetzt unmißverständlich. Susan setzte sich auf den einzigen Stuhl, der nicht mit Zeitschriften belegt war.

McLeary griff zum Telefon. Er starrte Susan ohne zu blinzeln an. Während er auf die Verbindung wartete, zuckte es wieder um seinen Mund.

»Bitte das Büro des Direktors ... Ich würde gern mit Philip Oren sprechen.« Diesmal entstand eine längere Pause. McLearys Ausdruck änderte sich nicht. »Mr. Oren? Dr. McLeary am Apparat. Also, Sie hatten völlig recht. Sie sitzt mir hier gegenüber ... Die Krankenblätter? Aber wo denken Sie hin? ... Gut ... ausgezeichnet.«

McLeary legte auf und sah Susan weiterhin unverwandt an. In seinem Blick lag keine Spur menschlicher Wärme. Der verdiente die Sekretärin, die er hatte, dachte sie. Nach einer unbehaglichen Pause machte sie Anstalten aufzustehen. »Ich habe das Gefühl, ich sollte ...«

»Hinsetzen!«

Susan kam verdutzt der Aufforderung nach. Schließlich wagte sie einen Einwand: »Was wird hier eigentlich gespielt? Ich bin hergekommen, um Sie zu fragen, ob Sie bei der Koma-Sache Hilfe gebrauchen können. Und nicht, um von Ihnen angebrüllt zu werden.«

»Eigentlich habe ich Ihnen überhaupt nichts mehr zu sagen, verehrte Dame. Sie haben hier im Memorial Ihre Grenzen beträchtlich überschritten. Ich wurde im voraus informiert, daß

Sie vermutlich hier auftauchen und nach den Krankenblättern spionieren würden. Außerdem hat man mich unterrichtet, daß Sie sich, obwohl dazu nicht autorisiert, Computerinformationen beschafft haben. Und zu allem Überfluß haben Sie es fertiggebracht, sich mit Dr. Harris zu überwerfen. Na schön, das ist Ihre Sache. In einer Minute jedenfalls wird Mr. Oren hier sein, dann können Sie mit ihm reden. Sie sind sein Problem, nicht meins.«

»Wer ist dieser Mr. Oren?«

»Der Direktor des Krankenhauses, meine Liebe, und Personalfragen gehören in sein Ressort.«

»Ich bin kein Personal. Ich bin Medizinstudentin.«

»Nur zu wahr. Genaugenommen stehen Sie also auf einer noch niedrigeren Stufe. Oder anders: Sie sind hier Gast... Gast des Krankenhauses, und dem sollten Sie in Ihrem Benehmen Rechnung tragen. Statt dessen belieben Sie, sich als Sprengsatz zu betätigen. Sie ignorieren alle Regeln und Anweisungen. Ihr Medizinstudenten von heute habt den rechten Maßstab verloren. Das Krankenhaus ist nicht nur für euer Wohl da, und es schuldet euch keine Ausbildung.«

»Wieso? Die Lehre ist eine der Hauptaufgaben dieses Hauses.«

»Die Lehre vielleicht. Aber das bedeutet beileibe nicht nur die Ausbildung von Studenten. Das bezieht sich auf die gesamte hiesige Medizinwelt.«

»Genau. Und dabei soll eine Symbiose entstehen, von der alle profitieren, Studenten und Professoren. Und das Krankenhaus existiert weder zum Wohle der Medizinstudenten noch der Professoren, sondern angeblich in erster Linie für die Patienten.«

»Also, ich kann Harris' Reaktionen Ihnen gegenüber völlig verstehen, Miss Wheeler: Sie lassen es an Respekt fehlen, sowohl für Personen als auch für Institutionen. Aber das ist typisch für die Jugend von heute. Die glaubt, allein die Tatsache ihrer Existenz berechtige zu allem Luxus, den die Gesellschaft zu bieten hat, die Ausbildung inbegriffen.«

»Ausbildung ist mehr als ein Luxus: eine Verantwortung, die die Gesellschaft sich selbst gegenüber trägt.«

»Mag sein, daß die Gesellschaft sich selbst gegenüber Verantwortung trägt, aber auf keinen Fall schuldet sie diese einzelnen Studenten oder der Jugend, nur weil sie jung ist. Ausbildung und Erziehung sind teuer, und die Hauptlast bleibt an den Werktätigen hängen. Die Studenten selbst bringen nur einen kleinen Teil dessen auf, was sie kosten. Und sie kosten die Gesellschaft nicht nur eine enorme Summe, Miss Wheeler, sie sind gleichzeitig im wirtschaftlichen Sinne völlig unproduktiv. Mithin verdoppeln sich die Kosten gegenüber der Gesellschaft. Dazu kommt, daß Sie eine Frau sind. Demnach wird auch Ihre künftige Produktivität, gemessen an der Stundenzahl, nicht...«

Susan war aufgesprungen. »Ach, verschonen Sie mich doch damit! Der Mist kommt einem ja zu den Ohren raus!«

»Bleiben Sie sitzen, verdammt noch mal!« schrie McLeary, außer sich vor Wut. Auch er war aufgestanden.

Susan bemühte sich, in dem vor Zorn bebenden Gesicht zu lesen. Sie dachte daran, was Bellows über ihre Sexualität gesagt hatte, als er nach einer Erklärung für Harris' Benehmen suchte. Aber das konnte bei der Vorstellung, die McLeary gab, kaum eine Rolle spielen. Zum zweitenmal wurde sie im Memorial mit einem, gelinde gesagt, höchst unangemessenen Benehmen konfrontiert. Der Mann vor ihr atmete schnell und in kurzen, heftigen Stößen. Offensichtlich hatte sie ihn herausgefordert. Aber wie? Und wodurch? Susan hatte keine Ahnung. Sie überlegte, ob sie ihn einfach stehenlassen sollte. Eine Mischung aus Neugier und Respekt vor seiner Unberechenbarkeit bewog sie jedoch zum Bleiben. Sie setzte sich und beobachtete ihr Gegenüber scharf. Der Mann wußte jetzt augenscheinlich nicht, was er tun sollte. Er setzte sich ebenfalls und spielte nervös mit einem Aschenbecher. Es hätte sie nicht weiter erstaunt, wäre er in Tränen ausgebrochen.

Sie hörte, wie draußen die Tür aufging. Aus dem Vorzimmer kamen Stimmen. Dann öffnete sich hinter ihr die Tür. Ohne Voranmeldung und ohne zu klopfen trat ein Mann ein, dem die

Energie aus allen Knopflöchern zu dringen schien. In dem gut geschnittenen blauen Anzug sah er wie ein Geschäftsmann aus. Der weiße Taschentuchzipfel über der linken Brusttasche erinnerte Susan an Starks Manier. Das Haar war sorgfältig frisiert und links gescheitelt. Der Mann vermittelte Autorität und das Gefühl, spielend mit jeder Schwierigkeit fertig zu werden.

»Vielen Dank für Ihren Anruf, Donald«, sagte Oren. Dann würdigte er Susan eines herablassenden Blicks. »Das also ist die berüchtigte Susan Wheeler, nicht wahr? Miss Wheeler, Sie haben in diesem Krankenhaus große Aufregung verursacht. Ist Ihnen das bewußt?«

»Nein, das ist mir keineswegs bewußt.«

Oren stand, die Arme vor der Brust verschränkt, an McLearys Schreibtisch gelehnt. »Nur aus Neugier, Miss Wheeler, möchte ich Ihnen eine recht simple Frage stellen. Was ist, Ihrer Ansicht nach, der Hauptzweck dieser Institution hier?«

»Die Versorgung von Kranken.«

»Ausgezeichnet. Wenigstens in diesem Punkt scheinen wir einer Meinung zu sein. Aber ich muß Ihre Antwort nicht unwesentlich spezifizieren. Unsere Aufgabe ist die Versorgung der Kranken unserer Stadt und dieser Gegend. Das mag Ihnen selbstverständlich erscheinen, da niemand von uns verlangt, Patienten aus New York oder Chicago zu pflegen. Aber trotzdem ist es ein sehr wesentliches Merkmal, da es unsere besondere Verantwortung gegenüber der Bevölkerung von Boston unterstreicht. Und daraus folgt: Alles, was diese besondere Beziehung zu unserer Stadt beeinträchtigt, behindert uns gleichzeitig in unserer Hauptaufgabe. Vielleicht kommt Ihnen das unbedeutend vor. Aber das ist es nicht, im Gegenteil. Während der letzten paar Tage sind Beschwerden über Sie zu mir gedrungen, die vom bloßen Ärgernis bis zur Unerträglichkeit reichen. Offensichtlich sind Sie gezielt darauf aus, unsere sorgsam gepflegte Verbindung zu dieser Stadt und ihrer Bevölkerung in Frage zu stellen oder zu zerstören.«

Susan fühlte, wie ihr die Röte ins Gesicht stieg. Orens herablassende Art ging ihr immer mehr auf die Nerven. »Mit anderen

Worten, wenn man darauf aufmerksam macht, daß die Chance, als Patient in diesem Krankenhaus sein Gehirn einzubüßen, sehr hoch, ja unzumutbar hoch ist, ruiniert man den Ruf der Institution?«

»Genau.«

»In diesem Fall scheint mir, daß der Ruf des Krankenhauses nichts ist im Vergleich zu dem irreparablen Schaden, der den Patienten zugefügt wird. Ich komme mehr und mehr zu der Überzeugung, daß der Ruf des Krankenhauses ruiniert werden muß, wenn damit das Problem gelöst werden kann.«

»Aber, Miss Wheeler, das kann doch nicht Ihr Ernst sein! Wohin sollten sich alle diese Menschen wenden ... alle, die täglich auf die Möglichkeiten hier angewiesen sind? Na, hören Sie mal. Und wenn Sie geschickt die Aufmerksamkeit auf unglückliche, aber unvermeidliche Umstände ...«

»Woher wissen Sie, daß sie unvermeidlich sind?« unterbrach ihn Susan.

»Ich kann nur glauben, was mir die Chefs der betreffenden Abteilungen versichern. Ich bin weder Arzt noch Wissenschaftler, Miss Wheeler, und ich gebe auch nicht vor, eines von beidem zu sein. Ich bin Verwaltungsfachmann. Und wenn man mich mit einer Studentin konfrontiert, die hier Chirurgie lernen soll, aber statt dessen ihre Zeit damit vertut, die allgemeine Aufmerksamkeit auf ein Problem zu lenken, das von qualifizierten Leuten wie Dr. McLeary bereits genauestens untersucht wird, ein Problem, dessen Offenlegung durch Indiskretion ganz Boston unermeßlichen Schaden zufügen würde, ja, dann bin ich gezwungen, schnell und entschieden zu handeln. Offensichtlich haben die Warnungen nichts genützt, ebensowenig die ständige Ermahnung, sich Ihren normalen Pflichten zu widmen. Aber dies soll keine Debatte sein, und ich bin nicht hier, um mit Ihnen zu rechten. Ich hielt es nur für angebracht, Ihnen meine Entscheidung, Ihre Hospitantenstelle betreffend, zu erläutern. Und jetzt werde ich, sofern Sie mich entschuldigen, Ihren Dekan anrufen.«

Oren ergriff McLearys Telefon und wählte. »Dr. Chapmans

Büro, bitte ... Bitte Dr. Chapman, hier spricht Phil Oren ... Jim? Phil Oren hier, wie geht's der Familie? Bei uns alles bestens ... Ich hab' Ihnen doch erzählt, daß Ted an der Uni von Pennsylvania angenommen wurde? ... Na ja, hoffentlich ... Ja, der Grund für meinen Anruf ist eine Ihrer Studentinnen, die hier in der Chirurgie hospitiert ... eine Susan Wheeler, Medizinstudentin im dritten Jahr ... genau ... Ja, ich bleib' dran.«

Oren sah Susan an. »Sie sind doch im dritten Jahr?«

Susan nickte. Ihr Widerstandsgeist war gebrochen und hatte tiefer Niedergeschlagenheit Platz gemacht.

Orens Blick fiel auf McLeary, der aufgestanden war und sich anscheinend langweilte. »Don, entschuldige«, sagte der Direktor. »Wir hätten in mein Büro gehen sollen. Aber ich bin gleich...« Dann wieder ins Telefon: »Ja, Jim, ich bin noch da... So, sie war eine gute Studentin? Nett zu hören. Aber hier im Memorial kann sie trotzdem nichts mehr werden. Ja, sie sollte in der Chirurgie hospitieren, aber sie hat es sich zur Regel gemacht, weder zur Visite zu erscheinen, noch an Vorlesungen oder Operationen teilzunehmen. Statt dessen bringt sie die halbe Ärzteschaft auf die Palme, allen voran unseren Chef-Anästhesisten. Und außerdem hat sie sich auf unerlaubtem Weg vertrauliche Informationen aus unserer Datenbank erschlichen. Wir haben hier auch ohne ihre freundliche Hilfe Ärger genug ... Gut, ich sag' ihr, Sie wollen sie sprechen ... Heute nachmittag, halb fünf. Sehr gut. Ich bin sicher, die werden sie gerne nehmen ... genau. (Kichern.) Vielen Dank, Jim. Wir müssen uns bald mal wieder sehen, ist schon viel zu lange her.«

Oren legte auf und lächelte McLeary zufrieden an. Dann wandte er sich Susan zu.

»Miss Wheeler, wie Sie selbst gehört haben, will Ihr Dekan ein Wörtchen mit Ihnen reden, heute nachmittag um sechzehn Uhr dreißig. Und von diesem Augenblick an haben Sie dienstlich im Memorial nichts mehr zu suchen. Auf Wiedersehen.«

Susan sah von Oren zu McLeary und zurück. McLeary zeigte keine Regung, Oren trug das bescheidene Lächeln eines Mannes, der soeben eine hitzige Auseinandersetzung zu seinen Gunsten entschieden hat. Das Schweigen wurde erdrückend. Susan wußte, daß das Spiel aus war. Wortlos stand sie auf, nahm das Paket mit der Schwesternuniform und ging.

Mittwoch
25. Februar
11 Uhr 15

Susan floh aus dem Memorial. In ihrer Gemütsverfassung schien ihr die Krankenhausatmosphäre unerträglich. Blindlings bahnte sie sich einen Weg durch die Menschenmenge in der Halle und stürmte hinaus in den kalten, regnerischen Februartag. Ein Ziel hatte sie nicht. Tief in Gedanken versunken, ging sie, wohin die Füße sie trugen. Sie bog in die New Chardon Street, später in die Cambridge Street ein.

»Arschlöcher!« zischte sie vor sich hin und trat gegen eine leere Konservendose, die in hohem Bogen durch die Luft flog. Der Regen klebte ihr das Haar an die Stirn; kleine Tropfen fielen von ihrer Nasenspitze. Sie wanderte die Joy Street entlang und näherte sich Beacon Hill, nahm aber ihre Umgebung kaum wahr: weder die Hunde noch den Müll, noch die anderen Randerscheinungen städtischen Lebens.

Nie zuvor hatte Susan sich so isoliert gefühlt. In das Bewußtsein tiefer Einsamkeit mischte sich die Angst vor dem Versagen. Sie sehnte sich nach einer Aussprache, nach jemandem, der sie anhören würde und dem sie gleichzeitig Vertrauen und Respekt entgegenbringen konnte. Stark? Bellows? Chapman? Sie erwog Vor- und Nachteile. Bellows' Objektivität war ihr suspekt, Stark und Chapman würden sich im Zweifelsfall an ihre Loyalität gegenüber ihren Institutionen gebunden fühlen.

Susans Spekulationen machten auch vor dem Schlimmsten nicht halt: unehrenhafter Ausschluß aus der Medizinischen Fakultät. Das wäre in ihren Augen nicht nur ein persönliches

Versagen, sondern sie würde damit allen Frauen in der Medizin eine vernichtende Niederlage beibringen. Susan wünschte, sie könnte einer kompetenten Geschlechtsgenossin ihr Herz ausschütten, irgendeiner Ärztin vielleicht, aber sie kannte keine. Auch in der Fakultät gab es nur wenig Frauen, und die eigneten sich kaum als Ratgeberinnen.

Mitten im selbstquälerischen Grübeln rutschte sie mit dem rechten Fuß aus. Sie mußte an einer Hausmauer Halt suchen und stellte fest, daß sie in einen großen, frischen Hundehaufen getreten war.

»Verdammt, dieser Beacon Hill!« Susan verfluchte Boston und die ganze Scheiße – im wörtlichen wie übertragenen Sinn –, die eine Stadtverwaltung zu tolerieren gewillt war. Trotzdem konnte sie sich dem symbolischen Effekt dieser Episode nicht ganz verschließen. Vielleicht war sie nicht nur am Beacon Hill in einen Haufen Scheiße getreten, und das Beste, was sie tun konnte, war, die Sache zu ignorieren. Es gab Haufen, die mußte man links liegen lassen. Ihre Pflicht, auch sich selbst gegenüber, war es, Ärztin zu werden, das hatte Vorrang vor allem anderen. Die Bermans und Greenlys waren nicht ihre Sache.

Der Regen wurde stärker. Wasserbäche rannen ihr übers Gesicht. Sie war jetzt etwas vorsichtiger, paßte von nun an auf, wohin sie trat, und das Fortkommen wurde leichter. Das galt jedoch keineswegs für ihren Seelenfrieden in bezug auf Berman und Nancy Greenly. Die Symbolik hinkte. Sie dachte an die Parallelen zwischen Nancy und ihr: dasselbe Alter, ähnliche Schwierigkeiten bei der Menstruation. Auch Susan hatte mehrfach starke Blutungen gehabt, und sie erinnerte sich genau daran, wie hilflos und verängstigt sie jedesmal gewesen war. Durchaus möglich, daß sie selbst sich einer Ausschabung unterziehen mußte, am Ende sogar im Memorial.

Doch aus dem Memorial war sie nun erst einmal herausgeflogen, und deshalb lag die Entscheidung, ob sie den Koma-Fällen weiter nachgehen sollte, gar nicht bei ihr. Es war aus und vorbei. Wenn sie an ihre Erwartungen zu Beginn des Unternehmens dachte! »Eine neue Krankheit!« Susan lachte bitter im Gedanken an ihre eigene Überheblichkeit.

Sie schlenderte die Pickney Street hinunter, überquerte die Charles Street und ging in Richtung Fluß weiter. Ebenso ziellos wie auf dem Beacon Hill stieg sie die Treppe zur Longfellows Brücke hinauf. Die Seitenmauer war mit Schmierereien bedeckt. Susan blieb mehrmals stehen und las die sinnlosen Sprüche und unbekannten Namen. Auf der Mitte der Brücke machte sie halt. Sie sah den Charles River hinauf, nach Cambridge und Harvard. Der Fluß zeigte ein seltsames Muster aus Eisschollen und schwarzem Wasser. Auf einer der Schollen stand regungslos eine Möwenfamilie.

Susan blickte nach links, in die Richtung, aus der sie gekommen war. Was zuerst ihre Aufmerksamkeit dorthin gelenkt hatte, konnte sie nicht sagen. Sie sah einen Mann mit Hut und dunklem Mantel, der stehenblieb und auf den Fluß blickte, als Susan sich umdrehte. Ohne zunächst einen Gedanken an den Mann zu verschwenden, widmete sie sich wieder der Szenerie und ihren Grübeleien. Aber nach fünf oder zehn Minuten fiel ihr auf, daß der Mann immer noch nicht weitergegangen war. Er rauchte und sah flußaufwärts und schien den Regen ebensowenig zu spüren wie Susan. Sie dachte über den seltsamen Zufall nach: Da standen an einem kalten, regnerischen Februartag gleich zwei Leute grübelnd auf einer Brücke, die sogar bei schönem Wetter gewöhnlich menschenleer war.

Susan ging weiter. Auf der Cambridge-Seite stieg sie den Uferweg zum Bootshaus hinauf. Die Feuchtigkeit drang ihr in den Kragen. Sie fror und entschied, daß ein heißes Bad ihr guttun würde. Sie beschloß, ins Studentenheim zurückzukehren.

Abrupt machte sie kehrt, um über die Brücke zurückzugehen und mit der Bahn nach Hause zu fahren. Doch sie blieb stehen. Hundert Meter von ihr entfernt stand der Mann mit dem dunklen Mantel. Er starrte noch immer auf den Fluß. Susan war unbehaglich zumute; warum, wußte sie selbst nicht. Sie änderte ihren Plan, um nicht an dem Mann vorbei zu müssen. Sie würde die Bahn an der Kendyll Station nehmen.

Als sie den Memorial Drive überquerte, merkte sie, daß der Mann sich in Bewegung gesetzt hatte und ihr folgte. Susan redete sich zu, daß sie trotz aller Aufregungen nicht den geringsten Grund hätte, plötzlich unter Verfolgungswahn zu leiden. Vielleicht war sie innerlich doch angeschlagener, als es ihr bewußt war, überlegte sie. Nur um ganz sicher zu gehen, bog sie um die nächste Ecke und ging bis zum Ende des Blocks. Vor dem Portal der Bibliothek für Politische Wissenschaften blieb sie stehen. Um nicht aufzufallen, machte sie sich an ihrem Paket zu schaffen.

Im nächsten Moment kam auch schon der Mann ins Blickfeld. Er bog nicht ab, sondern überquerte die Straße und verschwand auf der anderen Seite. Trotzdem konnte Susan das Gefühl nicht loswerden, daß er sie verfolgte. Sie hatte die Spur seines Zögerns, als er sie dort stehen sah, mehr gefühlt als tatsächlich wahrgenommen. Susan ging die Stufen zur Bibliothek hinauf. Dort suchte sie in der Damentoilette Zuflucht und gönnte sich ein paar Minuten Ruhe. Als sie in den Spiegel sah, blickte ihr ein ängstliches Gesicht entgegen. Sie überlegte, ob sie irgend jemanden zu Hilfe rufen sollte, verwarf den Gedanken aber wieder. Was konnte sie sagen, ohne sich lächerlich zu machen? Außerdem fühlte sie sich nach einiger Zeit besser und beschloß, das Ganze als Produkt ihrer gereizten Phantasie zu betrachten.

Als sie die Toilette verließ, hatte sie sich genügend gefangen, um die Architektur der Bibliothek zu bewundern. Sie war ultramodern konstruiert, hatte jedoch ein Flair von Würde und Weite. Hier gab es nicht das erdrückende Gefühl, sich in einem Kramladen zu befinden, das Susan in den meisten Universitätsbibliotheken befiel. Die Stühle waren mit farbigem Leinen bespannt. Regale und Katalogpulte bestanden aus heller, glänzend polierter Eiche.

Und dann sah Susan den Mann wieder! Diesmal ganz aus der Nähe. Sie wußte, daß er es war, obwohl er nicht von der Zeitschrift aufsah, in die er sich vertieft hatte. Er wirkte in dieser Umgebung mit seinem dunklen Mantel, dem weißen

Hemd und der weißen Krawatte auch völlig fehl am Platz. Sein eng am Schädel klebendes Haar glänzte vor Pomade. Sein Gesicht war vernarbt.

Susan stieg ins Zwischengeschoß hinauf und behielt den Mann so gut sie konnte im Auge. Der blickte nicht von seiner Lektüre auf. Von draußen hatte Susan einen Verbindungsgang zwischen der Bibliothek und dem nächsten Gebäude gesehen. Jetzt suchte und fand sie die Überführung und ging schnell hinüber. Das Nachbarhaus beherbergte Hörsäle und Verwaltungsräume, und es herrschte ein reges Treiben. Susan fühlte sich sicherer, als sie das Erdgeschoß erreichte und auf die Straße trat. Eilig steuerte sie auf den Kendall Square zu.

Da Susan sich in der Gegend nicht auskannte, brauchte sie einige Minuten, bis sie den Eingang zur elektrischen Schnellbahn der Massachusetts Bay Transit Authority fand, die hier unterirdisch fuhr. Am Beginn der Treppe blieb sie noch einmal stehen und blickte sich um, und was sie sah, traf sie wie ein Schock: Der Mann im dunklen Mantel kam auf sie zu, war nur noch einen Häuserblock von ihr entfernt. Susans Puls schlug schneller. Sie wußte nicht, was sie tun sollte. Ein Luftzug von unten und donnerndes Dröhnen halfen ihr bei der Entscheidung: Ein Zug fuhr in den Bahnhof ein, ein Zug voller Menschen!

Obwohl sie der aufkeimenden Panik keineswegs Herr war, hatte sie sich doch einigermaßen unter Kontrolle, als sie die Treppe hinunterging und in die dämmrige Unterwelt eintauchte. Sie suchte nach einer Münze für das Drehkreuz. Sie wußte, daß sie welche in der Tasche hatte, aber die Handschuhe behinderten sie. Sie riß sie sich von den Händen und zog ihr Kleingeld hervor. Mehrere Münzen machten sich selbständig und rollten über den Betonboden davon. Niemand stieg aus dem Zug. Mit ausdruckslosen Gesichtern beobachteten einige Passagiere Susans verzweifelte Bemühungen am Drehkreuz. Die Münze fiel endlich in den Schlitz, und Susan wollte hindurchstürmen. Keuchend stellte sie fest, daß sie zu schnell gewesen war. Der eiserne Arm gab nicht nach, sondern drückte sich in ihre Magengrube. Sie trat zurück, und die Münze fiel durch und gab dabei die Verriegelung frei. Beim zweiten Versuch drehte sich das Kreuz derart widerstandslos, daß Susan auf den Bahnsteig stolperte und fast gestürzt wäre. Als sie auf den Zug zulief, schlossen sich die Türen.

Susan streckte die Arme aus, aber der Zug setzte sich unerbittlich in Bewegung. Sie lief ein paar Schritte nebenher. Als das Zugende an ihr vorüberglitt, sah sie durch das Fenster im letzten Wagen den ausdruckslosen Blick des Zugführers auf sich ruhen. Quietschend verschwand die Bahn im Tunnel Richtung City. Susan blieb keuchend stehen und sah ihr nach.

Der Bahnhof lag jetzt völlig leer da. Auch auf dem Bahnsteig gegenüber war niemand zu sehen. Das Rattern des abgefahrenen Zuges verklang schnell, und als einziges Geräusch nahm Susan das Tropfen des Wassers von der Bahnhofsdecke wahr. Kendall Station wurde nur wenig frequentiert und war deshalb nicht renoviert worden. Das Mosaik an den Wänden zeigte deutliche Spuren des unaufhaltsamen Zerfalls; der ganze Bahnhof glich eher einem archäologischen Ausgrabungsort. Alles war mit schmierigem Staub bedeckt, auf den Bahnsteigen häuften sich Papier und andere Abfälle. Unter den Tropfstellen an der Decke hatten sich Hunderte von Kalkzapfen gebildet.

Susan beugte sich, so weit es nur ging, über die Schienen und spähte in den Tunnel Richtung Cambridge, in der Hoffnung, daß dort schon der nächste Zug auftauchen könnte. Aber sosehr sie sich auch anstrengte, sie hörte nur das Geräusch der Wassertropfen. Doch dann kam ein neues Geräusch hinzu: der unverwechselbare Klang von Schritten auf der Treppe. Susan rannte zum vergitterten Wechselschalter. Er war leer. Ein Schild wies darauf hin, daß der Schalter nur zwischen drei und fünf Uhr nachmittags besetzt war. Die Schritte auf der Treppe kamen näher, und Susan wich vom Eingang zurück. Sie drehte sich um und lief den Bahnsteig entlang auf das entgegengesetzte Ende zu. An der äußersten Grenze beugte sie sich noch einmal weit vor und spähte in den Tunnel. Nichts, nur das sickernde Wasser und die Schritte ...

Susan wandte sich zum Eingang um und sah den Mann im dunklen Mantel das Drehkreuz passieren. Er blieb stehen und zündete sich eine Zigarette an, die Hände schützend um das Streichholz gelegt. Als die Zigarette brannte, schnippte er das Hölzchen auf die Schienen. Er schien keine Eile zu haben. Erst nachdem er einige Züge genommen hatte, bewegte er sich wieder auf Susan zu. Offensichtlich weidete er sich an der Angst, die er verbreitete. Seine Sohlen erzeugten ein furchterregendes Echo, als er näher und näher kam.

Susan wollte schreien und fortrennen, war aber zu beidem nicht fähig. Womöglich war das Ganze nur ein Produkt ihrer Einbildung, die Folge einer Reihe von Zufällen. Doch die Erscheinung des Mannes und sein Gesichtsausdruck, als er sich ihr unerbittlich näherte, überzeugten sie davon, daß sie keineswegs unter Halluzinationen litt.

Panik ergriff sie. Sie war gefangen, sofern sie nicht in den Tunnel lief. Doch davor schreckte sie trotz aller Angst vor dem Verfolger zurück. Der gegenüberliegende Bahnsteig? Sie sah über die beiden Schienenstränge zur anderen Seite. Zwischen den Gleisen ragten Stahlträger auf, gerade so weit auseinander, daß sie sich zur Not hindurchquetschen könnte. Aber unmittelbar neben den Trägern verliefen auf beiden Seiten die Stromschienen, von denen Susan wußte, daß sie genügend Volt hatten, um zu einer tödlichen Gefahr zu werden.

Etwa sechs bis sieben Meter hinter dem Tunneleingang endete die Reihe der senkrechten Träger; gleichzeitig wechselten die Stromschienen auf die Außenseiten der Gleise. Susan nahm an, es würde nicht allzu schwierig sein, die paar Schritte in den Tunnel zu laufen und hinter den Trägern auf die andere Seite zu klettern. Auf diese Weise konnte sie die Stromschienen umgehen.

Als der Mann keine zwanzig Meter mehr von Susan entfernt war, schnippte er die Zigarette auf die Gleise. Er schien etwas aus der Tasche holen zu wollen. Einen Revolver? Nein, es war kein Revolver. Ein Messer? Schon eher.

Susan brauchte keinen weiteren Ansporn mehr. Sie nahm

das Paket mit der Schwesterntracht in die rechte Hand, ging in die Hocke, stützte sich mit der Linken auf die Bahnsteigkante und sprang die knapp anderthalb Meter auf den Gleiskörper. Sie landete auf den Füßen und fing den Aufprall geschickt ab. Blitzschnell richtete sie sich wieder auf und rannte in den Tunnel.

Panik hatte sie jetzt vollständig ergriffen, und nach wenigen Schritten stolperte sie über die Holzschwellen. Sie fiel seitwärts auf die Stromschiene zu. Instinktiv ließ sie das Paket los, riß die Arme hoch und stieß sich von einem Stahlträger ab. Sie verfehlte die tödliche Schiene nur um Zentimeter. Beim Aufprall stieß sie mit der linken Hand gegen ein loses Stück Holz, das gegen die Stromschiene und auf den Boden prallte. Ein blendender Blitzstrahl und ein dumpfer Knall waren die Folge; scharfer Brandgeruch stieg auf, das Holzstück war völlig verkohlt.

Trotz eines stechenden Schmerzes im Fußgelenk raffte sich Susan sofort wieder auf. Sie riß ihr Paket an sich und versuchte, auf den Schwellen weiterzurennen. Gleich hinter den Bahnsteigen, noch in der Tunnelmündung, gab es mehrere Weichen, und auf den nächsten Metern liefen Schienen und Schwellen scheinbar wirr durcheinander. Susan hatte keine Zeit, sich zu orientieren. Sie stürmte weiter. Aber ihr nachschleppender linker Fuß verfing sich zwischen zwei Schienen. Wieder stürzte sie der Länge nach hin.

Jeden Moment erwartete sie, ihren Verfolger über sich zu sehen. Mühsam richtete sie sich auf einem Knie auf. Weiter kam sie zu ihrem Entsetzen nicht: Der linke Fuß saß fest zwischen den beiden Schienen. Je mehr sie zog, desto größer wurde der Schmerz im Knöchel. Verzweifelt bückte sie sich und zog mit beiden Händen an ihrem Bein. Sie wagte nicht zurückzublicken.

Plötzlich zerriß ein ohrenbetäubendes Kreischen die Luft. Keuchend und nach Atem ringend ließ Susan ihr Bein los. Sie fürchtete, ihr sei etwas passiert, aber bis auf den Fuß war sie heil und am Leben. Dann erklang das Kreischen wieder: Das

Geräusch war in der unterirdischen Röhre so durchdringend, daß Susan unwillkürlich beide Hände an die Ohren preßte. Dennoch drang das Kreischen schmerzhaft in ihre Gehörgänge. Und da wußte sie, was es war: der Zug! Es handelte sich um das Warnsignal eines näherkommenden Zuges.

Susan sah in das schwarze Tunnelloch, und aus der Dunkelheit blickte ihr der einzelne Scheinwerfer wie ein brennendes Auge entgegen. Gleichzeitig hörte und spürte sie das Vibrieren von mehreren hundert Tonnen Stahl, die auf sie zubrausten. Und dann gab es ein neues Geräusch, noch durchdringender als der Sirenenschrei: Stahl knirschte auf Stahl, als die Räder des Zuges in einem verzweifelten Notbremsungsversuch blockierten. Aber vergebens. Wucht und Geschwindigkeit waren zu groß.

Susan hatte keine Ahnung, zwischen welchen Schienen ihr Fuß festsaß, und ob es dieselben waren, die den Zug mit tödlicher Präzision heranbrachten. Der Scheinwerfer schien direkt auf sie zuzukommen. Mit der Kraft äußerster Verzweiflung riß sie ihren Fuß aus dem Stiefel und warf sich blindlings in die Richtung des stadtauswärts führenden Schienenstrangs.

Hände und Arme dämpften den Aufprall, und instinktiv rollte sie sich wie ein Ball zusammen, bedeckte den Kopf mit den Armen. Schleifen, Zittern und Kreischen steigerten sich zu einem höllischen Crescendo, und der Zug raste kaum anderthalb Meter an ihr vorbei.

Einige Augenblicke war Susan unfähig, sich zu bewegen. Sie konnte einfach nicht glauben, was geschehen war; ihre Hände waren naß von Schweiß, und der Puls raste wie wahnsinnig. Aber sie lebte, und bis auf ein paar Beulen und Abschürfungen schien alles in Ordnung zu sein. Ihr Mantel war zerrissen und mit Öl verschmiert, mehrere Knöpfe hatten das Weite gesucht. Ihre Stifte und die kleine Taschenlampe waren verschwunden, lagen irgendwo im Tunnel verstreut. Ein Ohrteil des Stethoskops war verbogen.

Langsam stand sie auf und bürstete mit den Händen den gröbsten Schmutz von sich. Dann befreite sie ihren Stiefel. Wie zum Hohn genügten dazu jetzt ein Biegen der Sohle und sanftes Ziehen. Als sie ihn angezogen hatte, sah sie, wie mehrere Männer mit Lampen auf sie zugelaufen kamen.

Als man ihr zurück auf den Bahnsteig half, erschien Susan das ganze Abenteuer schon wie ein Produkt ihrer Einbildung. Hatte sie vollkommen die Kontrolle über sich verloren? Auf dem ganzen Bahnsteig gab es keinen Mann im dunklen Mantel, statt dessen eine aufgeregte Menschenmenge. Die Leute schrien sich gegenseitig zu, was passiert war und was nun zu passieren hätte. Jemand fand ihr Päckchen auf den Schienen und brachte es ihr.

Nein, wiederholte Susan immer wieder, sie sei nicht verletzt. Sie überlegte, ob sie von dem Mann berichten sollte, aber sie konnte einfach nicht mit letzter Gewißheit sagen, was wirklich geschehen und was Phantasie war. Fest stand, daß sie sich von Panik hatte überrollen lassen und immer noch unter einer gewissen Schockwirkung stand. Es gelang ihr nicht, einen klaren Gedanken zu fassen, und mehr als alles andere wollte sie nach Hause.

Doch es dauerte ungefähr noch eine Viertelstunde, bis sie die Zugbesatzung davon überzeugt hatte, daß alles in Ordnung war. Nein, sie war ausgerutscht und auf die Schienen gefallen, sonst nichts. Nein, sie brauchte keinen Krankenwagen. Sie wollte nur zur Park Street fahren und dort in die Huntington-Linie umsteigen. Schließlich konnte Susan mit allen anderen einsteigen, die Türen schlossen sich, und der Zug fuhr los.

Im Licht des Wagens besah sich Susan ihre Kleidung. Dann fiel ihr auf, daß der Mann ihr gegenüber sie anstarrte. Auch die Frau neben ihm starrte sie an. Susan sah sich im Wagen um. Alle starrten sie an, als wäre sie nicht zurechnungsfähig. Als der Zug den Tunnel verließ, blickte Susan aus dem Fenster. Im Wagen herrschte immer noch eisiges Schweigen, und niemand wandte den Blick von ihr.

Endlich hielt der Zug im Bahnhof Charles Street. Erleichtert stieg Susan aus. Sie rannte den Bahnsteig entlang und auf die Straße. Vor dem Drugstore erwischte sie ein Taxi. Erst dann konnte sie wieder frei atmen. Sie sah auf ihre Hände, die immer noch zitterten.

Mittwoch
25. Februar
13 Uhr 30

Bis halb zwei Uhr mittags hatte Bellows bereits einen prall ausgefüllten Arbeitstag hinter sich. Rein körperlich war er nicht müde, denn er war an seine Arbeitsabläufe gewöhnt, aber er fühlte sich seelisch erschöpft und war ausgesprochen nervös. Dabei hatte der Tag recht angenehm begonnen, als er aufwachte und Susan an seiner Seite liegen sah. Den gemeinsamen Abend hatte er sehr genossen, obwohl er im Hinblick auf die Dauer der Affäre seine Zweifel hatte. Susan verkörperte schwerlich den Typ Mädchen, den er für seine Flucht aus dem Berufsstreß gewöhnt war. In Bellows' Vorstellung herrschte die Großäugig-Naive vor, und genau das war Susan wirklich nicht. Zu seiner freudigen Überraschung und allen Befürchtungen zum Trotz war der Sex mit Susan problemlos und natürlich gewesen, obwohl die aggressive Grundstimmung fehlte, die Bellows als normal empfand.

Aufzustehen, während sie in seinem Bett weiterschlief, hatte ihm eine ganz bestimmte Befriedigung vermittelt. Er fühlte sich in der traditionellen Männerrolle. Wäre sie mit ihm zusammen aufgestanden und zur Arbeit in die Klinik gefahren, hätte das seine Märtyrerrolle beeinträchtigt. Und Bellows brauchte dieses Märtyrergefühl für sein inneres Gleichgewicht.

Eben dies Gleichgewicht aber wurde von anderer Seite bedroht; denn sobald er im Memorial aufkreuzte, geriet der Tag aus dem Gleis. Zu seinem Entsetzen erschien Stark überraschend zur Frühvisite und war spürbar übel gelaunt. Gleich zu Anfang hatte er sich Bellows vorgeknöpft und ihn gefragt, was er eigentlich der attraktiven Studentin angetan habe, daß sie nie zu den Visiten erschien. Bellows wand sich innerlich, als er daran dachte, wie sehr Starks Bemerkung ins Schwarze traf. Schließlich lag Susan in eben diesem Augenblick schlummernd in seinem Bett.

Starks Frage fand ein unliebsames Echo bei den Kollegen, und Bellows hörte höhnisches Lachen sowie mehrere bissige Bemerkungen. Er fühlte, wie sein Gesicht rot anlief. Von diesem Moment an stand er mit dem Rücken an der Wand. Bevor er etwas antworten konnte, war Stark schon mitten in einem Vortrag über Präsenzpflichten, Berufsauffassung und wozu das alles nütze. Bellows entnahm dem allem die deutliche Warnung, daß jede weitere Abwesenheit von Susan auf sein Schuldkonto geschrieben werden würde. Ihm wurde bedeutet, die Sorge für die Teilnahme all seiner Studenten am Tagesablauf unterliege seiner persönlichen Verantwortung.

Während der Visite hatte Stark dann seine tückischste Seite hervorgekehrt. Fast an jedem Krankenbett hatte er Bellows knifflige Fragen gestellt, und in keinem Fall konnten seine Antworten den erbosten Chef zufriedenstellen. Sogar den anderen Stationsärzten fiel auf, daß Bellows am Pranger stand, und sie versuchten, ihn mit eigenen Antworten auf Fragen zu entlasten, die ganz eindeutig an Bellows gerichtet waren.

Am Ende der Visite hatte Stark ihn beiseite genommen und ihm klargemacht, seine Leistungen entsprächen derzeit weder dem eigenen Standard noch den Erwartungen, die an einen Chirurgen im Memorial gestellt würden. Schließlich war Stark dann mit dem herausgerückt, was ihn in Wahrheit beschäftigte. Nach einer längeren Pause hatte der Chef der Chirurgie ihn gefragt, welche Rolle er nun eigentlich wirklich in bezug auf die Drogen gespielt hätte, die im Schrank 338 gefunden worden waren. Bellows hatte jede Kenntnis von dem Vorfall strikt in Abrede gestellt, mit Ausnahme dessen, was Chandler ihm gesagt hatte. Er teilte Stark klipp und klar mit, daß er den Schrank mit der Nummer 338 etwa eine Woche lang benutzt habe, bevor ein Spind zum ständigen Gebrauch für ihn freigeworden sei. Stark hatte daraufhin nur gemeint, er verlange eine umgehende Aufklärung der Angelegenheit.

Allein die Tatsache, daß er auch nur entfernt mit so einer Affäre in Verbindung gebracht werden konnte, verursachte Bellows Angstgefühle. Seine zu Zwangsvorstellungen neigende Mentalität steigerte den Vorfall nahezu ins Unermeßliche. Sehr schnell erreichte er einen Zustand, bei dem seine Ängste sich aus sich selber nährten und so immer größer wurden. In Dingen, die sein Berufsleben berührten, neigte Bellows zu paranoischen Konflikten.

An diesem Morgen hatte er selbst zwei Operationen auf dem Plan, und er nahm die Studenten mit in den OP. Beim ersten Fall hatten Goldberg und Fairweather assistiert, was kaum mehr bedeutete, als daß sie sich gründlich die Hände waschen mußten. Beim zweiten waren Carpin und Niles an der Reihe. Bellows hatte Niles besonders aufmerksam behandelt und ihm Mut gemacht, mit überraschendem Erfolg. Es gab keine neuen Ohnmachtsanfälle, und Niles hatte sich als der Geschickteste von allen erwiesen. Deshalb durfte er den Patienten auch zunähen.

Erst beim Lunch hatte Bellows die Chance, sich Chandler vorzuknöpfen. Doch der dienstälteste Oberarzt wiederholte nur, was Bellows schon wußte, nämlich, daß Stark wegen der Drogengeschichte erbost war.

»Das ist doch wirklich blödsinnig«, rief Bellows. »Hat Stark denn wenigstens mit Walters geredet, damit ich aus der Schußlinie komme?«

»Mit Walters geredet?« wiederholte Chandler. »Das hab' bis jetzt nicht mal ich. Das heißt, versucht hab' ich's schon, bin zu den OPs gegangen, aber Walters ist heute nicht aufgekreuzt. Den ganzen Tag ist er nicht gesehen worden, von niemandem.«

»Was? Walters?« Bellows war wirklich überrascht. »Seit einem Vierteljahrhundert hat der nicht einen Tag gefehlt.«

»Wenn ich's Ihnen doch sage. Er ist einfach nicht da.«

Als Bellows diese Mitteilung verdaut hatte, ging er ins Personalbüro, um sich die private Telefonnummer von Walters geben zu lassen. Aber wie sich zeigte, hatte Walters kein Telefon, und Bellows mußte sich mit der Adresse begnügen: Stewart Street, Nummer 1833, in Roxbury.

Um halb zwei war Bellows einem Veitstanz nahe. Er hatte noch einmal in der OP-Zentrale angerufen. Nein, Walters war immer noch nicht aufgetaucht. Bellows traf eine Entscheidung. Er würde sich die Mühe machen und Walters aufsuchen. Es war der einzige und schnellste Weg, seine Unschuld in der Drogenaffäre zu beweisen. Die Entscheidung fiel ihm deshalb schwer, weil es für jemanden wie ihn unvorstellbar war, sich mitten am Tag aus dem Krankenhaus zu entfernen. Aber er hatte das unangenehme Gefühl, daß in den vergangenen achtundvierzig Stunden seine bis dahin so vielversprechende Arztkarriere bedenklich zu wackeln begonnen hatte. Aus seiner Sicht gab es zweierlei Bedrohungen: erstens die Drogen-Angelegenheit, aber die konnte im Grunde nicht allzu tragisch werden; denn er wußte ja, daß er damit nichts zu tun hatte, und es galt nur, diese Tatsache zu beweisen. Aber dann gab es noch die Sache mit Susan und ihrem sogenannten Projekt. Bellows hatte das dumpfe Gefühl, daß ihn aus dieser Richtung weit Unangenehmeres erwartete.

Es gelang ihm, seine Medizinstudenten Dr. Larry Beards Obhut anzuvertrauen, einem Enkel des legendären Mäzens, nach dem ein ganzer Flügel des Memorial benannt war. Nachdem er in der Zentrale Bescheid gesagt und seinen Piepser an den Gürtel gesteckt hatte, fand er schließlich auch einen jungen Kollegen, Norris, der für eine Stunde seine dienstlichen Verpflichtungen übernahm. Um 13 Uhr 37 stahl sich Bellows aus dem Krankenhaus und winkte ein Taxi heran.

»Stewart Street, in Roxbury? Irren Sie sich nicht?« Der Taxifahrer zeigte eine ungläubige, geradezu verächtliche Miene.

»Nummer 1833«, ergänzte Bellows.

»Na ja, ist ja Ihr Geld.«

Der Schnee war an die Straßenränder gekehrt worden; jetzt dampften die großen schmutzigen Haufen trübe im Regen, der noch genauso stark strömte wie am frühen Morgen, als Bellows zum Krankenhaus gegangen war. Auf der Route, die der Fahrer nahm, sah man kaum Menschen. Die trostlose Gegend weckte in Bellows das Gefühl, durch eine ausgestorbene Stadt der alten Mayas zu fahren. Man hatte den Eindruck, die Lebensumstände waren so untragbar geworden, daß die Bewohner einfach ihre Siebensachen gepackt, die Türen verriegelt und das Weite gesucht hatten.

Je tiefer das Taxi in den Straßendschungel von Roxbury eindrang, um so schlimmer wurde der Anblick. Die Fahrt ging zunächst vorbei an alten, in sich zusammenfallenden Lagerhäusern, dann durch moderne Slums. Das trübe Tauwetter, der gnadenlose Regen und der schmelzende Schnee machten alles noch trostloser. Schließlich bog das Taxi rechts ein. Bellows lehnte sich nach vorn und erhaschte einen Blick auf das Straßenschild: Stewart Street. Im selben Augenblick geriet das Taxi mit den Vorderrädern in ein mit Regenwasser gefülltes Schlagloch. Fluchend steuerte der Fahrer nach rechts, um den Hinterrädern das gleiche Schicksal zu ersparen, aber es war zu spät. Bellows flog mit dem Kopf gegen das Dach.

»Tut mir leid«, meinte der Fahrer grinsend. »Aber Sie wollten ja unbedingt in die Stewart Street.«

Bellows rieb sich den Schädel und musterte die Hausnummern: 1831, dann 1833. Er zahlte und stieg aus. Das Taxi raste davon und wedelte wie ein Slalomläufer zwischen den Schlaglöchern hindurch. An der nächsten Kreuzung verschwand es aus dem Blickfeld. Bellows fluchte leise: Warum hatte er den Fahrer nicht gebeten, auf ihn zu warten? Er sah sich um. Wenigstens hatte es aufgehört zu regnen. Am Straßenrand rosteten Autowracks vor sich hin, längst aller ihrer wertvolleren Teile beraubt. Gebrauchsfähige Wagen sah er nirgends, weder geparkt noch in Fahrt. Auch sonst gab es weit und breit kein Zeichen von Leben, keine Menschen, Hunde oder andere Geschöpfe. Als Bellows die Häuserzeile vor sich betrachtete, stellte er fest, daß alle Gebäude verlassen waren. Die meisten Fenster hatte man mit Brettern vernagelt, wo nicht, waren die

Scheiben zersplittert. Ein kurzer Blick zeigte ihm, daß sich die ganze Gegend in einem ähnlichen Zustand befand.

An der Haustür von Nummer 1833 entdeckte er ein altes, schon halb verfaultes Schild. Darauf stand, dieses Gebäude sei Eigentum des Bostoner Dezernats für Wohnungsbau und zum Abbruch bestimmt. Das Datum lautete: 1971. Also handelte es sich hier um eines der vielen Stadtsanierungsprojekte, die dem Rotstift zum Opfer gefallen waren.

Bellows war verwirrt. Walters hatte kein Telefon, und alles sah danach aus, als hätte er seine Anschrift fingiert. Doch wenn er sich Walters und sein ganzes Gebaren vergegenwärtigte, erschien ihm das gar nicht so abwegig. Aus Neugier stieg Bellows die Treppe zur Haustür hinauf und las noch einmal die Aufschrift, fand darunter ein kleineres Schild: »Betreten verboten«, mit dem Zusatz, die Gegend stehe unter polizeilicher Überwachung.

Die Tür mit dem ovalen Fenster aus buntem Glas mußte einst ein Prachtstück gewesen sein. Die Scheibe war längst zu Bruch gegangen, und irgend jemand hatte ein paar Bohlen über das Fenster genagelt, ohne sich viel Mühe damit zu geben. Bellows drückte die Klinke herunter, und zu seiner Überraschung ging die Tür sofort auf. Die Kette hatte sich aus der Mauer gelöst, da half auch das stählerne Vorhängeschloß nichts mehr. Die Tür öffnete sich nach innen, schob knirschend Glassplitter vor sich her. Bellows blickte prüfend in beide Richtungen der verlassenen Straße, bevor er über die Schwelle trat. Hinter ihm fiel die Tür wieder zu und schloß das ohnehin trübe Tageslicht vollends aus. Bellows wartete bewegungslos, bis seine Augen sich an das Halbdunkel gewöhnt hatten.

Er befand sich in einer Diele oder vielmehr in dem, was davon übriggeblieben war. Genau vor ihm führte die Treppe nach oben. Das Geländer bestand nur noch aus Bruchstücken, bestimmt waren die anderen Teile als Brennholz benutzt worden. Von den Wänden hing die Tapete in unregelmäßigen Streifen herab. Eine Schneewehe bedeckte einen Teil des Bodens. Der weiße Streifen zog sich bis in den rückwärtigen Gebäudeteil und verschwand nach etwa drei Metern. Doch direkt vor sich entdeckte Bellows mehrere Fußabdrücke. Als er sie genauer prüfte, merkte er, daß es sich um mindestens zwei verschiedene Paar Schuhe handelte. Eines war anderthalbmal so groß wie seine eigenen und schien von einem halbwüchsigen Riesen zu stammen. Interessanter aber war die Feststellung, daß die Spuren keineswegs sehr alt sein konnten.

Als er ein Auto die Straße entlangfahren hörte, richtete er sich schnell auf, in dem Bewußtsein, sich auf verbotenen Pfaden zu bewegen. Er ging in den Raum, der früher einmal die gute Stube gewesen sein mußte, und lugte durch die Fensterritzen. Das Auto fuhr vorbei.

Als nächstes stieg er vorsichtig die Treppe hinauf und machte sich an die Erforschung des ersten Stocks. Auf dem Boden lagen mehrere in ihre Bestandteile zerfallende Matratzen. Die Luft roch modrig und legte sich schwer auf die Lungen. Im Vorderzimmer war die Decke eingebrochen, die Trümmer lagen auf dem Boden verstreut. Jedes Zimmer hatte einen Kamin; alles war von einer dichten Staubschicht überzogen, und von den Decken, soweit sie noch vorhanden waren, hingen ganze Wälder von Spinnweben.

Bellows sah hinauf in den zweiten Stock, verzichtete dann aber auf die Expedition. Statt dessen ging er in das Erdgeschoß zurück und wollte gerade das Weite suchen, als er ein Geräusch hörte: eine Art gedämpften Schlag, der aus den hinteren Tiefen des Hauses kam.

Bellows zögerte. Sein Puls schlug schneller. Er wollte weg; ihm war unbehaglich zumute. Aber das Geräusch wiederholte sich, und Bellows ging durch die Diele nach hinten. Er mußte sich nach rechts wenden und gelangte in den Raum, der ehemals als Speisezimmer gedient hatte. Er durchquerte das Zimmer und fand sich in den Überresten der Küche wieder. Die gesamte Einrichtung war fortgeschafft worden, bis auf ein paar nackte Rohre, die aus dem Boden ragten. Die Fenster waren zugenagelt, genau wie die an der Vorderfront.

Bellows machte ein paar Schritte in den Raum hinein, als er

zu seiner Linken eine Bewegung wahrnahm. Er erstarrte, riß sich aber schließlich zusammen und ging vorsichtig auf die Ecke zu, in der mehrere große Pappkartons lagen. Mit dem Fuß stieß er sie an, und zu seinem Entsetzen huschten mehrere riesige Ratten aus ihrem Unterschlupf und verschwanden im Eßzimmer.

Bellows war von seiner Ängstlichkeit überrascht. Er hatte sich immer als überlegenen, ruhigen Typ mit eisernen Nerven gesehen, den nichts so leicht aus der Ruhe bringen konnte. Beim Anblick der Ratten aber hatte ihn lähmende Angst ergriffen, und er brauchte mehrere Minuten, um sein inneres Gleichgewicht wiederzufinden. Schließlich gab er den Kartons einen Tritt, um sich zu beweisen, daß er wieder Herr der Lage war. Er wollte gerade zum Eßzimmer zurückgehen, als er im Staub und Gerümpel bei den Schachteln erneut einen Fußtapfen bemerkte. Er blickte von seinen eigenen Spuren auf die eben entdeckte, und der Vergleich sagte ihm, daß der fremde Abdruck relativ jungen Datums sein mußte. Unmittelbar hinter den Schachteln befand sich eine Tür, die ein paar Zentimeter weit offenstand. Die Fußspur zeigte in diese Richtung.

Bellows näherte sich der Tür und öffnete sie behutsam. Dahinter lag tiefe Dunkelheit. Er erkannte abwärts führende Stufen. Wahrscheinlich führten sie in den Keller, dachte er, doch Genaueres konnte er nicht sehen. Aus der Brusttasche seines weißen Kittels holte Bellows den schmalen Lichtstab und schaltete ihn ein. Doch der dünne Strahl reichte nicht viel weiter als zwei Meter in die Finsternis.

Die Stimme der Vernunft befahl Bellows, das Haus so schnell wie möglich zu verlassen. Statt dessen machte er sich an den Abstieg in den Keller, ebensosehr getrieben von dem Drang, sich seine Furchtlosigkeit zu beweisen, wie von der Hoffnung, dort eine Entdeckung zu machen.

Als er sich Schritt für Schritt vorarbeitete, fraß sich der dünne Lichtschein immer weiter in die Dunkelheit, bis er auf eine geschlossene Tür traf. Er untersuchte sie und drückte auf die Klinke. Die Tür ließ sich mühelos öffnen.

Bellows hatte ein paar Kellerfenster und wenigstens eine Spur von Tageslicht erwartet, aber auch hier umfing ihn nur Dunkelheit. Immerhin schien es sich um einen relativ großen Raum zu handeln, wenn auch nicht viel zu erkennen war. Entgegen dem Uhrzeigersinn machte sich Bellows auf Entdekkungsreise. Er stieß auf wacklige, aber noch gebrauchsfähige Möbel, darunter ein Bett, das mit Zeitungen gepolstert war und auf dem zwei mottenzerfressene Wolldecken lagen. Ein paar Wanzen flohen den Strahl der kleinen Taschenlampe. Er entdeckte einen Kamin mit einem großen Holzstapel davor. Die Kaminplatte war voller Asche, als hätte erst vor kurzem dort ein Feuer gebrannt. Er hob eine der Zeitungen auf. Die Ausgabe war vom 3. Februar 1976.

Als er die Zeitung auf den Boden fallen ließ, bemerkte er eine andere Tür, die etwa zwölf Zentimeter weit offen stand. Er ging darauf zu, und im selben Augenblick wurde der Lichtstrahl rapide schwächer; der Dauergebrauch hatte die winzigen Batterien überfordert. Er knipste die Lampe aus, damit sie sich erholen konnte. Dichte Finsternis hüllte ihn ein; er konnte buchstäblich die Hand nicht vor Augen sehen. Im Keller herrschte Grabesstille.

Bellows fühlte sich beklommen und schaltete die kleine Lampe früher wieder ein, als er es eigentlich vorgehabt hatte. Doch der Strahl war schon viel heller, und Bellows konnte weiße Fliesen jenseits der Tür erkennen: ein Badezimmer.

Er schob die Tür auf. Sie bewegte sich so schwer, als sei sie aus Blei. Das unstete Licht fiel auf eine Toilette ohne Brille. Er steckte den Kopf durch die halboffene Tür. Das Waschbecken befand sich an der rechten Wand. Der Lichtstrahl wanderte über den Wasserhahn, die Wand hinauf, zum Arzneischrank, der vorn einen Spiegel hatte.

Bellows' Aufschrei war ein reiner Reflex. Er war nicht einmal allzulaut, kam aber von tief innen, eine Ur-Reaktion. Der Lichtstab fiel Bellows aus der Hand und zerschellte auf den Fliesen. Sofort war er von tiefer Dunkelheit umgeben. Blindlings lief er in Richtung Treppe. Dabei fiel er über jedes zweite Möbelstück und stieß schließlich gegen eine Wand. Erst als er mit der Hand an der Backsteinmauer entlangfuhr, merkte er, daß er zu weit gelaufen war. Er machte kehrt und tastete sich zurück. Endlich stand er unmittelbar vor der Treppe, und jetzt sah er auch einen schwachen Lichtschimmer von oben.

Er stolperte die Stufen hinauf, stürzte durch das Haus nach vorn und auf die Straße ins Freie. Erst dann blieb er, völlig außer Atem, stehen, die Brust hob und senkte sich stoßweise. Beim Fallen hatte er sich die rechte Hand aufgerissen. Blut quoll aus dem Handrücken. Er sah mit wirren Blicken zum Haus zurück und gestattete seiner Vorstellungskraft erst nach einer Weile, das gespenstische Bild aus dem Kellerbad zu rekonstruieren.

Er hatte Walters gefunden. Im Spiegel über dem Waschtisch hatte er ihn gesehen. Walters hatte eine Kordel um den Hals und hing von einem Haken an der Tür. Sein Gesicht war auf unbeschreibliche Weise verzerrt, der Kopf wie ein Ballon aufgebläht. Die Augen standen weit offen. Es sah aus, als wollten sie sich jeden Moment vom Kopf lösen. In den Notaufnahmestationen hatte Bellows während seiner Ausbildung manches Schlimme gesehen. Aber der Anblick von Walters' Leiche übertraf alles.

Mittwoch
25. Februar
16 Uhr 30

Mit sehr gemischten Gefühlen betrat Susan das Büro ihres Dekans, aber Dr. James Chapmans Art wirkte sofort beruhigend auf sie. Entgegen Susans Erwartungen war er überhaupt nicht erzürnt. Seine Miene drückte nur Besorgnis aus. Der kleine Mann mit dem dunklen, kurzgeschnittenen Haar bot, wie Susan auch heute auffiel, immer das gleiche Bild, in Anzug und Weste, komplett mit goldener Schlüsselkette. Dr. Chapman hatte die Angewohnheit, zwischen den Sätzen eine Pause einzulegen und zu lächeln. Das entsprang weniger seiner Gemütsbewegung als einer speziell entwickelten Therapie für ängstliche oder gehemmte Studenten.

Sein Büro wirkte viel anheimelnder als die Räume der Ärzte im Memorial. Den Schreibtisch schmückte eine antike Messinglampe. Die Stühle waren aus schwarzpoliertem Holz und trugen an den Rückenlehnen das Emblem der Fakultät. Ein Orientteppich bedeckte den Fußboden, und an den Wänden hingen gerahmte Fotos früherer Studienjahrgänge.

Nach der freundlichen Begrüßung durfte Susan ihrem Dekan gegenüber Platz nehmen. Dr. Chapman nahm die Lesebrille ab und deponierte sie sorgfältig auf der Schreibunterlage.

»Hören Sie, Susan, warum sind Sie nicht hergekommen und haben die Angelegenheit mit mir erörtert, bevor sie außer Kontrolle geriet? Dafür sitze ich schließlich hier. Sie hätten uns alle eine Menge Ärger erspart, sich selbst ebenso wie der Fakultät. Ich versuche ja, so gut es geht, die Fäden in der Hand zu behalten, aber wenn sich ein besonderes Problem auftut, brauche ich einfach eine Vorwarnung. Ich muß auch auf dem laufenden sein, wenn etwas schiefgeht, und nicht nur, solange überall die Sonne scheint.«

Susan nickte mehrmals zustimmend, während Dr. Chapman sprach. Seit ihrem Mißgeschick im U-Bahn-Tunnel war sie nicht dazu gekommen, sich umzuziehen. Die Abschürfungen an beiden Knien waren unübersehbar. Auf dem Schoß hielt sie das Päckchen mit der Schwesterntracht. Es sah mitgenommener aus als sie selbst.

»Dr. Chapman«, fing sie an, »die ganze Sache schien zunächst völlig harmlos. Die ersten Tage in der Klinik sind schwierig genug, auch ohne die Serie von eigenartigen Zufällen, in die ich gestolpert bin. Als das passierte, hab' ich mich in die Bibliothek geflüchtet. Eigentlich mehr, um meine Gedanken zu sammeln, als mit irgendeinem bestimmten Ziel fing ich an, mich mit anästhetischen Komplikationen zu beschäftigen. In einem, allenfalls zwei Tagen wäre alles wieder normal, dachte ich. Aber dann wurde ich immer tiefer und tiefer in die

Sache verwickelt. Ich grub unversehens hochinteressantes Material aus, und dann dachte ich ... Nun ... Sie werden mich bestimmt auslachen, wenn ich's Ihnen sage ...«

»Riskieren Sie's doch.«

»Na ja, also, ich dachte, ich wäre einer bisher unbekannten Erkrankung auf der Spur oder einem neuen Syndrom oder wenigstens einer spezifischen Drogenreaktion.«

Dr. Chapman mußte in der Tat lächeln. »Eine unbekannte Krankheit, sieh mal einer an! Das wäre wirklich ein Riesenerfolg für jemanden, der die ersten Tage in der Klinik arbeitet. Na, wie auch immer, ich nehme an, Sie denken jetzt anders darüber.«

»O ja, das können Sie mir glauben. Selbst ich scheine eine Art Selbsterhaltungstrieb zu haben. Außerdem beginne ich schizophren zu reagieren. Heute nachmittag zum Beispiel bildete ich mir ein, daß ein Mann mich verfolgte, und zwar so lange, bis ich wirklich in Panik verfiel. Sie brauchen nur meine Knie und meine Kleider anzusehen. Um es kurz zu machen: In der Kendall Station hab' ich schließlich versucht, von einem Bahnsteig auf den anderen zu klettern, über die Schienen, versteht sich. Geradezu idiotisch!« Susan tippte sich an die Stirn. »Danach ging mir auf, daß es höchste Zeit war, wieder normal zu werden. Und ich gebe mir wirklich alle Mühe. Trotzdem gehen mir die Koma-Vorfälle im Memorial nicht aus dem Kopf, und ich wünschte, ich hätte die Befugnis, dem allem auf den Grund zu gehen. Offensichtlich gibt es viel mehr Fälle, als ich zunächst vermutete. Vielleicht waren Dr. Harris und Dr. McLeary deshalb so gereizt und ärgerlich über meine naive Einmischung. Wie dem auch sei, mir tut es wirklich leid, Ihnen Unannehmlichkeiten gemacht zu haben. Ich hoffe, Sie glauben mir, daß so etwas ganz und gar nicht in meiner Absicht lag.«

»Susan, das Memorial ist eine riesige Institution. Da geht soviel durcheinander. Die einzige direkte Auswirkung auf mich ist, daß ich Ihr Chirurgie-Praktikum in die Städtische Klinik umdirigieren mußte. Das ist schon in die Wege geleitet, und Sie sollen sich morgen früh im Büro von Piles melden: Dr. Robert

Piles.« Dr. Chapman legte eine Pause ein und sah Susan aufmerksam an. »Hören Sie, mein Kind, Sie haben einen langen Weg vor sich. Und da wird noch Zeit genug sein, neue Krankheiten oder Syndrome zu entdecken, sofern Ihnen der Sinn danach steht. Aber heute, morgen, das ganze nächste Jahr sollten Sie Ihre Energien darauf konzentrieren, sich erst einmal eine gute medizinische Grundausbildung anzueignen. Lassen Sie doch Harris und McLeary die Koma-Vorfälle aufklären, das ist deren Aufgabe. Ich will, daß Sie wieder an Ihre Arbeit gehen; denn ich erwarte nur die besten Berichte über Sie. Schließlich haben Sie sich bis jetzt ausgezeichnet bewährt.«

Als Susan das Fakultätsgebäude verließ, schwebte sie wie auf Engelsflügeln. Die Angst vor schmählicher Exmatrikulation war wie weggefegt. Natürlich war die Chirurgische Praxis in der Städtischen Klinik längst nicht so renommiert wie die des Memorial, aber im Vergleich zu dem, was hätte sein können, erschien ihr der Wechsel wie ein Mückenstich an einem lauen Sommerabend.

Obwohl es erst kurz nach fünf war, hatte der Winterabend bereits mit Macht eingesetzt. Der Regen war versiegt, die abbröckelnde Warmluftfront von einer neuen arktischen Welle in Richtung Atlantik vertrieben worden, das Quecksilber wieder unter den Gefrierpunkt gesunken. Am Himmel prangten glitzernde Sterne, jedenfalls dort, wo ihr Licht nicht vom künstlichen Schein der sich auf die Nacht einrichtenden Metropole erstickt wurde. Susan überquerte die Longwood Avenue, indem sie sich zwischen den Autos hindurchschlängelte.

In der Halle des Studentenwohnheims begegnete sie mehreren Kommilitonen, die sofort ihre geschundenen Knie und die Ölflecke bemerkten. Es hagelte Sticheleien: War die Chirurgie im Memorial wirklich so gefährlich? In welcher Bar hatte sie sich denn geprügelt? Unter normalen Umständen hätte Susan mitgelacht, aber an diesem Abend mußte sie eine unwirsche Antwort mühsam unterdrücken. Sie durchquerte schweigend die Halle und den angrenzenden Hof.

Langsam und genüßlich stieg sie Stufe für Stufe die ausgetretene Holztreppe hinauf, in wohliger Vorfreude auf die Abgeschiedenheit und Sicherheit ihres Zimmers. Sie würde ein ausgedehntes Bad nehmen, den Tag innerlich verarbeiten und sich vor allem richtig ausruhen.

Wie immer betrat Susan ihr Zimmer, ohne das Licht anzuknipsen. Der Schalter neben der Tür gehörte zur Deckenlampe, einer kühlen, unpersönlichen Neonleuchte, und Susan bevorzugte den trauten Schein, den ihre Nachttischlampe oder die moderne Stehlampe am Tisch spendeten. Auch diesmal ging sie im matten Licht, das von draußen durch die Fenster kam, zum Bett. Als sie die Hand nach dem Schalter ausstreckte, hörte sie ein Geräusch. Es war nicht laut, aber deutlich genug, um Susan die Gewißheit zu geben, daß es nicht zu den normalen Lauten ihrer Umgebung paßte. Susan knipste das Licht an und lauschte, ob es sich wiederholen würde, aber sie hörte nichts. Offensichtlich war der Ton aus einem Nachbarzimmer gekommen.

Sie hängte ihren Mantel auf, dann den weißen Kittel und packte als nächstes die neue Schwesterntracht aus. Sie hatte den Nachmittag erstaunlich gut überstanden. Susan knöpfte die Bluse auf und zog sie aus, warf sie auf den Haufen schmutziger Wäsche im Sessel. Es folgte der Büstenhalter. Mit der Rechten nahm sie den Kampf gegen den Rockknopf im Rücken auf, schon auf dem Weg zum Bad, um das heiße Wasser einzulassen.

Sie öffnete die Badezimmertür und betätigte den Schalter für das Neonlicht, in der Erwartung, sich im Spiegel zu sehen, sobald die Lampe aufflammte. Die Plastikhaken kreischten auf der Metallschiene, als jemand den Duschvorhang zur Seite riß. Eine Gestalt schnellte aus der Wanne. Im selben Moment blinkte die Neonröhre einmal kurz auf, tauchte dann das ganze Bad in kaltes, gleißendes Licht. Ein Messer blitzte, und Susan erhielt einen Schlag an den Kopf. Sie wirbelte herum und krachte gegen die Wand. Instinktiv streckte sie die Arme aus, um sich vor einem Sturz zu bewahren. Alles war so schnell gegangen, daß sie nur unbewußt reagieren konnte. Ihr Schrei war durch den Schlag an den Schädel erstickt worden.

In Sekundenbruchteilen hatte der Eindringling Susan an der Kehle gepackt und sie gegen die Wand gedrückt. Susan atmete mühsam und sah ihren Peiniger starr vor Schreck, mit weit geöffneten Augen an. Sie erkannte den Mann. Zuletzt waren sie einander auf dem unterirdischen Bahnsteig begegnet.

»Keinen Mucks, Baby«, knurrte er und hielt ihr mit der Rechten das Messer unter das Kinn.

Genauso unvermittelt und brutal, wie er ihre Kehle gepackt hatte, ließ er von ihr ab. Susan stolperte nach vorn. Der Angreifer schlug ihr mit dem Handrücken ins Gesicht. Sie sank auf die Knie.

Mit einem gezielten Tritt beförderte der Mann Susan gegen die Wand, wo sie wehrlos liegenblieb. Blut tropfte ihr aus dem Mundwinkel auf die Brust. Für Augenblicke verschwamm das Bild des Angreifers vor ihren Augen, dann sah sie wieder das ekelhafte Grinsen auf dem pockennarbigen Gesicht.

»Wirklich schade, daß ich nur Anweisung habe, mit dir zu reden. Oder, wie man bei uns sagt, ersten Kontakt aufzunehmen. Die Botschaft ist ganz einfach: Eine Menge Leute sind verdammt unglücklich darüber, wie du dich in letzter Zeit aufgeführt hast. Wenn du nicht ab sofort wieder normal wirst und aufhörst, die Leute auf die Palme zu bringen, werd' ich dich noch mal besuchen müssen.«

Der Mann machte eine Pause, um seinen Worten Nachdruck zu verleihen. Dann fuhr er fort: »Und nur, um dir Mut zu machen, hier, sieh mal: Der Junge wird mich auch kennenlernen, und vielleicht gibt's dann 'nen Unfall mit tödlichem Ausgang, wie man so sagt, kann gut sein.«

Der Mann warf Susan ein Foto in den Schoß.

»Na, was is? Du willst doch sicher nicht, daß dein Bruder James unter deinen Hobbys leiden muß, was? Da unten, in Coopers, Maryland. Und ich brauch' dir wohl auch nicht besonders ans Herz zu legen, daß unser kleines Rendezvous hier nur uns beide was angeht. Wenn du dich bei den Bullen ausheulst, passiert genau dasselbe.«

Ohne ein weiteres Wort verließ der Mann das Bad. Susan

hörte, wie die Tür zum Korridor leise aufgemacht und wieder geschlossen wurde. Dann vernahm sie nur noch das Summen der Neonröhre über dem Badezimmerspiegel. Mehrere Minuten lang rührte sie sich nicht. Wie sollte sie wissen, ob der Mann wirklich gegangen war?

In dem Maße, wie ihre Erstarrung nachließ, fühlte Susan sich vom Aufruhr ihrer Nerven übermannt. Tränen drückten gegen ihre Lider. Sie nahm das Foto und sah ihren kleinen Bruder: Lächelnd stand er mit seinem Fahrrad vor dem Elternhaus. »Du lieber Gott«, sagte Susan und schloß die Augen. Als sie die Lider zusammenpreßte, stürzten die Tränen hervor, liefen ihr über das Gesicht. Es bestand kein Zweifel: Das Foto war echt.

Schritte auf dem Flur ließen Susan aufschrecken. Mit letzter Kraft erhob sie sich. Die Schritte verklangen. Susan wankte in das Wohn- und Schlafzimmer und verriegelte die Tür von innen. Dann drehte sie sich um und starrte in den Raum. Alles schien unverändert.

Allmählich wich die totale Verwirrung und machte rationalem Denken Platz. Die Tränen versiegten. In den letzten zwei Tagen waren die Ereignisse so schnell aufeinandergefolgt, daß Susan den Überblick verloren hatte. Nur soviel war ihr klar: Sie war in etwas hineingeraten, dessen Ausmaß sie nicht abzuschätzen vermochte.

Sie sah in den Spiegel: Ihr linkes Augenlid war geschwollen, die Wange wies eine Prellung auf, und die linke Unterlippe war dick und fühlte sich an wie rohes Fleisch. Sie schob sie nach vorn und sah im Spiegel einen zwei bis drei Millimeter langen Riß auf der Innenseite. Das Blut im Mundwinkel ließ sich leicht abwischen, und schon war ihr Anblick weniger erschrekkend.

Sie beschloß, vor sich selbst und ihren Reaktionen auf der Hut zu sein. Sie durfte das soeben Erlebte nicht überbewerten. Außerdem stand ihr Entschluß fest, entgegen Chapmans dringendem Rat die Angelegenheit nicht ganz fallenzulassen. Susan besaß eine beträchtliche Portion Kampfgeist, die auch

Jahre der Anpassung nicht hatten unterdrücken können. Und niemals zuvor in ihrem Leben, so schien es ihr, war es um einen derartigen Einsatz gegangen. Sie wußte: Von nun an mußte sie außergewöhnlich vorsichtig und schnell sein. Das war lebenswichtig.

Susan stellte sich unter die Dusche und drehte das Wasser voll auf. Sie ließ es auf ihren Kopf prasseln, während sie sich langsam um die eigene Achse drehte. Die Hände wölbte sie über den Brüsten, um die empfindlichen Nerven vor dem Aufprall der Tropfen zu schützen. Die Dusche hatte eine beruhigende Wirkung und ließ ihr außerdem Zeit zum Nachdenken. Sie überlegte, ob sie Bellows anrufen sollte, entschied sich aber dagegen. Im gegenwärtigen Stadium ihrer Beziehungen befürchtete sie eine männlich-beschützende Reaktion anstelle objektiver Lageeinschätzung. Was sie brauchte, war ein unvoreingenommener Gesprächspartner. Ihr fiel Dr. Stark ein. Der hatte sich von ihrem unbedeutenden Status in der Krankenhaushierarchie nicht beeinflussen lassen und offensichtlich auch nicht von dem Umstand, daß sie eine Frau war. Außerdem war er in der Lage, medizinische Fakten und Verwaltungsangelegenheiten, die das Krankenhaus betrafen, schnell zu begreifen und zu verarbeiten. Vor allem aber war Stark eine ausgereifte Persönlichkeit mit einem objektiven Urteil.

Susan verließ das Badezimmer und ging zum Telefon. Sie wählte die Nummer des Memorial und ließ sich mit Starks Büro verbinden.

»Tut mir leid«, hieß es am anderen Ende, »aber Dr. Stark spricht auf der anderen Leitung. Kann er zurückrufen?«

»Nein, schönen Dank. Ich warte lieber. Sagen Sie ihm bitte, Susan Wheeler wäre am Apparat, und es handele sich um eine dringende Angelegenheit.«

»Ich werd's versuchen«, meinte die Sekretärin, »aber ich kann nichts versprechen. Er führt ein Ferngespräch, und das kann noch einige Zeit dauern.«

»Ich bleib' trotzdem dran.« Susan wußte genau, wie oft Ärzte den Rückruf vergaßen.

Schließlich meldete sich Stark.

»Dr. Stark, Sie haben gesagt, ich könnte Sie immer anrufen, wenn ich bei meiner Untersuchung auf interessante Dinge stieße.«

»Selbstverständlich, Susan.«

»Also gut, ich hab' was sehr Eigenartiges herausgefunden. Die ganze Sache ist mit Sicherheit...« Sie wußte nicht weiter.

»Ist mit Sicherheit was, Susan?«

»Ja, wissen Sie, ich bin mir nicht klar, wie ich das ausdrücken soll. Also, über die ... sagen wir, kriminelle Komponente bin ich mir jetzt so gut wie sicher. Ich weiß nicht genau, warum oder wie, aber trotzdem gibt es da keinen Zweifel. Ich habe sogar den Eindruck, daß irgendeine große Organisation dahintersteckt, so wie ... ja, wie die Mafia oder so was Ähnliches.«

»Das hört sich aber ziemlich weit hergeholt an, Susan. Wie sind Sie darauf gekommen?«

»Heute nachmittag sind verschiedene merkwürdige Dinge geschehen, und heute abend hat man mich bedroht.«

»Bedroht? Womit?« Starks Stimme, die bis jetzt interessiert geklungen hatte, drückte nun Besorgnis aus.

»Womit? Ja, mit dem Tod, schätze ich.« Susan sah auf das Foto von ihrem Bruder.

»Susan, wenn das stimmt, handelt es sich wirklich um eine sehr ernste Sache. Aber sind Sie ganz sicher, daß es nicht irgendein blöder Scherz Ihrer Kommilitonen war? Medizinstudenten sind oft wenig zart besaitet und haben dafür um so mehr Phantasie.«

»Ich muß zugeben, daran hab' ich noch gar nicht gedacht.« Mit der Zungenspitze betastete Susan vorsichtig ihre geplatzte Unterlippe. »Nein, ich bin sicher, das war Ernst.«

»In dieser Lage kann man sich nicht auf Vermutungen und Spekulationen verlassen. Ich werde den Verwaltungsrat selbst von der Sache unterrichten. Aber, Susan, hören Sie mir zu. Jetzt ist endgültig der Punkt erreicht, an dem Sie sich schleunigst aus der Angelegenheit zurückziehen müssen. Es ist an der

Zeit, daß sich Profis der Sache annehmen. Haben Sie die Polizei verständigt?«

»Nein. Die Drohung schloß meinen jüngeren Bruder ein, und ich wurde ausdrücklich aufgefordert, die Polizei aus dem Spiel zu lassen. Darum hab' ich Sie angerufen. Und außerdem, wenn ich zur Polizei ginge, würden die bestimmt denken, es handele sich um einen Notzuchtversuch, und das mit der Drohung nicht ernst nehmen.«

»Das bezweifle ich aber sehr.«

»Die meisten Männer würden so reagieren.«

»Immerhin, wenn sich die Drohung auch gegen Ihre Familie richtet, müssen Sie wohl wirklich vorsichtig sein. Trotzdem, mein Gefühl sagt mir, Sie sollten die Polizei informieren.«

»Ich werde noch mal darüber nachdenken. Übrigens, hat man Sie davon unterrichtet, daß ich in hohem Bogen aus dem Memorial geflogen bin und jetzt im Städtischen Krankenhaus hospitieren soll?«

»Nein, hat mir niemand gesagt. Wann war das?«

»Heute nachmittag. Natürlich würde ich viel lieber im Memorial bleiben. Ich glaube, wenn man mir die Chance gibt, kann ich beweisen, daß ich eine gute Studentin bin. Da Sie Chef der Chirurgie sind und außerdem wissen, worum es mir geht, dachte ich, Sie könnten die Entscheidung vielleicht rückgängig machen.«

»Als Chef der Chirurgie hätte ich darüber auf jeden Fall informiert werden müssen. Ich werde mich sofort mit Dr. Bellows in Verbindung setzen.«

»Ich glaube nicht, daß er etwas davon weiß. Die Entscheidung hat ein gewisser Mr. Oren getroffen.«

»Oren? Na, das ist aber interessant. Also, Susan, ich kann Ihnen nichts versprechen, aber ich werde mich der Sache annehmen. Sehr beliebt sind Sie hier allerdings nicht, vor allem nicht in der Anästhesie und auf der Inneren.«

»Das weiß ich, und ich bin Ihnen dankbar für alles, was Sie für mich tun. Noch etwas: Wäre es Ihnen möglich, für mich einen Besuch im Jefferson-Institut zu arrangieren? Ich würde furchtbar gern den Patienten Berman noch einmal besuchen.«

»Also, ich muß schon sagen, junge Dame, Sie haben recht ausgefallene Wünsche. Aber ich will sehen, was ich tun kann. Das Jefferson untersteht nicht der Hochschule. Es wurde mit öffentlichen Mitteln gebaut, genauer gesagt, vom Gesundheitsministerium finanziert, aber die Unterhaltung ist einer privaten medizinischen Betriebsorganisation übertragen worden, auf die ich keinen Einfluß habe. Trotzdem, ich werd's versuchen. Rufen Sie mich morgen früh nach neun Uhr an, und ich werde Ihnen sagen, was ich ausrichten konnte.«

Susan legte auf und biß sich, in Gedanken versunken, auf die schmerzende Unterlippe. In immer schnellerer Folge ließ sie die Ereignisse der letzten Tage an sich vorbeiziehen. Hatte sie irgend etwas, eine mögliche Querverbindung übersehen?

Schließlich stand sie auf und holte die Schwesterntracht hervor. Dann fönte sie ihr Haar. Eine Viertelstunde später betrachtete sie sich im Spiegel. Die Tracht paßte ihr einigermaßen. Wieder nahm sie das Foto von ihrem Bruder zur Hand. Wenigstens drohte ihm keine unmittelbare Gefahr. Es waren noch Ferien, und die Familie hielt sich bis Ende der Woche zum Skilaufen in Aspen auf.

Mittwoch
25. Februar
19 Uhr 15

Susan gab sich keinen falschen Hoffnungen hin. Sie war in Gefahr und mußte jede nur mögliche Umsicht aufbieten. Wer immer hinter der Drohung stecken mochte, ging mit Sicherheit von der Erwartung aus, sie würde jetzt in Höllenangst leben und sich, wenigstens vorerst, dementsprechend verhalten. Und eben deshalb, schätzte Susan, würde sie sich etwa achtundvierzig Stunden lang relativ frei bewegen können. Was danach kam, war ungewiß.

Ein wenig schmeichelte es ihr sogar, daß jemand sie einer

solchen Drohung für wert erachtete. Bedeutete dies, daß sie auf der richtigen Spur war? Am Ende hatte sie bereits mehr Antworten gefunden, als sie ahnte. Sorgfältig ging sie Seite für Seite in ihrem Notizbuch durch, las noch einmal alle Eintragungen. Sie rekapitulierte die bisher bekannten Fakten über Koma und seine Ursachen, unterstrich die Titel der Artikel, die sie noch lesen mußte. Als nächstes machte sie sich abermals über die ausführlichen Auszüge aus Nancy Greenlys Krankenunterlagen her sowie über die Anmerkungen zu den zwei Fällen von Atemstillstand. Die Antwort mußte irgendwo dort vergraben liegen, doch fehlte ihr noch der Schlüssel. Vor allem brauchte sie mehr Fakten, mußte unbedingt die Krankenblätter einsehen, die McLeary unter Verschluß hielt.

Um Viertel nach sieben war sie zum Aufbruch bereit. Vorsichtig lugte sie aus dem Fenster. Auf dem Parkplatz war keine Menschenseele. Sie zog die Gardinen zu, ließ aber das Licht brennen, als sie die Tür hinter sich abschloß. Im Flur blieb sie einen Moment stehen. Dann besann sie sich auf einschlägige Kinoerfahrungen, rollte ein Stück Papier zu einer kleinen Kugel zusammen und klemmte sie dicht über dem Boden zwischen Tür und Türrahmen.

In den Keller des Wohnheims mündete ein Tunnel, der zum Fakultätsgebäude für Anatomie und Pathologie führte. Durch den unterirdischen Gang liefen Heizungsrohre und elektrische Leitungen. Susan und ihre Kommilitonen machten sich den Tunnel vor allem bei schlechtem Wetter zunutze. Jetzt wählte Susan diesen Weg, um mögliche Verfolger abzuschütteln. Sie hatte keine Ahnung, ob sie tatsächlich beschattet wurde, aber Vorsicht konnte nichts schaden. Von der Anatomie nahm Susan den Verbindungsgang zum Verwaltungsgebäude, das, wie sie zu ihrer Erleichterung feststellte, nicht abgeschlossen war. Auf dem Umweg über die medizinische Bibliothek gelangte sie schließlich ins Freie, und auf der Huntington Avenue erwischte sie ein Taxi. Nach einem halben Kilometer bat sie den Fahrer, zu wenden und zurückzufahren. Um nicht erkannt zu werden, schlug sie den Mantelkragen hoch und versuchte gleichzeitig herauszufinden, ob jemand ihr folgte. Sie konnte nichts Verdächtiges entdecken. Als sie die Stelle, an der sie eingestiegen war, wieder passiert hatten, machte sie es sich bequem und nannte als Fahrtziel das Memorial.

Wie jeder Profi in seinem Gewerbe fühlte Angelo D'Ambrosio nach einem erfolgreich erledigten Auftrag innere Befriedigung. Nachdem er Susan auf die gewünschte Art die für sie bestimmte Nachricht hatte zukommen lassen, ging er zurück zur Huntington Avenue. An der Ecke fand er ein Taxi. Der Fahrer war hocherfreut: Eine Fahrt zum Flughafen brachte eine anständige Summe und sicher ein ordentliches Trinkgeld ein. Bis D'Ambrosio auftauchte, hatte er nur alte Damen in die Supermärkte befördert.

D'Ambrosio setzte sich bequem zurück, in dem Bewußtsein, sein Tagewerk vollbracht zu haben. Er hatte keine Ahnung, was hinter dem Auftrag stand, der ihn an diesem Tag nach Boston geführt hatte. Und es verlangte ihn auch nicht im geringsten danach, den Grund zu erfahren. Im Gegenteil: In den seltenen Fällen, da ihm die Hintergründe bekannt waren, hatte es stets größere Schwierigkeiten gegeben. Diesmal war ihm nur gesagt worden, er solle am Vierundzwanzigsten abends nach Boston fliegen, im Sheraton absteigen, und zwar unter dem Namen George Taranto. Am Morgen danach hätte er sich in die Stewart Street Nummer 1833 zu begeben und die Kellerwohnung eines Mannes namens Walters aufzusuchen. Den sollte er dazu bringen, ein Geständnis in folgendem Wortlaut niederzuschreiben: »Ich habe die Drogen gestohlen. Jetzt weiß ich nicht mehr, wie ich da rauskommen soll.« Dann sollte er Walters in einer Weise unschädlich machen, die auf Selbstmord schließen ließ. Als nächstes mußte er eine Medizinstudentin namens Susan Wheeler ausfindig machen, ihr nach bewährter Methode Todesangst einjagen und ihr handfest bedeuten, in welcher Gefahr sie schwebte, wenn sie in Zukunft nicht ihr normales Studentendasein führte. Die Anweisungen endeten mit den üblichen Ermahnungen zur Vorsicht. Außerdem bekam D'Ambrosio ausführliche Informationen über Susan Wheeler, ein Foto ihres Bruders und Aufzeichnungen über ihre derzeitigen Aktivitäten.

Mit einem Blick auf die Uhr stellte D'Ambrosio fest, daß er bequem die 20-Uhr-45-Maschine zurück nach Chicago erreichen konnte. Und dort würden im Gepäckschließfach Nummer 12 neben dem TWA-Tresen die üblichen tausend Dollar auf ihn warten. Zufrieden sah er aus dem Fenster auf die vorbeiflitzenden Lichter. Er dachte an die menschliche Vogelscheuche, die sich Walters genannt hatte, und fragte sich, in welcher Verbindung er zu der attraktiven Dame Wheeler gestanden haben mochte. D'Ambrosio erinnerte sich nur allzugut an Susans Anblick und an die Überwindung, die es ihn gekostet hatte, die Grenzen seines Auftrags nicht zu überschreiten. Er schwelgte in sadistischen Wahnvorstellungen und spürte, wie seine Erregung wuchs. Er hoffte sehr, noch einmal einen Auftrag zur Kontaktaufnahme mit Miss Wheeler zu bekommen. Dann würde er es ihr geben, und zwar von hinten.

Im Abfluggebäude angekommen, ging D'Ambrosio in eine Telefonzelle. Er mußte seine zentrale Kontaktstelle in Chicago anrufen und sie über die Erledigung des Auftrags informieren.

Er ließ es, wie vereinbart, siebenmal klingeln. Dann meldete sich am anderen Ende eine Stimme: »Hier bei Sandler.«

»Kann ich bitte mit Mr. Sandler sprechen?« D'Ambrosio langweilte sich entsetzlich. Den Sinn des Manövers hatte er nie ganz verstanden, und er ärgerte sich über die verschwendete Zeit. Außerdem mußte er sich immer den jeweils aktuellen Decknamen merken. Wenn am anderen Ende ein falscher Name genannt wurde, hatte er wortlos aufzulegen und eine andere Nummer zu wählen. D'Ambrosio spuckte auf seinen Zeigefinger und malte kleine Kreise auf das Fenster der Telefonzelle.

Endlich meldete sich die Stimme wieder. »Hier alles klar.«

»Boston okay, keinerlei Probleme«, war die knappe Antwort.

»Wir haben einen Zusatzauftrag für Sie. Miss Wheeler ist so

schnell wie möglich unschädlich zu machen. Die Methode bleibt Ihnen überlassen, auf jeden Fall muß es wie ein Notzuchtverbrechen aussehen. Haben Sie verstanden?«

D'Ambrosio wollte seinen Ohren nicht trauen. Ein Traum sollte Wirklichkeit werden. Doch er antwortete sachlich: »Dafür wird ein Aufschlag berechnet.« Die Zentrale brauchte nicht zu wissen, wie der neue Auftrag ihn beflügelte.

»Fünfhundert Dollar extra«, sagte die Stimme.

»Siebenhundertfünfzig«, gab D'Ambrosio zurück. »Die Ausführung ist schwierig.« Schwierig? dachte er. Im Gegenteil, das reinste Vergnügen. Eigentlich müßte er zahlen.

»Sechshundert.«

»Abgemacht.« D'Ambrosio legte auf. Das Leben konnte sehr angenehm sein. Er sah auf dem Flugplan nach. Die letzte Maschine nach Chicago ging um 23 Uhr 45. Nach seiner Schätzung konnte er in aller Ruhe die Pflicht mit seinen Neigungen verbinden und immer noch zeitig genug wieder am Flughafen sein. Er verließ die Abflughalle und nahm ein Taxi. Dem Fahrer nannte er als Ziel Ecke Longwood und Huntington Avenue.

Um halb acht Uhr war auch im Foyer des Memorial etwas Ruhe eingekehrt. Nur noch wenige Leute warteten. Susan kam durch den Haupteingang. Sie trug die Schwesterntracht; niemand beachtete sie. Sie fuhr zuerst mit dem Lift zum Beard 5 und legte ihren Mantel im Klubraum ab. Dann begab sie sich nach Beard 12 zu McLearys Büro. Wie erwartet, war es verschlossen, das Licht ausgeschaltet. Sie überprüfte auch die angrenzenden Büros und Labors. Alle waren leer.

Sie fuhr ins Erdgeschoß zurück, durchquerte die Halle und den angrenzenden Korridor zur Notaufnahmestation. Im Gegensatz zu den übrigen Abteilungen wurde es hier am Abend erst richtig lebendig. Auf dem Flur standen Transportwagen mit bereits behandelten Patienten. Kurz vor der Station wandte sich Susan nach links und ging in das Sicherheitsbüro des Krankenhauses.

Der kleine Raum sah aus, als wollte er aus den Nähten platzen. Ungefähr zwanzig oder fünfundzwanzig Fernsehschirme nahmen die ganze gegenüberliegende Wand ein. Die Monitoren, von verborgenen Videokameras gespeist, zeigten Eingänge, Flure, mit anderen Worten die wichtigsten Schaltstellen des Klinikbetriebs, die Notaufnahme eingeschlossen. Manche Kameras waren starr, andere machten automatische Schwenks. Das Büro war mit zwei uniformierten Wächtern und einem Sicherheitsbeamten in Zivil besetzt, der hinter einem winzigen Schreibtisch saß. Der Hemdkragen war dem Mann längst zu eng geworden. Er atmete in kurzen, hörbaren Stößen.

Keiner der drei hatte auch nur einen Blick für die Monitoren. Statt dessen hingen ihre Augen an einem kleinen tragbaren Fernsehgerät, auf dessen Schirm gerade ein erbitterter Eishockey-Kampf seinem Höhepunkt zustrebte.

»Bitte vielmals um Entschuldigung«, kündigte Susan sich an, »aber wir haben da ein Problem.« Instinktiv wandte sie sich an den Dicken in Zivil. »Dr. McLeary hat vergessen, einige Krankenblätter an Station zehn zurückzugeben, bevor er heute abend nach Hause ging. Ohne die Unterlagen können wir die Patienten aber nicht versorgen. Könnten Sie uns das Büro aufschließen?«

Der Sicherheitsbeamte gönnte Susan nur einen kurzen Blick und widmete sich dann wieder dem Kampf auf dem Bildschirm. Ohne aufzusehen, antwortete er: »Klar. Lou, geh mit der Schwester rauf und laß sie rein.«

»Augenblick, eine Minute.«

Alle drei starrten gebannt auf die Mattscheibe. Kurz darauf folgte ein Werbespot, und der Wächter sprang auf. »Okay, los geht's. Rücken wir dem Schloß zuleibe. Ihr müßt mir erzählen, Jungs, wenn ich was verpaßt habe.«

Susan mußte fast rennen, um mit dem Mann Schritt zu halten. Schon auf dem Weg fing er an, aus seiner riesigen Schlüsselsammlung einzelne Exemplare auszusortieren. »Die Bruins liegen zwei zurück«, brummte er. »Wenn die wieder eins draufkriegen, halt' ich in Zukunft zu Philadelphia.«

Susan blieb die Antwort schuldig. Sie hetzte mit dem Wächter durch die Flure und hoffte inständig, daß niemand sie erkannte. Etwas wohler wurde ihr erst, als sie in den Büro-Trakt kamen. Dort war alles wie ausgestorben.

»Wo steckt bloß dieser verdammte Schlüssel?« fluchte der Wächter, der fast alle ausprobieren mußte, bevor er einen fand, der in McLearys Türschloß paßte. Das Warten machte Susan immer nervöser. Sie blickte den Korridor entlang und rechnete jeden Moment mit dem Schlimmsten. Endlich hatte der Wächter die Tür geöffnet und knipste das Licht im Vorzimmer an.

»Wenn Sie fertig sind, ziehen Sie einfach die Tür hinter sich zu. Das Schloß schnappt von alleine ein. Ich muß dringend wieder runter.«

Susan war sich selbst überlassen. Schnell ging sie zum inneren Büro, schaltete dort das Licht ein und löschte die Lampe im Vorzimmer. Dann schloß sie die Verbindungstür.

Sie bekam einen gelinden Schock, als sie feststellte, daß die Krankenblätter nicht mehr wie am Morgen im Regal lagen. Fieberhaft machte sie sich auf die Suche. Zuerst der Schreibtisch. Nichts. Als sie die mittlere Schublade zuschob, schrillte direkt neben ihr das Telefon. Sie fuhr erschreckt hoch und sah auf die Uhr. Ob McLeary um diese Zeit immer Anrufe bekam? Nach dreimaligem Klingeln schwieg das Telefon wieder, und Susan setzte die Suche fort. Die gestapelten Krankenblätter bildeten ein ansehnliches Bündel. Es konnte daher nicht allzu viele geeignete Verstecke geben. Gerade als sie die letzte Schublade des Aktenschranks herauszog, hörte sie vom Flur her deutlich Schritte. Sie wurden lauter und immer lauter. Susan erstarrte. Sie wagte nicht einmal, die Schublade zu schließen, vor lauter Angst, sich mit einem Geräusch zu verraten.

Die Schritte verstummten, und ein Schlüssel wurde in die Außentür gesteckt. In Panik sah sich Susan im Raum um. Es gab zwei Türen: Eine führte in das Vorzimmer, die andere gehörte zu einem Wandschrank. Susan prägte sich blitzschnell die Position der Einrichtungsgegenstände ein und schaltete das

Licht aus. Im selben Augenblick hörte sie, wie draußen die Tür aufging. Gleichzeitig wurde es im Vorzimmer hell. Vorsichtig bewegte sich Susan in Richtung Wandschrank, der Schweiß stand ihr auf der Stirn. Von draußen war ein metallisches Geräusch zu hören, einmal, zweimal. Die Schranktür ging ohne Widerstand auf, und Susan schlüpfte so leise wie möglich ins Innere. Schwieriger war es, die Tür wieder zu schließen. Als sie es gerade geschafft hatte, ging die Bürotür auf und das Licht an. Jeden Augenblick erwartete Susan, daß die Schranktür aufgerissen würde. Statt dessen gingen die Schritte zum Schreibtisch. Dann hörte sie den Schreibtischstuhl knarren. Bestimmt war das McLeary, dachte sie. Was der wohl um diese Zeit hier wollte? Und wenn er sie entdeckte? Bei dem Gedanken hatte sie ein flaues Gefühl im Magen. Wenn er die Schranktür aufmachte, würde sie die Flucht ergreifen.

Dann wurde der Telefonhörer von der Gabel genommen, eine Nummer gewählt. Doch als die Person zu sprechen anfing, war Susan völlig konsterniert. Es war eine weibliche Stimme. Und sie sprach spanisch. Ihre eigenen dürftigen Kenntnisse der spanischen Sprache ließen sie nur einen geringen Teil der Unterhaltung verstehen. Die Rede war vom Wetter, erst in Boston, dann in Florida. Plötzlich ging Susan ein Licht auf. Eine der Putzfrauen hatte es sich in McLearys Büro bequem gemacht und benutzte den Klinikanschluß für ein Privatgespräch nach Florida.

Der Anruf dauerte fast eine halbe Stunde. Dann widmete sich die Raumpflegerin ihrer hauptberuflichen Tätigkeit, leerte den Papierkorb, knipste das Licht aus und verschwand. Trotzdem wartete Susan noch ein paar Minuten, bevor sie es wagte, die Schranktür zu öffnen. In der Dunkelheit steuerte sie auf den Lichtschalter zu. Ihr Schienbein machte schmerzhafte Bekanntschaft mit der offenstehenden Aktenschublade. Susan fluchte laut. Zur Einbrecherin war sie nicht geboren.

Als es endlich wieder hell war, setzte Susan die Suche fort. Nur aus Neugier, um zu sehen, wo sie sich verborgen gehalten hatte, inspizierte sie auch den Wandschrank. Auf dem untersten Bord, zwischen Schreibpapierstößen, lagen die gesuchten Krankenblätter! Ob McLeary sie wirklich hatte verstecken wollen? Das würde sie wohl nie erfahren, aber eines war sicher: Sie mußte hier raus.

Einer Eingebung folgend, packte Susan die Akten in den frisch geleerten Papierkorb. Dann verließ sie das Büro und das Vorzimmer und schloß die Tür hinter sich. Genauso wie in ihrem Wohnheim steckte sie eine winzige Papierkugel in die Ritze zwischen Tür und Rahmen.

Mit ihrer Beute fuhr sie zurück zu Beard 5 und begab sich in den Klubraum. Dort zog sie ihr schwarzes Notizbuch aus der Tasche und goß sich eine Tasse Kaffee ein. Dann nahm sie sich das erste Krankenblatt vor und fing an, die Details zu notieren, genauso, wie sie es mit Nancy Greenlys Daten gemacht hatte.

Als D'Ambrosio wieder am Wohnheim der Medizinischen Fakultät ankam, hatte er noch keinen detaillierten Plan. Gewöhnlich verließ er sich auf Improvisation, allerdings erst, nachdem er sein Opfer längere Zeit beobachtet hatte. Über Susan Wheeler wußte er schon eine ganze Menge. Unter anderem war ihm bekannt, daß sie so gut wie nie wieder ausging, wenn sie erst einmal nach Hause gekommen war. Darum war er auch jetzt sicher, sie in ihrem Zimmer anzutreffen. Allerdings konnte er nicht wissen, ob sie offizielle Stellen über seinen vorhergegangenen Besuch informiert hatte. Seiner Einschätzung nach lagen die Chancen fünfzig zu fünfzig. Und sollte sie geplaudert haben, war noch nicht einmal sicher, daß man sie ernst genommen hatte. Die Möglichkeit, daß sie bewacht wurde, schätzte er auf allerhöchstens ein Prozent. Mit anderen Worten: Für D'Ambrosio bestand kein außergewöhnliches Risiko, und ganz ohne Gefahr ging es in seinem Beruf nie ab. Also beschloß er, wieder in ihr Zimmer zu gehen.

Aus dem Drugstore an der Ecke rief er bei Susan an; keine Antwort. Das mußte nichts bedeuten. Vielleicht nahm sie nur nicht ab. Das Schloß an ihrer Zimmertür war für D'Ambrosio kein Problem, das hatte er schon am Nachmittag festgestellt.

Anders verhielt es sich mit dem Riegel, den sie bestimmt inzwischen vorgeschoben hatte. Der würde sich nicht ohne Lärm öffnen lassen. Er mußte sie also irgendwie aus dem Zimmer locken.

Er ging um das Gebäude herum auf den Parkplatz. In Susans Zimmer brannte Licht. Wieder verschaffte er sich Einlaß über den Hof, indem er das Schloß im bogenförmigen Tor knackte. Es bot so gut wie keinen Widerstand. Erstaunlich, dachte D'Ambrosio, woran die Universität sparte.

Schnell stieg er die knarrenden Treppenstufen hinauf. Man sah es D'Ambrosio nicht an, aber physisch war er in Hochform: ein athletischer Psychopath. Er lauschte an Susans Tür. Von drinnen kam kein Laut. Er klopfte. Sicher würde sie die Tür nicht aufmachen, ohne zu fragen, wer da wäre. Aber D'Ambrosio mußte zuerst herausbekommen, ob sie überhaupt zu Hause war. Wenn sie sich meldete, wollte er so tun, als ginge er wieder. Das wirkte in den meisten Fällen, und sie würde bestimmt aufmachen, um aus vermeintlich sicherer Entfernung nachzusehen, wer an der Tür gewesen war.

Aber drinnen rührte sich nichts.

Er klopfte noch einmal. Wieder keine Antwort.

In Sekundenschnelle hatte er das Schloß auf. Die Tür öffnete sich – der Riegel war nicht vorgeschoben. Susan war fort.

D'Ambrosio inspizierte den Kleiderschrank. An dessen Inhalt hatte sich nichts geändert, und die beiden Koffer, die er am Nachmittag entdeckt hatte, standen auch noch da. D'Ambrosio ging stets gründlich zu Werk, und das zahlte sich aus. Jetzt wußte er: Alles sprach dagegen, daß Susan die Stadt verlassen hatte. Demnach würde sie zurückkommen. D'Ambrosio entschloß sich zu warten.

Mittwoch
25. Februar
22 Uhr 41

Bellows war fix und fertig. Es ging auf elf zu, und er steckte immer noch mitten im Trubel, war noch nicht einmal zur Spätvisite auf Beard 5 gekommen. Aber die mußte er unbedingt noch hinter sich bringen, bevor er nach Hause fuhr. Vielleicht würde ihn eine Tasse Kaffee wieder aufrichten. In der Schwesternstation holte er sich den fahrbaren Ständer für die Krankenblätter und rollte ihn vor sich her in den Klubraum. Als er die Tür aufmachte, meinte er, einen Geist zu sehen: Susan saß da, in ihre Arbeit vertieft.

»Bitte vielmals um Entschuldigung. Ich muß im falschen Krankenhaus sein!« Bellows tat, als wollte er wieder gehen, sah Susan dann aber an. »Sag mal, um Himmels willen, was hast du hier zu suchen? Man hat mir in unmißverständlicher Weise zu verstehen gegeben, daß du *Persona non grata* geworden bist.« Unbeabsichtigt klang Bellows' Stimme gereizt. Es war ein schlimmer Tag für ihn gewesen.

»Was? Ich? Sie müssen sich irren, Sir. Ich bin Miss Scarlett, die neue Krankenschwester auf Station zehn.« Susan ahmte einen Südstaaten-Akzent nach.

»Verdammt, Susan, hör mit der Alberei auf.«

»Du hast damit angefangen.«

»Was tust du hier?«

»Ich putz' mir die Schuhe, siehst du das nicht?«

»Schon gut, schon gut. Also noch mal von vorn.« Bellows setzte sich auf den Kaffeetresen. »Susan, hör mal, die ganze Sache ist verdammt ernst geworden. Nicht, daß ich nicht froh wäre, dich zu sehen, ganz im Gegenteil. Es war wirklich schön gestern abend. Aber heute nachmittag ist die Bombe hochgegangen, und mir wurde unter anderem klargemacht, wenn ich weiterhin deine, wie es hieß, idiotischen Unternehmungen unterstützte, könnte ich mich nach einer neuen Stationsarztstelle umsehen.«

»Was? Armer Junge. Muß am Ende Mamas sicheren Schoß verlassen.«

Bellows sah aus dem Fenster, versuchte, Haltung zu bewahren. »Ich merke, das bringt uns nicht weiter. Susan, du verstehst einfach nicht, daß ich in dieser Sache viel mehr zu verlieren habe als du.«

»So? Einen Scheißdreck hast du!« Susans Gesicht spiegelte Empörung und Wut. »Du bist so verdammt auf dich selbst fixiert und hast nur Angst um deine beschissene heißgeliebte Stelle. Du würdest ja nicht einmal eine Verschwörung um dich herum bemerken, wenn deine ... deine eigene Mutter darin verwickelt wäre.«

»Himmeldonnerwetter! Das ist nun der Dank für meine ganze Unterstützung. Was, zum Teufel, hat denn meine Mutter mit der ganzen Sache zu tun?«

»Nichts. Absolut gar nichts. Mir fiel bloß nichts anderes ein, das möglicherweise auch nur in die Nähe deiner Stationsarztstelle reichen könnte. Da hab' ich's eben mit deiner Mutter versucht.«

»Du redest nichts als Blödsinn, Susan.«

»Der spricht von Blödsinn! Mann, Mark, du bist so um deine Karriere besorgt, daß es dich ganz blind gemacht hat. Merkst du denn an mir keine Veränderung?«

»Veränderung?«

»Genau. Veränderung. Wo ist denn die ganze klinische Erfahrung, der scharfe Beobachtungssinn, den du dir im Laufe deiner teuren medizinischen Ausbildung angeeignet haben solltest? Na? Was, glaubst du, ist das hier unter meinem Auge?« Susan zeigte auf die Prellung an der Wange. »Und das?« brachte sie mühsam heraus, als sie die Unterlippe vorschob und die Platzwunde freilegte.

»Sieht aus ... na ja, wie eine Verletzung.« Bellows streckte die Hand aus, um Susans Lippe genauer zu untersuchen. Sie wehrte ihn ab.

»Laß das, ich kann auf deine ärztliche Kunst verzichten. Und dann sagt der Mensch, er hätte mehr zu verlieren in dieser

Angelegenheit! Soll ich dir mal was erzählen? Heute nachmittag bin ich von einem Kerl überfallen worden. Und bedroht. Und dieser Kerl wußte Bescheid. Über mich und was ich in den letzten Tagen getrieben habe. Der kannte sich sogar mit meiner Familie aus. Die wird von ihm ebenfalls bedroht. Und du sagst, du hättest mehr zu verlieren!«

»Willst du etwa behaupten, dich hätte wirklich jemand geschlagen?« Bellows war die Skepsis in Person.

»Mensch, Mark, red doch zur Abwechslung mal was Vernünftiges. Meinst du vielleicht, das hier wären Verletzungen, die ich mir selbst beigebracht habe? Damit ich den Leuten leid tue? Glaub mir doch endlich: Ich bin auf eine große Sache gestoßen, das kann ich dir sagen! Und ich kann das schlimme Gefühl nicht loswerden, daß da irgendeine verdammt mächtige Organisation im Spiel ist. Ich hab' eben nur keine Ahnung, warum. Oder wie. Oder wer.«

Bellows starrte Susan an. Blitzschnell verglich er ihre unglaubliche Geschichte mit seinem eigenen Erlebnis vom Nachmittag.

Schließlich sagte er: »Na ja, ich hab' keine äußerlichen Wunden vorzuweisen, aber auch mein Nachmittag hat sich nicht gerade im Rosengarten abgespielt. Erinnerst du dich, daß ich dir von den Drogen erzählt habe, die in einem Umkleideschrank bei den OPs gefunden wurden? Das war ein Schrank, den ich mal benutzt hatte. Also war ich automatisch in die Sache verwickelt. Den Verdacht, der auf mich fiel, konnte ich nur aus der Welt schaffen, wenn ich Walters überredete, Licht in die Angelegenheit zu bringen. Vor allem, warum der Schrank immer noch auf meinen Namen lief, obwohl ich schon längst einen anderen von ihm bekommen hatte. Aber Walters erschien heute nicht. Zum erstenmal in Dutzenden von Jahren. Also beschloß ich, ihn aufzusuchen.« Bellows seufzte tief in Erinnerung der greulichen Einzelheiten. »Das arme Schwein hat Selbstmord begangen. Und ausgerechnet ich mußte die Leiche finden.«

»Selbstmord?«

»Genau. Anscheinend war ihm zu Ohren gekommen, daß man die Drogen gefunden hatte, und da hat er sich für den leichtesten Ausweg entschieden.«

»Bist du sicher, daß es Selbstmord war?«

»Sicher? Sicher bin ich bei gar nichts. Ich habe nicht mal den Abschiedsbrief gesehen. Hab' nur die Polizei alarmiert, und Stark setzte mich dann später von den Einzelheiten in Kenntnis. Warum soll es denn kein Selbstmord gewesen sein? Das fehlte mir noch! Wahrscheinlich wäre ich dann unter den Verdächtigen. Wie, um alles in der Welt, kommst du bloß drauf, daß es kein Selbstmord gewesen sein könnte?« Bellows schien am Ende seiner Nerven.

»Aus keinem besonderen Grund. Es kommt mir eben nur komisch vor: Noch so 'n Zufall, und alles zur selben Zeit. Womöglich spielen die Drogen, die man gefunden hat, irgendwie in die ganze Sache mit rein.«

»Genau das hab' ich befürchtet – daß der Drogenfund dir nur allzugut ins Konzept passen würde. Darum hab' ich auch gezögert, dir überhaupt davon zu erzählen. Aber laß uns doch mal zur Sache kommen: Das Hauptproblem ist deine Anwesenheit im Memorial zu dieser denkwürdigen Zeit. Im Klartext, Susan: Du hast hier nichts zu suchen.« Bellows nahm eines der Krankenblätter auf. »Was, zum Teufel, stellst du überhaupt jetzt wieder an?«

»Ich habe endlich von einigen Koma-Patienten die Krankenblätter. Nicht alle, aber ein paar.«

»Großer Gott! Du bist wirklich ein Phänomen. Erst bringst du es fertig, aus dem Krankenhaus gejagt zu werden. Und dann hast du noch die Stirn, dich nicht nur einfach wieder einzuschleichen, sondern dir auch noch die Krankenblätter hier unter den Nagel zu reißen. Man darf ja wohl kaum annehmen, daß sie so einfach herumlagen und jeder, der vorbeispazierte, reingucken konnte. Wie bist du drangekommen?«

Bellows sah Susan erwartungsvoll an und nippte an seinem Kaffee. Susan grinste nur.

»Nein, bloß das nicht!« stöhnte Bellows plötzlich auf und

schlug die Hände vor die Stirn. »Natürlich, die Schwesterntracht!«

»Klar. Das lief wie am Schnürchen. Bin dir für den Tip wirklich dankbar.«

»Stopp, stopp! Mach mich nur nicht zum Urheber der Geschichte. Raus damit, was hast du angestellt? Hast du etwa die Sicherheitsleute dazu gekriegt, dir McLearys Büro aufzuschließen, oder wo die Dinger auch immer lagen?«

»Mark, du machst dich.«

»Bist du dir eigentlich bewußt, daß du jetzt strafbare Handlungen begehst?«

Susan nickte bejahend. Sie sah auf die Blätter, die sie mit ihrer kleinen ordentlichen Schrift gefüllt hatte.

Bellows' Blick folgte dem ihren. »Na und? Haben sie dir weitergeholfen bei deinem ... deinem Kreuzzug?«

»Nicht viel, kann man nicht sagen. Wenigstens bis jetzt nicht. Vielleicht bin ich auch nicht schlau genug, die Spur zu finden. Ich wünschte, ich hätte alle Unterlagen. Bis jetzt läßt sich nur folgendes feststellen: Die Betroffenen waren relativ jung, zwischen fünfundzwanzig und zweiundvierzig Jahre alt. Geschlecht, Rasse, sozialer Hintergrund unterschiedlich. In den medizinischen Vorgeschichten kann ich ebenfalls keinen gemeinsamen Faktor finden. Alle gesundheitlichen Merkmale bis zum Eintritt des Komas waren ganz und gar unauffällig, die behandelnden Ärzte vor der Aufnahme in das Memorial jedesmal andere. In den Chirurgie-Fällen hatten nur zwei Patienten denselben Anästhesisten. Die anästhetischen Wirkstoffe variieren, wie nicht anders zu erwarten. In der präoperativen Medikation gibt es einige Überschneidungen. Ein paar bekamen Demerol und Phenergan, andere aber wieder ganz andere Mittel. Innovar wurde in zwei Fällen angewandt. Aber das alles sind keine überraschenden Entdeckungen.«

Susan machte eine Pause, dann: »Soweit ich von hier aus sagen kann, ohne in den OP-Trakt hinaufzugehen, ereigneten sich die meisten Chirurgie-Fälle, wenn nicht alle, im OP acht. Das klingt zuerst eigenartig, läßt sich aber erklären. Denn in diesem OP werden meistens die kürzeren Operationen gemacht, und das Problem scheint nur oder fast nur bei kürzeren Operationen aufzutreten. Die Laborwerte sind im allgemeinen normal. Mir fiel auf, daß in allen Fällen sowohl Blutgruppen- als auch Gewebebestimmungen gemacht wurden. Gehört das zur normalen Prozedur?«

»Die Blutgruppe wird bei den meisten Patienten bestimmt, vor allem, wenn die Operation größeren Blutverlust erwarten läßt. Gewebebestimmung ist eigentlich nicht die Norm. Möglicherweise macht das Labor das von sich aus, um einen neuen Apparat oder ein Serum zu testen. Sieh doch mal nach, ob in einem der Krankenblätter der Laborbericht eine Rechnungsnummer für die Gewebebestimmung aufweist.«

Susan blätterte zurück, bis sie in der ihr gerade vorliegenden Akte den Laborbericht fand. »Nein, keine Rechnungsnummer.«

»Siehst du! Damit ist das auch erklärt. Das Labor macht es auf eigene Kosten. Das ist keineswegs ungewöhnlich.«

»Die Patienten aus der Inneren hingen aus irgendwelchen Gründen alle am Tropf.«

»Wie neunzig Prozent aller Patienten im ganzen Krankenhaus.«

»Ich weiß.«

»Hört sich so an, als hättest du nicht gerade eine Goldmine entdeckt.«

»Da kann ich leider nicht widersprechen.« Susan saugte an ihrer geschundenen Unterlippe. »Mark, bevor einem Patienten die Atemröhre eingeführt wird, lähmt ihn der Anästhesist doch. Und dazu nimmt er Succinylcholin, nicht wahr?«

»Ja, Succinylcholin oder Curare. Meistens ersteres.«

»Und wenn der Patient davon eine pharmakologische Dosis bekommt, kann er nicht mehr atmen.«

»Stimmt.«

»Könnte denn nicht eine Überdosis Succinylcholin zu einem kritischen Sauerstoffmangel führen? Wenn die Patienten nicht atmen können, kommt auch kein Sauerstoff ins Gehirn.«

»Susan, sobald der Anästhesist dem Patienten Succinylcholin gegeben hat, beobachtet er ihn unablässig. Er beatmet ihn sogar. Sollte einmal zuviel verabreicht worden sein, heißt das nur, daß der Patient länger beatmet werden muß, so lange, bis er die Droge absorbiert hat. Der Lähmungseffekt läßt sich vollständig aufheben. Und außerdem, überleg doch mal: Wenn im Krankenhaus irgend jemand so was mit kriminellen Absichten täte, müßten bei diesem Verfahren ja alle Anästhesisten unter einer Decke stecken, und das ist doch absurd! Vor allem muß man sich klarmachen, daß Anästhesist und Chirurg die ganze Zeit über engstens zusammenarbeiten. Der Chirurg sieht doch, wie rot das Blut ist, und weiß, ob ausreichend Sauerstoff verabreicht wird. Es wäre absolut unmöglich, ohne Wissen eines der beiden den physiologischen Zustand des Patienten zu verändern. Solange genügend Sauerstoff im Blut ist, fließt es hellrot. Wenn der Sauerstoffpegel zu niedrig wird, sieht das Blut dunkelbraun aus und bekommt einen bläulichen Schimmer. Und unterdessen beatmet der Anästhesist den Patienten, überprüft fortwährend Puls und Blutdruck, beobachtet den Herzmonitor. Nein, Susan, für deine Theorie der unsauberen Machenschaften fehlt dir außer dem Warum auch das Wer und das Wie. Du kannst ja nicht mal sicher sein, daß es überhaupt ein Opfer gibt.«

»O doch, Mark. Ich bin einer Sache auf der Spur, soviel ist klar. Möglich, daß es sich nicht gerade um eine neuartige Krankheit handelt, aber irgendwas ist im Busch. Woher kommen die Narkosegase, mit denen die Anästhesisten arbeiten?«

»Das ist unterschiedlich. Halothan aus Kanistern, wie Äther. Die kommen in flüssigem Zustand und werden verdunstet, wenn man sie im OP braucht. Lachgas, Sauerstoff und Druckluft laufen über eine zentrale Zufuhr und werden in die OPs geleitet. Für Notfälle gibt es Reserveflaschen mit Sauerstoff und Lachgas in den OPs. Hör mal, Susan, ich hab' noch eine Stationsrunde, dann bin ich fertig. Wie wär's mit einem Drink in meiner Wohnung?«

»Heute abend nicht, Mark. Ich brauche zur Abwechslung mal meinen Schlaf, und außerdem hab' ich noch eine Menge zu tun. Aber trotzdem vielen Dank. Ich muß noch die Blätter hier in ihr Versteck zurückbringen. Und danach hab' ich vor, mich mal im OP Nummer acht etwas umzusehen.«

»Susan, wenn du Wert auf meine Meinung legst, dann wird es Zeit, daß du hier aus dem Krankenhaus verschwindest. Und zwar, bevor du wirklich in ernste Schwierigkeiten kommst.«

»Sie haben ein Recht auf Ihre Meinung, Herr Doktor. Ihr Pech, daß diese Patientin nicht gewillt ist, die Verordnungen zu befolgen.«

»Meiner Meinung nach treibst du es zu weit.«

»So? Tu ich das? Na schön, ich weiß zwar, wie du ganz richtig sagst, nicht, wer dahintersteckt, aber ich habe eine Reihe von Verdächtigen, die ...«

»Klar hast du die«, fiel Bellows ein. »Soll ich raten, oder klärst du mich auf?«

»Harris, Nelson, MacLeary, Oren.«

»Du hast 'ne Meise!«

»Die benehmen sich alle verdächtig und wollen mich hier raus haben.«

»So? Tu ich das? Na schön, ich weiß zwar, wie du ganz richtig sie dafür am Ende andere Gründe haben als kriminelles Schuldbewußtsein?«

Mittwoch
25. Februar
23 Uhr 25

Susan fühlte sich wesentlich wohler in ihrer Haut, als sie die Krankenblätter wieder in McLearys Schrankversteck deponiert hatte. Zugleich war sie enttäuscht. Sie hatte sich eine Menge von den Unterlagen versprochen und alles darangesetzt, um sie in die Hände zu bekommen, und nun war sie doch keinen Schritt weiter. Zwar hatte sie eine Menge Daten und Fakten gesammelt, aber es gab keine Querverbindung, keinen gemeinsamen Nenner. Die Auswahl der Fälle erschien rein zufällig.

Der Fahrstuhl hielt, und Susan betrat den geheiligten Boden der OP-Etage. In Saal 20 wurde immer noch operiert: ein durchgebrochenes Unterleibsaneurysma. Der Patient war über die Notaufnahme eingeliefert worden, und die Operation dauerte bereits mehr als acht Stunden, was nicht eben ein gutes Zeichen war. Davon abgesehen herrschte Abendfrieden in den OPs. Ein paar Angestellte säuberten die Böden oder stapelten frische Leinentücher in den Utensilienraum. Hinter dem Hauptpult saß eine Schwester und war damit beschäftigt, die letzten Fälle in den Plan für den kommenden Tag einzufügen.

Susans Schwesterntracht tat immer noch gute Dienste. Die wenigen Leute in der Halle nahmen von ihr nicht die geringste Notiz. Sie ging geradewegs in den Umkleideraum, hängte die Schwesterntracht in einen offenen Schrank und zog einen Operationskittel an.

Wieder in der Halle, betrachtete Susan aufmerksam die großen Doppelschwingtüren, die zu den OPs führten. Neben dem rechten Türflügel warnte ein großes Schild: »Operationssäle – Betreten für Unbefugte verboten.« Das Hauptpult befand sich unmittelbar neben der Tür. Die Schwester war dort immer noch beschäftigt. Susan hatte keine Ahnung, ob sie ihr Schwierigkeiten machen würde, wenn sie durch die Tür wollte.

Um das Terrain erst einmal zu sondieren, ging Susan mehrmals die große Halle auf und ab, stets in der Hoffnung, die Schwester würde ihre Arbeit beenden und verschwinden. Aber sie sah nicht einmal auf. Susan überlegte krampfhaft, welche Ausrede sie gebrauchen könnte, falls das Mädchen sie ansprechen sollte. Aber es fiel ihr einfach nichts ein. Immerhin war es fast Mitternacht, und Susan mußte schon eine überzeugende Story parat haben, um ihre Anwesenheit im OP-Bereich zu erklären.

Schließlich wagte sie es, obwohl ihr keinerlei Alibi eingefallen war. Sie könnte höchstens sagen, sie wollte nachsehen, wie weit die in Saal 20 waren, oder sie sollte für das Labor Gewebeproben holen. Susan ging, ohne die Schwester am Pult anzusehen, auf die Tür zu. Nur ein paar Schritte lagen noch vor ihr. Sie streckte den Arm aus, um den rechten Türflügel aufzustoßen.

»He, Moment mal.«

Susan erstarrte. Jetzt war ihre Enttarnung unausweichlich. Langsam drehte sie sich zu dem Mädchen um, auf alles gefaßt.

»Sie haben Ihre Ableiterstiefel vergessen.«

Susan sah auf ihre Schuhe hinunter. Erst allmählich ging ihr auf, was die Schwester von ihr wollte. Sie fühlte grenzenlose Erleichterung.

»Verdammt, man könnte meinen, ich wäre zum erstenmal hier«, sagte sie.

Die Schwester steckte schon wieder mit dem Kopf in ihren Plänen. »Passiert mir auch, daß ich die blöden Dinger vergesse«, murmelte sie.

Susan ging zu einem Stahlschrank an der Wand. Ganz unten in einem Pappkarton lagen die Ableiterstiefel. Sie schützten gegen statische Elektrizität, was in Räumen, wo leicht zündbare Gase ausfließen konnten, eine unentbehrliche Vorsichtsmaßnahme darstellte. Susan zog die Stiefel über, wie Carpin es ihr bei ihrem ersten Besuch im OP zwei Tage zuvor gezeigt hatte. Die schwarzen Leitbänder steckte sie in ihre Schuhe. Als sie die Schwingtür diesmal aufstieß, blickte die Schwester am Pult nicht einmal hoch. Das Memorial war viel zu groß, als daß neue Gesichter auffallen konnten.

Die Operationssäle lagen zu beiden Seiten eines Flurs, der die Form eines großen eckigen U hatte. In der Mitte befanden sich der Utensilienraum, der Warteraum für die Patienten und die Anästhesie-Kammern. Der Eingang war am Querbalken des U, der Aufwachsaal am linken Arm, den Fahrstühlen am nächsten gelegen. Susan fand heraus, daß der OP Nummer 8 am rechten Arm auf der Außenseite lag. Nummer 20, wo immer noch operiert wurde, befand sich in der entgegengesetzten Richtung. So begegnete Susan auf dem Weg zu Saal 8 niemandem. An der Tür blieb sie stehen und blickte durch die

Scheibe. Sie fand keinen Unterschied zu Nummer 18, wo Niles zusammengeklappt war. Die Wände waren gekachelt, der Fußboden bestand aus gesprenkeltem Vinyl. Obwohl die Lichter ausgeschaltet waren, konnte Susan die Beleuchtungstrommeln und unmittelbar darunter den Operationstisch erkennen. Sie öffnete die Tür und knipste das Licht an.

Ohne ein spezifisches Ziel zu haben, wanderte Susan durch den Saal und musterte alle größeren Objekte. Dann machte sie sich systematisch an die Details. Sie fand die Stutzen der Gasleitungen. Ihr fiel auf, daß der Schraubverschluß für die Sauerstoffzufuhr grün war, der Anschlußhahn für Lachgas dagegen blau und anders konstruiert, um jede Verwechslungsmöglichkeit auszuschließen. Ein dritter Stutzen war weder gekennzeichnet noch besonders eingefärbt. Susan nahm an, es handele sich um die Druckluftleitung. Außerdem stieß sie auf die Absaugleitung, die ein entsprechendes Schild trug und ein großes Steuerventil hatte.

An der hinteren Wand standen kleine Stahlschränke mit verschiedenen Utensilien und ein Pult für die Assistenzschwester. An der Wand rechts befand sich ein Röntgen-Lichtschirm. Über der Tür hing eine große elektrische Uhr. Der rote Sekundenzeiger glitt geräuschlos über das Zifferblatt. Eine zweite Tür führte in eine kleine Utensilienkammer mit den Sterilisiertrommeln und anderem Gerät. Dieser Raum diente auch dem OP 10.

Susan verbrachte fast eine Stunde damit, beide benachbarten OPs auf das gründlichste abzusuchen und miteinander zu vergleichen. In Nummer 8 fand sie nichts Auffälliges. Es war ein OP wie Tausende andere und unterschied sich augenscheinlich in nichts von Nummer 10.

So kehrte Susan schließlich unverrichteterdinge wieder in den Umkleideraum zurück. Sie tauschte den OP-Kittel gegen ihre Schwesterntracht und ging zur Tür. Doch als ihr Blick zufällig nach oben schweifte, blieb sie stehen. Den Raumabschluß bildete eine Hängedecke aus großen schalldämmenden Platten.

Der Abfalleimer diente ihr als Trittleiter. Susan stieg von da auf das Waschbecken und weiter auf die aneinandergestellten Umkleideschränke. Zwischen der Oberseite der Schränke und der Decke war ein Raum von ungefähr einem Meter. Susan kroch dazwischen und drückte gegen die erste Deckenplatte. Sie bewegte sich nicht, offenbar weil direkt darüber Rohre verliefen. Auch die zweite rührte sich nicht von der Stelle. Die dritte Platte dagegen ließ sich leicht anheben, und Susan schob sie zur Seite. Dann richtete sie sich auf. Ihr Oberkörper ragte durch das Loch in der Decke. Zu ihrer Überraschung sah sie in eine Art kleines Zwischengeschoß. Zwischen der Hängedecke und dem Betonboden des nächsten Stocks waren gut anderthalb Meter Raum. Unzählige Röhren und Leitungen beförderten dort die Lebensströme und Abfälle des Krankenhauses. Es war so gut wie dunkel, nur ein paar schmale Lichtkegel drangen von unten durch vereinzelte Löcher zwischen den Deckenplatten.

Auf der Oberseite bestand die Hängedecke aus Preßpappe; die einzelnen Platten wurden von dünnen Metallbändern zusammengehalten, die von der Betondecke herabhingen. Weder Platten noch Bänder waren fest genug, um ein größeres Gewicht zu tragen. Um den Deckenraum betreten zu können, mußte Susan auf die Röhren klettern, die sich entweder als eiskalt oder glühend heiß erwiesen. Als sie mühsam nach oben gelangt war, befestigte sie unter sich wieder die Platte und bedeckte auf diese Weise ihr Einschlupfloch. Damit war zugleich die Hauptlichtquelle versiegt.

Susan wartete, bis ihre Augen sich an das Halbdunkel im Deckenraum gewöhnt hatten. Als die Umrisse deutlicher wurden, konnte sie auf den Röhren vorankriechen. Sie bemerkte eine Reihe senkrechter Träger, die oben im Beton verschwanden, und nahm an, daß sie die Wand zum Korridor markierten.

Sie kam nur langsam voran, versuchte schließlich, eine Röhre als eine Art Laufsteg zu benutzen und eine höhergelegene als Geländer. Zwischendurch dienten ihr die Trägersäulen zum Flur als Stützen. Sie bemühte sich, kein Geräusch zu machen, vor allem, als sie sich oberhalb des Hauptpultes glaubte. Als sie endlich über dem Operationsflügel war, gab es ein wesentlich leichteres Vorankommen. Die Decken über den OPs und dem Aufwachsaal waren aus vorgefertigten Betonplatten, und Susan konnte sich nach Belieben bewegen, vorausgesetzt, sie stolperte nicht über die Röhren. Allerdings mußte sie stark gebückt gehen, denn der Deckenraum war hier nur etwa einen Meter hoch.

Nach einiger Zeit stieß sie auf eine Betonwand, die offensichtlich die Außenhülle der Fahrstuhlschächte darstellte. Dann entdeckte sie, daß die Hängedecke des Flurs im OP-Teil wiederum aus Preßpappe bestand. Jenseits sah sie einen Wust von Röhren und Leitungen, die alle in einem wirren Knäuel zusammenliefen. Susan vermutete, daß dort der Zentralschacht für alle Ver- und Entsorgungsleitungen lag, der vom Dach bis in den Keller führte.

Vor allem war ihr darum zu tun, über den OP Nummer 8 zu kommen. Doch das erwies sich als äußerst schwierig. Die Röhren und Leitungen schienen völlig willkürlich zu verlaufen, um dann einfach durch die Decke in den darunterliegenden Räumlichkeiten zu verschwinden; eine Orientierung war auf diese Weise unmöglich. Schließlich bot die Hängedecke über dem Flur die Lösung. In regelmäßigen Abständen lüftete Susan vorsichtig die Ecken der leichten Platten aus Preßpappe und Schallisolierung und orientierte sich nach dem Verlauf des Korridors unter ihr. Als sie den Deckenraum über den OPs 8 und 10 lokalisiert hatte, überzeugte sie sich, daß Anzahl und Art der Leitungen und Röhren, die in beide OPs führten oder aus ihnen herauskamen, völlig gleich waren.

Die Gasleitungen paßten auch hier farblich zu den Zapfstutzen, die sie unten in den Sälen gesehen hatte, und waren ebenso markiert. Über Saal 8 suchte und fand Susan die grüne Sauerstoffleitung. Sie kam aus dem OP 8, führte bis zum Flur, bog dann im rechten Winkel ab und verlief parallel zur Korridorwand, zusammen mit anderen ähnlichen Röhren aus den anderen OPs. Als Susan weitere Operationssäle überquerte, gesellten sich immer mehr Sauerstoffröhren zu der Leitung, deren Lauf sie verfolgte. Um Verwechslungen auszuschließen, hielt Susan auf dem ganzen Weg bis zum Versorgungsschacht den Finger an die Leitung aus Saal 8. Direkt am Schachtrand stieß ihr Finger gegen einen Widerstand. Im Dämmerlicht beugte sie sich hinab und sah einen Anschlußstutzen aus rostfreiem Stahl. Und daran saß ein Hochdruck-T-Ventil: an der Sauerstoffleitung zum OP Nummer 8!

Susan starrte das Ventil an, untersuchte dann die anderen Gasleitungen, die aus dem Schacht kamen. An keiner entdeckte sie ähnliche Ventile. Das bedeutete: An dieser Stelle konnte die Sauerstoffzufuhr zum OP 8 angezapft werden. Aber ebenso konnte man durch dieses Ventil etwas anderes, möglicherweise ein anderes Gas, in die Leitung einspeisen.

Indem sie sich auf dem festen Deckenteil über den OPs hielt, kam Susan leicht zurück zur Gegend des Hauptpults. Aber dann begann der schwierige Teil: Vor ihr lag die große Fläche mit den dünnen Platten, wo sie wieder auf die Rohre klettern mußte. Susan hatte schon bald keine Ahnung mehr, wo sie sich befand. Wenn sie auf dem Hinweg doch nur eine Spur aus Brotkrümeln oder Papierschnipseln gelegt hätte! So aber blieb ihr nichts anderes übrig, als die Platten anzuheben und hin und wieder nach unten zu spähen. Das erste Mal war sie noch über der Halle. Beim nächsten Mal fand sie sich über dem Ärzte-Umkleideraum. Als sie die dritte Platte anhob, merkte sie, daß sie den Umkleideraum der Schwestern erreicht hatte. Aber noch war sie zu weit von den Schränken entfernt, um hinabklettern zu können. Erst die vierte Platte lag genau richtig, und Susan hatte für den Rest des Rückwegs keine Schwierigkeiten mehr.

Donnerstag
26. Februar
1 Uhr nachts

Keine Metropole kommt nachts völlig zur Ruhe, auch Boston nicht. Aber anders als in vielen großen Städten herrscht in Boston den größten Teil der Nacht über eine eigenartige Stille. Als das Taxi mit Susan den Storrow Drive hinunterraste, begegneten sie nur zwei oder drei anderen Autos. Alle fuhren in entgegengesetzter Richtung. Susan war unbeschreiblich müde und sehnte sich nach nichts als Schlaf. Hinter ihr lag ein Tag, wie sie noch nie einen erlebt hatte.

Die Platzwunde an ihrer Lippe und die Prellung im Gesicht schmerzten sie immer mehr. Vorsichtig tastete sie ihre Wange ab; die Schwellung war offenbar nicht größer geworden. Rechts lag der Charles River. Sie sah über die Esplanade und den zugefrorenen Fluß. Jenseits, in Cambridge, brannten nur wenige Lichter. Sie blinkten abweisend durch die kalte Nacht. Das Taxi bog scharf links in den Park Drive ein. Susan mußte sich an den Haltegriff klammern.

Sie versuchte, eine Zwischenbilanz ihrer Unternehmungen zu ziehen. Das Ergebnis war wenig ermutigend. Nach ihrer Schätzung standen ihr für ihre Nachforschungen noch etwa sechsunddreißig Stunden zur Verfügung, bevor sie sich in akute Gefahr begab. Aber sie war in einer Sackgasse angelangt. Als das Taxi den Fenway kreuzte, mußte Susan sich eingestehen, daß sie keine Ahnung hatte, wie sie weiter vorgehen sollte. Tagsüber, das war ihr klar, konnte sie im Memorial nichts unternehmen. Die Front der Nelson, Harris, McLeary, Oren war zu stark, und ihre Schwesterntracht würde ihr kaum etwas nützen, wenn sie einem von ihnen direkt in die Arme lief.

Aber was sie brauchte, waren vor allem mehr Daten aus dem Computer. Außerdem mußte sie dringend auch die übrigen Krankenblätter einsehen. Gab es irgendeinen Weg? Ob Bellows ihr helfen würde? Susan bezweifelte das stark. Er machte sich vor allem Sorgen um seine Stellung. Ein Wurm ohne Rückgrat, ich hatte recht, dachte sie.

Und Walters' Selbstmord? Wie kamen die Drogen ins Spiel?

Susan bezahlte den Taxifahrer und stieg aus. Auf dem Weg zur Tür beschloß sie, am nächsten Morgen soviel wie möglich über Walters in Erfahrung zu bringen. Sein Selbstmord mußte irgendwie in das Puzzle passen. Aber wie?

Mit der Hand auf der Klinke blieb sie vor der Eingangstür zum Studentenheim stehen, in der Hoffnung, daß der Portier den Summer für sie betätigen würde. Aber der Mann saß nicht in seinem Glaskasten. Fluchend kramte Susan in ihren Manteltaschen nach den Schlüsseln. Wie kam es nur, daß Portiers immer dann von der Bildfläche verschwanden, wenn man sie brauchte?

Die vier Treppen zu ihrem Stockwerk erschienen ihr diesmal viel länger als sonst. Sie mußte mehrmals stehenbleiben.

Was hatte Bellows ihr über den Drogenfund im Umkleideschrank gesagt? War Succinylcholin dabeigewesen? Susan erinnerte sich genau, daß Bellows von Curare gesprochen hatte. Aber bei Succinylcholin war sie sich nicht sicher. In Gedanken versunken kam sie oben an. Dann brauchte sie noch einmal eine Minute, um den richtigen Schlüssel zu finden. Wie zahllose Male vorher steckte sie ihn in das Schloß.

Trotz Erschöpfung und fieberhafter Hirntätigkeit fiel ihr das Papierkügelchen ein. Sie ließ den Schlüssel stecken und bückte sich.

Das Papier war nicht mehr da. Die Tür war geöffnet worden.

Susan fuhr zurück, halb in der Erwartung, die Tür würde vor ihr plötzlich aufgehen. Nur zu gut erinnerte sie sich an das scheußliche Pockengesicht des Mannes, der sie überfallen hatte. Wenn er jetzt in ihrem Zimmer war, lauerte er offensichtlich in der Erwartung, daß sie hereinkam. Sie dachte an das Messer, das der Mann das letzte Mal noch nicht benutzt hatte. Sie wußte, ihr blieb nur eine winzige Spanne Zeit. Ihr einziger Vorteil war, daß der Mann, sofern er wirklich drinnen wartete, nichts von ihrem Verdacht wissen konnte, noch nicht wenigstens.

Wenn sie sich offiziellen Beistands versicherte, und der Mann wurde gefaßt, war sie außer Gefahr, für ein paar Stunden zumindest. Aber sie erinnerte sich, was er für den Fall angedroht hatte, wenn sie die Polizei rief. Das Foto ihres Bruders! Nein, hier handelte es sich nicht um einen Einbrecher oder Triebtäter, ganz bestimmt nicht. Der Mann, der sie an diesem Tag schon einmal überfallen hatte, war ein Profi. Und er meinte es ernst. Todernst. Susan mußte weglaufen, möglichst weit weg, vielleicht sogar die Stadt verlassen. Oder sollte sie trotzdem die Polizei verständigen, wie Stark es ihr empfohlen hatte? Ihr wurde schmerzlich klar, daß sie keine Ahnung hatte, wie man in einer solchen Situation vorgehen mußte.

Wieso waren sie überhaupt schon wieder hinter ihr her? Niemand war ihr am Nachmittag und Abend gefolgt, da glaubte sie sicher zu sein. Woher wußten sie dann, daß sie sich von der ersten Drohung nicht hatte einschüchtern lassen? Oder war die Papierkugel am Ende von selbst herausgefallen? Susan näherte sich wieder der Tür.

»Verdammt noch mal, was ist denn bloß mit dem Schloß passiert?« Sie fluchte laut, rasselte mit den Schlüsseln, versuchte, Zeit zu gewinnen. Ihr fiel ein, daß der Portier unten nicht an seinem Platz saß. Sollte sie die Treppe hinunterlaufen, bei jemandem an die Tür klopfen und sagen, ihr Schloß wäre kaputt und sie käme nicht in ihr Zimmer? Susan bewegte sich rückwärts in Richtung Treppe. Wahrscheinlich war dies unter den Gegebenheiten das beste. Martha Fine im dritten Stock! Die kannte sie gut genug, um zu dieser Stunde noch zu klopfen. Aber was sollte sie ihr sagen? Wahrscheinlich war es für Martha am besten, wenn sie überhaupt nichts sagte. Nur eben, daß sie nicht in ihr Zimmer käme und ob sie bei ihr auf dem Boden schlafen könnte.

Susan setzte vorsichtig einen Fuß auf die Treppe. Aber es half nichts: Die Stufen knarrten laut unter ihrem Gewicht. Das Geräusch war unverwechselbar, und wenn jemand hinter ihrer

Tür lauerte, wußte er Bescheid. Da gab es für sie kein Halten mehr. Sie rannte die Treppe hinunter, so schnell sie konnte. Als sie im dritten Stock war, hörte sie, wie oben ihr Türschloß ging. Sie rannte weiter nach unten, wagte nicht mehr den Abstecher zu Martha Fine. Am Ende war sie gar nicht zu Hause. Oder sie machte die Tür nicht auf. Zu viele Unsicherheitsfaktoren. Susan wußte nur eins: Sie durfte sich von diesem Kerl nicht fassen lassen. Das ganze Wohnheim schien fest zu schlafen, obwohl es erst kurz nach eins war.

Susan hörte ihre Tür oben auffliegen und gegen die Wand krachen. Dann vernahm sie Schritte – jemand war zum Geländer gerannt. Sie wagte nicht, nach oben zu sehen. Jetzt hatte sie sich entschlossen: Sie mußte das Gebäude verlassen. In dem unübersichtlichen Komplex der Medizinischen Fakultät konnte sie jeden Verfolger leicht abschütteln. Sie wußte, sie war ziemlich schnell, und außerdem kannte sie jeden Zentimeter des Geländes. Sie war im Erdgeschoß angekommen, als sie hörte, wie ihr Verfolger die Treppe in Angriff nahm.

Susan wandte sich nach links und rannte durch einen kleinen Torbogen. Schnell öffnete sie die Tür zum Innenhof, ging aber nicht hinaus. Statt dessen ließ sie die Tür, die an eine hydraulische Feder gekoppelt war, langsam wieder zugehen und rannte selbst durch eine zweite Tür in den angrenzenden Flügel des Wohnheims. Diese Tür schloß sie rasch hinter sich. Vom zweiten Stock hatte sie gerade noch eilige Schritte gehört.

Susan lief, so schnell sie konnte, durch das Erdgeschoß des Nebenflügels, achtete aber darauf, daß ihre Sohlen keinen Lärm machten. Steifbeinig kam sie an der Tür des studentischen Gesundheitsdienstes vorbei. Am Ende des Flurs öffnete sie leise die Tür zum Treppenhaus und ließ sie hinter sich zugleiten. Sie stand an der Kellertreppe und machte sich ohne zu zögern an den Abstieg.

D'Ambrosio ließ sich durch die noch halb offene Tür zum Innenhof täuschen, aber nicht lange. Schließlich war er kein Neuling im Verfolgen von Leuten, und er wußte genau, wieviel Vorsprung Susan hatte. Als er in den Hof hinausrannte, sah er sofort, daß sie ihn hinters Licht geführt hatte. Alle anderen Türen waren zu weit weg, als daß sie dort verschwunden sein konnte, und im Hof selbst war sie auch nicht zu sehen.

D'Ambrosio machte auf dem Absatz kehrt und rannte wieder in das Haus. Jetzt gab es zwei Möglichkeiten. Er entschied sich für die nächstgelegene Tür und lief in den Flur.

Susan hatte den Tunnel erreicht, der das Wohnheim mit dem medizinischen Vorlesungsgebäude verband. Jetzt fühlte sie sich in Sicherheit. Der Tunnel führte etwa dreißig Meter geradeaus, bog dann nach links. An der Decke brannten Glühbirnen in Drahtgestellen und gaben ausreichendes Licht.

Am Ende des Tunnels drückte sie die eiserne Feuertür auf. Als sie über die Schwelle lief, spürte sie im Rücken einen Luftzug. Da durchfuhr es sie auch innerlich eiskalt. Sie wußte, das konnte nur eins bedeuten: Die Tür hinter ihr mußte geöffnet worden sein. Dann hörte sie auch schon die schweren Schritte. Ein Mann rannte durch den Tunnel!

»Mein Gott!« flüsterte sie, von Panik ergriffen. Am Ende hatte sie doch einen verhängnisvollen Fehler begangen. Hinter ihr lag das Wohnheim voller Menschen, auch wenn sie schliefen, vor ihr der dunkle Irrgarten eines leeren Gebäudes.

Die Treppe! Susan rannte sie hinauf. Hilflosigkeit überkam sie, als sie an die brutale Kraft D'Ambrosios dachte. Sie verdrängte den Gedanken und versuchte statt dessen in aller Eile, sich zu vergegenwärtigen, wie es in dem Haus aussah, in dem sie sich nun befand. Es war das vierstöckige Gebäude der Anatomie und Pathologie. Im ersten Stock lagen zwei große Hörsäle, die wie Amphitheater gebaut waren, sowie mehrere Nebenräume. Im zweiten Geschoß waren der Anatomiesaal und eine Anzahl kleinerer Labors. Die beiden Obergeschosse bestanden zur Hauptsache aus Büros, und Susan kannte sich dort nicht aus.

Sie stieß die Tür vom Treppenhaus zum ersten Stock auf. Im Gegensatz zum Tunnel lag das Gebäude total im Dunkeln, nur durch die wenigen Außenfenster drang matter Schein von den Straßenlaternen herein. Der Fußboden bestand aus Marmor, und ihre Schritte hallten laut. Der Flur verlief halbkreisförmig und umrundete die Stirnwand eines der Hörsäle.

Ohne nachzudenken, rannte Susan zu einer der breiten, niedrigen Türen, die in das nächstgelegene Amphitheater führten. Es war der Eingang, durch den Patienten gerollt wurden, wenn sie den Studenten als Demonstrationsobjekte vorgeführt werden sollten. Als Susan die Tür hinter sich zuzog, hörte sie auf dem Korridor Schritte: Jemand rannte über den Marmorboden. Susan trat von der Tür weg. Sie stand ganz unten in der Mitte des Amphitheaters. Vor ihr zogen sich die Sitzreihen nach oben ins Dunkel. Sie rannte zu einem Zwischengang, von dem aus Stufen nach oben führten, und machte sich an den Aufstieg.

Die Schritte wurden lauter und lauter. Susan keuchte aufwärts und wagte nicht, sich umzusehen. Die Schritte hasteten vorbei und verklangen. Dann wurde es ganz still. Susan stieg immer höher. Hinter sich konnte sie in der Dunkelheit die untere Plattform des Amphitheaters kaum noch erkennen. Endlich hatte Susan die oberste Sitzreihe erreicht und lief im rechten Winkel zum Aufgang weiter. Wieder hörte sie draußen die Schritte auf dem Marmor. Wenigstens hatte sie jetzt ein paar Augenblicke zum Nachdenken. Ihr war klar: In direkter Konfrontation konnte sie es mit dem Mann nicht aufnehmen. Sie mußte ihn entweder abschütteln oder sich so gut verstekken, daß er aufgeben und verschwinden würde. Der Tunnel zum Verwaltungsbau? Aber sie war nicht hundertprozentig sicher, ob die Tür nicht womöglich abgeschlossen war. Die Erfahrung hatte sie schon mehrfach machen müssen, wenn sie auf diesem Wege abends von der Bibliothek nach Hause kommen wollte.

Unten ging die Hörsaaltür auf. Susan erstarrte. Die Schattengestalt eines Mannes kam herein. Sie konnte ihn nur mit Mühe sehen. Aber sie selbst, fiel ihr sofort ein, trug die leuchtend weiße Schwesterntracht. Langsam kauerte sie sich hinter eine Sitzreihe, ging so gut wie möglich in Deckung, aber die Lehnen der Sitze vor ihr reichten nur etwa dreißig Zentimeter über die Stufe, auf der sie sich befand. Der Mann unten blieb ganz still stehen. Susan wußte, er spähte in den dunklen Raum, nach oben. Sie legte sich der Länge nach auf den Boden. Durch den Spalt zwischen zwei Rückenlehnen konnte sie ihn sehen. Der Mann ging zum Podium, schien irgend etwas zu suchen. Natürlich, die Lampen! Susan merkte, wie Panik sie überrollte. Vor ihr, etwa sieben Meter entfernt, führte eine Tür ins zweite Geschoß des Vorlesungsbaus. Susan konnte nur beten, daß sie nicht abgeschlossen war. Sonst mußte sie ganz ans andere Ende des Amphitheaters, zur nächsten Tür. Dazu würde sie ebensolange brauchen wie D'Ambrosio von unten bis zu ihr herauf. Nein, wenn die Tür vor ihr nicht aufging, war sie verloren.

Susan hörte einen Schalter klicken, und die Lampe über dem Podium leuchtete auf. D'Ambrosios gräßliches Pockengesicht war plötzlich von unten in Licht getaucht. Die Augenhöhlen sahen aus wie Löcher in der Maske eines Teufelsanbeters, und seine Gestalt warf gespenstische Schatten. Die Hände tasteten sich am Pult entlang, und das Geräusch eines zweiten Schalters drang in Susans Ohr. Von der dunklen Decke kam plötzlich ein starker Lichtstrahl und tauchte das Podium in gleißende Helligkeit. Jetzt konnte Susan ihren Peiniger in aller Deutlichkeit sehen.

So schnell es ging, kroch sie auf die Tür zu. Wieder klickte ein Schalter, und an der Wandtafel hinter D'Ambrosio flackerten Leuchtröhren auf. Und jetzt bemerkte der Mann die Deckenbeleuchtung neben der Tafel. Als er darauf zuging, sprang Susan auf und rannte in Richtung Tür. In dem Augenblick, als sie die Klinke herunterdrückte, flammten überall an der Hörsaaldecke die Lampen auf. Die Tür war abgeschlossen!

Susan starrte nach unten auf die Plattform. D'Ambrosio hatte sie entdeckt. Vorfreude malte sich auf seinem Gesicht, kräuselte seine schmalen, vernarbten Lippen. Dann rannte er auf die Stufen zu, nahm immer zwei, drei auf einmal.

Verzweifelt rüttelte Susan an der Tür. Dann merkte sie, daß nur der Riegel vorgeschoben war. Sie riß ihn zurück, und die

Tür ging auf. Susan warf sich hindurch und schlug die Tür wieder zu. Von drinnen hörte sie D'Ambrosios keuchenden Atem, als er sich der obersten Reihe näherte.

Unmittelbar gegenüber der Tür zum Amphitheater, oben im zweiten Stock, hing an der Wand ein CO_2-Feuerlöscher. Susan riß die rote Flasche vom Haken und drehte sie um. Das metallene Klicken von D'Ambrosios Absätzen kam immer näher. Susan machte kehrt und brachte ihre neue Waffe in Stellung, gerade als sich die Klinke bewegte und die Tür zum Hörsaal aufging.

D'Ambrosio erschien, und im selben Moment betätigte Susan den Auslösehebel. Das sich explosionsartig ausdehnende Gas verursachte ein schrilles Pfeifen, das mit seinem Echo durch die nachtleeren Gänge stob. Mit scharfem Sprühstrahl traf das Trockeneis D'Ambrosio voll ins Gesicht. Er taumelte zurück, stolperte über die oberen Sitzlehnen; der schwere Körper hielt sich einen Moment in der Schwebe, dann krachte er seitlich in die zweite und dritte Stuhlreihe. Eine Lehne bohrte sich ihm in die Brust und brach eine Rippe. Mit den Armen versuchte er sich abzufangen, rollte rückwärts und flog der Länge nach in die vierte Sitzreihe, wo er wie betäubt liegenblieb.

Die Wirkung ihrer Attacke überraschte Susan. Sie trat wieder einen Schritt in das Amphitheater und verfolgte D'Ambrosios Salto. In dem Glauben, der Mann müsse bewußtlos sein, blieb sie stehen. Doch D'Ambrosio zog die Beine an und richtete sich halb auf. Er blickte zu Susan hinauf, und zu ihrem Entsetzen verzerrte ein Grinsen sein Gesicht. D'Ambrosio feixte, obwohl ihn die gebrochene Rippe sehr schmerzte.

»Mir sind die Weiber am liebsten..., wenn sie sich wehren«, brachte er zwischen zusammengebissenen Zähnen hervor.

Susan nahm den Feuerlöscher und schleuderte ihn mit ganzer Kraft der knienden Gestalt entgegen. D'Ambrosio wollte ausweichen, doch der schwere Metallzylinder traf ihn an der rechten Schulter. Wieder machte D'Ambrosio eine unfreiwillige Rolle rückwärts und landete eine Reihe tiefer, während der Feuerlöscher mit gewaltigem Lärm von Stufe zu Stufe abwärts kollerte und schließlich in der achten Reihe liegenblieb.

Susan schlug die Hörsaaltür zwischen sich und ihrem Verfolger zu und blieb im Korridor keuchend stehen. Großer Gott, hatte der Kerl übermenschliche Kräfte? Sie mußte irgendeinen Weg finden, ihn aufzuhalten. Sie wußte, sie hatte schon unglaubliches Glück gehabt, ihn so zu erwischen, aber das Handtuch warf der noch lange nicht. Plötzlich fiel ihr die große Gefrierkammer im Anatomiesaal ein.

Der Flur lag fast ganz im Dunkeln, nur das Fenster am Ende gab einen Orientierungsschimmer. Dort, ganz hinten, direkt neben dem Fenster, lag auch der Eingang zum Anatomiesaal. Susan rannte auf ihn zu, und als sie dort angelangt war, hörte sie, wie die Tür vom Amphitheater geöffnet wurde.

D'Ambrosio fühlte sich angeschlagen, aber alles in allem noch manövrierfähig. Husten und Luftholen tat weh, doch es ließ sich aushalten. Trotz der Prellung der rechten Schulter konnte er den Arm bewegen. Vor allem platzte er fast vor Wut. Daß dieses Weibsstück ihn reingelegt und außer Gefecht gesetzt hatte, wenn auch nur für ein paar Minuten, ging ihm über die Hutschnur. Jetzt war Schluß! Eigentlich hatte er sich erst sein Vergnügen mit ihr machen und sie dann umbringen wollen. Jetzt würde er in umgekehrter Reihenfolge vorgehen, erst kaltmachen, dann drübersteigen. Die Beretta hatte er in der Hand, der silbern schimmernde Schalldämpfer saß an seinem Platz. Als er aus dem Hörsaal kam, erhaschte er gerade noch einen Blick auf Susan, die in den Anatomiesaal lief. Er feuerte, ohne wirklich zu zielen, und das Geschoß verfehlte Susan um fast zehn Zentimeter. Das Projektil drang in den Türrahmen; die Splitter flogen.

In Susans Ohren klang die Beretta wie ein Teppichklopfer. Erst das splitternde Holz machte ihr klar, daß es sich um einen Schuß handelte, der aus einer Pistole mit Schalldämpfer gekommen war.

»So, du verdammte Schnecke, die Party ist aus«, rief

D'Ambrosio. Fast gemächlich kam er den Flur entlang. Er wußte, sie saß in der Falle, und Rennen hätte nur unnötig weh getan.

Im Anatomiesaal blieb Susan einen Moment stehen und versuchte, sich im schwachen Lichtschimmer zu orientieren. Dann verriegelte sie die Tür hinter sich. Das erste Semester war derzeit gerade mitten in seiner Anatomieübung. Alle Seziertische trugen grüne Plastikhüllen, die im schwachen Licht in einem Grauton schimmerten. Susan lief durch die Reihen der zugedeckten Tische zum entfernten Saalende, wo sich die Tür zur Gefrierkammer befand. Der Riegel wurde von einem großen stählernen Dorn festgehalten. Sie zog ihn heraus und ließ ihn an der Kette baumeln, schob dann den Riegel zurück. Sie hatte einige Mühe, die schwere Tür aufzubekommen und sich durch den Spalt zu drücken. Sie zog die Tür hinter sich zu, hörte das dumpfe Klicken und tastete nach dem Lichtschalter.

Die Gefrierkammer war mindestens drei bis vier Meter breit und gut zehn Meter tief. Susan erinnerte sich nur zu genau an ihren ersten Tag hier. Der Hausdiener tat nichts lieber als »seinen Kühlschrank«, wie er ihn liebevoll nannte, den neuen Studenten zu zeigen. Er bot Einzelführungen an und war aus unerfindlichen, aber mit Sicherheit perversen Gründen vor allem scharf auf weibliche Kundschaft. Er war sozusagen der Ziehvater der Leichen, die hier zum Sezieren aufbewahrt wurden. Nach dem Einbalsamieren wurden die menschlichen Kadaver an großen Zangen festgemacht, die in den äußeren Ohrkanälen klemmten, und diese Zangen wurden wie Vorhanghalter mit Rollen auf an der Decke befestigte Stahlschienen gehängt. So ließen sich die Leichen gut bewegen. Da hingen sie: nackt, verkrümmt, die meisten in der Farbe bleichen Marmors, Männlein und Weiblein bunt durcheinander, Juden und Christen, Weiße und Schwarze. Der Tod machte alle gleich. Die Gesichter waren zu verzerrtem Grinsen erstarrt. Die meisten hatten die Augen geschlossen. Hier und da war eins offengeblieben und glotzte in die Unendlichkeit. Das erste

Mal, als Susan die vier Reihen steifgefrorener Leichen gesehen hatte, die wie alte, nutzlose Kleider von der Stange hingen, war ihr übel geworden. Und sie hatte sich geschworen, nie wieder einen Blick in den gespenstischen Raum zu werfen. Bis zu dieser Nacht war ihr das gelungen, aber jetzt lagen die Dinge ganz anders. Der »Kühlschrank« der Kadaver bedeutete ihre letzte Chance.

Im Anatomiesaal war es düster gewesen, aber in der Gefrierkammer brannte hinten eine einzelne 100-Watt-Birne und warf gräßliche Schatten an Decke und Wände. Susan versuchte, den direkten Blick auf die hängenden, grotesken Gestalten zu vermeiden. Die Kälte ließ sie zusätzlich schaudern. Sie überlegte fieberhaft. Sie wußte, ihr blieben nur wenige Augenblicke. Ihr Puls raste. Jeden Moment würde D'Ambrosio die Gefrierkammer betreten. Sie mußte sich einen Plan machen, aber woher die Zeit nehmen?

D'Ambrosio grinste zufrieden. Er ging einen Schritt zurück und trat gegen die Tür zum Anatomiesaal. Aber sie hielt stand. Mit der Faust schlug er eine der Milchglasscheiben ein und zog die Scherben heraus. Dann langte er durch die Lücke und öffnete die Verriegelung. Jetzt ging die Tür auf. D'Ambrosio sah sich um. Er wußte nicht, wo er war.

Um sicherzugehen, daß ihm sein Opfer nicht entwischte, schloß er die Tür wieder und rückte einen schweren Tisch davor. Er befand sich in einem großen Raum, etwa zwanzig Meter breit und über dreißig lang. Darin standen fünf Reihen von jeweils sieben verdeckten Tischen. D'Ambrosio ging zum nächststehenden und riß das Plastiktuch herunter.

Er rang nach Luft und spürte für einen Moment nicht einmal mehr seine gebrochene Rippe. Er starrte einer Leiche direkt in die Augen. Die Haut war vom Gesicht geschält, Zähne und Augäpfel lagen frei. Das Haar war mit dem Skalp vom Schädel gelöst und wie ein Stück Fell zurückgeklappt worden. Der größte Teil der Brust fehlte völlig, ebenso Magen- und Bauchdecke. Die Organe, die alle seziert worden waren, hatte jemand wieder in die klaffende Höhle gestopft.

D'Ambrosio lief zur Tür zurück, um das Licht einzuschalten. Dann überlegte er es sich anders. Der Saal hatte große Fenster, und die Wachmannschaft könnte leicht aufgescheucht werden. Nicht, daß er vor ein paar unerfahrenen Wächtern Angst gehabt hätte, aber er wollte sich Susan in Ruhe widmen.

Systematisch zog er die Plastikhüllen von allen Tischen. Er versuchte, die zerschnippelten Leichen zu ignorieren, wollte nur sicher sein, daß Susan nicht auf irgendeinem der Tische Zuflucht gesucht hatte.

Noch einmal sah sich D'Ambrosio im Anatomiesaal um. An der rechten Seite hingen mehrere Skelette an Ketten von der Decke. Sanft drehten sie sich im Luftzug, der durch das Öffnen und Schließen der Tür entstanden war. Hinter den Skeletten stand ein riesiger Schrank voller Glasbehälter zur Konservierung menschlicher Organe. Am Ende des Saales bemerkte D'Ambrosio drei Schreibtische und zwei Türen. Die eine Tür mochte in eine Gefrierkammer führen, die andere gehörte zu einem Wandschrank. Der Schrank war leer. Dann bemerkte D'Ambrosio den Stahldorn, der an der Kette vor der Gefrierkammertür herunterhing. Wieder mußte er grinsen. Er nahm die Pistole in die linke Hand, und mit der Rechten zog er die schwere Tür auf. Entsetzt prallte er zurück. Die baumelnden Leichen kamen ihm wie eine Armee von Monstern vor.

Der Anblick schüttelte sogar D'Ambrosio innerlich. Seine Augen flogen von einem Kadaver zum nächsten. Widerwillig trat er in die Gefrierkammer und spürte sofort die scharfe Kälte.

»Ich weiß, du bist hier drin, Schnecke! Komm doch raus, dann reden wir miteinander.« Seine Stimme brach. D'Ambrosio fühlte Beklemmung. Die Enge der Gefrierkammer, das war's. Und die kalten Dreckskerle, warum grinsten die so widerlich? D'Ambrosio hatte sich noch nie so elend gefühlt.

Er spähte zwischen den ersten beiden Reihen tiefgefrorener Leichen hindurch. Vorsichtig machte er zwei Schritte nach rechts und blickte suchend die mittlere Reihe entlang. Jetzt sah er die Glühbirne an der Rückwand. Nach einem Blick über die

Schulter zur Tür ging er noch ein paar Schritte nach rechts, um die letzte Reihe abzusuchen.

Susans Finger verloren langsam den Halt. Sie hing hinten in der zweiten Leichenreihe und hielt mit beiden Händen die Deckenschiene umklammert. D'Ambrosios Standort wurde ihr erst klar, als er zum zweitenmal von sich hören ließ.

»Nun komm schon, Süße. Will hier nicht erst lange rumsuchen müssen.«

Susan wußte: D'Ambrosio stand vorn, an der äußersten Reihe. Jetzt oder nie, dachte sie. Mit aller Kraft, die sie noch aufbringen konnte, stieß sie ihre Füße der verschrumpelt wirkenden weiblichen Leiche vor ihr in den Rücken. Sie klammerte sich noch einmal fest an die Schiene, ließ die Füße an den Schulterblättern der alten toten Frau. Mit dem eigenen Rücken stemmte sie sich gegen die steinharte Brust der letzten Leiche in ihrer Reihe, eines Zweizentnermannes.

Zuerst kaum merklich setzte sich die gesamte zweite Leichenreihe nach vorn in Bewegung. Als der Anfangswiderstand überwunden war, konnte Susan mit den Füßen noch einmal kräftig nachstoßen, und das ganze Kadaver-Korps glitt voraus, wie Soldaten im geordneten Anmarsch.

D'Ambrosios Ohren fingen das Geräusch ein. Er stand einen Moment stockstill, wußte nicht, woher die eigenartigen Laute kamen. Dann wirbelte er mit katzenartiger Schnelligkeit herum und trat den Rückzug zur Tür an. Nicht schnell genug. Als er an der dritten Leichenreihe vorbei war, sah er, was sich da bewegte. Instinktiv hob er die Waffe und drückte ab. Aber sein Angreifer war bereits tot.

Mit erstaunlicher Schnelligkeit näherte sich ihm ein gespenstischer Mann von weißer Hautfarbe, die Lippen zu einem zufriedenen Halbgrinsen verzerrt. Und zwei Zentner menschliches Gefrierfleisch trafen den Killer wie ein Felsbrocken. D'Ambrosio flog mit dumpfem Krachen gegen die Kammerwand. Wie eine Lawine folgten die anderen Leichen, manche fielen von den Haken. Über D'Ambrosio häufte sich ein Kadaverberg mit einem Stahlnetz steifgefrorener Gliedmaßen.

Susan ließ sich von der Schiene auf den Boden fallen. Dann rannte sie auf die offene Tür zu. D'Ambrosio versuchte, sich von den Leichen zu befreien. Doch er hatte Schmerzen, und die menschlichen Eisberge lasteten schwer auf ihm. Der Gestank der Präparationsflüssigkeit bereitete ihm Übelkeit. Als Susan an ihm vorbeilief, versuchte er, sie zu packen. Dann nahm er alle Kraft zusammen, um seine Waffe freizubekommen und ihr eine Kugel in den Leib zu jagen. Aber die Waffe verfing sich in den starren Knorpelfingern einer Leiche.

»Verfluchte Scheiße!« schrie D'Ambrosio, und noch einmal stemmte er sich mit aller Gewalt gegen den Berg toten Fleisches. Aber Susan war schon durch die Tür verschwunden.

Die Tür schloß sich. D'Ambrosio saß jetzt aufrecht. Er stieß die gefrorenen menschlichen Körper rechts und links von sich und warf sich gegen die Tür, aber von draußen drückte Susan mit ganzer Kraft, und das Eigengewicht des schweren Metalls gab den Ausschlag, die Tür fiel zu. Der Riegel klickte. Drinnen langte D'Ambrosio nach dem Riegelknopf. Susan schlug ihn um Sekundenbruchteile. Der Dorn glitt in das Riegelloch.

Halb ohnmächtig richtete Susan sich auf. Sie hörte einen gedämpften Schrei. Dann einen dumpfen Schlag. D'Ambrosio schoß von innen in die Tür. Aber die war dreißig Zentimeter dick. Auch die weiteren Schüsse blieben wirkungslos.

Susan drehte sich um. Sie floh. Jetzt erst ging ihr das ganze Ausmaß der Gefahr auf, der sie entronnen war. Sie bekämpfte die Tränen, aber ihr Zittern konnte sie nicht unterbinden. Sie brauchte Hilfe. Wer konnte und wollte ihr helfen?

Donnerstag
26. Februar
2 Uhr 11

Beacon Hill lag in tiefem Schlaf. Als das Taxi von der Charles Street zum Mount Vernon einbog und bergauf in die Wohngegend fuhr, sah Susan weder Menschen noch Autos, nicht einmal Hunde. Selten brannte in einem Fenster Licht, und nur die Gaslaternen ließen ahnen, daß die Gegend überhaupt bewohnt war. Susan zahlte das Taxi, stieg aus und spähte nach beiden Seiten die Straße entlang, ob sie verfolgt wurde.

Nachdem sie D'Ambrosio in der Gefrierkammer entkommen war, hatten sich Susans Angstzustände keineswegs gelegt. Um alles in der Welt wollte sie nicht wieder in ihr Zimmer im Wohnheim zurück. Schließlich hatte sie keine Ahnung, ob D'Ambrosio allein arbeitete oder einen Komplizen hatte, und sie legte keinen Wert darauf, das herauszufinden. Sie war Hals über Kopf aus dem Anatomiegebäude gestürmt und am Verwaltungsbau vorbei auf die Huntington Avenue gelangt. Um diese Zeit hatte sie eine Viertelstunde gebraucht, um ein Taxi zu bekommen.

Bellows! Susan fiel niemand anders ein, den sie um zwei Uhr früh aus dem Bett klingeln konnte und der ihre Ängste verstehen würde. Aber sie hatte Sorge, verfolgt zu werden, und wollte Bellows nicht in Gefahr bringen. Als sie das Foyer betrat, beschloß sie deshalb, fünf Minuten zu warten, bevor sie klingelte.

Das Foyer war nicht geheizt, und Susan trampelte ein paar Minuten lang auf der Stelle, um sich warm zu machen. Der unmittelbare Schock des Erlebten ebbte langsam ab, sie konnte wieder einen klaren Gedanken fassen. Vor allem versuchte sie dahinterzukommen, warum D'Ambrosio nach seiner ersten Warnung so schnell zurückgekommen war. Soweit sie wußte, war ihr niemand zum Memorial gefolgt, als sie sich dort die Krankenblätter besorgen und die OPs in Augenschein nehmen wollte. Niemand konnte wissen, daß sie dort war.

Sie hielt still und blickte durch die Glastür auf die Mount Vernon Street. Bellows! Er hatte sie im Klubraum gesehen. Und er war der einzige, der wußte, daß sie ihre Nachforschungen nicht aufgegeben hatte. Hatte sie ihm nicht sogar die Krankenblätter gezeigt? Wieder fing sie mit ihren Beinübungen an, und dabei verfluchte sie ihren offensichtlichen Verfolgungswahn. Doch abrupt hielt sie inne: War Bellows nicht auch in die Sache mit den Drogen im Umkleideschrank verwickelt? Und war er nicht derjenige gewesen, der Walters nach dessen Selbstmord gefunden hatte?

Susan drehte sich um und sah durch die Scheibe der abgeschlossenen Innentür. Die Treppe führte steil nach oben, die Stufen waren mit einem roten Läufer ausgeschlagen. Konnte Bellows wirklich mit all dem zu tun haben? Der Gedanke grub sich immer tiefer in ihr überstrapaziertes Hirn. Sie fing schon an, jeden zu verdächtigen. Sie schüttelte den Kopf, lachte. So also machte sich Paranoia bemerkbar. Doch sie konnte den Gedanken nicht ganz loswerden.

Ein Blick auf die Uhr. Es war siebzehn nach zwei. Bellows stand eine Überraschung bevor: Besuch zu einer solchen Stunde. Bestimmt würde er überrascht sein, dachte Susan. Und wenn es nun aus dem Grund war, daß er sie woanders vermutete, daß er von D'Ambrosio wußte? Unsinn, entschied Susan impulsiv, alles Unsinn! Energisch drückte sie auf die Klingel. Beim zweiten Mal behielt sie den Finger drauf. Erst dann ertönte der Summer.

Als Susan fast im zweiten Stock angelangt war, erschien ganz oben Bellows am Geländer. Er trug einen Bademantel.

»Hätte ich's mir doch fast denken können. Susan! Es ist nach zwei!«

»Du hast mich doch gefragt, ob ich einen Drink wollte. Ich hab' mich entschieden. Ich will einen.«

»Aber das war um elf.« Bellows verschwand in seiner Wohnung, ließ die Tür offen.

Mit Mühe erreichte Susan das Apartment im fünften Stock. Bellows war nirgends zu sehen. Sie schloß die Tür und schob beide Riegel vor. Bellows lag schon wieder im Bett, hatte die Augen fest geschlossen und die Decke bis unter das Kinn gezogen.

»Das nenne ich Gastfreundschaft.« Susan setzte sich auf die Bettkante. Sie sah ihn an. Himmel, war sie erleichtert, bei ihm zu sein! Sie wollte sich auf ihn werfen, seine Arme um sich fühlen. Sie wollte ihm von D'Ambrosio berichten und von der

Gefrierkammer. Sie wollte schreien. Sie wollte heulen. Aber sie tat nichts von alledem. Sie saß nur da und sah Bellows an.

Er hielt durch. Wenigstens etliche Minuten lang. Dann öffnete er das linke Auge, etwas später das rechte. Er setzte sich auf. »Verdammt! Wie soll ich schlafen, wenn du da sitzt?«

»Na, dann gib mir doch endlich den Drink. Ich kann ihn brauchen.« Susan zwang sich zur Ruhe. Sie mußte kühl und analytisch denken. Aber das war leichter gesagt als getan. Ihr Puls raste immer noch.

Bellows sah sie an. »Du bist wirklich der Gipfel!« Schließlich stand er auf und zog den Bademantel wieder an. »Okay, okay. Was soll's denn sein?«

»Bourbon, wenn du welchen hast. Mit Soda. Aber übertreib's nicht mit dem Soda.« Susan konnte es kaum erwarten, das feurige Getränk in Kehle und Magen zu spüren. Ihre Hände zitterten immer noch. Langsam folgte sie Bellows in die Küche.

»Ich mußte einfach kommen, Mark. Ich bin wieder überfallen worden.« Sie beobachtete Bellows' Reaktion auf diese Mitteilung genau. Er hatte die Hände gerade im Tiefkühlfach, um Eis zu holen, hielt aber in der Bewegung inne.

»Das meinst du doch nicht im Ernst?«

»Es war mir niemals ernster.«

»Derselbe Mann?«

»Derselbe Mann.«

Bellows rührte sich wieder, holte den Eisbehälter heraus und löste mit einer Gabel die Brocken. Susan stellte fest, daß er von der Neuigkeit überrascht war. Aber auch wieder nicht allzusehr. Und offenbar nicht übermäßig betroffen. Sie hatte ein ungutes Gefühl.

Sie versuchte es auf einer anderen Fährte. »Und ich hab' was rausgefunden, als ich bei den OPs war. Was sehr Interessantes.« Sie wartete auf Antwort.

Aber Bellows goß seelenruhig den Bourbon in die Gläser, öffnete dann eine Sodaflasche und gab das sprudelnde Wasser hinzu. Die Eisstücke knackten und platzten. »Okay, ich glaube dir. Sagst du's mir nun oder nicht?« Bellows reichte ihr ein Glas. Sie trank einen großen Schluck.

»Ich hab' die Sauerstoffleitung von Saal acht aufgespürt, oben im Deckenzwischenraum. Und ich bin ihr nachgegangen. Gerade da, wo sie in den Hauptschacht einläuft, ist ein Ventil.«

Bellows nippte an seinem Bourbon und machte eine Handbewegung in Richtung Wohnzimmer. Die Uhr über dem einen Kamin schlug halb drei.

»Gasleitungen haben öfter Ventile«, äußerte Bellows nach einer Weile.

»Die anderen hatten aber keine.«

»Meinst du, so eine Sorte Ventil, durch das man Gas in die Leitung einspeisen kann?«

»Ich glaub' schon. So genau kenne ich mich da nicht aus.«

»Hast du auch die anderen Leitungen überprüft? Ich meine, zu allen anderen OPs, um sicherzugehen?«

»Nein. Aber die Leitung von acht war die einzige mit einem Ventil genau am Hauptschacht.«

»Die einfache Tatsache, daß du ein Ventil entdeckt hast, regt mich nicht weiter auf. Vielleicht haben die anderen Leitungen auch alle Ventile, irgendwo. Ich würde da keine voreiligen Schlüsse ziehen, jedenfalls so lange nicht, bis ich alle Leitungen auf ihrer ganzen Länge geprüft hätte.«

»Aber Mark, das ist doch zuviel des Zufalls. Alle diese Fälle haben sich offensichtlich im OP Nummer acht ereignet. Und ausgerechnet Nummer acht hat eine Sauerstoffleitung mit einem Ventil. Und das an einer eigenartigen Stelle, gut versteckt.«

»Susan, nun hör doch mal. Vergißt du nicht ganz, daß etwa fünfundzwanzig Prozent deiner sogenannten Opfer überhaupt nicht im Operationstrakt waren, geschweige denn in OP acht? Also, sogar wenn ich putzmunter bin, finde ich deinen Kreuzzug lächerlich und gefährlich. Und müde, wie ich bin, kann ich der Sache überhaupt kein Interesse abgewinnen. Wollen wir nicht mal von was anderem reden? Wie wär's mit der Pille?«

»Mark, mir ist es Ernst. Und ich bin mir jetzt ganz sicher.« Sie merkte an seiner Stimme, daß er wirklich nichts damit zu tun haben wollte.

»Ich bin mir sicher, daß du dir sicher bist, aber du kannst auch sicher sein, daß ich mir überhaupt nicht sicher bin.«

»Mark, der Mann, der mich heute nachmittag überfallen hat, warnte mich. Ich solle die Finger von meinen Aktivitäten lassen. Und dann kam derselbe Mann heute nacht wieder. Und du kannst Gift drauf nehmen: Der wollte nicht nur mit mir reden. Der wollte mich umbringen. Er hat es ja versucht, Mark, er hat auf mich geschossen!«

Bellows rieb sich die Augen, dann die Schläfen. »Susan, ich hab' keine Ahnung, was ich davon halten soll. Und mir fällt dazu einfach nichts Intelligentes ein. Warum gehst du nicht zur Polizei, wenn die Dinge für dich so klar sind?«

Aber Susan hörte seine Worte gar nicht mehr. Es war, als hätte sich ihr Gehirn plötzlich selbständig gemacht. Sie fing an, vor sich hinzusprechen, wie unter Hypnose. »Sauerstoffmangel, das muß es sein. Wenn man ihnen zuviel Succinylcholin oder Curare gegeben hat, gerade genug für eine Unterbrechung der Sauerstoffzufuhr...« Sie dachte wieder nach. »Das könnte auch der Grund für den Atemstillstand gewesen sein. Der Patient, bei dem eine Autopsie gemacht wurde. Crawford.« Susan holte ihr Notizbuch hervor, während Bellows sich dem Bourbon widmete. »Hier, Crawford. Der hatte ein Glaukom an einem Auge und wurde mit einem Phosphor-Jod-Mittel behandelt. Das bedeutet Anti-Cholinesterase, also verminderte Fähigkeit, das Succinylcholin abzubauen. Da hätte eine sublethale Dosis schon tödlich sein können.«

»Susan, wie oft soll ich dir noch sagen, daß im OP niemand mit Succinylcholin Mißbrauch treiben könnte, direkt unter den Augen des Chirurgen und des Anästhesisten. Außerdem kann man es nicht in Gasform verabreichen, jedenfalls hab' ich das noch nie gehört. Aber wenn das sogar ginge, brauchte man den Patienten nur so lange weiter zu beatmen, bis es absorbiert ist, und es gäbe überhaupt keinen Sauerstoffmangel.«

Susan trank wieder von ihrem Bourbon, jetzt aber vorsichtiger. »Was du sagst, bedeutet doch folgendes: Um unbemerkt zu bleiben, müßte Sauerstoffmangel bei einer Operation auf eine Weise verursacht werden, die die Farbe des Bluts nicht verändert, damit der Chirurg nichts bemerkt. Wie könnte man das anstellen? Indem man im Gehirn die Sauerstoffaufnahme blockiert ... oder die Abgabe von Sauerstoff an die Gehirnzellen. Ich hab' mal gehört, daß es irgendeine Droge gibt, die Sauerstoffaufnahme verhindert, aber ich komme nicht drauf, wie sie heißt. Und wenn das Ventil an der Sauerstoffleitung von Bedeutung ist, müßte es ein Mittel sein, das in Gasform verabreicht werden kann. Aber es gibt noch einen anderen Weg. Man könnte ein Mittel verwenden, das die Aufnahme von Sauerstoff in das Hämoglobin blockiert und trotzdem die Farbe nicht verändert ... Mark, ich hab's!« Susan saß plötzlich kerzengerade da, mit weit aufgerissenen Augen und einem triumphierenden Lächeln auf den Lippen.

»Klar, Susan, du hast's. Warum sollst du's auch nicht haben?« Mark grinste ironisch.

»Kohlenmonoxyd! Natürlich! Kohlenmonoxyd, behutsam über das Ventil eingespeist und gerade so bemessen, daß ein ausreichender Sauerstoffmangel eintritt, nicht mehr und nicht weniger. Die Blutfarbe würde sich nicht verändern, jedenfalls nicht dunkler werden, eher im Gegenteil: Das Blut würde hellrot, kirschrot, genau gesagt. Und eine kleine Menge würde genügen, um den Sauerstoff nicht in das Hämoglobin gelangen zu lassen. Und das Gehirn wird von der Sauerstoffzufuhr abgeschnitten – Koma! Dann stirbt das Gehirn des Patienten ab, und die ganze Sache hinterläßt nicht die geringste Spur. Niemand kann der Ursache auf den Grund gehen.«

Schweigend sahen sie sich an, Susan gespannt, Bellows in müder Resignation. Schließlich meinte er: »Erwartest du darauf eine Antwort von mir? Na schön. Okay, es könnte so sein, unmöglich wäre es nicht. Lachhaft, aber nicht unmöglich. Ich meine, theoretisch wäre es denkbar, daß die Koma-Fälle in der Chirurgie durch Kohlenmonoxyd verursacht wurden. Ein gräßlicher Gedanke, vielleicht sogar eine geniale Idee, auf jeden Fall aber eine mögliche Lösung. Nur gibt's da einen Haken. Denn nach wie vor haben fünfundzwanzig Prozent der Opfer die OPs nicht mal von weitem gesehen.«

»Aber es verhält sich doch genau umgekehrt, Mark. Das sind ja die Fälle, die leicht zu erklären sind. Da lag in Wirklichkeit nie das Problem. Die chirurgischen Fälle waren die schwierigen, und auf die haben wir alle gestarrt wie das Kaninchen auf die Schlange. Der Fehler war nur, nach einer möglichen Erkrankung zu suchen, aber hier handelt es sich überhaupt nicht um eine Erkrankung. Den Patienten in der medizinischen Station wurden sublethale Dosen von Succinylcholin verabreicht, so einfach ging das.«

»Susan, du kannst dir deine Hypothesen aus den Fingern saugen, bis du schwarz wirst.« Bellows war sichtlich ärgerlich geworden, und seinem Ärger lag eine tiefe Frustration zugrunde. »Du propagierst hier einen phantastisch organisierten Plan, einen hervorragend eingefädelten kriminellen Anschlag auf Patienten, läßt aber die wichtigste Frage völlig außer acht: Warum das Ganze? Wozu, Susan, wozu? Du setzt deine ganze berufliche Zukunft aufs Spiel, und meine auch, wenn ich das mal dezent andeuten darf, und alles nur, um eine potentiell denkbare Lösung in die Welt zu setzen, eine geradezu verrückt anmutende Erklärung für eine Serie unglückseliger Vorkommnisse, die nicht das geringste miteinander zu tun haben. Und gleichzeitig vergißt du bequemerweise die Frage nach dem Warum. Es müßte doch ein Motiv dahinterstecken, siehst du das denn nicht? So ist das doch schlichtweg lächerlich, ja, tut mir leid: lächerlich! Und außerdem muß ich jetzt schlafen. Einige Leute arbeiten nämlich, weißt du ... Und ... übrigens hast du nicht die Spur eines Beweises. Ein Ventil an der Sauerstoffleitung! Susan, wenn das alles sein soll ... Du mußt jetzt einfach zur Vernunft kommen. Mir reicht's jedenfalls. Ich will davon nichts mehr hören, kapiert? Aus, Schluß, fertig! Ich bin Chirurg, kein Sherlock Holmes.«

Bellows stand auf und trank sein Glas leer.

Susan starrte ihn an; ihre Zweifel waren wieder wach. Bellows stand nicht mehr auf ihrer Seite, soviel schien ihr klar. Und warum nicht? Die kriminelle Seite der Angelegenheit war doch sonnenklar.

»Wie kannst du so sicher sein«, fuhr Bellows fort, »daß dein Mißgeschick überhaupt mit Nancy Greenly und Berman zusammenhängt? Für den Kerl, der so an dir interessiert zu sein scheint, gibt es doch eine viel einfachere Erklärung.«

»Und die wäre?« Susan war jetzt wütend.

»Der Bursche wollte wahrscheinlich mal was erleben, und du...«

»Du kannst mich mal, Bellows«, zischte Susan, außer sich vor Wut. »Jedesmal, wenn ich dir sage, daß mir gegenüber jemand aggressiv geworden ist, Harris oder jetzt das Schwein, das mich umbringen wollte, fällt dir nichts anderes dazu ein, als von Sex zu reden.«

»Weil es den Sex nun mal gibt, mein liebes Kind. Du solltest das endlich akzeptieren.«

»Ich? Ich hab' den Eindruck, das ist mehr dein Problem. Ihr Ärzte werdet ja nie erwachsen. Wahrscheinlich macht euch die Pubertät viel zuviel Spaß.« Susan stand auf und zog den Mantel an.

»Wohin willst du? Jetzt um die Zeit?« Bellows legte väterliche Strenge in seine Stimme.

»Meiner Meinung nach bin ich auf der Straße sicherer als hier in dieser Wohnung.«

»Du gehst nicht weg«, sagte Bellows entschieden.

»Ach, nee? Sieh mal da, der große Herr Beschützer! Scheißdreck. Dieser Egoist will nicht, daß ich gehe. Na, dann soll er mal aufpassen.«

Susan stürmte aus der Wohnung und knallte die Tür hinter sich zu.

Unentschlossen stand Bellows im Wohnzimmer, unentschlossen und unbeweglich. Unentschlossen war er, weil er sehr wohl wußte, daß Susan in manchem recht haben konnte. Unbeweglich, weil er mit der ganzen Angelegenheit nichts mehr zu tun haben wollte. »Kohlenmonoxyd, so 'n Quatsch!« Er ging zurück ins Schlafzimmer und legte sich ins Bett. Als er auf die Uhr sah, war ihm klar, daß der Morgen praktisch schon angebrochen war.

Panik ergriff D'Ambrosio, und er war machtlos dagegen. Vor engen Räumen hatte er immer Angst gehabt. Die Wände der Gefrierkammer schienen sich auf ihn zuzubewegen. Er atmete schneller. Dann fiel ihm ein: Hier würde er möglicherweise ersticken. Dazu die Kälte! Sie bahnte sich mit tödlicher Beständigkeit ihren Weg durch seinen dicken Mantel. Obwohl er sich unablässig in Bewegung hielt, waren Füße und Hände taub geworden.

Das Schlimmste aber waren die Leichen. Die kalten Biester und der Gestank. D'Ambrosio hatte eine Menge scheußlicher Sachen erlebt. Viele Leute hatten ihm übel mitgespielt, und er selbst war in diesen Dingen, auch nicht gerade kleinlich gewesen, aber das hier war die Krone. Mit den Leichen im Eiskasten eingesperrt! Zuerst versuchte er es mit Mißachtung, sah die Kerle einfach nicht an. Aber mit der Zeit half das nichts mehr. Die wollten, daß er sie ansah, also mußte er sie ansehen. Und dann fingen sie alle zu grinsen an. Jetzt lachten sie sogar. Und sie bewegten sich, wenn er mal eben nicht hinsah – als ob er das nicht merkte! Er mußte scharf aufpassen. Die bewegten sich, machten, was sie wollten. Er schoß auf einen Kerl, der besonders übel grinste. Den hatte er schon mal gesehen. Bestimmt, er erkannte ihn wieder. Er schoß, bis das Magazin leer war.

D'Ambrosio zog sich in eine Ecke der Kammer zurück, von wo aus er alle im Auge behalten konnte. Mit dem Rücken an der Wand sackte er langsam in sich zusammen. Seine Knie spürte er schon nicht mehr.

Donnerstag
26. Februar
10 Uhr 41

Der Weg ging bergab, wand sich nach links, durch ein Dickicht alter, knorriger Eichen und dorniger Heckenrosen. Die Zweige wölbten sich zu einem schmalen Tunnel, der dem Auge keinen Auslauf ließ; nach wenigen Metern verlor sich der Blick im Ungewissen. Susan rannte, keuchte, erkämpfte sich Schritt für Schritt, wagte nicht, rückwärts zu schauen. Vorn lag die Rettung, lag Sicherheit, sie konnte, mußte es schaffen. Aber der Weg wurde immer schmaler, die Zweige streckten sich nach ihr aus, Dornen verfingen sich in ihren Kleidern. Voller Verzweiflung suchte sie sich freizukämpfen, von vorn winkten Lichter: Signale der Geborgenheit. Doch je mehr sie an den stachligen Fangarmen zerrte, desto tiefer verwickelte sie sich wie in einem riesigen Spinnennetz. Mit den Händen versuchte sie, ihre Füße zu befreien, aber das bewirkte nur, daß sich auch die Arme hoffnungslos verfingen. Die Frist lief ab, das Verhängnis war nur noch wenige Minuten entfernt, sie mußte weiter, weiter ... Dann hörte sie eine Hupe, und zugleich bekam sie einen Arm frei. Es hupte wieder, und Susan schlug die Augen auf. Sie befand sich im Boston Motor Lodge, Zimmer 731.

Susan setzte sich im Bett auf, sah sich um. Sie hatte geträumt, ihren alten Traum, seit Jahren fast vergessen. Wie damals kam mit dem Aufwachen die Erleichterung, und sie ließ sich zurücksinken, zog die Decke bis unters Kinn. Die Autohupe, die sie geweckt hatte, dröhnte zum drittenmal. Draußen klangen gedämpfte Rufe auf, dann war wieder Ruhe.

Susan sah sich im Zimmer um: neu-amerikanischer Stil der geschmacklosen Richtung. Der Plüschteppich war giftgrün, die beiden großen Betten prangten in geblümten Überdecken. Blumen waren auch das Tapetenmotiv an der einen Wand, die anderen waren einfarbig blaßgelb. Über dem Bett hing ein Bild: die billige Reproduktion einer ländlichen Hof-Idylle mit

Enten und Schafen. Auch die Einrichtung war weder erlesen noch teuer. Prunkstück der Ausstattung bildete ein protziger Farbfernseher mit 54-Zentimeter-Schirm: unerläßliches Elixier des Motel-Lebens. Ästhetische Ansprüche durfte man an das Boston Motor Lodge nicht stellen.

Aber die Bude war wenigstens sicher. Nachdem sie in den frühen Morgenstunden aus Bellows' Wohnung gestürmt war, hatte Susan nur einen Gedanken gehabt: eine Bleibe zu finden, wo sie in Frieden schlafen konnte. Häufiger schon hatte sie von der Cambridge Street aus die Leuchtreklame des Motels wahrgenommen. Die bunte Schrift wirkte im Grunde scheußlich und verhieß alles andere als ein Paradies für den müden Wanderer, trotzdem entsprach das Zimmer genau ihren gegenwärtigen Bedürfnissen. Sie hatte sich als Laurie Simpson eingetragen und in der Vorhalle gut eine Viertelstunde gewartet, bevor sie in ihr Zimmer hinaufging. Als der Portier sie daraufhin argwöhnisch angesehen hatte, zerstreute Susan seine Zweifel mit einem zusätzlichen Fünf-Dollar-Schein und der Bitte, ihr Bescheid zu sagen, wenn jemand nach ihr fragte; es ginge um einen eifersüchtigen Liebhaber, der ihr nachstellte. Und der Mann an der Rezeption blinzelte ihr verschwörerisch zu, dankbar sowohl für die fünf Dollar als auch für das Vertrauen, das der neue Gast ihm entgegenbrachte.

Nach diesen Vorsichtsmaßnahmen und nachdem sie den Schreibtisch vor die Tür gerückt hatte, war Susan endlich zur Ruhe gekommen. Sie hatte nicht eben tief geschlafen, wie der Traum zeigte, fühlte sich jetzt am Morgen aber doch merklich erfrischt.

Sobald sie ganz wach war, fiel ihr die nächtliche Auseinandersetzung mit Bellows wieder ein, und sie überlegte, ob sie ihn anrufen sollte. Sie bedauerte den Streit, wußte, daß er völlig überflüssig gewesen war, und schämte sich ihrer schizophrenen Gefühlshaltung, war aber der Meinung, bei dem zerrütteten Zustand ihrer Nerven hätten ihre Reaktionen eigentlich verständlich sein müssen. Daß sich Bellows nicht toleranter gezeigt hatte, überraschte sie. Natürlich stand für ihn der Karrierewunsch im Vordergrund, und das machte ihm eine objektive Einschätzung der Situation schwer, wenn nicht unmöglich. Trotzdem tat ihr der Krach leid, nicht zuletzt deshalb, weil Bellows sich als der ideale Advocatus Diaboli erwiesen hatte. Er hatte schließlich recht gehabt mit seinem Argument, daß Susan keine Spur von Motiv zutage gefördert hatte. Wenn wirklich irgendeine große Organisation dahinterstand, mußte es auch ein Motiv geben.

Ob die Koma-Patienten Opfer eines Bandenkrieges waren? Susan verwarf die Idee sofort wieder, als ihr Berman und Nancy Greenly einfielen. Vielleicht war Erpressung im Spiel, hatten sich die Familien geweigert zu zahlen? Aber auch das schien unwahrscheinlich. Es wäre doch auf jeden Fall einfacher gewesen, die Opfer außerhalb des Krankenhauses auf herkömmliche Weise zu beseitigen. Es mußte eine Erklärung dafür geben, daß die Koma-Fälle sich im Krankenhaus ereigneten, und das hieß, es mußte auch ein gemeinsamer Nenner vorhanden sein.

Während Susan noch überlegte, zog sie das Telefon zum Bett. Sie wählte die Nummer der Medizinischen Hochschule und ließ sich mit dem Büro des Dekans verbinden.

»Ist dort die Sekretärin von Dr. Chapman? ... Hier spricht Susan Wheeler ... Genau, die berüchtigte Susan Wheeler. Hören Sie, ich würde Ihnen gern etwas für Dr. Chapman ausrichten. Nein, Sie brauchen ihn nicht extra zu stören. Ich sollte heute früh im Städtischen Krankenhaus anfangen, als Hospitantin in der Chirurgie, aber ich hab' eine schlimme Nacht hinter mir und starke Magenbeschwerden. Nein, morgen geht's mir bestimmt besser, und wenn nicht, melde ich mich wieder. Könnten Sie das freundlicherweise Dr. Chapman ausrichten und auch dem Krankenhaus Bescheid geben? Vielen Dank.«

Susan legte den Hörer auf. Es war Viertel vor zehn. Als nächstes rief sie das Memorial an und bat, mit Dr. Starks Büro verbunden zu werden. »Susan Wheeler am Apparat. Ich würde gern mit Dr. Stark sprechen.«

»Ach, Miss Wheeler, Dr. Stark hat Ihren Anruf um neun erwartet. Er hat sich schon Sorgen gemacht.«

Susan wartete und spielte mit der Telefonkordel.

»Susan?« Dr. Starks Stimme klang erleichtert. »Ich bin froh, daß Sie anrufen. Nach dem, was Sie mir von gestern nachmittag erzählt haben, war ich unruhig, als Sie nichts von sich hören ließen. Ist alles in Ordnung?«

Susan zögerte. Ob sie dieselbe Ausrede benutzen sollte wie bei Dr. Chapman? Möglicherweise sprach Stark im Laufe des Tages mit ihm. Sie beschloß, an ihrer Version festzuhalten.

»Ich habe Magenkrämpfe und mußte im Bett bleiben. Sonst geht's mir gut.«

»Ruhen Sie sich nur aus! Also, ich habe eine gute und eine schlechte Neuigkeit für Sie. Welche wollen Sie zuerst hören?«

»Die schlechte.«

»Na schön. Ich hab' mit Oren gesprochen, dann mit Harris, schließlich auch mit Nelson und hab' versucht, ein gutes Wort für Sie einzulegen, aber sie sind nicht zu erweichen. Natürlich könnte ich strenggenommen für die Chirurgische Abteilung selbst die nötige Entscheidung treffen, aber wir sind hier auf reibungslose Zusammenarbeit angewiesen, und deshalb habe ich, um ehrlich zu sein, nicht allzusehr auf Ihrer Rückkehr ins Memorial bestanden. Sie haben die drei ganz schön in Harnisch gebracht, meine Liebe.«

»Ja, ich versteh' schon.« Susan war nicht sonderlich überrascht.

»Außerdem glaube ich, Sie hätten es schwer, wenn Sie wieder herkämen. Am besten ist es, die Dinge erstmal ruhen zu lassen.«

»Ich nehme an, daß ...«

»Die Chirurgie in der Städtischen hat einen ausgezeichneten Ruf und ist größer als unsere, da können Sie sogar mehr operieren.«

»Das kann schon sein, aber als Lehrkrankenhaus ist das Memorial sehr viel besser.«

»In der Sache mit dem Jefferson-Institut hatte ich mehr Glück. Ich konnte mit dem Direktor selbst reden und habe ihm von Ihrem speziellen Interesse an der Intensivbehandlung berichtet. Und daß Ihnen ganz besonders viel daran läge, gerade sein Institut zu besichtigen. Also, kurz und gut: Sie können hinkommen, als ganz große Ausnahme, aber er legt Wert darauf, daß Sie erst auftauchen, wenn der größte Betrieb vorbei ist, das heißt, nach fünf. Und es gibt ein paar Bedingungen. Auf jeden Fall müssen Sie allein hingehen; denn man wird nur Sie reinlassen.«

»Verstehe, klar.«

»Und in Anbetracht dessen, daß ich wirklich alle Hebel in Bewegung gesetzt und dabei ein paar von den üblichen Kanälen umgangen habe, würde ich Sie bitten, niemandem davon zu erzählen. Ich muß gestehen, Susan, ich habe mich wirklich anstrengen müssen, um Sie da reinzukriegen. Das betone ich nicht, damit Sie sich in meiner Schuld fühlen. Sehen Sie es als Teilwiedergutmachung dafür, daß ich Ihnen den Rückweg ins Memorial nicht ebnen konnte. Jedenfalls hat mir der Institutsdirektor klipp und klar gesagt, außer Ihnen würde er niemanden reinlassen. Gruppenbesuche gestatteten sie nur, wenn sie genug Zeit und Personal für die Aufsicht freihaben. Wie Sie feststellen werden, ist das eine ganz besondere Einrichtung. Mir wäre es jetzt peinlich, wenn Sie noch jemanden mitbrächten. Also gehen Sie allein hin. Das verstehen Sie doch?«

»Selbstverständlich.«

»Gut. Lassen Sie mich wissen, was Sie von der Anstalt halten. Ich bin selbst noch nie dagewesen.«

»Ja, und vielen Dank, Dr. Stark. Ach so, da ist noch was ...« Susan überlegte, ob sie ihm von ihrem zweiten Erlebnis mit D'Ambrosio berichten sollte, entschied sich aber dagegen, weil Stark beim erstenmal schon gesagt hatte, sie solle zur Polizei gehen. Und jetzt würde er sicherlich darauf bestehen. Aber Susan wollte die Polizei nicht, wenigstens in diesem Augenblick nicht. Wenn wirklich eine große Organisation hinter der ganzen Sache stand, wäre es naiv anzunehmen, sie hätten sich nicht gegen polizeiliche Nachforschungen abgeschirmt.

»Ich bin nicht sicher«, sagte Susan zögernd, »ob es überhaupt wichtig ist. Aber ich habe ein Ventil an der Sauerstoffleitung entdeckt, die in den OP Nummer acht führt. Das Ventil liegt nahe am Hauptschacht.«

»Nahe an was?«

»Am Hauptschacht, der die Versorgungsleitungen in die einzelnen Stockwerke führt.«

»Susan, Sie sind wirklich ein Wunderkind. Wie sind Sie denn nun da wieder dahintergekommen?«

»Na ja, ich bin in den Deckenzwischenraum geklettert und hab' die Gasleitungen der einzelnen OPs abgeklappert.«

»Deckenzwischenraum!« Starks Stimme war lauter geworden. »Susan, ich finde aber wirklich, Sie treiben die Angelegenheit zu weit. Ich kann nicht hinnehmen, daß Sie zwischen den Decken über den Operationssälen herumkriechen.«

Susan erwartete einen Ausbruch ähnlich denen von Dr. Harris oder McLeary. Statt dessen gab es eine Pause, und danach klang Dr. Starks Stimme fast wieder normal. »Na, wie dem auch sei. Sie sagen also, Sie hätten ein Ventil an der Sauerstoffleitung zu OP Nummer acht gefunden.«

»Ja, stimmt«, entgegnete Susan vorsichtig.

»Also, ich glaube, ich weiß, wofür das ist. Ich bin schließlich Komitee-Vorsitzender für die OP-Technik hier im Memorial. Wahrscheinlich dient das Ventil dazu, Luftblasen austreten zu lassen, wenn die Rohrleitungen aufgeladen werden. Trotzdem, ich werde veranlassen, daß jemand das mal überprüft. Übrigens, wie war doch der Name des Patienten, den Sie im Jefferson sehen wollen?«

»Sean Berman.«

»Ach ja. Ich erinnere mich an den Fall. Einer von Spalleks Patienten. Meniskus, wenn ich mich nicht irre. Der Mann war um die Dreißig. Eine Schande ist das. Also, viel Glück. Sagen Sie, gehen Sie heute ins Städtische?«

»Nein, mein Magen zwingt mich, im Bett zu bleiben, wenigstens heute vormittag. Aber ich bin sicher, morgen kann ich wieder arbeiten.«

»Das will ich hoffen, Susan, um Ihretwillen.«

»Und vielen Dank, daß Sie mir Ihre Zeit geopfert haben, Dr. Stark.«

»Keine Ursache, Susan.«

Am anderen Ende wurde aufgelegt.

Die blutigen Handschuhe klatschten in den Abfalleimer neben dem Ständer, auf dem blutbefleckte Schwämme aufgereiht waren wie schmutzige Wäsche an der Leine. Im Vorbeigehen löste eine Schwester den Knoten hinten an Bellows' Operationskittel. Bellows warf den Kittel in den Korb an der Tür und ging.

Der Eingriff war unkompliziert gewesen, eine problemlose Gastrektomie. So was operierte Bellows im allgemeinen gern. Aber an diesem Morgen waren seine Gedanken überall gewesen, nur nicht bei der Arbeit, und die Doppelschichtnaht an Dünndarm und Bauchdecke hatte ihm mehr Mühe gemacht als gewöhnlich. Er mußte ständig an Susan denken, und jedesmal schwankte er zwischen Sorge und Reue über sein Verhalten und selbstgerechter Zufriedenheit darüber, daß er seinen Standpunkt behauptet und mit den in seinen Augen richtigen Argumenten operiert hatte. Er hatte das Spiel, ein Vabanque-Spiel, schon viel zu weit mitgemacht, und Susan dachte offenbar nicht im Traum daran, von ihrem beruflichen Selbstmord abzulassen.

Auf der anderen Seite konnte Bellows den vorangegangenen Abend nicht vergessen. Er hatte auf Susan so natürlich und unbefangen reagiert wie nie zuvor auf eine Frau, und er hatte erfahren, daß der Orgasmus nicht ein mühsam anzustrebendes Ziel war, sondern ganz natürlich und wie nebenbei erfolgte. Ihm ging auf, daß Susan ihm sehr viel bedeutete, obwohl er so gut wie nichts von ihr wußte und ihr verdammter Starrsinn kaum noch zu überbieten war.

Im üblichen monotonen Singsang diktierte Bellows seine Operationsanmerkungen auf einen Kassettenrecorder und beendete nahezu jeden Satz mit dem Wort »Gedankenstrich«. Dann ging er in den Umkleideraum.

Wenn er sich eingestand, daß seine Gefühle für Susan nicht

oberflächlicher Natur waren, mußte er zugleich auf der Hut sein. Derartige Verwicklungen, sagte ihm sein Verstand, beeinträchtigten sein Objektivierungsvermögen und den Sinn für die Realität. Und das konnte er sich jetzt, da seine Karriere auf dem Spiel stand, am allerwenigsten leisten. Seitdem Susan ins Städtische Krankenhaus abgeschoben war, hatte sich die Atmosphäre merklich beruhigt. Bei der Visite hatte sich Stark fast zivil benommen und war so weit gegangen, sich Bellows gegenüber eine Art Entschuldigung für den ungerechtfertigten Verdacht im Zusammenhang mit den Drogen in Schrank 338 abzuringen.

Nachdem Bellows sich umgezogen hatte, ging er in den Aufwachsaal, um die postoperativen Anordnungen für seinen Gastrektomie-Patienten zu überprüfen.

»Hallo, Mark!« ertönte eine Stimme vom Hauptpult. Bellows drehte sich um und sah Johnston auf sich zukommen.

»Was machen deine Studenten? Hab' gehört, die haben das Mädchen gefeuert.«

Bellows antwortete mit einer unbestimmten Handbewegung. Das allerletzte, was er jetzt wollte, war eine Diskussion über Susan.

»Haben deine Studenten dir erzählt, was heute morgen in der Fakultät passiert ist? Das ist wirklich eine der komischsten Geschichten, die ich seit langem gehört habe. Da ist doch letzte Nacht irgend so 'n Kerl ins Anatomiegebäude eingebrochen. Der muß 'ne ganz schöne Macke gehabt haben, nach dem zu urteilen, was er alles angestellt hat! Mit dem Feuerlöscher hat er rumgespritzt, die Decken von allen Leichen gerissen, die für den Anatomiekurs der Grünschnäbel auf den Tischen lagen. Dann hat er in der Gegend rumgeschossen und es zu allem Überfluß noch fertiggebracht, sich irgendwie in der Gefrierkammer einzuschließen. Da hat er dann mit den Leichen einen Mordszirkus veranstaltet. Hat ein Dutzend oder so runtergezerrt und ein paar mit Blei vollgepumpt. Kann man sich so was vorstellen?« Johnston schüttelte sich vor Lachen.

Bellows starrte Johnston an und dachte an Susan. Sie hatte

ihm doch berichtet, sie sei wieder verfolgt worden, und jemand hätte versucht, sie umzubringen. Ob das der Kerl im Eiskasten gewesen sein konnte? Susan und ihr Verhalten wurden ihm immer unerklärlicher. Warum hatte sie ihm nicht mehr gesagt?

»Ist der Bursche jetzt tiefgefroren?« fragte er.

Johnston mußte sich zusammenreißen, um antworten zu können. »Nee, wenigstens nicht ganz. Mitten in der Nacht hat die Polizei einen Tip bekommen, anonymer Anruf, wie das so geht. Und weil sie dachten, es handelte sich um einen typischen Studentenulk, haben sie erst nachgesehen, als heute morgen die Frühschicht anrückte. Als sie hinkamen, saß der Kerl bewußtlos in der Ecke, Körpertemperatur weit unter normal. Aber die Jungs von der Hochschule haben ihn mühelos aufgetaut, es kam nicht mal zur Azidose. Für die Arschlöcher 'ne reife Leistung, wenn du mich fragst. Blöd ist nur, daß sie zwei geschlagene Stunden warteten, ehe sie mich konsultierten. Kannst du dir denken, wie die Schwestern in der Intensivstation den nennen?«

»Keine Ahnung.« Bellows hörte nur halb hin.

»Eisschwänzchen!« Johnston röhrte wieder los. »Ist das nicht komisch?«

»Wird er durchkommen?«

»Klar. Muß ihm nur einiges abschnippeln. Mindestens geht ein Teil von den Beinen hops. Wieviel amputiert werden muß, wird sich morgen rausstellen. Das arme Schwein könnte sogar sein Eisschwänzchen loswerden.«

»Hat man was über ihn rausgekriegt?«

»Wieso?«

»Na ja, wie er heißt, woher er kommt, du weißt schon.«

»Nichts. Er trug gefälschte Papiere bei sich. Deshalb interessiert sich die Polizei auch für die Sache. Er hat irgendwas von Chicago gemurmelt. Wirklich komisch.« Johnston ging zurück zum Pult.

Bellows sah nach seinem Gastrektomie-Patienten. Dessen Zustand war stabil. Dann überprüfte er das Krankenblatt. Die Verordnungen waren von Reid ausgeschrieben worden und fanden Bellows' volle Zustimmung. Er dachte über den Mann im Kühlraum nach. Die Story hörte sich bizarr an. Ob das wirklich Susans Verfolger war? Aber wie, zum Teufel, hatte sie es fertiggebracht, ihn in die Gefrierkammer einzuschließen? Und warum hatte sie nichts davon gesagt? Wenn sie den Mann da hineingesperrt hatte, steckte sie juristisch in Schwierigkeiten. Ob der anonyme Anruf bei der Polizei von ihr gekommen war?

Bellows prüfte den Verband des Patienten. Er saß richtig und war nicht durchgeblutet. Die Infusion lief gut.

Aber er mußte sofort wieder an Susan denken und war nun ziemlich sicher, daß der Verrückte im Kühlfach der Mann war, der sie verfolgt hatte; in jedem Fall mußte sie erfahren, daß er in kritischem Zustand im Krankenhaus lag.

Bellows rief die Medizinische Hochschule an und ließ sich über das Wohnheim mit Susans Zimmer verbinden. Nachdem das Telefon zwölfmal geklingelt hatte, gab er auf. Danach rief er noch einmal die Heimzentrale an und hinterließ Susan die Nachricht, sie solle ihn sofort anrufen, wenn sie wiederkam.

Donnerstag
26. Februar
16 Uhr 23

Sechsunddreißig Dollar plus Steuern erschienen Susan reichlich viel für das geschmacklose Zimmer im Boston Motor Lodge. Trotzdem zahlte sie in diesem Fall gern. Susan fühlte sich erfrischt und ausgeruht – und vor allem in Sicherheit. Den Vormittag und Mittag hatte sie damit verbracht, noch einmal ihre Aufzeichnungen zu studieren. Alle Informationen, die sie über die Fälle im OP zusammengetragen hatte, paßten in ihre Theorie der Kohlenmonoxydvergiftung. Und die Details über die Fälle in der Inneren Abteilung ließen sich allesamt in das Denkschema bringen, das auf Vergiftung mit Succinylcholin hinauslief. Doch sie hatte immer noch keine Spur eines Motivs. Alle Fälle schienen nichts miteinander gemein zu haben.

Mehrfach hatte sie das Memorial angerufen, um die Privatadresse von Walters zu erfahren, jedoch erfolglos. Einmal hatte sie sogar im Krankenhaus angerufen und Bellows ausrufen lassen, dann aber aufgelegt, bevor er antworten konnte. Langsam, aber unerbittlich beschlich Susan das Gefühl, endgültig in einer Sackgasse zu stecken. Es war wohl wirklich Zeit, sich an die Behörden zu wenden, sich von der Seele zu reden, was sie wußte, und dann Ferien zu machen. In ihrem dritten Studienjahr hatte sie Anrecht auf einen Monat Urlaub, und sicher würde sie sofort die Genehmigung bekommen. Sie würde wegfahren, weit weg, und alles vergessen. Ihr fiel Martinique ein. Sie schwärmte für die französische Lebensart und sehnte sich nach Sonne.

Der Türsteher vom Motel pfiff ihr ein Taxi heran, sie stieg ein und nannte dem Fahrer die Adresse: South Weymouth Street 1800 in Süd-Boston. Dann lehnte sie sich zurück.

Auf der Cambridge Street kamen sie nur schrittweise voran, dann wurde es etwas besser, aber in der Berkeley war es ganz schlimm. Der Taxifahrer machte Umwege, um den Hauptverkehr zu meiden. Sie fuhren zunächst durch die hübschen Gegenden des Südens, aber an der Massachusetts Avenue bog der Mann links ab, und der Ausblick wurde trostlos. In den Tiefen von Süd-Boston fühlte Susan sich schließlich hoffnungslos verloren. Die Häuser wurden immer monotoner, die Straßen lagen voller Unrat. Binnen kurzem fuhr das Taxi durch eine Gegend voller alter Lagerhäuser, verlassener Fabriken und finsterer Straßen. Fast jede Laterne war kaputt.

Als Susan aus dem Taxi stieg, wähnte sie sich in einer Umgebung, in der jedes Leben erloschen war. Die einzige Straßenlampe weit und breit, eine ultramoderne Peitschenleuchte, erhellte die Tür eines Gebäudes und ein großes Schild, auf dem in tiefblauen Buchstaben »Jefferson-Institut« stand. Darunter der Hinweis: »Erbaut aus Mitteln des Ministeriums für Gesundheit, Erziehung und Wohlfahrt, Regierung der Vereinigten Staaten von Amerika, 1974.«

Das Jefferson-Institut war von einem über zweieinhalb

Meter hohen Drahtzaun umgeben; das Gebäude selbst stand fünf bis sechs Meter von der Straße zurückgesetzt. Es war ein Prunkstück moderner Architektur mit einer weißen, auf Hochglanz polierten Fassade. Die Mauern waren um etwa zehn Grad nach innen geneigt. Nach etwa achteinhalb Metern begrenzte ein horizontaler Sims das Untergeschoß, bevor die Außenwände noch einmal im gleichen Winkel nach oben strebten. Auch das Obergeschoß war etwa achteinhalb Meter hoch. Außer der Eingangstür wies die Fassade des Untergeschosses keine einzige Öffnung auf. Das obere Stockwerk hatte Fenster, doch waren sie schießschartenartig zurückgesetzt und von der Straße aus nicht zu sehen. Allerdings drang Licht aus den rechtwinkligen Mauerlücken.

Das Gebäude nahm einen ganzen Straßenblock ein. Auf Susan wirkte es in dieser trostlosen Gegend auf merkwürdige Weise schön und erhaben. Offensichtlich sollte es Mittelpunkt und Anfang eines großangelegten Stadtsanierungsprojekts sein.

Susan ging zur Tür, die aus Stahl und mit Bronze beschlagen war und keine Klinke, keinerlei Schloß oder ähnliches aufwies. Rechts war ein Mikrofon in die Wand eingelassen. Als Susan auf der Fußplatte unmittelbar vor der Tür stand, wurde über einen Kontakt eine Tonbandstimme ausgelöst, die nach Namen und Zweck des Besuchs fragte. Die Stimme klang tief und vertrauenerweckend.

Susan antwortete, wobei sie bei »Zweck des Besuchs« unwillkürlich zögerte. Einen Moment war sie versucht, mit »Tourismus« zu antworten, aber dann kam ihr das zu albern vor; ihr war alles andere als zum Scherzen zumute. Schließlich sagte sie: »Zu wissenschaftlichen Zwecken.«

Statt einer Antwort leuchteten unter dem Mikrofon rot die Worte auf: »Bitte warten.« Dann kam ein grünes Signal und die Schrift: »Bitte weitergehen.« Gleichzeitig öffnete sich vor ihr lautlos die Tür, glitt nach rechts in die Mauer. Susan trat über die Schwelle.

Sie befand sich in einer blendend weißen Eingangshalle. Es gab weder Fenster noch Bilder oder sonst irgendeinen Wandschmuck. Die einzige Beleuchtung kam aus dem Fußboden, der aus milchigem Plastikmaterial bestand. Das Licht von unten gab der Halle einen zusätzlich kalten, futuristischen Effekt. Susan ging schnell weiter.

Am anderen Ende der Halle glitt genauso geräuschlos eine zweite Tür auf, und Susan betrat einen Raum, der offenbar ein geräumiges, ultramodernes Wartezimmer darstellte. Die Seite, von der sie kam, und die Wand gegenüber bestanden vom Boden bis zur Decke aus Spiegelglas. Die beiden Seitenwände waren fleckenlos weiß. In dieser totalen Unterschiedslosigkeit ging das Gefühl für Entfernungen völlig verloren. Als Susan in den gegenüberliegenden Spiegel sah, hatte sie den Eindruck grenzenloser Weite.

Der Saal war mit mehreren Reihen weißer Plastikstühle ausgestattet. Auch hier kam das einzige Licht von der Fußbodenbeleuchtung, die seltsame Schatten an die Decke malte. Susan wollte sich gerade setzen, als in der entfernten Spiegelwand eine Tür aufglitt und eine hochgewachsene Frau erschien. Sie ging auf Susan zu. Das mittelbraune Haar trug sie sehr kurz geschnitten, die Augen lagen tief in den Höhlen, und der Nasenrücken bildete eine Linie mit der Stirn. Susan fühlte sich an eine Gestalt aus der klassischen Sagenwelt erinnert. Die Frau war in einen weißen Hosenanzug gekleidet und trug keinen Schmuck. Ein Taschen-Strahlenmeßgerät steckte in der Jacke. Ihr Gesichtsausdruck war völlig neutral.

»Willkommen im Jefferson-Institut. Ich heiße Michelle. Ich werde Ihnen unsere Anlage zeigen.« Die Stimme war ebenso ausdruckslos wie ihr Gesicht.

»Herzlichen Dank. Ich heiße Susan Wheeler. Soviel ich weiß, haben Sie mich erwartet.« Sie iieß den Blick durch den Saal schweifen. »Auf jeden Fall sind die Räume hier das Modernste vom Modernen. So was habe ich noch nie gesehen.«

»Wir haben Sie erwartet. Aber bevor wir anfangen, möchte ich Sie warnen: Drinnen ist es sehr warm. Ich empfehle Ihnen, den Mantel hierzulassen. Und legen Sie bitte auch die Tasche ab.«

Susan zog den Mantel aus und schämte sich etwas ihrer schmutzigen und verknitterten Schwesterntracht, die sie immer noch anhatte. Sie nahm ihr Notizbuch aus der Tasche.

»Also«, begann Michelle, »Sie wissen sicherlich: Das Jefferson-Institut ist ein Krankenhaus für Intensivpflege. Mit anderen Worten, wir nehmen hier nur chronische Intensivpflegefälle auf. Die meisten unserer Patienten befinden sich in verschiedenen Stadien von Koma. Dies Krankenhaus hier wurde als Pilotprojekt entworfen und gebaut, und zwar aus Mitteln des Gesundheitsministeriums, obwohl die Unterhaltung privatwirtschaftlich betrieben wird. Die Anstalt hat die Krankenhäuser der Stadt äußerst wirksam entlasten können, indem in den Intensivstationen Betten für akute Fälle frei wurden. In Anbetracht des großen Erfolgs, den dieses Projekt hatte, wird zur Zeit in fast allen größeren Städten des Landes ein gleichartiges Institut gebaut oder befindet sich zumindest in der Planung. Untersuchungen haben ergeben, daß jede Stadt oder jedes Ballungsgebiet mit einer Bevölkerungszahl von über einer Million eine solche Einrichtung wirtschaftlich unterhalten kann ... Verzeihung, aber warum setzen wir uns nicht?« Michelle zeigte auf zwei Stühle.

»Vielen Dank.« Susan nahm Platz.

»Im Jefferson-Institut gilt für Besuche eine genaue Regelung«, fuhr Michelle fort. »Das liegt an der Methode zur Versorgung unserer Patienten. Wir haben hier ganz neue Techniken entwickelt, und wenn die Besucher darauf nicht vorbereitet sind, kann das zu unerwünschten Reaktionen führen. Nur die nächsten Verwandten sind zugelassen, und zwar alle zwei Wochen einmal, nach einem genau verabredeten Plan.«

Michelle unterbrach ihren Monolog und zeigte die Spur eines Lächelns. »Ich darf hinzufügen, daß Ihr Besuch äußerst ungewöhnlich ist. Normalerweise empfangen wir hier jeden zweiten Dienstag im Monat eine Medizinergruppe, und für die gibt es ein Standardprogramm. Aber da Sie allein sind, kann ich wohl etwas improvisieren. Übrigens, wir haben einen kurzen Einführungsfilm, wenn Sie den sehen möchten ...«

»Doch, schon.«

»Gut.«

Ohne jedes erkennbare Zeichen von Michelle wurde der Saal plötzlich dunkel, und auf der Wand vor ihnen lief ein Film an. Susan war sprachlos über soviel Perfektion. Sie vermutete, daß ein Stück der Wand durchsichtig war und als Bildschirm diente.

Der Film selbst erinnerte Susan an alte Wochenschauen. Seine überholte Technik stand in merkwürdigem Kontrast zur ultramodernen Umgebung. Im ersten Teil wurde ausführlich das Konzept eines Intensivkrankenhauses erläutert. Man sah und hörte, wie der Minister für Gesundheitswesen, Erziehung und Wohlfahrt die Frage mit Planern, Rationalisierungsexperten und Medizinern erörterte. Graphiken zeigten die emporschnellenden Pflegekosten für Langzeit-Intensivpatienten in normalen Krankenanstalten. Die Männer, die diese Skizzen erläuterten, wirkten so stumpfsinnig wie die Anzüge, in denen sie steckten.

»Das ist ja ein fürchterlicher Streifen«, meinte Susan.

»Ganz Ihrer Meinung. Regierungsamtliche Filme laufen alle nach dem gleichen Schema ab. Von Kreativität haben die Leute noch nichts gehört.«

Als nächstes schwelgte die Kamera in der Grundsteinlegungszeremonie: lächelnde Politiker, die Scherzworte austauschten. Weitere Szenen zeigten, wie das Jefferson-Institut für freie Bettplätze in den Krankenhäusern der Stadt sorgte. Es folgte ein Personalvergleich: die Anzahl von Schwestern und anderem Pflegepersonal, die jeweils in der neuen Einrichtung und in einer traditionellen Intensivstation zur Pflege der gleichen Anzahl von Patienten benötigt wurde. Die Statisten, die den Vergleich illustrieren sollten, waren auf einem leeren Parkplatz gefilmt worden. Schließlich und endlich zeigte der Film das Herz- und Prunkstück des neuen Krankenhauses, den allgewaltigen Computer. Alle Funktionen der Homöostase, hieß es, unterlagen der Obhut des Computers, der sie nicht nur überwachte, sondern auch ständig korrigierte. Der Film endete mit schneidiger Marschmusik, wie das Finale eines Kriegsepos. Als das letzte Bild verschwand, ging das Licht wieder an.

»Das hätten wir uns schenken können«, sagte Susan lächelnd.

»Na gut. Wenigstens wird daraus der wirtschaftliche Standpunkt deutlich. Kostenersparnis und rationelle Arbeitsweise sind die Grundkonzeptionen des Instituts. Wenn Sie mir jetzt folgen wollen, werde ich Ihnen die wichtigsten Einrichtungen des Krankenhauses zeigen.«

Michelle stand auf und ging auf die Spiegelwand zu, aus der sie gekommen war. Wieder öffnete sich, augenscheinlich ohne ihr eigenes Zutun, eine Tür, die sofort hinter ihnen zuglitt, als sie einen knapp zwanzig Meter langen Korridor betraten. Auch hier war die gegenüberliegende Wand vom Boden bis zur Decke mit Spiegelglas verkleidet. Als Susan hinter Michelle herging, bemerkte sie mehrere Türen, die aber alle verschlossen waren. Keine Tür wies Klinke oder Schlösser auf; offensichtlich wurden alle automatisch bedient.

Sie kamen an das Ende des Korridors, und eine Tür öffnete sich. Susan betrat einen kleinen Saal, der ihr auf den ersten Blick weniger fremd erschien als alle bisherigen. Der Raum war ungefähr vierzehn mal acht Meter groß und sah genauso aus wie eine beliebige Intensivstation in einem Krankenhaus. Er enthielt fünf Betten und die übliche Ausstattung: Herzmonitore, Gasleitungen, und so fort. Außergewöhnlich erschienen Susan nur vier der Betten. Jedes war in der Mitte durch eine vom Kopf- zum Fußende verlaufende, etwa sechzig Zentimeter breite Lücke oder Rinne unterteilt. Es sah aus, als bestünde jedes Bett eigentlich aus zwei schmalen Lagerstätten, die durch einen Sechzig-Zentimeter-Spalt getrennt wurden. In der Decke über den Betten entdeckte Susan komplizierte schienenähnliche Konstruktionen. Das fünfte Bett, das ganz normal aussah, war belegt. Ein Patient wurde mit einem kleinen Sauerstoffapparat beatmet. Susan fühlte sich an Nancy Greenly erinnert.

»Das hier ist der Besuchsraum«, erläuterte Michelle. »Wenn Angehörige erwartet werden, wird der Patient hierhergebracht. Sobald er in eines dieser Spezialbetten gelegt und das Bett gemacht ist, sieht es äußerlich aus wie jedes andere. Dieser Patient hier wurde heute nachmittag besucht.« Michelle deutete auf die Gestalt im fünften Bett. »Wir haben ihn extra länger hiergelassen, Ihretwegen.«

Susan war verwirrt. »Heißt das, dies Bett hier ist genauso gebaut wie die anderen?«

»Ja. Und wenn die Familie zu Besuch kommt, werden auch die vier anderen Betten mit Patienten belegt, so daß hier alles genauso aussieht wie in einer gewöhnlichen Intensivstation. Folgen Sie mir jetzt bitte.«

Michelle ging durch den kleinen Saal, vorbei an dem Patienten. In der Endwand war eine zweite Tür, die geräuschlos und automatisch aufging.

Als Susan zu dem Bett mit dem Patienten kam, wußte sie überhaupt nicht mehr, woran sie war. Das Bett unterschied sich äußerlich in nichts von jedem normalen Krankenhausbett. Es gab keinerlei Anzeichen, daß sein Mittelstück, die eigentliche Unterlage des Patienten, fehlte. Aber Susan hatte keine Zeit, das Phänomen zu ergründen, und folgte Michelle in den nächsten Raum.

Als erstes nahm Susan das Licht wahr. Es wirkte irgendwie fremdartig. Dann umfing sie die außergewöhnlich hohe Raumtemperatur und Feuchtigkeit wie ein warmer Umschlag. Nun erst sah sie die Patienten, und sie blieb wie angewurzelt stehen, wollte ihren Augen nicht trauen. In dem Saal befanden sich mehr als hundert Menschen, und alle schienen frei in der Luft zu schweben, etwa anderthalb Meter über dem Boden. Sie waren vollständig nackt. Bei genauem Hinsehen entdeckte Susan die Drähte. Sie durchbohrten die Röhrenknochen der Patienten an vielerlei Stellen und waren straff zwischen Metallrahmen gespannt. Andere Drähte, die von der Decke kamen, hielten die Köpfe der Patienten und waren in die Schädeldecke geschraubt. Susan hatte den Eindruck, als hätte sie eine Ansammlung grotesker Marionetten im Schlaf überrascht. Bewegungslos hingen die menschlichen Puppen in horizontaler Lage an ihren Drähten.

Neben ihr ließ sich Michelle vernehmen. »Wie Sie sehen können, werden die Patienten von Spanndrähten in Position gehalten. Manche Besucher reagieren emotionsgeladen auf einen derartigen Anblick, aber dies hat sich als die beste Methode zur Langzeitversorgung erwiesen. Die Haut bleibt maximal geschont, bei minimalem Pflegeaufwand. Es handelt sich um eine Weiterentwicklung orthopädischer Methoden, wo Drähte durch Knochen gezogen werden, um Veränderungen zu verhindern. Auch in der Behandlung von Verbrennungen hat sich der Vorteil gezeigt, der darin besteht, daß die Haut nirgends aufliegt. Wir haben es hier mit einer Adaption dieser Erkenntnisse für die Pflege komatöser Patienten zu tun.«

»Das sieht ziemlich grauslig aus.« Susan fühlte sich an die baumelnden Leichen in der Gefrierkammer erinnert. »Warum ist das Licht so komisch?«

»Ach ja, wir sollten Schutzbrillen anlegen, wenn wir länger hier drinbleiben.« Michelle nahm zwei Brillen von einem Tisch.

»Das hier ist ein niedriggradiges ultraviolettes Licht, optimal zur Eindämmung der Bakterien und zur Erhaltung des Hautgewebes.« Michelle reichte Susan eine Schutzbrille.

»Die Temperatur wird auf 36,5 Grad Celsius gehalten, plus oder minus 0,02 Grad. Die Luftfeuchtigkeit beträgt konstant zweiundachtzig Prozent, mit einer Toleranzschwelle von nicht mehr als einem Prozent nach oben und unten. Das hält den Wärmeverlust in minimalen Grenzen und reduziert damit den Kalorienbedarf der Patienten. Außerdem verringert die Feuchtigkeit die Gefahr von Infektionen der Luftwege – wie Sie wissen, ein kritisches Problem bei komatösen Patienten.«

Susan stand wie unter einem Bann. Fast auf Zehenspitzen trat sie näher an einen der schwebenden Patienten heran. Eine Vielzahl von Drähten durchbohrte die verschiedenen Röhrenknochen. Die Drähte führten waagerecht zu einem den Patienten umgebenden Aluminiumrahmen und schließlich nach oben zu einer kompliziert wirkenden Konstruktion, einer Art umgedrehten Wagen, dessen Räder in Schienen an der Decke liefen. Susan sah sich die Decke genauer an und stellte fest, daß sie aus einem Labyrinth von Schienen für diese kleinen Patientenwagen bestand. Aus den Wagenkästen kamen auch alle Infusionsschläuche, Saugröhren und Monitor-Leitungen für den jeweiligen Patienten. Völlig konsterniert wandte Susan sich an Michelle. »Gibt es denn hier überhaupt keine Schwestern?«

»Doch, mich zum Beispiel, und außer mir haben noch zwei andere Schwestern Dienst, dazu ein Doktor. Das ist doch eine recht vernünftige Relation zu gegenwärtig hunderteinunddreißig Intensivpflege-Patienten, finden Sie nicht? Sehen Sie, hier ist alles automatisiert. Gewicht des Patienten, Blutgase, Flüssigkeitshaushalt, Blutdruck, Körpertemperatur, insgesamt eine enorme Anzahl einzelner Werte, die der Computer ständig unter Beobachtung hat. Er prüft sie, vergleicht sie mit den Normalwerten und löst vor allem auch Mechanismen aus, mit denen alle Abweichungen oder Abnormitäten korrigiert werden. Dieses System ist der konventionellen Pflege auch in sachlicher Hinsicht weit überlegen. Ein Arzt kann immer nur einzelne Werte prüfen und nacheinander korrigieren, und zwar nur bezogen auf den unmittelbaren Zeitpunkt der Untersuchung. Der Computer dagegen prüft und korrigiert alle Werte auf einmal und über einen beliebigen Zeitraum hinweg. Außerdem, und das ist vielleicht am wichtigsten, kann der Computer alle Werte zu jeder Zeit zueinander in Beziehung setzen. Er wirkt insofern fast wie die körpereigenen Regulationsmechanismen.«

»Moderne Medizin, bis zum Exzeß getrieben«, warf Susan impulsiv ein. »Es ist unglaublich, ganz einfach unglaublich. Wie in einem Science-fiction-Film. Eine Maschine, die eine Gruppe von Menschen ohne eigenes Denkvermögen völlig in der Hand hat und lenkt. Es ist fast, als wären das gar keine Menschen mehr.«

»Das sind keine Menschen.«

»Wie bitte?« Susan wandte den Blick von den Patienten ab und sah Michelle scharf an.

»Das waren früher einmal Menschen. Jetzt handelt es sich

um hirnlose Humanpräparate. Die moderne Medizin und die medizinische Technologie haben einen Standard erreicht, der es erlaubt, diese Organismen am Leben zu erhalten, manchmal auf unabsehbare Zeit. Das Ergebnis dieser Entwicklung war eine Kostenexplosion, die in keinem Verhältnis zum Effekt stand. Das Gesetz schreibt vor, Leben zu erhalten. Darum lag es an der Technologie, das Problem vernünftig und realistisch zu lösen. Das hier ist das Ergebnis. Dieses Krankenhaus ist dafür eingerichtet, bis zu tausend derartige Fälle gleichzeitig zu versorgen.«

Irgend etwas an Michelles monotoner medizinischer Philosophie vermittelte Susan ein unbehagliches Gefühl. Auch konnte sie sich des Eindrucks nicht erwehren, daß Michelle sorgfältig geschult worden war, von wem auch immer. Offenbar stellte sie das, was sie von sich gab, vor sich selbst gar nicht in Frage. Dennoch, dachte Susan, war sie nicht hergekommen, um über die philosophischen Grundlagen dieser erstaunlichen Institution zu meditieren. Die physischen Aspekte, der reine Augenschein waren schon überwältigend genug. Und sie mußte mehr sehen. Aufmerksam schaute sie sich im Saal um. Er war über dreißig Meter lang; die Deckenhöhe schätzte sie auf fünf bis sieben Meter. Der Irrgarten der Schienen in der Decke war für sie nicht zu entschlüsseln.

Am entfernten Saalende entdeckte Susan eine weitere Tür. Sie war geschlossen. Aber diesmal handelte es sich offenbar um eine normale Tür mit Klinke und Schloß. Susan schätzte, daß nur die Türen, durch die sie bis dahin gekommen waren, zentral kontrolliert und gesteuert wurden. Schließlich gelangten die meisten Besucher, vor allem die Angehörigen, nie weiter als bis in die Besuchsstation.

»Wie viele Operationssäle hat das Jefferson-Institut?« erkundigte sich Susan.

»Überhaupt keinen. Die gibt es hier nicht. Es handelt sich um eine Pflegeeinrichtung für chronische Fälle. Wenn ein Patient akute Behandlung braucht, wird er in die Anstalt zurückverlegt, die ihn hierher überwiesen hat.«

Die Antwort war so schnell erfolgt, daß sie fast wie ein Reflex wirkte. Susan erinnerte sich sehr genau an die OPs auf den Geschoßgrundrissen, die sie sich in der City Hall besorgt hatte. Sie lagen im oberen Stockwerk. Susan konnte sich des Eindrucks nicht erwehren, daß Michelle log.

»Keine Operationssäle?« Susan tat mit Absicht höchst überrascht. »Wo machen Sie denn Noteingriffe, zum Beispiel Tracheotomien?«

»Hier, in der Hauptstation, oder nebenan im Besuchssaal. Die Intensivstation dort kann bei Bedarf in einen kleinen OP verwandelt werden. Aber das kommt ganz selten vor. Wie ich schon sagte, ist dies ein Krankenhaus für chronische Behandlung.«

»Trotzdem hätte ich nicht daran gezweifelt, daß es hier auch einen Operationssaal gibt.«

Plötzlich fuhr Susan zusammen. Unmittelbar vor ihr wurde ein Patient wie von Geisterhand zurückgekippt, so daß der Kopf fünfzehn Zentimeter tiefer als die Füße lag.

»Das ist ein gutes Beispiel für die Arbeitsweise des Computers«, hörte sie neben sich Michelles Stimme. »Wahrscheinlich hat er einen Abfall des Blutdrucks festgestellt. Jetzt wird der Patient zunächst automatisch in die Beckenhochlagerung gebracht, bevor der Computer die Ursache für den sinkenden Blutdruck beseitigt.«

Nach dem ersten Schrecken hörte Susan kaum noch hin. Sie überlegte angestrengt, wie sie sich die Chance verschaffen könnte, auf eigene Faust eine Expedition in diese fremde Welt zu unternehmen. Vor allem wollte sie die Operationssäle sehen, die auf den Plänen eingezeichnet waren.

»Einer der Gründe für meinen Besuch hier war mein Wunsch, einen bestimmten Patienten zu sehen. Er heißt Berman, Sean Berman. Können Sie mir sagen, wo er ist?«

»Nein, jedenfalls nicht auf Anhieb. Um die Wahrheit zu sagen, wir nennen die Patienten hier nicht mit ihren Namen, sondern sie bekommen Musternummern für den Computer: Muster 1, Muster 2, und so weiter. So läßt sich alles viel leichter programmieren. Um Bermans Nummer herauszufinden, muß ich den Computer befragen. Das dauert nicht einmal eine Minute.«

»Ich würde es gerne wissen.«

»Gut. Dazu benötige ich das Informations-Terminal am Kontrollpult. Inzwischen können Sie sich ja mal umsehen, vielleicht entdecken sie ihn. Wenn Ihnen das lieber ist, können Sie aber auch mitkommen und im Wartezimmer bleiben. In den Kontrollraum dürfen keine Besucher.«

»Ich warte hier, danke schön. Hier gibt es genug Interessantes.«

»Wie Sie wollen. Ich brauche Ihnen ja wohl nicht zu sagen, daß Sie unter keinen Umständen einen der Drähte oder Patienten berühren dürfen. Das ganze System ist äußerst sensibel. Ihr elektrischer Körperwiderstand würde sofort einen Alarm auslösen.«

»Keine Angst. Ich werde mich hüten, etwas anzufassen.«

»Gut. Ich bin gleich zurück.« Michelle setzte die Schutzbrille ab. Die Tür zum Besuchssaal öffnete sich automatisch, und die Schwester verschwand.

Michelle ging durch die Besuchsstation auf den dahinterliegenden Flur. Die Tür zum Kontrollraum öffnete sich. Drinnen herrschte eine gedämpfte Beleuchtung wie in der Kommandozentrale eines Atom-U-Boots. Das Licht kam im wesentlichen von der Endwand, die in Wahrheit ein Trickspiegel war und die Beobachtung des Besucherwartesaals aus dem Kontrollraum gestattete.

Als Michelle eintrat, befanden sich schon zwei Personen im Raum. Vor einem großen u-förmigen Pult mit Fernsehmonitoren saß ein Wächter. Auch er war in Weiß gekleidet und trug einen weißen Ledergürtel. In dem weißen Lederhalfter steckte eine Automatic. Außerdem war der Wächter mit einem Sony-Miniatur-Sprechfunkgerät ausgestattet. Er saß vor einer großen Konsole mit vielerlei Schaltern, Hebeln und Drehknöpfen. Die Monitoren zeigten Räume, Flure und Türen überall im ganzen

Krankenhaus. Mehrere Schirme hatten Standbilder, zum Beispiel von der Eingangstür und der Vorhalle. Andere wechselten ständig und zeigten bestimmte Ausschnitte. Der Wächter sah schläfrig auf, als Michelle hereinkam.

»Haste die allein in der Station gelassen? War das nötig?«

»Da passiert nichts. Ich hab' Anweisung, sie darf auf diesem Stock alles sehen, was sie will.«

Michelle ging zu dem großen Computer-Terminal. Dort saß eine zweite Schwester, ebenso gekleidet wie Michelle, und beobachtete Daten und Zeichen auf über vierzig Schirmen vor sich. Hin und wieder spuckte der Computerschreiber rechts neben ihr Informationen aus.

Michelle ließ sich auf einen Stuhl fallen.

»Was denkt die eigentlich, wer sie ist? Hier so ganz allein aufzukreuzen, und noch dazu mit höchster Erlaubnis?« Die Schwester am Computer unterdrückte ein Gähnen. »Außerdem sieht sie aus wie 'ne Bettelschwester oder so was. Man könnte glauben, sie steckt schon sechs Monate in ihrer Tracht.«

»Ich hab' nicht die leiseste Ahnung, wer sie ist«, erwiderte Michelle. »Bekam einen Anruf vom Direktor. Er sagte, sie käme, und wir sollten sie reinlassen und ihr die Zeit vertreiben. Außerdem sollte ich den großen Herrn Direktor anrufen, wenn sie im Anmarsch wäre. Glaubst du, da ist was im Busch?«

Die Kollegin lachte nur.

»Tu mir doch mal 'nen Gefallen«, seufzte Michelle, »und gib den Namen Sean Berman rein. Der wurde vom Memorial überwiesen. Ich brauche seine Nummer und den Lagerort.«

Die andere Schwester gab die Informationen ein. »In der nächsten Schicht kannst du mal unser elektronisches Baby wickeln, und ich mach' draußen Dienst. Diese Maschine hier ist noch mein Tod.«

»Nur zu gern. Die einzige Unterbrechung in der ganzen Woche war tatsächlich diese Besucherin. Wenn mir vor einem Jahr jemand gesagt hätte, ich würde hundert Intensivpatienten allein versorgen, hätte ich dem ins Gesicht gelacht.«

Einer der Computerschirme begann zu blinken: Berman,

Sean, Alter 33, Geschlecht männlich. Diagnose: Hirntod infolge Anästhesie-Komplikation. Musternummer 323 B4. STOP.

Die Schwester gab als nächstes Musternummer 323 B4 wieder in den Computer ein.

Der Wächter am anderen Ende des Raumes saß zusammengekauert auf seinem Platz, wie er es die vorangegangenen zwei Stunden seit der letzten Pause getan hatte, und wie er es nun schon seit fast einem Jahr zu tun gewohnt war. Auf Schirm Nummer 15 erschien das Bild der Hauptstation. Langsam fuhr die Videokamera den großen Raum von einem Ende zum anderen ab. Die nackten, von der Decke baumelnden Patienten interessierten den Wächter nicht, er hatte sich nach längeren Schwierigkeiten mit dem Anblick abgefunden. Automatisch wechselte das Bild auf Schirm 15 und zeigte nun die Schein-Intensivstation für Besucher. Wieder begann die Kamera den großen Schwenk.

Plötzlich setzte sich der Wächter kerzengerade auf. Er starrte auf Schirm 15, griff nach dem Schalter für die Handsteuerung und brachte wieder die Hauptstation ins Bild. Abermals fuhr dort die Videokamera den großen Saal ab.

»Die Besucherin ist nicht mehr in der Hauptstation!« rief er schließlich.

Michelle drehte sich vom Computerschirm um und warf einen Blick auf Monitor 15. »Wirklich nicht? Dann sieh in der Besucherstation nach und im Korridor. Vielleicht hatte sie die Nase voll. Die Hauptstation jagt den meisten Neulingen einen ganz schönen Schock ein.«

Sie drehte sich um und sah durch das falsche Spiegelglas in das Wartezimmer, aber auch dort war Susan nicht.

Wieder blinkte der Computerschirm: Muster 323 B4. Ex 26 Feb 0310. Ursache: Herzstillstand. STOP.

»Also, wenn sie wegen Berman hergekommen ist, dann ist sie zu spät dran.« Die Stimme der Schwester war ohne jedes Mitgefühl.

»In der Besuchsstation ist sie auch nicht«, stellte der Wächter fest und betätigte eine Reihe von Schaltern. »Und nicht im Flur! Das gibt's doch gar nicht!«

Michelle stand auf. Ihre Augen blieben an Schirm 15 haften, bis sie an der Tür war. »Nur die Ruhe. Ich find' sie schon.« Sie wandte sich an die Schwester am Computer. »Vielleicht versuchst du noch mal, den Direktor anzurufen. Ich glaube, wir sollten das Mädchen schleunigst aus dem Verkehr ziehen.«

Donnerstag
26. Februar
17 Uhr 20

Sobald Michelle sie in der Hauptstation mit den von der Decke baumelnden Patienten allein gelassen hatte, holte Susan die Fotokopien der Geschoßpläne hervor, die zusammengefaltet in ihrem Notizbuch gelegen hatten. Sie orientierte sich vom Haupteingang aus, vollzog ihre Route zum Patientensaal nach und prüfte dann die Möglichkeiten, in das Obergeschoß zu gelangen. Soviel sie erkennen konnte, gab es zwei Wege: die Treppe von LH oder der Fahrstuhl von Comp-Zent. Susan sah auf die Aufschlüsselung der Abkürzungen in der Ecke des Plans. LH hieß Leichenhalle, Comp-Zent. war die Computerzentrale. Schnell entschied sie, daß die Treppe sicherer wäre als der Lift; denn möglicherweise befand sich Personal im Computerraum.

Sie ging dorthin, wo sie die normal aussehende Tür entdeckt hatte, und drehte den Knauf. Die Tür ließ sich ohne Schwierigkeiten öffnen, und Susan stand in einem Flur. Er kam ihr seltsam dunkel vor, bis sie sich an ihre Schutzbrille erinnerte. Sie nahm sie ab und steckte sie in die Tasche ihrer Schwesterntracht. Der Flur glich den anderen, die sie bereits gesehen hatte: blendend weiß mit Fußbodenbeleuchtung. An beiden Enden waren Spiegelwände, die den Eindruck erweckten, als setze der Gang sich ins Unendliche fort.

Nichts war zu hören, niemand in Sicht. Susan sah auf den

Grundriß: Leichenhalle und Treppe mußten rechts am Flur liegen. Sie schloß die Tür zur Station hinter sich und machte sich schnell auf den Weg. Die Tür am Ende des Flurs war nicht gekennzeichnet, aber auch sie war mit einem gewöhnlichen Knauf ausgestattet. Vorsichtig probierte sie die Drehklinke; die Tür war nicht abgeschlossen.

So leise wie möglich schob sie die Tür einen Spalt auf. Zuerst sah sie die gegenüberliegende Kachelwand. Dann fiel ihr Blick auf das Oberteil eines stählernen Seziertisches. Auf der Platte lag eine nackte Leiche. Susan hörte Stimmen, ein Lachen, dann das Klappern von Waagschalen an ihren Ketten.

»Soviel also für die Lungen«, stellte eine Stimme fest. »Womit sollen wir denn das Herzgewicht angeben?«

»Diesmal kannst du dir was einfallen lassen.« Der andere Mann lachte.

Susan schob die Tür ein wenig weiter auf und sah den Kopf der Leiche. Ihre Knie wurden weich; sie spürte Übelkeit aufsteigen. Es war Berman.

Geräuschlos zog sie die Tür wieder zu, dann holte sie tief Luft. Das Gefühl der Übelkeit verging. Susan wußte, sie hatte sehr wenig Zeit. Also zum Fahrstuhl.

Ohne daß sie es ahnte, war ihr Aufenthalt im Türeingang perfekt abgepaßt gewesen. Die Videokamera hinter dem Trickspiegel hatte gerade den 5-Sekunden-Schwenk über den Flur beendet, als Susan wieder heraustrat. Zehn Sekunden später war der nächste Schwenk fällig.

Sie eilte zurück in Richtung Stationssaal und kam an die Tür zur Computerzentrale. Zögernd drückte sie auf die Klinke und fand auch hier keinerlei Widerstand. Sie öffnete die Tür wiederum einen Spalt und sah hinein. Zu ihrer grenzenlosen Erleichterung schien der Raum menschenleer zu sein. Als sie die Tür ganz öffnete, sah sie eine gespenstische Elektronenlandschaft: Computerschränke, Programmierungsapparaturen, Schirme, Ausdruckmaschinen und Bandspeichersysteme.

Plötzlich nahm sie eine Bewegung in der entferntesten oberen Ecke wahr. Sie wußte sofort, was das bedeutete: eine automatische Videokamera. Als der gemächliche Schwenk die Linse in Susans Richtung lenkte, schlüpfte sie schnell wieder hinaus und schloß die Tür. Sie blieb in der Türnische stehen, bis sie annahm, daß die Kamera mittlerweile auf die andere Raumseite geschwenkt war. Dann stürzte sie wieder in die Computerzentrale und lief durch den Saal auf den Fahrstuhl zu. Doch sie hatte sich verschätzt. Die Kamera würde sie auf dem Rückschwenk erwischen. Auf halbem Wege mußte sie hinter einen Computerschrank hechten und Deckung suchen. Sie arbeitete sich den Rest der Strecke von Schrank zu Schrank vor und versuchte, dem forschenden Elektronenauge zu entwischen. Schließlich sprintete sie zum Fahrstuhl und drückte den Rufknopf. Sie hörte, wie im Schacht der Motor anlief. Der Lift befand sich in einem anderen Stockwerk.

Die Kamera hatte den Schwenk beendet und kam zurück. Immer wieder drückte Susan verzweifelt auf den Knopf. Endlich hörten die Motorgeräusche auf, und die Türen öffneten sich langsam. Als sie sich rückwärts in den Fahrstuhl drückte, sah sie noch einmal zur Elektronenlinse hinauf. Sie hatte keine Ahnung, ob sie ihr diesmal entgangen war. Es schien eine Ewigkeit zu dauern, bis sich die Fahrstuhltüren schlossen.

Im Lift gab es nur drei Stockwerkknöpfe. Susan drückte auf den für das Obergeschoß. Der Fahrkorb war außergewöhnlich groß und bewegte sich entsprechend langsam. Der Grundriß für den ersten Stock zeigte, daß sich die Operationssäle an dem vom Fahrstuhl entferntesten Ende befanden; dazwischen lag ein langer Flur. Die achte und neunte Tür rechts mußten laut Plan in den Operationsflügel führen.

Als der Fahrstuhl hielt und die Türen aufgingen, spähte Susan vorsichtig hinaus: Weit und breit war niemand zu sehen. Der Flur ähnelte dem im Untergeschoß, nur waren die Türen hier noch weiter zurückversetzt. An der Decke liefen die Schienen für die Patientenkarren entlang.

Susan wagte sich hinaus, die Fahrstuhltüren schlossen sich hinter ihr. So leise es ging, eilte sie den Flur entlang, zählte die Türen, an denen sie vorbeikam. Plötzlich tauchte in der Ferne ein Mann auf, der einen Miniatur-Gabelstapler mit Blutkonserven steuerte. Offensichtlich kam er aus einem den Hauptkorridor kreuzenden Flur. Susan konnte sich gerade noch in dem nächstliegenden Türeingang in Sicherheit bringen. Sie rang nach Luft, dann horchte sie angestrengt. Das Geräusch des Elektromotors verebbte. Sie lugte in den Flur: Er war leer. Sofort rannte sie weiter. Endlich kam sie an die neunte Tür. Im Türweg verschnaufte sie. Erst als ihr Atem wieder einigermaßen normal ging, öffnete sie die Tür und schlüpfte hinein.

Sie befand sich in einem Umkleideraum. In einem Aschenbecher lag eine halb gerauchte Zigarette; der Rauch kräuselte sich zur Decke. Eine offenstehende Tür führte in den Duschraum. Susan hörte eine Brause rauschen.

Als Michelle in den Kontrollraum zurückkam, war von ihrer Gelassenheit nicht mehr viel übrig. Jetzt war sie ebenso nervös wie der Wächter.

»Das Mädchen hat sich buchstäblich unsichtbar gemacht«, erklärte sie. »Die kann doch nicht aus dem Bau raus sein, oder?«

»Unmöglich. Keine Tür nach draußen geht auf, wenn ich nicht von hier aus den elektrischen Riegel ausschalte.« Der Mann blickte immer noch hektisch auf die Monitoren.

»Ich glaube, wir müssen sofort die Direktion informieren. Die Sache könnte unangenehm werden.« Die Schwester am Computer hatte sich umgedreht.

»Ich versteh' das einfach nicht. Die Monitoren zeigen alle wichtigen Stellen im Haus. Sie muß irgendwo in einem Türweg stecken«, meinte der Wächter.

»Die steckt in keinem Türweg«, entgegnete Michelle. »Ich hab' das ganze Erdgeschoß abgeklappert. Aber was ist mit dem Fahrstuhl?«

»Könnte sein«, meinte der Wächter. »Verdammt, wenn sie nach oben kommt, ist der Teufel los. Ich sichere das Gebäude ab und blockiere die automatischen Schlösser an den Treppenhaustüren. Dann setz' ich den Zaun unter Strom. Großen

Alarm geb' ich erst, wenn wir die Direktion erreicht haben.«

Michelle ging an ein rotes Telefon. »Das Ganze ist wirklich lachhaft! Warum haben die das Miststück reingelassen?«

Schwingtüren führten vom Umkleidezimmer in den Operationsvorraum. Susan wagte sich über die Schwelle. Hier sah es fast wie in einem normalen Krankenhaus aus. Das Licht kam aus Neonröhren von der Decke, die zu beiden Seiten der allgegenwärtigen Schienen für die Patientenkarren montiert waren. Nur bemerkte sie auch hier das seltsame Glimmen, wie sie es aus der Hauptstation kannte. Offensichtlich hatte das Licht einen ultravioletten Zusatz. Der Boden bestand aus weißem Kunststoff, die Wände waren weiß gekachelt.

Der OP-Vorraum war nicht eben groß. In der Mitte stand ein verlassenes Pult. Augenscheinlich gab es vier Operationssäle, zwei auf jeder Seite, jeweils mit Zwischenkammern. Susans Aufmerksamkeit wurde von gedämpften Geräuschen aus dem ersten Operationssaal erregt. Durch ein kleines Fenster in der Tür kam Licht, also wurde dort operiert.

Susan ging zur unbeleuchteten Nebenkammer, lugte hinein und trat ein. Sie brauchte einige Zeit, bis sich ihre Augen an die Dunkelheit gewöhnt hatten. In die Nebenkammer drang fahles Licht nur durch das Türfenster zum angrenzenden OP. Schließlich konnte Susan einen Mitteltisch ausmachen. Auf ihm standen mehrere große Objekte, die rhythmische Geräusche von sich gaben. Links an der Wand sah sie eine Metallspüle, rechts die Umrisse eines Sterilisiergeräts.

So leise wie möglich machte Susan den kleinen Schrank unter der Spüle auf und tastete den Hohlraum mit den Händen ab. Sie überzeugte sich davon, daß sie dort zur Not ein ausreichendes, wenn auch enges Versteck finden konnte. Dann ging sie zurück zur Flurtür und drehte den Knauf, bis die Verriegelung einschnappte. Einen Moment stand sie lauschend da. Die Geräusche nebenan hatten sich nicht geändert. Susan spähte nach den Objekten auf dem Mitteltisch, doch in dem schwachen Licht konnte sie nichts erkennen.

Jetzt erst schlich sie zur Tür, die von dem Nebenraum in den OP führte. Sie stellte sich auf die Zehenspitzen und lugte durch das Fenster. Sie sah zwei Chirurgen in Kitteln und mit Handschuhen, die sich über einen Patienten beugten. Aber es fehlte der Anästhesist. Auch gab es keinen Operationstisch. Statt dessen war der Patient immer noch in seinen Aluminiumrahmen gespannt. In seinem Unterleib klaffte ein Einschnitt, den die Ärzte gerade vernähten. Susan konnte jedes ihrer Worte verstehen.

»Ich möcht' gern wissen, wohin das Herz geht. Von dem anderen, vorhin, meine ich.«

»San Francisco«, antwortete der zweite Chirurg und zog einen Knoten fest. »Bringt, soviel ich weiß, nur fünfundsiebzigtausend Dollar. Gewebeverträglichkeit nicht einwandfrei garantiert, aber es war ein Eilauftrag.«

»Man kann nicht alles haben«, meinte der erste. »Aber die Niere hier ist ein Prachtstück. Hab' gehört, sie geht für fast zweihunderttausend weg. Und in ein paar Tagen bestellen sie vielleicht die nächste nach.«

»Also, die lassen wir nicht raus, bis wir Kundschaft für das Herz haben«, erklärte der zweite Chirurg beim nächsten Knoten.

»Unser größtes Problem ist die Bestellung aus Dallas. Da ist eine Million geboten, wenn wir was Passendes finden. Vater von dem Knaben ist Ölmillionär.«

Der zweite pfiff leise durch die Zähne. »Und? Bis jetzt kein Glück gehabt?«

»Weiß nicht, da liegt einer im Memorial, höchste Gewebeverträglichkeit. Kommt nächsten Freitag dran, Gallenblase, und wenn ...«

Susans Hirn arbeitete wie rasend, suchte verzweifelt, einen anderen als den naheliegenden Sinn für das zu finden, was sie gerade gehört hatte. Doch bevor sie einen klaren Gedanken fassen konnte, wurde an der Tür zum Flur gerüttelt. Susans erster Impuls war, in den zweiten OP zu laufen. Aber sie besann sich und rannte zur Spüle. Im selben Moment hörte sie, wie jemand den OP betrat, in dem die beiden Ärzte arbeiteten. Sie quetschte sich in den Schrank unter der Spüle, zuckte zusammen, als mehrere kleine Krüge umfielen. Erst beim zweiten Versuch gelang es ihr, die Füße nachzuziehen, aber der Schrank war noch nicht ganz geschlossen, als die Verbindungstür zum OP nebenan aufging und das Licht in der Kammer eingeschaltet wurde. Susan hielt den Atem an.

Wenn sie den Kopf zur Seite drehte, konnte sie durch den Spalt in der Schranktür den Mitteltisch sehen. Darauf standen zwei Plexiglasbehälter, die wie kleine Aquarien aussahen. Jetzt begriff sie auch, was es mit dem Geräusch auf sich hatte: Es kam von batteriegetriebenen Motoren, die für eine ständige Umwälzung der Flüssigkeit in den Plexiglasbehältern sorgten. Im ersten schwamm ein menschliches Herz. Susan sah es vibrieren, aber es schlug nicht. Im zweiten Behälter schwamm eine menschliche Niere.

Susan spürte eine Gänsehaut am ganzen Körper. Plötzlich gab der verwirrende Alptraum einen Sinn – deutlicher, als ihr lieb war. Das Jefferson-Institut war ein Umschlagplatz für den Schwarzhandel mit menschlichen Organen!

Doch Susan hatte wenig Zeit, ihre Gedanken zu sammeln. Ein Mann ging an der Spüle vorbei, seine Hosenbeine streiften die einen Spalt offenstehende Schranktür. Er schloß die Tür zum Flur auf, ging dann zum Tisch. Mit sichtlicher Anstrengung nahm er den Behälter mit dem Herzen hoch und trug ihn hinaus. Das Licht ließ er brennen, die Tür blieb angelehnt.

In Susans Hirn jagten sich die Bilder: das T-Ventil an der Sauerstoffleitung, D'Ambrosios teuflisches Grinsen, Nancy Greenly, das zuckende Herz im Aquarium. Ihr fiel die Unterhaltung wieder ein, die sie in der Leichenhalle belauscht hatte, und ihr ging auf: Das mußte Bermans Herz gewesen sein. Sie hatte das Gefühl, keinen Moment länger in ihrem Verlies bleiben zu können. Nach tagelanger Ungewißheit hatte sie Klarheit gewonnen, doch diese Klarheit erschien ihr unerträglich. Sie mußte fort, auf der Stelle fort, aber zum erstenmal wurde ihr bewußt, wie schwierig das sein würde. Sie befand sich nicht in einem normalen Krankenhaus, und wenigstens ein paar der Leute, die hier etwas zu sagen hatten, waren Kriminelle. Sie mußte ausbrechen und jemanden erreichen, der begreifen würde, was hier vorging. Und der wußte, welche Schritte einzuleiten waren. Stark. Sie mußte zu Stark. Er konnte diese Ungeheuerlichkeit richtig einschätzen und war einflußreich genug, etwas dagegen zu unternehmen.

Sehr vorsichtig schob Susan mit der linken Hand die Schranktür auf. Sie lauschte, hörte aber nur die Pumpe, die an den Tank mit der Niere angeschlossen war. Mit großer Mühe befreite sie ihr rechtes Bein. Im selben Moment hörte sie vom Flur wieder Schritte. Ihr blieben nur Sekunden, um Bein und Arm wieder zurückzuziehen. Das Abflußrohr der Spüle grub sich ihr schmerzhaft in den Rücken.

Der Mann schien es diesmal eilig zu haben, und als er zwischen Spüle und Tisch war, stieß er mit dem Fuß die angelehnte Schranktür zu. Es dröhnte Susan in den Ohren. Dann hörte sie den Mann mit dem zweiten Behälter hantieren. Offenbar trug er ihn ebenfalls hinaus. Seine Schritte entfernten sich und verklangen auf dem Korridor.

Erst nach zwei oder drei Minuten wagte Susan es wieder, die Schranktür aufzustoßen. Sie lauschte ins Dunkel: keine Schritte, nur gedämpftes Lachen von nebenan aus dem OP. Susan befreite ihren verkrampften Körper aus dem engen Schrankloch unter der Spüle. Eine Spraydose fiel dröhnend auf den Fußboden. Susan erstarrte. Aber nichts geschah. Sie rannte zur Tür, die in den zweiten OP führte.

Dort mußte sie wieder anhalten, um sich an die noch tiefere Dunkelheit zu gewöhnen. Ganz schwach sah sie über sich die Umrisse der Operationslampen. Vorsichtig trat Susan an die Wand zum Flur, tastete sich zur Tür vor. Als sie den Knauf gefunden hatte, machte sie die Tür einen Spalt auf und spähte hinaus. In diesem Augenblick zerriß das Kreischen einer Alarmklingel die Stille. Alle Lichter flammten auf. Voller Panik ließ Susan den Knauf los und warf sich in Erwartung eines Angreifers mit dem Rücken gegen die Wand.

Der Raum war leer.

Neben einem kleinen Lautsprecher blinkte ein rotes Licht. Dann knackte es im Lautsprecher, und eine unpersönliche Stimme sagte: »Im Gebäude befindet sich eine unbefugte Person weiblichen Geschlechts. Sie ist unter allen Umständen sofort aufzuhalten. Ich wiederhole ... Im Gebäude befindet sich eine unbefugte Person weiblichen Geschlechts ... sofort aufzuhalten.« Der Lautsprecher verstummte, und Susan seufzte erleichtert auf. Sie verließ den OP und spähte um die Halbwand der Waschecke. Niemand war im Korridor zu sehen.

Mit schnellen Schritten eilten zwei weißuniformierte Wächter durch die Hauptstation. Sie verschwendeten keinen Blick an die über hundert von der Decke hängenden Menschenwesen. Jeder hatte eine Pistole in der Hand. Der Größere von beiden horchte in sein Sony-Funkgerät, steckte den Apparat dann an den Gürtel. »Ich soll im Computerzentrum den Fahrstuhl nach oben nehmen. Und du sollst durch die Leichenkammer, die Treppe runter zum Maschinenraum.«

Die beiden gelangten auf den Flur hinter der Station.

»Und denk dran, wir haben klare Anweisungen. Wenn du sie findest, und sie geht freiwillig mit – okay. Wenn sie Ärger macht, legst du sie um. Aber schieß sie in den Kopf. Vielleicht können die ihre Nieren oder das Herz brauchen.«

Die beiden Männer trennten sich. Der Größere ging in den Computerraum. Nachdem er ihn methodisch abgesucht hatte, drückte er auf den Knopf für den Lift.

Susan rannte durch den Operationsvorraum, vorbei am ersten OP. Als sie die Tür zum Umkleidezimmer aufmachte, hörte sie von drinnen Stimmen. Ohne Zögern änderte sie ihren Plan und hetzte zu einer Tür, die ihrer Meinung nach auf den Hauptflur führen mußte. Im Vorbeirennen sah sie auf dem verlassenen Pult eine große spitze Schere liegen. Sie riß sie an sich und hatte nun wenigstens einen Gegenstand, der entfernt einer Waffe glich. Dann wagte sie sich durch die Tür.

Zur ihrer grenzenlosen Erleichterung war der Flur noch menschenleer. Sie konnte die ganze Länge überblicken, bis zur geschlossenen Fahrstuhltür am anderen Ende. Sie holte tief Luft und spurtete los.

Sie hatte etwa die Hälfte der fünfzig Meter hinter sich, als der Lift ankam. Susan bremste scharf ab. Die Fahrstuhltür vibrierte und ging auf. Der Wächter kam heraus. Susan erstarrte. Sie waren beide gleichermaßen erschrocken, als sie einander plötzlich gegenüberstanden.

Der Wächter fing sich zuerst. »Okay, Lady, wir würden uns gern unten mit Ihnen unterhalten.« Die Stimme hörte sich nicht einmal drohend an. Langsam ging der Mann auf Susan zu. Die Waffe hielt er hinter dem Rücken.

Nach ein paar unsicheren Schritten rückwärts drehte Susan sich um und rannte wieder in Richtung Operationsflügel. Der Wächter stürmte hinter ihr her. Voller Verzweiflung rüttelte Susan an mehreren Türen. Die erste war abgeschlossen, die zweite ebenfalls. Auch bei der dritten hatte sie kein Glück. Dann die vierte: Die Klinke bewegte sich; die Tür ging auf.

Susan warf sich über die Schwelle und versuchte, die Tür zuzuschlagen. Doch der Wächter war schon herangekommen. Mit der linken Hand klammerte er sich an die Türkante, während er den rechten Fuß zwischen Schwelle und Tür schob. Ein ungleicher Kampf begann. Susan spannte jeden Muskel an. Doch der Wächter wog über zwei Zentner. Gewicht und Muskeln trugen den Sieg davon. Langsam drückte der Mann die Tür auf, Zentimeter für Zentimeter.

Mit der Schulter und der linken Hand stemmte sich Susan von innen weiter gegen die Tür. Mit der Rechten packte sie die Schere wie einen Dolch. Im nächsten Augenblick rammte sie das spitze Instrument dem Mann in die Hand.

Die Spitze bohrte sich zwischen die Knöchel des zweiten und dritten Fingers. Der Stoß war so stark, daß die Klingen zwischen den Mittelhandknochen hindurchdrangen und weit aus dem Handrücken herausragten. Der Wächter schrie vor Schmerz laut auf und ließ die Tür los. Rückwärts stolperte er in den Korridor; die Schere steckte noch in seiner Hand. Mit angehaltenem Atem und knirschenden Zähnen zog er sie aus dem Fleisch. Eine Arterie war getroffen; Blut spritzte auf den Boden und bildete ein rotes Muster auf dem leuchtenden Kunststoffbelag.

Susan knallte die Tür zu und verriegelte sie mit einer Drehung des Knaufs. Dann wirbelte sie herum, nahm die Umgebung wahr. Sie befand sich in einem kleinen Labor mit einer Arbeitsbank in der Mitte. Links standen zwei Schreibtische, an der Wand sah sie mehrere Aktenschränke. An der Stirnseite des Raumes war ein Fenster.

Nach kurzer Zeit hatte sich der Wächter draußen so weit gefaßt, daß er ein Taschentuch um die Linke wickeln und den Blutstrom stoppen konnte. Er führte es zwischen Zeige- und Mittelfinger hindurch und machte am Handgelenk einen Knoten. Außer sich vor Wut wühlte er in seinen Nachschlüsseln. Der erste drehte sich nicht im Schloß, der zweite paßte gar nicht erst hinein, der dritte blieb stecken. Erst mit dem vierten hatte er Glück. Die Verriegelung schnappte auf, die Tür bewegte sich. Mit einem Fußtritt schlug er sie gegen die Wand, daß der Knauf sich tief in den Gips bohrte. Mit der Pistole im Anschlag stürmte der Wächter in das Labor, drehte sich einmal um die eigene Achse. Susan war verschwunden. Das Fenster stand offen; die kalte Februarluft strömte in den überklimatisierten Raum. Der Wächter rannte zum Fenster, lehnte sich weit genug hinaus, um den Sims überblicken zu können. Dann drehte er sich um und nahm das Walkie-talkie vom Gürtel.

»Okay, hab' das Weibsstück gefunden, Obergeschoß, Gewebelabor. Das ist vielleicht eine! Hat mir 'ne Schere durch die Hand gerammt. Bin aber okay. Die ist durchs Fenster auf den Sims draußen ... Nein, kann sie nicht sehen. Der Sims geht hier gleich um die Ecke ... Nein, die springt bestimmt nicht. Habt ihr die Hunde losgelassen? ... Gut. Hab' nur Angst, daß sie Aufsehen erregt, wenn sie nach vorn kommt ... Okay ...

werd' den Sims auf der anderen Seite kontrollieren. Ende.«

Der Wächter steckte das Sprechfunkgerät wieder an den Gürtel, schloß das Fenster und verriegelte es. Dann stürzte er aus dem Labor. Die verletzte Hand hielt er fest umklammert.

Donnerstag
26. Februar
17 Uhr 47

Susan merkte, wie ihr die schwere Kunststoff-Deckenplatte langsam entglitt. Sie biß die Zähne zusammen. Ihre Hände waren schon ganz taub. Sie konnte die Platte nur mit den Fingerspitzen gegen die Halterung auf der anderen Seite drükken. Die Platte war zwei Meter lang und ebenso breit. Unten hörte sie den Wächter in sein Funkgerät sprechen. Wenn die Platte ihren Fingern entglitt und in den Rahmen zurückfiel, solange er dort stand, war sie verloren. Susan schloß die Augen, versuchte, die tauben Finger und schmerzenden Unterarme zu ignorieren. Die Platte rutschte. Gleich würde sie fallen. Der Wächter stellte den Apparat ab. Dann wurde das Fenster geschlossen. Mit letzter Kraft behielt Susan die Platte im Griff. Sie hörte nicht, wie der Wächter aus dem Labor ging. Mit einem dumpfen Knall, der die Halterung der Hängedecke erschütterte, fiel die Platte in ihren Rahmen zurück. Während das Blut schmerzhaft in ihre Fingerspitzen strömte, lauschte Susan angestrengt. Von unten kam kein Laut. Sie atmete tief durch.

Sie kauerte in dem Zwischenraum zwischen der Kunststoff-Hängedecke über dem Labor und der Betondecke. Ihr fiel ein, daß sie vor ihrer Expedition über den OPs im Memorial von der Existenz solcher Hohldecken überhaupt nichts gewußt hatte. Jetzt hatte ihr dieses Wissen wahrscheinlich das Leben gerettet. Sie dankte den Sternen für die Aktenschränke an der Wand, die es ihr möglich gemacht hatten, die Deckenplatte anzuheben und durch das Loch zu klettern.

Durch die Ritzen zwischen den Platten drang nur spärliches Licht. Susan holte die Geschoßpläne hervor und versuchte, sich zu orientieren. Doch auch nach einer längeren Gewöhnungspause konnte sie nichts erkennen. Als sie sich umsah, bemerkte sie einen größeren Lichtkegel, der in etwa sieben Meter Entfernung aus einem Loch in der Decke kam. Mit Hilfe der Senkrechtträger über der Wand zwischen dem Labor und dem benachbarten Raum gelangte sie zu der helleren Stelle. Sie kauerte sich so hin, daß sie die Pläne studieren konnte. Vor allem war sie auf der Suche nach einem Hauptleitungsschacht, wie sie ihn im Memorial gesehen hatte. Wenn er nur groß genug war, konnte er ihr womöglich als Fluchtweg dienen. Sie entdeckte eine quadratische Eintragung direkt neben dem Fahrstuhlschacht. Das mußte er sein, entschied sie.

Vorsichtig schob sie sich an den Stützen entlang, bis sie auf die feste Flurdecke gelangte. Sie bestand aus Beton, wahrscheinlich, um den Schienenkarren genügend Halt zu geben. Hier war das Vorankommen wesentlich einfacher. Susan bewegte sich in Richtung auf den Fahrstuhlschacht.

Doch je näher sie ihm kam, desto beschwerlicher wurde der Weg. Die Dunkelheit nahm ständig zu, und außerdem begleiteten sie immer mehr Leitungen, Rohre und Kabel, die alle dasselbe Ziel zu haben schienen. Jetzt war sie vor allem auf ihren Tastsinn angewiesen, setzte behutsam einen Fuß vor den anderen. Mehrfach kam sie in schmerzhafte Berührung mit Heißdampfleitungen, und der Geruch von verbranntem Fleisch stieg ihr in die Nase.

In völliger Finsternis erreichte sie schließlich den Fahrstuhlschacht und fühlte, wie der Beton im rechten Winkel abfiel. Sie kroch an der Kante entlang, tastete mit einer Hand eine Rohrleitung ab und merkte, daß der runde Stahl plötzlich einen Knick nach unten machte, ebenso wie alle anderen Leitungen. Susan beugte sich vor und sah tief unten einen schwachen Lichtschein.

Mit den Händen maß sie den Durchmesser des Leitungsschachts: ein Quadrat von ca. 1,30 Meter Seitenlänge. Die

Wand zum Fahrstuhlschacht bestand aus Beton. Als Kletterstange suchte sich Susan ein Rohr von ungefähr fünf Zentimeter Dicke aus. Sie packte es fest und ließ sich langsam in den Schacht hinab, indem sie den Rücken gegen die Betonwand drückte. Zentimeterweise schob sie sich nach unten, wie ein Bergsteiger beim Training.

Sie kam nur sehr langsam voran, versuchte vor allem, die Heißdampfleitungen zu meiden. Nach einer Weile konnte sie die Röhren voneinander unterscheiden. Dann erkannte sie im Dunkeln vage Konturen und nahm an, daß sie an der Hohldecke zwischen Ober- und Erdgeschoß angekommen war. Also machte sie Fortschritte, und ihr Triumphgefühl wurde nur durch die Einsicht gedämpft, daß der Schacht keineswegs eine Einbahnstraße war. Genausogut, wie sie hinunterkletterte, konnte von unten jemand heraufkommen. Ihr wurde nun auch klar, wie relativ leicht man sich Zugang zu dem T-Ventil an der Sauerstoffleitung im Memorial hatte verschaffen können.

Susan kletterte weiter abwärts. Von unten drang jetzt etwas mehr Licht zu ihr herauf. Außerdem hörte sie immer deutlicher das Geräusch elektrischer Motoren und Maschinen. Als sie sich dem Keller näherte, bemerkte sie zu ihrer Ernüchterung, daß es dort unten keine Doppeldecke gab, also keine Möglichkeit, ihren Weg unbeobachtet fortzusetzen. Doch Susan blieb nichts übrig, als weiterzuklettern, bis sie den Keller einsehen konnte.

Sie befand sich über dem Maschinenraum mit dem Generator. Die Szene wurde von ein paar Arbeitslampen erhellt. Susans Kletterstange, offensichtlich eine Wasserleitung, führte direkt weiter bis zum Boden. Aber mehrere andere Rohre, darunter auch größere und festere, bogen rechtwinklig ab und liefen, von Eisenträgern gehalten, knapp einen Meter fünfzig unter der Kellerdecke entlang, hoch über den Maschinen.

Mit größter Vorsicht stieg Susan auf eines dieser Rohre. Ihre Körperbeherrschung aufgrund ihrer tänzerischen Begabung kam ihr dabei zustatten. Den Kopf und die rechte Hand gegen die Betondecke gepreßt, bewegte sie sich langsam auf dem

Rohr vorwärts. Den Blick hielt sie starr nach vorn gerichtet. Nur nicht hinuntersehen! befahl sie sich.

Nach anfänglichem Schwanken wurde sie immer sicherer. Ihr Selbstvertrauen wuchs, besonders als sie hinter einer Wand wieder eine ihrer wohlbekannten Hohldecken sah. Mit diesem Ziel vor Augen und indem sie sich an der Decke abstützte, gelang ihr der Seil- oder besser Röhrenakt. Der Weg führte sie genau über den Generator. Sie war keine anderthalb Meter mehr von der rettenden Zwischendecke entfernt, als ein Lichtstrahl sie fast aus dem Gleichgewicht brachte. Die Beleuchtung im Maschinensaal war angeschaltet worden.

Nach einem kurzen Blick nach unten schloß Susan die Augen, preßte die Hände fest gegen die Decke und drückte ihre Absätze gegen die Röhre. Unter ihr schlich ein Wächter langsam zwischen den Maschinen herum, eine große Taschenlampe in der einen, die Pistole in der anderen Hand.

Die folgende Viertelstunde war mit Sicherheit die längste in Susans Leben. In ihrer weißen Kleidung fühlte sie sich vor dem dunklen Hintergrund wie ein lebendiges Leuchtfeuer, und sie konnte nicht fassen, daß sie nicht sofort entdeckt wurde. Dabei suchte der Wächter mit aller Sorgfalt, spähte sogar in die kleinen Schränke unter der Werkbank. Doch nach oben sah er nicht. Zuerst begannen Susan die Arme zu zittern, so groß war die Anstrengung, sich aufrecht zu halten. Dann kroch das Zittern in die Beine, und Susan hatte Angst, ihre Schuhsohlen würden auf dem Metallrohr einen verräterischen Stepptanz beginnen. Aber der Wächter hatte endlich seinen Rundgang beendet, knipste die Deckenlampen aus und verschwand.

Susan konnte und wollte nicht gleich weiter. Sie versuchte, sich zu entkrampfen, ihr Schwindelgefühl zu überwinden. Das Ziel, die rettende Hängedecke in anderthalb Meter Entfernung, war ganz nah und zugleich unendlich weit. Am liebsten hätte sie eine Art Hechtsprung gewagt, aber sie hatte Angst, durch das Geräusch auf sich aufmerksam zu machen. Schließlich bewegte sie den rechten Fuß zehn Zentimeter vorwärts, zog den linken nach. Die Schmerzen in Händen und Beinen waren kaum noch zu ertragen. Aber es half nichts, sie durfte nicht aufgeben. Sie schob sich mit zusammengebissenen Zähnen Stück für Stück weiter, bis sie nach einer halben Ewigkeit die Zwischendecke erreichte. Dort ließ sie sich auf den Rücken fallen, rang nach Atem. Erst ganz allmählich wurden ihre Glieder wieder normal durchblutet.

Ihr war klar, daß sie sich keine längere Pause gönnen durfte. Sie mußte einen Weg aus dem Gebäude finden, nur die Flucht konnte ihr Leben retten. Immer noch auf dem Rücken liegend, studierte sie wieder den Grundriß. Offenbar gab es zwei Ausgänge. Der eine, durch den Vorratsraum, mußte ganz in ihrer Nähe sein. Der andere befand sich auf der entfernten Gebäudeseite, am Ende eines Raumes, der mit Vs. gekennzeichnet war. Susan sah in den Erläuterungen nach. Vs. hieß Versand.

Sie dachte daran, wie der Mann das Herz und die Niere aus der Gerätekammer zwischen den OPs weggetragen hatte, und entschied sich für den längeren Weg. Womöglich wurde soeben der Transport der Organe vorbereitet. Susan wußte: Transplantationsorgane mußten so schnell wie möglich ihrer Verwendung zugeführt werden.

Nachdem sie die Pläne eingesteckt hatte, zwang sich Susan auf die Beine. Ihre Schwesterntracht war jetzt stark verschmutzt und an mehreren Stellen eingerissen. Auf dem Weg zu der Stelle, wo sie den Versandraum vermutete, orientierte sie sich an der festen Betondecke über dem Kellerflur. Zur Abwechslung kam sie relativ leicht voran, schon deshalb, weil große Teile des Kellers keine Zwischendecke hatten und genügend Licht nach oben dringen konnte. So hatte sie keine Mühe, den Rohren und Leitungen auszuweichen.

Als sie an der äußersten Ecke des Gebäudes angelangt war, entnahm sie einem weiteren Blick auf den Plan, daß sie ihr Ziel erreicht haben mußte. Sie legte sich auf den Bauch und hob, so behutsam sie konnte, eine Deckenplatte an, bis sie durch den Spalt sehen konnte. Im Versandraum befand sich ein Mann!

Susan wagte nicht, die Platte wieder fallen zu lassen. Das

Geräusch hätte sie verraten. Sie starrte in den Versandraum hinunter. Der Mann saß über ein Pult gebeugt und füllte ein Formular aus. Er trug einen Lederanzug, dessen Reißverschluß oben offen war. Auf dem Boden standen zwei Kästen aus Isolierpappe. Grelle Aufschriften stachen ins Auge: »Menschliche Transplantationsorgane – Diese Seite: oben – Nicht stürzen! – Zerbrechlich – Eilsendung.«

Eine Tür, die Susan von oben nicht sehen konnte, ging auf. Ein zweiter Mann erschien: einer der Wächter.

»Nun mach schon, Mac! Lad die Dinger ein und zieh Leine. Wir haben hier zu tun.«

»Ich verlade nichts ohne ordnungsgemäß ausgefüllte Papiere«, lautete die Antwort.

Der Wächter verließ den Raum durch eine Schwingtür in der gegenüberliegenden Wand. Susan konnte ganz kurz das Terrain dahinter sehen: offenbar eine Garage.

Mit pedantischer Langsamkeit füllte der Fahrer das Formular aus, dann legte er den Durchschlag in einen Korb auf dem Pult. Das Original steckte er in die Tasche. Er lud die Kartons auf einen niedrigen Transportwagen, mit dem er rückwärts durch die Schwingtür verschwand.

Susan ließ die Deckenplatte zurückfallen. Sie hörte, wie eine Lastwagentür zugeschlagen und verriegelt wurde, und lief zur Wand am Ende der Korridordecke.

Dort war es dunkler. Als Susan die Wand vor sich abtastete, spürte sie statt des erwarteten Betons wieder Isolierplatten, diesmal senkrecht aufragend. Von jenseits hörte sie, daß ein Motor gestartet wurde. Sie zog an einer Platte, aber die wurde von mehreren Metallflanschen fest an ihrem Platz gehalten. Der Lastwagenmotor hustete zweimal auf und verstummte.

Verzweifelt zog Susan an einem Flansch, bog ihn nach vorn, dann den nächsten und übernächsten. Der Motor hustete abermals, ratterte los, brüllte auf und fing sich in einem stetigen Brummen. Susan hörte das typische Poltern einer sich automatisch öffnenden Garagentür. Sie zog wieder mit aller Kraft an der Platte, aber die rührte sich nicht. Noch einmal bog sie an den Flanschen, packte dann wieder die Platte. Sie löste sich plötzlich, und zwar so vollständig, daß Susan hintenüberkippte. Sie rappelte sich schnell wieder auf und blickte durch das Loch in der Wand – in eine große Tiefgarage. Direkt unter ihr stand ein mittelgroßer Lastwagen mit puckerndem Auspuff. An der Ausfahrt sah sie einen Wächter, die Hand am Öffnungsschalter. Die schwere Garagentür bewegte sich nach oben.

Susan überlegte nicht lange. Sie sprang. Mit Händen und Füßen zugleich landete sie auf dem Verdeck des Transporters. Das Geräusch des Aufpralls wurde vom Motorenlärm geschluckt. Susan hatte sich kaum auf dem Dach ausgestreckt, als das Lastauto auch schon anfuhr. Hilflos fühlte Susan, wie sie rückwärts rutschte. Sie suchte einen Halt, irgend etwas, eine Schraube, eine Erhebung, aber auf dem glatten Metall tasteten ihre Hände vergebens. Sie kam heil durch die Garagentür, aber auf der ansteigenden Ausfahrt schien das Ende ihrer kurzen Fahrt gekommen. Schließlich hingen sogar ihre Füße hinten herunter, während sie die Hände verzweifelt auf die glatte Oberfläche preßte.

Aber dann hatte der Laster die Straße erreicht, und der Fahrer mußte bremsen, bevor er nach links einbiegen konnte. Susan wurde plötzlich nach vorn katapultiert. Nach dem Aufenthalt in den hohen Temperaturen des Instituts traf sie die Kälte des Februarabends wie ein Keulenschlag. Der Wagen nahm Fahrt auf, und Susan geriet in Panik. Zentimeter für Zentimeter kroch sie auf das Führerhaus zu. Schließlich ertasteten ihre halb tauben Finger einen Ventilator. Sie klammerte sich mit letzter Kraft an das Drahtgitter. Bei der ersten Bodenschwelle flog sie hoch und knallte gleich darauf mit voller Wucht auf das Verdeck. Kinn und Nase schlugen so hart auf das Metall, daß ihr die Sinne schwanden. Was danach geschah, nahm sie kaum noch wahr.

Der eiskalte Fahrtwind brachte Susan wieder zu sich. Mit der rechten Hand hielt sie immer noch das Ventilatorgitter umklammert. Sie hob den Kopf und spürte, wie Blut von Nase und

Lippen tropfte. Als sie noch etwas benommen die vorbeigleitenden Gebäude betrachtete, erkannte sie die Gegend. Haymarket. Natürlich, dachte Susan. Die Fahrt ging zum Logan Airport.

Auf der Straße herrschte immer noch dichter Verkehr. Nach einer Weile hielt der Lastwagen an einer Ampel. Susan kroch nach vorn zum Führerhaus. Sie schob die Beine über den Rand und stellte sich auf das Kabinendach. Dann setzte sie sich und suchte mit den Füßen die Motorhaube. Sie bückte sich und warf einen Blick durch die Windschutzscheibe auf den Fahrer. Der Mann hielt das Lenkrad umklammert, saß wie versteinert da und starrte sie an wie einen Geist.

Susan rutschte von der Motorhaube auf den Kotflügel und sprang auf die Straße. Sie landete auf allen vieren, raffte sich aber sofort auf und rannte zwischen den Autos hindurch in Richtung Government Center. Jetzt erst löste sich der Fahrer aus seiner Erstarrung. Er stieß die Tür auf und schrie hinter ihr her. Doch die ärgerlichen Rufe anderer Autofahrer und der Beginn eines Hupkonzerts brachten ihn schnell wieder in sein Fahrerhaus zurück. Die Ampel stand auf Grün. Als er den Gang einlegte und Gas gab, schüttelte er immer wieder den Kopf. Was er soeben erlebt hatte, würde ihm niemand glauben.

Donnerstag
26. Februar
20 Uhr 10

Die leichte, an vielen Stellen eingerissene Schwesterntracht bot wenig Schutz gegen die scharfe Kälte. Das Thermometer stand beträchtlich unter Null, und der böige Nordwind tat ein übriges. Susan rannte über den ausgestorbenen Haymarket, vorbei an verlassenen Gemüseständen. Immer wieder blies ihr der Wind leere Kartons vor die Füße. Deshalb kam sie nur mühsam voran und fühlte sich lebhaft an ihren morgendlichen Alptraum erinnert.

An der Ecke wandte sie sich nach links und mußte sich jetzt

gegen die geballte Kraft des Windes stemmen. Sie zitterte am ganzen Körper, ihre Zähne klapperten, als schickten sie Notsignale in die Winternacht. Auf der Renommierstraße zur City Hall wurde es noch schlimmer. Die Bauten des Verwaltungszentrums mit ihren geschwungenen Fassaden wirkten wie ein Windkanal und verstärkten die Wucht des Nordwinds. Linker Hand ragte die City Hall in den dunklen Himmel. Ihre geometrischen Muster warfen verzerrte, gespenstische Schatten, und es war Susan, als trabte sie durch eine bedrohliche, futuristische Welt.

Vor allem brauchte sie jetzt ein Telefon. Als sie auf die Cambridge Street kam, begegnete sie wenigstens ein paar Menschen, die gebückt und gesichtslos durch die Kälte hasteten. Susan hielt den ersten Passanten auf ihrer Straßenseite an; es war eine Frau. Sie hob den Kopf, starrte Susan an, zuerst ungläubig, dann in steigendem Entsetzen.

»Ich brauche Kleingeld und muß ein Telefon finden«, stieß Susan zwischen ihren klappernden Zähnen hervor.

Wortlos schob die Frau Susans Arm beiseite und hastete weiter, ohne sich noch einmal umzudrehen.

Susan sah an ihrer Schwesterntracht herunter – sie war zerrissen, völlig verschmutzt und blutbefleckt. Ihre Hände waren schwarz, das Haar hoffnungslos zerzaust und verklebt. Sie sah aus wie eine entlaufene Irre oder, etwas milder ausgedrückt, wie eine notorische Stadtstreicherin.

Als nächstes hielt sie einen Mann an und sagte ihren Spruch auf. Bei ihrem Anblick fuhr der Passant zurück. Dann griff er in die Tasche und hielt Susan ein paar Geldstücke hin. Auch sein Blick spiegelte ungläubiges Erschrecken. Er ließ die Münzen in Susans Hand fallen, als hätte er Angst, sie zu berühren.

Susan nahm das Geld. Es war mehr, als sie benötigte. »Soviel ich weiß, haben die da hinten in der Kneipe ein Telefon«, sagte der Mann. »Ist irgendwas los mit Ihnen?«

»Ich bin okay, wenn ich nur an ein Telefon komme«, erwiderte Susan. »Haben Sie vielen Dank.«

Ihre klammen Finger hatten Mühe, das Geld zu halten. Die

Hände waren so taub geworden, daß sie die Münzen nicht einmal spürte. Geduckt rannte sie über die Cambridge Street auf die Kneipe zu.

Als sie eintrat, schlug ihr dampfende, ölige Hitze entgegen. Sie fühlte grenzenlose Erleichterung. Ein paar Leute hoben die Köpfe, blickten aber gleich wieder fort, eingedenk der Devise: nur in nichts reinziehen lassen.

Nicht zum erstenmal in den letzten Tagen fühlte Susan plötzlich eine irrationale Angst. Sie blickte von Gesicht zu Gesicht, immer gewärtig, dem Feind ins Auge zu sehen. Trotz der hier herrschenden Wärme zitterte sie jetzt noch mehr. Eilig strebte sie zum Münztelefon neben den Toiletten.

Ihre steifgefrorenen Hände wollten ihr nicht gehorchen, und die meisten Geldstücke fielen auf den Boden, doch niemand machte Anstalten, ihr beim Aufheben zu helfen. Der Barmann mit den fettverschmierten, tätowierten Armen sah ihr ausdruckslos zu.

Schließlich meldete sich die Zentrale des Memorial.

»Hier ist Dr. Wheeler«, rief Susan in den Apparat. »Und ich muß dringend mit Dr. Stark sprechen. Es handelt sich um einen Notfall. Haben Sie seine Nummer?«

»Tut mir leid, aber wir dürfen die Privatnummern der Ärzte nicht angeben«, erwiderte die Stimme.

»Aber es geht wirklich um einen Notfall.« Susan suchte mit den Augen das Lokal ab, immer in der Erwartung, daß der unbekannte Feind die Maske fallen ließ.

»Tut mir außerordentlich leid, aber wir haben strenge Anweisung. Wenn Sie mir Ihre Nummer geben wollen, werde ich dem Doktor ausrichten, daß er zurückrufen soll.«

Susans Augen suchten verzweifelt die Nummer an der Wählscheibe.

»523-8787.«

Die Verbindung wurde unterbrochen. Susan legte auf. Ein heißer Tee würde ihr jetzt guttun. Sie suchte auf dem Fußboden nach den verlorenen Münzen. Sie wußte, daß ein Vierteldollar dabeigewesen war.

Am anderen Ende des Lokals stand ein Gast auf. Schläfrig tapste er auf das Telefon zu. Er hatte die Hand schon nach dem Hörer ausgestreckt, als Susan auf ihn aufmerksam wurde.

»Bitte nicht! Ich erwarte einen dringenden Anruf. Bitte benutzen Sie den Apparat in den nächsten paar Minuten nicht. Es dauert nicht lange.« Susan war aufgestanden und sah den Mann flehentlich an.

»Tut mir leid, Schwester, muß telefonieren.« Der Mann nahm den Hörer ab und machte Anstalten, die Münze in den Schlitz zu stecken.

Wohl zum erstenmal in ihrem Leben verlor Susan ihre Selbstbeherrschung.

»Nein! Nein!« schrie sie mit aller Kraft. Die Köpfe im Lokal fuhren herum. Um ihrer Entschlossenheit Ausdruck zu verleihen, stieß Susan ihre gefalteten Hände von unten gegen den Arm des Mannes, schlug ihm Hörer nebst Münze aus der Hand und traf ihn noch einmal voll auf Stirn und Nasenrücken. Der Mann taumelte rückwärts in eine Nische, wo er bewegungslos vor Schreck sitzen blieb.

Schnell legte Susan den Hörer wieder auf die Gabel und hielt ihn dort fest. Sie schloß die Augen, beschwor den Apparat, er solle klingeln, klingeln, klingeln! Er tat es. Es war Stark. Susan versuchte, sich zusammenzureißen, aber die Worte purzelten nur so aus ihr heraus.

»Dr. Stark, hier ist Susan Wheeler. Ich habe die Antworten ... alle Antworten, ich weiß jetzt Bescheid ... Es ist unglaublich, einfach unglaublich!«

»Beruhigen Sie sich, Susan. Was heißt das: Sie haben alle Antworten?«

»Ich kenne das Motiv. Beides, die Methode und das Motiv.«

»Susan, Sie sprechen wirklich in Rätseln.«

»Die Koma-Patienten, verstehen Sie doch! Das sind keine Unglücksfälle, keine zufälligen Komplikationen. Das ist alles geplant. Als ich die Krankenblätter studierte, fiel mir auf, daß bei allen Opfern Gewebebestimmungen gemacht wurden.«

Susan hielt inne. Sie mußte daran denken, wie Bellows sie

davon zu überzeugen versucht hatte, daß an den Gewebebestimmungen nichts Besonderes war.

»Ja? Und, Susan?«

»Also, ich hab' dem keine Bedeutung beigemessen. Aber jetzt tue ich's um so mehr. Jetzt, nachdem ich das Jefferson-Institut kennengelernt habe.«

Als sie den Namen ausgesprochen hatte, sah Susan sich argwöhnisch im Lokal um. Die meisten Gesichter waren ihr zugewandt. Aber niemand bewegte sich. Susan zog sich so weit in den Alkoven vor den Toilettentüren zurück, wie die Telefonschnur es zuließ. Zur Vorsicht hielt sie noch die Hand über die Sprechmuschel.

»Ich weiß, das hört sich alles völlig unglaubwürdig an, aber das Jefferson-Institut ist in Wirklichkeit ein Umschlagplatz für den Schwarzhandel mit Transplantationsorganen. Irgendwie bekommen diese Leute Bestellungen für Organe für jeweils bestimmte Gewebetypen. Und diejenigen, die hinter der ganzen Sache stecken, suchen dann die Krankenhäuser hier in Boston ab, bis sie Patienten mit den passenden Gewebearten finden. Wenn es sich um Chirurgie-Patienten handelt, geben sie einfach ein Quantum Kohlenmonoxyd in die Narkose. Liegt der Patient aber in der medizinischen Abteilung, bekommt er – oder sie – eine Spritze Succinylcholin in die Infusion. Dadurch wird das Gehirn des Opfers zerstört. Der Patient ist ein lebender Leichnam, aber seine Organe sind in Ordnung und funktionieren und werden so lange funktionsfähig gehalten, bis die Metzger in dem Institut sie rausschneiden können.«

»Susan, das ist eine ganz und gar unglaubliche Geschichte«, sagte Stark völlig konsterniert. »Glauben Sie denn, daß Sie eine derartige Ungeheuerlichkeit beweisen können?«

»Das ist ja gerade das Hauptproblem. Wenn es einen großen Skandal gibt und zum Beispiel die Polizei eine Razzia im Jefferson-Institut macht, wird sicher nichts dabei herauskommen. Die haben bestimmt für solche Fälle vorgesorgt. Das Institut fungiert offiziell als Spezialkrankenhaus für Intensivpflege. Außerdem werden Kohlenmonoxyd wie Succinylcholin sehr schnell im Körper abgebaut und hinterlassen keinerlei Spuren. Es gibt meiner Meinung nach nur die Möglichkeit, daß jemand mit Einfluß wie Sie die Behörden dazu bekommt, ohne jede Vorankündigung einzuschreiten. Nur so kann man die Organisation, die hinter diesen Verbrechen steht, auffliegen lassen.«

»Da könnte was dran sein, Susan«, ließ sich Stark vernehmen. »Aber ich müßte erst alle Details wissen, die Sie zu Ihren geradezu phantastischen Schlußfolgerungen gebracht haben. Sind Sie im Moment in Gefahr? Ich kann sofort kommen und Sie abholen.«

»Nein, im Moment bin ich okay.« Susan spähte in das Lokal. »Es wäre einfacher, wenn ich Sie irgendwo treffen könnte. Ich werde mir ein Taxi nehmen.«

»Gut. Kommen Sie in mein Büro im Memorial. Ich fahre sofort los.«

»Ich komme.« Susan war im Begriff aufzulegen, als sie Starks Stimme noch einmal hörte.

»Und, Susan, noch was. Wenn das stimmt, was Sie sagen, dann ist unbedingte Geheimhaltung nötig. Reden Sie mit niemandem darüber, bis wir miteinander gesprochen haben.«

»Natürlich nicht. In ein paar Minuten bin ich bei Ihnen.«

Noch während sie auflegte, schlug Susan das zerfledderte Telefonbuch auf und suchte eine Taxi-Rufnummer heraus. Sie steckte ihre letzte Münze in den Schlitz und bestellte ein Taxi auf den Namen Shirley Walton. Es würde zehn Minuten dauern, hieß es.

Dr. Howard Stark wohnte in Weston, wie neun Zehntel der Ärzteschaft von Boston. Er nannte ein weitläufiges Haus im Tudorstil sein eigen, dessen Prunkstück die viktorianische Bibliothek war. Nachdem er das Gespräch mit Susan beendet hatte, legte er den Hörer auf die Gabel des Telefons auf seinem Schreibtisch. Dann zog er die rechte Schreibtischschublade auf und holte ein zweites Telefon heraus. Es war ein Spezialapparat, der elektronisch gegen jedes Ab- und Mithören gesichert war. Diese Leitung konnte niemand ohne Starks Wissen anzapfen.

Er wählte schnell und beobachtete dabei das kleine Oszilloskop in der Schublade. Alles war normal.

Im Kontrollraum des Jefferson-Instituts klingelte das rote Telefon. Ein sorgsam manikürter Mann nahm den Hörer ab.

»Wilton!« Stark konnte seine Wut nur schwer verbergen. »Da läßt sich ein Zahlengenie und mit allen Wassern gewaschener Geschäftsmann wie Sie aufs Kreuz legen, wenn es darum geht, ein einzelnes, unbewaffnetes Mädchen dingfest zu machen. Und das in einem Bau, der sich in nichts von einer Festung unterscheidet! Ich verstehe überhaupt nicht, wie Sie diese Angelegenheit so außer Kontrolle geraten lassen konnten. Schließlich hab' ich Sie schon vor Tagen vor der Frau gewarnt.«

»Nur keine Aufregung, Stark. Wir finden sie. Sie hat es zwar geschafft, auf den Sims zu klettern, aber schließlich muß sie ja mal wieder reinkommen. Alle Türen sind geschlossen, und ich habe inzwischen zehn Mann hier. Es besteht kein Grund zur Aufregung.«

»Nein, überhaupt keiner«, fauchte Stark. »Dann lassen Sie mich Ihnen mal was erzählen. Die Dame hat mich eben angerufen und mir sehr plastisch den ganzen Kern unseres Unternehmens geschildert. Verstehen Sie? Die ist längst draußen, Sie Esel!«

»Draußen? Unmöglich!«

»Was heißt hier unmöglich? Ich sag' Ihnen doch, sie hat mich eben angerufen. Glauben Sie etwa, sie hat eines von Ihren Telefonen benutzt? Himmel, Wilton! Warum haben Sie sie nicht aus dem Verkehr gezogen?«

»Wir haben ja alles versucht. Offensichtlich ist sie einem der besten Killer entwischt. Demselben, der Walters versorgt hat.«

»Walters! Auch so eine Katastrophe! Warum haben Sie den nicht einfach aus dem Weg geräumt, sondern statt dessen diesen albernen Selbstmord inszeniert?«

»Einzig und allein Ihretwegen. Sie haben sich doch so aufgeregt, als die Drogen gefunden wurden, die der alte Schwachkopf gehortet hatte. Hatten Sie nicht eine Heidenangst, daß die Behörden eine große Untersuchung starten könnten? Wir mußten Walters also nicht nur beseitigen, sondern ihn auch mit den verdammten Drogen in Verbindung bringen.«

»Also, ich kann Ihnen nur sagen, der ganze verdammte Wirbel hat mir eins gezeigt: Es wird höchste Zeit, daß wir unser Unternehmen einstellen. Haben Sie mich verstanden, Wilton?«

»Der große Doktor will aussteigen, was? Nach fast drei Jahren läuft zum erstenmal nicht alles nach Wunsch, und gleich wollen Sie das Handtuch werfen. Dabei haben Sie aus der Sache Geld genug bekommen, um Ihr ganzes verdammtes Krankenhaus zu erneuern. Und haben sich den Posten als Chefchirurg gesichert. Und jetzt wollen Sie uns auffliegen lassen. Na, dann will ich Ihnen mal was sagen, Stark. Ab heute können Sie sich auf den Kopf stellen, aber die Anweisungen kommen nicht mehr von Ihnen. Sie haben jetzt nur noch zu gehorchen. Und der erste Befehl heißt: Schaffen Sie uns das Mächen vom Hals.«

Der Mann am anderen Ende hatte aufgelegt. Stark knallte den Hörer auf, schob das Telefon wieder in die Schublade und schloß sie. Er zitterte vor Wut. Mit aller Kraft mußte er an sich halten, um nicht seine eigene wertvolle Einrichtung zu zertrümmern. Er krallte sich an die Schreibtischkante, bis seine Finger weiß wurden. Langsam legte sich sein Zorn. Er wußte, bloße Wut hatte noch nie ein Problem gelöst. Er mußte sich auf seine analytischen Fähigkeiten verlassen. Letzten Endes hatte Wilton recht. Susan bedeutete die erste Störung seiner Pläne in fast drei Jahren. Ansonsten übertraf die Entwicklung Starks kühnste Träume. Das Programm mußte weitergehen, zum Wohle und Nutzen der medizinischen Wissenschaft. Susan mußte aus dem Weg geräumt werden, daran gab es keinen Zweifel, und zwar auf eine Art, die keinen Verdacht erregte, vor allem nicht bei so engstirnigen Figuren wie Harris oder Nelson. Die konnten nicht weiter als bis zu ihrem Bauchnabel sehen. Nur er, Stark, hatte die große Vision.

Er kam hinter seinem schweren Schreibtisch hervor und ging zur Bücherwand. Tief in Gedanken fuhr er mit der Hand über die Goldschriftbuchrücken einer Dickens-Erstausgabe. Plötzlich hatte er die Inspiration. Er lächelte.

»Schön ... wunderschön«, sagte er laut. »Und es paßt hundertprozentig, eine durch und durch angemessene Lösung.« Er lachte. Vergessen war aller Zorn.

Donnerstag
26. Februar
20 Uhr 47

Ohne zu zahlen, stürmte Susan aus dem Taxi und rannte auf den Eingang des Memorial zu. Sie hatte kein Geld und wollte sich gar nicht erst auf einen Streit einlassen. Auch der Fahrer sprang aus dem Wagen und schrie ihr wütend nach. Damit erregte er zwar die Aufmerksamkeit eines Wächters, aber Susan war schon durch das Portal verschwunden. In der großen Halle verfiel sie in normale Gangart. Zu ihrer peinlichen Überraschung sah sie direkt vor sich Bellows in dieselbe Richtung gehen. Susan überlegte, ob sie ihn ansprechen sollte. Aber dann dachte sie wieder daran, wie er sie dazu hatte bringen wollen, sich nicht weiter bei dem Thema der Gewebeanalysen aufzuhalten. Sie konnte nicht ausschließen, daß Bellows in die Sache verwickelt war. Außerdem klang ihr noch Starks Ermahnung in den Ohren, mit niemandem über die Angelegenheit zu sprechen. Deshalb ließ sie Bellows schließlich weiter in Richtung Notaufnahmestation gehen, während sie zu den Fahrstühlen eilte.

Ein Lift stand gerade unten. Susan stieg ein und drückte Knopf 10. Die Halle verschwand immer mehr aus ihrem Blickfeld, während die Tür langsam zuging. Aber im letzten Moment schob sich eine Hand durch den Spalt. Susan starrte sie an, bis das Gesicht eines Wächters auftauchte.

»Ich würd' gern ein Wort mit Ihnen reden, Miss«, sagte er und hielt die Fahrstuhltür auf. »Bitte, kommen Sie heraus.«

»Aber ich bin in großer Eile. Es geht um einen Notfall.«

»Die Notaufnahme ist hier unten, Miss.«

Widerwillig folgte Susan der Anordnung und trat aus dem

Fahrstuhl. Hinter ihr schloß sich die Tür, und der Fahrkorb begann ohne Passagier seine Reise in den zehnten Stock.

»Es geht um eine andere Art Notfall«, beschwor Susan den Mann.

»Und die Sache ist so eilig, daß Sie Ihr Taxi nicht bezahlen konnten?« Die Stimme des Wachmanns schwankte zwischen Ermahnung und Besorgnis. Schließlich schien Susans Anblick ihre Worte zu bestätigen, daß es sich um einen Notfall handelte.

»Lassen Sie sich seinen Namen und den des Taxi-Unternehmens geben; ich bezahle dann später. Hören Sie, ich bin Medizinstudentin. Mein Name ist Susan Wheeler. Ich habe im Moment einfach keine Zeit.«

»Wo wollen Sie denn um diese Stunde hin?« Die Stimme des Wächters klang mittlerweile fast väterlich.

»Nach Beard zehn. Ich muß dort einen Arzt sprechen. Es ist ungeheuer wichtig.« Susan drückte den Aufwärts-Knopf.

»Wen?«

»Dr. Howard Stark. Sie können ihn anrufen, wenn Sie wollen.«

Der Wachmann war verwirrt und voller Zweifel. Schließlich entschied er sich. »Also gut. Aber kommen Sie auf dem Rückweg bitte im Wachraum vorbei.«

»Das tu ich, bestimmt«, versprach Susan, und der Wächter drehte sich um.

Im selben Augenblick kam der nächste Fahrstuhl unten an. Susan drängte sich an den wenigen Aussteigenden vorbei, die sie erstaunt ansahen. Während der Fahrt in den zehnten Stock lehnte sie sich gegen die Wand, dankbar für die Stütze.

Oben sah die Welt so spät am Abend ganz anders aus, als Susan es von ihrem früheren Besuch in Erinnerung hatte. Kein Schreibmaschinengeklapper, keine Patienten. Es war still wie in einer Leichenhalle. Der dicke Teppich schluckte das Geräusch ihrer zögernden Schritte, als Susan sich auf ihr Ziel zubewegte, das für sie den sicheren Hafen bedeutete. Nur eine einsame Tischlampe in der Mitte des Flurs spendete Licht. Die Zeitschriften für die wartenden Patienten waren säuberlich gestapelt. An den Wänden bildeten die Ölbild-Gesichter der früheren Memorial-Größen nur undeutliche Flecke.

Susan erreichte Starks Büro und blieb einen Moment stehen, um sich zu sammeln. Erst wollte sie anklopfen, dann drückte sie einfach auf die Klinke. Die Tür öffnete sich. Das Vorzimmer war dunkel, keine Sekretärin zu sehen, aber aus der halboffenen Tür zu Starks Privatbüro drang Licht. Susan stieß die Tür ganz auf und trat ein.

Im selben Moment schloß sich hinter ihr die Tür. Susans überspannte Nerven reagierten mit Panik. Sie wirbelte herum, eines Angreifers gewärtig. Fast hätte sie ihre Angst laut herausgeschrien.

Stark schloß die Tür ab. Er mußte hinter ihr gestanden haben.

»Tut mir leid, wollte Sie nicht erschrecken. Aber wir sollten lieber alle Störungen vermeiden.« Plötzlich lächelte er. »Susan, ich kann Ihnen gar nicht sagen, wie froh ich bin, Sie hier zu sehen. Nach Ihren Erlebnissen, von denen Sie mir erzählten, hätte ich darauf bestehen sollen, Sie abzuholen. Na, jedenfalls sind Sie sicher hergekommen. Glauben Sie, daß Sie verfolgt wurden?«

Susan gewann langsam die Fassung wieder, ihr Herzschlag normalisierte sich. Sie schluckte. »Ich glaube nicht, aber genau weiß ich es nicht.«

»Kommen Sie, setzen Sie sich. Sie sehen ja aus, als hätten Sie einen Weltkrieg durchgemacht.« Stark nahm sie am Arm und geleitete sie zu einem Sessel vor seinem Schreibtisch. »Außerdem würde Ihnen ein Scotch sicher guttun.«

Susan fühlte sich schrecklich erschöpft und leer: geistig, physisch und emotional. Sie folgte ihm wortlos und ließ sich in den Sessel sinken, wußte selbst nicht mehr, was sie alles durchgemacht hatte.

»Sie sind wirklich eine erstaunliche Person.« Stark ging zur eingebauten Bar.

»Das glaube ich nicht«, ließ Susan sich mit erschöpfter Stimme vernehmen. »Ich bin nur einfach in eine grauenvolle Sache reingestolpert.«

Stark hatte eine Flasche Chivas Regal in der Hand. Er goß zwei Drinks ein und brachte die Gläser zum Schreibtisch, gab eines davon Susan. »Ich glaube, jetzt sind Sie aber zu bescheiden.« Er setzte sich auf seinen Platz hinter dem Schreibtisch, den Blick unverwandt auf Susan gerichtet. »Sie sind doch nicht etwa verletzt?«

Susan schüttelte den Kopf. Das Glas zitterte in ihrer Hand, das Eis klirrte. Sie nahm die zweite Hand zu Hilfe. Dann trank sie einen tiefen Schluck und ließ die feurige Flüssigkeit die Kehle hinabrinnen.

»Also, Susan, haben Sie seit unserem Telefonat mit irgend jemandem darüber gesprochen?«

»Nein.« Susan nahm einen zweiten Schluck.

»Das ist gut, sehr gut.« Stark machte eine Pause und beobachtete Susan. »Hat außer Ihnen noch jemand auch nur eine Ahnung von der Sache?«

»Nein. Niemand.« Der Scotch zeigte bereits Wirkung, und eine gelassene Ruhe durchströmte Susan. Über das Glas hinweg sah sie Stark an.

»Okay, Susan. Also, wie kommen Sie darauf, daß sich hinter dem Jefferson-Institut ein Umschlagplatz für den Schwarzhandel mit menschlichen Transplantationsorganen verbirgt?«

»Ich hab' sie darüber reden hören. Und ich sah sogar, wie sie die Kartons mit den Organen abtransportierten. Mit eigenen Augen!«

»Aber Susan, ich finde es gar nicht so außergewöhnlich, daß ein Krankenhaus, belegt ausschließlich mit chronischen Intensiv-Fällen und komatösen Patienten, eine Quelle für Transplantationsorgane ist, wenn diese Patienten sterben.«

»Das mag ja sein. Aber die Wahrheit ist doch, daß die Leute, die hinter dieser Sache stehen, zumindest einen Teil dieser Patienten überhaupt erst in komatösen Zustand versetzt haben. Außerdem lassen sie sich für diese Organe bezahlen, und wie!« Susan merkte, daß ihr die Lider zufielen. Sie mußte sie fast gewaltsam offenhalten. Sie fühlte sich in einer Art Betäubungszustand. Das kam sicher von der Erschöpfung. Sie setzte sich gerade in ihrem Sessel auf, nahm noch einen Schluck Scotch und versuchte, nicht an D'Ambrosio zu denken. Wenigstens fühlte sie sich jetzt behaglich warm.

»Susan, Sie sind ein Wunder, ich kann es nicht oft genug wiederholen. Ich meine, Sie waren doch nur ganz kurz dort. Wie, um alles in der Welt, haben Sie in der knappen Zeit soviel rausbringen können?«

»Ich hatte mir Stockwerksgrundrisse aus der City Hall besorgt. Da waren OPs eingezeichnet, aber das Mädchen, das mich rumführte, sagte, es gäbe dort keine. Also hab' ich mich selbst auf die Suche gemacht. Und als ich sie gefunden hatte, da war die ganze Sache klar, auf furchtbare Weise klar.«

»Aha. Verstehe, das war sehr clever von Ihnen.« Stark nickte, sah Susan bewundernd an. »Und sie haben Sie wieder rausgelassen? Könnte mir vorstellen, daß sie alles drangesetzt hätten, Sie dort zu behalten.« Er lächelte wieder.

»Ich hatte Glück. Außerordentliches sogar. Ich bin sozusagen auf dem Versandweg rausgekommen, zusammen mit einem Herzen und einer Niere. Richtung Flughafen.« Susan unterdrückte ein Gähnen. Stark sollte sie nicht gähnen sehen. Aber sie war so furchtbar müde!

»Das ist alles hochinteressant, Susan, und ich glaube, ich habe jetzt sämtliche Informationen, die ich brauche. Aber vor allem verdienen Sie ein großes Lob, Susan. Ihre Aktivitäten in den letzten Tagen sind ein Paradebeispiel für Weitsicht und Durchhaltevermögen. Trotzdem möchte ich noch ein paar Fragen an Sie richten. Sagen Sie mir doch ...« Stark verschränkte die Hände und drehte sich mit seinem Sessel, bis er hinaus auf die dunklen Gewässer des Hafens sehen konnte. »Sagen Sie mir doch, ob Ihnen noch irgendwelche anderen Motive für dieses Unternehmen einfallen, das Sie auf so clevere Weise aufgedeckt haben.«

»Meinen Sie, andere Motive als Geld und Gewinnsucht?«

»Genau. Andere als Geld.«

»Ja, ich weiß nicht. Vielleicht ist es eine gute Möglichkeit, unliebsame Personen zu beseitigen.«

Starks lautes Lachen erschien Susan etwas unangebracht.

»Nein, ich meine wirkliche Vorteile. Können Sie sich außer finanziellen nicht noch andere Vorteile ausmalen?«

»Ja, vielleicht, ich nehme an, die Empfänger der Organe haben einen Vorteil davon, sofern sie nicht wissen, woher das gespendete Organ kommt und wie es beschafft wurde.«

»Also sagen wir mal nicht Vorteil. Sprechen wir lieber von Wohltaten. Von Wohltaten für die Gesellschaft.«

Susan versuchte nachzudenken, aber ihre Augen wollten nicht offenbleiben. Sie riß sich noch einmal zusammen. Wohltaten? Unsicher sah sie Stark an. Das Gespräch hatte nach ihrem Empfinden eine merkwürdige Wendung genommen.

»Dr. Stark, ich glaube kaum, daß jetzt Zeit dafür ist, solche ...«

»Nun kommen Sie schon, Susan. Versuchen Sie's. Gerade Sie, die Sie die Sache auf so bemerkenswerte Weise aufgedeckt haben, sollten jetzt nachzudenken versuchen. Es ist sehr wichtig.«

»Ich kann aber nicht. Das alles ist für mich so ein Alpdruck, daß ich es überhaupt nicht mit dem Begriff Wohltat in einen Zusammenhang bringen kann.« Susans Arme fühlten sich schwer an. Sie schüttelte den Kopf. Einen Moment glaubte sie, tatsächlich eingeschlafen zu sein.

»Also, Susan, ich muß sagen, das überrascht mich. Aufgrund Ihrer Intelligenz, die Sie in den letzten Tagen so eindrucksvoll bewiesen haben, hätte ich Ihnen als einer der wenigen die Fähigkeit zugetraut, auch die andere Seite zu sehen.«

»Andere Seite?« Susan gestattete sich, die Augen einmal kurz zu schließen, riß sie dann wieder auf, in der Hoffnung, sie würden offenbleiben.

»Genau.« Stark drehte sich mit seinem Stuhl zurück, lehnte sich vor, die Arme auf den Tisch gestützt. »Es gibt gewisse Situationen, in denen die Entscheidungen nicht ... wie soll ich sagen, nicht dem normalen Zeitgenossen überlassen werden dürfen. Jedenfalls nicht Entscheidungen, die langfristig die Welt zum Guten verändern können. Der Durchschnittsmensch denkt nur an seine kurzfristigen Bedürfnisse und selbstsüchtigen Wünsche.«

Stark stand auf und blickte auf den riesigen Krankenhauskomplex, den zu errichten er soviel beigetragen hatte. Susan fühlte sich zu keiner Bewegung mehr fähig. Sie hatte sogar Schwierigkeiten, den Kopf hochzuhalten. Sie wußte, sie war müde, aber in ähnlichen Momenten hatte sie sich doch nicht so schwer, so apathisch gefühlt ... Warum verschwammen Starks Umrisse immer wieder vor ihren Augen?

»Susan«, hörte sie seine Stimme. Er hatte sich umgedreht und sah sie wieder an. »Ihnen muß doch bewußt sein, daß die Medizin an der Schwelle eines gewaltigen Durchbruchs steht, wohl des größten ihrer langen Geschichte. Die Entdeckung der Narkose, der Antibiotika ... all diese epochalen Errungenschaften werden angesichts des nächsten Schritts verblassen. Denn wir sind im Begriff, die Geheimnisse der immunologischen Mechanismen zu lösen. Bald wird es uns möglich sein, alle menschlichen Organe nach Belieben zu verpflanzen. Dann gehört die Furcht vor den meisten Krebsarten der Vergangenheit an. Degenerative Krankheiten, Trauma ... Das Feld ist unendlich.

Aber ein solcher Durchbruch kommt nicht von selbst. Er ist nur mit harter Arbeit zu erreichen – und mit Opfern. Alles hat seinen Preis. Wir brauchen erstklassige Einrichtungen wie das Memorial mit allen seinen Möglichkeiten. Und dann brauchen wir Leute wie mich oder wie Leonardo da Vinci, Leute, die bereit sind, um des Fortschritts willen die restriktiven Gesetze zu überschreiten. Was wäre geworden, wenn Leonardo da Vinci die Leichen nicht ausgegraben hätte, um sie sezieren zu können? Oder wenn Kopernikus sich dem Dogma der Kirche gefügt hätte? Wo stünden wir dann heute? Für den Durchbruch brauchen wir vor allem Fakten, harte Fakten. Susan, Sie haben den Kopf, um das zu begreifen.«

Trotz der Wolke, die sich in ihrem Gehirn festzusetzen schien, fing Susan in der Tat zu begreifen an. Sie wollte aufstehen, konnte aber nicht einmal die Arme heben. Der einzige

Erfolg ihres Bemühens war, daß ihr Glas auf den Boden fiel. Die Eisstücke rollten über den Teppich.

»Sie verstehen doch, was ich sage, Susan? Ich glaube, ja, Sie verstehen das. Unsere Gesetze, das ganze Rechtssystem sind auf diese Notwendigkeiten nicht eingerichtet. Mein Gott, Susan, überlegen Sie doch mal. Es ist einem nicht einmal erlaubt, das Leben eines Patienten zu beenden, selbst wenn man absolut sicher ist, daß sein Gehirn nur noch eine leblose Masse darstellt. Wie kann die Wissenschaft unter solchen Fesseln weiterkommen?

Und jetzt, Susan, möchte ich, daß Sie einen Moment ganz scharf nachdenken. Ich weiß, das ist im Augenblick nicht leicht für Sie, aber versuchen Sie es bitte. Ich möchte Ihnen etwas sagen, und ich erwarte Ihre Antwort darauf. Sie sind eine intelligente Frau. Offensichtlich gehören Sie zur ... was soll ich sagen, Elite klingt so abgeschmackt, aber Sie wissen, was ich meine. Wir brauchen Sie, Leute wie Sie. Was ich sagen will, ist: Die Leute, die das Jefferson-Institut betreiben, stehen auf unserer Seite. Verstehen Sie? Unserer Seite.«

Stark schwieg und blickte Susan an. Sie versuchte krampfhaft, die Augen offenzuhalten. Das nahm ihre ganze Kraft in Anspruch.

»Was haben Sie dazu zu sagen, Susan? Sind Sie willens, dieses hervorragende Gehirn, über das Sie verfügen, ganz dem Wohl der Menschheit zur Verfügung zu stellen, der Wissenschaft und der Medizin?«

Susans Mund formte Worte, aber es wurde nur ein unverständliches Flüstern daraus. Ihr Gesicht war ausdruckslos. Stark beugte sich weit vor, bis fast an ihre Lippen.

»Sagen Sie's Susan, sagen Sie's noch einmal. Ich werde Sie hören.«

Susans Mund zuckte. Sie kämpfte mit der ersten Silbe. Es wurde nur ein rauhes Flüstern.

»Leck mich am Arsch, du verrücktes ...« Susans Kopf fiel zurück. Der Mund blieb offen. Ihr Atem kam in regelmäßigen Zügen.

Stark betrachtete Susans betäubte Gestalt mehrere Minuten lang sinnend. Ihr Trotz ärgerte ihn. Aber dann ging sein Ärger in Enttäuschung über. »Susan, dein Gehirn hätte uns gute Dienste geleistet.« Langsam schüttelte er den Kopf. »Aber vielleicht kannst du uns auch so noch nützen.«

Er griff zum Telefon und wählte die Notaufnahme. Dort ließ er sich den diensttuenden Arzt geben.

Donnerstag
26. Februar
23 Uhr 51

Der Aufenthaltsraum für den Nachtdienstarzt im Memorial war eng und in jeder Hinsicht kärglich. Zum Inventar gehörten ein Krankenhausbett, das sich in die verschiedensten Positionen verstellen ließ, ein kleiner Schreibtisch, ein Fernsehgerät, das mit viel Mühe und wenig Schärfe gerade zwei Sender auf die Mattscheibe brachte, sowie eine Ansammlung alter, zerfledderter »Penthouse«-Magazine. Am Tisch saß Bellows. Er hatte einen Artikel des *American Journal of Surgery* vor sich, konnte sich aber nicht konzentrieren. Seine Gedanken liefen in irrationalen Bahnen, und sein Gewissen plagte ihn. Immer wieder kam ihm Susans überraschendes Auftauchen in den Sinn. Bellows hatte sie sehr wohl gesehen, als sie ein paar Stunden zuvor in das Memorial gekommen war. Er wußte, daß sie dicht hinter ihm lief, und erwartete, von ihr angehalten zu werden. Als sie nichts dergleichen tat, war er sehr überrascht.

Zwar hatte Bellows Susan nicht direkt angesehen, doch war ihm ihr Aufzug nicht entgangen: das verklebte Haar, der blutbefleckte und zerfetzte Kittel. Er hatte Besorgnis und Mitgefühl empfunden, zugleich aber den starken Drang, sich herauszuhalten. Schließlich stand sein Job im Memorial auf dem Spiel. Sofern Susan medizinische Versorgung brauchte, war sie hier richtig, sagte er sich. War sie indessen auf seelischen Beistand aus, so sollte sie ihn besser anrufen und sich irgendwo außerhalb mit ihm verabreden. Aber Susan hatte ihn weder angehalten noch telefonisch mit ihm Verbindung aufzunehmen gesucht.

Inzwischen wußte Bellows, daß Susan als Patientin im Memorial lag und Stark selbst ihren Fall übernommen hatte. Als dienstältester Nachtdiensthabender war Bellows auch informiert, worum es sich handelte: akute Blinddarmoperation. Das schien ein merkwürdiges Zusammentreffen zu sein, aber so was kam nun einmal vor. Und Stark würde sie operieren. Zuerst hatte Bellows die Assistenz übernehmen wollen. Dann sagte ihm sein Verstand, daß er, wo Susan im Spiel war, kaum die gebotene Objektivität aufbringen würde, und das konnte sich im OP leicht als Handikap erweisen. So entschied er sich anders und schickte einen jüngeren Assistenzarzt. Er selbst blieb in der Notaufnahme und harrte der Dinge.

Jetzt sah er auf die Uhr: fast Mitternacht. Er wußte, in etwa zehn Minuten würden sie mit der Operation beginnen. Noch einmal versuchte er, sich auf den Zeitschriftenartikel zu konzentrieren, mit ebensowenig Erfolg. Im Hinterkopf machte ihm irgend etwas zu schaffen. Nach einer Weile griff er zum Telefon und erkundigte sich, in welchem OP der Blinddarm angesetzt war.

»Nummer acht, Dr. Bellows«, erwiderte die Operationsschwester.

Nachdenklich legte Bellows auf. Komisch. Ausgerechnet der Operationssaal, an dessen Sauerstoffzuleitung Susan das Ventil entdeckt hatte. Und derselbe OP, in dem schon soviel schiefgegangen war.

Wieder sah Bellows auf die Uhr. Plötzlich stand er auf. Ihm war eingefallen, daß er völlig vergessen hatte, seinen Nachtimbiß aus der Cafeteria zu holen. Bellows zog die Schuhe an und machte sich auf den Weg. Aber seine Gedanken drehten sich um das Ventil.

Er stieg in den Fahrstuhl und drückte den Knopf für den ersten Stock, wo die Kantine lag. Unterwegs änderte er seine Absicht und drückte auf Knopf 2. Zum Teufel, fluchte er innerlich. Dann würde er sich das blöde Ventil an der Sauerstoffleitung eben selbst mal ansehen, während Susan operiert wurde. Sehr intelligent war diese Absicht wohl nicht. Aber Bellows blieb bei seinem Entschluß, und wäre es nur, um sein Gewissen zu beruhigen.

Mitten in der Finsternis explodierte eine Phantasmagorie aus Farben, geometrischen Figuren und wirren Bewegungsabläufen. Die Figuren stießen aneinander, zerplatzten in tausend bunte Fetzen und fügten sich zu neuen, ebenso sinnlosen Formationen zusammen. Dann entstand ein Bild aus der Wirrnis: Eine blutige Hand, von einer riesigen Schere durchbohrt, gab das Signal für eine wilde Verfolgungsjagd. Der Autopsieraum im Memorial erschien, überscharf, komplett mit Geräuschen und Geruch. Jetzt stand eine Wendeltreppe im Vordergrund, dann ein langer Flur mit nichts drin als D'Ambrosios sadistisch grinsender Fratze. Sie kam langsam näher. Aber auch D'Ambrosios Gesicht löste sich in tausend Bestandteile auf, die wirbelnd im schwarzen Tunnel verschwanden. Der Korridor drehte sich immer schneller, der Strudel kam ...

Susan gewann ihr Bewußtsein stufenweise zurück. Schließlich ging ihr auf: Sie sah gegen eine Raumdecke. Es war die Korridordecke, und die bewegte sich. Nein, sie selbst bewegte sich. Susan versuchte, den Kopf zu drehen, aber er schien zwanzig Zentner zu wiegen. Dann probierte sie es mit den Händen, aber auch die waren unglaublich schwer. Sie mußte ihre ganze Kraft aufwenden, um sie nur leicht anzuheben. Susan lag auf dem Rücken und bewegte sich durch einen Flur, soviel stand fest. Nun nahm sie Geräusche auf. Stimmen ... nicht zu verstehen. Jemand faßte ihre Hände und drückte sie wieder herunter. Aber sie wollte doch aufstehen! Wollte wissen, wo sie war. Und was mit ihr geschah. Schlief sie? Nein, sie war betäubt worden. Plötzlich war ihr das bewußt. Sie kämpfte mit den Nachwirkungen der Droge, kämpfte, um sich ihrem Zugriff zu entziehen. Langsam lichtete sich ihr Gehirn. Jetzt verstand sie auch die Stimmen.

»Blinddarm ist das. Notoperation. Offenbar in allerletzter Minute. Und so was will Medizinstudentin sein. Da sollte man doch meinen, die könnte früher aufkreuzen.«

Eine zweite Stimme, tiefer als die erste: »Soviel ich hörte, hat sie sich heute morgen im Büro des Dekans krank gemeldet. Also hat sie wohl gewußt, daß was im Busch war. Vielleicht hatte sie Angst, sie wäre schwanger.«

»Kann schon sein. Aber der Test war negativ.«

Susans Mund wollte Worte formen, doch ihre Stimmbänder gaben keinen Ton von sich. Aber sie merkte, daß sie jetzt den Kopf nach links und rechts drehen konnte. Die Wirkung der Droge ließ nach. Dann hörte die Bewegung auf. Susan erkannte ihre Umgebung. Sie war im OP-Waschraum. Als sie den Kopf zur Seite wandte, sah sie rechts das Waschbecken. Ein Arzt wusch sich die Hände, ein Chirurg.

»Wollen Sie einen oder zwei Assistenten, Sir?« fragte eine der Stimmen hinter Susan.

Der Mann am Waschbecken dreht sich um. Er trug Haube und Gesichtsmaske, aber Susan erkannte ihn. Es war Stark.

»Einer reicht doch allemal für einen einfachen Blinddarm. Den haben wir in zwanzig Minuten draußen.«

»Nein, nein!« wollte Susan schreien, aber es zischte nur Luft zwischen ihren Lippen hervor. Dann bewegte sie sich wieder, in Richtung OP. Die Tür ging auf. Sie sah die Nummer über der Tür. Nummer 8.

Die Wirkung der Droge ließ weiter nach. Susan konnte jetzt den Kopf und den linken Arm heben. Sie sah die riesigen Operationslampen. Das grelle Licht blendete sie. Sie mußte aufstehen ... fortrennen ...

Starke Arme packten sie an Taille, Füßen und Kopf. Dann spürte sie Hände unter sich. Wie ein leichtes Bündel wurde sie auf den Operationstisch gelegt. Susan hob suchend den linken Arm, fand einen Ärmel, packte zu.

»Bitte, bitte ... nicht ... ich bin ...« Die Worte kamen langsam heraus, fast unhörbar. Sie versuchte, sich aufzusetzen, trotz des enormen Gewichts, das auf ihr lag.

Ein starker Arm legte sich über ihre Stirn, ihr Kopf wurde zurückgedrückt.

»Keine Angst. Alles ist okay. Nur ein paarmal tief einatmen.«

»Nein, nein!« rief Susan mit langsam kräftigerer Stimme.

Aber eine Narkosemaske fiel über ihr Gesicht. Dann fühlte sie plötzlichen Schmerz im rechten Arm ... eine Infusion! Die Flüssigkeit drang in ihre Vene. Nein, nein! Sie versuchte, den Kopf zu schütteln, aber kräftige Hände hielten sie. Sie sah hoch, und ihr Blick fiel auf ein Augenpaar über einer Gesichtsmaske. Dann sah sie eine Infusionsflasche. Blasen tanzten durch die Flüssigkeit. Jemand stach eine Spritze in den Infusionsschlauch. Pentothal!

»Alles in Ordnung. Entspannen Sie sich nur. Tief atmen ... Alles in Ordnung, entspannen, tief atmen ...«

Um null Uhr sechsunddreißig am 27. Februar war die Atmosphäre im OP 8 auf das äußerste angespannt. Während des gesamten Eingriffs hatte der jüngere Assistenzarzt seine Linke nicht von der Rechten unterscheiden können, hatte sogar eine Klammer fallen lassen. Die Anwesenheit des berühmten Chefchirurgen war zuviel für den OP-Frischling.

Die Handschrift des Anästhesisten war noch unleserlicher als sonst, als er die letzten Eintragungen im Narkoselogbuch machte. Er hatte keinen anderen Wunsch, als den Fall hinter sich zu bringen. Die plötzlichen Unregelmäßigkeiten im Herzschlag der Patientin mitten während der Operation hatten ihn völlig aus dem Gleichgewicht gebracht. Aber das war nur der Anfang gewesen. Zu allem Überfluß setzte der Sauerstoff aus. Das automatische Ventil an der Wandleitung hatte sich geschlossen. In den acht Jahren seiner Tätigkeit war ihm das noch nie passiert. Zwar war ihm die Umschaltung auf die grünen Notflaschen einigermaßen reibungslos geglückt, und er war eigentlich sicher, daß die Patientin keinen Sauerstoffmangel erlitten hatte. Trotzdem hätte er auf diese neue Erfahrung gut und gern verzichten können. Er wußte, das Leben der Patientin hatte auf des Messers Schneide gelegen.

»Wie lange noch?« fragte er über seinen Schirm hinweg.

Starks Blick tanzte zwischen der Uhr, der Tür und seiner Arbeit hin und her. Auch er machte einen gehetzten Eindruck. Dem ungeschickten Assistenten hatte er Nadel und Nadelhalter aus den Händen genommen. Er schloß die Naht jetzt selbst.

»Fünf Minuten. Höchstens.« Mit seinen behenden Fingern zog er einen Knoten zu. Jawohl, Stark war nervös. Der Assistent hatte das längst gemerkt und glaubte, die Ursache dafür zu sein. Aber Stark war aus einem anderen Grund nervös. Er wußte: Irgend etwas stimmte nicht.

Das Druckventil der Sauerstoffleitung hätte sich nicht schließen dürfen. Es bedeutete, daß der Sauerstoffdruck in der Hauptleitung auf Null gefallen war. Im Operationsteam wußte nur er, Stark, was die Herzunregelmäßigkeiten bei der Patientin bedeuteten. Zusammen mit dem Sauerstoff aus der Hauptleitung hatte sie Kohlenmonoxyd bekommen. Nachdem der Sauerstoff ausgefallen war, konnte er nicht mehr sicher sein, ob Susan genügend tödliches Gas eingeatmet hatte ...

Und dann der Lärm! Die Rufe, wenn auch gedämpft, waren dennoch so ungewöhnlich, daß die Assistenzschwester sogar in den Korridor gelaufen war, um nachzusehen. Nur Stark wußte, daß die Stimmen von oben kamen. Aus der Hohldecke.

Und das war noch nicht alles. Als Stark den vorletzten Stich machte, bemerkte er durch das Fenster der OP-Tür Bewegung im Flur, der voller Leute zu sein schien. Und nachts um Viertel vor eins war das, milde ausgedrückt, ungewöhnlich.

Stark zog den letzten Faden ein und ließ den Nadelhalter auf das Instrumententablett fallen. Als er die Enden aufnahm, um den Knoten zu binden, sprang die OP-Tür auf. Vier Leute kamen herein. Einer davon war Mark Bellows.

Die unerwarteten Besucher trugen weiße Kittel. Starks Puls hämmerte wie wild, als er feststellte: Die meisten Eindringlinge hatten die Krankenhauskittel nur übergestreift. Darunter trugen sie blaue Uniformen. Im Operationssaal war es totenstill. Doch als sich Stark aufrichtete, wußte er, daß sein Traum zu Ende war.

Nachbemerkung des Autors

Dieser Roman ist als Unterhaltungslektüre konzipiert, doch es handelt sich nicht um Science-fiction. Wenn manche Einzelheiten furchterregend wirken, so deshalb, weil es hier um mögliche, vielleicht sogar wahrscheinliche Entwicklungen geht. Nur ein Beleg: Am 9. Mai 1968 erschien in der San Gabriel *Tribune* (Kalifornien) unter den Kleinanzeigen folgendes Inserat:

> Transplantation benötigt?
> Körperteile aller Art an operationsbedürftige Personen gegen finanzielle Entschädigung abzugeben. Schreiben Sie an Box 1211-630, Covina.

Dabei schlüsselt der Annoncierende weder auf, welches Organ oder welche Organe er meint, noch aus wessen Körper sie kommen sollen. Und es hat viele ähnliche Anzeigen in den verschiedensten Zeitungen im ganzen Land gegeben. Man konnte sogar spezifizierte Angebote über die Herzen noch lebender Personen finden!

So makaber sich diese Anzeigen auch lesen, dürften sie doch niemanden allzusehr überraschen. Es gibt Präzedenzfälle in der Medizin. Auch Blut ist eine Art Organ, und Verkauf und Kauf von Blut gilt als Routinesache. Es gibt einen Handel mit Spermata, die zwar kein Organ, doch Produkt eines Organs sind.

Auch mit anderen Organen ist bereits gehandelt worden. In den dreißiger Jahren kaufte ein reicher Italiener einem jungen Neapolitaner eine Hode ab und ließ sie sich einpflanzen. (Er wollte nicht nur das Organ, das Organ sollte auch produzieren.) In den letzten Jahren sind Fälle bekanntgeworden, da Familien sich weigerten, ihren sterbenden Angehörigen eigene Nieren zu spenden, und statt dessen freiwillige Spender suchten und dafür bezahlten.

Das größere Problem, die eigentliche Gefahr, erwächst aus dem Tatbestand, daß diese »Ware« so knapp ist. Heute warten Tausende auf Nieren und Hornhäute für die Augen. Diese beiden Organe sind aus dem einfachen Grund besonders gefragt, weil sie am häufigsten verpflanzt wurden, und zwar mit Erfolg. Dank der Dialyse-Apparate können potentielle Nierenempfänger (wenigstens einige, andere läßt man sterben, weil es zuwenig Apparate, Personal und Mittel dafür gibt) am Leben erhalten werden, aber ihr Leben verläuft alles andere als normal. Der Seelenzustand dieser Leute grenzt oft an Verzweiflung. Das hat die eigenartigsten Auswirkungen. Nieren-Dialyse-Zentren berichten geradezu von einem »Feriensyndrom«. Das heißt: Wenn ein Ferienwochenende naht, steigen die Lebensgeister der Patienten in der freudigen Erwartung der vielen Autounfälle und ihrer Opfer, die ihnen die sehnlichst erwarteten und verzweifelt benötigten Organe liefern können.

Das Tragische daran ist, daß sich die Lösung des Problems bereits in greifbarer Nähe befindet. Die medizinische Technologie hat den Punkt erreicht, da ungefähr sieben Prozent aller Nieren von Toten für die Transplantation geeignet sind (bei Hornhaut liegt der Prozentsatz wesentlich höher), vorausgesetzt, sie werden innerhalb einer Stunde nach Eintritt des Todes dem Körper des Spenders entnommen. Doch statt dem guten Zweck zugeführt zu werden, landen diese Organe in der Regel unter der Erde oder in den Flammen der Krematorien. Und das vor allem wegen des gesetzlichen Dschungels, dessen Wurzeln in das dunkle Mittelalter angelsächsischen Rechts zurückreichen. Denn damals fielen Leichen mehr unter kirchliches als unter weltliches Recht. Es erscheint kaum glaubhaft, daß ein solches Erbe unsere derzeitigen Lebensmöglichkeiten einschränken könnte. Aber genau so verhält es sich.

Heute haben die meisten, wenn nicht alle Bundesstaaten der USA die sogenannte Uniform Anatomical Gift Act, das heißt, einheitliche anatomische Schenkungsbestimmungen verabschiedet. Das Gesetz ist dazu angetan, die Medizinischen Hochschulen mit Leichen zu beliefern, die daran ohnehin nie Mangel litten. Zur Befriedigung des dringenden Bedarfs an »lebenden« Organen für Transplantationszwecke trägt es nichts bei. Man hat als Alternativlösung vorgeschlagen, daß alle Organe unmittelbar nach dem Tod des Spenders zu Transplantationszwecken verfügbar sein sollen, es sei denn, der Verstorbene oder seine nächsten Verwandten hätten dies zuvor ausdrücklich untersagt. Aber die Räder dieser Art von Fortschritt drehen sich mit aufreizender Langsamkeit, während potentielle Empfänger dem Tod überantwortet werden und brauchbare Organe auf dem Friedhof modern. Es bleiben schwierige Fragen wie die nach einer akzeptablen Definition von Tod und den Rechten des Individuums nach seinem Tod. Aber solche Schwierigkeiten sollten kein Hindernis dabei sein, für das Problem verschwendeter menschlicher Organe eine Lösung zu finden.

Das Problem der Knappheit an Transplantationsorganen ist nur ein schlagendes Beispiel für das Versagen der Gesellschaft im allgemeinen und der Medizin im besonderen, wenn es darum geht, die sozialen, rechtlichen und ethischen Folgen von technologischen Neuerungen vorauszusehen. Aus unerfindlichen Gründen wartet die Gesellschaft bis zum letzten Augenblick, bevor sie einen Weg sucht, um das inzwischen eingetretene Chaos so gut wie möglich in Ordnung zu bringen. Um beim Beispiel der Transplantationen zu bleiben: Das Versäumnis, wachsende Probleme rechtzeitig zu erkennen und angemessene Lösungen zu finden, wird auf diesem Gebiet geradezu die Büchse der Pandora öffnen — mit zahllosen, heute gar nicht abschätzbaren Auswüchsen. Die Stark & Co. meiner Erfindung sind nur ein mögliches Beispiel dafür.

Zum Schluß noch ein Wort über Frauen in der Medizin: Ich muß zugeben, daß meine Recherchen auf diesem Gebiet (viel Material ist nicht vorhanden) mich dazu gebracht haben, meine Meinung zu ändern. Ich hege jetzt erhöhten Respekt und besondere Wertschätzung für Ärztinnen und Medizinstudentinnen. Und ich weiß, daß ihre Ausbildung viel schwieriger und anstrengender ist als die ihrer männlichen Kollegen. Auch hier bessern sich die Dinge, aber leider nur im Schneckentempo.

Robin Cook, M. D.
August 1976